新中国 70 年 70 部
长篇小说典藏

吴　强

（1910–1990）

原名汪大同，当代著名作家，江苏省涟水县高沟镇人。20 世纪 30 年代开始发表作品，1933 年在上海加入中国左翼作家联盟。1938 年参加新四军，先后担任新四军政治部文艺科长、华东野战军六纵队（二十四军）宣教部长、华东野战军（三野）政治部文化部副部长等职。1952 年转业到上海，曾任中国文学艺术界联合会委员，中国作家协会理事，上海文学艺术界联会副主席，上海作家协会副主席。1957 年代表作长篇小说《红日》出版，蜚声文坛，对军事文学创作产生了重大影响。

新中国70年70部
长篇小说典藏

红　日

吴　强——著

学习出版社
中国青年出版社

图书在版编目（CIP）数据

红日／吴强著．—北京：中国青年出版社：学习出版社，2019.9
（新中国70年70部长篇小说典藏）
ISBN 978－7－5153－5780－5

Ⅰ.①红… Ⅱ.①吴… Ⅲ.①长篇小说—中国—当代 Ⅳ.①I247.5

中国版本图书馆CIP数据核字（2019）第180449号

策　　划　**皮　钧**
责任编辑　**叶施水　秦婷婷**
装帧设计　**刘　静**

出版发行　**中国青年出版社　学习出版社**
社　　址　**北京东四12条21号**
邮政编码　100708
网　　址　www. cyp. com. cn

印　　刷　**山东德州新华印务有限责任公司**
经　　销　**全国新华书店等**

字　　数　386千字
开　　本　680毫米×960毫米　1/16
印　　张　34.5　插页2
印　　数　1—5000
版　　次　2019年9月北京第1版
印　　次　2019年9月山东第1次印刷

书　　号　978－7－5153－5780－5
定　　价　93.00元

出版说明

为庆祝中华人民共和国成立70周年,全面展现中华民族的文化创造能力和文学发展水平,深入揭示新中国70年来的伟大历程、辉煌成就和宝贵经验,激励人们为实现"两个一百年"奋斗目标、中华民族伟大复兴的中国梦而不懈奋斗,我们策划出版了这套"新中国70年70部长篇小说典藏"丛书。为将该丛书打造成思想精深、艺术精湛、制作精良的精品丛书,我们成立了丛书评审专家委员会,成员均为密切关注和深刻了解我国长篇小说创作动态的资深评论家。委员会从历史评价、专家意见和读者喜好等方面对新中国成立70年来众多优秀长篇小说进行综合评定,从中选出70部描写我国人民生活图景、展现我国社会全方位变革、反映社会现实和人民主体地位、弘扬社会主义核心价值观和讴歌中华民族伟大复兴中国梦的精品力作。这些作品,大多为曾获中宣部"五个一工程"奖、"茅盾文学奖"等重大国家级奖项的长篇小说,政治性、思想性和艺术性高度统一,代表了中国文坛70年间长篇小说创作发展的最高成就。

我们致力于"把提高作品的精神高度、文化内涵、艺术价值作为追求"的使命任务,通过这套丛书的出版,在讲好中国故事、传播中国声音、阐释中国精神、展现中国风貌的同时,倡导精品阅读,引领和推动未来的中国文学原创出版。

“新中国70年70部长篇小说典藏”
评审专家委员会名单

评审专家委员会主任：李敬泽

评审专家委员会委员（按姓氏笔画排序）：

丁　帆　　白　烨　　朱向前　　吴义勤　　何向阳
应　红　　张　柠　　张清华　　陆文虎　　陈思和
孟繁华　　胡　平　　南　帆　　贺绍俊　　梁鸿鹰
董保生　　董俊山　　谢有顺　　臧永清　　潘凯雄

项目统筹：吴保平　宋　强

目　录

第一章

一

灰暗的云块，缓缓地从南向北移行，阳光暗淡，天气阴冷，给人们一种荒凉寥落的感觉。

涟水城外，淤河两岸酱黄色的田野，寂寞地躺着。

开始枯黄的树林里，鸟雀惊惶地噪叫着，惊惶地飞来飞去。这里特有的楝雀[①]，大群大群地从这个村庄，这个树林，忽然飞到那个村庄，那个树林里去，接着，又从那个村庄，那个树林，飞到远远的村庄、树林里去。

淤河堤岸的大道上，平日过往不断的行人、旅客，商贩的车辆、骡马也绝迹了。南城门外，那棵出生了二百四十年的高大的巨伞般的老白果树，孤独地站在淤河边上，在寒风里摇曳着枯枝残叶，发着唏嘘的叹息声。

这是深秋初冬的时节。高粱、玉米、黄豆已经收割完了，枯黑的山芋藤子，拖延在田里，像是一条条长辫子。农场上大大小小的一堆堆高粱秆、豆秸，寂寞地蹲伏在那里。听不到鸡啼，看不到牛群，赶牛打场或者进行冬耕的农民们悠扬响亮的咧咧声，也好几天听不到了。

---

① 楝雀，状似白头翁鸟，但比白头翁鸟肥大一些，吃楝树枣子，窠巢砌在楝树上。

战争降临到这个和平生活的地方。

在一周以前攻到涟水城下被杀退的蒋介石匪军整编第七十四师[①]，开始了第二次猖狂进攻。

这第二次进攻，十分猛烈，敌人施展了他们的全力。十架、二十架以至三十架一批一批的飞机，从黎明到黄昏，不停地在涟水城和它的四周的上空盘旋、轰鸣。炸弹成串地朝田野里、房屋集中的所在和树林里投掷，一个烟柱接着一个烟柱，从地面上腾起，卷挟着泥土，扬到半空。大炮的轰击，比飞机的轰炸还要猛烈。有时候，炮弹像雷暴雨般地倾泻下来。房屋、树木、花草，大地上的一切，都在发着颤抖。

苏国英团八连四班班长杨军和他的一个班的战士们，守备在战壕的掩蔽部里，已经两天半了，一个手榴弹还没有打过，步枪子弹每人补足了八十发，除去昨天上午，飞机飞得实在太低，翅膀几乎擦上了白杨树梢，战士张华峰觉得它过于张牙舞爪，欺人太甚，对着飞机翅膀上"青天白日"的徽记打了一枪而外，大家都还一发未动。

"这打的什么仗？我还是头一回！"斜躺在掩蔽部里的战士秦守本，气闷地说。

"这是炮战，最新式的！"坐在他身边的张华峰说。

"炮战？我们的炮呢？"秦守本拍拍手里的步枪问道。

"是好汉，到面前来干！蹲在老远放空炮，算得什么？"机枪射手金立忠气愤地自言自语着。

"不要急！他们总是要来的！"班长杨军正在擦着刺刀，对

① 七十四师系原七十四军整编而成，相当于原来的军。下辖三个旅，旅相当于原来的师，旅下辖三个团。

金立忠说。

秦守本眨眨红红的眼睛，向班长望望，嗟叹了一声。

杨军觉得秦守本的情绪不好，把他手里的刺刀，在掩蔽部的土墙上刺了一下，说道：

“我们的刺刀、子弹，不会没事干的！有一天，我们也会有大炮！”

正在说着，一颗榴弹炮弹在离他们四五十米的地方，轰然炸裂开来，他们蹲着的掩蔽部顶上的泥土，“哗哗沙沙”地震落下来。在他们附近，紧接着又落下了五发炮弹。弹药手周凤山枕在弹药箱上的头，给震得跌到地上。秦守本的耳朵，虽然塞上了棉花，却仍然感到震痛，他把身子赶紧缩到掩蔽部的里角上去，两只手掌紧按住他的两个耳朵。

“新兵怕炮，老兵怕机关枪。你是新兵？”张华峰忍住笑声，向秦守本问道。

“呃！说实话，机关枪我不在乎，这个‘老黄牛’①我倒真有点心跳得慌！”秦守本回答说。

战壕里陡然紧张起来，五班、六班的阵地上，传出了叫喊声。

杨军伸头到掩蔽部门口外面望望，五班门口躺着两个战士，一个已经死了，他的头部埋在泥土里。一个受了伤，身子斜仰在塌下来的土堆上，两条腿搭在折断了的木头上，头颈倒悬在土堆子下面，杨军认出那是年轻的战士洪东才。六班掩蔽部的外面，三个战士正抬着受了伤的六班副班长沿着壕沟运送出去。杨军的心绪有些纷乱，他的掩蔽部没有被敌人的炮弹打中，他感到幸运，同时，他也感到敌人的威胁渐渐地逼近了身

① 战士们把大炮叫作“老黄牛”。

边。“只是坐在这里挨打吗?”他很想带着他的全班,冲到战壕外面去,和敌人厮杀一番。他咬着嘴唇回到掩蔽部里,当他看到秦守本紧紧地抱着脑袋,把身子缩成一个团团,挤在掩蔽部的最里边,敌人的炮弹又在纷纷倾泻下来,他的“冲出去”的念头,又马上消失了。

“怎么样?”张华峰低声问道。

杨军轻轻地摇摇头。

“五班门口吵吵叫叫的,为什么?”

张华峰又问了一句,同时爬起身子,想到掩蔽部外头去看看。杨军一把将他拉住,说道:

“把我们的工事,再加加工!”

战士们意味到邻班的工事吃了敌人的炮弹,同时仰起头来,观察着掩蔽部的上顶是不是牢固。秦守本的两只沾了泥土的手,从脑袋和耳朵上勉强地移了下来,但随即又按到胸口上去。他冷冷地说:

“迫击炮弹,三颗、五颗不在乎。榴弹炮弹么,我看,你们不要说我胆小,一颗就够了!”

趁着炮弹稀疏,飞机从顶空刚刚回旋过去,他们在掩蔽部的顶上覆上了半米多厚的泥土,掩蔽部门口的矮墙也加厚了一些,并且拦上了一棵粗大的树干。

整整一天,依仗着飞机大炮的敌人,前进了三公里。就是说,敌人的前锋部队,距离杨军他们守着的第一线阵地,还有十二公里。照这样的速度计算,如果还是痴猫等死鼠一般地守在战壕里,必须在四天以后,才能跟敌人见面交锋,杨军他们的刺刀,才有溅上敌人血迹的机会。打惯了出击战的部队,变换到阵地守备战，精神上是一种痛苦的折磨。时间在睁眼的睡眠中过去，看不到敌人的影子，伤不到敌人的皮毛，在杨军他们看来，这不是战斗，说是战斗，也是一种令人怄气的战斗。

叫人振奋的消息终于来了。

在当天的夜晚，他们奉令举行第一次出击。

沿着淤河滩向前摸进，河水哗哗地流着，像是悲愤的低诉。夜空里，繁星缀满蓝天，较之置身在不见天日、身子不能立直的掩蔽部里，这时候，他们真是回到海阔天空的世界里来了。秦守本特别显得活跃，他的一只手握着上了刺刀的步枪，一只手拿着手榴弹，他心里说："这种打法，我死了也甘愿。"河滩上没有路道，潮水刚退下去，滩边又烂又滑，腿脚不时地陷到滩淤里去。

二排长陈连带着五、六班，绕道堤西的田野前进，杨军的一个班，分成两个战斗小组，沿着河滩正面袭击敌人。在堤上一个独立的饭棚子跟前，他们发现了敌人，正要扑将上去，敌人的汤姆枪却抢先开起火来，子弹从他们的头上掠过，穿入到河水里，发出嗤嗤的声音。金立忠一个快步冲上河堤，机枪的两只爪子抓住一个被砍伐了枝干的杨树根子，随即喷出鲜红的火花，射出了密集的连续的子弹。一个班的敌人，被打倒了三个，摔倒在堤边上，有一支汤姆枪，从死了的兵士手里，飞到离尸体五步以外的地方，继续把它肚里的几发子弹打完。没有死的敌人，就慌乱地回头狂奔，嘴里发出听不清字音的惨呼悲喊。杨军、张华峰、秦守本他们追了上去，金立忠的火力，跟在敌人的屁股上凶猛地追击着。副班长带的下半班，和排长陈连带的两个班，几乎同时包抄到敌人的前头，拦断了敌人的归路。敌人有的死在路上，有的惊魂丧胆地跳到淤河里去，淹死了。一个班的敌人，只有一个没有死，胸口中了两颗子弹，血，浸湿了他的灰黄的军衣，胸前印着“灵”字的符号，也溅满了血污。当把他抬走的时候，他模糊地意识到他当了俘虏，微微地抬起他的右手，大声哭叫着说：

“你们赶快把我打死！打死！”

走了没有几步，他就死了。

二

两天以后，敌人终于攻到了涟水城下，杨军的一个班，只剩下五个人，副班长带的下半班，由于掩蔽部中了一颗一百磅的炸弹，全部牺牲了，酱黄色的发着油光的泥土掩埋了他们。杨军的左肩，楔入了一寸多长的一块炮弹片。他刚刚发觉自己受了伤，敌人步兵的第七次冲锋，到达了他们扼守着的战壕附近。来不及包扎伤口了，他和他班里仅有的四个战斗员，迎着敌人冲了出去。前进了一段之后，杨军凭据着单人掩体，忍着伤痛，把枪口对准着敌人射击。他看得清楚，他射出的子弹，穿进了正在向他面前奔来的兵士的肚腹，那个兵士的身材很高大，光秃着脑袋，手里拿着一支汤姆枪，在中弹之后，还向前跑了四五步，才抱着肚子倒下去。这时候，杨军的头脑，比坐在掩蔽部里清醒得多，对他的射击的准确性，充满以往所没有过的信心。“又是一个！”他的心头漾起了一种杀敌致果的快感。一个赤红脸高鼻头的敌人，在离他三十来米的地方，脑瓜掼倒在一棵树桩子上，血从口里喷吐出来。敌人的冲锋队形是密集的，真像是一窝狂蜂，低着头，躬着身子，看样子是受过最严格的训练，向前跑步冲锋的时候，竟还保持着先后层次，前头的总是跑在前头，后头的总是落在后头。大概是个军官，在杨军面前一百五十米远的一道矮墙后面，不时地冒出头来，举着手里的驳壳枪，"砰砰叭叭"地射击着，嘴里大声喊叫："冲！冲上去！不许回头！"在他督战的枪声和喊声下面，兵士们冲进了几步，又伏下身子，头脸紧紧地贴到地面上，躲避着迎面射来的子弹，他们还不时地回过头去，看看后面的人跟着冲上来没有。这样冲锋的阵势和速度，使得杨军能够从容地观察敌人，从敌人群中选择他的射击目标。

那个军官又把脑袋露到矮墙上面来，他连续打了十多发子弹，喝令扑在地面上的兵士们，爬起身来继续冲锋。杨军没有让这一眨眼的良好机会滑过，他扣了一下枪机，一粒子弹从枪口飞了出去，矮墙上那个军官的头，从此就不再冒露到矮墙上面来了。全战壕的战士们，和出膛的子弹一样，猛然地飞蹦出去，完全忘却了上空的敌机正在嚎叫着扔下雨点般的炸弹，他们急风骤雨似的扑向了敌人。敌人从地面上慌张地爬起来，有的回头就跑，有的爬起来又扑倒下去，有的对着向他们反击的队伍，颤抖着身子胡乱射击。杨军、张华峰冲在最前面，一口气冲到那道矮墙下面。

像前天夜晚那样的小出击，在杨军的战斗生活里，至少有过三十次。敌人在八个小时内举行了七次冲锋，在这第七次冲锋的时候，来一个凶猛的反冲锋，对于杨军确是当了五年战士的头一遭。他感到很痛快，也很新奇。"这样的战法很有味道。"他的心里，有这样的感觉。胜利的愉快，压服了肩部创伤的疼痛，在矮墙附近，他又打死了一个向他扑来的敌人。

他终于瘫软下来。高速度的奔跑和伤口的流血过多，使他的肢体失去了撑持的力量，昏倒在矮墙底下。烫热的枪压在他的身上。他虽然还很清醒，但脸色已经苍白，呼吸也显得微弱起来，他缓缓地呻吟着，嘴里非常干涩，口唇不住地掀动，在强烈的阳光下面，他闭上眼睛躺在地上。大约过了不到一分钟，一股硝烟窜入到他的鼻腔里，他又张开沉重的眼皮。

淤河东岸的一个小庄子，落下了敌人的硫黄弹，房屋和草堆正在燃烧，浓烟随着风势吹拂过来。他想爬起身来，他从腰眼底下抽出麻木的右手，和他的臀部同时用力，按着坚硬的地面，紧紧地咬着牙关，把沉重的身体向上撑起，但是，他没有能够如愿，他又跌倒下去，仍旧躺在矮墙底下。喘息了一下，他摸着挂在腰皮带上的水壶，想得到一口水喝，用力摇晃一下，水壶轻得几乎没有分量了，水壶碰到枪杆子上，发着空洞的声音。"没有水了。"他喃喃地说道。他把贴在地面的头，歪向左右两边望望，没有什么动静，大炮不响了，枪声也很稀疏，除去在他的右前方淤河边上横着一具敌军士兵的尸体以外，他几乎什么东西都没有看见。这时候，他突然感到孤独和不安。"我不行了吗?"他心里暗自地问着。稍隔一会儿，突然一阵枪声，使他从迷蒙的状态里清醒过来。奔跑的脚步声越来越近，他本能地爬了起来，全身生发起一股热力，好似一盆烈火在燃烧。他的眼前出现了在十几分钟以前看到过的那个敌人的形象。他确信没有看错，是脑袋冒到矮墙上面被他一枪击倒的那个军官。军官的手里握着崭新的快慢机，枪上的烤蓝一点没有磨退，耀着闪闪的光亮，军官的眼睛也在发光，血从头发丛里经过鼻子、嘴唇，流到他的脖子里。军官好似明白面前的这个人正是开枪把他击倒的射手，仇恨从他那发着紫色的眼珠显露出来，他的一只手抓住矮墙的泥土，竭力地撑持着身体，一只手举起枪来，食指在枪机上连连抖动，朝着杨军射击。可是，没有一颗子弹射击出来。他焦急而又失望地靠在矮墙上，考虑着用别的什么手段重新对付他的敌手。杨军在敌军军官举枪向他射击的时候，迅速地把身子向旁边闪让一下，不料一块砖头绊了他，他踉跄了两三步，才站稳了脚跟。他完全没有想到，在这个时候的这个地方，还会发生这样一场白刃战。杨军清楚地知道了敌手的弱点，不是枪坏了，便是枪膛里没有了子弹。他停顿了一下，抱住他的枪托，举起闪光灼灼的刺刀，冲到矮墙的那一面，转过身子，拼力地朝着军官的胸口刺去，由于用力过度，他的两手抖动了一下，刺刀深深地插入到墙肚里去，刀锋侵入的地方，距离军官的臂膀大约还有二寸到三寸光景。杨军急得头上迸出了豆大的汗珠，正要从墙肚里拔出刺刀来，进行第二次刺杀，军官却颓然地倒了下去。杨军吃力地把刺刀从墙肚里拔了出来，头比先前晕眩得更加厉害，他的体力似乎已经消耗完了，瘫靠在矮墙上喘息着，好似刚才的敌军军官站立着的那个姿态一样。

追击敌人的秦守本在一个炮弹坑旁边跌了一跤，膝盖碰出了血，裤筒子卷到大腿上，伤处裹着纱布，攀着张华峰的肩膀，一拐一拐地走回到矮墙跟前。

他们扶着杨军回向阵地，在走了十多步以后，杨军突然停止下来，说道：

“把那个军官弄来，他没有死！”

“家伙已经给我缴来了！”秦守本晃着崭新的快慢机说。

“把他弄来，是个军官，他还是活的！”杨军坚决地说。

“不死，也快断气了！”秦守本还是不愿意回去。

“我去！”张华峰说着，跑回到矮墙那里去。

三

淤河的水，淤河两岸发着油光的黄土，高高的白杨，一棵老白果树，精心构筑的守了八天八夜的战壕和掩蔽部，战士们含着眼泪和它们告别了！

战士张华峰、金立忠、秦守本和弹药手周凤山四个人，两天来，连续地向北走了一百二十里，仅仅在昨天的中午，倒在田野上的秫秸①丛子旁边，为着躲避敌机的扫射，睡了三个钟头。

秦守本感到十分疲劳，他的枪和米袋子全都压在张华峰的肩上，就这样，他还是走走歇歇，歇歇走走，随时随地都想歇息下来。本来，他是一个喜爱说话的人，这两天，在四个人里面，他却成了最沉默寡言的一个。

吱吱嗥叫的独轮车，三轮大牛车，载运着米粮、被服和弹药，骡马驮着扎成一捆一捆的枪支，它们有的没有了机柄，有的缺少了枪托或者断了枪筒。牛车的货物堆上，间或有几个战士坐着或者躺着，其中的一个战士在上面沉沉酣睡，他的两条腿悬挂在货物堆的边缘上，随着牛车的颠簸而摇摆着，看来，他随时都会从上面滚跌下来。赶牛车的农民，不住地把手里的鞭子打得脆响，吆喝着牲口迅速前进。一辆牛车忽地停在路上，而前面并没有什么障碍。赶车人手里的鞭子，虽然打得“格叽格叽”

① 秫秸就是高粱秆子。

地炸响，靠左边的一条黑犍牛，却怎么也抬不起腿来，嘴里不住地流着白色的涎水。“你打它呀！”坐在车顶上的战士对赶车的人说。赶车人手里的鞭子还是扬向空中，不肯落到牛的身上。他叹了一口气，低声地说：

“它委实是累了！”

抬着重伤员和重病员的担架，成队的战士和三三两两失去联络的、轻伤轻病的战士，掉队落伍的战士，穿插在车辆、骡马的行列里走着。他们各走各的，谁要快些就快些，慢些就慢些。在一个庄口的桥边上，立着一块黑门板，上面拥挤着粉笔写的字迹和贴着的字条，那些是各个部队对他们本队人员联络地点的通告。门板前面，挤满了人，因为天已傍黑，手电筒的电光，在上面闪来闪去。

张华峰挤到人丛里，在黑字和白字里面来去寻认了一阵，没有见到他所属的团、营、连的联络通告。他失望地坐在一块石头上，从腰皮带上解下五寸长的小旱烟筒，吸起烟来。金立忠和周凤山卸下背包，坐到张华峰旁边的地下，秦守本的背包摆在张华峰的面前，他连稍稍把背包朝旁边移动一下的力气也使不出来了。他坐到他的背包上，脊背倚靠在张华峰的腿上，长长地叹了一口气。

从火线上撤退下来，他们一直保持一种沉默状态，他们心里都有好多的话要向外倾吐，可是谁都不说什么。他们互相看看望望，头就不由得低下去，全班十二个人，八个不在一起了，班长杨军被送到野战医院去了，其余的七个，为着神圣的革命事业，捐献了他们的生命。他们的心头感到痛苦和悲凉，在这样的情形下面，谁爱多说一句话，谁要对谁再有什么不满意，那就是罪过，他们四个人都有这种情绪。他们坐在那里，至少有二十分钟，五辆牛车从石桥上滚了过去，那辆黑犍牛拉的掉了队的大车，也已缓缓地跟了上来，骡马过去了几十匹，他们却还是不走，他们当中没有一个说一声“走吧”。由于有七八个人到居民家里烧起饭来，引起了他们饥饿的感觉，张华峰摸摸身上两条空了半截的米袋，用他的眼睛向同志们问道：“我们也去烧饭吃吧？”秦守本站了起来，好似许多话并到了这一句话里，突然大声说道：

“烧饭吃！肚子叫了！”

他们走进一个居民家里，把桌上的一小盆山芋茶，你一碗我一瓢，一股劲喝得精光。

鸡栏和猪栏全是空的，房间里打扫得很洁净，所有的家畜、衣物和粮食，全都弄走了。

房主是个七十多岁的白胡老爹，他对他们说：

“家里人都走了！没人帮你们做，也没什么给你们吃！”

他从火塘里扒出几个烤熟了的红山芋，送到战士们面前的小方桌上。

周凤山烧火，金立忠淘米，张华峰向锅里倒水，秦守本没有动手，坐在门边剥红山芋吃。

白胡老爹坐在秦守本对面的小凳子上，向秦守本问道：

“是涟水城下来的？”

秦守本点点头。

“城里的宝塔没有给大炮打坏吧？”

“没有！”

白胡老爹接着感慨不已地说：

"……远的不说,就从民国初年算起。张瞎子、白宝山、马玉仁,他们在这一带打过、杀过,民国十六年,说是革命军来了,又打!唉!到后来,什么革命军喽!官匪不分。鬼子来以前,闹土匪,杀人、绑财神、断路。连我这八口人、十二亩田的人家,也当了财神,把我一个三岁小孙子抱了去,逼我卖了三亩沟边地去赎回来。打鬼子,这里算是运道好,开头,鬼子迟来一年,你们站在这里,鬼子又早走一年,算是打了整整六年。不是刚刚停了年把?你看!庄东的地堡还没有腾出手来拆掉,烧了的房子还没盖好,你们来的这一路,哪个庄子,集镇上没有黑墙框子?又打!打不够!弄得你神魂不安,鸡犬不宁!同志!不能不打吗?"

他一边说一边长声悲叹,悲叹的言辞里夹着一生长久积下的愤慨。秦守本看到白胡老爹的眼边滴下了泪珠,心里也很难过、气愤,把山芋皮使劲地摔到门外的远处去。

"不是我们要打的!是蒋介石!"张华峰在锅台边喊着说。

"我知道。不能谈和吗?"白胡老爹问道。

"毛主席去年到重庆跟他们订了和平条约,他们都撕掉了!你不打,他要打!你和,他不和!有什么法子?"张华峰走到白胡老爹面前说。

"那就只有打啦?"

张华峰点着脑袋,举出拳头回答说:

"对!只有打!"

白胡老爹走到后屋,从床底下的小坛子里,拿了一盘腌蒜苗来,给战士们做小菜,这是四个人这一天吃的第二餐饭。

吃饭以后,秦守本有了气力,他洗涤了锅、碗、盘、筷。他们道谢了老主人，又穿插在纷杂的队伍里，默默地向前走去。

星星密布在夜空里，跳动着点点寒光。两架敌机以重浊的声音哼着单调的悲曲。其中的一架连续投放了两枚照明弹，一块黑天顿时变得惨白，白光在上空摇晃着，荡漾着，好一阵子才慢慢地消失。

深夜的重雾好似毛毛雨一般。脚下的尘土溅湿鞋子和裤脚，使得疲乏的腿脚越发沉重。本来，走在路上的战斗部队和后勤部队是吵吵嚷嚷的，牛喊马叫，烟火闪亮，偶尔还会听到哼唱小调的声音。到了深夜就不是这样了，队伍和骡马虽然仍旧不停地行进，却好似全都进入了睡乡，一点声息没有。世界显得非常寂静、荒凉。

他们又走了整整一夜，实在太疲劳了，左问右问始终没有问明他们部队的宿营地点。在拂晓的时候，便茫然地跟着一支马匹很多的队伍，进了一个很大的树木丛生房屋密集的村庄。

四

张华峰一觉睡到中午，直到太阳晒到他们睡觉的牛车棚子里，才似醒非醒地坐起来。睡得真美，将近二十天里，只有这一觉算是睡得最满足的。他揉开眼睛以后，好似一颗子弹穿过他的身边一样，身子突然起了震动，心里蹙起了一把皱纹。睡在他脚头的金立忠和周凤山还在打鼾，睡在他身边的秦守本却不在了，一个对秦守本不信任的念头，在他的脑子里闪动了一下，但紧接着他又驱逐了那个念头。“他家在江南，不会走的。”他心里暗自地说。班长不在，他是班里除了班长杨军以外仅有的一个共产党员，他的责任心要求他把和他在一起的三个战友照管好，至少，他要使他们三个人一路安全，返回到连队里。他在他们三个人的面前努力地约束自己，使他们三个人对他信任，但又不发生他以领导人自居的印象。可是，秦守本他们三个人出于对他的敬重，从班长杨军与他们分别以后，就把他看成是代理班长。为防止惊醒睡在他脚头的人，张华峰把身上的毯子轻轻掀起，赤着脚走到车棚外面才穿上鞋子。“秦守本到什么地方去了呢？”张华峰在车棚子前后走了一圈，又走到水塘边上，看看秦守本是不是洗脸去了。不在，那里只有一群鸭子在水里翻上翻下。他在水塘边捧了水漱漱干苦的口，洗了脸，便又皱着眉头，左顾右盼地走回到车棚子里。

拿起小旱烟筒，他吸着烟，坐在车棚门口的太阳地里，眨动着充血的眼睛，寻猎着秦守本的身影。

原来，秦守本在半小时以前，被一个什么突然的声响，从梦里惊醒。醒后，他觉得口干，到住着队伍的居民家里找水喝，碰到了军司令部作战科长黄达，黄达和他谈了几句话以后，把他带走了。

秦守本惶惑地被带到一位高级首长那里，高级首长正在吃午饭，秦守本也就在那里饱啖了一顿，并且得到了一支他很少吸过的刀牌香烟。

“你们班里还有几个人？”听秦守本说了他所经历的战斗情况以后，高级首长问道。

“四个人。”秦守本回答说。

“四个什么人？”

“一个机枪手，一个弹药手，我跟张华峰，都是用步枪的。”

高级首长从桌子边走到秦守本跟前，用他那乌光逼人的眼睛，在秦守本的脸上和全身观察了一下。因为对方庄严的神态发出了一种威力，本来就有些紧张的秦守本，不由得向后移了半步。也在这个时候，他在对方的脸上和全身打量了一番。他想起仿佛两年多以前在江南的一个大山坡下面，听到这位首长讲过一次话，相貌，由于是在夜晚，他距离太远，没看清楚，记忆不起来了。可是，一种过人的洪亮的声音，却在他的脑子里留着至今还未磨灭的印象。秦守本刚到这个屋子里的时候，忙着吃饭和回答问话，没有来得及辨认和猜想这个首长到底是谁，现在，他作出了判断，这是他的军长。

秦守本觉得他和军长是彼此相识了。军长已经知道了他的名字，他特别感到高兴，几天来的沉闷和忧郁，消失了一大半。这个当儿，他在军长面前，完全像一个孩子一样，生了粉刺的脸上，现出了淡淡的笑容。

“你们班长叫杨军？是小杨？跟你差不多高，比你壮一些，结结实实的？天目山人？”军长在室内踱了几步，把开头问过的话又重新着重地问道。

秦守本一一地点头应诺以后，手捻着纽扣，轻声说道：

“我也是天目山人，新登县秦家桥。”

“去弄饭给他们吃，吃过饭，把他们四个人都带到我这里来！”军长对站在一旁的作战科长黄达吩咐说。

黄达带着秦守本离开了军长的屋子。

军长的名字叫沈振新，是个中等身材的人，乌光闪闪的眼睛上面的两道浓眉，稍稍上竖，额头有些前迎，虽然在额头和眼角上已经显出几道浅淡的皱纹，却并没有减煞他的英武的神采。

秦守本对他的问话的简单回答,勾起了他的什么心事,他紧紧地锁着眉头,在屋子里来回踱着,两手反剪在背后,手指头不住地互相弹击着。

涟水战役是两个战斗组成的。沈振新和他所统率的一个军的部队,是两次战斗的主角和主力。第一次,他的队伍担负阵地的正面作战,没有费上多大气力,把敌人打了回去,他和他的部队胜利了。第二次,也还是这个敌人——蒋介石的警卫军整编第七十四师。他的队伍的两翼增强了友邻部队,正面也加上了新生力量的配合,战斗却失败了,涟水城陷落到敌人手里。他自己的部队、友邻部队,都在仓促的情况下面从火线上撤退下来。由于仓促,情形就显得有些混乱。像杨军的一个班吧,十二个战斗兵,只剩下四个人,走了一百来里,还没有回到自己的连队里。

他的心被尖细而锐利的鼠牙咬啮着,撤退以后的三天以来,他没有安眠,像患病似的,他的饭量大为减少,香烟点着吸了三两口就摔掉,或者让它自己烧完、熄灭。战斗的失利,他是经历过的,他深知没有不打败仗的将军,但是,这一次,他特别感到心痛和不安。部队受了损伤,主力团的团长兼政治委员苏国英牺牲了,这是一个方面;另一个方面,张灵甫的七十四师这个敌人,竟是这样的逞威称霸,他不大理解,也不甘服。

秦守本跟作战科长黄达出了军长的门,便大三步小两步地跑向牛车棚子,离得老远,他就望着张华峰张开嗓子叫着:“这就好了!这就好了!”

不容张华峰张口,秦守本接着急促地说:

“吃饭去!吃饭去!”

“你怎么这样高兴?”张华峰感到奇怪,大声问道。

“军长！军长喊我去了！问了我战场上的情况。”秦守本情绪激越地说。

“沈军长！这里住的军部?”张华峰站了起来,问道。

“是的！你看！这里还有半支,刀牌的,给你!”秦守本说着,从衣袋里拿出没有吸完的香烟,送给张华峰。

张华峰正在猜想着军长怎么知道他们在这里,又怎么把秦守本喊了去的,秦守本已经把还在呼呼大睡的金立忠和周凤山喊醒,说道:

“起来！吃饭!”

“哪里来的饭吃？米袋子还在这里!”金立忠懵懵懂懂地问道。

秦守本发急起来,大呼大叫地说:

“到军部去吃饭！军长叫我们四个人吃了饭,一齐到他那里去谈话!”

看到秦守本高兴得那股劲道,张华峰他们相信真有这样的事了,便打好背包,带着枪支用具,走向作战科长黄达指点的地方去吃饭。

饭后,在军长的屋子里,坐着的和站着的有好几个人。张华峰认识沈军长和军政治委员丁元善、参谋长朱斌。谈话还是问答式的,回答问题的,主要是张华峰,问话的却是好几个人。当张华峰叙述到他们在反冲锋那阵子,捉回一个半死半活的俘虏的时候,沈军长打断了张华峰的话,问道:

“俘虏呢?”

“送到团部去了!”

“是个什么人？叫什么名字,知道吗?”

“是个营长,我看了他的符号,姓张,不记得名字。”

军长立刻问参谋长：

“怎么没有报告?”

“马上打电话去问!”参谋长朱斌命令着黄达。黄达立即大步地走了出去。

“真是昏了头！捉了个营长,三四天不报告!”沈振新的语调带着几分恼怒地说。

“这一仗打得不痛快。许多同志不肯撤下来,直到敌人到了面前,石连长、罗指导员还带头跟敌人拼了一阵。敌人靠的炮火猛烈,飞机轰炸。肉搏拼刺刀、近战,敌人害怕我们。……后来,我们撤退下来,真是乱,大白天,炮弹、炸弹像下冰雹一样,我们班找不到排,排找不到连。老百姓真好,给我们吃,给我们喝。有的,看到我们只是哭。我们想想,好多同志见不到了,阵地丢掉了,眼泪也忍不住地朝下掉。又想想,是革命战士,不应当哭,淌到半路的眼泪又缩了回去。……”

张华峰说到流泪的事,眼泪就不觉流了下来。他随即又连忙揉着眼睛,把眼眶里的泪珠,揩到毛巾上去。他正要接下去再说,政治委员丁元善止住了他。丁元善的心,给张华峰的话感动了,发着控制不住的微微颤动,他把视线移到另外三个战士的身上,他们也都低沉着脸,抱着枪默默地坐在那里。他从座位上走开两步,为着打破屋子里阴沉暗淡的气氛。他用力地吸了一口烟,然后像是同什么人辩论似的,睁大眼睛对张华峰他们四个人说：

“你们打得不错呀,缴了枪,又捉了俘虏官！杨军带花,同志们有些牺牲,你们心里难过,沈军长跟我也难过。难过有什么用？眼泪能叫敌人不向我们进攻？要想办法消灭敌人！首先,我们要想办法,你们也要想想办法!”

他的声音越说越响亮，臂膀不住地挥动，屋里所有的人的注意力，全被吸引到他的身上。他继续说道：

“同志哥呀！你们又不是打头一次仗的新兵！蒋介石，是我们多年的‘老朋友’，怕他什么东西？他是铜头铁胆刀枪不入呀？我才不信咧！”

张华峰、秦守本和其他许多人的嘴角边，全都挂上了笑意，丁元善自己也在这个时候发出了笑声。

黄达打完电话，气鼓鼓地回到这里来，边走边说：

“真是岂有此理！在师部，是营长，不错。”

“他们问过没有？”参谋长问道。

“要不是打电话去，他们就准备把他丢了，说快要死了！他们还会去问？”黄达回答说。

“要他们马上送来，死了也得送个死的来！”沈振新命令说。

丁元善赶紧接着说：

“我们派人把他抬得来！跟一个医生去！能不死就不让他死掉！”

黄达急忙去安排派担架和医生，到师部去接收那个俘虏营长。

在战士们接着叙说了夜间出击和构筑阵地等等的情形以后，军首长和四个战士的谈话才结束。

在回到车棚子去的路上，秦守本的话匣子一直没有关上，他滔滔不断地描绘着军长的神情，学着湖南话的音调，重复着政治委员说的使他最感兴趣的几句话：“同志哥呀！”“他是铜头铁胆刀枪不入呀？”等等。

第二章

五

军长沈振新躺在床上，没有睡着，眼皮合上一会儿，又睁开来。洋蜡烛快烧完了，从门缝钻进来的风，把蜡烛油吹得直往下滴。他抬头望望，警卫员汤成和李尧两个人面对面地伏在方桌子上睡得正酣，汤成的一只手，紧靠在蜡烛旁边，烛火几乎烧到了他的手指。

"小汤！"

汤成没有听到军长的叫唤，李尧蓦地惊醒过来。

"换支蜡，睡觉去！"沈振新坐起身来，对李尧说。

李尧重新燃上一支蜡烛，移放到离汤成较远的桌边上去。烛前遮上两块砖头，挡着风。

"你也睡吧！就是带了来，明天审问也不迟。"

李尧说着，倒了一杯茶给军长。

沈振新走到桌边，喝了一口热茶，没有说什么，把头偏向一边去，在想着心事。李尧望了他一眼，无奈地走到耳室里睡觉去了。

"定是给他们弄死了！"沈振新把杯子重重地放到桌子上，自言自语地说。他在屋里踱着步，习惯地把两只手反剪在背后。

他等候着俘虏营长的到来，准备立即亲自进行审问。他看看手表，又放到耳边听听，表的心脏"嗦嗦"地跳动着。不远处传来鸡啼声，时候到了午夜。

他轻轻地拍拍汤成的脊背，似乎又怕惊破汤成的睡梦，低声叫道：

“醒醒！到参谋处去看看！”

汤成揉开眼睛，似醒非醒地问道：

“看什么？”

“真是个睡虎！看什么？俘虏带来了没有？”

汤成走了出去，门一开，一阵冷风冲撞进来，蜡烛给吹灭了。在黑暗的屋子里，沈振新依旧在来回踱步。睡在耳室里的李尧被冷风吹醒，走了出来，电筒一照，看到军长还在从东墙走到西墙的，心里感到奇怪而又难受。他关上门，点上烛火，焦急地大声说道：

“这样下去，把身体搞垮了，怎么办？”

“你睡你的觉去！”沈振新边踱着边说。

“你不睡我也不睡！”李尧赌气似的扭着头说。

李尧在门边站了一会儿，把没有喝完的冷茶，用力地泼到墙根去，又重新倒上一杯热的，送到军长面前。军长没有接下他的茶杯，他便端着茶杯站在那里候着。

这个部队的好多干部和战士，在第二次国内革命战争里和江南、江北的抗日战争里，和沈振新战斗在一起。听到他们的脚步声、说话声，他可以辨别得出他们是谁，姓什么，叫什么，甚至谁的身上有个伤疤，谁的性情粗野还是爽快，他都清楚。现在，他们当中有的已经永远地离开了他。团长苏国英，在二万五千里长征的时候，在他的手下当连政治指导员。八年抗日战争，苏国英一直是他领导下的一个英雄的指挥员，在战斗最困难的时候，只要把苏国英率领的部队使用上去，胜利便从敌人手里夺取回来，延陵、东望，上下会、新登、车桥、黄桥、秦南仓等地许多的战斗胜利，都有苏国英的份。苏国英受过四次伤，有一颗子弹在苏国英大腿上的肌肉里，埋藏了五年没有挖取出来，苏国英照样地工作和战斗。从今年七月十三日同蒋介石匪帮这一次战争的第一个战斗开始，苏国英和他的团队，在七战七捷当中，参加过五次战斗，每次都取得了光辉的战绩。苏国英和沈振新同是湖北人，他们两个人的家，住在相隔只有二里半路的邻村。现在，这个贫农的儿子，在涟水战役里，竟中了敌人的炮弹而牺牲。……苏国英和在这次战斗中牺牲的许多别的指战员的言谈、笑貌，以至在天目山从地主家里逃跑出来参军的小雇工杨军的印象，在沈振新的脑子里，真像走马灯样地现来映去，反复旋转。下午，张华峰、秦守本他们四个战士叙述的火线上的景象，使他明白了一些具体情况，同时也加重了他的心头的烦躁、抑郁和愤懑。汤成回来，鼓着嘴说：

“朱参谋长说，明天再审问。”

“参谋长睡了没有？”

“在跟医生谈话。”

“告诉他！快点准备好！马上审问。”

汤成站立着，出神地望着他。

他狠狠地瞪了汤成一眼，然后对李尧说：

“小李！你去！”

他的神情感染了李尧，李尧气势汹汹地奔了出去。“我要称称他们的骨头到底有多重？”

沈振新愤怒地自语着，来回踱着的步子越踱越快，反剪在背后的手，卡到了腰眼上。

一间不大的屋子里，摆着一块门板搭的床，受了伤的俘虏躺在上面。

李尧用手电筒照看着俘虏的头脸，俘虏的头上裹着厚厚的纱布，左眼裹在纱布底下，右眼紧紧闭着，鼻孔呼呼地喘着粗气，好像呼吸困难似的，嘴巴不住地张开、闭上，闭上、张开。

“伤势怎么样？”沈振新轻声地问朱斌道。

“医生做了检查，说伤势不算过重！”朱斌贴着沈振新的耳朵，轻声地说。

沈振新抽着香烟，又问朱斌：

“他们师里、团里问过没有？”

“他不开口，问是问过的。”

沉默了片刻，沈振新要朱斌开始询问。

“喂！你是叫张小甫吗？”朱斌向俘虏轻声问道。

俘虏像完全没有听到似的，一点反应没有。

“你要说话！我问你！你是叫张小甫吗？”朱斌提高了声调问。

俘虏静静地躺着，还是没有一点反应。

“你死了吗？”站在朱斌身边的作战科长黄达，大声叫着。

手电筒的电光，从李尧手里射出去，在俘虏的脸上停住了一会儿。

“装死！”李尧气恼地说。

“十分八分是装死！傍晚还吃了一碗粥。”朱斌在沈振新的耳边说。

还是直挺挺地躺着的俘虏，突然粗重地哼了一声，呼吸逐渐地急促起来。聚集在门外守卫的和观看的人，你言我语地说：

“蒋介石的大小官员，就是这样！孬种！”

“表面上耀武扬威，骨子里贪生怕死！”

“我看，拉出去枪毙算了！”

沈振新制止了大家的说话，观察、思索了一下以后，语音清亮但是严厉地说：

“你不说话是不行的！我们同你谈了以后，你愿意回去，我们放你回去！”

俘虏听到沈振新说话的声音，是他听到这个屋子里外新出现的与众不同的声音，右眼皮微微地张开了一下。李尧恰好看到了他的这个细微的动作，连忙轻手轻脚地　到军长跟前，用别人听不出的声音说：

“眼皮子动了一下。”

沈振新站起身来，把声调提高一点说：

“你想死还不容易？只要一颗子弹就够了！可是，我们是不会那样做的！”

俘虏的眼皮又张了一张，脑袋也微微地颤动了一下。李尧看到，沈振新和黄达也都看到了。

“把他弄得坐起来，身上的毯子拿掉！”沈振新命令说。

俘虏有些着慌，呼吸更加急促起来，放在胸口的一只手移动到肚腹上去。

李尧和汤成把俘虏扶坐在门板床上。

“你们过来！要他自己坐着！”沈振新严峻地说。

李尧和汤成松了手，俘虏也就自己坐着了，身子微微地摇晃了几下。

“要吸烟，可以给你一支！”沈振新说，他自己就着烛火吸着了烟。

俘虏缓缓地摇摇头。

沈振新和朱斌看明了俘虏伪装的假象，相对地笑了笑。

“你的伤不重，我们知道。我们会把你医好的，你死不了！”朱斌说。

“要水喝，也可以给你一杯！”沈振新喝着茶说道。

俘虏的眼睛完全张开，他望着沈振新，他在估量着沈振新是什么人。

生存的欲望，使他暴露了真面目，他终于喝了一杯水。

沈振新把蜡烛向桌子边上移了移，让烛光把俘虏的面貌照得更清楚些，然后果断地说：

“不论是怎样顽固的敌人，我们都要征服他。对你，因为你已经做了俘虏，我们不把你当作敌人。可是，你要老实，对我们进行欺骗是不行的！”

俘虏的身子有点儿颤抖，两只手抱在胸前。

“现在，我要你站起来！”沈振新低声地说。

俘虏的身子又颤抖了一下，但是仍旧坐着。

“站起来！”沈振新以响亮干脆的声音喝令着。

俘虏终于站在门板床前面，低着头。

室外的人，有的凑着门缝张望，小窗口挤着四五个人头，睁大着一对一对的黑眼睛在眨动着。室内所有的人都屏着呼吸，要咳嗽的小汤，竭力地掩住口，把咳嗽声压逼下去。房子里紧张的气氛膨胀起来。

“现在，我要你告诉我，涟水战斗，你们一共投入多少部队？蒋介石给你们进攻解放区的命令是怎么说的？他说过在三个月以内消灭共产党军队的话吗？七十四师的武器，美式装备多少？日式多少？你要老实回答我！”沈振新放低了声音，但是干脆、明确地说。

俘虏呆愣了几秒钟,眨眨眼,哆嗦着说:

“我愿意回答,不过,我是个下级军官,不全知道。”

“知道多少就讲多少。”

“我的回答,你们是不会满意的,不过,我愿意回答。”

“你说说看。”

“大概……也许……我的回答,你们是不会相信的。”

“你狡猾!大概!也许!”黄达恼怒地说。

“你就讲大概吧。”朱斌接着说。

“让我想想吧!我的伤口痛,哎呀!”俘虏的两只手抱着纱布裹着的脑袋,哭泣般地叫了起来。

“你现在是俘虏!你知道吗?”沈振新手指头敲着桌子说道。

俘虏反而突然地坐到门板床上去,受伤的头也抬了起来,两手放在膝盖上,好像一个正常的人一样,睁着的右眼睛,闪动着冷漠的紫光。

沈振新感觉到俘虏要决心抗拒他的审问,他以很轻的声调,但是口气强硬地说:

“你还是应该站起来回答问题!”

俘虏挺直地站了起来,咳了一声,口齿清楚地说:

“我是俘虏,不错!你们可以处置我!我是不准备活的!”

说着,他的手竟然抖动起来。室内室外的人,睁着愤怒的眼对准着他,李尧的手自然地搭到驳壳枪上。沈振新这时候反而沉着冷静地说:

“你说下去!”

“你们对付我、处置我是便当的。你们对付七十四师……”

“对付七十四师怎么样?”沈振新还是竭力忍禁着满腔愤怒,沉静地问道。

俘虏望望沈振新,又望望其他的人,没有再说下去。

沈振新压抑着的怒火,突然地喷泻出来:

“你不说,我替你说!你以为我们对付七十四师是没有办法的!你错了!我们要消灭七十四师!只要蒋介石一定要打下去,我们就一定奉陪!就一定把他的三百万军队全部消灭!我们可以放你回去,让你再做第二次、第三次俘虏!”

沈振新的铿锵响亮的声音,在小屋子里回旋着,俘虏的身子禁不住地战栗起来。沈振新抽了一口烟,然后用力地喷吐出去,接续着说:

“你们胜利了吗?做梦!这不是最后的结局!我们要你们把喝下去的血,连你们自己的血,从肚子里全都吐出来!不信?你瞧着吧!”

军长沈振新的手,在桌子上拍了两下,愤然地向外走去,参谋长朱斌跟着走了出去。

俘虏的脑子胀痛起来了,沈振新的言语,像锤子一样敲击着他的头盖,“连自己的血”“全要吐出来!”他恐惧起来,双膝跪在地上,两只手几乎要抱着黄达,哀叫着:

“你们不要杀我!我说,我说!你们问的,我全部回答!”

在沈振新他们走了以后,黄达继续进行了审问。俘虏说出了他是少校军阶的营长,本来姓章,叫章亚之,因为崇拜七十四师师长张灵甫,改名叫张小甫。并且由他自己把他所知道的七十四师的兵种、兵力,战斗部署等等情况写了一些出来。

六

沈振新回到卧室里,发觉室内许多物件的安放变了样,床上的被子整理得很整齐,茶杯像是刚刚洗过,杯子里放着新茶叶,还没有冲上水。蜡烛本来在桌子外边,现在移在桌子里边,站在一个碗底子上。此外,桌子已经揩拭过,上面放上了两双筷子,一双是他用的象牙筷子,一双是普通的竹筷子。他看看从这个屋子一同走出去又一同回来的汤成和李尧,汤成有些惊异,李尧说:

“许是黎青同志回来了。”

正说着,黎青端着两只盘子,里面盛着冒着热气的油饼,从通到后院的小门进来。她的腮上现出两个浅浅的酒窝,笑着说:

“吃吃我做的油饼看！这个盘子里是咸的,有葱。那个盘子里是甜的,放了糖。”

李尧和汤成回身向耳室走去,黎青喊住他们,夹了两块油饼给他们,他们推却着。黎青把油饼放到一个小碗里,硬塞到他们手里,他们才拿着走了。

“这就好了!”到了耳室里,汤成说。

“什么好了?”李尧问他。

“气也出了,黎青同志也回来了。”汤成吃着饼说。

他们吃了饼,便一头倒下去安心地睡着了。

沈振新和他的妻子黎青面对面坐着,吃着,谈着。

“饼香不香?”黎青笑着问道。

沈振新没有搭理,大口大口地吃着饼。

“我跑回来辛辛苦苦做东西给你吃,连一句话也不跟我说?”黎青装着生气的样子说。

“你没看到？不好吃，我会吃得这样多？你说好吃，你怎么不吃?”

“厨子总是这样，只要客人把他做的菜吃光，他就高兴，他自己是不吃的。”

“尝总得尝尝!”

黎青把沈振新吃着的半块饼，夹到自己嘴里。

“我问你，你怎么会有工夫回来的?”沈振新问道。

“说实话，我今天晚上不应当回来。为了军长大人……”

黎青给沈振新的茶杯又冲满了水，理理头发，带点娇声逗趣地说。

“我是大人，你是小人？喂！我问你，早不来，迟不来，怎么深更半夜里回来?”

“咦！不是你喊我回来的?”黎青睁大着乌亮的眼睛，眨动着长睫毛，惊异地说。

“我没有去喊你!”

“你的警卫员小李去喊的！要我今晚一定回来，把我好吓了一下，说你病了。”黎青说着，从衣袋里拿出了体温计。

“哪来的病？不用量!”

黎青的手放在沈振新的额头上摸摸，真像一个关怀病人的医生似的，关切地说：

“一个人，在任何时候都要注意身体的健康。”

“小李!”沈振新向耳室里叫着。

“不要喊他，让他休息吧！我告诉你，是朱参谋长叫他去的，说你不舒服。”

“朱斌这个人就是狗咬耗子，多管闲事！”

“他是狗，你是耗子？人家是关心你！”黎青“格格”地笑道。

黎青沉重的心放了下来，她对她今天回来的成果很是满意，军长——她的丈夫吃了油饼，和她谈话的神情，不像是很不愉快的样子。她在从医院里回到军部来的五里路上，心情是郁闷的。她有充分的准备：回来之后，要看沈振新的冷脸，要看他把两只手反剪在背后，在屋子里踱来踱去。因为她听到李尧告诉她，沈振新好几天来，总是皱着眉头，精神不安。从她听到的消息，在医院里接触到伤员所体会的情况，她也猜想到沈振新的心情定是不大愉快的。她的情绪是矛盾的，小李到她那里以后，她又想回来，又怕回来。她和他结婚四年的生活经验，使她如同对患了疟疾的人要服用奎宁丸那样地熟悉了他。他这个人就是这样：仗打得顺利，消灭了敌人，又有重大的缴获，你把他最心爱的东西摔坏，他也不说什么。她记得很清楚，有一次，警卫员李尧整理床铺，一时粗心，把他放在床头的一只十七钻的手表摔落在地上，跌碎了玻璃面。李尧急得要哭，他却平和地说：“托人带去修理修理就是。”前年秋天的李家集战斗，因为敌人的一个碉堡没有最后解决，敌人的一个团长带了二百多人逃走了，过了四五天，任她怎么纠缠他，要他和她一同去看文工团演戏，他也没有去。这一回第二次涟水战斗，阵地失了，部队又有损失，他的情绪定是有再好的戏也不肯去看的那个老样子。看他的冷脸，听他的冷话，她是料定了的。现在，她看到沈振新似乎跟往常不大相同了，他吃了她做的油饼，虽说谈了这一阵还不曾听到他的笑声，但他总是没有在屋里皱着眉头踱来踱去呀！总算是在和她谈着话呀！思量到这里，黎青心里快慰地笑了起来。

这时候，她发现自己的军衣上掉下来的一粒钮子，白天想钉还没有钉好，便脱了下来，从口袋里拿出从不离身的小针线包来，对着灯光穿上线，动作敏捷地钉着钮子。在微微摇曳着的洋烛光下面，她身上紫红色的毛线衣，在沈振新的眼前发着亮光。

沈振新把他的驼绒里子的短大衣，从床上拿过来，披在她的身上，淡淡地问道：

“医院里怎么样？”

“你去睡吧。明天谈。”黎青望望他的疲倦的眼睛说。

“小杨在那里吗？”

“杨军？在。”

“伤怎么样？要紧么？”

“明天谈，明天，我详详细细向你报告，军长大人！”黎青收拾了针线，又娇声逗趣地说。

远近接连地响起清亮的鸡啼声。

“你不睡，我可要睡了！”黎青坐到床边上，赌气似的说。

“小杨他们知道苏国英牺牲吗？”

“我们不谈这个好不好？”黎青着急地说，自己倒在床上。

“我不困！”

“你好几天没睡好觉了，你是铁人！还说不困？”

“嘿嘿！我狠狠地把那个俘虏官整了一下！”

黎青今天晚上第一次听到了沈振新的笑声，兴奋地从床上坐起来，惊讶地问道：

“你打了俘虏？”

“我怕脏了手！”

“那你怎么整的？”

沈振新正要开口，黎青又赶忙地说：

“还是不谈吧！明天你讲这个，我讲医院里的事。”

沈振新吸着烟，脑子里又在想着什么。黎青想到明天一大早就得回去，两个重伤员的伤口还得她帮助动手术，便把身子倒下去睡了。沈振新把被子拉开，盖到她的身上。

黎青眼睛迷糊了一阵，摸摸身边，沈振新不在。抬起头来看看，沈振新坐在桌子边在看着什么。她便轻轻地溜到他的背后，入神一瞧，原来他在看着一张照片。黎青的心激烈地跳动了一下，接着惊叹了一声：

“你这个人真是太重感情了！”

黎青从沈振新手里把沈振新和苏国英合照的照片拿了过来，冷脸厉声地说：

“我要你休息！你要再糟蹋自己的身体，我就向野战军首长打报告，作为共产党员、医务工作人员，作为你的爱人，我都有打报告的权利！”

沈振新终于坐到躺在床上的黎青的身边，笑着说：

“嘿嘿，好大的脾气！”

黎青紧紧地抓住沈振新的手，“格格”地轻声笑着。

七

红日刚刚站上树梢，黎青爬起身来，走到她的妹妹一般的机要员姚月琴那里。姚月琴把她送到村外，两个人匆匆地谈了几句，她就扬扬手回到军的野战医院去了。

算是睡了一次好觉，快到中午的时候，沈振新才起身，吃了两碗甜甜的山芋粥，走到作战室里。

黄达把昨天夜里继续审问俘虏营长的情形,向沈振新用手势比画和脸部表情得意地描述了一番,然后从他的皮包里,取出俘虏营长亲笔写的材料,交给沈振新。

这个材料一共九页,厚厚的一小沓子,上面写的字却总共不到一千个,潦潦草草,横七竖八的。沈振新翻了一遍,摔到桌子上去。

"你看过没有?"沈振新问道。

"他一直写到天亮,今天一大早,就给参谋长要去看了。"黄达表明他不曾看过。

"毫无用处!什么内容也没有!"

黄达把纸张慌忙地翻阅了一下,气愤地说:

"叫他重写!"

"不要!他是张灵甫的儿子!"

"不是!张小甫是他改的名字。"

"我说他是的!他是张灵甫的儿子,张灵甫又是蒋介石的儿子!"

一沓纸张在黄达的手里卷动着,"嚓嚓"地响。

机要员姚月琴行色匆忙地走了进来,把一份野战军司令部来的电报交给沈振新。沈振新看了一遍,思量一下,又从头看了一遍,签了字,把电报交还给姚月琴。

"你跑路行吗?"沈振新问姚月琴道。

姚月琴把绑腿布打得很合格的腿抬了一下,笑着说:"行!"

"嘴说不能算数!"正在标地图的参谋胡克,向姚月琴逗趣地说。

"对!我掉过队!"姚月琴噘噘嘴唇,话里带刺地说。

曾经掉过队的胡克,拿着标图用的红笔向姚月琴奔去,姚月琴大笑着跑走开去。

沈振新望望钉满在墙上的地图,对胡克说:

“把南方的图去掉一些,北方的图多挂一些!”

胡克有些惊讶地说:

“北方的还要增加?还要往北走?”

“你怕往北走?”

“尽是山啦!地图上密密层层的螺丝圈子!”

沈振新的眼光在胡克的表情过分夸张的脸上扫了一下,说道:

“你可是个青年男子!你看看小姚那股劲道!”

胡克伸了伸舌头,连忙跑去检点北方的军用地图。

沈振新出了作战室,来到政治委员丁元善的屋子里。丁元善正在和刚刚来到的陈坚谈话。沈振新和陈坚亲热地握着手说:

“我们等候你好几天了!”

“领导上决定我到这个军来工作,我很高兴。”陈坚笑着说。

正说着,副团长刘胜一头闯了进来,他一边擦着脸上的汗水,一边说:

“仗没有打好,马也不服骑啦!险乎把我摔下来!”

“你来得正好!你的政治委员在这里!”丁元善指着陈坚对刘胜说道。

刘胜和陈坚握着手说:

“是你来当我们团政治委员!欢迎!欢迎!”

“打仗,主要靠你!”陈坚热情地拉着刘胜同坐在一条凳子上。

“那还得派个团长来呀!”刘胜望着沈振新说。

“派谁呀?就派你!”沈振新说。

刘胜站起身来,声音呛呛地说:

“我怎么干得了？拉住黄牛当马骑，那行吗？”

“黄牛？耕田总还是行的呀！”丁元善笑着说。

“本来挑八十斤担子的，现在就得挑一百斤。再过些时候，还得挑一百二十斤！形势越严重、越紧张，挑担子的勇气，就应当越大。怎么？涟水城一仗，把你的牛劲打掉了？苏国英牺牲当然是个损失。只要你们两个人团结、合作，这个主力团，还是个坚强的主力团。话说清楚，你们要把这个团的队伍带好，仗打好。”沈振新望着刘胜和陈坚两个人严肃地说。

刘胜宣誓般地说：

“接受领导上的决定！一百斤我也挑，一百二十斤我也挑！”

“在上级的领导下，我们一定团结好全团的指战员，坚决完成任务！”陈坚站起来爽快地说。

午饭以后，刘胜来到沈振新的屋子里，随便谈了几句以后，沉着脸问沈振新道：

“陈坚是个大学生吧？”

“是。你问他是不是大学生，是什么意思？”沈振新反问道。

“知识分子！嘴上说得好听，做的又是一样！”

“所有的知识分子干部，都是言行不一的？”沈振新再问道。

“总归我们这些大老粗、土包子跟他们搞不来！”

“什么大老粗大老细？什么土包子洋包子？什么我们他们？搞不来，为什么搞不来？”

刘胜听了军长接连的问话，眨眨眼，感到无法应对，便回过身子要走，沈振新留住了他，冷冷地说：

“你今天不要回去。”

“明天早上要开干部会议！”刘胜呆愣了一下，说。

“我要跟你谈谈。”

“那我就明天早晨回去?”

“明天再说明天的!”

刘胜不安起来,觉得军长有些恼愠。他闷闷地站在那里,喷着烟,望着门外天空里灰色的云朵。沈振新的心也很不安,但他在竭力控制着它,他又开始在他的屋子里踱起步来。两个人在好几分钟的时间里一句话没有说。李尧跑来惶惑地望了一眼,想说什么,没敢开口,又走了出去。

“我的思想错误,改正就是!”刘胜咕噜着说。

“你有什么思想错误?你是永远没有错误的人!”

“我没有这样说过。”

由于心情的焦灼不安,在屋子里不停地走动,沈振新的身子有些发热,他脱下夹绒大衣,用力地把它摔到床上去。香烟一支接一支地抽吸着。他在他的皮包里着急地找寻着什么紧要的东西,把皮包里所有的文件、地图、小剪刀、黎青给他写的信等等全都翻倒出来,散满在桌子上。结果,他拿出了一本薄薄的书来,可是随即又扔到杂乱的物件当中去。他这个时候的心绪,就像桌子上的物件一样,杂乱得很。许许多多的事情、问题,在他的脑子里翻腾、搅动。

沉闷了好一会儿。刘胜看到沈振新已经平静下来,像个闯了祸的野孩子,站在他的母亲面前甘愿受责似的要求道:

“有什么话,首长训吧!”

沈振新搔搔已有几分花白的头发,坐下身来,冷冷地笑了一声,没有说什么。他把散乱的物件重新整理起来,装进皮包里。

“我在天平上自己称过,我当团长是困难的。”刘胜吞吞吐吐地说。

“困难的确在你的身上!”沈振新严肃地说。

“我的能力不够,腰软,担不起重担子!”

“不是!”

刘胜望望沈振新恼愠的神色,把头低了下去。

“是你骄傲! 是你身上有毛病。每次战斗,我都觉得有必胜的把握,结果,并不是这样。二次涟水战斗是非打不可的,不把敌人抵住,敌人就要长驱直入,弄得我们转不过身来。对于我们这个军来说,确是一次失败,仗没有打好。失败的原因很多,我们许多干部骄傲自满,是许多原因当中最重要的一个,这里面,我有份,你也有份。昨天,你们团里四个战士在我这里谈了战斗的情形,他们是不怕死的,勇敢的,但是,我们骄傲、轻敌,看不到自己的弱点,浪费了他们的血! 你说知识分子干部有缺点,难搞,你和我一样,是农民出身的,你不想想我们自己有没有缺点? 人家怕不怕我们难搞呀? 请求野战军首长派干部来当你的政治委员,是为的什么? 野战军首长又为什么找一个陈坚这样的大学生出身的干部来当你的政治委员呀? 同志! 虚心一点好! 对自己要多看到短处,对别人要多看到长处,不要以为自己什么都行,人家什么都不行。我过的桥,走的路,比你要多些,我碰的钉子,吃的苦头也比你多得多! 老刘呀! 我们不能再去自找苦吃! 就拿过桥作比方吧! 有平坦宽阔的桥,也有独木桥,骄傲自满的人,常常把自己逼到独木桥上。俗话说:‘双木桥好走,独木桥难行。’走独木桥是危险的,走不好,要跌到水里淹死的! ……”

沈振新以沉痛的声音,缓慢的速度,说了这一段内心深处的话。在刘胜的记忆里,寻找不到军长说过类似这段话的痕迹。刘胜今年是四十岁的人,在革命的队伍里生活了十五年,也从没有别的什么人向他说过这番话。他的胸口跳动起来,用力地呼出了一口长气。

"你认为我的话不对,你可以去走你的独木桥!"

"你批评得对! 看我的行动表现吧!"刘胜语音深沉地说。

这时候的沈振新完全冷静下来了,他发现刘胜的衣服后摆烧了一个铜板大的洞,腰间的阔皮带变成了一条狭窄的士兵用的小皮带,而且缺了小皮圈子,胡髭长得很长,眼睛发红,精神有些疲惫,左膀子的动作好似不大自如,便问道:

"你的膀子?"

"没有关系!"刘胜摇摇他的左臂说。

"跌了一下?"

"弹片擦去一层皮!"

"衣服烧了洞,没有换的?"

"给硫黄弹烧光啦!"

"把我这件大衣穿了去!"沈振新拿着夹绒大衣说。

刘胜没有接受,把沈振新给他的大衣放回到床上去。

"好吧! 吃了晚饭,跟陈坚一块回去,先到师部去一下。"

刘胜离开军长的屋子,到军政治委员那里去约他的团政治委员一同回去。走到丁元善的门口,听到丁元善这么几句话:"刘胡子这个人不是有勇无谋,是勇多谋少,要好好帮助他,他有很多长处……"刘胜立即停住脚步,回过身子,信步走到村子前面的水塘边,在一棵大树下面坐下来,看着水里的鸭子,沉下去,浮上来,浮上来,又沉下去。他吸着烟,回味着刚才沈振新对他谈的那番话。

黄昏的时候,刘胜和陈坚两个牵着两匹马走向村外,李尧飞跑着追上来，把沈振新的夹绒大衣披到刘胜的身上。刘胜回头向军长住的屋子望了一眼，见到李尧又跑了回去，便穿好大衣，跳上马去。

新任的团长和新任的团政治委员两个人，第一次并肩并马缓缓地向前行进。

八

只能用半边身子着床的杨军，斜躺在野战医院的病床上，捏着手指计算一下，他从火线上下来已经十四天了。随着医院迁移到林家沟来，也已度过了八个昼夜，正好和第二次涟水战斗经过的时间一样长短。在他的感觉里，猛烈的涟水战斗像是昨天夜晚的事，耳畔的炮声和枪声似乎还在鸣响。他瞧瞧病房里，躺着的人的确是在床上，不是在战壕里和掩蔽部里，他才又觉得他是个受了伤的人，手里没有了武器。他感叹了一声，声音里含蕴着失去战斗力的悲哀情绪。三天前，他的伤势处在危险的关口，弹片从肩上钳取出来以后，经过的情况是良好的，接着却增高了体温，进而到发高热，体温计的水银柱曾经升到三十九度八。发高热的那天夜里，女医生黎青和女护士俞茜守候在他的身边。在近乎昏迷的状态里，他的脑子里映动着紧张的战斗画面——三年前的一个春天，战斗发生在他家乡附近的一个县城，敌人是日本鬼子一个中队和汪精卫伪军两个营。拂晓的时候，部队展开了对敌人的攻击，一直打到天黑，城墙没有爬得上去，城脚根倒下了十来个战友的尸体，他（那时是一个战士）踏着战友们的血迹爬上云梯，他的手将要攀住城墙垛的时候，云梯突然倒下，他跌了下去，跌到战友们的尸体旁边。他刚刚清醒，看到他那时的营长苏国英像一只松鼠，轻手轻脚地在云梯上跳跃着直往上爬，在城墙垛上，苏国英连续地扔出四个轰然大响的手榴弹，敌人的机关枪停止了嗥叫，接着，苏国英一纵身，跳到城里面去。他听到苏国英在城墙垛上大叫了一声："同志们跟我来！"于是，他迅速地爬起来，跳过尸体，照着营长的姿态，敏捷地爬上了云梯，云梯"啪吱啪吱"地叫着，催促他赶快登上城墙。他终于爬了上去，也扔了几个手榴弹，跳下城去。冲锋的号声在黑空里吼叫起来，战友们纷纷地上了云梯，攻入到县城里面。不久，兄弟营的部队也攻了进来。苏国英在火线上跑来跑去，指挥着队伍向敌人攻击。当一股敌人逃窜的时候，苏国英代替一个受了伤的机枪手，向敌人不停地扫射，打得敌人纷纷栽倒在一片开阔地上。在战斗接近解决的当儿，他押着二十多个伪军俘虏走向已被打开的城门口，不幸，敌人的一颗冷弹，击中了站在城门口一块石头上的营长苏国英。他立即把俘虏交给别人，奔上去抱住他的营长，他的营长却大声喝令着："不要管我！消灭敌人！"但他还是把苏国英背出了城门。在城外的小山坡下面，碰到两个女担架员，恰巧，一个是他的未婚妻阿菊，一个是他的姊姊阿金。他把苏国英交给她们，回身奔向火线的时候，他还听到他的营长苏国英叫着："不要管我！消灭敌人！"……他从梦中惊醒过来，在他眼前的，不是苏国英，也不是他的姊姊阿金和他的未婚妻阿菊，而是沈振新军长的妻子医生黎青和护士俞茜。

他这两天高热退了，也没有再做过梦。

他很想把他的梦——也是真实的故事——说给什么人听听，但始终没有说出来，他只对二排长陈连说了一句："我梦见了苏团长。"他在想念他的团长，也在想念他的阿菊。今天早晨，他曾对俞茜说："能替我写封信吗？"俞茜说，"可以，写给谁呀？"他却又回口说："不写了。"他想告诉阿菊他负伤了，但他的家在江南，那是国民党反动派统治的地区。即使可以写信去，阿菊知道他负了伤，定会伤心落泪，说不定还要奔得来探望他。他觉得，在这个时候请人写信给自己的爱人，作为一个共产党员，一个革命战士，是很不应该的。他竭力把对阿菊的思念排斥开去，用拳头在自己的脑袋上连连敲了两下。

他转动身子，感到伤口隐隐发痛。从枕头旁边他拿出一个纸烟盒子，又从纸烟盒子里拿出在他肩部钳取出来的炮弹片。它是弯曲的狭长形，边缘密布着狰狞可怕的齿角。在钳取这块弹片之前，他就向医院院长提出了要求：钳出的弹片给他留着做纪念。院长没有拒绝，在今天上午，把洗去了血迹的弹片给了他。一拿到手，他就看呀摸的摆弄了好久。现在，他又把弹片放在手里玩弄着，翻来覆去地端详着。"好呀！你钻到老子肩膀肉里！"他对着弹片咬牙切齿地说。

"它对你有交情，没打断你的骨头！"离他的床位不远的二排长陈连说。

"是呀！所以我要留你做纪念品啦！"杨军一面应着陈连的话，一面还是对着弹片说。

"对我，它就瞎了眼，不讲交情了！混账家伙！"断了一条腿骨的陈连骂道。

"你为什么不钻到蒋介石的身上去？为什么不钻到张灵甫的身上去？我们的肉是香的，好吃？他们的肉是臭的，不好吃？"

杨军正在对着弹片出神，俞茜走了过来，把弹片拿了去，装到纸烟盒子里，紧紧握在自己手里，藏在身后，笑着说：

“杨同志，好好休息。这个东西我替你保存！”

“你要保证不弄丢了！”

“你出院的时候，我还给你。”

俞茜站在杨军面前，黑黑的小眼珠的斜光，射到杨军的脸上，杨军觉得俞茜的眼光，柔和但是又很严厉。他认错地说：

“你走吧！我休息，我休息。”

俞茜还是没有走，眯着眼，微微地笑了笑。到杨军的眼睛闭上，她才离开，在掀开草门帘走出去以前，她又回头看看杨军的确是睡着了，才出了病房的门。

傍晚时分，五班战士洪东才来到杨军的床前，附在杨军的耳边，挤着眉毛“嘁嘁喳喳”地说了一些什么，杨军听了以后，惊讶地问道：

“他死了？你怎么知道的？”

“听医院里指导员说的。在俱乐部里看到我们团报，上面有一段消息，写的团长刘胜，政治委员陈坚。”

“多好的团长！牺牲了！”杨军的眼里滚动着泪珠，悲叹地低声说。

“我的伤快好了，隔两天要回到团里去，你能写信吗？我替你带信回去。”洪东才说。

“你带个口信，告诉石连长、罗指导员，我们班里张华峰、秦守本他们，我很快就要回去，我那支枪，号码是八七三七七三，用熟了，不要分配给别的人。”杨军握住洪东才的手说。

黎青和俞茜走了进来，俞茜对洪东才责备说：

“洪同志，你又来打扰他啦？”

洪东才慌忙地站起来，拔腿就走。杨军觉得洪东才有点受窘，对俞茜说：

“医院里的规矩，比战场上的纪律还要严！小洪隔两天要走，他是来问我要不要带信的。”

洪东才向俞茜不乐意地望了一眼，提起脚跟，青蛙似的跳了出去。

俞茜把体温计放到杨军口里，黎青按着杨军的脉搏，她的手指感觉到杨军的脉搏似乎比早晨加快一些。看看体温计，体温还是正常的。

黎青走到别的伤员跟前去。

“你说的，弹片要还给我的！”杨军对俞茜加重语气说。

“我不要它！你出院的时候，一定还给你！好好休息！”

俞茜用沉重的、但是很低的声音命令般地说，她的脸上显现着焦急而关切的神情。

病房里沉寂下来，杨军被迫地闭上眼睛躺着。

九

沈振新和昨天刚到任的副军长梁波下着围棋，嘴里嚼着梁波从山东带来的蜜枣。

“不错呀，好吃得很哩。”沈振新称赞着蜜枣的味道，把一粒白子用力地摆下去。

因为漫不经心，白子掷到黑子的虎口里去，梁波哈哈地笑着说：

“送到嘴里？提掉你！”梁波把那粒白子丢到沈振新的面前去。

“山东到底怎么样？”沈振新问道，停止了下棋。

梁波以幽默的口吻说：

“出枣子、梨子，还有胶东的香蕉苹果，肥城的一线红桃子，都是名产。出小米、高粱，兰亭大曲，十里闻香，著名得很啦！山东，可不简单啦！水浒传上一百零八将，就是在山东的梁山造反的呀！”

“给你这么一宣传，倒真像个好地方！”

棋子收到布袋里去，他们一边吃枣子，一边谈着。提起山东，梁波的嗓音便亮了起来，从他的眉目所传达的神情看来，他对山东有着深厚的感情。他向沈振新介绍了这样一个故事——在抗日战争的时候，一个姓黄的排长负了伤，留在吴家峪一户人家休养。鬼子到村子里搜了九次没有搜到，群众把黄排长藏在一个山洞里，每天夜里送饭给他吃。因为汉奸告密，鬼子硬到村子上要这个排长，全村的房子烧光，群众也没有把这个排长交出来。后来鬼子把全村男女老少集合起来，声称不交出这个排长，全村的人都要斩尽杀绝——说到这里，梁波捏起遗在手边的一粒棋子用力地弹着桌子，说：

“你猜怎么样？一个青年小伙子，挺起胸脯从人丛里走出来，说他就是黄排长。结果，鬼子当场把他当枪靶子打死了。那个黄排长的性命，就给这个青年小伙子换了下来！”

“啊！群众条件很好！”沈振新赞叹着说。

“有这样的群众条件，仗还不好打？加上现在都分到了地，国民党来了，老百姓还不跟他们拼命？”

梁波是江西人，是沈振新在第一次内战时期的老战友。他当过战士、宣传员，当过排长、连长，在队伍里打滚、磨炼了将近二十年，和沈振新走的是一样的道路。他比沈振新小三岁，身材也略略矮一些。从一九三八年春天他们在延安分手，一直没有碰过面。八九年来，沈振新在长江两岸战斗，梁波在黄河南北活动，两只脚没有离开过山东的石头和泥土。

李尧和汤成拿了饭菜和酒来，梁波笑着对他们说：

“我那个大块头警卫员冯德桂，是山东老乡，你们同他要交交朋友呀！到山东，他是个地头鬼呀！”

“你来了，这个军的工作得靠你咧！”沈振新带着慨叹的神情说，替梁波斟了满满的一杯酒。

梁波喝了一口酒，说：

“这是什么酒？比兰亭大曲差得远啦！”接着，他把杯子和沈振新的杯子碰了一下。

“靠我什么？你不用愁！到山东，我跟你带路，用不着找向导！”

“涟水这一仗，把我打苦啦！”沈振新的舌头舐着酒的苦味，感叹地说。

梁波知道沈振新的心情近来不大畅快，装着不大在意，只是喝酒、吃菜，有意把话题引到别的方面去。

“几个孩子啦？”他笑着问道。

“现在，……还是一个没有。”沈振新言语吞吐，但又带点笑意地说。

“就要有啦？什么时候请我吃红蛋啦？”梁波放开嗓子，哈哈地大笑起来。

笑声未断，黎青手里提着个小藤包走了进来。梁波一望，料定是沈振新的妻子，笑声不禁更加放大起来，说道：

“嘴说曹操，曹操就到。”

这个陌生的人毫无拘束地大声说笑，使黎青感到有些窘迫，面孔立时绯红起来，拿着小藤包不自然地站在门边，好似又想退出去的样子。

沈振新把他们介绍了一下，两个人握了手，黎青才把藤包放到条几上去。

黎青坐到桌子边来，默默地吃着饭。梁波看到黎青受拘束，感到自己有点冒昧，便不再说笑，默默地望望黎青，又望望沈振新。

“你咧？老婆、孩子呢？”沈振新问道。

“我吗？庙门口旗杆，光棍一条！”梁波回答说。

黎青扑哧地笑了出来，眼睛敏捷地瞄了瞄幽默的梁波。

“就想个孩子。老婆，倒不想。”梁波歪着头，对黎青打趣地说：“你生个双胞胎吧！送一个给我！”

黎青瞪了沈振新一眼，羞涩的脸上又泛起了红霞，没有答话，埋头大口地吞着饭。

“干什么工作？听说是医生？”

“消息很灵通。”黎青镇静下来，轻声地说。

“那好，有病请你医。”

“爱说笑话的人是不会生病的。”黎青微笑着说。

被几杯酒染红了脸的梁波，看到黎青的仪表端庄而又大方，容貌美丽，性情好似也很淑静温存。在这样一个女性面前，他情不自禁地感慨起来，把面前的一杯酒一口饮了下去，说：

“小生三十五，衣破无人补。我呀！跟四十挨肩啦！”

黎青笑了一声，把梁波的杯子斟满了酒，走了出去。

吃过饭，沈振新把部队和主要干部的情况，向梁波简略地谈了一番。点灯以后，梁波便回到自己的屋子里去。

“你把什么话都告诉人家！”黎青斜躺在床上对沈振新说。

“我们这些人，就是这样，一二十年没见面的朋友，一下子碰到，就无话不谈。像你们，成年到头在一起的同志、朋友，甚至是夫妻，还有话不谈。”

“什么话我瞒了你的？爱人怀了孕也要宣传！”黎青坐起身来气恼地说。

“这点小事，又生气啦？”沈振新拿了一把蜜枣给她。

黎青吃着枣子，问道：

“山东带来的？”

“好吃吧？以后天天有得吃！”

两天以后，队伍就要向山东地区继续撤退，沈振新、丁元善这个军，七天的行程已经安排停当，决定把军的野战医院分成两部分，一部分留在前方，一部分组成后方医院，和军械修配厂一同安置到后方深山里一个固定地方去。后方医院和司令部就要分开行动，黎青和沈振新也要在这个时候离别。为了医生的职务和她自己的身体，她需要到后方去。她所长久遗憾的事情，是沈振新这个人，爱是十二分地爱她，就是和她没有心谈。打仗的时候两个人不在一起，那不用说。战斗结束，比打仗的时候还要紧张，成天成夜开会，忙着工作。有一点空，又要下棋、打扑克玩，也没有什么话和她谈谈。她甚至感到这是和一个高级干部结婚的无法解除的苦恼。有时候，她竟怀疑工农出身的干部，尤其是工农出身的高级干部，是不是真的懂得爱情。现在，她要到后方去，估计起来少说也得年把才能再聚到一起。南边大块的地方被敌人占领，部队还要大步后退，在她想来，战争的前途，遥远而又渺茫。昨天下午，她知道了消息，部队就要北上，要分前后方，医院要和军部指挥机关分开，这就使她生起和沈振新细谈一番的想头。她在昨天夜里，把她的最喜爱的青色的绒线背心拆掉，连夜带昼，打了一条围巾，准备把它送给沈振新，使沈振新在寒冷的时候，感到她留给他的温暖。

谈些什么呢？又不知从哪里谈起。她觉得身子疲劳，心里郁闷，两眼望着屋梁，躺在床上。

“你们什么时候走？”沈振新问她。

“明天下午。你们司令部只是催我们快走呀！”黎青不愉快地回答说。

“你要注意身体。”

“在平时也好，偏偏在战争紧张的时候，要生孩子。”黎青烦恼地说。

“到了山东，要打一些苦仗、恶仗，生活也会遇到很多困难。没有法子，敌人逼着我们这样。这是第三次内战，经过这次内战，把蒋介石彻底打垮，孩子们就不会再遇到内战了。我相信你能够坚持斗争，但又担心你在遇到严重情况的时候撑不住。你快是孩子的妈妈了，又是共产党员、革命干部，前几天你劝我不要糟蹋身体，现在，我也要劝你注意自己的健康。”

“我会这样做的，你放心！我不安的，是仗越打越大，越打越苦。我到后方去，你在前方，我们分在两处，我不能照护你一点。”黎青有些凄怆地说。

“用不着你担心！”

“离开你，生活的艰苦，我可以经受得住。担心的，是你有时候太任性。”

“太任性，是有害的。但是，在敌人面前，在困难面前，绝对不能低头！到山东去，是撤退、钓大鱼，不要看成是我们的失败。以后，你可能还会听到不愉快的消息。不管到什么时候，你千万不要动摇这个信心：革命是一定要成功的，战争是一定要胜利的。”

黎青从床上坐了起来，沈振新坚定有力的语言，扫除了她心头的暗影，她拿过小藤包来，取出青色的围巾，挂到沈振新的颈项里，说道：

“有人说山东天冷，耳朵、鼻子都要冻掉的！”

“这是一些南方人说的鬼话！他们不肯上山东！听他们的？过雪山、草地，我也没有冻掉耳朵、鼻子！”沈振新摸着耳朵、鼻子笑着说。

“冷总还是冷的，围巾总不能不需要！”

沈振新把围巾试围了一下，黎青满意地笑着。

他们谈了许久。这时候的沈振新，和黎青一样，有一种深沉的惜别情绪。他不厌烦地向黎青问起工作上有什么问题没有，和同志们的关系怎么样，思想上还有什么顾虑等等，直到夜深，他们还在一边清理箱子里的衣物、文件，一边情意亲切地谈着。

黎青认为这个进入了初冬的夜晚，几乎是他们结婚以来谈话最多，也最亲切最温暖的一个夜晚。虽然明天就要分手，艰苦的日月在等待着她，她却感到内心的愉快和幸福。

“有工夫就写一封两封信来，没工夫，寄、带不方便，就算了。把过多的精力用到两个人的感情上，是不必要的，特别是战争的时候。”沈振新望着黎青说道。

“我也这样希望你！”黎青敬慕地望着沈振新。

沈振新拿出衣袋里红杆子夹金笔套的钢笔，插到黎青的衣袋里，又从黎青的衣袋里，拿下黎青的老式的蓝杆钢笔，插回到自己的衣袋里。

“军长同志!”黎青兴奋地跳了起来,大声叫道。

沈振新的大手紧紧地抓住黎青的温热的臂膀,黎青的妩媚的眼睛,出神地看着沈振新酡红的脸。

月光从窗口窥探进来,桌子上的烛火向他们打趣逗笑似的闪动着明亮的光芒。

一〇

片片白云在高空里默默行走,银色的太阳隐约在白云的背后,光秃的树梢在飒飒的寒风里摆动身姿,鸟雀几乎绝迹了。只有一群排成整齐队形的大雁,和地上的人群行进的方向相反,从北方飞向南方。

经过三个昼夜,战士们踏过一百多里苏北平原的黄土路。紫褐色的、深灰色的山,逐渐映入到征途上战士们的眼帘里来。山,越来越多,越高大,越连绵不断,和云朵衔接起来,连成一片,几乎挤满了灰色的天空。

“我的娘呀! 除了山以外,还有什么呢?”

山,好像已经压到身上似的,有人禁不住这样大声叫了出来。趁着还有一小段平原的黄土路,五班班长洪东才脱下脚上的青布鞋,把它插到背包上去,用光脚板行走。好像这是非常值得学习的事,不少的人立即跟着仿效起来。原来是弹药手、现在是机枪射手的周凤山,新战士王茂生、安兆丰等等,后来一个连队的大半数人,都这样做了。有人是为的节省鞋,留待走山路穿;有的却是为的热爱乡土、留恋平原。新战士张德来就这样说:“让脚板子跟黄土地多亲几个嘴吧! 眼看就没有得走啦。”

长途行军的第四个下午，太阳站在西南角上的时候，队伍正在前进的路上，四班副班长金立忠忽然喊问道：

“看到没有？前面睡着个大黑蟒呀！”

有的歪着头，有的伸着颈子，一齐朝前面张望着。

“在哪里？没有看到！”六班班长秦守本喊着问道。

好几个人嚷叫着：

“我看到了！”

“从东到西横在那里！”

“像条大乌龙！”

“铁路！铁路也没见过！真是少见多怪！”

在陇海铁路路基南边，新任二排长林平看看还有六七个战士落到后面二百多米远，便命令全排在这里休息。

战士们迅速卸下背包，重重地放到地上。好些人都坐北朝南地望着，好似望着从此远别的亲人一般。

“家在南边的，向南狠狠望几眼！可不能向南啊！”副班长丁仁友站在铁轨上说。

“过了铁路就是山东吗？”

“还有一段江苏地。”

“山东出大米不出？”

战士们互相问答着。也有人向南望望，又向北望望，把铁路南北的天空、树木、房屋、泥土作着比较。趁一架敌机飞过，大家分散防空的当儿，周凤山悄悄地跑到五十米以外的一个茅棚里去，喝了一大碗水。

“你去干什么了？”周凤山回来的时候，班长秦守本问他。

“喝口水，过了铁路，这种水就喝不到啦！”周凤山回答说。

听了他的话，好几个战士都朝那个茅棚子里跑去，秦守本对着战士们大声喝令着：

“回来！”

他班里的和别的班里的战士，都给他喊得呆呆地站住了。

“要喝这里的水，挑两桶带着！铁路是阴阳界吗？铁路北就是地狱？连水也臭得不能吃了？”秦守本瞪起眼睛，对着战士们还是大声吼叫地说。

坐在铁轨上的二排长林平走到战士们跟前，看看，大多是新参军的战士，便对他们温和地说：

“临出发的时候，罗指导员不是说过吗，干革命的人，不是只有一个家。我们到处都是家，到处都有兄弟姊妹。我是南方人，到过山东、河南、河北。你们说山东不好吗？到了山东，你就知道山东好。山东的泉水，碧清！跟镜子一样，能照见你的眼睛、鼻子。你们实在口渴，就去喝一点，可不要喝生水！”

只有一个新战士孙福三说他实在口干，跑到茅棚里去，别的战士全都返回到休息的地方。

过铁路的时候，好几个人不声不响地抓了一把沙土，带到路北来，走了好一段路，才抛撒掉。

天还没有黑，队伍到了宿营地高庄。出于战士们的意外，在南方常遇到的事情，在这里照样有。庄口上摆了大缸的茶水，锣鼓“铿铿锵锵”地响着，欢迎路南来的部队。队伍刚坐下来，还没有进屋子，妇女会、儿童团的队伍，就敲打着锣鼓，一路跳着秧歌舞，来到队伍休息的广场上。她们拉成一个大圆圈，又是唱又是跳的，红的绿的彩绸，像春天的蝴蝶似的飞来舞去。接着还有吹唢呐、拉板胡和唱歌的节目表演。

“山东大姑娘唱的还挺不错哩!”五班长洪东才在秦守本的耳边说。

爱拉二胡的安兆丰,竖起耳朵听着弦音响亮的板胡独奏。

直到天黑,战士们才满意地看完了表演的节目。

队伍进了屋子,草铺早已打好,地上扫得一干二净。背包打开,毯子刚刚铺好,吃的茶,洗脚的水,老大娘也都烧好了。桌子上的一个大黑碗里,盛着满满的炒花生。

“还说山东不好吗?这样的老百姓哪里有呀?”秦守本对班里的战士们说。

“还早哩,这才沾上山东边子。”周凤山低声地说。

“真还没有想到咧!板胡拉得很有一手。”安兆丰竖起大拇指头说。

“我们海门老百姓,还送枇杷给队伍吃咧!”王茂生夸耀着自己的家乡,剥着花生说。

“你的家乡观念要检查检查!”早就生气的秦守本瞪着王茂生大声地说。

王茂生感到受了意想不到的打击,马上背过脸去,躺倒在铺上。其他的战士有的低头一声不响,有的挤眼伸舌头,轻轻地溜到门外去。

秦守本气恼地皱着眉头,跑到二排长林平那里。林平惊异地问他:

“班里出了什么问题?”

“我不干了!活受罪!”

“你不干,我不干,谁干呢?”

“我还是当个小兵吧!”

林平把秦守本歪着的脸扭正过来，笑着说道：

“亏你自己说得出！军长、军政委跟你谈过话，军首长叫你这个样子的呀？”

秦守本给二排长问得哑口无言，只好又走回到班里。战士们正在嚼着黄的红的煎饼，见他还有些恼怒，周凤山便把留下的一份煎饼和小菜送到他的面前，安兆丰跟着盛了一碗小米粥给他。

王茂生却还躺在床上，没有吃饭。

“是我错了好不好？就算你们海门的老百姓好，枇杷甜，行不行？”秦守本压抑着自己烦躁的情绪，对王茂生说。

安兆丰把王茂生拉到桌子边来，王茂生拿着煎饼，慢慢地嚼着。

吃煎饼、喝小米粥，全班的人都是头一次。小米粥很快喝完了，煎饼却剩下许多，红高粱粉做的剩得特别多。秦守本也觉得高粱煎饼的确有点碍喉咙，但是，他把他的一份硬是吃完了。

“你们不吃饱，肚子饿，走不动路，可不能怨我！”秦守本望着大家说。

安兆丰和周凤山又拿起一张，撕碎成一片一片，勉强地吃着。其他的人还是没有再吃下去。

夜里，整个村庄在睡梦中。突然一声枪响，把队伍和一些居民全都惊醒过来。秦守本的一个班，慌张得乱吵乱叫，有的打背包，有的抓枪、摸手榴弹，在黑暗中，互相碰撞，新战士张德来恐惧地缩成一个团团，靠在墙角上发起抖来。紧接着，又是“砰”地一枪。副班长余仲和擦亮火柴去点灯，好几个人同声叫着：

“不要点灯！不要点灯！”

秦守本把步枪抓到手里，用手电筒闪照一下，喝令道：

“不要乱动！没有事情！”

灯点亮以后，安兆丰瞧瞧身边的毯子，诧异地说：

“孙福三到哪里去了？”

你看我，我看你，里外喊叫、找寻，孙福三确是不在了。“他开了小差？一定要把他抓回来！”秦守本痛恨地说。他立即跑了出去。到二排长林平那里，林平不在，他又奔到连部。

“报告！我们班上开了一个！”他站到连长面前气呼呼地大声说。

“我说的，这个地方哪里来的敌情？”连长石东根望了他一眼说。

哨兵回来报告说，一个人从沟边上爬到庄子外头，不要命地向南跑，吆喝他站住，他跑得更凶，打了两枪没有打中。

“你怎么不去追呀？”秦守本向哨兵责问道。

“我一个人怎么去追呀？”哨兵反问道。

“我去追！”秦守本回头就往外奔。

“你到哪里去追？还不晓得下去多远哩！”石东根拦禁着说。

秦守本回转身来，脸色铁青，站在门口。

“这是头一个！秦守本，是你们班上开的例子！”石东根冷冷地说。

“这些新兵最难带！我班长不当了，请连首长处罚我！”秦守本几乎哭泣起来，愤然地说。他把手里的步枪，放到连长的床边去，两手下垂，低着头。

石东根扬扬手，干脆地说：

“回去睡觉！枪拿走！班长要当！逃亡现象要消灭！”

秦守本回到班里，班里的人一声不响，他们身上披着毯子，抱着膝盖坐在铺上,余仲和“吧嗒吧嗒”地吸着旱烟。

“要开小差的,趁早!”秦守本气恨恨地说。他和着衣服,把毯子朝身上一拉,睡倒下去。

一一

秦守本几乎整夜没有睡着。战士孙福三的逃亡,使他的精神上突然增加了沉重的负担。夜半,房东老大爷起来喂牛的脚步声,也叫他吃了一惊,连忙爬起身来。他用电筒在铺上挨个地点着班里的人数。老战士夏春生的头蒙在毯子里面,他跨过三个战士的身体,在夏春生的身上摸了一摸,觉得确是有人睡着,才放下心来。时近拂晓,外面传来两声狗叫,秦守本又惊醒起来,揉开疲涩的眼,点着人数。“啊?怎么又开了一个?”他惊讶地说出声来。

“什么事情?”副班长余仲和仰起头来问道。

“怎么人数不对呀?”

余仲和把人数点了一遍,是十一个,没有少。秦守本自己又重点一遍以后,才发觉他在第一遍点数的时候,忘了点数他自己。

夜里,他睡不安宁,白天,行军在路上,他也盘着心思。这些新兵怎样才能会打仗?一旦战斗发起,这个班怎能拉上火线?

不是吗?仅仅是一架敌机,而且离得老远,张德来就不要命地狂奔乱跑,像个鹌鹑一样,头钻在石头底下,屁股翘在外面。昨天,那个逃走了的孙福三,不知什么人打了个谣风,说“飞机来了”,便伏在沟边好大一会儿不起来。因为自己当了班长要爱兵,背着自己的背包、米袋、步枪、子弹、手榴弹等等一共二十一斤半,还得再背着新战士张德来的一条枪。现在,真正地到了山东境地,硬骨骨的山路已经来到脚下。有的脚上磨起了水泡，有的呕吐，说见了山头就晕。再向前走，到了万山丛里，那将是个什么样子？

天冷了！寒气逼人的西北风，凶猛地迎面扑来。太阳老是藏在云的背后，天，老是阴沉昏暗的色调，身上、心上的重担，都把秦守本压得很苦。战士们愁眉苦脸，没有一点快活劲，除去安兆丰有时候还哼两句苏北小调而外，班长秦守本，几乎和涟水前线撤退下来的时候一样，一路上默默无言，连下命令休息、检查人数等等事情，都交给副班长余仲和负责。

走了一山又是一山，从山下、山前，走到山上、山后，又从山上、山后，走到山下、山前，队伍被吞没到山肚里。

又连续地走了三天，疲劳的队伍终于像逆水行船似的拉到了预定的目的地，驻扎下来。

秦守本度过了痛苦的艰难的一周。

队伍驻在四面环抱的山里，好像与世界隔绝了似的。炮声听不到，敌机的活动也几乎绝迹了。

在秦守本的感觉里，现在是远离了敌人，远离了战争。

他走到张华峰班里。好似一个出了嫁的姑娘，四班是他的娘家，他不时地要到四班里来。

张华峰正伏在一张小方桌上写信。

“写信给谁呀？”他问道。

“我正要找你，写封信给杨班长。”张华峰抬起头来，告诉他说。

“对！把我的名字也写上，我真想他赶快回来。”他坐在小桌旁边，紧接着说。

张华峰把已经快写完的信，交给秦守本看。

“……希望你早点养好伤口回来，带领我们作战，消灭敌人！”

秦守本念到这里，问道：

“住在这个深山里，跟什么敌人作战？”

屋子里还有别的人在谈话，张华峰便拉着秦守本，到门口太阳地里坐下来，轻声细语地说：

“上级不是常常说吗，我们要准备长期作战啦！仗还能没有得打呀？我们跟蒋介石反动派的冤仇，从此就算了结啦？”

“我看，这多山，敌人不会来。”秦守本摇摇头说。

“什么会来不会来的？”

嗓音清脆的指导员罗光，边插话，边走到他们的面前来，他们立即站起身来。罗光拉着他们两个一同坐到墙根的地上。

“你们谈什么心？我参加可以不可以？”罗光笑着问道。

两个人同声地笑着说：

“欢迎指导员指示！”

“当了几天班长，学会了什么‘指示’！要我‘指示’我就走，愿意一起谈谈心，我就在这里谈谈聊聊。”罗光外冷内热地说。

“指导员，我们开到深山里来干什么？听不见炮声，看不见敌人！”秦守本问道。

罗光有些惊异地望望秦守本，然后用手指在天空画了一个弧形，说：

“那不都是敌人吗？你们看！这多敌人怎么看不见？”

张华峰和秦守本跟着罗光的手指，眯缝着眼向空中紧张地注视着。空中尽是山，山上有羊群、有牛，还有牧羊、放牛的孩子，一些小小的马尾松。

“哪里有敌人？那是牧羊、放牛的！指导员说笑话！”秦守本笑着说。

“真是好大的眼睛！那么大的敌人看不见，还能打仗？”

两个人不解地望着罗光黑黑的发着光亮的小方脸。

“张华峰！你看见没有？我们面前有没有敌人？”

张华峰想了一想，又抬头望望天空，疑问道：

“是山吗？”

罗光把两只手在左右两边的两个人的肩膀上，使劲地拍了一下，大声地说：

“对呀！我们当前的敌人就是这些大山！我们许多战士就是怕山。魂都给这些山吓掉了呀！”

“敌人不怕山？他们敢到这里来？来了，用石头块硬砸也把他们砸死！”秦守本狠狠地说。

“对呀！敌人也怕山，比我们更怕山！我们要不怕山，要征服山，才能把怕山的敌人消灭！你说敌人不敢来？他们也可能给大山吓住了。我看啦，敌人是要来的，因为他们仇恨我们，要想消灭我们。”

好多人听到指导员在这里讲话，都围拢来了。罗光站立起来，身子依在石墙上，像鼓动上火线进行战斗似的继续说道：“我们不怕敌人！我们不怕山！我们要消灭敌人，也要消灭我们心里的山！你们怕山不怕呀？”

过了好一会儿，周风山才低声地回答说：

“不——怕！”

“你看，他的喉咙有点发抖哩！你们好些人还不及周风山，连这一声还没有应！”罗光张大眼睛笑着说。

战士们哄然地笑了起来。

罗光和战士们走散以后，秦守本和张华峰继续谈着给杨军写信的事。

“在信上加几句，告诉他部队里来了一批新兵，又想家，又怕山。”秦守本说。

“那不好！”张华峰摇摇头说。

“好！他知道这些情形，就会赶快回来！他回来就好了！”

“他会在医院里焦心。”

“张华峰！这批新兵真难搞，弄得我夜里觉都睡不着。不像你们班里的新兵好，不说怪话，不开小差。”

“你怎么睡不着？你夜里看着他们？”

“不看怎么办啦？不看，能把他们拖到这里？”

张华峰拉着秦守本的手腕，摇了两下，低声地恳切地说：“守本！不要看他们！他们是来革命的。你越看，他们越想跑。腿生在他们身上，他们要跑你看也看不住。”

“再开呢？已经开了一个呀！”

“我告诉你，我初来的时候，给班长，就是现在的三排副训了几句，当时心里很难受，为了不愿意挨地主的打骂才来革命的，到这里反而又挨骂，脑子一转，我就想开小差。后来，因为当时的副班长杨军对我好，帮助我，同我谈心，我才没有走，要不是杨军，说不定我就不会跟你坐在这里了。这件事，杨班长跟你说过没有？”

“没有。”秦守本摇摇头说。

张华峰这几句话，深深地打动了秦守本的心，他想到班里的新战士，也还有老战士，跟他的中间似乎隔着一道看不见的深沟。他跟他们没有谈过心，他在路上常常对他们动火发脾气。新战士王茂生就是好几天来一直愁眉不展，苦着个高额头的长方脸。张华峰的话，也引起了秦守本对杨军更深刻的怀念。杨军真是一块簇新的大红缎子，一点斑痕没有。他这样回忆着，“杨军对我秦守本，真是从心里头关怀爱护，我打坏过老百姓一个花碗，他拿钱出来赔偿。我在火线上，头冒到掩体外面，他赶快叫我蹲下来，接着就是敌人的一颗子弹射击过来，刚巧从头顶上穿过去。不是他，准定不会同张华峰坐在这里。张华峰也是多好的人，涟水战场上下来，一路替我背背包、背枪，现在连他自己有过开小差的思想也告诉我。……我为什么不能像他那样对待新同志呢？”秦守本想着、想着，心里不禁难过起来。

“告诉他，我们一定把班里的同志团结好，教会他们打仗的本事，消灭敌人！消灭七十四师！替流血牺牲的同志报仇！”过了一阵，秦守本决然地说。

“好！加上这几句！”张华峰拍着秦守本的肩膀说。

张华峰把信纸放到膝盖上，加写上秦守本说的几句话。然后，两个人各自写上名字，同声地把写好的信又从头念了一遍，才装到信封里面。

冬天中午的太阳，站在高高的山顶上。

峡谷里乳白色的云海，一浪一浪地腾起、腾起。

张华峰走后，秦守本独自倚坐在太阳地里，享受着冬日的温暖，望着变幻的云海，看来，他的心情要比原来舒畅得多。

第三章

一二

团长刘胜在二十天来,紧张地进行着部队的休整、训练工作。

沈军长和丁政治委员那天的谈话,在他的心里震荡着强烈的回响。他要把沉重的担子挑到肩上,要对党、对他指挥下的两千个人负起责任来。这一个时期里,从涟水战役带下来的沮丧情绪,似乎已经消除了。

早晨起来以后,一张油墨未干的红色捷报,送到他的手里,上面的红色大字写着:“峄枣战役大获全胜!国民党匪军整编二十六师、五十一师两个师部,四个旅,一个机械化的快速纵队,共计五万余人,在峄县、枣庄地区被我军全部歼灭。”这是他昨天夜晚从电话里已经知道的消息,可是,这个红色捷报,给了他更加鲜明的印象。又好像是一股浓香的带有刺激性的酒气,猛烈地窜入他的鼻腔,一直钻进到他的脑子里。

在吃早饭的时候,他嚼了一棵大葱,奇怪!大葱竟是不辣的,他的舌尖上有着甜味的感觉。

一放下碗筷,便跳上他的白马,奔驰出去。

他在练兵场和演习阵地上,观察了一番。在山谷里一个人家门口,他碰到三营营长黄弼。

“你们今天搞什么?”刘胜问道。

“还是实弹射击!”黄弼回答说。

“今天夜晚演习准备好了吗?”

“差不多了。我们的新兵不错呀!有的当过民兵,有的打过游击,射击的成绩很好啊!”

“又吹牛!”

“团长去看看吧!”

刘胜随着黄弼走到八连的打靶场上。

新战士王茂生正在向竖在山脚下的人头靶立射瞄准,刘胜站在王茂生的身边,入神地瞧着。

王茂生的身体站得挺直,腮部紧贴在枪托上,屏住呼吸,用两个连续的小动作,扣了扳机,子弹射了出去,接着靶子后面升起红旗,旗语报告说,击中人头的中部偏下一点。

“再来一枪给刘团长看看!”连长石东根得意地说。

王茂生又准备射击,正要扣扳机,刘胜命令道:

“打瞎蒋介石的眼睛!”

王茂生把瞄准的角度移动一下,然后对准一枪,子弹射了出去。接着射出第三发子弹。刘胜在望远镜里看得清楚,木板靶子连续地颤抖两下。旗语报告说:人头上部偏左的部位两处被击中。

刘胜把王茂生拉到自己面前,用惊奇的眼光,在王茂生的身上、脸上仔细端详了一阵,问道:

“你当过兵?”

“当过民兵,基干队队员。”王茂生回答说。

“打过仗?”

“反清乡打过几次小仗。”

“枪从前就打得这样准?”

“从前步枪打野鸡,两枪中一枪,到这里练了以后,比从前准一些。”

“今年多大岁数?”

“二十四。”

“家里种多少田?”

“两口人三亩地,土改又分到一亩二分。”

“贫农?”

王茂生点点头。

刘胜伸出粗大的手,在王茂生的肩膀上猛力地拍了一下,王茂生的身子几乎完全没有颤动,两只眼睛紧紧地望着刘胜的长满胡髭的脸。

“好好地干,小家伙!你的班长呢?班长是哪一个?”

站在一旁的秦守本说:

“是我!”

“叫秦守本。”石东根告诉团长说。

“天目山的,我认得。你的枪法怎样?”刘胜问秦守本道。

“不及他。”秦守本回答说。脸孔立刻涨红起来。

“要向他学习,向他学习,知道吗?”刘胜着重地说。

“知道。”

“知道什么?”

“向他学习!”秦守本大声地但是嗓音颤抖地说。

在靶场上又看了一阵,查询了营里夜晚攻防战斗演习的准备工作情况,刘胜兴奋而又满意地回到团部。

“小蒋的机械化部队被消灭啦!人家可发了大洋财呀!”团政

治处主任潘文藻走进刘胜的屋里,用他那尖细的带着鼻音的声音说。

刘胜脱下带有马刺的长筒皮靴,拂拭着身上的灰尘,对潘文藻的话没有介意。

“这一仗打得好呀！缴了大炮、小炮好几百门啦!”潘文藻为着唤起刘胜的注意,把字音咬得十分清楚,语尾拖得很长地说。

“眼红吗？那是人家的本事!”刘胜冷笑着说。

“能不能向上面提一下,把他们的炮拨几门给我们?”潘文藻走近刘胜一步,征求同意地说。

“好意思？说得出口?”刘胜怀着反感地说。

“那有什么关系？都在一个大家庭里。将来我们有缴获,也可以拨给别的部队呀!”潘文藻仍在说服刘胜能够同意他的意见。

“我不做叫花子!”刘胜衔着没有燃着的香烟,把一根擦断了的火柴棒抛到地上去,愤愤地说。

“没有炮呀……”潘文藻见到刘胜神情不好,停住不说了。

刘胜眯着眼睛,忍耐着等候潘文藻说下去。

潘文藻终于说完了他要说的话:

“现在的战争,武器的作用越来越大。我们不能不承认这一点。要是没有炮呀,苦是有得吃的。”

“就是苦到没有饭吃,我也不去讨饭吃!”

潘文藻摇摇头,走了出去。刘胜的眼睛瞪着他的背影,哼着鼻音说:

“小米加步枪,穷人穷干法!”

刘胜从打靶场回来的兴奋情绪,几乎给潘文藻折磨掉了。但是潘文藻的话,同时给了他新的刺激,那就是别的部队打了胜仗,有了重大的缴获。“我们自己呢?”刘胜心里自然地发出了这样的问题。他完全不能同意而且厌恶潘文藻的意见,在他看来,那是一种“乞讨”的行为。但是几百门大炮、小炮的缴获,两个整编师四个整旅和一个快速纵队的全部歼灭,却又不能不对刘胜起着强烈的诱惑作用。

他疲乏地躺在床上,觉得心里有些发痒。

和战斗分手了一个多月的刘胜,这时候,突然感到战斗的饥渴,二十天来的练兵成果,新战士王茂生连发连中的射击成绩,在他的思绪里激起了银色的浪花,峄枣战役的巨大胜利,勾起了他的战斗的馋欲。他从床上跳了起来,赶忙地穿上他的长筒皮靴。

“小凳子!”他呼喊着他的警卫员邓海。

“什么?”邓海在远处问道。

“备马!”刘胜大声叫着。

他打算马上到师部去,了解一下最近的战争形势,提出他的战斗要求。

马匹没有备好,村外山脚下面的大路上,有五匹马直向团部住的村子奔来。刘胜举起望远镜,看到骑在马上的是军长沈振新、师长曹国柱和他们的警卫员。

刘胜走到村口,把沈振新和曹国柱迎进村子。

“到哪里去?”曹国柱问刘胜道。

“正想到师长那里去。”刘胜回答。

“那就不用劳驾了,我们到你这里来了。穿这样漂亮的马靴,胡髭为什么不刮刮光?”曹国柱对刘胜打趣地说。

“皮靴是冯超救济的。”刘胜笑着说。

“啊!你现在是难民?”沈振新和团干部们交谈着。

“你们的队伍练得怎么样呀？能打不能打？”沈振新问道。

“有任务吗？能打！”刘胜回答说。

“你说说看，训练的成绩怎么样？”沈振新继续问道。

“爆炸手一共训练了一百二十八名。手榴弹掷远，新老战士平均三十八米，步枪、机枪射击和榴弹掷高的命中率也不错。”刘胜说到这里，把他在八连打靶场上看到新战士王茂生三发三中的情形，有声有色地描述了一番。

“政治委员，你来了个把月啦，情况摸得怎样？”沈振新对陈坚发问道。

“连以上的干部还没有认全。到过两个连队去看了一下。”陈坚微笑着回答说。

“部队的情绪怎么样呀？”

“听到快速纵队消灭了，纷纷要求战斗任务，包括我们刘团长在内。”

“战斗任务马上就要来！我们要抓紧一分一秒的时间进行准备工作。”

“我看啦，两个月恐怕不可能，能够再给我们一个月，把军事上、思想上的问题，进一步解决一下也好。”潘文藻浅笑着说。

“练兵，主要在战斗里练。敌人不肯再给我们一个月的时间，让我们在这里绣花，成天瞄三角，打人头靶。”沈振新说。

潘文藻望望刘胜，他还是希望刘胜提出他的意见。刘胜好似已经明白潘文藻的意图，避开了他的眼光。这时候，恰巧大家又在吸烟、喝水，潘文藻便话中有话地说：

“听说南边缴获的炮多得很啦？”

“对呀！想分几门吗？”曹国柱笑着问道。

“能有几门当然好。”潘文藻也笑着说。

“没有呢？怎么办？”曹国柱再问道。

潘文藻沉愣一下，喃喃地说：

“我有这个想法，没有那就没有！”

沈振新站立起来，这使大家稍稍地吃了一惊。他严肃地但是平缓地说：

“没有那就没有？不能这样！要从没有到有！我们应当到敌人手里去拿！敌人的炮多得很！问题在于我们是不是有决心到敌人手里去拿。”

“我不干！伸手向人家讨饭吃！”刘胜也站起身来，趁着沈振新说话的气势说。

“不要把我们比做叫花子。我们是有财产的，我们的财产是手榴弹、步枪。我们要用手榴弹、步枪，消灭用飞机、大炮武装起来的敌人。要把敌人的飞机、大炮夺取到我们手里。还是自有红军以来的一句老话：‘在战斗中壮大自己。’我们要用艰苦的劳动去得到收获。”沈振新针对着刘胜和潘文藻的话说。

“你们有攻防演习吗？军长想看一看。”曹国柱问道。

“今天夜晚二营与三营对抗，二营攻击，三营防御。”团参谋长冯超回答说。

“你们把战斗演习都放在夜晚？夜里战斗要演习，日间战斗也要演习。情况的假设上要有敌机的轰炸、扫射。夜里的时间是我们的，白天的时间我们也要占据。知道吗？不要把白天的时间划给敌人，让我们在白天专门挨打。我问你们，白天挨了一天打，夜晚哪里还有力气去打人？涟水战役的教训还不够深刻吗？我们先要在思想上占领整个的二十四个钟头，清除我们对太阳光的恐惧。

让敌人不论是夜里、日里，都胆战心惊，惧怕我们的攻击。”沈振新说话的时候，不时地挥着手势，望着室外的天空，充分有力地表达他的言情话意。

冯超立即向营里打电话，询问他们夜间演习的准备工作，曹国柱告诉他说：

“不要告诉下面说军首长来观察演习，免得影响他们的战斗心理。”

沈振新和曹国柱的到来，对他们的询问、谈话，使刘胜他们的心情和工作，立即增长了紧张的程度，他们预感到严重的战斗就要发生。

夜晚，寒冷的风在山崖上呼啸，天空的星星跳动着点点寒光。附近村庄的灯火全部熄灭，攻防战斗的演习，在黑夜里的山地上开始。

沈振新和曹国柱坐在团指挥所附近的山头上，借着微弱的星光，观察着战斗演习的进行。

爆炸声，喊杀声，号角声，回荡在山谷里。

战斗的气氛，充溢在山峦重叠的世界里，充溢在冬夜的寒空里。

一三

第二天下午，刘胜专门为沈振新和曹国柱组织一次日间战斗演习，由一营一连执行夺取敌人固守的四五〇高地的任务。

四五〇高地是个不算太高的山头，叫虎头崮，是著名的七十二崮之一。它的崮顶肥大，颈项细而长，是十五米高的绝壁。从山下到崮顶上没有明显的常行的道路，在它的颈项下面，由于长年流水的冲击，形成了一道浅浅的沟渠。这是冬天，沟渠里没有流水。选择这个险要地形进行战斗演习，沈振新感到很大的兴趣。他和曹国柱、刘胜、陈坚等人坐在虎头崮对面一个无名的小山头上，准备观察半个小时以后开始的夺取虎头崮的战斗动作。

天色阴暗，灰色的云凝固在寒空里，有几只雕鹰在虎头崮的上空盘旋着，恰像是敌人的战斗机，特地为战斗演习而来似的。山头上的寒风，打击着小小的马尾松，使它们发着可怜的颤抖，枯黄的稀疏的野草，在山石缝里痛苦地挣扎着衰残的生命，表现出对即将来到的战斗的恐惧。

李尧把沈振新的皮大衣的獭皮领拉起，沈振新又立刻把它放倒下来，使自己的脖子任着寒风吹拂，这样，他觉得舒服一些。他把火柴圈拢在手心窝里，熟练地擦着火柴，吸着香烟。

他把周围的山地用肉眼和望远镜仔细观看了一番。

"这是很险要的地形，虎头崮是个易守难攻的山头啊！"沈振新赞叹着说。

"敌人敢到这些山上来吗？"潘文藻指点着一群山峰问道。

"你把敌人太看轻了！"曹国柱说。

"真会跟我们来夺山头吗？"

"十年内战你没有经历过，天目山也忘掉了？"

沈振新看看表，原定下午二时三十分开始动作的时间到了。他从李尧身上拿下照相机，朝虎头崮对着摄影的距离和光圈。

这时候，山下有一匹黄马急驰而来，马上的人是团部的一个参谋。他骑在马上，沿着山坡小道，奔向沈振新他们坐着的小山头。

"谁呀？"曹国柱问道。

“李恒，我们的侦察参谋。”刘胜回答说。

“喂！团长！时间过啦！”照相机架在眼前的沈振新催促着说。

“才过五分钟。”刘胜说。

“假的应该同真的一样！你呀，就是真的战斗，也常常不按规定的时间动作。”沈振新带着批评的口气说。

“对他来说，两点半钟发起攻击，规定在两点钟刚好。”曹国柱哈哈地笑着说。

“只有过两三次！以后保证按上级规定，不误点。”刘胜笑着说。

李恒下了马，气吁吁地走到面前。

“有什么事，急匆匆的？”刘胜望着李恒问道。

“军部来电话，要军长马上回去！”头上冒着热气的李恒喘吁吁地说。

“怎么说？”沈振新问道。

“朱参谋长打来的电话。”

“你没有告诉他我在这里看演习？”

“说了。朱参谋长说，请军长演习不要看了，有紧急的事情。”

沈振新把照相机装在皮盒子里，交给李尧，对曹国柱说：

“你在这里看看吧，可能要行动。”

“朱参谋长说，要曹师长也一起到军部去。”李恒又连忙补充说。

“老刘呀，你看，过了一刻钟，还没有动静！是存心不给我们看！”曹国柱带着幽默意味对刘胜说。

就在这个时候，虎头崮的山脚下面，队伍开始了战斗动作。

“那不是开始了？看！队伍不是在山坡下面运动吗？看看再

走吧！”刘胜拿起望远镜看着演习的队伍说。

沈振新和曹国柱同时拿起望远镜，朝虎头崮下面望着。

用树枝和草伪装着的战士们，躬着腰身，分成许多战斗小组，向山坡上，向虎头崮两边的制高点攻击前进。接着，虎头崮上和崮两边的小高地上，响起了枪声、炮声和炸药的爆炸声。

沈振新和曹国柱一面望着队伍的动作，一面向山下走去，刘胜他们跟送在后面。沈振新边走边咽着风说：

“胡子！抓紧时间，就拿虎头崮做目标，多演习几次。叫每个营、连都搞一下。”

“好啊！就这样干！”刘胜应诺着说。

“陈坚同志，潘文藻同志，临来的时候，徐主任跟我说了一下，要你们把部队的战斗情绪烧起来。山地战的政治工作，要认真地研究一套具体的办法出来。”

陈坚走到沈振新身边，用心地听着，应诺着沈振新的话。

“形势很紧张，要准备进行艰苦的斗争。我们要带领大家跟战士们一起，经受斗争的考验。”到了山下，沈振新临上马的时候，以沉重的声音殷切地向团的干部们说。

沈振新、曹国柱骑到马上，向干部们挥挥手，顺山路奔驰而去。

“有任务，不要忘了我们！”刘胜望着沈振新的背影喊了一声。

夜晚，团的干部们聚集在陈坚的屋子里，不时地向师部摇着电话，询问“曹师长回来没有？”“有什么消息吗？”等等，他们急于要求知道情况和任务。可是直到傍近午夜的时候，还是没有消息。刘胜和冯超已经走了，潘文藻却坐着不肯离去。

“回去休息吧！我也要睡了。”陈坚说。

潘文藻还是要走不走的样子，他的脸上呈现着忧虑的神情，一只手不停地捻捏着流滴下来的蜡烛油。

“有什么话要谈吗,老潘?”陈坚问道。

潘文藻刚吐出一个字音,马上又把要说的话咽了下去。

“有话就谈,不要闷在肚子里!是不是对我有什么意见啦?”陈坚竭力地促使潘文藻把要说的话说出来。

“对你来领导这个团的工作,我抱着热烈的希望。我对你没有意见。我想提醒你一下,请你能够全面地考虑问题。”

“唔,应该的,考虑问题要全面。你的意见对。”

“对我们团的战斗力,要作正确的估计。”

“这也对呀!你是怎样估计呢?我刚来,真是丈二和尚摸不到头脑。你的估计怎样?你谈谈看。”陈坚欣然地说。

“你不知道,我在这个团里工作快两年了。第二次涟水战斗一仗,打得惨啦!经不起再碰硬钉子!”潘文藻慨叹着说。

陈坚凝注着目光望着潘文藻,等候潘文藻继续说下去。

电话铃响起来,师部通知明天早晨八点钟以前,要刘胜和陈坚到达师部参加会议。

潘文藻在离开陈坚的屋子的时候,又着重地向陈坚建议说:

“在接受战斗任务的时候,应该考虑我们的主观条件。”

潘文藻走后,陈坚看看警卫员金东已经睡熟,便自己走到刘胜的屋子里,轻声地喊醒刘胜,告诉他明天早晨到师部开会的事。

刘胜含糊地应了一声,重又呼呼入睡。

陈坚正要吹灭刘胜床前桌子上的烛火,发现桌子上放着一个药水瓶子,他拿起瓶子看看,褐黑色的药水已经服用过半瓶,瓶子旁边还有一包药片。“在生病?”陈坚很想问问刘胜,但刘胜睡得正酣。这时候,恰巧刘胜的警卫员邓海睁开眼来,他便轻声地问邓海道：

“他生病了？”

“头痛，有点热度。”

“什么时候病的？”

“两天了，今天好了一点。”

“他醒的时候告诉他，身体不好，他不要到师部去，我一个人去行了。你把洋蜡吹熄，让他好好地睡。”陈坚对邓海说。

陈坚回到自己的屋子里来。睡着了的警卫员金东，因为翻转身子，毯子上的棉衣滑到床下面来，他把棉衣拾起来，盖到金东的身上，又把毯子的边沿塞垫到金东的身底下去。

陈坚躺到床上，但却没有立即入睡。

他从皮包里拿出他的日记簿。他是每天要写日记的，一二百个字一天，忙的时候，也得写它二三十个字，哪怕在紧张的战斗里，也不中断。到这个团里来了以后，他用了一个新开头的本子。他把日记本翻了一翻，觉得今天可记的印象很多，沈振新、曹国柱的来到，他们的谈话，夺取虎头崮的演习，潘文藻的带有忧虑的意见，刘胜生病……他看看表，已经深夜十二时半，他的眼睛迫切地需要睡眠。但是，他的顽强的生活习惯，打破了疲惫的包围阵。他拔出笔来，把身子倚靠在墙壁上，微微地颤抖着畏寒的手，一口气在日记本上写了将近五百个字。日记的最后一句话是：

“来到这里第一个战斗的日子，就要来到了！”

一四

夺取虎头崮高地的战斗演习，在全团的范围里，迅速地掀起了热烈的浪潮。在三天的时间里，虎头崮成了被轮番攻击的敌人阵地。

战斗演习和真正的战斗几乎是完全一样。

三营八连连长石东根的腰闪歪了，他在走路的时候，必得要把一只手卡在腰眼上，脸上显出难堪的痛苦的表情。指导员罗光的左耳给山坡上带刺的野草割破，贴上了橡皮膏，脸上横着两道细细的血痕。四班长张华峰的脚给一块滚下来的石头砸了，脚面上淤了一大块血，红肿起一个小鸡蛋大的疙瘩。六班长秦守本的鼻子碰出了血，鼻孔里塞着棉花。王茂生的伤除了和罗光相似以外，左右两个手背上，有三四处涂上了红药水。安兆丰的腿上也有两处红药水的斑点。不幸的是秦守本班的一个新战士叶玉明，在攀爬虎头崮崖顶的时候，他抓住的长在石缝里的一个小树根折断了，从崖边滚跌下来，头脑摔撞到一块坚硬的石头上，死了。

经过几天紧张、激烈的战斗演习，战士们觉得顽固的山石，骄傲的虎头崮，已经被征服。悬崖、绝壁、重叠的峰峦，全是踏在他们脚下的泥土。像真的打了一场山地战，消灭了敌人似的，胜利的愉快充满在他们心里，也表现在他们的举止神态上。

接近中午的时候，战士们聚集在草堆边的太阳地里。

“王茂生，海棠花开到手面上啦?”安兆丰取笑着说。

“你们班长的鼻子还能抽香烟哩。”张华峰望着向面前走来的秦守本，对安兆丰他们说。

“不是吸一支，是两支一齐吸哩!”安兆丰怕秦守本听到，悄悄地说。

坐在门前草堆边的战士们，“哈啦哈啦”地大笑起来。

秦守本听到张华峰的话，立即反击过来说:

“虎头崮用不着你们爬，给四班长搬到脚面上来了！”

说着，他就伸过一只脚，狠狠地朝张华峰伤肿的脚面上踩去，仿佛真的要踩上去似的，张华峰连忙把伤肿的左脚缩到一边去。

罗光是个最爱热闹的人，哪里一有笑声，他就来到哪里，他一到，笑声也就跟着扩大起来。

“你们在笑什么呀?”罗光问道。

“指导员没看到吗？六班长的鼻子两支香烟一齐吸！”洪东才蹙蹙鼻子，冷冷地说。

罗光望着秦守本的鼻子，冷着脸说：

“你节约一些不好吗？留一支等一会儿吸！”

笑声真的扩大起来，大家一齐哄笑着，秦守本自己也笑得几乎把鼻孔里的棉花喷出来。

“你们说指导员打扮得像个什么人?”

秦守本把话锋转到罗光身上。大家的眼光闪电一般集中地射到罗光的横着两道血痕的脸上。

安兆丰突然扑哧地笑起来。

“你们说吧！我像个什么人啦？打扮得不漂亮吗?”罗光走到安兆丰面前问道。

战士们都在想象着一个恰当的比喻。

“像啥？像个金殿装疯的赵小姐！”安兆丰想了一下，学着青衣旦角的声调说道。

罗光就此扭着腰肢，扮作京剧《宇宙锋》里赵高的女儿装疯吓人的样子，惹得战士们捧着肚子的、捂着嘴巴的、眯着眼的大笑了一阵。

这天的午餐，好似战斗胜利以后的样子，全连队饱啖了一餐大葱和萝卜烧肉，煎饼停止一次，改吃了许久没有吃过的白面馒头。

整个一下午，连队在睡眠状态里。

秦守本却又遭遇到一个意料不到的事件。

他本来早已信任了他班里的战士，是自觉的革命战士。不知道什么鬼东西支配着他，同志们正在酣睡之中，他醒了过来，数了一下睡着的人数，发现叶玉明的空铺旁边，还有一个空着的铺位。他明白，那是张德来的。"张德来呢?"他心里惊问了一下。他记得，点数要把自己点数在内。他先从自己数起，怎么数连他总共只有九个人。他爬起身来，走到院子门口，喊了好几声："张德来！张德来！"没听到张德来的应声。

他回到屋里，同志们已经起床。他想问问："张德来到什么地方去了?"但是没有问出声来。他好多天来总是竭力避免着同志们对他怀有这样的印象：他对同志们不信任。

"张德来呢?"王茂生却向秦守本问道。

"我没有看见。他到哪里去了?"秦守本淡淡地说，心却在啪啪地跳着。

"在张大娘家里吧?"安兆丰猜想道。

"对了！叶玉明死了，他一定替叶玉明给张大娘家挑水去了。"王茂生肯定地说。他蹿向院子后面张大娘的屋子里去。

张大娘的单扇门上了锁，两只要上窝的鸡，在门口"咯咯"地叫着。

大家沉默了一阵，看看张德来的一切东西都在，黑棉袄也还在他的枕头底下。

安兆丰突然跑出去，秦守本迷迷糊糊地跟在安兆丰后面，接着，王茂生和其他的人也跑了出去。

安兆丰跑到村外的小山坡上，踮起脚来，用手遮住黄昏时候的阳光，向虎头崮山脚下面眯着眼睛眺望着。

“那不是吗？那里冒烟！”安兆丰叫道。

“去两个人，看看他在不在那里。”秦守本吩咐说。

副班长余仲和跟安兆丰向冒烟的地方奔去。

张德来和房东张大娘正坐在叶玉明的坟前，悲哀地哭泣着。坟前烧化的纸钱灰，飘忽在半空里。坟墓附近的枯草，烧掉了一小片。

这使得余仲和、安兆丰也感到难过。特别是年近六十的张大娘，眼泪不住地朝下滴，嘴里不住地说：

“一个好人！一个好人！”

“你为什么这个样子？带着老大娘伤心！”安兆丰的声音也禁不住有些颤抖地说。

“是大娘要我陪她来的。人总是人！叶玉明天天晚上跟我头并头睡在一起。”张德来揩着鼻涕说。

张德来从山脚下面，带回了悲哀。屋子里的人，谁也没有发出一点声音，秦守本的两只手，紧紧地抱着脑袋，坐在叶玉明的空铺上。

静默了许久，屋子里黑下来。忽然，院子里的瓦缶互相碰击着响了一声。张德来的身子动了一动，周凤山却跟着声音，抢先奔到院子里去，从张大娘手里拿过两只瓦缶，用扁担挑起，走向半里外的水井边去。

深夜里，秦守本坚持着没有让余仲和代替，和王茂生两个人一同到山头上去值岗。

寒夜里的山，发着紫黑色，像是要落雪的样子。空气里饱含着潮湿的黏液，整个的天空，和紫黑色的山连成一片。只有在黑暗里站定了许久，把眼皮合拢得只留一条细缝的时候，才能够勉强地把天和山隐约地分辨出来。

他们披着大衣，站立在虎头崮旁边的雁翅峰上，手里端着上着刺刀的枪，刺刀在夜风里发着尖利的弓弦振荡似的响声。这时候的秦守本和王茂生漾起了英武自豪的感觉，这种感觉淹没了叶玉明之死带给他们的悲凉情绪。

"王茂生，你上过这样的大山吗?"秦守本注视着正前方，问道。

"没有。"王茂生回答说。他和秦守本一样地注视着正前方的山道口。

"你的枪打得好！打游击打死过多少敌人?"

"打死过一个东洋鬼子的小队长佐藤，两个东洋兵，几个黑老鸦[1]、黄脚踝狼[2]。"

秦守本早就想和王茂生谈谈，在团长命令他要向王茂生学习的三天以来，他的这种要求就更加迫切。今天晚上，两个人并肩站在这个山峰上，他认为是和王茂生交谈的最好的时间和地方。他继续问王茂生道：

"你家里有什么人?"

王茂生的身子微微地颤动一下，没有回答。

"我家里有三口人，一个老母亲，一个老婆和一个三岁的女孩子。"秦守本为了打破王茂生怕谈家乡事的顾虑，自己首先这样说。

王茂生对于班长突然和他谈起母亲、老婆、孩子的事来，很是吃惊，他的印象很深：班长是一向反对家乡观念的。

---

① "黑老鸦"系海门、启东群众对穿黑军服的伪警察鄙视的称呼。

② "黄脚踝狼"系海门、启东群众对穿黄军服的伪军官兵鄙视的称呼。

秦守本转过头望望一米以外的王茂生，王茂生的眼睛依旧注视着正前方。他以为他的话王茂生没有听到，便不顾鼻子的疼痛，大声地重复了一遍。

“我只有一个老婆，家里没有别的人。”王茂生趁着一阵风刚从身边吹过，低声地说。

“她怎样生活？不困难吗？”

“回到她母亲家里去了，我们结婚才一个月就分开的。”

“唔！是这样一个青年小伙子！离开新婚的老婆来参军！”秦守本在心里赞叹地说。

“你可以写封信给她。”这是秦守本当了班长以后，对任何战士没有说过的话（他自己真的没有过给他的老婆写信的念头）。

“可以吗？”

“可以。只要你决心革命到底，信上不暴露部队的驻地、番号，也不谈到练兵、打仗的事。”

王茂生的心在冷风里面发起热来。他转过脸来朝向秦守本表示歉意地说：

“班长，我不该生你的气。”

“是我不对。”秦守本说。

王茂生的心里，真的开始酝酿起为他新婚离别的老婆写信的事了。

秦守本心里的轻松愉快，不亚于王茂生，好像在长途行军以后，卸下了沉重的背包似的。许久以来，他和王茂生之间的裂痕，被这番短短的谈话织补好了。

山道口车轮滚滚的声音，打断了王茂生的思绪。

“班长，路上有动静。”

两个人并肩齐目地望着山道口的大路。大路上一连串的大车，挑担子的，抬扛着什么的，从南向北地结队行进。再仔细看看，远处的山坡上也有这样的行列，行列里跳跃着一点一点红星，那是吸烟的火光。

一阵车轮滚动的声音远去，接着又有一阵车轮滚动的声音逼近。漫长的队伍，蜿蜒在黑黑的山道上，好似永也走不完似的。

"是运粮、运弹药的支前部队。"秦守本断定着说。

看样子，准定要落雪，冷风平息，天空呈着浓重的灰褐色。

"王茂生，你听到吗？"秦守本集中注意力向南方倾听着说。"不是大车的声音吧？"

秦守本向王茂生摆摆手，仍旧竖着耳朵倾听。

"轰……！"隐隐的拖得老长老长的波动的声音。

"是大炮的声音！"王茂生判断着说。

"你听听，北面也有！"

"轰……！"比南方的近一些的波动的声音。

王茂生跟着秦守本向北方倾听。

"也是大炮的声音！跟涟水战斗的炮声一样！"秦守本更明确地断定着说。

秦守本和王茂生两个人，紧紧地靠在一起，倚傍着巍峨的雁翅峰上一块巨大的岩石。

第四章

一五

重雪为群山披上新装，发着光亮的山沟，像是一条一条银带，萦绕着山腰，把山和山亲密地环结起来。天气，在飞舞了半夜一天的鹅毛雪被尖峭的西北风遏止以后，显得刺骨冰心的寒冷。

在四天以前布置了当前备战工作、待令行动的军部，昨天深夜发出紧急通知，命令全军团级以上的干部，除去留一个人管理事务以外，全部在今天上午九时到达军部住地吴庄参加会议。

从周围的村庄出发，军官们跨着快马，在铺上白毡的山道上，带着紧张的战斗的心情，奔向他们的军司令部。

会议场所安置在吴庄附近山洼里的一个庙宇里面。

十几盆木炭火，在会场里熊熊燃烧，冒着青烟。但是，庙宇里的空气，还是逼人的寒冷。身穿棉大衣或皮大衣的军官们挨挤着围在火盆旁边。

墙壁上挂满了地图，一幅标示当前敌我兵力分布的战争形势图，触目地挂在墙壁正中。图上标志的红色的蓝色的箭头，密密地纵横交叉着。只要注目一看，就会感觉到战云密布，狂暴的战争风雨就要降临。

军长沈振新坐在火盆边和干部们随意地谈笑一阵，看看时间到了，便走到挂在正中的形势图跟前，指着图向军官们问道："这张图你们都看过了吗？"

"看过了！"有几个人同声回答说。

军官们停止了随意谈笑，放下手里弄火的树枝，注视着沈振新和他指着的地图。

"形势严重得很啦！敌人企图全部消灭我们啦！要跟我们华东战场上的三十万解放军决战，在这些山地里面把我们一口吞下肚呀！"

他警告着说，眼光凝注地望着前面。会场上静止了一切声音，空气突然紧张起来，火盆里冒着的青烟，也停滞在屋子里，使得气氛显得更为凝重。

"战争的规模越来越大。我们当面的敌情是这样：南线敌人以徐州作为指挥中心，以八个整编师共二十四个旅二十万人的兵力，沿沂河、沭河分三路向临沂方向齐头并进，压逼我们。你们不是已经听到炮声吗？敌人距离我们脚下不到一百里。北线敌人，从济南、明水、淄川、博山出动，共计三个多军五六万人，同南线配合行动，压逼我们。现在，我们处在敌人南北夹击的形势下面。我们的死敌蒋介石，下了最大的、也是最后的决心，企图压逼我们在沂蒙山区决战，把我们华东野战军消灭……"

有两个人在沈振新的语音停歇的当儿，附着耳朵，说着什么。

在沈振新乌亮的严厉的眼光下面，他们立即停止了耳语，重新挺着胸脯，严肃地等候着沈振新的继续讲话。

"战争就是这样，不是敌人消灭我们，就是敌人被我们消灭！"沈振新端起他自备自用的浅蓝色搪瓷茶缸，呷了一口腾着热气的浓茶，然后覆上茶缸盖子，神情比较开始的时候镇静了一些。

接着他宣布道：

"野战军司令部决定我们这个军，配合兄弟部队从后天开始行动，参加这次大战。在两天以内，我们要把一切准备工作做好。我们的方向，原定向南，跟张灵甫的七十四师再交交锋，现在决定向北，张灵甫留着，把猪养肥了再杀，油水更多一些。向北跟向南是一样的，消灭敌人，粉碎敌人的攻势！"

沈振新说完以后，站定好几秒钟，才坐下去。

军官们浮动起来，"嘁嘁喳喳"地交谈着：

"真的来跟我们抢山头啦！"

"南北两路三十万人！这家伙打起来可热闹哩！"

"上南面就好，再跟张灵甫碰碰！"

"'烂葡萄'没吃头！我同意，再敲一下'硬核桃'！"[①]

"王耀武、李仙洲的骨头也不软啦！"

"我还没有料到战役来得这样快哩！"

"西北战场怎么样？听说胡宗南加紧进攻延安？"

"……"

天空里突然传来大批敌机的吼声，接着是距离不远的炸弹爆炸声、机枪扫射声。

像是战斗已经开始了。

丁元善还是往常的神态，微笑着站立起来，用他的手势告诉军官们静坐下来。他的清脆的嗓音一出现，纷乱的谈论便停止下来。他沉静地以中等速度说起话来：

"蒋介石反动派，原定三个月解决问题，后来又改为六个月解决问题。他的解决问题，就是消灭我们的全部力量。从七月十三

① 部队里称蒋匪军比较强的队伍叫"硬核桃"，称比较弱的队伍叫"烂葡萄"。

日苏中泰(州)宣(家堡)第一个战役算起,现在是十二月底了!……已经五个半月,问题没有解决!同志们,还有半个月,蒋介石的兵是三头六臂呀?是钢人铁马呀?就是会使孙猴子的金箍棒,再有十五天,他也不能解决问题!这是肯定的预言!听说,现在又改为一年解决问题了。同志们,蒋介石的限期改期,是他们的老传统。"

"从跟红军开始打仗的时候,就是限期三个月!"师长曹国柱插了一句。

军官们,连沈振新在内,一齐哄笑起来。

"西北、东北、冀鲁豫、华东四个战场上,战争的火都烧起来了。我看,这一次国内革命战争,是的确要解决问题的。自然,是我们解决问题,不是反动派蒋介石解决问题。我们要全部消灭反革命的力量!敌人不是发动全面攻势吗?同志们,我代表你们,也代表沈军长跟我自己,对敌人的全面攻势,表示热烈的欢迎!"

说着,丁元善把手掌做成鼓掌欢迎的样子。

"你们欢迎不欢迎呀?"沈振新向人群问道。

军官们以笑声和坚毅的目光,肯定地回答了沈振新的问话。

"……和平的幻想应当彻底打破!要通过战争换取和平。我们不要走省力的平坦的道路,要爬山,要爬高山,上高峰!形势是严重的,斗争是艰苦的,长期的。有党中央和毛主席的领导,我们的胜利,不用怀疑!你们要从军事工作上、政治工作上、后勤工作上保证本军任务的彻底完成!……"

丁元善的话说完以后,军官们得到十分钟的休息,纷纷地跺着僵冷的脚,抢先地围到火盆边去,恢复他们的随意谈论:

"这下子张灵甫可打不到了!"

“他来，我真的欢迎！说他武装到了牙齿，看看他的牙能不能耕地？”

“我主张，要吃吃硬的，‘烂葡萄’有什么味道？”

“蒋介石就是这种脾气，狠狠地揍一顿，就要老实一些！”

“我赞成！要打，打他的主力，打不到张灵甫，就打胡琏！七十四师、十一师，两个吃掉他一个！”

“十一师、新五军，刘邓那边会收拾他们的！”①在一盆火的周围，大家正谈得热乎乎的，潘文藻走来冷冷地插了一句：

“严重啊！困难多得很啦！”

谈话的人好像没有听到似的，照样地谈论下去。有的拨弄着炭火，互相地嬉闹着。

“战争，就同这盆炭火一样，越拨弄，越烧得旺盛，以后就要渐渐地熄灭下去。”潘文藻拨着炭火说。

“老兄，你有什么高见？发表发表！”

“对！坐下来作首诗吧！”

“诗？文学，我不懂那一行！”

潘文藻感到气味不投，说一句，走到另一个火盆边去。

会场上的空气和人们的情绪，恰似海上的波浪，一波一波地起起伏伏，正在沸腾的谈笑忽然又默止下来。所有的目光，集中到从门外进来的一个年轻的女同志身上。

她是机要员姚月琴。

留在前方的女同志非常稀罕，就是文工团的女同志也留下不多了。几乎所有军官的爱人、妻子，都安置到后方的工作岗位上

① 刘、邓指冀鲁豫野战军司令刘伯承、政治委员邓小平。十一师、新五军均是蒋匪军的头等主力部队，五大主力之一。

去。军官们在这样风雪严寒的时候,看到一个女同志,真是感到惊奇和快慰。何况姚月琴的模样生得很俊俏,白润的小圆脸上,活动着两只黑溜溜的眼睛。冻得微微发红的两腮,不但不减损她的美貌,而且成了一种美的装饰。她一进屋子,就立刻感受到强大的威胁,低着头,以快速轻巧的步子从人空子里穿过,走到沈振新的面前,从挂在左肩的皮包里,拿出一份电报交给沈振新。她越是这样羞怯,军官们却越是目不转睛地看着她。她没有戴帽子,黑发被寒风吹得有些紊乱,有几片从树上飘落下来的雪花沾在上面,颈项里绕着一条发着光亮的深绿色围巾。

冬天,绿的色调特别地使人感到清新可爱,好像有一种强烈的魅力一般,诱惑着好几个人的眼睛,紧紧地注视着它。

顷刻之后,这些具有特异的敏感的军官们,便将目光和注意力转移到沈振新、丁元善、徐昆他们的脸色上,和他们正在入神细看的那张电报上。虽然,电报的内容是什么,军官们无从知道,也明知沈振新可能要向他们公告,但军官们却还在努力地观察着沈振新他们的神情变化,猜测着电报会给他们带来什么。有人甚至还从最早看过电报的姚月琴的脸色上,竭力地寻找判断电报内容的根据。

沈振新在电报上签了字,眉头稍稍颤动一下,丁元善在电报纸上指点指点,嘴角上现出微微的笑意,随后,军首长们和几个师首长小声谈话,军官们的眉目和脸色,都跟随着这些神情、动作发生变化。

休息时间延长到半小时之久。这半个小时的紧张程度,比军官们在会议开始的时候,听取沈振新讲话的情形是大大地超过了。

“我说的,情况严重啊！你看军长的神色!”潘文藻拍拍陈坚,悄悄地指指军长，低声地说。

“可能回头向南，吃大的！”刘胜自语地说。

“管他向北向南，打就是！”陈坚说，拨着盆里的炭火，炭火炸起了一群火花。

“不知道派我们什么任务呢？”刘胜从陈坚手里拿过小树枝来，拨着炭火说。

“等一会儿，军部不谈，师部还会布置的。”陈坚说。

“要是挨到打阻击战，可就糟啦！”

“不是不可能的！这要看野战军给我们这个军是什么任务。”

“不要讲话！开会啦！”军官里有一个人大声叫道。

手里捏着电报纸的沈振新，像是火线上的战士握着即将向敌人投掷的手榴弹似的，表现出十分威严的气概。他脱下身上的皮大衣，清了一下喉咙，跟他往常一样，把目光在人群里扫射了一周。

军官们安静下来，完全是听候战斗命令的神情和姿态，全神贯注地望着沈振新的嘴唇。

等候带回原报的姚月琴，得到参谋长的告知，电报暂时留在这里。她便在一个火盆旁边，烘了烘冰冷的手，然后沿着墙根，绕到人群后面，站在门限上入神地望了威严的沈振新一眼，才回过身子走了出去。

“这是野战军首长拍来的十万火急的电报。任务没有改变，执行任务的行动改变了。因为情况跟一天以前不同了。就是说，北线的从济南、明水、淄川、博山出动的敌人，提早了两天，加快了速度，已经到达新泰、莱芜、吐丝口一线。”

沈振新把下面的一张电报纸，翻到上面来，继续地说：

“让我把电报上的一段，念给你们听听，要求你们特别注意！”

他停顿一下，看看军官们的确是在特别注意倾听，便以他那特有的钟声一样响亮的嗓音朗读道：

“命令你们接电后，毫不迟疑地立即行动，日夜兼程赶到莱芜以北吐丝口附近地区，积极配合友邻部队，不顾一切牺牲，战胜一切困难，火速投入战斗，干脆地歼灭全部敌人！”

他把每一个字音都咬得清楚，念得有力。他的语音富有着激动人心的鼓动性。

朗读以后，大概经过了两秒钟的肃静，一阵突然的掌声爆发出来。沈振新对这一阵响应战斗号召的掌声感到满意。好像在紧张战斗的时候需要兴奋剂似的，他吸着了香烟，喷出一口烟雾，然后以轻快的坚决的音调宣布道：

“原定后天开始行动，决定提早到今天下午，你们回到驻地，马上进行紧急动员。具体的布置，会后各师到参谋处去领取书面通知。”

沈振新坐了下去，但是会场上浮动起来，发出了“嘁嘁喳喳”地表现出神情不安的声音。因为丁元善站起身来准备讲话，浮动和“嘁嘁喳喳”的声音，才又静止下去。

他们确是搭配得最为得当的一对——军长和军政治委员，沈振新坚毅、果敢、热情，具有一种逼人的英武气概。他的说话，总是那么干脆、爽朗，能够最大限度地吸引人们的视听。丁元善呢，身材比沈振新稍稍矮小一点，但又稍稍肥胖一点。同样的使人感觉到，在他的面前，永远没有打不败的敌人，永远没有战胜不了的困难。任何人都没有不能向他倾吐的心曲。在语言的表现力方面，也有强烈的煽动性，但那是以这样一种风格出现的：轻松、愉快、富有幽默感。在任何一次大的会议上，如果只听到他们两个中的一个人的讲话，干部们就认为是一种遗憾，只有两个人都见到了，而且都讲了话，才感到真正的满足。

丁元善以高声地说话，使会议的尾声显出耀目的光彩：

“你们愁的是粮食，你们一到目的地就领得到，肚子是不会同你们打仗的！民夫，大批的实在来不及，已经派出一批干部到支前司令部去了，到目的地，也会满足我们的需要。路上，百把里路，应当自己解决困难，军后勤部组织了临时的二梯队，带不动，非要不可的，交给二梯队。带不动，可要可不要的，坚决不要！摔掉它！不打埋伏！不要让大大小小的包袱，把我们变成个走不动的骆驼！连老婆、爱人都送到后方去了，一些小坛小罐，还不能扔掉呀？”

军官们的哄笑声，荡漾在屋子里。

“我说的不是笑话，从你们自己到每个战士、炊事员、饲养员，都要再做一番检查，没有用的、用不着的，心痛，也得忍痛牺牲！梁副军长昨天夜里已经出发到前面去，战斗的具体部署到目的地决定。”丁元善最后补充着说。

军官们走出庙宇，放晴了的天气格外寒冷，好像要对人民解放军与困难作斗争的顽强性给以更严格的考验似的。屋檐口，树枝上，挂着一条条的白色冰柱，刀口样的风，从山崖上扑面而来。

军官们的心情却是滚热的，他们纵上马背，扬起鞭子，驱策着马匹，踩踏着坚硬光滑的冰雪地，比来的时候更为急迫地奔回到驻地的村庄去，和奔赴战斗已经发起了的战场一样。

一六

李尧和汤成在替沈振新清理物件，打行李囊子，按照沈振新的意见，再精简一些不必要的东西。

“这几本书怎样？重咧！”汤成问李尧道。

“‘精’过一次了，这几本是他经常要看的。”李尧说。把几本书塞到铁皮箱子里去。

“这个呢？也不轻咧！”汤成提着两袋围棋子，摇了摇问道。“你还不清楚？休息的时候，除了下棋，他还有什么玩的？”李尧说着，又把围棋子放到箱子里不受挤压的地方。他知道棋子是贝壳做的，容易压坏。

结果，清下来一本字典，一个茶叶筒子，一块端石砚台。

“怎么样？就把这些东西‘精’了吧？”李尧问道。

坐在桌边看着行军通知和路线图的沈振新，向放在地上的那些东西看了一眼，接着拾起那本翻旧了的字典，揭了几页，然后又扔到地上，说：

“好吧！”

军司令部的驻村上，队伍忙碌地整理行装，准备干粮，喂马，上鞍子，送还居民的用物，检查群众纪律，向居民告别，集中到后方去的人员、物资等等。

居民们跟着紧张忙碌起来。有的拿着扁担、绳索到队伍里去，为队伍运送行李、物资。有的拒绝队伍里人的亲自送还，把门板、铺草、椅、凳之类的东西，自己取回到家里去。有的在和队伍里人谈话，留恋地询问着：

“什么时候再来呀？”

“要带点胜利品给我们哩！”

“天这样冷，刚下过大雪就要走！”“再住两天就是一个整月，满月走不好吗？”

在人们奔来走去的这个时候,姚月琴却孤独地坐在屋子里,脸上呈现着痛苦和不安的神色。这是她从来没有过的。

姚月琴今年二十一岁,是个不知道忧愁的天真活泼的人。

在最近的一个多月里,她异乎寻常的快乐,工作也做得勤快。她的内心里,蕴藏着自豪气和骄傲感。她觉得留在前方工作,是一种光荣。能够坚持在前方工作的女同志越来越少,她所在的机要、电台工作部门,只是政治部的新闻台,还有一个报务员和一个译电员是女的。在司令部的各个部门的四百多个人员里面,女的只是她一个。她是最先了解敌情我情和战争形势、领导意图的人,她知道规模巨大的战争就要来到,她热望能够和战争在一起,时刻呼吸到战争的空气。单是华东战场上,双方就有几十万兵力,在激烈地斗争。这是怎样的一件惊天动地的事呀,她对她这一时期的身体健康非常满意,比从前更强壮了,走长路也不感觉过分的劳累。“有些男同志还不如我哩!”她心里常常这样说,也对她的心上人胡克和别的男同志公开地夸过口。她记得她那天送别黎青的时候,黎青对她说的话:“要经得起锻炼,留在前方工作,是幸福的。”是的,她享受了这个幸福,她自信她将长远地享受这个幸福。今天上午她走过会场的时候,她的幸福感和骄傲感,特别显得深切。满屋子的军官,没有一个女性,除她以外。队伍就要向前进军,大战就要来到。她有些惶惑,但更多的是兴奋和快乐。她不时地抚摸着她的绿围巾,好似绿围巾就是幸福和快乐的象征。

可是,她竟然忧愁起来,眼眶里滚动着泪珠。

半个小时以前,机要科长万长林通知她,决定要她到后方去工作。

当她听到万长林说出这个决定的时候,她不相信自己的耳朵,向万长林问道：

“什么后方前方的?”

“决定你到后方去工作，派一架电台到后方去，你跟着去。”

“真的?”姚月琴还是抱着怀疑态度，张大眼睛问道。

“已经决定了!”万长林明确地说。

姚月琴知道，在战争里面，特别在形势紧张的时候，“讨价还价”是不允许的，任何人都必须无条件地服从组织决定。但是，她的愿望和自尊心逼使她要挽救已经决定的局面。她向万长林问道：

“能不能调别人去呀?”

“赶快准备一下，去后方的人，马上集合出发。”万长林对她的问话不加考虑地说。

万长林走了以后，姚月琴闷坐在屋子里，一直坐了十几分钟，身子动都没有动一下，好像全身已经麻木了似的。

她想不出决定她到后方工作的理由。她能工作，能走路，能吃苦。“我是女的? 女人的命运就是到后方去?”她突然感到女性的悲哀，这也是她从来没有过的情绪。她揩了眼泪，大步地走向万长林的屋子里去，她想争辩一下，竭力地争取留在前方。到了万长林门口，万长林正在为她准备密码本子，她的脚还没有站定，万长林就向她说：

“密码本再等一刻钟来拿!”

还有什么话好说? 她什么话也没有说，腰一扭，走了出来。

她又回到自己的屋子里，打得又小巧又结实的背包，向她嘲笑似的斜靠在墙脚根。她为的在前方生活，把许多心爱的东西从背包里清除掉。一本《我的大学》送给了胡克，在清掉这本书的时候，她觉得她正生活在战争的大学校里，她下了决心让这个活的大学来教育自己。一本保持了五年的照相簿子，寄存在铁路南边一个地方工作的女同志那里，她相信那是很难再回到自己手里的。那上面贴满了从她的童年到高中毕业十多年来的照片：她的朋友的、同学的照片，她和她姐姐、妹妹三个人在小溪边洗脚的照片，和黎青站在一起笑着仰望高空的照片。……这些东西已经咬着牙齿牺牲了，现在，却要她到后方去。那里，听不到炮声，看不到战争，看不到报纸，听不到消息，把人会闷死的！她懊恼地这样想。

院子里有人叫着：

“到后方去的，准备集合，在村子东头！”

姚月琴的脸涨得通红，冻得微微发紫的两腮有些痒痛起来。

她从墙脚根愤怒地抓起背包带子，把背包提在手里，任它碰打着自己的腿。正要出门的时候，和她相处得十分亲热的两个十六七岁的小姑娘，笑嘻嘻地跑了进来。她们一个叫林素云，一个叫吴秀莲。

“姚姐姐，这双鞋子送给你！”吴秀莲迎着她说，把刚做好的一双青布鞋子，塞到她的手里。

“我不要，用不着！”姚月琴苦笑着说，把鞋子还给吴秀莲。

“你不快乐吗？嫌鞋子做得不好？上面钉了带子，穿上包管跟脚。”林素云说着，从吴秀莲手里拿过鞋子，朝姚月琴手里硬塞。

姚月琴没有接受，鞋子落到地上，林素云把鞋子拾起来，插到姚月琴的背包上去。

“你到前方去，鞋子还能不穿？尽是山路！这是我们姐妹两个连夜赶出来的。你不要不行！”

“这是我们的心意！好姐姐，你带着吧！”

林素云和吴秀莲争抢地喷着唾沫星子说，不让姚月琴张一下口。

姚月琴感到痛苦加上痛苦，两个小姑娘的话，针一样地刺着她的心肉。但她不能不抑制它，她不能在两个小姑娘的面前，泄露她内心的隐痛。

她终于强笑起来，亲热地抚摸着两个小姑娘冻得冰冷的脸。

“谢谢你们，小妹妹。”

姚月琴和两个小姑娘一同走了出去。

姚月琴在院子里接受了机要科长给她装着密码本子的皮包，沮丧地走向集合地去。

在经过沈振新门口的时候，她习惯地在门口停住了脚，接着就跨进门去。

“小姚呀！又来了电报吗？”沈振新问道。

姚月琴没有作声，望了沈振新一眼，低下头去。

这使沈振新诧异得很。蹲在地上整理东西的李尧和汤成，偷偷地望着她的脸色。

她的脸色一阵红又一阵白，腮上的肌肉发着颤抖，眼眶里渐渐地涌出了泪水。

“有信带吗？”姚月琴挣扎着低声地说，喉咙里被什么东西梗着似的。

“带什么信？”沈振新不解地问道。

“他们要我到后方去！”姚月琴噘着嘴唇说。手里的背包沉重地滑落到地上。

“你跟电台到后方去？”

“唔！”

“你走路不行？身体不好？”

“我从来没有掉过队！没叫人搀过、扶过！”姚月琴揩拭着泪水淋淋的眼，愤然地自豪地大声说。

“这有什么难过的？到后方也是工作，也是为的战争胜利。那里有军械厂、被服厂、医院，工作也很重要。淌什么眼泪？二十岁出头了吧？入了党，还是小孩子？”沈振新恳切地说。

姚月琴的心情平静一些。

“黎大姐说写了两封信给你。你不回一封给她？”

“你告诉她，信，我收到了。我没工夫写信。”

参谋长朱斌匆匆地走进来，姚月琴便拾起背包，缓缓地走了出去。

朱斌把地方支前司令部拨来两千多个民夫、三百副随军担架的事报告了沈振新。

“民夫、担架已经到啦？”沈振新问道。

“路线已经开给他们，要他们在今天夜里赶到目的地。”朱斌答复说。

在朱斌要离开屋子的时候，沈振新对朱斌说：

“不要把一些年轻力壮的人送到后方去！能工作的，可以留在前方的，还是留在前方。让这些人在艰苦的生活里锻炼锻炼！他们经过锻炼，才能够认识战争，认识世界，认识他们自己。”

“小姚不肯到后方去？”

“年轻人有上进心，争强好胜，这种心理，引导到正确的方向，就是斗争的积极性，不要轻易伤害这种积极性。他们幼稚、脆弱，也要经过锻炼才可以老练、坚强起来。把我们部队的朝气都磨掉了，还成个部队？还有什么战斗力？我说的不是指小姚这一个人。

在我们部队的建设上,应该注意这一点!这是十分重要的一点!笨重的物资,要转移到后方去,机关要精干,战斗部队要充实,人力还是要集中在前方。”

“他们说她跟胡克谈恋爱。她的工作倒是很好的,进步也很快。”朱斌微笑着说。

“他们不谈恋爱?我们有些同志就是古怪,好管闲事!总是要青年人像个老实头!谈恋爱,不妨害工作,不违犯纪律,管它干什么?”沈振新有些恼愠地说。

“我去查问一下看!”朱斌走了出去。

姚月琴沉闷地坐在集合地的草堆边,冷风吹凌着她。她也没有把松散下来的绿围巾围紧,手里拿着一根枯树枝,在一小堆雪上无意识地乱划。不远处林素云和吴秀莲的笑声传来,她急忙把身子移转到草堆的那一边去,躲避了她们的目光。两个小姑娘跑到草堆附近,看看姚月琴不在,便又匆匆地跑走了。

姚月琴的姐姐是黎青的朋友,黎青常和姚月琴的姐姐在一起,也就和姚月琴相熟。黎青来到部队里两年以后,姚月琴高中毕业,便由于黎青的关系,投奔到革命的队伍里来。姚月琴想起她三年来的生活,是在学校里、家庭里从来没有梦想到的。她在部队里度过一年多的战争生活,那是在江南天目山地区,抗日战争的最后一年。抗战胜利以后,她度过不到一年的和平生活。

现在,她又进入了新的战争生活。在她的感觉里,现在的战争生活跟过去大不相同。过去的,她曾经感觉到新奇、有趣,给了她不少的幻梦似的印象。现在的,却不是幻梦,而是引导她真正地进入人生,进入到斗争的红火里。她觉得她已经茁壮成长,内心里渐渐地孕育起追求真理追求理想世界的蓓蕾来。“是的!不是小孩子了!”她也常常这样鞭策着自己前进。可是,今天这件事,使她突然地受了重重的一击。理智竭力地阻止着她的悲哀、怨愤,但是,她的理智的控制力到底还很薄弱,她的脸上仍然禁不住堆满愁容,泪水也禁不住滴落下来。仰头看到山头上的白雪,阴暗的天空,寒鸦在眼前飞过,她这时候的心情的色调,就更加灰暗、沉重起来。

使她稍稍改变了不愉快的情绪的,是机要员谢家声也来了。

他把背包放到地上,和她坐在一起。谢家声的脸色和她同样的沉闷抑郁,她竟没有觉察得到。这时候的姚月琴得到了宽慰,以为有了一个相熟的同伴,去后方的机要工作人员,不只是她一个人了。

可是,天天在一起工作和生活的两个人,坐到一处来,谁也没有说一句话,完全像是互不相干似的。

姚月琴知道,谢家声是快三十岁的人,平时不爱活动,患有胃病,病着的时候,工作照样的勤恳、负责。同志们多次建议要他到后方去休养,他还是一直坚持留在前方工作。

“你也到后方去吗,老谢?”姚月琴终于轻声问道。

“把皮包、密码本子给我!”谢家声脸色平板地说。

“给你?”姚月琴惊讶地问道。

“给我!”谢家声还是无表情地说。

姚月琴恍然地理解到谢家声是来代替她到后方去工作的,她的心里突然发亮起来,愁容从脸上顿然消逝。当她看到谢家声不愉快的神情的时候,她那卸着皮包的手却又停了下来。她觉得这是损害同志间感情的事,用别人的不愉快代替自己的不愉快,就是一个普通人也不应该,何况是一个革命者?这时候的姚月琴,感到处理这件事情的困难,惶惑而又不安。她思虑了一下,然后决断地说：

“还是我去！”

“我去！”谢家声争执着说。

“我不愿意，你也会不愿意的！”

“我不会怨你！前方，我比你生活的时间多！”

姚月琴的手抓住谢家声的臂膀，感激地叫了起来：

“老谢！”

“我的身体不大好。是组织决定的。后方的工作，也是工作，也是要有人做的！”谢家声从姚月琴的身上取下皮包来。

姚月琴默默地缓慢地从衣袋里拿出钥匙，开了皮包，把密码本子给谢家声看了一下，然后拿出自己的零星东西，把皮包、钥匙、密码本子交给了谢家声。

队伍集合的号声响了，姚月琴围好绿色围巾，把鞋带子扣扣紧，背包背到身上，向谢家声道了一声“再会，老谢！”便怀着兴奋喜悦、但又掺着歉然不安的心情，走向开赴前线的队伍的集合地去。

一七

抗拒着猖狂的西北风的袭击，迎着轰隆轰隆的炮声，踏着高低不平的冰滑的山道，精神抖擞的队伍，向着敌人所在的地方滚滚奔流，一浪赶着一浪，起起伏伏。

所有的人都十分明白，他们是在进行双重意义的竞赛：和兄弟友邻部队竞赛，看谁先和敌人交锋接火；和敌人竞赛，看谁能够在早一分钟得到先机之利。时间的宝贵，只有战斗者才会有最真切的感觉。战士们的脚步走得多么轻快有力啊！迫切的战斗要求，使他们忘却了疲劳,使他们把行军看作就是战斗的本身。

“怎么?听不到炮声?给他们跑掉了?”手里扶着一根小树干走路的张华峰疑问道。

“你的耳朵有问题!”金立忠说。

张华峰把挂下来的帽耳拉起,注意地听了听,说:

“唔!隐隐的,怎么越走炮声越远了?”

“不要焦心这个吧!焦心的,是你脚上的虎头崮!”秦守本在他们后面递上话来。

一提到虎头崮,战士们便兴奋起来,好像提到他们的故乡和家一样。

“虎头崮早就看不到了!”

“还想看到吗?光秃秃的一个大和尚帽子!”

“不要愁,有你爬的!”

“你们看,那不就是一个吗?”

许多人的眼睛在四下寻觅着山崮。

“哪里有?说鬼话!”

“你眼光不好,怪我?”

虽然风在呼呼咆哮,有的人戴着口罩,有的人拉下帽耳,讲不清话音,听不清说的什么,但却一路地说着笑着。战士们都有这个经验:走在路上谈谈笑笑,既是“缩地法”,又可以征服疲劳和饥饿。

经过连日带夜地轻装战备行军,在夜晚十点钟光景,队伍到达一个丘陵地带,停止下来。

村庄上漆黑漆黑,没有一个人家有一星灯火,每一个人家的门却是敞开着的。门前的地上,睡着四腿捆绑着的猪、羊,笼子里挤满着鸡、鸭。车子上捆绑着许多杂七杂八的东西。牛和驴子在槽上嚼着枯草，背上驮上了装满粮食、山芋等等的筐篓。被子、棉花胎、衣服，捆成了大包裹，放在炕上，连锅也离开了灶腔，用绳子捆扎起来，拴在扁担梢上。人们在屋子里默默地闷坐着，幼儿像战士的背包一样，背扎在大人的背后。他们没有一点声音，眼睛在黑暗中互相惊惶地望着，准备随时逃难到别处去。看来，一声说"走"，只需三五分钟的短促时间，除去房屋、土地以外，他们可以把所有的财产全部带走。

队伍蓦然地进了村子，使居民们大吃一惊。这完全是出乎他们意外的，他们恐惧、惊慌，可是已经来不及逃走、藏躲。大人们一慌乱，孩子也就哇哇地哭了起来。

秦守本他们走到屋子门口，用手电筒一照，人们慌张地挤藏到门后和屋角上去。

"老乡，这是干什么呀？"

"是我们！不是反动派！"

"把灯点起来吧！"

人们这才有些明白，原来不是灾难的降临。

"是八路吗？"一位老大爷问道。

"是八路的弟弟新四！"[①]秦守本大声地说。

"要点灯吗？离这里不远啦！"老大爷担心地说。

"有多远啦？"

"二三十里，大炮够得着哩。"

"大炮有眼睛，也看不到这样远！"

"下晚有一炮就打到庄子后面，一条牛给打死了。"

老大爷终于从筐篓里摸出了油灯，点亮起来。

---

① 人们简称"八路军"为"八路"，"新四军"为"新四"。

居民们暂时地解除了恐惧，但同时又感觉到战争的更加逼近。战士们看到居民准备逃难的惊惶现象，也就觉得自己已经到达了战地，置身在战斗里面。

就在这个时候，恰恰有几颗炮弹飞落到附近，轰然爆响起来。老大爷连忙去吹灭灯火，战士们阻止了他。

“不要怕！这是瞎眼炮！”

“要跟他们打吗？”老大爷问道。

“来了，不打干什么呀！”王茂生说。

老大爷听不懂王茂生的海门话，疑问着。安兆丰拍拍手里的枪，学着山东话大声地说：

“咱们来，就是跟他们干的！不要跑！”

外边传来嘈杂的和哭泣的声音，战士们跑了出去。

一群从北面来的难民，牵着牛羊，背着孩子，妇女们和孩子们哭泣着，一个扶着棍子的老太太骂着说：

“当炮子的，遭天雷打的！……都是些强盗、畜生！”

有一个五十来岁的人，躺在一块门板上，头上裹着层层的布，血，浸透到布外面来。老太太和两个女孩子，坐在旁边泪涕交流地痛哭着。

队伍移让出一间屋子，给受伤的和难民们安身。

从这批难民的口里了解到，敌人正在砍伐树木，拆毁房屋，构筑工事，同时拉牛、宰猪，翻箱、倒罐地进行抢劫。这个受了伤的人，挨了国民党匪军的殴打。

“唉！”张德来叹了一口气。

“马上就打仗了！还叹气！连叶玉明那笔账，也要记到蒋介石头上！”秦守本气愤地说。

张德来对秦守本的说话不大同意，他望着秦守本，冷冷地说：

“叶玉明是演习死的。”

“我同意班长的意见。要是蒋介石不向解放区进攻，我们还不会参军哩！不参军还会到虎头崮演习？我们演习，为的要跟反动派打仗。归根到底，蒋介石不进攻，不逼我们下山东，叶玉明就不会死！”王茂生有些激动地说。

“我也同意！”夏春生、安兆丰、周凤山同声地说。

秦守本对王茂生给他的支持，把他的意见作了有力的申说，心里很是满意，但又感到有些惊异。他向王茂生和所有的人瞥了一眼，从余仲和的手里拿过半截香烟来，眨着眼睛吸着。

王茂生从那天晚上，在雁翅峰和秦守本谈心以后，忧郁的心情便发生了变化。今天临出发的时候，指导员罗光和他谈了一次话，把他的党籍已经转来的事告诉了他，使他兴奋得一路上精神抖擞，替张德来背了二十多里路的枪，在一个山崖上，折了一根很粗壮的小树干，给肿脚的张华峰当手杖用。

“起来，
饥寒交迫的奴隶，
起来，
全世界受苦的人！
满腔的热血已经沸腾，
要为真理而斗争！”

夜深。

秦守本在经过连部门口的时候，听到里面发出来的低沉的《国际歌》声。连部的门关着，眼睛凑着门缝望望，里面挤满了人，他看到张华峰、余仲和、洪东才他们都在里面。他熟悉地知道这是在开党员大会，便很快地缩回头来。在他回到班里的路上，眼前突然发花，头脑晕眩起来，一只脚猛地撞到牛桩上去，产生剧烈的疼痛。

“我当你也是去开党员会的哩！”周风山迎着秦守本说。

“我吗？跟你一样，还不够条件！”秦守本沉愣了一下，感慨地说。

“海门人也去啦！要我向你请假！”周风山闷闷地说。

“啊！”秦守本惊讶了一声。

秦守本和班里的战士们，默默地检查着武器、弹药等等。

张德来困倦得很，解背包打算睡觉，秦守本制止了他，告诉他战斗的时候，睡觉一律不解背包。

“就打了吗？”张德来问道。

“人家已经打上了！重机枪的声音都听得清清楚楚！”周风山说。

“我们什么时候动手？”张德来又问道。

“说不定等一会儿就得出发！我告诉你呀，老张，打仗跟吃饭一样，吃饭，哨子一响，拿起筷子就吃，打仗，哨子一响，拿起枪来就走。你睡睡吧！等着哨子响就是！”夏春生声音清亮地说。

“这个我相信，老张，等吹哨子吧！”安兆丰接着说。

“你打过仗？还不是跟我一天来的？”张德来瞪着安兆丰大声地说。

“演习了多少天，心里还没有数呀？不信，你问问班长！”安兆丰神气十足地说。

“对！要休息，你们就赶快休息一会儿！”秦守本斜靠在墙边上说。

进行战斗动员的党支部大会结束以后，余仲和、王茂生回到班里。班里人已经睡着了，只有秦守本在小油灯的光亮下面，用双线加钉着鞋带子，防备在战斗的时候鞋带子断了，鞋子不跟脚。

在余仲和也睡了的时候，秦守本倒在王茂生的身边，低声到几乎使王茂生听不到的程度问道：

"你也是吗？"

"唔！"王茂生望着秦守本应了一声。

"我来了三年多还不是！我要向你学习，下决心把枪线练好！"秦守本当是王茂生被吸收入党的原因是枪打得准，话音咕噜在喉咙边上说。

"我在家里就参加的。"王茂生告诉他说。

秦守本忽地坐了起来，惊叹道：

"你早就是的啊！"他随即又睡了下去。

过了一会儿，秦守本用更低的声音问道：

"你的家信写了吗？"

"打过仗再写吧！"王茂生用同样低的声音回答说。

老大爷从屋里走到屋外，从这家走到那家，留心地察看了队伍的神色、动静以后，胆子壮了起来。他走到驴槽上，把驴背上驮着的山芋篓子卸了下来，回到炕上对他的老伴说：

"我们也歇吧！"

"他们背包都没有打开。"老大娘咬着他的耳边子说。

"他们就要开上去打仗了！"

"我们不走啦？"

"不走！有队伍在这里！"

"北边逃过来的那些人呢？"

"说要跟队伍回去。"

第五章

一八

副军长梁波带着一个最轻装的侦察营，在上午十点多钟，到达距离敌军据点吐丝口十五里地的羊角庄。刚洗过脸，居民徐二嫂盛给他的一碗山芋干小米粥还没有吃完，电台上来人通知他军部有急报来，正在收录。不到一个钟头，电报飞到他的手里，告诉他决定部队提早出动，要他尽可能在部队到达以前完成预定的工作。这个行动计划的改变，和他根据到达这里一个钟头的感受所考虑出来的见解，是吻合一致的。居民反映：敌人正在拆毁房屋，砍伐树木，搜集铁丝等等物资，抓夫子连夜构筑工事……在敌人立脚未稳的时候，越快越早地发起攻击，对自己是很大的便宜。这是单就战术的利益来考虑的。自然，他从电报的内容想象得到野战军指挥部决定的这个改变，还有更大更深的作战用心。但是，对于梁波的先遣工作，这个改变却成了一个突然而来的严重压力，使他这个爱说爱笑的人，不能不感到焦灼和苦恼。

他把黄达喊到面前，指着地图命令说：

"你自己带一个组，另外由你再派一个组，在南北两个地区，跟兄弟部队取得联络，天黑以前跟我汇报！"

黄达呆望着他，脸上现出为难的样子。

“队伍今天夜晚就到，知道吗？说不定明天早晨就得开始攻击，这是电报，你看看！”

黄达看看电报，扭转身子，急速地走了出去。

“有飞机！换便衣去！”梁波喊着对黄达说。

“知道！这个我会的！”黄达头也没回地跑着回答说。

紧接着，是军政治部的民运部部长郎诚站到他的面前，梁波把电报递给他，说：

“你看你的工作该怎样做？”

“我立刻出发！”郎诚看了电报，决然地说。

“对！你是个聪明人！你姓郎，这当口办事，就要如狼似虎！去吧！我不必跟你多说了。”梁波爽朗地说，手向郎诚挥了一下。

郎诚迅速地走了。

侦察营营长洪锋急匆匆地走进来，梁波命令着说：

“第一，在天黑以前，搞清楚吐丝口石圩子里边敌人在干什么，做些什么动作。第二，把吐丝口周围的地形，附近有几个支撑点搞清楚。第三，查清敌人的兵力、武器配备。这两条，也要在天黑以前完成任务！就是说，要你完成任务的时间只有六个钟头。”

洪锋是个矮小精干的人，从一个侦察兵的生活开始，到现在，是带领五百个侦察兵的营长。他以最敏捷的侦察兵特有的鹰一样的眼光，在梁波的脸上猎视了一下，眉头微微地皱着。

“我的身上、脸上没有什么好侦察的！”梁波和洪锋的眼睛敏捷地对望了一下，说。

“第一、第二没问题。”洪锋想了一想，说。

“第三有问题？恰恰最重要的一条有问题？”

“白天，摸不进去。”

“改到夜晚？明天早晨就要开火，同志！”

洪锋皱皱眉头，咬着牙齿说：

“好吧，保证坚决完成！”

梁波紧接着问道：

“你怎样保证啦？”

“不完成任务，听凭怎样处置！”洪锋举着手说。

“你怎样完成？”

“我交给你一个俘虏兵！”

“行！可不能弄个半死不活的来！”

“那当然！”

洪锋的鹰样的眼光，又在梁波的脸上猎视一下，看到梁波现出满意的微笑，便回转身子走了出去。

“这个家伙，有股干劲！”梁波望着大步疾走的洪锋的背影，自言自语地赞扬着说。

不到半小时，梁波打发了这三批人，去执行三种紧急的任务。在这半小时里，他的心情和思虑是紧张的。这三批人打发了以后，他很想松弛一下。可是，村长葛成富走了进来，后面还跟着一大群人，老大爷、老大娘、大嫂子、大姑娘，还有些小孩子们。

“你是葛富成吗？”梁波笑着问道。

“是葛成富！我们村长！”一个老大娘说。

“好几年不见了，还记得我们？”葛成富眨动着充血的眼睛，带着笑容说。

“你看，我把葛成富记成个葛富成！你的样子我还是一看就认识。你当过民兵队中队长，同我们在这些山里跟鬼子捉过迷藏呀！好家伙！四五年不见，长成个大人，当了村长啦！”梁波握着葛成富粗壮的手,哈哈地笑着说。

老乡们一个拥着一个地只是朝梁波面前推挤,眼光一齐盯着梁波的脸,以悲喜交杂的神情和言语,吵吵嚷嚷地争抢着诉说道:

“司令,你来得正好!”

“今天早晨,敌人还到前头庄上来抓人拉牛啊!口镇[①]遭了殃!”

“我们都是躲到山沟里、地窖里,听说你来了,才爬出来的啊!”

“这就好了!这就好了!”

“要打的吧?可要把他们打走!比日本鬼子还凶上十倍呀!”

梁波曾经是地方军区司令,率领部队在这一带地方打过游击战,老乡们熟悉他、爱戴他。现在,在苦难到来的时候,敌人到了他们面前,他们对这个别离已久的军事长官,表现得非常亲切、坦率,把一切希望都寄托在他的身上。村长的母亲葛老大娘的眼泪——是悲苦的,但也是热情的——从红红的眼角,流过两腮,一直滴到衣襟上。

“真是盼你们来,想你们来啊!你们不来,我们可怎么好啊!”葛老大娘像母亲样地拉着梁波的膀子,抖动着脸上的皱纹说。

“老妈妈!不要难过!我们要把这个敌人打掉的!”梁波高声喊叫着,对葛老大娘劝慰地说。

“就靠你了!就靠你了!”葛老大娘揉干眼泪说。

“我一个人有什么用?靠大家靠你们!”梁波对葛老大娘,也对着众人说。

“是瘦了一点!”

“多辛苦!还能不瘦?成年操心劳神!”

---

① 口镇是吐丝口镇的简名。

“神气还是从前的神气！眼珠子还是那样雪亮！”

“哎呀，多了几根白头发，老还看不出老。”

梁波在老乡们的面前一站，几句话一说，老乡们惴惴不安的心，便平定下来。

共产党领导的人民军队，从来就是他们的保卫者，在保卫他们的斗争里总是要获得胜利的。这个不移的信念，在他们的心头复现出来，他们面容上的愁丝苦缕顿然消失。对他们亲人一般的梁波，仔细地端详着，从他的腿脚到他的眼睛和头发，用最亲切的语言，谈论他，祝福他。

这个生动的场面，使梁波在寒冷中感到温暖。他感觉到他真像是一个久游在外的人，一旦回到了故乡，会到了亲人——自己的父亲、母亲、兄弟、姊妹和知己的朋友一样。痛苦和死亡的魔鬼，正在人们的面前疯狂地手舞足蹈，威胁着人们的生存和幸福，人们焦急地迫切地要求保障和拯救，从葛老大娘多皱的脸上的泪痕，从人们惊惶的眼色，颤抖的声音，恳切的悲酸的言语，梁波的内心，在这个短短的时间里，有了深刻体会。

“不要怕！国民党蒋介石不比日本鬼子更厉害！我们大家齐心合力，一定能打败他们！这一次，把国民党蒋介石连根刨掉，日子就好过了。老大爷们，老大娘们！这一次仗打完了，再把生产搞好，你们就享长福了！”梁波思虑一下以后，以充满信心的语言，对人们鼓舞着安慰着说。

人们，尤其是老人们的脸上，露出了幸福的笑容。

“托你的福啊！”

“你们回去吧，让他歇歇！人家走了一夜，刚到这里！”葛成富邀赶着众人说。

“成富啊,你也去歇歇,一天一夜没归家,眼都熬红了!”葛老大娘对儿子说。

外面有人说:“华同志来了!”

众人朝旁边一闪,银灰色的围巾包着头的华静走了进来。

“这么多人在这里干什么?开会?”华静取下围巾,茫然地问道。

“小华,是你呀!”梁波笑着说,伸出他的手来。

华静扭转脸去,目光在梁波的脸上停住了好一会儿,然后和梁波紧紧地握着手,惊叫道:

“梁司令!是你?真想不到!”她高兴地跳了起来。

“你想不到的事情可多咧!”梁波微笑着说。

人们神秘地轻轻地溜了出去。

“在这里工作?”梁波问道,倒了一杯茶给华静。

“是的。”

“这个热闹可给你看上啦!”

“什么热闹?”

“打仗!双方几十万人啦,比打游击可热闹得多呀!”

“看你们登台表演吧!”

“你也是个重要的角色!”

华静理理头发,喝了一口茶,眯着她的细小的但是有神的眼睛说:

“我呀,跟你们跑龙套,就怕你们不要!”

“过分的谦虚!戏里没有青衣、花旦,有什么看头?”

“人家说你是个爱开玩笑的人,真是一点不假。”

梁波停止了谈笑。这时候,他才在这个二十四五岁的干练的女人身上、头上、脸上，转动着他的锐利的眼光。华静羞怯地避过脸去，手里抚弄着围巾，一口气把一碗茶喝完。

华静和梁波曾经见过几次面，那是她在部队里当记者的时候，访问过梁波，听梁波谈过战斗故事。虽只是三四次谈话，她的心里却烙下了难忘的印象。她认定这个男子是个出色的革命家，也是最富有生活趣味的人。他讲故事，总是那样生动得使她吃惊，她认为把他称为一个口头文学家，完全是恰当的。讲到夜晚的景色，天上的星和月亮，树林里有夜猫子号叫，水是有亮光的，没经验的战士们往往当作平地干土踩下去，把鞋子袜子弄得泥湿污脏；讲到山，山上有什么树，草是青的还是枯黄的，山道的斜坡是陡险的还是平坦的，是石山还是土山，石头是白的、紫的，还是红的；讲到战斗，他总是一个人一个人地描绘，把那些战斗英雄的动作、声音，以至是圆脸还是方脸，身材高、矮、大、小，手里的刺刀怎么拿的，和敌人扭抱一团怎样地摔、打、滚、跌等等等等，说得清清楚楚，就像说书人说“武老二”一样，使你越听越有味，越想听下去。他这样讲，她完全用不着动笔去听一句记一句，因为每一句都刻到她的心坎上，使她怎么也忘记不掉。华静长时期地爱慕着这个人，因为她的工作变动，失去了以记者身份和梁波接近的机会，她认为是件很不幸的事情。虽说她离开军事记者的职务，来到地方党委工作已经两年多，和梁波不见面也是两年多了，但却不曾忘掉梁波留给她的明朗深刻的印象。

她觉得她今天见到的梁波，好似比两年前更年轻一些，估计不会超过三十五六岁。梁波头上新增的几根白发，她完全没有去注意，她在竭力地从梁波身上发现年轻的标志。

她对她的眼力，有着顽强的自信。在她的眼里，梁波的眼光比过去更加尖锐了，不然，她怎么会发生畏惧呢？梁波的眉叶，也比过去乌浓得多，额角上的皱纹也少了几条，黄里稍稍发黑的肤色发着健康的光亮。尤其是，在这个战争空气严重的时候，他还是那样谈笑自如，真使华静不能不觉得他的身上具有一种诱人的魅力。

华静是个“奇怪”的与众不同的女子，梁波曾经听到什么人说过。她活跃、聪颖、有才气。她能够和任何男子接触、谈笑，但谁也侵犯不了她。好几个年轻的漂亮的有才干的人曾经向她求爱，都遭了她的拒绝。她没有对谁宣称过，但她自从懂得恋爱的时候起，早就打定这个主意：爱人由她自己去选择，而不是由别人来选择她。“小华，不要再顽固了！”“华静，在爱情问题上和工作问题上一样，不能骄傲！”她的女朋友们曾经劝说过她。她说：“这不是顽固，更不是骄傲！”总之，她没有怀疑和动摇过她那十分自尊的态度。

现在，不知她是在自己选择呢，还是别的什么缘故，在梁波的面前，她沉默了好久，而梁波好似洞悉了她的内心奥秘，有意任她进行选择的思考似的，也甘愿让这一段时间在沉默里度了过去。

当前的情况，不容许过多的沉默，一切都在动荡里，激烈的动荡里，思考只能是最迅速的过程。她把落在梁波身上的念头，竭力地抛脱开去。趁着飞机“呜呜嗒嗒”的声音传来，她像犯了过错似的赶忙向梁波说：

“我们听说有部队开来，高兴死了。龙书记要是知道你来了，那不知多么高兴哩。他要我来联系联系，看需要地方上做些什么事情。”

“需要你们帮助的事情可多得很！我已经派人去找你们。你是在地委工作的？那真好透了！你说龙书记？是哪个龙书记？是龙泽吗？”梁波连续地问道。

“是的，龙泽同志带来一个工作队，昨天夜里才赶到前方来的。”

“在哪里？”

“离这里五里路，匡庄。”

“那就好透了，我去看看他！”

梁波站起身来，叫警卫员冯德桂牵了马，喊来一个警卫班。梁波没有骑马，他的马是经常备而不用的。这时候，他更是不能也不应该骑到马上，他和华静并肩向匡庄走着。

这里的雪比南边落得轻些。雪已经融化了的田野里，铺着一片绿的麦苗，它们在寒风里微微颤动，竭力地要想站立起来。道路开始干燥，两个人的脚步走得很轻快。

“讲个故事听听好不好呀？”华静笑着说。

“这一仗打下来，你可以听到好多故事，也可以亲眼看到好多故事。你自己的事情，不也是很好的故事吗？”梁波欲笑不笑地说。

华静敏感到梁波的话含着双关的意思，胆怯地小声问道：

“我有什么事情可以当故事讲的？”

“每一个人都在斗争里面，创造自己的故事。”

“有人创造了惊天动地的故事，有人只是平凡地过生活。”

“每一个惊天动地的故事，都不是一个人能够创造出来的，自然，有人是故事里面的主角，有人是配角，就好像戏台上演的戏一样。一个指挥官可以是主角，有时候，却也只能起配角的作用。《三打祝家庄》里的乐和，是个伪装的小马夫，嘿！倒起了主角的作用，没有他呀，祝家庄就打不开！”

华静没有再说什么，默默地玩味着梁波的话。

和女子很少接触的孤独惯了的梁波，忽然发觉到自己是和一个女子走在一起，这是他的生活里从来没有过的啊！要不是前面、后头还有警卫人员，他简直会认为是一种罪过。可是，他的心窝里，却怎么也禁不住地腾起了波浪。新鲜的生活感觉，终于在他的心里浮现起来。一句带着挑衅意味的话，竟情不自禁地脱出口来：

“还是那样顽固吗？”

华静的感情被强烈地触动了一下，赶忙把银灰色的围巾裹到发热的脸上。

“天这样冷！”她装着没有听见似的自言自语地说。

梁波完全没有发觉，华静的动作和说话是机警巧妙的掩饰，因为在她说话的时候，恰巧有一阵冷风从他们的面前吹过。他没有再说什么，听凭华静脚步缓慢地落到他的后面去。

“还是谈谈战争吧！”隔了一会儿，华静走上前来说。

梁波从这个“还”字上，体味到自己刚才说话的冒昧和唐突了。但是“谈谈战争”却成了他这时候的一个难题。

在战争里层生活久了的人，只要有可能，就是说，只要有点空隙时间，比方是半个小时，哪怕是几分钟，总是想谈谈不是战争方面的事，如关于爱情或者其他生活方面的。而华静却要他“还是谈谈战争吧！”为了顺从对方的心意，也为的别的无话可谈，在华静走到肩旁的时候，梁波只得说：

“好吧，谈谈战争。”

“战争给人痛苦，也给人快乐。”华静抒发自己的见解说。

“对的！战争给人灾祸，也给人幸福。如果能从别的方面使人们得到快乐、幸福，我们就不必要通过战争的方法。对我们来说，战争的道路是‘逼上梁山’。过去是这样，这一次也是这样。”梁波感慨地说。

“这次战争，到什么时候才能结束？”华静问道。

“我想，总要作十年八年的打算！当然，那是要根据战争过程里各方面的条件变化来决定的。”

华静大大吃了一惊，冻冷了的脸上的肌肉，更加紧缩了，落后了的脚步，赶紧走上前去，追问了一声：“十年八年？”

梁波突然大笑起来，偏过头来望着华静惊讶的脸，说：“嫌长吗？也许还要再加上十年八年！”

“吓唬我！”

“你还是个小青年，怕人家吓唬？”

“我不怕！”

梁波觉得他的话增加了华静的思想负担，竭力地用笑声冲淡他的话的重量，避免让青年人沉入到迷茫的深渊里去，对战争的长期性发生畏惧的心理。梁波笑着，华静也笑着，但她的笑是盲目的，是被梁波的笑声自然引发起来的。

匡庄，地委书记龙泽的屋子里塞满着人：县委书记、县长，区委书记、区长，还有附近的乡、村干部们。一盆烧得旺盛的木柴火放在中央，干部们围成一个大圆圈，有的坐着，有的站着，也有蹲在墙边的。因为门上挂着草帘子，屋子里的空气显得窒息而又带着怪味。龙泽躺在一张木睡椅上，身上裹着一床棉被，不时地咳嗽着。

干部们谈论的中心，是昨天夜里和今天早晨开来了主力部队的事。几天以来，由于济南的敌人进犯到这个地区造成的不安的情绪，看来已经消除近半，他们的声音容貌显得很兴奋。患着肺结核病的龙泽，昨天夜里刚到这个屋子里，还吐了两口带血的痰，在干部们讨论当中，他还是不时地插上三言两语。

“小华怎么还没回来？”

“听说是梁司令来了!”

“我说的,一定要干他一场!让这些国民党反动派回不了济南!”

“把济南府也拿下来!”

门上的草帘子动了一下,众人的眼睛一齐望着门口。

“许是小华回来了!”

进来的是葛成富。他气喘吁吁地说:

“老梁来了,住在我们村上!”

“是梁波?”

“是的!”

“你看到他了?”龙泽问道。

“跟华同志一起,到这里来了,马上就到!”

龙泽撑持着坐起来,停止了胸口疼痛的呻吟,说:

“他在一个军里当副军长,要是他来,就是来作战的!幸亏昨天夜里我们赶得来。得赶紧准备,怕在这两天就得打起来!”草帘子一动,人们的头还没有来得及抬起,华静闯了进来。

“来啦!想不到是他!”她拍着手说。

她回过身子连忙把帘子掀起来。接着,梁波走进了屋子。刚坐下去的龙泽又撑持着站立起来,向梁波伸着手,压住咳嗽,喜出望外地说:

“真的是你来啦!天兵天将!天兵天将!”

梁波把龙泽按着躺到睡椅上去,问道:

“身体不好?”

“还是老毛病!”龙泽气喘着,摇着头微笑地说。

梁波向屋子里的人瞥了一眼,和每一个人亲热地握了手,真像是回到了故乡，和人们久别重逢似的。

“老兄，这可不行啦！带着病到前方来呀！”梁波坐到龙泽的身边，又重新拉着龙泽干瘦的手说。

“没有问题！趁大家都在这里，你谈谈吧！军事上怎样计划的？要什么，尽管说！别看我是个病鬼，拼命也得拼啦！”龙泽摇着梁波的手，兴奋地说。

梁波站立起来，像在一个严肃的会议上做形势报告似的，把敌我的情况、作战的意义、胜利的条件和困难等等作了简要的说明，最后，声音特别响亮地说：

“大队人马今天夜里到，说不定明天早晨就干上！什么计划？把李仙洲这五六万人先吃掉！向你们要什么？要夫子，要担架，要粮草！支前司令部没通知你们？你们这个地区，包我们一个军的民夫、担架、粮草的全部供应。”

“那就得赶快！”一个县长站起身来说。

“好吧！你们就走！一分钟也不要耽误！组织一切力量，用一切办法，集中粮食、民夫！”龙泽果断地说。

“没有面，就搞小米、高粱，再没有，就搞山芋干子，只要能吃就行！先作半个月打算吧！”梁波以急迫的声音，接着龙泽的话说。

“懂得吗？这一仗，关系全局、全山东！特别是关系到我们这一地区的党同人民群众的生死！主力部队是从陇海铁路南边到山东来，替我们消灭敌人的！”龙泽又一次抖索着身子，艰难地站立起来，两只眼睛发着炯炯的亮光，严肃地对他的下属们说，每一个字音都显出沉重的力量。

地方干部们像一阵风一样，涌了出去。

“保证你们不饿肚子，放心！”龙泽坐下来对梁波说。

“你安静一些，休息，休息！”梁波劝慰着说。

“明天就动手吗？”

“就看队伍到齐到不齐。这一回，吃到嘴，就是个大鱼！可不像我们从前打游击，不是拍个苍蝇、蚊子，就是吃个小虾虾！”梁波指画着说。

站在一旁的华静，一面看着文件，一面用心听着他们的谈话。她的脸色，跟随着谈话的内容和气氛发生着变化：紧张、沉重、愉快、兴奋。……

“有了孩子吗？”梁波问道。

“有一个，去年生的。”龙泽微笑着说。

华静轻轻地走了出去，在门口，她听到龙泽问梁波道：

“还是光杆子？老顽固！我们这里也有一个顽固派！”说着，龙泽“嘻嘻嘻嘻”地笑起来，笑声像小黄雀鸣叫似的那样尖细。他并且竖起一个食指，指着门外，仿佛他知道刚刚出去的华静还站在帘子外面，故意说给她听似的。

“现在打仗，不谈这个！”梁波微笑着说。

“是‘战后论’者？不希望我做些什么？”

“希望你做三件事：第一，把民夫、粮食搞好！第二，保重身体！第三，今年再生一个娃娃！”

两个人谈笑了一阵。梁波心里有事，焦虑着黄达和洪锋他们的工作，说走，便站起身来，辞别了龙泽。

在他到了村口，正要上马时，华静追跑上来，递给他一个分量沉重的布袋，笑着说：

“几斤面粉，龙书记送你的！”

“请你替我说一声‘谢谢他’！”梁波扬扬手说。把面粉袋交给了冯德桂。

“不送你。上马吧!”华静笑着说。

梁波跳上马,回头望望,华静在寒风里向他扬着银灰色的围巾。

“小华,有空到我们那里来,再跟你‘谈谈战争’!”

梁波哈哈地笑着说了两句,便坐上马背。待他两脚踏稳脚镫,马儿走了几步又回头望望的时候,华静的脸突然发起热来,仿佛受到了某种强烈的刺激,扭过头,飞快地跑回到村子里去。

一九

时间的迫促,任务的紧急,逼使侦察营长洪锋不能不替自己出下这样的难题——大白天到敌军据点去捉俘虏,而且不能不把这个难题在天黑以前圆满地回答出来。

洪锋带领一个排的侦察兵,全部按照当地居民的装束,把短枪揣在怀里,机枪捆藏在一束高粱秸子里,挑在肩上,在下午两点钟光景,分成六个小组,先后到达距离敌军据点吐丝口四里路远的崔家洼。向居民调查以后,洪锋决定派六个人,扮作向敌人据点送木材的居民,去执行捕捉敌军哨兵的战斗任务。因为居民反映说,敌军限定崔家洼在这天下午四点钟以前,要把五棵树干送到吐丝口,不按时送到,明天早晨就要烧毁崔家洼全村的房屋。

洪锋决定由排长宋杰担任战斗组长,另外配上五个战士,抬着两棵树干,向吐丝口西门口行动。

吐丝口镇上驻扎着国民党匪军新编第三十六师师部和三个步兵团,一个炮兵团。他们是昨天下午三点钟到达的,正在日夜地赶筑防御工事。

惨白的阳光，斜照在吐丝口的石圩墙上。圩墙的石缝里，不断地挤出一条一条水柱，眼泪一样地往下流滴。圩门楼上的冰冻也在融解，冰铃铛不住地跌落下来。

圩墙上和门楼上，有一些士兵和被捉来的居民，在被强迫着搬石弄土，构筑碉堡。

圩门口的两个哨兵，在太阳地里，手里端着上了刺刀的美式步枪，来回踱着，嘴角上叼着香烟。

抬着一棵树干先头出发的两个战士，前头的叫田通，后头的叫上官朋。他们一面走着，一面哼着“杭唷杭唷”的调子。肩上的重担，使他们感到肩骨和肌肉的疼痛。

“谁出的主意？罚我们苦工！”田通气恼地说。

“叫你不说话，你又说话！装哑巴还好说话！”上官朋责备着说。他们走了一阵，歇了下来，坐在树干上。

“会说话的人装哑巴，比抬树干还要难过！”田通摸摸嘴巴，咕哝着说。

“谁叫你是广东人说广东话的！”

“当了广东人就该把舌头割掉？”

“割了一个钟头再给你安上！喂！到圩子门口，可不能再开口啦！”

“那可难说！要真的割掉舌头倒好办！”

“说话出毛病，你要负责！营长再三交代过的！你自己也作了保证。”

田通把手一挥，嘴里“哇哇叭叭”地叫着，扁担又上了肩。“对！就是这个样子！”上官朋哈哈地笑着说。

“怎么也要学好几句山东话！”田通走着，愤愤地说。

“不说，不说，又说了！”

“这是最后一句！”

“还说！快到了！”

田通再也不说话了。没法子，只好大声地哼着“杭！”“杭！”真不痛快！就连哼着这个声音，也要比别人少一个字音！

两个人抬着柳树干，渐渐地接近了吐丝口的圩门口。

“你们要当心，路上有人来！”

在圩门楼上，一个拿着望远镜的军官，向圩门口的哨兵，用沙哑的鸭子喉咙喊叫着。两个哨兵立刻振作起来，把大檐帽子朝脑后移移，抱紧手里的枪，两只眼睛直瞪着正前方的大路。

那个三角形面孔的士兵，赶忙捏熄了香烟，把剩下的半截烟夹到耳朵后面，拉下步枪机柄看看，子弹早已躺在枪膛里。

个子矮小瘦削、脸型却很阔大的一个，模仿三角脸的动作，也做好了战斗准备。这是一种习惯，他们并没有过分的紧张、恐惧。

白天难道还会出什么鬼？他们看到，走来的是两个老百姓，抬着什么笨重的东西。

“不是抬的死人，就是送木材来的！”矮个子轻松地说。

“不要说不吉利的话！不能大意！共产党的民兵，什么花样都想得出来！”三角脸警告着说。

“脚赶脚，不还是有人送木材、送烧草来的？你就是太小心！”

“小心一点好！”

果然，是送木材来的。两个人抬着一棵不大不小的柳树干，肩膀上的扁担给压得快要折断了，再望望后面，还有四个人抬着一棵更粗大的，向面前走来。

“我说是吧！送木材的！拥护国军的人还是有！”矮个子自鸣得意地说。

“不派枪杆子去硬要，他们会给你送来呀？什么都是假的，只有枪杆子是真的！”三角脸晃晃手里的枪，神气地说。

两个身穿狗皮袄、脚穿翘鼻子老布鞋、头戴狗皮帽、腰里扎着黑腰带的人，咬着牙齿，痛苦地抬着树干走到面前。他们知道，来来往往的人都要受检查，便把树干放了下来。田通把又黑又破的毛巾不住地在脸上、在脖子里擦着汗，嘴里呼呼地喷着热气。

“抬到门楼上去！这样一棵树有多重？累得那个样子！”矮个子挥着上了刺刀的美国步枪说。

两个人一句话没有说，把扁担又抬上肩，朝圩门里面走去。

“站住！”三角脸突然喝令道。

抬树干的停下脚步，扁担卸下肩来。走在后头的上官朋向前头的田通轻声到那两个士兵听不到的程度说：

“注意！花样来啦！”

“你望着前面，让我去盘盘他们！”三角脸对矮个子说。

他快步地走到两个人跟前，向田通问道：

“是本地人？”

田通木然地望着他，擦着汗。

“问你话的！”他用刺刀指着田通大声问道。

“老总！他是哑巴！”上官朋用学得蛮像的山东腔笑着说。

“哑巴？把衣服解开我看看！”三角脸露出凶相大声地说。

圩门楼上的军官和一些士兵，向下面看望着。

上官朋自动地解开衣服。

“脱下来！”

上官朋脱下了狗皮袄放到树干上，接着又脱下破棉袍子。在冷风里面，他的身子连冻带装地打着战抖。三角脸在他的身前、身后、身上、身下仔仔细细地摸了一遍。接着又拿下狗皮帽子，里里外外地看了一看。他把帽子抓成一团，用力地掷到上官朋的手里。这个查完，又查哑巴。在哑巴脱衣服的时候，上官朋把脱下来的衣服往身上穿。

“没叫你穿！”三角脸竖起眉毛叫道。

“老总，天冷！”上官朋苦着脸，抖着身子说。

“冻不死！”

三角脸骂了一句以后，更仔细地在哑巴的周身上下摸了又摸，连各个大小衣袋都掏遍了，什么东西也没有发现。后来，他又回过手来，在放在树干上的狗皮袄和破棉袍的袋子里掏摸一番。结果，拿出一个小纸包，拆开一看，是黄烟末子。他放到鼻子边闻了一闻，气愤地摔到地上去。

“你真是哑巴？喂！这个，你怕不怕？”三角脸挥着刺刀，狡诈地问道。

哑巴呆呆地望着三角脸，一声不响。他是多么想说话啊！他真想把三角脸手里的美国步枪夺取过来，大喊一声：“老子不怕！”上官朋的心“啪啪”地跳着，他惧怕田通忍耐不住，在后面的人还没有到来的时候，露出了马脚。

“是哑巴。”上官朋不慌不忙地说。

狡猾的三角脸好像已经认定哑巴是解放军的战士或民兵伪装似的，一股劲要想法子让哑巴说出话来，他用力地在哑巴的臂膀上打了一拳。

哑巴真的有些忍耐不住，他觉得受了侮辱，恼火的脸孔涨得通红。他紧紧地勒着拳头，嘴里“哇哇叭叭”地大叫着。这个局面，使上官朋的心情十分紧张，不住地朝哑巴摇着手，同时带着笑容连忙对三角脸说：

“老总十个哑巴九个性子急！”

哑巴这么大怒大叫一下，倒把情势改变过来了，三角脸竟然解除了怀疑。但是一无所获的检查，使他很不甘心。要么，这两个人是伪装的民兵、游击队，或者是解放军的侦察兵，被他发现出来，可以受赏得奖。要么，能够从这两个人的身上得到一点钱财，也使他两个钟头的值班，不是白白过去。现在的结果，是两个一无所有的送树干来的老百姓！他非常失望，对于他，失望从来就是恼怒的根由。他把刺刀狠狠地对着哑巴指过去，从他的鼠眼里射出来的邪光判断，他对这两个人，特别是哑巴，有着强烈的不知从何而来的憎恨。

这时候的“哑巴”田通，倒也打定了主意：“由你吧！再过几分钟，就该老子用刺刀指着你了！”这个预见的结果，使田通心里平静下来，一动不动地站在那里。美国步枪是笨重的家伙，可是刺刀的确是锋利的，发着闪闪的亮光。田通没有害怕三角脸的刺刀，相反的，他爱上了它，他下了决心要把它变成自己所有的武器。

“抬走！”三角脸张动着薄嘴皮命令着。

上官朋和田通真是受了苦役，三角脸对他们折磨了足足有二十分钟。圩门口的冷风，在这二十分钟里，也有意地帮助了三角脸，把他们的全身吹得冰冷。他们在三角脸回到哨位上去以后，才穿上脱下的狗皮袄、棉袍子。

“扎得紧些！要准备动作！”上官朋扎着腰带，低声地说。

田通像马戏班里打武术的人一样，尽量地紧缩肚腹，把腰带紧扎到狗皮袄里面。

使他们焦急的是排长宋杰他们四个人,走得非常缓慢,走走歇歇,歇歇走走。现在,四个人还歇在距离圩门口一百多米的大路上,上官朋和田通远远地望见他们有人还在吸烟。

“真是惬意！不慌不忙的!”田通在上官朋背后咕哝着。

“你没有看到,圩门楼上有一大堆鬼东西!”上官朋低着头说。他没事找事做地摸弄着捆在树干上的绳子。

田通会意地走到树干的一端,把打得很牢的绳结解开,解开又扣结起来,消磨着讨厌的时间。

圩门楼上的军官,不住地用望远镜向坐在路上的四个人望着,他的身边站着四个背驳壳枪的兵士,指手画脚地说着什么。排长宋杰决定稍待一些时候再接近圩门口的哨兵。他认为这时候就接近敌人,开始动作,是不利的。

现在,正是三处人都在焦急的时候,上官朋和田通最为焦急,他们已经置身在敌人的岗哨后面,而且手无寸铁,很可能被敌人拉去筑碉堡。真的那样,可糟透了,尤其是田通,只要还在敌人的势力范围以内,他就得痛苦地坚持做哑巴,这简直是他最难忍受的刑罚,他甚至悔恨他当时勇敢地承担了扮演这个困难的角色。宋杰他们四个人也很焦急,虽然一切都已准备妥当,捉到圩门口的两个哨兵是便当的,对付圩门楼上的敌人,却不能不仔细地考虑一下。正在这个当儿,圩门里面走出来二十多个人的一小队敌兵,把上了刺刀的美国步枪荷在肩上,气汹汹地走过田通、上官朋的身边,经过岗哨,直奔宋杰他们四个人的面前走来。宋杰估计到意外的事变,对战士们警告着说:

“准备!”

他和战士们一齐摸摸胸口，有的把一只手探到怀里去，抓住了驳壳枪的柄子，指头扣在枪机上面。

一队敌人接近到面前的时候，宋杰要大家把扁担放到肩上，抬着树干向圩门口“杭唷杭唷”地走去。

“你们是崔家洼的？”一队敌人领头的一个问道。

“是！”宋杰操着本地口音回答说。

“还有木头怎么不送来？”

“俺不知道！俺送俺的！”

一队敌人向崔家洼走去了，宋杰他们也就镇静下来。

另外一处焦心的，是洪锋和跟他在一起的战士们。他们守候在一个小山丘后面，离吐丝口只有二里路光景。他们计算着田通、上官朋和宋杰他们从崔家洼出发，已经一个多钟头，这么长的时间，走个来回趟也足够了，怎么还是没有动静？

“定是‘小广东’田通出了毛病！”

“我也担心他装哑巴装不像！”

“给敌人抓去筑碉堡了吧？”

“营长！派两个人去探探吧！”

洪锋向战士们摆摆手，叫他们不要作声。他紧张地伏在小山丘后面，望远镜始终没有离开他的眼睛。

敌人断定抬树干的是崔家洼的老百姓。门楼上的军官放下了望远镜，没有再出现，四个卫兵也跟着走了。

三角脸从耳朵边上取下那半截烟，安闲地吸着。

“搞到点什么？不能独吞啦！”矮个子问道。

“我是查查他们身上有没有武器，是不是民兵、游击队的？”三角脸一本正经地说。

“我看见你掏他们口袋的！弄到外快，不分一点给我？”矮个子张大嘴巴，气恼地说。

三角脸受了冤屈，跳起来说：

“你我弟兄还是外人？这两个瘟头！你看他们穿得好！那是不知穿了多少辈的臭狗皮！你要？你去剥下来就是！搜遍全身，只有一张包黄烟的纸片子！”

“我不管！晚上请我喝四两白干！”

“你搜好了！有什么，你都拿去！”

三角脸解开衣袋上的铜纽子，把自己上上下下的口袋，一个个地敞开来，打打拍拍，走到矮个子面前。矮个子不大相信，眼睛盯着他的口袋瞧着，三角脸把衣袋里所有的东西全都抓摸出来。的确，除去几根红头火柴，半包压扁了的“小仙女”牌香烟以外，他的衣袋里什么东西也没有。

矮个子还不死心，真的又伸手到三角脸的几个空无所有的衣袋里摸了一摸。

“我骗你？他们会带银洋来给你搜？这四个家伙来了，让你搜好了！”三角脸啐掉烟头子，气呼呼地说。

四个人“杭唷杭唷”抬着树干，走到哨兵面前，放了下来。

三角脸向矮个子噘噘嘴唇。

矮个子如临大敌地紧抱着枪，晃着刺刀，站在距离对方的三步以外，吆喝道：

“把衣服脱开看看！”

“是崔家洼送木材来的！”宋杰说。

“我知道！打我檐前过，就得要低头！不管什么人，总是要查查的！”矮个子神气抖抖地说。

宋杰的眼光闪电似的亮起来，在圩门楼上一扫，又朝田通、上官朋两个人望了一眼，正好，田通、上官朋和他的眼光对碰了一下，然后他又对面前的三个战士转转眼珠，向矮个子用和缓的口气，撇着山东腔问道：

“两位老总，真要查吗？”

矮个子和三角脸好像预知到灾祸的降临，神经紧张地把美国步枪平端起来，一杆枪对着两个抬树干的胸口，同声地说：“真要查！”

在三个人眼光的同意和催促之下，宋杰动作敏捷地解下腰带，其他三个人同时跟着解下了腰带。

“一个一个地脱！”三角脸大声吆喝道。

宋杰没有理他，下了命令：响亮地咳嗽一声。在三角脸和矮个子来不及眨一眨眼的一瞬间，四条乌光雪亮的驳壳枪，突然地出现在四只鼠眼前面。眼下的局面，跟几秒钟以前不一样了，不是他们的一杆枪，对着对方两个人，而是对方两个黑洞洞的枪口，对准着他们一个人了。

“枪放下！”宋杰喝令道。

两支上了刺刀的美国步枪，从三角脸和矮个子手里，沉重地跌落到地上。

两个人发起抖来，麻木的身子几乎站立不住。三角脸习惯地双膝跪倒在泥土泞湿的圩门口，哀叫着：

“饶命！饶命！”

上官朋和田通从树干上拿下两根绳子，疾步飞奔上来，把原是套在树干上的绳索，套到三角脸和矮个子的脖子里，一个人拾起一支带刺刀的美国步枪，拖着两个敌兵就跑。

前面两个人拼命地拖，后头四个人用力地推，大声吆喝着上了大路，又拐上田野，不顾一切地漫荒漫野地奔跑着。

圩门楼上响起了枪声，子弹跟在他们背后“砰砰”地嚎叫着。

三角脸拖在田通手里，是在套绳索的时候，田通就选定了这个敌手。三角脸一路嚎哭，把身子只是往后倒赖，两只脚紧紧地扒着地面，听到枪声以后，他更是浑身战抖，抬不起脚步来。哑巴说话了，田通把痛苦地忍耐了许久的话，汇总到一句话里，雷吼一样地爆发出来：

“不走！老子宰了你！”

六个人挟着两个俘虏兵，跑过小山丘旁边的时候，站在小山丘上守望的营长洪锋，向他们不住地挥着手，他们便继续地向远处跑去。

敌人的炮声轰响起来，出动了追兵。

炮弹朝着小山丘飞啸、轰击。烟雾和泥土在小山丘附近腾了起来。

到崔家洼催讨木材的一小队敌人，在奔到小山丘前面的时候，两架机关枪突然地密集扫射起来，迫使他们停止了前进，伏倒在田野里。

正在射击的战士们，向洪锋要求道：

“营长！把这几个敌人消灭了吧！”

“我也去捉一个活的！”

“对！冲上去，多捉几个！”

洪锋体会到战士们的饥渴，大声命令着：

“对准敌人！步枪每人打三枪！机关枪连放二十发！”

步枪、机枪一齐射击起来，向着山丘下面的敌人。田里潮湿的泥土,给打得像蝗虫一样地跳蹦着,敌人的嘴脸,紧紧地吻着泥土和枯草。

洪锋在望远镜里,望到抬树干捉俘虏的战士们去远了,便对刚放完一排枪的战士们扬着手说:

"同志们,任务胜利完成!回去!"

洪锋率领着战士们离开了小山丘,迎着黄昏以前的斜阳和半天的彩霞,回向羊角庄去。

二〇

从一来到羊角庄到黄昏时分,大概有八个钟头的时间。对这八个钟头的生活和工作,梁波感到兴奋和快慰。分配给干部们的任务大部分已经完成,得到了预期的和预期以外的成果。侦察营勇敢机智地捉来了两个俘虏兵,民运部长郎诚跑了五十多里路找到专员公署,专员跟他一起赶到匡庄地委书记那里,拨定了六百副担架和十五万斤粮食。黄达到兄弟部队联络的结果,带回了当前的情况和野战军首长的作战部署。另外一个由胡克负责的联络小组还没有回来,就是不能完成他的任务,也不关重要。这些,加上在羊角庄到匡庄的路上和华静有趣有味的谈话,在从匡庄回来以后,又睡了四个钟头好觉,使他不能不有一种过去生活中所没有的充实、新鲜而又有光彩的感觉。同时,他也认定这是就要到来的巨大战役的胜利预兆。他吃了一顿美味的晚餐,吃的是难得吃到的白面水饺(白面是老战友龙泽送的,卷心菜和豆腐做的馅子,是母亲一样的葛老大娘送的),并且喝了一杯有点微酸、但是甜蜜蜜的山芋酒。

点灯以后,听了洪锋关于俘虏口供的汇报,重新看了看黄达带回来的兄弟军王军长的信,以及看到、听到村庄上碾小米、磨高粱、赶运粮草的紧张忙碌的现象,梁波的情绪又突然起了变化。他的方而微圆的脸,在黄漾漾的灯光下面,呈现着忧虑、苦恼、不安的神情。他不住地摸着脑袋,时而坐着,时而站起,平时的笑态、趣话,一下子消失掉了。

干部们对副军长心里想的什么,这种神态由何而来,全不了解,默默地惊异地望着他。

梁波的脑海里,浮动着一个迷蒙的设想。根据洪锋关于俘虏兵口供的叙述,他认为明天就对这个敌人发起攻击,缺乏充分的条件。也就是说,存在着不少的客观上的困难,甚至有失败的危险。他具有一个良好的指挥员的习惯:对于每个战役和战斗,从困难方面和可能失败的结局上多加考虑。

“要我们包干歼灭吐丝口九千个敌人,已经确定了?不会再有改变?”梁波向黄达问道。

“确定了!不会改变!王军长把野战军司令部的电报给我看了的!”黄达清楚明确地回答说。

“攻坚的任务!强攻硬打的任务!”梁波用沉重的声调说。

“爆破这一回用得上了!”黄达说。

“你们听到群众有什么反映?群众的情绪怎么样?”梁波问道,他的眼睛望着郎诚。

“听说要打,群众高兴透了!我沿途看到每个村庄,差不多每个人家,都在磨粮、弄面、扎担架,一路上,大车、小车不断。”郎诚兴奋地说。

“没有听到什么议论?”

“程专员问了我两句。”

“他问两句什么?”

“他先问:‘你们是七战七捷的队伍吧?’我说:‘是的!’他又问:‘涟水战役你们参加了吗?’我说:‘参加的。’他听了我的回答以后,本来很高兴的脸色,马上就阴沉下来。我看到他那种表情,心里真是不高兴,很想刺他两句!”

“你想刺他两句什么?”

“我想对他说:‘山东的敌人,由你们山东人打吧!涟水战役要是由你程专员指挥,一定是不会失败的!’要是他再说什么涟水战役不涟水战役的,我这两句话板定要说!”

“后来,他没有再说什么?”

“他说:‘我们一定支援你们把这一仗打好!’”

听了郎诚的这些话,梁波冷冷地笑了笑。

“同志呀,你是当过县长的吧?”梁波问郎诚道。

“当过。”郎诚羞愧似的笑着说。

“县长对专员应该这个态度?”

“我也不是在他这里当县长的!打了败仗就该受轻视?”

“你是个善观气色的相面先生?人家脸色变一下,你就知道是轻视你们打过败仗!”

“我也不是小孩子!我看得出来,他对我们不信任!不然,他怎么说支援我们把这一仗打好?”

“我不跟你辩论!告诉你吧!程专员担心,我也担心!消灭这个敌人,不是简单的!”

“我也有这个感觉,有人对我们看不起!让他们看看,这一仗打得怎么样!”黄达愤愤地说。

梁波望望黄达,又冷冷地笑笑。

梁波到这个军来工作以后,感觉到他所接触到的大部分干部和战士们,对任何困难和任何敌人,表现出不低头不屈服的英雄气概,一心一意地追求着全军的功劳和荣誉,是一种良好的现象。单从今天几个小时的工作来看,也能够证明这一点。他们经过半天一夜的长途行军,接着就辛苦奔波地执行了工作任务,完全忘记了休息和睡眠,并且把任务完成得很不坏。但是,他同时感觉到他们急躁、不冷静,求战心切,求功的心更切,有些干部像郎诚、黄达他们就有这种心理情绪,把在涟水战役中受到挫折,撤离了苏中、苏北根据地,当着是一种羞辱,背上了沉重的包袱。别人一提到涟水战役,就神经过敏地以为别人有意揭他们的疮疤。郎诚刚才反映出来的这种情绪,就正是他们思想情绪里消极因素的暴露。对这些内情细节,梁波比当事人沈振新和丁元善看得似乎更清楚。在偶然的场合或随意的谈吐里,从沈振新身上,也能够察觉到一丝两缕消极情绪的痕迹。和沈振新在一个月以前那天吃酒下棋的时候,沈振新说的那句话:“这个军的工作得靠你咧!”就使梁波感觉到沈振新的心情里有着一个暗淡的影子。作为军的党委委员和军的指挥员之一,作为沈振新的老战友,梁波确定自己要担负为沈振新和丁元善所没有的这份责任:帮助沈振新和丁元善消除干部们和战士们的那种不健康、不正常的心理情绪,尽他的最大努力,使这个军在战争中建立功勋,得到荣誉。

梁波焦虑的,是怎样以最低廉的代价,胜利地消灭吐丝口的九千个敌人。他认为这个军的战斗力是强的,消灭这九千个敌人,可以拍胸口一手包干;但还得使这个军的指战人员尽可能地少流血,少牺牲,不打消耗过多兵力的胜仗。这样,梁波认为对敌人的侦察了解工作，就非常重要。他对洪锋已经汇报的两个俘虏口供的材料，表示很不满足。光是知道敌人有一个师部、三个步兵团、一个榴弹炮团，师长、团长姓什么，名字叫什么等等，是不够的，还必须明了敌人的政治、思想情况，部队特点和工事设备，兵力和火力配备等等具体细节，才能够进行更有效的战斗攻击。

“俘虏兵还说些别的什么？”梁波向洪锋问道。

“嘿！这个敌人骄傲得很哩！俘虏兵说，他们在济南出发的时候，他们的团长训话说，是下来‘扫荡’的，共产党主力已经消灭，只剩下一些游击队！”

俘虏的这段口供，洪锋似乎认为无关重要，梁波却感到很大的兴趣，赶紧地追问道：

“这个团长的训话有意思！还说什么？”

“那个团长还说，‘跟游击队打仗，要在夜里。’他们在济南演习过半个月的夜间战斗，演习过成连成排的集团冲锋。”洪锋想了想，继续地回答说。

“还说什么？”梁波的眼睛直望着洪锋，紧张地等候着具有新内容的回答。

洪锋想了再想，说没有什么其他的材料。

梁波以沉重的音调，警告似的说：

“敌人的骄傲，对我们有好处。反过来，我们骄傲，就对敌人有好处，对我们自己有害处。我们欢迎敌人来‘扫荡’！来集团冲锋！你们意会到没有？敌人要跟我们争夺夜晚！夜晚向来在我们手里，现在敌人要从我们手里夺过去。嘿！敌人不都是傻瓜笨蛋啦！我们要坚决保持夜晚的所有权，同时还要夺取白天的所有权！不能让敌人有掌握、支配时间的权利。沈军长不也常常这样说？他的见解是正确的。……这两个俘虏兵供的这点材料，很有军事上、政治上的价值！这比一个连有几挺机枪，有多少人数等等材料，有用得多，要好好地跟他们谈谈，弄点好东西给他们吃，要他们多吐一些这一类的材料。听说你们揍了他？可不能揍咧！”

“有一个给‘小广东’在路上揍了两拳！‘小广东’说那个俘虏在圩门口揍了他一拳，他一定要还他一拳，再送他一拳！”洪锋笑着说。

“你要告诉‘小广东’，再揍，这个俘虏也要跟他一样，装哑巴！”梁波把洪锋当作“小广东”嘻笑着说。

在一小阵笑声以后，梁波忽地又收敛了脸上的笑意，坐到桌子边上，拨拨灯草，眼光在郎诚、黄达、洪锋三个人的脸上轮转着，冷静爽朗地说：

“那个专员是一片好心，望我们打好仗。就算他对我们的本事不信任吧，又算得什么？打败仗不要怕人家说！首先，自己心里不要有鬼！我看，你们心里就有鬼！这个鬼不赶走，就还得再打败仗！跟谁赌气？你要刺那个专员两句做什么？要刺，刺敌人，刺张灵甫，刺李仙洲，刺陈诚、蒋介石！刺敌人也要用具体的战斗去刺，刺的时候还得刺到敌人的要害，不让他还手！不让他讨便宜！打过败仗，有什么了不起？古今中外，真正百战百胜的军队是没有的。问题在于我们能不能把失败的经验作为取得胜利的精神力量。我看，要照那个专员的话去办，扎扎实实地打好这一仗！野战军陈司令说过，我们要打一仗进一步！敌人不说要‘扫荡’吗？我们就来个‘反扫荡’！”

梁波像患难中的朋友一样，亲切地批评着，实际上是激励着面前的几个干部。干部们的心仿佛是琴键子一样，梁波的声音仿佛是指头的弹击，在梁波发出每一个字音的时候，他们的心就震动一下，起着强烈的震响。

“明天就要投入战斗！包干九千个敌人的任务，是严重的！今天晚上的时间，我们还是不要让给敌人！”梁波用指头点着桌子说。

干部们不了解他的用意，闪动着疑问的眼光。

梁波走到屋外的广场上去，望着天空。

天空，流动着灰暗的浮云，有几颗半明不暗的星星，在云的背后，在云缝里的蓝色板上，显着微弱的光。

望望远处，吐丝口方向，有几处火光映红了天空。

两架飞行缓慢的敌机，在不高的空中，发出瘟牛一样的病态的悲声。

“我们不睡觉好不好？”梁波向身边的干部们问道。

“去打游击？”洪锋反问道。

“对！打个麻雀仗！不让敌人做安稳梦！不让敌人加强工事！侦察一下他们的火力！”

梁波走到庄头，站到一个高墩上，望着火光熊熊的天际。他看看腕上的电光表，快九点钟了。算计一下，行动中的军部和战斗部队，距离他的脚下，大概还有三十里路的光景。夜在颤动，从远远近近的地方传来犬吠声，推磨、打碾的呼呼噜噜的声音，酷似飞机马达的轰鸣，响个不歇，好像整个地球都在旋转似的。

参谋胡克匆匆地回来，喘息着跑到梁波身边。

“我当你迷了路失踪了！”梁波说。

“那是不会的！”胡克摇摇头，神气地说，接着说：“碰到野战军司令部，到他们那里去了一下。”

“啊！有什么消息？”

“带来大批文件！当了通讯员。”

“什么文件?”

“绝对机密！许我带,不许我拆!”

梁波快步地回到屋里,拆开两包密封的机要文件。

文件上的红色油墨,在灯光下面有些炫目耀眼,长方形的大印盖在文件的前头。一件是发起战役的作战命令,一件是发起战役的政治命令。把文件凑到灯光近边,梁波一字一句地看着。

文件上用精彩的文字所表达的战斗语言,具有强烈的煽动力量。梁波的耳边,一种钢铁敲击的铿铿锵锵的声音,清晰地响荡起来。他不能抑制地大叫了一声:

“好大的气魄！要全部、干脆、歼灭六万个敌人！活捉李仙洲!”

警卫员冯德桂和胡克,给他的叫声惊吓得几乎跳了起来,张大眼睛呆呆地望着他。

梁波挥着手,就像在战场上一样:“望什么？准备出发!”

“出发?”胡克问道。

“你去休息！等我回来汇报！告诉你,你关心的军部,再有两三个钟头就到啦!”梁波重重地在胡克的肩上拍了一下。胡克会心地笑了一笑。

夜半,大战前夜的侦察战开始,枪声响了！手榴弹在吐丝口的圩墙里外“轰轰隆隆”地爆炸起来,吐丝口的敌人,沉入在恐慌的大海里。

第六章

二一

在拂晓以前，华东人民解放军完成了对以莱芜为中心的蒋介石匪军五万余人的包围，李仙洲的绥靖总部和两个军七个师美械装备的部队，堕入到由我军铸成的铁桶里。

沈丁部队占领了吐丝口周围的大小村庄和山地，攻击部队已经逼近到吐丝口的圩墙底下，吐丝口到莱芜三十里路的通道，被拦腰切成两段。

红日从东方露出殷勤和蔼的笑脸，向辛苦的战士们问安道好，闲云和昨夜的硝烟一起，随着西风遁去了。早晨的世界，显得温和而又平静。田野里的绿苗，兴奋地直起腰身，严冬仿佛在这个大战到来的日子告别了人间，人们从这个早晨开始闻到了春天的气息。

沈振新、丁元善和军党委的其他同志，满意地听取了梁波一天一夜先遣工作和敌情的汇报，确定了各师、团的具体攻击任务，按照华东野战军司令部全线发起战斗的规定时间，通知全军在今天下午八时整，向各个部队的正面敌人开始攻击。

中午十二时整，电话总机向各个部队的参谋机关、政治机关发出通知，对准钟表的时间。

所有的钟表指针，向着下午八时的目标移动。

全军指战人员的心，像钟表的摆一样，平匀而有节奏地弹动着，向着下午八时整。——这是长久渴望的时刻啊！他们紧张而满怀兴奋地迎接着战斗的夜晚。

全军沉浸在空前忙碌的气氛里。

擦枪、擦炮、磨刺刀，整理和曝晒炮弹、枪弹，捆绑炸药，扎云梯，研究战斗动作，讨论老战士和新战士的战斗互助，订立功计划等等工作，在战斗连队里加紧地进行着。

电话员们忙碌地在田野里、山谷间奔跑着接线、架线。

油印员们忙碌地印刷彩色纸张彩色油墨的宣传鼓动和火线对敌喊话的口号。

骑兵和步兵通讯员们忙碌地在军、师、团、营、连的驻地之间奔来奔去，送递文件。

电台报务员们的指头，在收发报机的指盘上，忙碌地“滴滴答答”地颤动着。

电话总机接话员的两只手，忙碌地把接话机的插头拔下、插上。

厨房里蒸气腾腾，炊事员们忙碌地为战士们准备火线上吃的干粮。

阵地上，指挥员们隐蔽在障碍物后面，伏在地上，用望远镜悄悄地观察地形，选择攻击的道路。

没有一个闲人，没有一只闲手，没有一分一秒的闲空。

中午以后，部队进行着另外一种准备工作：差不多是全军的全体人员，进入了沉酣的睡眠。

这也是一种紧张的现象，而且是以命令的方式，强迫严格执行的任务：指挥员、战斗员们，必须在规定的时间里面，坚决入睡，消除疲劳，以便在醒来以后，精力饱满地投入战斗。

傍晚，太阳还没有落山，西天缀满鲜艳的彩霞。

队伍源源不断地走上阵地的攻击地点，各在各的岗位，等候着攻击命令。

浓振新和丁元善站在吐丝口附近的山头上，三个信号兵紧握着装好了子弹的信号枪，守候在他们的身边。

这时候，坐在山头上的电话机像一只威严的黑猫似的昂着头，凝神地等候着山下的战斗的消息。

敌人似乎十分安闲、沉着，一点动静没有，连飞机的响声也完全停歇了。

太阳落下山去，云霞消失。

满空的星星，眨动着闪闪烁烁的眼睛，好像全体按着扳机准备射击的战士们的眼睛一样，焦急地注视着山头上的军指挥官。

政治部主任徐昆看看表。

军政治委员丁元善看看表。

军长沈振新看看表。

三个人同时地听了听手表摆动的声音。

这时候，最大的权威者是表的指针。越是人们对它的迟缓的步伐感到焦急，越是不肯改变它那不慌不忙的姿态和速度。隐隐的山，隐隐的村庄，隐隐的吐丝口镇，寂寥地躺在苍茫的夜色里。

“准备！”沈振新向信号兵命令道。

信号兵的身子抖动一下，举起了信号枪。

五分钟，竟是行走得那样缓慢而艰难，不肯遽然消逝啊！

沈振新、丁元善、徐昆同时站起身来。信号兵的枪口瞄准着吐丝口上空弯弯的月亮，右手的食指贴按在信号枪的扳机上。

“射击!”沈振新的一对眼珠,在李尧手里的电筒光下面,看着指着八时整的表针,响亮地叫道。

三颗鲜红色的流星,一颗赶着一颗,在黑暗的高空里急驰,画着一道一道的弧形红线,戳破了夜的寂静;接着,又是三颗,又是三颗,象征着九千个敌人将被歼灭的九颗信号弹,成了导火线,引得眼前的战场燃烧起来,轰响起来,震荡起来。

一声一声的炸响,紧接着一团一团的火光,连珠般红的绿的曳光弹,出现在吐丝口镇的周围、上空。

三十里外的莱芜城的周围和上空,比这里更加色彩缤纷,比这里的声响更加猛烈。

大战爆发了,双方三十多万兵力在三十多里长的战线上,进入了烈火一样的战斗。

二二

战斗开始以后的十分钟内,吐丝口石圩墙的西面和南面,就给黄色炸药炸开了两个缺口,队伍迅速地攻进了吐丝口的街道。

吐丝口东北角的赵庄和西北角的青石桥,是吐丝口敌人两个外围支撑点,在四十分钟以后,也被攻占,两处一千多个敌人,最先遭受到被干脆歼灭的命运。

师指挥所里一盆木柴火的周围,坐着副军长梁波、师长曹国柱和师部的一些工作人员。他们在炮声和枪声的交响里,你一言我一语地谈论着,殷红的盆火,映照着他们兴奋的脸。

“没想到这样快就攻进去哩!”曹国柱吸着烟,得意地说。

“这要感谢侦察营的‘小广东’! 人家装哑巴,抬一棵大树,到圩门口捉了俘虏，了解了情况！”梁波敲着手里拨火的小树枝，喊叫着说。因为恰巧在这个时候，有一颗炮弹在附近爆炸，他必须大声喊叫，才能使他的声音不被炮弹的轰响声掩盖下去。

电话报告说：

“南街口的一个高屋子已经占领，一个排的敌人消灭了一半，一半逃走了。”

又一个电话报告说：

“西门楼上的碉堡被炸毁了，一个班的敌人被肃清。”

值班参谋白玉生，写好了作战记录，戴着耳机，笑容满面地发表议论说：

“这个敌人，我看是一块豆腐，不经打！”

“豆腐？你说得轻快！”梁波不以为然地说道。

“顶多是块豆腐干！”

“嘿！不是那样简单！豆腐？豆腐干？枪刚才打响，同志！差不多有一万人，要个喉咙吃哩！”

正说着，团长刘胜闯了进来，板着脸孔，不声不响地蹲到火盆边烘着手。

“老刘，坐到这里！”曹国柱指着板凳说道。

刘胜头不抬，话也不说。

“怎么？你也装哑巴啦？”曹国柱笑着问道。

“我情愿像‘小广东’，当个侦察员，还能抓个把俘虏兵！”刘胜咕噜着，话里显然带着愤懑的情绪。

“不高兴？今天晚上没有任务是不是？”曹国柱问道，递给刘胜一支香烟。

刘胜勉强地接过香烟，把烟头在木柴火上烧着，烟给烧焦了小半截，才衔到嘴上。

“打消耗战有我们的！赔本有我们的！赚钱的生意挨不到我们做！”隔了好一会儿，刘胜又咕噜这么两句。

梁波知道刘胜没有看到他也坐在这里，有意地不作声，听听这个据说和猛张飞性格相似的刘胜，到底说些什么，为的什么事情，他在这个战斗沉酣的时候心情不愉快。现在，他清楚了，刘胜不愉快的原因，是攻击吐丝口的战斗，他的团担任的不是前锋攻击任务，而是预备队的任务。别的队伍顺利地攻进了镇子，他的心里便很不好受，以为预备队用不上，消灭这个敌人，定是没有他的份了。梁波有意地避免刘胜过早发觉他这位副军长坐在面前，手里的拨火棒，好一会没有动一动。

一个电话，打破了屋子里短暂的沉默。

白玉生边听边复述着电话说：

“唔！一个班的敌人，死不缴枪。唔！喊话也没有用。唔！结果，给炸药全部炸死在地堡里。唔！又占领两座房子，隔壁的一间屋子里还有敌人！唔！正在挖墙洞！唔！揭屋顶不行！敌人混蛋！唔！朝屋顶上打机关枪……”

“听到没有？敌人是豆腐、豆腐干？”曹国柱对白玉生说。

“有两根骨头，也卡不死人！”刘胜把香烟头子掷进火里去，敲着一块木柴，愤愤地说。

“回去休息！仗有你打的！不会把你那一团人闲在那里！是我们师党委的意见，军党委同意，把你们作二梯队使用。就是说，打算放在紧要的关头使用，不是厚了别人薄了你！”曹国柱对刘胜严肃而恳切地说。

刘胜领会到师长的意图，认识到这个决定是对的。军、师领导对他和他的团的爱护、重视，他早有深切的体会。可是，枪响了，火线上带下了俘虏，他在团部不断地接到战斗顺利发展的电话，心的跳动，便怎么也按捺不住。加上营、连干部有的电话询问："我们怎么眼看人家吃鱼吃肉，连汤也喝不到一口呀？"有的跑到他的面前，噘着嘴唇埋怨说："难道我们打残废了吗？阵地防御战不行，出击战也不行？"这就更加使他不能抑制住奔腾跳跃的战斗激情。怎么想，他总摆脱不了战斗对于他的强烈的诱惑，怎么想，他总感到别人是在舞台上演戏，他自己则是坐在后台的没有登场的人物，而且还得看别人表演。别人表演得越精彩，他越满意，越兴奋、感动，同时又越是难受不安，甚至对别人的精彩表演发生嫉妒心理，以至认为上级冷落了他。他在他的屋子里怎么也安静不下来，每一声枪响、炮响，都是对他心灵的刺激和挑衅。他在陈坚面前略略地露出了他的愤懑情绪，叹息着说："我的命不好，有什么法子？政委，你的命也不好！"陈坚没有责备他，陈坚以为他想打仗，想消灭敌人，总是一种良好的品质。陈坚只是说："也许我们两个人的命都是很好的哩！"刘胜要警卫员备马，说要到师部指挥所来，陈坚对他说："去听听消息，我不反对，命好命坏的话最好不要说！"于是，他又要警卫员把马鞍子卸了，回到自己的屋里。可是，不是营、连干部要求任务的电话，便是师部指挥所通报作战情况的电话，烦扰着他的心绪。他走到屋子外面，吐丝口的火光、枪炮声，莱芜方向的火光、炮声，战地上运输队、担架队的来来去去，人马奔驰，更使他的胸口止不住地加剧跳动起来。他没有再叫警卫员备马，便情不自禁地走上到师部指挥所的道路。到了指挥所门前，他犹豫了一下，"进去干什么呢？"他问他自己。正在这个时候，好像有人在背后推了他一下，他终于走进了指挥所矮小的屋子。

听了师长的话，他觉得他确是来得多余，便站起身来，打算回去。一抬头，他看到了梁波，呆愣了一下，像犯了过错要求宽恕似的，低声地说：

“副军长也在这里！”

“好大的眼睛！有个人在你面前，居然看不见！”梁波哈哈地笑着说。

“我刚才说了两句怪话！”刘胜窘迫地摸着脑袋说。

“自己知道错就行啦！”梁波笑声不歇地说。

刘胜站立在梁波的面前，无聊地摸出一支烟来吸着。

“烟，请我吸一支！”梁波伸出手去，说。

“副军长不是不吸烟的吗？”

“打仗的时候，得动动脑筋，可以吸一支，你的烟，我更想吸一支。”

刘胜递了一支烟给梁波，用烧着的小树枝替梁波把烟燃着。

讨烟和递烟、点火这个小小的情节，松弛了刘胜心情的紧张状态，把梁波和刘胜两个人的心理距离缩短了。

在曹国柱打完一次查询情况的电话以后，梁波把刘胜拉坐到自己身边，拨着盆火，以轻松的语调，恳切地说：

“打仗的人，没有不希望有缴获的，缴获越多，心里就越快活！除非他是傻瓜，才愿意打消耗仗，干赔钱的交易！你想在这一仗里捞一把，我不完全反对！难道怕我们的人多枪多？可是，老刘啊！赚钱得大家赚哩！在我们大家庭里，得照顾照顾兄弟姐妹！让别人多赚一点，我自己少赚，或者不赚有什么不好？有时候，为了让别人赚钱，自己还得干明知赔本的交易！在兄弟姐妹当中，讨巧在后，吃亏在前，才是讲情讲义的人啦！一见便宜就张嘴伸手，一见要吃亏，就像乌龟一样，头缩到肚子里去，那算什么英雄好汉？像那个样子的部队，算什么主力部队？一个主力部队，应该敢于担负最艰巨的任务，敢于吃亏、赔本，能够照顾别人，照顾全局。你能够这样，别人就会尊重你，爱护你，时时刻刻想着你。同敌人战斗的时候，要像只猛虎；在自己家里，就得像只老老实实的绵羊。如果有个好讨便宜的猴子，要骑到你的背上，你就让它骑骑，有什么了不得？你说打消耗仗不好？我看很好！南线二十多万敌人，拼命向我们这里闯，没有人打消耗仗把他们挡住，我们在这里能打得成、打得好吗？要是我们这一仗打好了，有重大缴获，我看，要首先归功南线打阻击的部队，俘虏、枪炮要首先补充给他们。这个道理，我相信你是懂得的。同志！我跟你不熟悉，我们谈得少，现在，是战斗紧张激烈的当口，我有话就得对你说，你是团长，不是营长、连长。就是营长、连长，甚至是一个兵，也要教育他们，捞一把主义，要反对！一定要反对！”

刘胜的脸火辣辣的，像一个病人坐在富有经验的医生面前，听候着病情分析和开药方似的。

曹国柱听了梁波的话，觉得对自己的直属干部，平日缺乏像梁波这样的教导，心情不安地但是又很感激地听着。

白玉生拿下听电话的耳机，兴趣浓厚地听着。

“会打仗的，阻击战，防御战，也能大量消灭敌人，也能有缴获，不赔本。不会打仗的，出击战，也可能消耗了自己，赔本，消灭不了敌人，甚至被敌人消灭，历史上这样的例子不是没有的。”梁波又从曹国柱身边的烟盒子里，摸出一支烟来吸着，看来，他还有不少的话要说下去。

几颗连发的炮弹，在指挥所附近爆炸，梁波转脸向白玉生问道：

“怎么，这一阵没有消息来？”

白玉生摇着电话机。

“跟我找朱参谋长说话，问问他们打得怎样。”

梁波回过头来，继续对刘胜说：

“同志！我很担心，我们这一仗的结果到底怎样。在战斗结束以前的一个钟头，也不应该松一点劲。今天，算是我批评了你。我们这是头一次交谈。我讲的，学一句文话，叫‘老生常谈’，有用处，你记上三句两句；你认为我说得不对，你批评我，我听你的。”

“副军长说得对，我还是听你的。”内心感愧的刘胜，低着头轻声地说。

朱斌有电话来，梁波站到电话机旁边，边听边复述着：“地堡外面有铁丝网，铁丝网外面有鹿寨，鹿寨上绑着集团手榴弹，发现地雷，一个班上去，只回来四个……唔！攻不上去！”

梁波对着话筒喊叫着说：

“先把鹿寨上的手榴弹消灭掉！用手榴弹消灭手榴弹，消灭地雷！然后再往上攻！……听到没有？不要猛打瞎冲！告诉下面，要动动脑筋……喂！喂！你说话呀！”

电话线断了，他吹吹话筒，继续地喊了几句，还是没有回话的声音。

“赶快叫人去查线！断了！”梁波对白玉生命令道。

白玉生抓住电话机的摇手，摇了好一阵，还是听不到声音，便急速地奔了出去。

“好吧！回去！准备好！说不定马上用得着你！”梁波摔掉手里的烟蒂，对刘胜说。

“还有什么意见么?”曹国柱向刘胜问道。

“没有!”刘胜回答道。

刘胜走到门口,又回过身来,激动地对梁波和曹国柱说:“保证照首长的指示执行!候命行动!”

走到门口,警卫员邓海告诉他,马已经送来,他像没听见似的,默默地走了好一段路,才跳上他的白马。

刘胜一进屋子,电话机就“叮叮当当”地吵闹起来。他抓起话筒,又是三营营长黄弼,询问消息怎么样,说下面有意见,要求任务,几个连长、指导员坐在营部,要求他打报告、写请战书等等,刘胜干脆地回答说:

“睡觉吧!同志们!仗有得打的!报告,我已经当面向师首长、军首长打过了!”

他重重地放下话筒,紧接着,电话机又吵闹起来。

“叫你们睡觉!仗有得打的!不要再打电话来跟我麻烦!”

电话里说:

“老刘吗?怎么有点生气的样子?”

“是陈政委吗?”刘胜失悔地问道。

“是呀!”陈坚回答道。

“我以为又是黄弼哩!嘿嘿嘿嘿!”刘胜歉然地笑着说。

“到师部指挥所去听到什么消息吗?”

“给副军长狠狠地上了我一课!”

陈坚放下话筒,急忙地走到刘胜的屋子里来,笑着问道:“上了什么课?”

“军事课加政治课。上得好,吃了批评,心里舒服!”

刘胜把他和梁副军长、曹师长谈话的经过情形,扼要地复述一下以后，对陈坚说：

“这个敌人还不是好打的家伙哩！每一间屋、每一个碉堡都要拼命争夺！看样子，我们这个预备队还真的要预备上哩！”

邓海走到面前问道：

“酒拿来吗？”

“什么酒？”刘胜反问道。

“不是你到师部去的时候，叫搞的？”

“噢——！不吃了！”

“我看也是不吃的好！”邓海咕噜着走了出去。

看到刘胜的情绪有了变化，比到师部指挥所去以前安定、愉快得多，陈坚有些不安的心，也就平静下来。

二三

蒋介石匪军新编三十六师师长何莽，愤怒地躺在地下室的破藤椅上。地下室入地八尺，一丈二尺见方大小，墙壁上挂满了地图。报话机、电话机旁边，坐着、立着一小群人，因为师长刚刚暴跳如雷地发了一顿脾气，他们有的伸长舌头，有的挤眉弄眼，有的则是哭丧着沾满污垢的脸。

由于他的身体突出的肥大沉重，破藤椅的四只瘦腿，深深地陷入到泥土里，发着痛苦的“吱吱呀呀”的惨叫声。

“是哪一团、哪一营、哪一连、哪一排丢掉土地庙旁边大地堡的？给我查清楚，叫他们的排长提头来见我！”

“一〇七团二营五连三排，排长带重花。”一个瘦脸参谋嗫嚅着回答说。

“带花？能爬叫他爬得来！不能爬，把他抬得来！”何莽暴怒地叫道，向参谋瞪着眼睛，他的黄眼珠几乎凸到眼眶外面来。

参谋犹疑了一下，在何莽凶狠的眼光之下，急促地走了出去。

这是作战第二天的深夜里，枪、炮正打得猛烈，房屋的墙壁不时地倒塌下来。屋顶的瓦片上跳着火花，瓦片“格格喳喳”地狂叫乱飞。

参谋穿过蛇形的交通沟，跌跌撞撞地走了一段高低不平的小路，忽然摔倒在一堆软塌塌的障碍物上。他呆愣了一会儿，正要爬起身来，腿上给什么东西猛烈地戳了一下，同时听到凶恶的叫骂声：

“你祖宗受了伤，你还要来踩！你怕我不死！让你也尝尝滋味！”

参谋痛叫一声以后，定睛一看，七八个伤兵，躺在他的脚下，他正伏在一个死尸般的重伤兵的身上。他连忙离开他们，可是一条被戳伤的腿抬不动，剧烈的疼痛，使他倒在伤兵们附近一堆烧焦了的、还在冒烟的木头上，嘴里连声地喊着“救命啊！没得命了！”

他意识到一个伤兵在他的大腿上狠狠地戳了一刺刀。

参谋许久没有回来，何莽抓起手边的电话机，摇了几下，还没有问明对方是谁，便大喊大叫起来：

“固守待援！固守待援，知道不知道？固守就是要守得牢固！不许你们再给我丢掉一尺一寸的地方！要给我出击！出击！把敌人统统打死在阵地前面！”

说话总是酸溜溜的参谋长，在何莽的愤怒稍稍平息以后，翘着小胡髭说：

“固守待援，关键是个‘援’字！援不至则难固守！”

何莽望望参谋长忧虑的脸色，又拍拍自己秃了一半的蜡黄的脑袋，然后命令报话员叫绥靖总部，请李副司令长官讲话。

在这个当儿，何莽走到地下室的外面去，望望黑压压的雾气蒙蒙的天空，用力吸了一口混合着火药味的空气。一道曳光弹的绿光闪过他的眼前，一个不祥的预兆，使他打了一个寒噤，马上又回到地下室里。

他立正地站在报话机前面，手里紧握着椭圆形的小话筒，大声叫着：

"'鲤鱼'（李仙洲的代号）吗？'鲤鱼'吗？我'南瓜'（何莽的代号）呀！'南瓜'呀！"

报话机里副司令长官李仙洲的声音，何莽听辨得出，像瓦片相互摩擦似的，非常刺耳，但何莽却感到非常亲切：

"你要像一块磁铁一样，吸引住那几根钢针，最后，磁铁可以砸断钢针，钢针是戳不坏磁铁的。我是一只大象，你就是象鼻子，就是我的鼻子！到时候！鼻子一卷，就扫掉了敌人！我对你这两天的作战，极端满意！极端满意！你能再固守二十四小时就行了！千万不能失守！千万！千万！援军相隔只有八十里！飞机明天要增加到四百架次。你们怎么样？怎么样？"

何莽兴奋地叫道：

"没问题！绝对没问题！流到最后一滴血！二十四小时，我有十二分把握！长官放心！"

何莽从报话机里获得了巨大力量。他立即命令参谋长督令所属部队拼死固守阵地，相机举行短促反击。

一〇七团团长为了执行连保连坐的军纪，在阵地上，枪决了丢失地堡的那个断了腿的排长。

排长的尸体横倒在一堵黑墙旁边。

每一个士兵的心上戳上了一把尖刀，全身的肌肉痉挛着，战栗着。他们死抱住枪，死守在地堡里、房屋里、壕沟里，死亡威胁着他们，恐惧的细菌，浸满他们的血液。谁也没有勇气再看死了的排长一眼。

何莽的严酷的命令和无情的镇压，看来不是完全无效的。

在这天夜里，枪决了排长以后，只失去了两个地堡和一间独立屋子，根据报告，都是在士兵们大部死亡和负伤以后才失去的。

倒在烧焦的木头上的参谋，昏迷了一阵，爬起身来一瞧，他附近的伤兵少了两个，有几个人正在他的身边挖着泥坑，“是挖工事吗？”他轻轻地问了一声。那几个人还是默默地挖着，没有搭理他。他定定眼睛，恐惧地爬开去。有一个挖土的人，把他死命地拖了回来。

“我要回去！我能爬！”

“你就在这里，给你预备好了！”挖土的指着面前的泥坑说。

参谋吓晕了，他几乎全部失去了知觉。这时候，他看到一个伤兵被推进泥坑里去，悲惨地叫着。但是，泥土堆积到伤兵的身上去，压灭了惨叫的声音。

参谋明白地意识到他的坟墓就在身边，便突然挣扎着站立起来，嘴里叫道：

“我是参谋！我没有受伤！”

说着，保持生命的迫切的欲望，使他真的像没有负伤的人一样，接连地走了五六步。但是，他又马上栽倒在一堆碎砖破瓦上面，砖瓦“哗哗”地塌下来，他的头脸给猛烈地砸碰一下，他颤抖着一只手，抚摸着疼痛的地方。

“能走就让他走了吧!”

参谋听到有人怜悯地说了这么一句。他歪过头去,在黑暗里,朝那几个人恐惧地望望,他们又把一个伤兵向土坑里推,这个伤兵的惨叫,比先前一个更加叫他胆寒,像屠场上临宰的牛一样,惨叫声拖得很长很长。参谋感到有千万根尖针,一齐钻入到他的骨髓里面,全身汗毛立刻竖了起来。

参谋又站起身来,手里抓住一根冷冰冰的伤兵们丢弃了的枪杆,他利用枪杆的支持,飞快地逃走开去,死亡的魔鬼,驱使他无目的地胡奔乱跑,越是枪弹密集的方向,他就越向那里奔跑,冷僻无人的地方,他却拼命地避开。是一团火光吸引了他,他终于临死得救,奔到了火光跟前。双方射击的密集的子弹,竟然没有一颗打中到他的身上。他也没有辨明伏在火光附近的是敌人还是自己人,便躺倒在他们旁边,大叫了一声:“救命呀!”把手里的一支美国步枪,摔得远远的。

师长何莽最头痛的一件事,是众多的伤兵无法处理。轻伤的,他们自己会爬、会走,包包扎扎以后,可以集中到一个地方去,重伤的倒在阵地上,自己爬不下去,救护兵也到了需要别人救护的地步。这些重伤兵,断了腿的,打穿了胸腹的,在阵地上躺着、哭叫着,使没死没伤的士兵们只能闭着眼睛打枪,他们看到死了没人收尸,伤了没人救治,眼泪就止不住地滴下来。他们悲伤、叹息、战栗、恐惧、愤恨、怒骂。为了求生,有的跑到解放军方面去,有的就在解放军打到面前的时候,举枪投降。何莽不想知道、但是终于知道了这种景象,不能不感到士兵们斗志瓦解的危险。于是,他命令各个团组织了掩埋队,死了的就地掩埋,重伤的进行秘密活埋。

何莽对于他的罪恶手段的效果,很是满意。当他听到阵地上的枪声剧烈起来，打退对方的一次进攻，按照他的命令举行出击的时候，他的长满了黑毛的手，便抓过一瓶没吃完的啤酒，把嘴巴套在瓶口上，“咕噜咕噜”地喝起来。副官用刺刀撬开牛肉罐头，送到他的面前，他抓了一块卤淋淋的牛肉，扔到嘴里。

“罐头还有多少？”何莽嚼着牛肉问道。

“还有一两百个。”副官回答说。

“送五十个到阵地上去！给士兵们吃！告诉他们，我是喜欢他们的！他们能够守住阵地，消灭敌人！他们不怕死！”

何莽滚瓜似的说了这几句话，发狂似的大笑起来，几乎连外面的炮声，都给他的笑声盖了下去。

在他的笑声里，啤酒瓶从手里摔落到地上，没有喝完的啤酒，喷溅到他自己的脚上，别人的身上，墙壁的地图上。

何莽倒在破藤椅上，倾听着地下室外面的枪炮声，醉态迷糊地说：

“没有问题，再守二十四小时！四十八小时也不在乎！仙公说得好！我是一块磁铁，磁铁，最后砸断钢针！我是他的象鼻子，象鼻子！最后，最后这么一卷，扫掉了敌人！”

说着的时候，他的黑毛大手不住地摇摆，做着象鼻子卷动的姿态。屋子里所有的人，都惶惑地但又很有兴趣地盯望着他那半狂半醉的神情。

二四

经过两夜一天的吐丝口战斗，形成了僵持的状态。还有三分之二的敌人没有解决。

南线二十多万敌人，已经越过临沂，在四十里宽阔的正面，齐头向北推进，用数百门大炮日夜轰击，不顾一切地压迫下来。阻击部队坚守着每一个村庄和每一个山头，阻挡敌人前进。

莱芜城的外围敌人一小部分被歼灭，新泰城一个师的敌人向我军投降。莱芜城外的村庄、集镇，大多已被我军占领，大部分敌人被压缩得混杂地拥挤在莱芜城里和附近的几个据点里。华东野战军司令部决定在今天下午对莱芜城里的敌人进行总攻击。

战役要求速决，战役接近到最高潮。

和野战军参谋长通过电话，了解了全面情况以后，沈振新冒着敌机的疯狂扫射，步行了八里丘陵小路，来到已经移到吐丝口石圩里面的师指挥所。他和眼睛熬红了的梁波、曹国柱稍稍谈了几句，便和作战科长黄达隐蔽在一堵高墙后面，用望远镜观察着激烈的战斗情景。

子弹从他的头上和耳朵边飞过。阳光阴暗的战地的早晨，空气浑浊，景象荒凉。他好似什么也没有看见，映到眼里的，尽是一些焦黑的墙壁，塌倒的房屋，炸翻的地堡，狼藉满地的子弹壳，和许多炮弹轰击、子弹射穿的创痕斑迹。他把望远镜向高低、左右反复移动着，寻找着眼点。由于黄达的发现，沈振新的眼光透过镜头，盯住了一百米远的一个地堡附近。那里有四个人在肉搏着，我军的两个战士和敌军的两个士兵，在地上翻上滚下，扭成一团，大概纠缠了三四分钟之久，一个敌兵被我军的战士仿佛是用拳头或者是手榴弹的铁头子打死，另一个敌兵当了俘虏，被拖下我军的战壕。相隔不久，那个打死敌兵的战士，在双方密集对射的机枪子弹狂飞乱舞之下，穿到地堡跟前，伏倒在地上，爬行到地堡的枪洞旁边，把一捆炸药塞在那里。接着，这个战士好像被敌人射中，连连地打了几滚，躺倒在地堡旁边。紧接着的是炸药的一声轰然巨响，腾起一团火光和一堆黑烟，地堡炸裂开来，地堡顶子飞向天空，石头、砖块、泥土纷纷塌倒下来。

沈振新点点头，取下望远镜，向那座炸毁了的地堡旁边的烈士，瞩望了许久。黄达的脸色和沈振新一样，现出沉痛而又庄严的神情。作为一个军长，难得亲眼看到这种生动的战斗场面。一旦亲眼看到，便难禁地激起了比一般人更为强烈的心理冲动。沈振新火速地从搭脚的砖堆上跳下来，回到师指挥所的屋子里。

屋子里正在为他新烧起一盆木柴火，浓烟熏得眼睛睁不开来。

“拿出去！不要烧这个东西！”沈振新挥着烟雾说。

木柴火搬到屋外去，空气确是清新得多，漏缝的屋顶上，射进来几道光线，落到沈振新的脸上和身上。

他坐定下来，自言自语地慨叹着说：“打是打得好！”

“我们的战士，是没有话说的！”梁波接着说。

“眼睛打红了！你喊他、拖他下来，他也不下来！”曹国柱接着梁波的话说。

“这样打下去是不行的！我们的兵，不能一个拼敌人一个！就是一个拼他十个、二十个也不上算！肉搏拼死是勇敢的，有时候，也必要。但是，不能这样拼下去！”沈振新痛惜地说。

曹国柱沉愣一下，望望梁波，说：

“刚才跟副军长商量了一下。是呀！要考虑改变打法！”

“现在就得考虑！立刻就要做出决定！不能再迟缓！”沈振新锐利的黑眼睛，盯在曹国柱沉思的脸上，断然地说。

“打电话把朱参谋长、徐主任找来！”梁波对白玉生说。

正在打瞌睡的白玉生惊醒过来，摇着电话。

“他们在哪里?”沈振新问道。

“老朱在团里,等老徐在跟那个敌人的参谋谈话,一个晕晕乎乎跑过来的家伙!”梁波回答说。

“你们打算什么时候解决这个战斗?”沈振新向梁波和曹国柱问道。

“明天夜里,或者后天上午。”曹国柱用犹疑的口吻回答说。

沈振新对曹国柱的回答很不满意,他站起身来,冷笑了一声,在屋子里走动着。因为看到梁波和曹国柱的神态确是过于疲惫,他又抑制了有些激动的情绪。曹国柱不时地发出无痰的干咳声,梁波接连地摸了两次空茶壶,口渴得把杯底下的一点冷冰冰的残水也喝了下去。

“应该提早一天才行。”沈振新站定了脚步,说。

“那样,不但要改变办法,还得要使用新生力量。”梁波望着沈振新说。

“非用不可的时候,那只好用!”

“这个决心要你下!”

“好吧! 把刘胜那个团拿出来! 南边炮台山这边一个团,用得着,也调过来!”沈振新决断地说。

“不用! 一个团行啦!”梁波大声地说。

电话铃急促地响闹起来。白玉生报告说“五〇一”找沈军长说话。

“五〇一”是野战军司令员兼政治委员陈毅的代号。这个号码在电话里轻易不出现,特别是战斗当中,这个代号一在军长的耳朵里出现,就跟随着一个重大的事件,一个严重的问题,或者是一个强大的力量。总之,他的声音和语言,总要使人心神激动,情绪昂

奋,沈振新、梁波、曹国柱都有这种习惯了的感觉。沈振新抓起电话话筒,熟悉的清亮的带着幽默色调的声音,响荡在他的耳朵里:

“南线二十多万敌人,决心要来赶热闹呀！离我这里还有六十里。明天,他们的炮弹就可能落到我的门口！后天,你们就可能闻到他们炮弹的硫黄味。你们怎么样？有困难？吃不消？要我派队伍来援助你?”

这是沈振新和许多指挥员长期养成的一种品德,在他们上级指挥员面前,任何时候都保持着具有充分信心的声音、容貌。叫苦,讲价钱,提条件,只能表现自己的懦弱,增添上级指挥员的忧虑。在“五〇一”的说话停顿一下的时候,沈振新冷静而爽快地回答说:

“困难是有的,我们可以克服！援助,用不着!”

“那么,什么时候解决战斗？还是老牛拉破车,慢慢吞吞的吗?”

“明天!”

“明天什么时候?”

沈振新用眼光征求着梁波和曹国柱的意见,梁波和曹国柱同声地说:

“明天晚上!”

沈振新的嘴巴离开话筒,对梁波、曹国柱摇着话筒说:

“迟了!”

梁波和曹国柱互相望着,曹国柱的眼睛似乎在说:

“再提前是困难的!”

梁波觉得对一个主管指挥员下决心,应该给以最有力的支持,从沈振新的表情看来,显然对这个战斗时间的决定处在为难的境

地,他仰起头来,对沈振新说:

“你决定吧! 提前就再提前一点!”

沈振新回过脸去,对着话筒,爽朗干脆地说:

“明天中午十二点钟以前,解决这个敌人! 行不行?”

“好吧! 明天上午等你们的捷报!”沈振新激动地听到这样一句既是为他祝捷的话,又是限定时间解决战斗的命令,放下了话筒。

打了这几分钟的电话,沈振新的全身暖热起来,在他的思想里,已经肯定了明天中午以前的战斗胜利。他把刚才“五〇一”的话,向大家说了一下,吸着到这个师指挥所里来的第一支香烟,站到墙壁跟前,入神地看着标志着战斗进展情况的地图。

“把刘胡子跟陈坚找来!”沈振新对曹国柱说道。

白玉生摇着电话,曹国柱从白玉生手里抓过电话筒来,大声地喊着,命令刘胜和陈坚立刻到指挥所来。

朱斌把大衣挟在腰里,走了进来,不住跺着脚,他的脚上沾满了黄淤泥。他是在到这里来的路上滑到一个小塘里去的。徐昆接着也来了,他还是保持着安详、冷静的仪表。

一个高级指挥员火线上的紧急会议,在这里开始举行。

沈振新和留在军指挥所的丁元善通了电话,把“五〇一”和他谈话的经过,他现在所做的决定,告诉了丁元善。丁元善表示同意以后,他便坐到一个小木椹子上,向坐在他身边的梁波他们说:

“时间逼迫我们加速解决战斗。我认为明天上午解决战斗,歼灭这个敌人,是有条件的。”

“能增加几门大炮的火力就好!”朱斌思量了一下,当敌人的一颗炮弹在附近爆炸以后,对沈振新说。

“这不是等于没有说吗?”梁波向朱斌瞥了一眼。

梁波、曹国柱先后说明了一下战斗现状,两个人一致认为当前的战斗症结,在于怎样突入纵深,攻击敌人的指挥阵地。平面地齐头推进,平均地使用兵力、火力,逐屋逐堡地攻击,很难迅速进展。要组织一支突击力量,越过敌人的前沿,冲破火力网,楔入敌人的心腹,打得得手,战斗就可以很快解决,甚至不需要到明天中午。梁波指着标志着敌人师指挥所和炮兵阵地的示意图,分析着说:

“经过两天战斗,我觉得第一线的敌人最弱,所以我们一个冲锋就突进了圩墙。第二线的敌人比较强,依靠工事、依靠火力,缩到乌龟壳里,跟我们死纠活缠,拉牛皮糖。根据现在掌握的情况,敌人的第三线力量配备是不强的,主要是炮兵。……”

“炮兵到了面对面的时候,就完全失去了战斗力,只有做俘虏。”沈振新插上去说。

梁波的意见,取得大家的一致同意,沈振新连连地点着头。他进一步地指出:突入纵深的同时,全面的攻击还是需要的,这样,可以吸引、牵制敌人的兵力、火力。能够得手,还是要占领敌人的前沿阵地。不这样,突入纵深的力量就会孤立,敌人一回手,便受到威胁。突入纵深以后的战斗目标,能解决敌人的师部就解决师部,不得手,就解决敌人的团部。他主张突击部队应该是两个矛头同时插进去。

刘胜、陈坚两个人在一阵猛烈的飞机机枪扫射的响声以后,急匆匆地跨了进来。

“怎么样?候差候到啦?”刘胜一跨进门,没有看清屋子里坐的是谁,也不知道一大堆人是在这里举行严肃的会议,就气喘吁吁地这样冲了一句。

沈振新望了他一眼，他知道自己又是莽撞了。比那天夜晚发牢骚以后才看见副军长梁波在座的时候，更为不安，窘迫地站立着，不住地揩拭着并没有出汗的脖子和脸孔。

“要你当突击队！老刘！”梁波指着刘胜说。

“行！只要有仗打！敢死队也干！”刘胜向前一步，粗声粗气地说。

梁波把情况和攻击的道路、目标等等，向刘胜和陈坚说了一番，刘胜坐到沈振新的身边，没有作声，脑袋上的几条皱纹，集聚到一起。这使沈振新、梁波和大家不免有些惊异起来：刘胜这个不善于思考的人，今天，竟然用起脑子来认真地思考问题，对战斗采取了几乎是他过去没有过的慎重态度。

涟水战役以后的刘胜，的确渐渐地发生了变化，这次战斗要他的团当预备队，开始的时候，他发急，怀有不满情绪。梁波和他谈了话以后，发急、不满便转化为内心的焦虑。他感到预备队的任务，可能比最先攻击的任务还要艰巨。这两天战斗的发展不大顺利，敌人表现得很顽强，他就更感到自己的肩膀定要挑起不是轻便的担子。他在昨天夜晚和今天早晨，和陈坚两个人在阵地上悄悄地观察了许久。他又要营的干部们到阵地上观察过。他和陈坚在精神上已经作了充分的准备：随时投入到战斗的浪潮里来。对于怎样打法，刘胜已经有过考虑。梁波刚才说明的纵深突入的打法，他想到过，认为是正确的。他现在所思虑的，是怎样有效地突入纵深。他思虑了一阵以后，提出他的意见说：

“我的想法是多路突击，不是一路、两路突击，应该是四路、五路突击，我看过阵地，敌人有纵深配备。大队突击以前，要是在夜里，最好用小群偷袭，先摸进几个突击小组到敌人阵地里头去，在敌人肚子里打起来,接应大队的突击。”

“我补充一句,多路突击,也还是有重点的,不是平均使用力量。”陈坚紧接着刘胜的话说。

“对!你补充的对!”刘胜说。

沈振新认为这个讨论很重要、很有益处。他作了决定说:

“具体的战斗动作,由梁副军长和你们师、团干部考虑决定。现在应该火速进行准备工作。”说到这里,他想了一想,看看表,站起身来,神色严峻地说:

“还是晚上八点钟开始总攻!不管怎样,明天中午十二点钟以前解决战斗。这次总攻必须有效!刚才‘五〇一’的话,我告诉了你们!我,你们,大家共同对整个战役、对党、对上级负责!”

沈振新锐利的乌光闪闪的眼睛,望着每一个人的脸,眼光里凝聚着胜利的光芒。

政治部主任徐昆是个身体颀长精力饱满的四十来岁的人,两个颧骨突出的脸上,经常浮着笑容,好像从来没有过忧虑和悲哀似的。他善于深思,即使他在哈哈大笑的时候,他的脑子里也在活动着这个念头或者那个念头。他惯于用简短的最普通的语言,最具体的意见,传达他的深刻的思想。在大家将要分手的时候,沈振新看了看他。他领会到沈振新要他发表意见的要求,而他自己确也有一个思虑成熟的意见,需要在这个时候提出来。

他习惯地眨眨眼睛,站起身来,一手拍拍刘胜,一手拍拍陈坚,以征求同意的语调,温和地却又严肃地说:

“也来个政治突击,配合一下军事突击,好不好呀!胡子刘团长说,要用小群动作,政治上也来个小群动作配合大群动作,我想放几个俘虏伤兵回去,让他们做先头部队,带点宣传品回去,带几句话回去,让他们吃个饱肚子回去！这样好不好呀？我看是好的！那个晕晕乎乎跑过来的参谋,你们知道他是什么人啦？他是敌人师长何莽的外甥。他说敌人在活埋伤兵,敌人的士兵对我们的俘虏政策还不大了解,放几个回去,我看有用处。敌人的官兵就会明白我们行的是王道人道！敌人对他们官兵进行欺骗宣传,说'共产党对待俘虏抽筋剥皮',这样放回几个去,给他们瞧瞧,是有用的一把刀子,可以攻敌人的心,可以打破他们拼死顽抗的心理。你们看看,这样好不好呀？你们认为好,我们就这样干！"

大家赞同地点着头,一致道"好"。

"这几天,我们打了两百个宣传弹,是有效果的。已经发现一个小兵带着我们一张二寸长的小传单跑了过来。今天晚上总攻以前,我再给你们三百个宣传弹,胡子刘团长,年轻的陈政委！你们得给我保证,把这三百个打不死人、可是能够打动人心的炸弹全部打出去！"徐昆又接连地拍着刘胜和陈坚的肩膀,笑嘻嘻地这样说。

他的话声和笑声里带着浓郁的亲切的情味。刘胜、陈坚在他拍着他们肩膀的时候,为着对上级首长的礼貌和被他的亲切的感情所动,像孩子受宠一般地站立起来。

会议结束,刘胜他们走了出去。最后留在这屋子里的是沈振新和徐昆。徐昆把和那个敌人的参谋谈话的情形,向沈振新叙述了一番。沈振新听了以后,咬着牙齿说:

"何莽！这个东西,应该算是战争罪犯！"

"已经不是人了！灭绝了人性！"徐昆气愤地紧接着说。

沈振新和徐昆离开了师指挥所。

二十多架敌机,张着翅膀,在莱芜到吐丝口之间无云的上空来来去去。飞机的肚子里,不断地扔下一串一串的炸弹。阳光照着的银灰色的机身,发出惨白的光亮。

他们走在丘陵地的小道上,为着躲避敌机,走走停停,停停又走。停歇在一个小松树林里的时候,沈振新折了一根松树枝拿在手里,拨动着身边的碎石块。拨着,拨着,他便躺倒在枯草地上,头抵着一棵松树根,闭上沉重的眼皮睡着了。

徐昆向警卫员们摇摇手,眼睛向警卫员们示意说:

“他累了!让他休息一会儿吧!”

接着,徐昆也睡倒在静静的小松树林里。

第七章

二五

在彩霞的光辉照射到吐丝口焦墙破瓦上的时候，宣传弹从四面八方射击出去，彩色的纸片，花蝴蝶样地飞舞在敌人的地堡附近，壕沟的上空。由于灰黄色弹烟的浮漾和傍晚的微风旋荡，它们有的飘扬了好久才落到地上，有的竟然飞钻到敌人的地堡洞眼里面去。

敌人对于这些纸片儿似乎特别害怕、惊慌，仿佛这些纸片确实具有他们意想不到的无穷的威力，最大限度的破坏性。敌人的炮弹一串一串地放射出来，机关枪、步枪的火力同时地集中射击，虽然他们看到的尽是那些彩色的纸片，并没有发现解放军一个人的形影。

一场激烈的“空”战过去，战地上沉寂起来。沉寂到使人想象到战斗已经结束，许久许久听不到一响枪声。

天色突然黑下来，彩霞消失以后，从东南角上的崖谷里飘卷来一片迷蒙的云雾，笼罩了整个的吐丝口镇。

不久，便落起牛毛细雨来。

战场上的景象完全变了，吐丝口镇像沉入到海里，又像浮游在半空里，不住地打着旋转。

战地的雨夜，黑得伸出手来自己也看不清五指，黑得叫人发愁、可怕，空气沉闷而又浑浊。炮烟混合着湿气，沾粘在地面上、墙壁上、人的身上，久久地不肯散发开去。

脚下水湿泥滑，战士们的身体渐渐地沉重起来，前进一步，要比平时多用一倍到两倍的气力。认不清道路，找不到目标，真是瞎子摸鱼一般，只能伏在地面上缓缓爬行。

对于久经战斗的战士，在这样细雨绵绵的黑夜向敌人的胸腹阵地摸进，是苦恼的事情，也是难得的良机。

敌人的探照灯失去了照明的效力，敌人射击出来的子弹盲目乱飞。战士们可以放胆前进，接近到敌人的身边，展开面对面的痛快淋漓的战斗。

“什么人？口令！”

“开枪！”

敌人诡诈地吆喝着。向左边打一阵枪，又向右边打一阵枪，时而打得很低，时而又打得很高。

“瞎眼枪，神经战！不理它！”秦守本低声地对王茂生说。

在总攻击开始以后，突入到敌人阵地的缝隙里的秦守本小组，经过约莫两个钟头的光景，艰难地但是安全地前进了一百米左右，在接近到预定攻击目标——敌军指挥部前面屋顶上的机枪阵地的时候，秦守本的膝盖撞上一根焦黑的木桩，感到猛烈的疼痛，停止了浑身疲累的爬行。他急速地喘了几口粗气，揉揉隐隐疼痛的膝盖骨，忍不住地咕噜道：

“天也跟老子捣蛋！”

和他并头伏在冰冷的泥水里的王茂生，拍拍他，套在他的耳朵上说：

“快啦!”

正说着,屋顶上的机枪“格格叭格格叭”地叫了起来,红色的小火花,在雨雾里闪闪烁烁地跳跃着。

在机枪响叫的时候,秦守本借着火花的点点微光,向背后看看,没有人也没有动静,于是用舌头在上颚上弹了几下,那声音恰像檐口的水点滴到石板上似的。大概在离他两米远的地方,以同样的“嗒嗒”的声响回答了他。

在他们继续向前爬行的时候,一排紫红色的曳光弹从他们背后穿过雨雾,急速地飞扬到敌人屋顶机枪阵地的上空。他和王茂生停止下来,仰脸向上,又一排紫红色的曳光弹从同样的方向穿射过来。

他意识到营部对他们的迫切要求,当营部指挥阵地上发射出来的紫红色的信号弹,又一次地飞扬过来的时候,他和王茂生弓起腰来,小松鼠似的向前猛跳了七八步,到达一道烧焦了的黑墙下面。

是应该向敌人猛烈攻击的时候了。秦守本心里度量着,从口袋里摸出临出发的时候罗光给他的夜明表,揉去睫毛上的雨水看看,时针驮着分针,指在表的正中。

“呀!十二点钟了!”秦守本惊讶着,他觉得自己的进展太缓慢了。

在他们背后远远的地方,枪声、榴弹声突然猛烈地响起来,他清楚地判断得出,那是连长、指导员带领的突击队集结的大石桥附近。

秦守本的心里焦急起来,他想象到连长和指导员带领的突击队,正在石桥两侧,遭受到敌人的猛烈攻击。他的两脚踩着一堆砖瓦，仰起头来朝大石桥方向定睛一望，一团一团的火光和黑烟，在那里连续腾起，榴弹的炸裂声，连续地迸发出来。汤姆枪和卡宾枪的子弹射击声，像连串的爆竹一样炸响着。

石东根和罗光各自带着一个突击队，在石桥两侧，等候楔入敌人腹地的突击小组的接应，向敌人的纵深突进，已经三个多钟头。因为雨已停歇，敌人的探照灯的舌头，舔着了石桥两侧的石东根他们的阵地，枪、炮的火力，倾盆疾雨一般，朝石桥两侧猛泼下来。接着，一个排的敌人，从壕沟和地堡里跳出来，不顾死活地朝石桥上冲撞攻击。

石东根和罗光的两个突击队处在十分艰苦的境地，在自己展开火力出击以前，不得不对敌人的进攻举行反击。

“冲！把敌人杀回去！”石东根举起汤姆枪，大声地喝令道。

石桥两侧的突击队冲击出去，汤姆枪、卡宾枪的短促火力，一齐向迎面而来的敌人猛扫了一阵。

敌人的进攻被击退，石桥前面的泥水里，倒下一堆敌人的尸体和嗷嗷哭叫的伤兵。

石东根乘着反击敌人的时机，喝令队伍冲过了石桥，试图就此突入到敌人的阵地中心去，但是没有奏效，给敌人的强大火力迎头阻住，又退回到石桥两侧的阵地。

“两个多钟头，一点动静没有！都死光啦？”石东根恼怒地骂着，伏在一块泥湿的石头上。

秦守本小组的六个突击队员聚集在黑墙下面，正在计议着怎样消灭屋顶上敌人的机枪阵地，左翼三十米远的地方，发生了轰然巨响，一座敌人的母堡翻了身，在火光下面，秦守本他们认定那是张华峰小组向敌人举行攻击。敌人的各处火力立时转移方向，朝张华峰他们那边猛打，探照灯的惨光在地堡炸裂的附近游来窜去。接着，他们右翼不远的地方，也响起了对击的枪声，另一个突击小组也和敌人接上火了。

秦守本和他的小组的突击队员激动起来。

身体壮实的张德来拍拍自己的大腿，站在一堵瓦屋墙根，嗄着嗓子说：

“上吧！”

夏春生站上张德来稳稳实实的肩膀，周凤山一脚踩着张德来的大腿，一脚踩着蹲着身子的秦守本的肩头，爬上了夏春生的肩膀，王茂生举起汤姆枪梢，夏春生用力一拉，王茂生乘势扒了上去，一直扒到两脚踩在周凤山的头上，然后抓着屋瓦，蹿上了和敌人屋顶机枪阵地对面平行的屋顶。接着周凤山上了屋顶，夏春生也上了屋顶，三支填饱子弹的汤姆枪，并排地架在屋脊上，朝着对面屋顶上的敌人机枪阵地，“哗啦哗啦”地倾泻出火辣辣的子弹。

敌人的机枪和机枪射手给打得摔滚到地上去了，秦守本、张德来、安兆丰三个人抢步上去，缴得了机枪，随即攀着檐口的敌人用的梯子，登上屋顶，把敌人的阵地夺到了自己的手里。

敌人师指挥所的门口发生了战斗，敌人前沿的火力掉转头来，朝着秦守本他们这边射击起来。

“冲出去！”石东根跳到石桥上面，激奋地高声喊叫道。

石桥两侧的突击队应声勇猛出动，向前冲击，几乎是毫无阻挡地冲到了敌人师指挥所的附近。

整个吐丝口镇激烈地动摇起来，枪弹和炮声的凶猛、密集，恰像是暴风卷带着疾雷狂雨倾盖下来。地堡炸翻，房屋倒塌，土地、砖头、石块、树木、牲畜和人……地面上的万物，都颠簸、颤抖起来。

红的绿的曳光弹流星般地狂飞乱舞，烟雾连着烟雾，火焰接着火焰，飞腾在雨后的寒风里，障蔽了人们的眼睛。整个吐丝口镇发着红黑间伴的紫黑色，硝药味、焦煳味、尸臭、难闻的浑浊的各种气味，向人们的口腔、鼻孔袭来，使人们不住地呛咳、打喷嚏。

吐丝口战斗的热度，达到了沸点。

秦守本和王茂生在面对面的屋顶上说起话来：

"王茂生！下来！消灭地下的！"秦守本大声叫喊着。

"你们下面屋子里有人！注意！"王茂生从秦守本伏着的屋子的墙洞发现了敌人，对秦守本警告着说。

话刚说完，屋子里的敌人就向屋顶上射击起来，屋顶上的瓦片纷纷地崩毁倒塌，张德来猛地一惊，腿脚一滑，滚了下来，幸好地上有两具敌人的尸体垫住了他，使他没有跌到坚硬的砖头堆上。

他没有死，伤也不重，只是臂膀给跟着他滚下来的瓦片重重地打了一下。但是，他吓坏了。当他发觉自己是躺倒在敌人尸体上的时候，他就昏晕过去，好久呼不出一口气来。

从屋子上赶紧下来的安兆丰，把张德来扶坐起来，摸摸他的头，头是热的，摸摸他的胸口，胸口"啪啪"地跳着，便把他拖移到墙根去，拍拍他的身子说：

"老张，没有关系！"

安兆丰正要离开，张德来像给大水淹得半死的人遇到了救生者，死命地拖住了安兆丰。

"不要紧！在这里不要动，等一会我来背你下去！"

安兆丰挣脱张德来的两手，迅速地攀上梯子，揭开屋檐口的砖瓦，向下一看，一大群敌人拥挤在他脚下的屋子里面。在一个敌人举枪刚要向他射击的时候，他手里的汤姆枪已经伸进屋子，先开了火,摇头摆脑地扫射了一阵。

敌人在屋子里胡挤乱撞,“哇哇”地嚎叫着。

“班长,敌人给我消灭啦!”安兆丰又向屋子里扫射了一阵以后,屋子里的敌人一点声响没有了,他便大声地向屋顶上的秦守本叫喊起来。

秦守本、王茂生他们下了屋顶,看到大呼大喊的连长石东根端着汤姆枪,穿过刘七胡同,直奔敌人师指挥所门口的战壕跑了过去。

“同志们! 趁热打铁! 杀过去!”

他们跟着石东根的喊杀声,跳下了壕沟。

二六

连续不断地报捷的电话,战斗的顺利发展,激动了团长刘胜。他摔下身上的夹绒大衣,束紧皮腰带。在晓光透进团指挥所的矮屋子里来的时候,他沿着电话线,大步急走地奔向战斗的前沿阵地去。

在三营指挥阵地的地堡跟前,他立定脚步,向枪声密集的方向探望着。

“团长! 团长!”地堡里传出来大声的喊叫。

“敌人反击! 在敌人的师部门口!”

刘胜进入了地堡。

地堡里的黄弼,头上和臂膀上缠着渗透血迹的纱布,身子斜靠在水湿淋淋的土墙上,手里抓住电话筒,正在叫着:

“陈政委吗? 我正在重新组织火力,扑灭敌人的反击!”

“你怎么啦?”刘胜向打电话的黄弼轻声问道。

黄弼竭力地坐起身来,张着血红的眼睛望着刘胜。刘胜按着黄弼的身子,使黄弼仍旧斜靠在土墙上。

“两翼接应不上,……队伍在壕沟里……上不去!”黄弼艰难地说。

“你下去吧!”刘胜对黄弼说。

“教导员的伤比我重,他还在前面。”黄弼摆摆手说。

突然一阵枪声,在地堡外头不远的地方响起来,刘胜入神地听了听,接着,地堡外头传来奔跑的脚步声。

“敌人朝这边攻击!”警卫员邓海伸进头来,有些惊慌地说。刘胜爬起身来,黄弼拉着他的衣服急促地说:

“团长! 注意一点!”

刘胜没有作声,咬着牙齿愤怒地走出地堡。

敌人的飞机活跃起来,不住地俯冲下来,打着机枪。

他伏在地堡旁边小土堆的斜坡上,通过望远镜,观察着前面的动静。

右前方和左前方两个三丈多高的碉堡上,敌人以交叉的火力,向在壕沟里前进的我军猛烈地射击着。

壕沟里的队伍正要出动的时候,敌人的枪声突然停歇下去。

稍隔一些时候,从右前方的碉堡射击孔里,伸出了一块白布,摇晃着。

刘胜仔细一看,那是挑在刺刀上的一件白衣服。

左前方的碉堡顶上出现了同样的情形,那是一条白毛巾,在碉堡上面摆动。

“敌人投降了吗?”刘胜暗自地疑问着。

“白旗！敌人投降！”战士们在战壕里喊叫着。

连长石东根跳出了战壕，他看到敌人急速地摇晃着白衣、白布，碉堡上接连地扔出好几支枪来，他隐约地听到敌人的叫喊声：

“我们缴枪！缴枪！”

石东根兴奋起来，挺直身子站立在战壕边的土堆顶上，指着敌人的碉堡，挥着臂膀，自豪地高声地说：

“早该缴枪！省得老子操心烦神！”

罗光伏在战壕边望了一阵，用疑问的口气说：

“真的投降了吗？”

敌人的白衣、白布还在摇晃着，又扔了两支枪下来，接着又扔下来一挺轻机关枪。

“连机关枪都扔下来了！”石东根大声叫着。

战士们纷纷地爬上战壕，同声地叫着：

“机关枪！机关枪！”

“二排长！二排长！带队伍上去！缴枪，捉俘虏！”石东根发出了命令。

二排长林平有些犹疑，望望石东根，又望望罗光。

“听见没有？命令！赶快上去缴枪，捉俘虏！怕什么？”石东根暴怒地喝令着，睁大眼睛瞪着林平。

两个排的战士们一齐冲了出去，奔向两个摇着白旗的碉堡。

碉堡里又扔出了几支枪，战士们以更迅速的脚步冲了上去，大声地叫喊着：

“敌人缴枪了！”

敌人的碉堡里没有再扔出枪来，扔出来的是一大串手榴弹，手榴弹在冲锋前进的战士们的身边爆炸开来，紧接着是集中的机枪射击。

战士们有的躺倒在碉堡下面的开阔地上，有的返回了原来的阵地。

刘胜的眼睛气得火红，脸上堆满了愤怒，牙齿用力地咬着嘴唇，他摸摸手里出了壳的驳壳枪，好像就要立刻冲上火线，去亲身跟敌人进行搏斗似的。他站起身来，不顾顶上的飞机疯狂扫射，在望远镜里向战场的四周敏捷地扫视了一番。

石东根跌跌撞撞地跑向营部的碉堡来，迎头听到站立在小土堆上的刘胜对他大声吼叫道：

"你怎么搞的?"

石东根站立下来，气喘吁吁地望着刘胜。

"你的脑袋是干什么的?"刘胜愤怒地叱责着。

"你处罚我吧!"石东根脸色惨白，低着头说。

"你轻敌！敌人会乖乖地缴枪给你？回到阵地上去！整理队伍，候我的命令!"

石东根匆匆地跑回了壕沟。

刘胜跳下土堆，气愤愤地回到地堡里。

刘胜的面前，不是平坦的道路，而是陡崖绝壁一般的危险的局面，怎样攀上陡崖绝壁，转变这个危险的局面，是他面临的一个严重的急迫需要解决的问题。他看看表，表针走得那么急迫，已经是七点多钟。正在这个时候，电话铃急响起来，和他通电话的是副军长梁波。梁波告诉他，莱芜的敌人决定向吐丝口突围，梁波的话说得清楚明确：

"要求吐丝口战斗提早解决，不能等到十二点钟，要提前到九点钟，至迟到十点钟解决。"

在刘胜、陈坚团的攻击范围以内，剩下没有解决的，还有敌人一个师部指挥所和指挥所东西两边的两个大碉堡。

刘胜的心，加速地跳动着。

倚靠在土墙上的受了伤的黄弼，充血的眼睛一直望着刘胜的铁青的脸。

团政治委员陈坚在电话里听到刘胜叙说了战况，赶到了刘胜的身边。

“怎么办，你打算？”陈坚问道。

“把三个营的力量集中起来，攻两个大碉堡！”刘胜决然地说。

陈坚摇摇头，问道：“强攻？”

“我不相信敌人是铁的！”刘胜拍着膝盖，愤恨地说。

陈坚又轻轻地摇摇头。

“高粱秸子浇火油，攻上去，烧死这些狗熊！”他的眼里喷着愤怒的火焰，气呼呼地说。

几年以前和日本鬼子作战的时候，曾经采用过火攻的胜利经验，在刘胜的脑子里闪动起来。

“左边房子里缴了七八桶汽油，是敌人汽车上用的！”黄弼忍着头痛，坐起身来说。

“我看就这样干！”刘胜坚持地说。他望着陈坚，等候着陈坚的同意。

陈坚没有表示什么，沉默一下，走出了地堡，向两个敌人据守的大碉堡和附近的阵地观看着。两个碉堡上的敌人正在打着冷枪。

罗光走向他的面前来。

罗光的头上裹着纱布，半截腿沾满了淤泥，上衣有许多泥斑血迹，撕扯得稀花破烂，手里的卡宾枪沾污得像是一根泥棒子。

“前头怎么样？”陈坚问道。

“这个敌人真坏！假投降！骗我们！”罗光跺着泥脚说。

“谁叫你受骗的？没有受骗的人，世界上还会有骗子？”陈坚走到罗光跟前，冷笑着说。

罗光的头低了下去。他的头痛得厉害，背着陈坚咬紧牙根忍受着。

“程教导员牺牲了！”罗光在陈坚身边低声地说。

陈坚静默了一下，愤然地说：

“敌人假投降，等一会叫他们真投降！”

“战士们打红了眼，吵着要朝上攻！”

“说服他们，敌人最欢迎的是我们硬拼、蛮干！我们既要勇敢，又要冷静！”

罗光回向阵地，陈坚拉住了他，说：

“你下去吧！”

“我行！不要紧！敌人不消灭，我不下去！”

罗光挣脱陈坚的手，颠颠簸簸地跑向前去。跑了不上几步，因为头痛得厉害，晕倒在地上，陈坚的警卫员金东跑上去扶起了他。他又挣脱了金东的手，冒着碉堡上射来的子弹，奔向阵地上去。

陈坚的眼睛跟着罗光的背影望了许久。他站在那里思索了一下，觉得这样的强攻硬拼不是办法，营长负伤，教导员牺牲，罗光也负了伤，战士们打红了眼睛，……这些情况迫使他更加坚定地不能同意刘胜火攻碉堡的决心。他回到地堡里，心里感到痛苦、不安，默默地望着刘胜。

“要干就得快！刚才师长又来电话催过。”刘胜冷着脸说。

对于他来到这个部队里的第一次战斗，陈坚采取慎重的态度。当前的敌人应当怎样迅速而又有效地解决，他还没有比刘胜的办法更好的办法，但他总觉得刘胜要采取硬拼硬打的火攻，是冒险的，解决了敌人，自己的队伍也要受到很大的伤亡、消耗。

对于陈坚的默不作声，刘胜很不乐意。刘胜觉得这位新来的政治委员，毕竟是个战斗经验不足的人，犹豫、软弱，甚至觉得这是懦怯，是在严重关头的束手无策。

“再考虑考虑，看有没有别的办法。”陈坚皱着眉头说。一个什么念头，正在他的脑子里酝酿着。

“我没有，我想不出来！”刘胜烦躁地说。

“攻一个！先解决一个好不好？把火力集中一下，调整一下，光是短促火力怎么行！”陈坚建议说。

躺在那里的黄弼，也一直在思考着。当陈坚提出先攻一个碉堡的意见以后，他表示同意，喃喃地说：

“东边的一个，敌人一〇七团团部在里面，先解决敌人的团部也好。团部解决了，就不怕西边的一个不好解决！”

陈坚听了黄弼的话，望着刘胜。

“攻一个怎么攻？不用火攻？”刘胜问道。

听了黄弼的话，陈坚坚定了自己的想法。从几天的战斗情况来考察，他觉得这个敌人虽然相当顽强，但绝不可能死不投降。现在，敌人已经处在最后灭亡的关头，抵抗，假投降，无非是绝望的挣扎，垂死的苟延残喘。他用坚定的语调说：

“不到不得已的时候，不能用过大的代价，换取敌人的毁灭。”

“这个敌人，太可恶！假投降，欺骗，杀伤我们的干部、战士！还不应当毁灭他们？应当彻底毁灭他们！把他们统统烧死！”刘胜暴躁起来，怒气冲冲地叫着。

“不要急躁。”陈坚望着地面，冷静地说。

“我不是急躁！”

刘胜的情绪转不过弯子来，气愤地歪扭着脖子。

“请你考虑一下，老刘！如果你觉得火攻的办法好，就用火攻。”陈坚恳切地低声说。

刘胜没有作声，气闷着。

这时候的陈坚，感到遇到了重大的困难。他真切地看到了刘胜这个人的这个方面：顽强地坚执己见，在战斗里表现感情冲动。他沉默了一阵以后，用恳切的低沉和缓的声调说：

“是你跟我谈过的，这一仗，我们要打好。你也同我谈过，我们的干部、战士是勇敢多于机智。这个部队打过许许多多胜仗，但是，在许多胜仗里，我们的伤亡、消耗总是过大，消灭了敌人，同时又损伤了自己的元气。……我刚才在外面遇到罗光，他负了伤，他说战士们打红了眼，吵着要朝上硬攻，他说三营程教导员已经牺牲。……我想，你在这个部队里工作了好多年，你比我更了解部队的历史情况，更会珍惜我们部队的战斗力。”

刘胜本来就很痛楚，他愤怒，他要采取火攻的手段，一半是由于对敌人的高度憎恨和部队遭受损伤给予他的痛楚而来。听了陈坚真挚恳切的话，他的情绪渐渐地安定下来，但心头的沉痛却更加深刻了。

刘胜冷静下来思考一番以后，否定了他对陈坚的看法，并且终于同意了陈坚的意见，放弃了自己的方案，决定集中火力攻击敌人团部所在的碉堡，请求师部派一个迫击炮连来掩护步兵的攻击。

半个小时以后，新的攻击开始。

在迫击炮和机关枪的火力掩护之下,爆炸手突到了碉堡脚下,碉堡接连地中了迫击炮弹。接着,炸药的烟火就在碉堡的底层腾起,碉堡动摇震抖,砖土、石块纷纷地倒塌下来。

石东根夹在战士群里,弓着腰身,端着汤姆枪,"格格叭叭"地射击着,向前奔跑冲击,咬着牙根喊叫着:

"消灭这些混蛋!杀到碉堡里面去!"

他的鞋带散了,索性摔掉了鞋子,光赤着两只脚,穿到了队伍的最前头。在跳过一堆烟火腾腾的砖头、木棒的时候,他跌了一跤,栽倒在火堆旁边,随即又爬起身来,踩踏着火舌,钻进敌人的碉堡里去,汤姆枪弹在碉堡里横七竖八地扫射着。

"不缴枪,就宰了他!"石东根向战士们大声地喝令着。

战士们汹涌地进入敌人的碉堡,在碉堡的角落里、楼梯上和敌人拼斗。当一个敌人迎面扑来的时候,石东根甩起一只泥脚,朝着敌人的肚子上死命一踢,敌人便踉踉跄跄地倒栽到楼梯下面去;紧接着,石东根对准这个敌人的脑袋,射击了两颗枪弹,狠狠地说:

"想死!还不好办?"

经过一阵冲杀,敌人终于真的投降了,白衣、白布又从碉堡的枪洞里伸出来,拼命地摇荡着。因为他们进行过欺骗的勾当,战士们仍旧枪炮不停地猛打强攻。

"老子还会再受你的骗?同志们,打!把他们彻底消灭!"石东根高声大喊着。

碉堡里接连不断地扔出了步枪、卡宾枪、汤姆枪、机关枪。"我们投降!真的投降!"敌人们喊叫着。

碉堡里的敌人举着手,成串地弓着腰走了出来,他们的团长走在最前面,手也举得最高。

在刘胜和陈坚的责令之下，敌人的一〇七团团长站到西边碉堡下面，向碉堡里面哆嗦着嗓音喊叫道：

“我是团长！不要打了！缴枪吧！”

二七

吐丝口最后的战斗，在敌人师指挥所的门口进行着。

石东根、罗光他们，在两个大碉堡里的敌人被消灭以后，火速地回过头来，扑到敌人师指挥所正面最后的一道防御工事——两米高的双砖夹土的墙壁和齿爪狰狞的铁丝网前面，展开短促火力的攻击。

这场战斗陈坚同意刘胜采取了火攻的办法，因为莱芜敌人已经开始突围，时间十分急迫，同时这里有地下室，攻不进去，在这里用这种办法，又不会损伤自己的兵力。汽油浇湿了的高粱秸子、小米秸子，送到了敌人的工事附近，用手榴弹的炸裂，把它们烧了起来，紫火黑烟随着风势，像乌龙一样扑向敌人工事后面的师长何莽的巢穴——地下室。

刘胜和陈坚并排地坐在地堡前面，指挥这个最后战斗。

“非叫他投降不可！不投降，烧死他！”刘胜挥着手里的驳壳枪，愤怒地说。

“捉活的！捉住何莽！”陈坚大声地向阵地上喊叫着。

一切都已完结了的何莽，在黑烟弥漫的地下室里，坚持着最后的几分钟，他没有忘记他作为磁铁和象鼻子的作用。

他的喉咙完全沙哑了，几乎连一点声音也发不出来，可是，他还在喊叫、怒骂，喝令着地下室门口的卫兵：

“跟我守住！守住！要死，我同你们一块死！”

一个卫兵退回到地下室里来，他举起手里的左轮枪，击倒了那个卫兵，卫兵哇哇地哭叫着，向他的面前滚爬过去，他又打了一枪，铅头枪弹落在卫兵的脑盖上，卫兵的脑浆和血喷溅出来。

他提起穿着大方头黑皮鞋的脚，使力一踢，卫兵的尸体便裹着血和泥土，翻滚到墙边去。

他的手里抓着报话机上的话筒，虽然他已经喊不出声音来，却仍旧拼命喊叫。他呷了一口啤酒，希望啤酒能够使他的喉咙发出声音。但是，他没有如意，重重地摔了话筒，他没有喊出声音，他的司令长官李仙洲也没有回答他一点声音。

何莽的指头不住地抓着又痛又痒的喉头，喉头的皮肉给他抓得发紫，他还是抓着，扭着，好像要把它扭断似的。

在他的眼里，一切都是他的仇敌，他已经近乎疯癫了。

他在烟雾腾腾的地下室里乱蹦乱跳，破藤椅子给他踩得稀烂，深陷在泥土里的四条椅腿，折断了三条。墙壁上的地图，本来就因为落掉了许多钉子大部分翻卷下来，现在给他猛地一把全部撕扯下来，揉成纸团，扔掷在地上。

何莽气势汹汹地走到报话机旁边，报话员早已藏躲到报话机背后的桌子底下。他浑身发抖，两只丧魂失魄的眼睛，放射着恐惧的死光，望着何莽，但他还是被何莽拖了出来。他拼命地哀叫、哭泣，希望得到何莽的怜悯，何莽却好像没有看到听到似的，气狠狠地用力一推，他的矮小的身子便摔倒在死了的那个卫兵身上。

何莽毕竟意识到死亡逼近了自己的身边。他也实在精疲力竭，他的两条腿再也支持不了他那肥胖的笨重的身体，终于倒在墙根一堆子弹箱子上。他的嘴巴呼呼地喘着粗气，唇边淌着一条一条连绵的气味难闻的黏液，泛着白色的泡沫，就像刚打开的啤酒瓶子一样。

一阵黑烟猛地窜进了地下室，手榴弹在地下室的门口轰然炸响，好像是工事墙壁遭了爆炸，一堆什么东西，“轰通”一声倒塌下来。

何莽把身子朝他的勤务兵的背后移动一下，勤务兵连忙把歪斜要倒的地下室门口的沙袋堆好，伏在沙袋下面，把上了膛的驳壳枪架在沙袋上，向地下室外面准备射击。

何莽惶惧得全身打抖。他的失神的眼在地下室里扫视了一下，那个被他击毙的卫兵，翻仰着的破藤椅子，空罐头盒子，撕下来的地图，早已无声无息的报话机，报话员的没有血色的枯瘦的死人一样的脸……使他增长了对于死亡的恐怖情绪，他叹了一声长气，低下头去。他仿佛作了决定：就把这个地下室作为葬身的坟墓吧！

何莽全身瘫软，不是不想挣扎，而是真的挣扎不动了。

弹烟又翻滚进来，子弹射进了地下室门口的沙包，沙包里喷出烟样的沙灰。

在外面指挥战斗的参谋长跟着弹烟滚跌进来，满头血水，默默地栽倒在何莽的脚下。

何莽明白，他的命运临到了最后一分钟的关头。

就在这最后一分钟里，何莽摔掉了身上的皮领大衣，现出他早已着好了的士兵服装，脱去脚上的黑皮鞋，从死了的卫兵的脚上扒下了力士鞋，套在自己脚上，随手在地上抓起一块血迹斑斑的纱布，横七竖八地从头上缠到脖子里，举起左轮枪喝令仅有的一个勤务兵，走在他的前头，和他一同冒着弹雨，顶着一阵黑烟，溜了出去。

他出去不到三分钟，所有的枪声停歇。

秦守本和王茂生冲进了地下室。

秦守本抖抖从地上拾起的皮领大衣，向举着双手的报话员问道：

“师长呢？”

报话员抖索着身子说不出话来。

“师长到哪里去了？”秦守本喊叫着问道。

“他……跑了！头上，裹……裹了纱布，装……装伤兵……跑了！”报话员对战士们颤抖着声音说。

秦守本在大衣口袋里摸出了何莽撕下来的符号，又听到报话员的说话，便和王茂生急速地奔了出去，嘴里高声大叫着：“敌人师长化装伤兵逃走啦！追！”

他们在西边大碉堡附近，发现一个头裹纱布的胖个子和一个矮小的汉子在急促地奔跑着，便赶了上去，头裹纱布的胖个子和矮小的汉子见到有人追赶，便甩起两腿飞跑起来。

秦守本和王茂生追赶到石圩子西北角上一个缺口的地方，敌机扔下的炸弹落到他们面前，浓烟障蔽了他们的视线，弹片在他们的身边飞啸。石圩墙给炸倒了一大段，圩墙里面的两处房屋倒塌下来，随即燃烧起来，这使他们不得不停顿了一下。

在他们从卧倒下来隐蔽的地方爬起以后，两个奔逃的敌人不见了踪影。他们出了圩墙缺口，在水沟边、地堡里、附近的房屋里仔细地搜寻了许久，没有寻到，向野外望望，在半里外的小土坡下面有一个独立屋子，屋子这边的泥地上，一位老大娘喊叫着向他们面前爬滚而来，手里举着一团黄色的东西。

秦守本和王茂生奔跑上去,那个老大娘的腿上、身上尽是血迹。

“两个……两个野狗……换了我老头子的衣服……跑了!”老大娘扯着手里脏污的军衣咒骂着。

他们把两个敌人脱下的军衣扯碎,包扎了老大娘腿上的伤口,把老大娘抬回到小屋里去。

“迟早……总要遭炮子的!……死了,狗也不吃!……我记得……一个是黑驴,胖子,……一个狼脸,钩鼻子……遭炮子的!”躺在床上的老大娘愤恨地咒骂着,她的牙齿咬得“格格”地响着。

秦守本的眼睛里冒出了火花,对老大娘说:

“大娘,我们替你报仇!”

两个人离开了小屋子,在小屋子门外的枯草地里,王茂生的脚下踩到一个坚硬的东西,拾起来一看,是左轮手枪,在附近又搜寻了一番,在菠菜田里发现一支驳壳枪,打开两支枪的弹膛看看,都是空空的,没有一颗子弹。

两个人站到屋子前面的土丘上,向四下瞥望了好久,没有发现一个人影子。

“定是敌人的师长!给他逃啦!”秦守本懊恨地说。

为战斗的胜利所鼓舞的秦守本和王茂生,对敌人师长在他们追击之下逃脱,感到极大的不愉快。两个人懊心丧气地回向吐丝口镇,拖着沉重的疲累的脚步。特别是初次参加大战的王茂生,疲累得几乎抬不起腿脚来。

“枪给我吧!”秦守本望着落后两步的王茂生说。

王茂生仍旧自己背着笨重的汤姆枪。

秦守本把王茂生的手,拉搭到自己的肩膀上。在湿泥粘脚粘腿的田里，他们有气无力地走了回来。

二八

连串的炮弹，在莱芜城里李仙洲总部的门口轰然地炸裂开来，那响声，先像一座高山倾倒了似的，然后就像凶猛的台风袭击冬天的树林，呜呜地大呼大啸。

房屋剧烈摇动，楼板上的灰尘、蜘蛛网，“沙沙”地飘跌下来，撒在桌子上、床铺上、地上。李仙洲的参谋长像给什么虫子咬了一口，把一只蓄着长指甲的手，勾曲到后脖子里不住地搔弄着。桌上的茶杯、水瓶、报话机、电话机、墨水瓶等等东西，慌乱地翻滚跳蹦。坐在桌边手里拿着电话筒的参谋处长的黄哔叽军服上、脸上，给墨汁瓶子狠狠地喷唾了一口，他在电话里听到的什么，一下子给吓跑得光光，话筒从他的颤抖着的手里掉落到桌上。

身上盖着一条毛毯子斜躺在床铺上的李仙洲，正在眯着昏糊无神的眼睛苦思着什么，脸上的皱纹顿然消失，皮肉绷紧，脸形拉长，托在腮上的手像给什么东西猛撞一下，跌落到床前的小方凳子上，跌得很重，发着一阵疼痛，但也因此使他的身体得到支持，没有摔跌到床下来。

几个窗子上的玻璃大半震得粉碎，碎玻璃片跟着“哗啦”的响声四处飞蹦，仿佛那些尖利的屑片刺入了他的心窝，他那正在惶惑不安的心，感到麻木刺痛，他的呼吸也就跟着困难起来。好久，他才吐出了阻塞在胸口的一股浑气。

他竭力保持着镇定的神态，坐到床边上，一条腿跷在床上，一条腿踏着床前的小方凳子，斜着脖子望着他的参谋长。

参谋长像是犯了重大的罪过等候处罚似的，默默地站在惊魂未定的副司令长官的面前。

李仙洲想说句什么，步枪和机关枪凄厉可怕的叫声，从院子里传进来，他的嘴唇动了一动又赶快闭上，他那黄稀稀的胡须，粘满他的两腮、下颏和鼻子下面，仿佛在他的嘴边加上了一种压力，使他的嘴唇张动开来感到很大的困难。

“不能再指望他们！我们跟他们不是一个娘生的！他们宁可牺牲我们的性命，绝不肯损害自己的一根毫毛！”脸色铁青的参谋长，等候得过久，觉得不能够再有迟疑，终于颤抖着鸭子喉咙，愤然地这样说。

“行动吗？我看，到了最后关头！与其坐以待毙，做瓮中之鳖，不如虎出囚笼！”身体肥大笨重的李仙洲从床上下来，走到门口，小心地伸出颈子向院子上空瞥了一眼，回到屋子里对参谋长决然地说。

“迟动不如早动，马上下达命令？”参谋长向副司令长官请求批准地问道。

“叫徐州给我们一百架飞机掩护！地面上的步兵爬不动，天空里的飞机也飞不来吗？告诉他们，我们马上突围回济南！他们不能救我们，我们只好自己救自己！”

参谋长抓过报话机的话筒，喊通了徐州前线司令部，什么代号、什么密语都不用了，脖子里暴出一把青筋，凄惶地大声叫着：

“飞机！飞机！一百架！我们回师济南！马上！马上！什么？什么？再守十二小时？”

参谋长歪着头，望着李仙洲，李仙洲抢上前去，拿过话筒来，声音比参谋长低些，但却更加气愤地叫着：

“一分钟也不能再守了，子弹已经打到我的面前。不能叫我做俘虏！……我们可以突出去！……有把握！有信心！……吐丝口还在我们手里！……”对方责备他，不同意他们立刻突围的决定，他的手激烈地抖动起来，浮肿的脸像一张黄纸，没有一点血色。他紧皱一下眉头，回头向参谋长问道：

“怎么样？再守十二小时？”

参谋长双脚重重地蹬着砖地，拳头击着桌子，急得几乎蹦出眼泪来，用哀号的声音说：

“总座，你的一生，误事就误在‘迟疑不决’四个字上！实力！实力！有实力就有一切！你、我做俘虏，死在这里事小，五六万人马！五六万人马毁于一旦事大！不能再中他们的毒计！赶快！赶快走！不要听他们的！我们不是他们亲生亲养的！他们是借刀杀人！”

参谋长的眼泪止不住地掉落下来，参谋处长呜声哭泣，好几个电话机、报话机一齐吵叫起来，院子里和大门外面，传来急促的人群奔跑的脚步声。

李仙洲终于咬咬牙关，在话筒上凄怆地叫了最后一声：

“我们走了！”

他把话筒重重地扔到桌子上。

李仙洲下达了突围令以后，心情平静了许多。他燃着一支雪茄烟，衔在嘴上。淡灰色的烟，悠闲地盘绕在他的黄稀稀的胡须上面。他在屋里踱了几步，然后走到院子里，望着上空，上空一片晴朗，无风无云。枪炮声也沉寂了一些，他的心里觉得明亮起来，微微地笑笑，暗暗地庆幸着他的决策的正确而又英明。

晴空里出现了轰轰吼叫着的大群飞机。

“突进到吐丝口就成功了！”他摸摸已经平静下来的胸口，对参谋长说。

“没有消息，喊不应他们！”参谋长微微地蹙着眉头说。

“不要紧，那里的敌人是残兵败将，是给张灵甫在涟水打残了的！我在南京碰到张灵甫，他说这个队伍不行！”李仙洲的胡须抖动一下，轻蔑地说。

在突围的先头部队顺利地前进了三公里以后，李仙洲和他的参谋长、总部的官员们，出了险恶可怕的莱芜城。

队伍纷纷地汹涌前进，李仙洲骑在马上。他的马，是金黄色的，和他的大衣皮外领几乎是一个色调，发着耀眼的光亮。他的马蹄踏在山地公路上，仿佛在济南城里他的总部门口的柏油路上行走一样，平稳而又坚实。虽然，他明白他现在还没有完全脱离险境，胸口的跳动还有些急急忙忙，但是，他的心里已经萌生起幸运的感觉。他确信不采取多路分头突围的办法，而采取集中一路突围的办法，是最明智的。他认为这种集中一路突围，好像高山顶上倾泻下来的急瀑，气势凶猛，无敌可挡。

他骑在马上走上一个小山头的时候，把手掌摊开，掩在头额上遮蔽着阳光，向前头和后头一望，顿然生起这样一个疑问：“敌人到哪里去了？是不是暗中埋伏起来了？”疑问在他的脑子里晃动了一下，又立即飞逝而去。他觉得他的队伍实力坚强，声势浩大。他在马上耸耸肩膀，放声地咳嗽了一下。这是他在众人特别是下级官兵面前惯常的形态，他认为这个形态的效用，能使他的副司令长官的仪表，在官兵们的心目中显得更加威严。

在他走出莱芜城以前，他就精心地计算过，三个小时以后，他和他的部队可以冲出敌人的包围阵，明天，最迟是后天，他和他的总部官员们便可以从明水乘汽车回到济南。一回到济南,他就立刻飞往徐州、南京,向他的国防部、军事委员会、蒋委员长再次提出,他在济南向莱芜出动的时候,提出过而没有被采纳的战策:对待共产党的军队,必须重兵多面围攻,切不可孤军深入,处于被动。……

想到这里,不知是由于过度的深思,还是由于心情的不安还没有完全镇定下来,他的额角上冒出了几粒汗珠。他觉得身上发热,便脱下了皮大衣,摔给骑在马上跟在他后面的勤务兵。

炮声突然爆响,浓烟在他前面二百米的队伍行列里腾起,他用力地抓住马鬃,踩紧脚蹬,欠起身子来向烟雾腾腾的地方张望着。

炮弹连续地轰响起来,烟柱接连腾起,机关枪、步枪、手榴弹的声音跟着洒泼下来。在前面,在更远的前面,在后面,在更远的后面,仿佛从后面的莱芜城到前面的吐丝口三十里长的一条线上,也就是他的突围部队前进的整个的一条大道上,全线地爆发了猛烈的战斗。

他的队伍乱了,漫山遍野地东窜西奔。

公路两侧的山头上,峡谷里,突然地出现了敌人,射出了密集的炮弹、枪弹,虎啸狮吼一般地叫喊着,从山头、峡谷、田野、村庄和小沟、小屋里蜂拥而出,直向公路上猛扑过来。

李仙洲不认为这是最后的结局,他扬起鞭子,在马屁股上狠命地抽击了几下,一边向前狂奔,一边大声喊叫着:

"突围——!突出去——!"

几十架银灰色的轰炸机,像是看准了地下奔跑着的骑马的人,正是这位中将副司令长官李仙洲似的,缓缓地飞行在他的顶空,卫护着他。

二九

苦战了一夜半天的刘陈团，在吐丝口镇的枪声刚刚停歇的时候，便又迎着南面突然而来的战斗音响，投入新的战斗热潮。

已经取得的胜利鼓舞着他们，接踵而来的新的胜利向他们招手，疲劳、饥渴、伤痛，在几秒钟以内完全抛却了。

“敌人垮下来了——！”

“捉俘虏啊——！”

“缴枪哟——！”

就像在虎头崮进行战斗演习似的，战士们漫山遍野地奔跑，奔向指定的堵击敌人的阵地，嘴里高声地喊叫着口号。

在吐丝口东南两里地的小高地上，头部负了伤的罗光，向战士们传达了军部的命令：

“不让一个敌人逃掉！”

秦守本和王茂生并肩地伏在小高地侧面的崖坡后面，啃着刚刚发来的干馒头，端着汤姆枪，炯炯的目光投射在左前方的公路上。

“那个师长跑掉了，这一下捉个团长也好。”秦守本自言自语地说。

王茂生表现出很不安静的神情，不时地抚弄着他的汤姆枪，看看枪口，摸摸准星、标尺。

一整夜在黑暗里战斗。屋顶上敌人的机枪阵地被扑灭，是不是他手里的汤姆枪打的，他不清楚。今天上午，枪弹打了不少，哪个枪弹打倒了敌人，他也说不上来。他觉得他还是用步枪的好，步枪可以长距离瞄准,打倒一个就是一个,自己可以亲眼看到。看到自己射出的枪弹把要打的敌人打倒,就是王茂生最大的快乐。打了一夜半天,他竟没有机会向敌人瞄准射击,用的又是他从未用过的汤姆枪,只能在五十米的近距离以内杀伤敌人,而且又笨又重。现在,又打第二个战斗,用的还是这种枪,王茂生的心里不免有点懊恼。秦守本已经成了王茂生最好的朋友,他从知道王茂生早是共产党员的那天夜晚起,就和王茂生特别亲近起来,一夜半天的战斗里,他没有和王茂生分开过,共同地冲进敌人的师部,共同地追赶着逃跑的敌人师长,现在又并肩伏在一起进行第二个战斗。他早已看出王茂生有些不愉快的样子,但总以为是初次打大仗感到过分紧张疲劳的缘故。王茂生手指不停地抚弄汤姆枪的动作使他明白了王茂生不愉快的来由,他歪过头向王茂生问道:“想你那支步枪吗?”

“这种枪真用不惯!”王茂生拍拍汤姆枪,皱皱眉头说。

“我本来也不喜欢它,不能上刺刀！用几回就好了,冲锋起来比步枪灵光。”

离他们不远的张华峰递过话来:

“要刺刀？我给你一把!”

张华峰手里晃着一把七八寸长的小插刀子,刀把子上裹着一块红布,刀口雪亮,在太阳地里闪闪发光,看来是非常锋利的。

“哪来的?”秦守本伸过手去,问道。

“敌人送我的！嘿！几乎把老子的脑袋割下来!”张华峰把小插子扔到秦守本的身边。

秦守本和王茂生看着雪亮的刀子,两个人嘴里啧啧地夸赞着:“好东西！玲珑小巧!”

“纯钢的口！”

秦守本把刀口在身边的一棵小树枝上轻轻地荡了一下，树枝便不声不响地折断下来。

“乖乖！这样快！”他伸出舌头惊叹着说。

“送刀子给你的那位老哥呢？”王茂生向张华峰问道。

“给这个小家伙送回老家去啦！”张华峰哼着鼻音回答说。

他伸过手来向秦守本讨还他的刀子。

“说话不算话？送给我了！”

“罗指导员叫我这个战斗打下来，就交给他！送给你是送给你，下面还有几个字！”

“几个什么字？”

“送给你——看看的！”

不大说趣话的张华峰也说趣话了，秦守本和王茂生不禁笑了起来。

秦守本真爱这个漂亮的小插子，他又用它割下了一根比前次割的粗壮得多的树枝，翻来覆去地在刀口上看了一番，才不舍地还给了张华峰，同时问道：“你还想再宰他几个？”

“看吧！他不想杀我，我的胳膊也硬不起来。”

“那还是借给我用用！吐丝口那个师长逃到一个老百姓家里，抢了一套便衣不算，还打断了一位老大娘的腿！你说他们是人吗？不该用这个小家伙对付对付他们？”

“指导员说要捉活的！”

“指导员的心太好，他的头都给人家打坏了，还说要捉活的！”

指导员罗光躬着腰跳到秦守本的身边，问道：

“你们谈什么心啦？”

秦守本闷声不响，抱着枪，两眼望着前方，做出准备战斗的紧张的姿态。

“他想借我这个小家伙用用！”张华峰亮亮手里的小插子，对罗光说。

“还是给我！”罗光对张华峰说，伸手向张华峰要小插子。

“我说，指导员，你也该干掉一个两个，替你自己出口气！”伏在那里的秦守本说。他的眼睛还是望着前方。

“我呀，用枪打死过打伤过敌人，还没有用刀子杀过敌人！”罗光凑近到秦守本跟前去，摸着头上伤痛的地方说。

张华峰迅速地把小插子插到他的绑腿布里。

“我告诉你们，沈军长、丁政委下了命令，要我们活捉敌人的司令长官李仙洲！来个捉俘虏竞赛。第一，要捉敌人的大头脑，团长、师长、军长、总司令。第二，要捉得多！”罗光放大声音鼓动说，使左近的许多人都能听到。

战士们“叽叽喳喳”地传告着罗光的说话。

罗光举起望远镜，在望远镜里，敌人的大队人马朝他们面前这个方向，纷纷沓沓地涌来。

“准备射击！”伏在小山头后面的连长石东根，用沉重、急迫的声音发出了命令。

左邻部队的阵地上，爆发了密集的枪声，从山沟里奔出了勇猛的战士们，向公路上的敌人扑去。敌人纷乱杂沓，向田野里奔溃，有的在公路上躺倒，有的向小高地下面乱跑狂奔，像蜂子、耗子、蚂蚱、蝗蝻一般。

好多骑马的跌到马下来，有的跌下来又拼命地爬到马上，对马匹只是拳打脚踢，狂喊大骂，夹在人群里昏头乱窜。

最前面的，距离小高地上的攻击出发地，只有一百米光景，在王茂生的眼里，这是最良好的射击时机，他看看手里的汤姆枪，脑袋上就又聚起了一把皱纹，他的黑黑的长眉也就缩短了一半。就在这个时候，石东根手里的汤姆枪突然叫响，紧接着，九挺机关枪几乎在同一秒钟里，抖动着长脖子，喷出了闪闪跳跃的火花，子弹、榴弹像倾盆大雨一样，向敌人群里猛泼下去。

真是猛虎下山一样，张华峰、秦守本、王茂生领先地冲下了小高地，大群的战士，扑向了慌乱倾轧的敌人。

王茂生看得清楚，他手里汤姆枪的扫射，使一大堆敌人倒了下去，摔掉了手里的武器，一大堆敌人跪在山脚下面，举起双手，有的把脑袋抵在地上，两只手高高地横举着枪，"嗷嗷"地叫着：

"不要开枪！我缴械！我缴械！"

一部分敌人还是不要命地跑着，秦守本和王茂生同时地看准一个骑马的军官追了上去。那个军官在他的马被击毙以后，跌到地上，翻滚了几下，又连忙爬起身子，不顾风驰电掣的枪弹，跛着一条跌伤的腿，癞蛤蟆一样连蹦带跳地跑将开去。他回头一望，见有人在他的身后追来，旋即又抓住身边一匹脱了鞍子的黑马，一手扒住马背，一手缠住马鬃，使尽全身的气力爬了上去，颠颠簸簸地跑上了山前的公路。

秦守本和王茂生紧紧地追赶在他的后面，大声地叫喊着："站住！不站住，打死你！"

那个军官还是骑着没有鞍子的光背黑马，拼命地跑着。两支汤姆枪的猛烈射击，都没有击中他。

"是个大官！"

"嘴上有胡须！"

“许是李仙洲!”

两个人一边追跑着,一边气呼呼地喊叫着说。

“你们来哟——!捉李仙洲呀!”王茂生向路上其他的战士们,撕破了喉咙喊叫着。

“不要喊他们!竞赛!不要给他们捉了去!”秦守本赶紧对王茂生摇着手说。

那个军官又从光背马上跌了下来,在秦守本、王茂生追到离他还有五十米远的时候,又拼死拼活地爬上马去,继续奔逃。

王茂生看到路旁一个敌人的尸体旁边,躺着一支美国步枪,便对秦守本说:“你去追!我用步枪干他!”

“不行!要捉活的!”秦守本一边跑一边回过头说。

“我知道!你快点追上去!”王茂生挥着手说。

王茂生拾起美国步枪,机柄一拉,正好有几粒子弹睡在里面。他站到路旁的一个土坡上,举起一枪,没有击中,接着又是一枪,又没有击中!他停顿了一下,拍拍砰砰乱跳的胸口,屏住气,射出了第三颗子弹。

光背黑马栽倒下去,那个军官的身子向后一倒,凭空地栽下马来。

秦守本也就停止下来,他指着向他跑来的王茂生,又懊丧又气愤地说:“叫你不要打死他,捉活的,你又打死他!”

他气呼呼地坐到路边的一块石头上,抹着脸上的汗水。在王茂生奔到他面前的时候,他低着头,叹着粗气。

“快点!去捉住他!”王茂生跑着说。

“捉住他?你去把他的尸首捉得来!”秦守本愤懑地说,睁大着眼睛瞪着王茂生。

兴致勃勃的王茂生愣了一下以后,还是跑了上去。

在王茂生赶到跟前的时候,那个军官又爬起身来打算再跑,王茂生一个飞步蹿到他的前头,举起美国步枪,对准着军官吆喝道:“再跑！打死你!”

军官的身子战栗了一下,随即故作镇静地站立着,转动着黄眼珠,在王茂生的身上打量。

秦守本望见军官没有死,急忙地飞跑上来。

“你是李仙洲!”秦守本指着军官肯定地说。

军官望望附近没有人,站在他面前的只是两个普通战士,便从他的中指上取下了金戒指,在两个战士的眼前闪了一下,做作地笑着说:“这个,送给你们,八钱重,真金子!”

秦守本感到受了侮辱,大声地叫着:

“呸！一股臭气的东西!”

军官还是那么不惊不恐的,把满是泥灰和血痕的扁形脸又转向王茂生,眨眨他的臃肿的眼皮,从衣袋里摸出一支钢笔来,黄色的金套子、灰色的杆子,在他的手掌上发光。他把钢笔躺在手心里伸向王茂生,张动着沾满黑灰的像蓄着日本式小胡子似的厚嘴唇说:

“这是一点小意思,收下吧！留个交情,抬抬手让我过去!”

“少噜苏！我们是共产党领导的人民解放军！不是你们贪污腐化的队伍！知道吗!”王茂生暴怒起来,用汤姆枪的枪梢子指着军官的脑袋,吼叫着。

军官连忙后退了两步,缩回了肮脏的手。

“当了俘虏,你知道不知道？跟我们走!”秦守本喝令着。在军官的身前身后搜查了一番,没有发现武器。

军官哆嗦起来,抖得身上沾的泥灰纷纷地落下来,脑袋像触了电似的惶急地摇晃着,两个膝盖也就忽然瘫软,正要跪倒下来,但随又想到自己是个军官,便又竭力地站稳了腿脚。

“不要大葱装蒜!跟我们走!”秦守本喷着唾沫骂道,用力地推了他一下。

王茂生走在前头,俘虏军官一拐一跛地跟在后面,秦守本走在他的旁边。

“我不是司令官!你们弄错了!……”俘虏军官“咕咕噜噜”地说。

“你是谁?是个军长?”秦守本问道。

“我是……”俘虏军官看到秦守本满脸愤怒,不说下去。

秦守本的脸色和缓下来,轻声地说:

“说老实话!不杀你!”

“我是……副……副团长。”

“还要玩滑头,耍花腔?”

“我不骗你们。”

“走吧!走吧!你不说,我们也查得出你姓甚名谁!”

田野里走着一大群一大群的俘虏官兵。

战士、民兵、群众,男男女女的,还有许多孩子,在村庄上、田野里奔来奔去,带着俘虏群的,扛着缴获的武器的,牵着和骑着缴获到的大洋马、小川马的,一大片青青的麦田给踩成了平平板板的大操场。

胜利的号声,在山野的各个角落嘹亮地响起来。

俘虏军官的眼里,滚下了失败的凄惨的泪珠。

“我姓甘,叫甘成城,是师长。”他在田里行走的时候,见到他的上级官、同级官和下级官里的许多人,已经在他到来以前做了俘虏,终于对秦守本和王茂生说出了他的身份和姓名。

在部队驻村的村口,秦守本看到了张华峰和自己班里的人,隔得老远就高声地喊着:“捉了一个师长!”

“是中将上将?”有人问道。

“不知道!不是辣椒酱,就是豆瓣酱!”秦守本抹着汗水,笑着回答说。

所有的人都围上来,你拥我挤地望着脑袋低垂的俘虏师长。

“险乎给他跑了!是王茂生一枪把他骑的马打倒了,才捉到的。“秦守本指指画画地说。

“真是神枪手!”张华峰抱着王茂生称赞说。

“班长跟班政委①合作得不错!”洪东才在秦守本和王茂生的眼前翘起大拇指,嬉笑着说。

秦守本和王茂生的赭红的脸上,在傍午的春日的阳光和众人赞扬的目光下面,显露出胜利的得意的笑容。

---

① 战士们把班里的最有威信的共产党员称为“班政委”。

第八章

三〇

陷入在密密重围里的国民党匪军李仙洲指挥下的官兵们，突来突去，东碰西撞，还是在密密的重围里面。

在他们突围以后两个钟头的短促的时间里，大部美国装备的庞大队伍，像冰雪遭到烈日的炙晒，炽火的燃烧，迅速地融解、消失了。

他们没有能够逃脱无可挽救的悲惨命运，在莱芜城到吐丝口镇三十里长的土地上，筑下了他们的坟墓。

在吐丝口战斗胜利结束，部队立即调过头来，对突围的敌人展开堵击战的时候，军长沈振新好比是一个与洪水搏斗的人，游过了波浪汹涌的中流。现在，敌人消灭，战场上停歇了枪声，他就正如战胜了惊涛骇浪，到达了长河的对岸一样，一颗高悬着的激烈跳动的心，舒坦地放了下来。

他把望远镜装进皮盒子，从望战场景象的屋顶上下来，走回到指挥所的屋子里。

值班参谋胡克拿着战斗记录，滔滔不绝地向他念了一遍各个部队来的捷报，最使他惊喜的，是刘胜用异乎寻常的粗壮洪亮的嗓音报告的消息：

“我们捉到了五千多！”

“多少？你再说一遍！”沈振新怀疑这个数目字，紧问道。

“五千多！啊！还要多，有六千！一、二、三、四、五、六，六千！”

“还在统计、查点！六千，只会多，不会少！”

“查查李仙洲捉到没有？”

“捉到一个师长！”

“姓什么？叫什么？”

“我还没问清楚！”

“跟我仔仔细细地查，看李仙洲捉到没有？”

沈振新还是不大相信自己的耳朵，在放下电话话筒以后，又赶紧摇着电话铃，打算向其他的师、团查问查问。可是电话紧摇不通，总机回话说：

“三个师部的指挥所都没人接电话，那边的电话员说，所有的人都出去捉俘虏、打扫战场了。”

电话总机接线员的声音里，带着明显的恼恨自己离不开工作，不能跑出去捉俘虏、打扫战场的情绪。

“没有事情，我……？”屋子里仅有的工作人员——值班参谋胡克喃喃地说，眼睛祈求地望着沈振新。

沈振新挥一挥手，胡克跳了出去。

汤成和李尧的眼睛一齐望着他，身子扭向门外。

“去一个！”沈振新说。

两个人一齐向外奔跑，是李尧来得快些。李尧跑了出去，汤成便只好噘着嘴唇停留在门口。

沈振新觉得战事已经有了结局，他和他的部队在这个巨大的战役里，爬过了艰险的悬崖绝壁，取得了战胜困难、战胜敌人的成果。他的思绪一想到这里,身体的肌肉便松弛下来,全身感到困倦,接着就倒在床上睡着了。

作战科长黄达匆匆地走了进来,他走到电话机旁边,看到军长正在睡觉,便没有立即摇铃。一心急着出去的汤成却想起了一个主意,轻轻地对黄达说:

“黄科长,首长在这里睡觉,你在这里不走吧?我出去一下就来!”

黄达还没有来得及回话,汤成便赶紧轻脚快步地跑了出去。

黄达坐在桌子边,摸出两样刚弄到手的东西:一包美国骆驼牌香烟和一个圆柱式打火机,玩弄了一阵以后,打火机弹着了火,他得意地笑了起来,吸着了一支气味强烈的骆驼牌香烟,眯缝着眼,缓缓地喷着灰白色的烟雾。

他拿出红布面的小笔记本子,计算着上面记载的数目字,衔着香烟的口里轻轻地念着:

“一万二,四千五,一万六千五,五千,二万一千五,一千,二万二千五,一百,二万二千六。好家伙!三个大师,十个大团还要多!这下子过瘾!痛快!”

黄达的声音越来越响,说到最后两句,竟然兴奋得把打火机在桌子上重重地敲着,仿佛替他的说话打着节拍似的,在每一个字音上敲一下。在他发觉自己的说话和敲击桌子的声音,可能把军长吵醒的时候,敲着打火机的手已经来不及控制,仍旧使最后敲击的一下发出了沉重的响声。

他惊叹着巨大的缴获,又对大声大响没有把军长的睡眠惊醒感到侥幸。他把舌头长长地伸出来,两只眼睁得又圆又大,做出一种使人可笑而又可怕的怪相。在好一会儿以后,他才恢复安静平常的神态，拿起放在桌边上已经把桌子烧了一点糊斑的香烟，吸着、呼着。

姚月琴的影子在门外晃动了一下。他走到门外，喊住步子急急忙忙的姚月琴，他想离开指挥所的屋子，把替警卫员照护首长的任务转嫁到姚月琴身上。这个屋子太沉寂，已经不像是作战指挥所。军长在沉沉入睡，使他不能发出一点声音，而这个时候的黄达，一方面要各处走动，搜集和了解战后的情况，一方面又有许许多多的话，在心坎里竭力地往外面爬动，使他的喉咙有点儿发痒。

“你刚回来呀？”姚月琴把手里拿着的什么东西赶忙放到衣袋里去，随便地问了一句。

“是呀！你看你两条腿上尽是泥。”黄达跷跷腿说。

姚月琴看看自己的腿脚上沾满了沙土，便跺跺脚转身就走。因为姚月琴的手不住地摸着衣袋，引起了黄达的怀疑，他觉得她的衣袋里可能藏着什么怕人知道的东西，便大声问道：

“袋子里藏的什么东西？”

姚月琴摇动着身子，手探到衣袋里面，抓住里面的东西，笑着说：

“没有什么。”

“一定在战场上发了小洋财！给我看看！缴获要归公的！打埋伏可不行！”黄达故意板着脸孔，仿佛是大人吓唬孩子似的，用警告的口气说。

姚月琴呆愣着，想把袋子里的东西拿出来，但又害怕拿出来，好像做了小偷生怕别人发觉似的，耳根子立即发起热来。

“人家缴公，我也缴公！”姚月琴想了一下，大声地说。

“我不要你的！给我瞧瞧！”黄达伸着手说。

“真的不要我的?”

“什么好东西我没有见过? 不要你的!”

姚月琴慢慢吞吞地从袋子里摸出那个怕人知道、怕人拿去的东西。

这件东西包在姚月琴的花格子手帕里。她小心地打开手帕,一个油亮亮的小黑皮套子现了出来。打开小黑皮套子,一个小巧的发着乌光的手枪,躺在她的白白的手心里,发着微微的颤抖。

“哎呀! 四寸小手枪!”黄达禁不住地惊叫起来。

黄达这么一声惊叫,使姚月琴越发觉得这个东西的宝贵,在黄达伸过手去的时候,姚月琴连忙缩回手去,跑开两步,把小手枪重新包到花格子手帕里面,放进衣袋,赶忙把衣袋上的纽扣扣好。

“东西真多呀! 什么东西都有! 民兵、老百姓哪一个不是身背手提大包大捆的? 连六七十岁的葛老大娘都背了一大包袱回来! ……你看! 多少俘虏! 多少枪! 多少胜利品! 满地都是。我的脚在茅草地里一踢,就踢出了这个小玩意! 仗打得真好! 黄科长,从前打过这样大的胜仗吗?”

在春天的阳光底下,姚月琴的脸显出为想象不到的胜利所沉醉的样子,酣红、明朗,现出各种各样的得意的表情。眉毛忽然拉长,忽然缩短,两只黑闪闪的眼珠上下左右不停地转动,整个身子好像一棵小树受到微风的吹拂,颤巍巍地抖动着。她的这种仪态,使人一眼看去,就可以感觉到她的心房里,正在荡漾着喜乐洋洋的纤细的波纹。

“没有过! 从来没有过这么大的胜利! 我们这个军,全华东,全国都没有打过这么大的胜仗! 小姚! 你晓得捉了多少俘虏吗?”黄达翘着大拇指,连连地点着脑袋说。

“一万!”姚月琴大胆地估计着说。

“好大的口气!”

“还能有两万吗?”

“两——万?”

黄达把“两”字说得很重,字音拖得很长,好像是对姚月琴这样说:

“你的估计太低了!”

在姚月琴睁圆眼睛惊讶地望着他,询问他到底捉了多少俘虏的时候,黄达故意地不作回答。他坐到门限上面,摸出骆驼牌香烟和圆柱式打火机来,两个手指在打火机的两端向当中一挤,打火机的肚子里冒出了火头,接着,烟雾就在他的嘴边飞扬缭绕起来。

“这也是刚搞到的?”姚月琴感到新奇地问道。

“李仙洲送的!”黄达哼着鼻音得意地说,把打火机赶忙窝在掌心里,给不让他细瞧四寸小手枪的姚月琴一个小小的报复。胡克、李尧、汤成他们匆匆地回来,每个人提着、抱着一大堆杂七杂八的东西。

“小姚,小胡来啦,也不给他看看吗?”黄达歪着脑袋逗趣地说。

姚月琴头一扭跑了开去,一只手紧紧地抓住放着小手枪的衣袋子。

钢盔、皮包、水壶、刺刀、剃胡刀、旅行药箱、旅行收音机、皮帽子、皮手套、罐头等等等等东西,在门口摊了一地。

三个人疲累得很,坐在地上喘息着,抹着额上的汗水。

黄达拿了两个水果罐头,放到一边,说:

“这两个罐头给军长吃。别的拿走,送到总务科去。”

许许多多的人从战场上陆续回来,纷纷攘攘地谈论着、喊叫着、哗笑着。

牵着骡马的，扛着、背着这样那样东西的，还有两个人抬的，一个人挑的，车子推的，牲口驮的……每个人——部队的战士、工作人员，民兵们，年老的、年轻的男女居民们，孩子们，从四面八方的村庄、山谷奔到战地，投入到打扫战场、收集散乱满地的胜利品的热潮。

战事结束以后的战场上沸腾起来。

锣鼓的咚咚声在各个角落里响起，屋顶上站着举着大喇叭筒的人，向村里、村外、田野高声大叫，虽然听不清他们喊的什么，他们声音里的欢乐和愉快的情绪，却是谁也能够感觉得到的。多年没有出现的牛角号的吼啸声出现了，它是那么深沉、粗犷而又具有动人心坎的力量！一听到它，人们便不由得回想起当年抗日游击队打了胜仗以后的欢乐情景。田野里奔驰着的马匹大声嘶啸了，牛也长鸣了，山坡上的羊群波浪起伏地咩咩成声。春天仿佛在大捷以后今天的这个时候，才真正地来到了人间。碧蓝无际的天空里，翱翔着在这儿少见的羽毛光泽多彩的鸣禽，它们发出娇脆的叫声，好像是从远远的海上赶来参与盛会似的。……这些声音和嘹亮的胜利的军号声，汇合在战地的无云的上空，经过微风的播荡，形成了复杂的但又情调和谐的健壮美妙的音乐。

政治委员丁元善和副军长梁波他们回来以后，军长沈振新小睡刚醒，他平静安闲地走到他们面前，彼此都把胜利的愉快，安放在自己的心胸里面，没有发出一点声音来。

黄达打开了两个梨和苹果罐头，放在桌子上。

一大把吃西餐用的刀、叉、汤匙，从胡克手里“吭啷吭啷”地落到桌子上。

“咧！请首长们吃顿西餐大菜！”胡克笑嘻嘻地说。他那敏捷的动作，从容的神态，恰像是一个餐馆里勤快的服务员。

“看你那个神气！干过这一行的？”梁波哈哈大笑起来，盯望着抹桌子、擦刀叉的胡克说。

“没干过！西餐，倒吃过三回两回！”本来在首长们面前就不大受拘束的胡克，现在就更是无所约束，眉开眼笑，好像一个天真的孩子，遇到一个什么重大的节日似的，得意到没有任何顾忌地回答说。

“这是你拣得来的？”梁波拿过刀叉瞧看着问道。

“在一个小箱子里，刀、叉、勺子每样十二把。我到沟边去洗手，嘿！小箱子就躺在沟边上等着我！我还没有听说过，打仗缴到这种吃东西的‘武器’！”胡克亮起嗓子，洋洋洒洒地说。

“突围还带这些东西！”丁元善叉起一块梨子笑着说。

“他们还准备回到济南去吃西餐的！做梦不做梦？”梁波望着沈振新笑着说。

“西餐？连大葱煎饼也没有他们吃的！”黄达插进嘴来说。

“一共俘虏多少？”沈振新向黄达问道。

“二万二千六！”黄达随口应答地说。

“你统计过啦？”胡克不相信地问道。

黄达掏出了小本子，把他得到的数目字一一地数说了一遍，睁大眼睛反问道：

“不是两万二千六是多少？足足三个大师，十个大团！嘿！你嫌多？”

军首长们对这个数目字也不免吃惊起来，互相对望着，他们的心里发出了同样的问话：“真有这么多吗？”

“向各单位再查问查问，弄出个确确实实的数目字，不要再一万多，五千多的！多！多一个也是多！多几百、多一千也是多！我们就是只会估计，不会统计。有统计，也是十个统计九个不准确！”沈振新对黄达说。

“我们科里的人全下去了，我叫他们别的不要管，只管一样：数目字！要全部伤亡、俘虏、缴获三方面的数目字。现在有什么办法？再过三天五天也统计不全！你晓得民兵抓了多少俘虏？缴了多少枪支、弹药、马匹？我这个数目字，是坐在电话总机的屋子里一个一个问来的，确实不确实我不保险！我看啦，二万二千六，只会少不会多！”黄达站立在桌子边，面对着沈振新滔滔朗朗地说。

沈振新对黄达的说明和从他的说明里反映出来的工作部署，表示很满意。他拿出烟盒子，抽出一支烟来，衔在嘴上，又把烟盒子递到丁元善、梁波面前，让他们每人拿去一支，最后又递到黄达面前，黄达从军长的烟盒子里拿烟的时候，想起了自己缴获来的骆驼牌香烟，在首长们的烟还没有吸着的时候，他掏出骆驼牌香烟，笑着说。

“吸这个吧！”

他把骆驼牌烟给军首长每人送上一支，动作敏捷地打着了他的打火机。

“这个烟好吗？”梁波品着烟味问道。

“要比我们的飞马牌烟味猛一些！”丁元善喷着烟说。

“替我打个电话给刘胡子！我回来的时候，他说他们八连一个班捉了四百多个俘虏兵，那个师长甘成城也是他们捉的，问问确实不确实。”梁波对黄达命令说。

黄达的舌头又伸了出来，惊讶地叫着：

“啊！一个班捉了四百多！我听说是一个排捉了四百多！师长也是这个班捉的？”

“应当大大地表扬！这一回，可歌可泣的英雄事迹多得很啦！要叫文工团好好地编两出戏演演！”丁元善赞叹着说。

“查问一下那个班的班长叫什么名字！”沈振新对摇着电话的黄达说。

“连长叫‘石头块子’！”梁波大笑着说。

“‘石头块子’石东根！指导员是罗光，‘黑皮’！这两个人都是打仗不要命的硬家伙！”沈振新告诉梁波说。

黄达的电话没有打通，总机说团部的电话没有人接。

“小胡！把我的马骑去，跑一趟！”

胡克领受了军长的命令，跑了出去。

沉默了一阵。

丁元善打了一个深长的呵欠。

“去休息吧！”梁波对沈振新和丁元善说。受了感染似的，他自己也吐出了一口长气，接着，沉重的眼皮便合拢起来，掩蔽着他那一对发着微红的眼睛。

战斗还在进行的时候，他们的精力旺盛饱满。对于他们，休息和工作、白昼和黑夜的本身几乎失去了独特的意义。现在，一想到一提到休息，身体的各个部分，就突然感到在几天来紧张艰苦的战斗生活里，遭受了过度的折磨，口干、眼痛，脑子里像石磨在旋转似的，有点晕眩，浑身觉得干燥、疲乏、困顿。

他们回到各自的屋子里去。

留在屋子里的黄达，在军首长们走了以后，也伏在桌子上，两手抱着头脸，呼呼地大睡起来。

三一

当胡克把秦守本班捉了敌军一个师长、一个营长和四百二十一个俘虏兵的经过情形汇报了以后，沈振新把正在播唱歌曲的收音机关掉，问胡克道：

“班上有伤亡吗？”

“牺牲了一个副班长，叫余仲和，党员，一个新战士，叫成在山。还有一个新战士张德来，受了惊吓，有点神经不正常。”胡克看着记录本回答说。

“班长叫秦守本，还不是共产党员？”

“不是。打仗很勇敢，管理方式不好，常对战士发态度。”

“发什么态度？为些什么事情？”

“我没有问他们。”

“常发态度的人，就不能参加共产党？态度不好，应当教育。我们有些同志就是喜欢吸收一些疲沓沓的老实头入党！这种人成天闷声不响，什么人不得罪，上了战场就晕头转向。”

沈振新对着胡克责问说，脸上显露出有些气恼的样子，好像在他面前的胡克，就是不同意吸收秦守本入党的人似的。

“第四班打得也很好，抓的俘虏比六班还要多！这个班的班长是党员。”

沈振新的气恼平缓下来，听着胡克的继续汇报：

“班长叫张华峰，在吐丝口战斗里跟敌人肉搏，从敌人手里夺下来七寸长的小插刀子，把敌人刺死。连在公路上打突围，一个班一共捉了五百一十八个俘虏，里面有一个副团长、一个营长、一个副营长。”

“这是敌人一个完整的营。唔！一个班消灭敌人一个整营！班里伤亡怎么样?”

“只有一个副班长金立忠带轻花,还在班里工作。”

沈振新的脸上突然焕发出光辉来,那种快慰的神情,使在他面前的胡克和警卫员李尧感到极大的惊讶,如果秦守本、张华峰他们在他的面前,他定会和他们紧紧地拥抱起来。他的身子在屋子里迅速地转了一个圆圈,两条颀长的臂膀像大雁的翅膀一样,豁然地舒展开来,连续地抖动了四五下,使屋子里的空气激动起来,好像有一阵风猛然地吹了进来似的,桌子上的几片纸张,都给掀动得飘落到地上去了。

“知道吗？这些人才是真正的战士！英雄！他们就是英雄!”

从他的兴奋愉快的神色和洪亮的声音,可以断定这位军长真是喜在心头,笑在眉梢。他的部属的英雄行为使他感到了一个指挥员的幸福和快乐;从昨天上午战斗结束以后,他一直是快乐的。敌人全部被歼灭,他快乐;他这一个军在这个战役里俘虏、缴获最多,他快乐;涟水战役给予部队元气的创伤现在得到了恢复,他快乐。而现在听了两个英雄班的战斗情形所得到的快乐,更是一种异样的快乐。他的内心里激起了更深刻更真切的情感的波涛,因为他的战士们在和敌人战斗的时候,表现了最大的勇敢和优越的战斗才能,这是党和人民的骄傲,也是作为军长的沈振新不能不引以自豪的。

他在胡克的肩膀上重重地拍了一掌,说:

“有了这些智勇双全的战士,我们就有了胜利!”

胡克走了。

沈振新走到门外，仰头望着天空。太阳西下到接近了地平线，天边堆积着五颜六色的云霞。浅蓝色的天幕，像一幅洁净的丝绒，镶着黄色的金边。天幕上的那些云朵，有的像是陡峭的山峰，有的像是高背的骆驼，有的像是奔驰的骏马，有的又像是盛装艳丽的姑娘。它们在轻轻缓缓地移行、变幻，仿佛洞悉了沈振新内心的愉快，把从来就很少赏玩景致的将军，引入到美丽的遐想里去。

由于这些美景的触动，沈振新跳上乌光闪亮的马背，使马儿踏着轻快的碎步，奔上了昨天敌人突围逃生的山前公路。

公路上的沙土一阵一阵扬起，不少的人在这儿策马奔驰。他跑了两趟，感到有点疲乏，正要下马的时候，从他的背后来了一匹高头大马，大声嘶叫着飞跑过去。他定神一看，马上的人像一个国民党的大军官，头上戴着高檐大帽，两脚蹬着带马刺的长筒黑皮靴，身穿黄呢军服，腰里挂着长长的指挥刀，左手抓住马鬃，右手扬着小皮鞭，在疾驰飞跑的马上不住地吆喝着：

“驾！驾！”

沈振新没有看清马上的人的面貌，心里感到有些奇怪，在人马消失以后，问李尧道：

“是刘胡子吗？”

“有点像‘石头块子’！”李尧不肯定地回答说。

沈振新下了马，不惬意地坐到山坡上。

那匹高头大马又飞跑回来，马和马上的人卷没在沙土里面，迎面的所有马匹都慌忙地闪避到路边上、麦田里去，惧怕受到凶猛的冲撞。

“叫他下来！”沈振新对李尧说。

李尧站在公路当中，向急驰而来的人马不住地挥手，高声喊叫着："下来！下来！"可是大洋马一股劲地奔驰过来，对路上的人的挥手大叫完全不理。李尧见到大洋马那股凶猛直冲的不顾一切的野劲，使他惶惧地赶紧跑让到路边上，撕裂着喉咙干叫着：

"石连长！石连长！请你下来！……"

马和马上的人从李尧的面前冲了过去，沙土夹带着一阵狂风扫荡起来，猛然地扑向李尧和坐在坡上的沈振新，迫使他们紧紧地闭起眼来，两手掩着口鼻。

马上的人发现了有人叫喊，但是不知叫喊哪一个，也没有认清那个叫喊的是什么人，更没有看到山坡上坐着的是军长沈振新。他太得意太兴奋了，大洋马四腿飞悬，好像驰骋在云端里面。在他自己看来，他的威武气概，在这个时候，表演得最为出色，一切在他的眼里都不存在了似的，他哪里会顾到别人的叫喊。

在跑下去好远以后，他才缓下马蹄，回头望望。被逼到路边去的李尧，又站到路当中向他连连挥手，大声叫喊。

他知道是有人喊他，便回过马来，使马儿踏着碎步，轻松地颠了回来。为了保持他那威武的姿态，他把歪了的大檐帽子扶正，一只手抓住拖挂到马腹上的指挥刀，大檐帽下面的两只眼睛，威严地望着挥手叫喊的人，在他和挥手叫喊的人接近到面前的时候，他才认出那是军长的警卫员李尧。

"你这个小鬼！狂喊大叫的，比我这匹大洋马还叫得凶！"骑在马上的人，抖着小皮鞭子，对李尧嬉笑着说。

"真像个大将军！下马歇歇吧！"李尧翘着大拇指，用带刺的语气说。

"像大将军吗？嘿！美国装备！威风不威风？"他仍旧骑在马

上，挺起胸脯，得意地问道。

“威风！威风！真威风！大将军八面威风！嘴上画一道胡须，像李仙洲！”

“李仙洲嘴上有胡须？捉到了？”

“听说的。”

沈振新看到石东根骑在马上的那等神情，晕乎乎醉醺醺的，完全是一种得意忘形的样子，觉得真是又好笑又好气。

李尧料到石东根要吃军长的“排骨”①。石东根的这副形象却引得他继续地逗趣着说：

“这套衣服正合身，再加上这一双大皮靴，一把指挥刀，哎呀！石连长，要照个相下来，才有意思！”

“你不要说，照相机我是缴了一个！”

沈振新忍耐不住，恼怒地说：

“你看你那个形象！”

石东根猛一抬头，看见军长坐在山坡上。

“军长在这里！”他这时候才下了马，向军长姿势不端正地敬着礼，面带微笑地说。

沈振新没有还他的礼，石东根的手在额角上停了好久才放下来。他的心情开始紧张了，两只眼睛望着地上，脑子里也就推起磨来。

“我问你，你是共产党还是国民党？”沈振新问道。

石东根转过脸去，侧向着沈振新，规规矩矩地站立着，没有回答。

“我再问你，你是解放军还是蒋介石匪军？”沈振新的声调提高

① “吃排骨”是部队中的讪语，就是“受批评”的意思。

起来，语音里的恼怒情绪更加明显。

石东根的头低了下来，垂下了两只手，马鞭子跌落到地上。

“我还要问你，你是美国人还是中国人？你觉得美国装备威风吗？戴在头上穿在身上神气吗？你觉得光荣，我看是可耻！”

石东根摘下了帽檐上缀有国民党党徽的军帽，用力地摔到地上。

沈振新下了山坡，走到石东根面前，一股浓烈的酒气喷向他的鼻子，他哼了一声，然后语气比较平和地说：

“打了胜仗，消灭了敌人，当然要高兴！我没有想到你是这样高兴法！你看你！喝了多少酒啊！你的连长当得不错，出了两个英雄班，一个连捉了一千多个俘虏，按照你的战斗表现，倒也够得上做一个英雄。照你这个昏昏然的样子，你就很危险！你就不配做个英雄！连个普通的连长恐怕也不大够格！还有好多好多仗要打的！要好好地踏踏实实地带兵、练兵，研究研究战斗经验，有时间，读本把书！”

今天下午，团部举行了干部聚餐，庆祝全军和他们团的空前胜利。石东根连在全团的连队里是战果最大的一个，他自己的兴致很高，大家也把他当作了“攻击”的目标。这个祝他捉的俘虏多，敬了一杯，那个祝他捉了个师长，敬了一杯，有的为他的四班打得好和他干一杯，有的为他的六班打得好和他干一杯，还有的为他的全连打得好，连长指挥得好干一杯……这样，一杯一杯又一杯，石东根就来者不拒喝得个烂醉。但是，他却说他没有醉。“你们说我醉？我去跑两趟马你们看看！”大家当他是说着玩的，而他却跑回到连里，穿起缴到的国民党军官服装，佩上指挥刀，骑上了高头大洋马，扬起小皮鞭子真的去跑起马来。

不料,被胜利和酒所共同陶醉的石东根,正是屁股悬空在马背上,跑得风驰电掣十分快意的时候,恰巧给军长沈振新看到,并且这么严厉地对他责训了一番。

石东根的醉态,好像有点清醒过来,慢慢地抬起头来,羞惭地望着沈振新。他的酡红的脸变得蜡黄,眼眶里渐渐地涌上了泪水。

"你没有事情做?我给你事情做:在五天以内,把你们这个连的战斗,以四班、六班作为重点,写出一份总结来,送到你们团部,也送一份给我!"沈振新像发布战斗命令似的说。

"指导员上医院去了。"石东根咕噜着说。

"你不会写,我派人去帮助你!"

"我保证完成任务!"

"回去!"

石东根脱下国民党的军官服,放到马背上,指挥刀拖在手里,刀鞘擦在沙石路上,发着"吱吱嚓嚓"的响声,摇晃着昏沉沉的脑袋,拖着沉重的腿脚,牵着大洋马默默地走向驻地去。

大檐军帽、马鞭子他没有拾起,遗留在路边上。

"把缴到的东西,统统缴公!"

沈振新望着石东根的背影大声地说,叫李尧把帽子和马鞭拾起来,赶上去送给了石东根。

晚霞消失,天空里跳跃着星光。战争以后的战地上空,显得十分清朗、平静。一架蒋匪军的大运输机,像幽灵似的发着呜呜咽咽的悲泣声。

在沈振新回到驻地的时候,一轮洁白的银锣一般的月亮,悬挂在东方的山头上。

三二

沈振新从无线电收音机里，听到莱芜大捷的消息，从延安广播电台广播出来。

一个女播音员用清亮的银铃样的声音，情感激动地、像是朗诵诗篇似的向全国和全世界报告着这样的消息：

——根据华东人民解放军第十一号公报，蒋介石匪军两个军的军部和所属的六个整师，还有另外一个整师，以及蒋介石匪军向山东进攻的北线最高指挥官的总部，共计六万多人，在六十五个小时以内，被华东人民解放军全部歼灭！我军缴获的战利品堆积如山！

——蒋介石匪军徐州绥靖公署第二绥靖区中将副司令官李仙洲被我军活捉！

——李仙洲以下七十三军中将军长韩浚、少将副军长李琰、一九三师少将师长萧重光、四十六军一七五师少将师长甘成城、一八八师少将师长海竞强等十八名将级军官被活捉！

——七十三军七七师少将师长田君健、十五师少将副师长梁化中被击毙！……

——蒋介石慌乱起来，在这次惨败的第二天早晨，飞到已经宣布戒严的济南城。……这是一个月里蒋介石飞往战区的第三次，第一次是到徐州，第二次是到郑州。

沈振新还在侧耳静听下去的时候，播音员向听众们亲切地道了一声“晚安”，结束了她的新闻报告。

女播音员悦耳的富有魅力的声音，在沈振新的耳朵里、心里，激荡了许久许久，才慢慢地消失掉。

播音员的声音,是胜利的声音,使沈振新感到兴奋和愉快,她的声音的每个音符,都和沈振新心脏的跳动紧密地联系在一个旋律上。同时,女播音员的银铃样的清亮的声音,和沈振新的爱人黎青的声音,竟是那么相像,相像得几乎没有丝毫的差别!

沈振新的心渐渐地浸沐到幸福的暖流里面。他情不自禁地抓起枕边的黎青给他结的青色围巾来,在眼前抖动了几下,仿佛想从围巾里抖出什么东西来似的。他把它围到脖子里,并且仿照黎青平时爱围的那种式样,围巾的一头拖在背后,一头挂在胸口。

莽撞的汤成,猛然地推开门,闯了进来。

汤成手里捧着一个绿色的圆圆的小坛子,重重地放到桌子上,听那沉闷闷的声音,坛子里定是盛着满满的什么东西。斜躺在床上的沈振新,偏过头来,看着绿色的小坛子,坛子在灯光下面发亮,坛口封着白布,坛颈上扎着细麻线。

"什么东西?"沈振新问道。

"谁晓得?后方带来的!"汤成回答说。

沈振新坐起身来,把小坛子朝自己身边拉近一些,转动一下,在坛子的周身看了一遍。在坛口的封头布上,他看到"沈收""黎托"的字样。

他摸出身上的小洋刀,割断封口上的麻线,揭去白布,又揭去一层油纸,再揭去一层荷叶,坛子里便冒出了一股浓稠稠的带着辣味的香气。拿起烛火,向坛口里面瞧瞧,原来是一坛酱红色的肉丁、花生米、豆瓣、辣油等做的蒸咸菜。

"好香!吃饭的小菜!"汤成舔着嘴唇说。

"谁带来的?"

"不知道。总务科给我拿来的!"

沈振新用小刀尖子拈了一点菜放到嘴里，咀嚼着，脸上现出一种很适意的感觉。

他封起坛口，在屋子里缓缓地徘徊了几步，对汤成说：

“到总务科去问问，后方有什么人来？有没有伤好出院的人回来？”

汤成走到门外，又返身进来，从袋子里摸出一封信来，交给了沈振新。

“几乎忘了，也是后方带来的。”汤成自责地说，随即走了出去。

这封信给沈振新的第一个感觉就是分量很重，在手里试试，简直和一本小书一样！

“哪来这么多的话要说？”他对着信封轻声问道。

捏一捏，仿佛里面放有硬骨骨的东西。他用小刀仔细心地刮开封口，一张一张地数数，一共八页，内中夹着一张照片，照片上是在医院里养伤的杨军和一个穿着花格布棉袄的女子，他们并肩地坐在山坡下面的溪水旁边。两个人的年岁相仿，差不多一般高矮，女的眉毛浓长，眼睛闪闪发光，正在发着撒野的憨笑。杨军的眼睛，精神抖擞地望着前面，比过去好像胖了一些。这张照片使沈振新有些吃惊：“小杨在后方谈起恋爱来了？”沈振新一面暗暗惊问，一面又摇摇头作了否定的回答。

他把正在播送歌曲的收音机的调音钮子转动一下，降低了声音，在烛光下面，细看着黎青的来信。

新，最亲爱的：

我离开前方，离开你，已经一个月带二十天！寒冷的冬天，已经过去，你正生活在春天里！春天，会给你温暖，给你愉快。

想象起来，你定是成天成夜睡不好觉，熬得两眼通红。饮食好吗？你是每打一仗，就要瘦了许多的，这一回，战争的规模大，你定要吃更大的辛苦，身体定要受到更大的磨折。听传说，那边的房屋、村庄全给飞机炸光了。昨天夜里，我做了一个梦，梦到你住在一个小山洞里，跟小李、小汤挤在一起。真会这样吗？我希望，也相信这一仗会得到胜利，但是心里总是不安，见到什么人走路的脚步快了，心就乱跳。

真是想念你，越是战斗的时候，越想念你。

这里，我寄给你一帧照片，是小杨和他的妻子阿菊的，我觉得这两个青年男女很有趣、很惹人爱，也是很纯朴的人。杨军很直爽、诚实，同时又很泼辣、英俊。阿菊似乎比杨军更天真一些，但她懂得体贴人、关心人，对于杨军，她真是爱到了无微不至的地步，杨军衣服上有一点泥灰，她总是要把它轻轻地抹掉。（我看到她这样对待小杨，就感觉到我对你的体贴、关心是非常不够了！）

阿菊是怎样到这里的呢？详细地写，可以写出一本动人的书。这个今年才二十二岁的农村女子，从她的家乡天目山的一个村子逃跑出来，只带多年积蓄起来的十五块银洋，到了杭州，从杭州到上海，听人传说山东有战事，便搭上轮船到了青岛，一路上忍饥受冻。在轮船上听到乘客们谈论沂水、诸城、潍县这一带有解放军，便跟着一位到上海看儿子和她同船回来的老大娘，摸到了我们这里。这个人真是聪明伶俐，她东问西找，竟然到了我们这里。真巧，她要找的杨军也就在这里。她在从家里到这里来的路上，帮助人家洗过衣服，挑过水，烧过火，哄过孩子，到山上砍过木材，为了使自己能够有地方住宿，吃到两碗高粱粥。

她到了这里，出乎小杨的意外，他又高兴又惊讶，又对她不满意，责备她不该丢掉公婆和她的母亲来找他，吃这多苦，冒这多险！

她因为看到小杨受了伤,所以一股劲忍耐着小杨对她的责备,看着小杨给她不好看的脸色,在小杨责备她以后,还是笑嘻嘻地做这做那的。有几个伤员同志曾经对小杨说起闲话来,有的说是“孟姜女千里寻夫”,有的说是“七仙姑下凡”,还有的说“男人是泥,女人是水,泥碰到水就软了化了”。这些闲话使小杨非常难过、不安,以至不愿意和阿菊说话、见面。现在,这些闲话没有了,医院里没有一个同志不喜欢、不尊重她。因为阿菊爱劳动,成天地帮助医院里洗衣服、烧水、做饭、推磨,从早晨红日东升,直到天黑,她手不停,脚不停,使得大家都受到感动。更使人感动的是她见到小杨的伤口好了,心情也愉快起来,便说出了她逃跑出来的原因:反动派知道杨军是解放军的战士,对杨军的家属进行了迫害。一个晚上,反动的保长带着保安队到了杨军家里,要杨军的父母写信给杨军,叫杨军回家。杨军的父亲坚持不肯,遭受了保安队的吊打,打得浑身血痕,然后向他逼索二百块银洋。杨军的父亲拿不出钱来,咬牙切齿地怒骂了保长和保安队,保安队便把杨军的父亲打死了。接着,又把跪在地上大嚎大哭的杨军的妈妈带了去,关进了监牢,还是要她拿出二百块银洋才释放她,还是逼她写信给杨军,要杨军回家。真是侥幸极了!阿菊在傍晚以前到她母亲家里去了,没有遭难。保长和保安队的一班狼虎,在当夜奔到阿菊母亲家里抓捕阿菊,因为有人送了信给她,她藏躲到竹林里去,那班狼虎搜查了好久,没有捉到她,到了半夜,烧掉阿菊母亲家的一个稻草堆子才走掉。阿菊没有再见到她的公婆,她回不去了。她请村上的人把她的公公埋葬了,她的婆婆现在还在牢里。阿菊不能留在她母亲家里,她到哪里去呢?她哭着说:“我还能寻死吗?我翻山过海也要找到杨军,叫他报仇雪恨!”一颗报仇雪恨的心,驱使她逃了出来,过了大海,两眼漆黑地摸到山东，终于找到了杨军。

杨军听到她的哭诉以后，整整的两天没有吃饭，把头蒙在被子里痛哭流涕，阿菊也一边做活一边淌着眼泪。起初，同志们当是他们小夫妻吵嘴赌气，后来一问，杨军便说出了这件悲惨的令人痛恨的事来。就在大家知道这件事情的当晚，我们这里举行了一个集会，要阿菊报告她的公婆被害的情形。阿菊在抗日战争时期，我们部队在天目山抗日反顽的时候，当过妇抗会的小组长，很会讲话。她没有讲上几句，眼泪就流了下来，她把喉咙都讲哑哭哑了，听她哭诉的所有的人（我是当中的一个），连几个小孩子，全都伤心地哭了起来。

就在当天晚上，所有伤口好了的、没有好的、残废了的伤员们，便向院部打了报告，要求立刻到前方去参加战斗，第一个签名的当然是杨军。

写到这里，我的眼又湿了，阿菊就坐在我的身边。

阿菊现在留在我的身边，帮助我做点工作。这个女青年，既灵巧又能干，识得一些字，不到几天，已经会看体温计的度数，在病房里晓得踮着脚尖走路。她会做一手好针线，这时候，她的手里正在拿着针线，帮助我替将要出世的娃娃缝小衣、小帽。

夜深了，我的信写得很长，是三次才写完了的。带上蒸咸菜一小坛，好吃，告诉我，下次再做一些带给你。给我回信，我盼望得到你一封长长的信，实在忙的话，写几个字给我也好。

月琴不知在前方工作得怎么样？

等候着莱芜那边飞来的捷报！

健康、愉快！

你的青

春夜

看完了信，沈振新呼出一口屏息了许久的长气，手掌覆在信笺上，默默地望着砖土斑驳的墙壁。从外面进来的汤成和李尧，看到他正在出神凝想，没敢作声，默默地站在墙边，跟着他的视线望着砖土斑驳的墙壁。

“蜘蛛！好大！”汤成在墙壁和屋椽连接的地方，发现一个又黑又大的蜘蛛，正在结着网子，惊讶地叫道。

李尧猛地推了汤成一下，用他的手势和眼色对汤成示意说：

“他正在考虑问题，你嚷什么？”

汤成有点茫然，白了李尧一眼，走了出去。

眼尖心细的李尧发现军长的眉头一直皱着，脸上现出恼怒掺和着痛苦的神情，为的什么事情，他猜想不出，但又不能够去打扰他，便轻轻地走出去，找到汤成问道：

“他怎么忽然不高兴了呢？我一刻儿不在，你又惹他生气！”

“我惹他生什么气！后方来了信！”汤成气愤地说。

“是黎青同志的信？”

“差不多！还带来一坛蒸咸菜！”

“为什么事不高兴的呢？是黎同志在后方生孩子出毛病？”

“谁知道。”

“不会的吧？”

“他叫我到总务科去查问查问信是什么人带来的，后方有没有归队的伤员来。”

“你去问过了？”

“问过啦！”

“告诉他没有？”

“不是你跟我吹胡子瞪眼，不叫我作声的吗？”

在李尧回到沈振新屋里的时候,姚月琴坐在桌子旁边,沈振新在看着姚月琴送来的野战军司令部、政治部发来的电报。

“全军每人犒赏猪肉一斤,这份报要转发到后方去！也让他们高兴高兴！”沈振新说。他摸摸胸口,笔不在,姚月琴拔下自己的笔给他,他签了字把电报交还给姚月琴。

“已经发了！军长真是关心后方的同志！”姚月琴话中有话地笑着说。

“小鬼！”沈振新会心地笑着说。

“后方同志支援前线,不应该关心关心吗！”姚月琴冷着脸,忍禁着笑意说。

“战报发给后方的吗?”

“发的！大姐听到打这么大的胜仗,不知怎么开心哩！”

沈振新在屋里踱了两步,微笑着问姚月琴道:

“这一回,打得热闹吧?看见了吗?”

“我做梦也想不到打这么大的胜仗！”姚月琴孩子似的拍着手掌说。

“听说,你也缴到了武器呀！”

姚月琴脸红起来,她正在为着小手枪盘着心思。不缴公吧,大小是个武器,像黄达的打火机什么的小件头用品,可以不缴公,手枪也能打埋伏吗?缴吧,心里实在喜欢它！真好玩！小巧,晶光雪亮！她从衣袋里摸出方格子手帕,解了开来,打开小皮盒子,又解开一块鲜红的绸布,小手枪仿佛梦笑似的躺在灯光下面,映入到沈振新的眼里。

沈振新拿过小手枪,退下子弹夹子,从夹子里拿出五颗绿底的小花生米似的子弹,拉动两下枪身,里外看了一番,说:

“袖珍手枪,德国造。”

“叫袖珍手枪?有袖珍字典、袖珍地图,还有袖珍手枪?”姚月琴笑嘻嘻地问道。她越发喜爱了,她觉得单是这个名字也就够可爱了。

“没有什么大用处!”沈振新把手枪还给了姚月琴。

“要缴公吗?”姚月琴听说没有大用处,便问道。

“你看呢?”沈振新笑笑,反问道。

姚月琴的脸又红起来,烛光在她的嫣红的脸上摇漾着,仿佛有意要把她的不安更明显地暴露给军长看看似的。她羞怯地强笑着,垂着眉毛,包裹着她的袖珍手枪。

“不要乱拉乱动,走了火也能伤人!”沈振新嘱咐说。

“给了我了?”姚月琴惊喜地问道。

“你要它做什么?”沈振新问道。

“好玩!”

“玩?好吧!给你玩三天!”

姚月琴充满希望的笑脸,突然阴沉下来。

“不愿意吗?那就马上缴上去!”

姚月琴沉愣一下,还是把袖珍手枪装进衣袋里,她完全成了个小孩子,眨着眼皮咕噜着说:

“三天就三天吧!今天不算!为了保护它,剪掉了一块红被面子!”

沈振新看着她那顽童似的眨眼噘嘴的神态,禁不住地笑了起来。

“哎呀!哪来的一股香味?”姚月琴抽抽鼻子问道。

“后方带来的小菜!拿一点去!”沈振新指着窗台上的小绿坛

子说。

“又不是带给我吃的!”姚月琴笑着说。转过眼去,她看到桌子上摊着的一堆信笺,便问道:

“大姊来了信吗?”

“唔!”沈振新应了一声。

姚月琴的灵活的眼珠飞快地转动起来,眼光在沈振新的发光的脸上扫视一下,便笑了一声跑走了。

站在门边的李尧,听到军长和姚月琴心情活泼的谈话,看到军长愉快的神气,不禁惶惑起来。他为什么刚才那样不高兴?心思那样重呢?现在又为什么快活起来了呢?李尧想象不出来,军长既然无忧无愁,李尧也就高兴起来。他告诉沈振新说:

“小汤去问过总务科,说后方没有归队的伤员来。”

“啊!”沈振新吸着烟应着。

“天不早了,该休息了!”李尧说着,替沈振新摊开了被子。

“小杨的老婆你看见过?”沈振新问李尧道。

“杨军的老婆?”李尧沉愣了一下反问道。

“唔。”

“钱阿菊?看到过。怎么样?”

“到了后方。”

“会吗?她怎么摸得到的?千山万水的!”李尧惊异地问道。

“小杨的父亲给反动派打死了,母亲给抓在牢里!他老婆一个人逃出来的!”沈振新抑低着声音说。

李尧的脸色立刻变得白惨惨的,愤恨的光芒从他的眼睛里喷射出来。

“不知你家里怎么样?还有什么人?”沈振新低沉地问道。

“有仇总是要报！随他去！一个老妈妈，七十多岁啦！别的没有人。”李尧摇着手说。

沈振新坐到桌子面前，拿出信纸信封，准备给黎青写封回信。

“是黎同志来信说的？”李尧低声问道。

沈振新“唔”了一声。

李尧明白了沈振新先前沉思难过的来由。他看到桌子上的洋烛快要烧完，便重新点上一支。在沈振新拿起笔来的时候，李尧带着愤恨走出了屋子。

沈振新拿起笔来，刚写了几个字，姚月琴又慌张地跑进来。

“我的笔？”姚月琴刚跨进门就连忙问道。

“这是你的？”沈振新随口问道。他因为集中思想写信，没有注意到手里的笔，原来是姚月琴遗留在这里的，姚月琴来寻找，他才发觉手里拿的不是他自己的笔。

“你在给大姊写回信？那你写吧！”姚月琴说着，“格格”地笑起来。

沈振新把笔递还给姚月琴，到床上的衣服上拿笔的时候，姚月琴急忙地伸过头去，看着沈振新已经写在信纸上的两行字。

“鬼头鬼脑！走开！”沈振新一回身，看到姚月琴伸头探脑的样子，指头点着姚月琴的脑袋说。

姚月琴伸伸舌头，笑着说：

“大姊也有信给我，我也去写回信给她！”姚月琴笑了一声，便跑了出去。

静静的春夜里，从窗口吹进来的带着香气的风，微微地摇荡着荧白的烛光。烛焰的尖端上冒着灰白色的轻烟，好像一壶热茶在晃了一下以后，从壶嘴子吐出来的丝丝热气似的。月光从窗口和门缝探进来,在墙壁上映出一个比沈振新的身材肥大得多的影像,仿佛是为了不使深夜作书的人感到孤单冷寂,来做个陪伴似的。

沈振新手里的笔尖子摩擦在纸上,发出轻微的“嗞嗞嚓嚓”的声音。

三三

写好了信,不常提笔的手觉得微微酸痛。沈振新把信封好放进皮包里以后,走出了沉寂的屋子。

皎洁的月光装饰了春天的夜空,也装饰了大地。夜空像无边无际的透明的大海,安静、广阔、而又神秘。繁密的星,如同海水里漾起的小火花,闪闪烁烁的,跳动着细小的光点。田野、村庄、树木,在幽静的睡眠里,披着银色的薄纱。山,隐隐约约,像云,又像海上的岛屿,仿佛为了召唤夜航的船只,不时地闪亮起一点两点嫣红的火光。

他信步地在月光下面走着,两只手插在马裤袋里。

不远的地方传来“咯咯咯咯”的清亮而柔和的笑声,刺破沉寂的夜的薄暮,驻足一听,原来笑声是从梁波的屋子里荡漾出来的。

“副军长跟一个女同志谈话。”李尧告诉他说。

听起来,像是很熟悉的声音,令人生发一种愉快的感觉。“是文工团那个演喜儿的女同志?”沈振新没有问出声来,李尧却带着神秘的神情轻声地说:

“听说是地方工作同志,来的时候,我看见的,围着银灰色的围巾。”

沈振新暗暗地笑笑。他立即回头,回到自己的屋里,看看表,已是九点半钟，喝了一杯热茶，默坐了一阵，便熄了烛火入睡了。

梁波和华静两个人，这时候谈得兴致正浓，梁波谈得有劲，华静听得入神，仿佛梁波谈呀讲的，尽是喷着甘美的酒气，使她进入了沉醉如迷的境界。梁波谈了战争，谈了战斗故事，谈了解放军的战士和干部，也谈了敌人。他把莱芜战役里他知道的那些生动的有趣的事情，一件讲完，又讲另一件。华静呢，听完了一件，就要求讲第二件，他讲不完，她也听不厌。

梁波讲了"小广东"装哑巴捉俘虏兵的故事，讲了张华峰和敌人拼小插子杀死敌人的故事，讲了秦守本、王茂生活捉敌人师长的故事，还讲了他刚刚听到的李仙洲已经逃下去七八十里，在博山以南一个地名叫做"不动"的地方不动了，终于被俘虏的故事。……

"我讲了这么久，你也得讲个把我听听啦！"梁波笑着说。

"有是有，就是我的嘴笨，最生动的事情，一到我的嘴里说出来，就一点滋味情趣也没有。"华静羞涩地说。

"这几句话，就不是笨嘴笨舌的人说得出来的。"

"天不早了，我得回去了。"

"地方上支前的群众、民兵一定有不少艰苦、英勇的斗争事迹。"

"我听到不少。"

"讲一个怎么样？"

华静想了想，突然兴奋地问道：

"听说吗？张家峪八个妇女捉了五个俘虏！"

"莱芜东边的张家峪？真的？"梁波惊奇地问道。

"对！你真熟悉！她们捉了一个营长、四个兵，缴了五支枪。"

"噢？了不起呀！"

华静嘴说不讲却又讲了起来：

“战斗结束的那天夜里，张家峪的男子汉都出去支前了，她们有的睡了，有的还没有睡，一面在黑地里纺纱，一面听着动静，她们还不知道敌人已经消灭，个个担惊受怕。在村子前面山口上放哨的姊妹俩，姓张，大的叫大妞，十九岁，小的叫二妞，十四岁。……”

华静用很低很轻的声音，表达着故事的情节和她自己的情感。梁波生怕打断她的话头，停止了身体的移动和拿杯喝茶的动作，入神地听着，她也就显得更善于传神达意地继续说下去：“她们看到山口下面有四五个人向她们走来，因为还有点迷迷蒙蒙的月光，看得出是当兵的，手里有枪，她们一看，不像解放军，帽子很大。两个人吓得心里乱跳，大妞便叫二妞赶快跑回村子，把人都喊起来，躲到山沟、山洞里去。那四五个人果然是敌人，一定是被你们打垮了漏网的。等那四五个人快到跟前，大妞就躲到路边的一丛茅草里，偷偷地瞟着这几个人的动静。……”说到这里，华静眯起眼来，微微地斜着头，把自己变成了故事里的大妞，梁波也就给她的神情完全吸引到故事的境界里面。

“一共五个敌人，一个受了伤，头上裹着白布，他们到了村口头，砰砰啪啪地放了几枪，还故意地喊叫：‘站住！再跑就开枪！我们是八路！’他们看到村子里没动静，便进了村子，看看屋子里空空的一个人也没有。锅灶上没有锅，炕上没有席子，墙上、桌上找不到一个小油灯，连坐一坐的小凳子也没有，水缸里连一滴水也没有，水都泼到地上去了，地上稀滑稀滑。……”

“水泼到地上?”梁波不解地轻声问道。

华静放大声音，指着面前的茶杯说：

“她们连一滴水也不留给敌人喝！……后来，五个人分在两家的硬炕上躺下来，不一会儿，就都死人一样地睡着了。这些情形，跟在他们后面的大妞看见一些，藏在屋子后面的二妞看得更清楚。大妞叫二妞好好地看着这几个敌人，自己就跑到山洞里找大家商量，要想法子捉住这几个敌人，不管怎样不能给他们逃走！”

“有胆量！”梁波赞叹说，兴趣越来越浓地听着。

“商量以后，她们一共挑选了八个人，有的拿镢头，有的拿菜刀、斧头，听大妞指挥，要动手一齐动手。她们计划好了，就开始行动。大妞轻巧巧地爬进屋里，几个敌人像死猪一样，只是呼呼死睡。你猜怎么样？大妞一下子就摸了两支枪出来，枪上都是有刺刀的。后来，大妞又爬进另一间屋子，可把她吓坏了，一个敌人忽然翻了一个身，粗里粗气地哼了一声。大妞隐在墙根，连气也不敢喘。闷了好久，这个胆又大心机又灵的大妞，又拖了一支带刺刀的美国步枪出来。她们大家看看，枪膛里都有子弹。”

她睁大乌亮的眼睛，带笑地望着梁波说道：“这是你晓得的，山东人有几个没放过枪的？她们八个人就有六个会放枪！这时候，天刚刚透亮。八个人就分成两边，冲到屋子里，用刺刀对准那几个敌人。几个敌人从梦里惊醒，吓得只是发抖，还有一支短枪跟一支长枪也缴了下来。他们全都举着手，跪在她们面前只是喊‘饶命’！这样，这五个敌人就给她们抓住，做了俘虏！……”华静把故事滔滔地说完，喝了一口茶，赶忙笑着说：

“我不会讲，你要听到大妞自己讲，那才动听哩！”

“你讲得好，故事也好！你真会谦虚呀！会讲得很啦！喝杯茶，润润嗓子！”梁波称赞着，给华静倒了满满的一杯热茶。

华静笑着，摇摇头说：

“你应该把你自己的故事讲一些给我听听！”

她真想听听梁波自己的故事,她的心已经落实在梁波的身上,自从那天在这间屋子里见到他,和他一同到匡庄去的路上谈了一些关于战争的话,她的脑子里就怎么也摆脱不开他的形象。战事在激烈进行的时候,她一面忙碌地工作,一面祷祝梁波的健康和安全。战役刚结束的那一天,她就想来探望一下她心里悬念的这个人,忙碌的事务使她分不开身子。今天下晚,卧病在床上的龙泽对她说:"小华,去看看他吧！替我去祝贺祝贺他！"

"他？谁呀?"华静向龙泽问道。"跟我装聋作哑的,你是个傻子？去吧!"龙泽责怪着说。虽然是在病着,眼睛却很有精神地瞪着她。这样,她便顶着月光来到梁波这里。在梁波这里坐了两个多钟头,听了梁波讲的许多有趣的新鲜故事,她觉得很畅快,但还不够满足,她想知道一些梁波自己的事情。她那使人迷惑的眼睛,竟是那么大胆地盯在梁波的小方脸上。

"我自己有什么事情好听的？没捉到俘虏,也没缴到枪！一颗炮弹落在我的附近,阎王爷几乎把我请了去!"

梁波大声笑着,华静却吃了一惊。

"你看！这里破了一块,一个小炮弹片子跟我开了个不大不小的玩笑!"梁波指着衣服的底边说。

华静走到他的身边,在衣服的破痕上摸摸,仔细瞧瞧,衣服前底摆上确是有一个破绽的地方,她的小手指刚刚可以从那个破绽的长方形的小洞里透过,小洞的周围有着微微发黄的糊斑。

"要是打到这里,不就完啦!"梁波指指脑袋笑着说。

"真好险啦!"华静重重地呼了一口气,惊叹着。

"我们就是在危险里过生活！过得久,遇到的险事多,在最危险的时候,也几乎没有危险的感觉。看过马戏班的人爬刀山吗?"

梁波平淡地说，接着问道。

“看过。真怕人!”华静的眼睛望着屋梁，仿佛就是看着几丈高的旗杆上的刀山，刀山上正有一个马戏演员吊在上面似的。

“下面看的人提心吊胆，心惊肉跳，刀山上头的人还在笑哩!”

华静默默地眨着眼睛，品评着梁波的话味。

“还回去吗?”沉静了一刻儿，梁波问道。

没感觉已经夜深的华静，抱歉地笑着说：

“妨碍了你的休息。我真该走了。”

“不要紧，再坐一会儿!”梁波转头向外，大声喊道：

“大个子! 搞点什么来吃?”

他们又随意谈了一阵，警卫员冯德桂端来一盘烤得鲜黄的馒头和一罐头凤尾鱼。

“吃一点! 味道不错，蒋介石从南京、上海送来的! 不打胜仗，哪有这个东西吃?”梁波用筷子指着凤尾鱼幽默地说，嘴里嚼着馒头和鱼。

“什么时候打到南京、上海?”华静吃着凤尾鱼问道。

“你的家在南京、上海?”

“不，在无锡。”

“想家啦?”

“想家倒不想，有时候想念母亲。你呢? 家里还有什么人?”

梁波本想问问她的家事，想不到她竟反问起他的家事来。

“还有一个老父亲。”

“老父亲一个人在江西万载老家过活吗?”

“你知道我的老家在万载?”梁波惊异地问道。

华静的脸有点发红，低着头颤声地说：“龙书记说的。”

“一九二八年三月，我跑到红军里，十九岁。五月里，家里五间茅草房子就给国民党烧得精光。一九三二年冬天，红军路过万载，访张问李，谁也说不上我的一家人到哪里去了。我当是全给国民党杀掉了。想不到，去年四月，一个同志回家，在景德镇碰到我的老父亲，独独他一个人逃出来，没有丧命！”

他从皮包里的一本书里，拿出他父亲的一张全身照片，送到华静面前，笑着说：

“你看，老人家的精神还挺不错哩！”

一位白发苍苍的老者健康的容貌出现在华静的眼前。老者的胡须挂到胸前，像是一把银丝。饱经艰苦的多皱的脸上发着光彩，给人一种坚定的乐观的感觉。在华静眼里，这位老者的神采，也正是梁波身上所具有的使她宠爱的气质。她凝神地看了照片，又瞧瞧梁波，指着照片说：

“你的脸型、眼睛、眉毛都很像！”

“过几年，留了胡须就更像！”梁波摸着下颏“哈哈”地笑了起来。

华静跟着梁波的笑声笑着。

她对这个夜晚的谈笑，感到满足的愉快，看看表，站起身来，向梁波辞别道：

“我走了，再见吧！”

梁波打开门，月光带着浓重的寒气扑进门来。他叫站在门外的冯德桂去喊姚月琴来。

“今天晚上不要回去，我跟你介绍一个朋友，一个天真的有趣的女孩子，年轻的共产党员。”梁波站在门边的月光下面说。“谁？”华静问道。

“喜欢读书，一本二十万字的小说，两天她就能啃完。”说着，梁波走到门外去，华静跟着走了出去。

这时候，圆润光泽的月亮站在正南方的高空上，仿佛有意地注望着梁波和华静这两个含情在心的人似的。

姚月琴还没有入睡，她给黎青的回信刚写完。冯德桂去喊她的时候，她正躺在炕上看着从居民那里借来的石印本《水浒传》。

她来了，脚步走得很急促。一到门前，看到月光下面站着的副军长的身边，有一个不认识的女同志，便呆愣住了。她的活泼的眼珠，不停息地转动着，惊异地、但又不动声色地扫视着他们两个。

梁波给她们两个介绍了一下，两个人同时地伸出手去，紧紧地握着，亲热地依傍到一起。

“华同志是在地委工作的，你招待一下吧！”梁波对姚月琴说。

“好的！我替你招待！”姚月琴笑嘻嘻地对梁波说。

华静的手着力地捏了姚月琴一下，姚月琴感到有点唐突，便连忙换过口气来说：

“我们部队打仗，要靠地方帮助，我一定好好招待！”

“这个说得对！”梁波笑着说。

华静告别了梁波，便和姚月琴手拉着手，走到姚月琴的住处去。

姚月琴的小房间整理得十分洁净。窗口的小梳头桌上，放着几只梨子和盛有几片青萝卜片的小磁碟子。炕上摊着红绸薄被，被子下面是一床洁白的被单。炕头放着绣着一对绿蜻蜓的枕头。

“坐下来！吃梨子吧！是你们地方上慰劳的。”姚月琴把华静拉坐到炕上，热情地说，又摸出小洋刀，飞快地削着梨皮。梨子在她手里只是打转，梨子削好，梨皮提在手里，像是一根黄带子，她好像在向这位新朋友进行一个节目表演似的。华静本来就不大怯生，而姚月琴却比她更加无拘无束，热情外露，仿佛初次见面的华静是她多年的故友一样。

“华大姊，你也是北方人？”姚月琴问道。

“不是，江南。”华静吃着梨说。

“杭州？苏州？”

“无锡。”

“你说的一口北方话。”

“在北平读过书。”

“清华？”

“燕京。”

“来了好几年了？”

“五年。”

姚月琴对华静自然地尊敬起来，她以一个中学生对大学生那种羡慕的心情对待着华静。华静已经参加革命五年，她才不过两年多，这，她也觉得自己只是华静的小妹妹。她留心地注意着华静的一切，她的身材、面貌、身上的衣服、脚上的鞋子，以及那条银灰色的围巾。她觉得这位大姊真是端庄、淑静而又热情。她原来觉得自己很美，可是，在华静的面前，她就不禁羞愧起来。华静的脸是白果形的，发着光亮，肌肉丰满、健康、结实，白，不是没有经过风霜的白，而是掺和着些微赭黄色的白，在白的深处透映出嫣红的色泽。

“你在想些什么？早点休息吧！”华静把姚月琴拉坐到身边，亲昵地说。

正在沉迷地端详着华静的姚月琴，“扑哧”地笑了起来，撒娇似地倒在华静的怀里，捻着华静的光滑、乌黑的头发。

“你的被子怎么的？”华静指着红绸被子补了一块白布的地方问道。

姚月琴的脸阴沉下来，现出懊丧的神情。

“烧坏的？”华静又问道。

“不是！”姚月琴咕哝着说。

“这里补一块白的，倒也不难看，好像开了个小窗户。”华静摸着补着白布的地方说。

姚月琴摸出了袖珍手枪，又得意又懊恼地说：

“你看！”

华静接过裹在方格子手帕里的沉重的东西，惊奇地解开来，发现是一支小巧的袖珍手枪和包着它的红绸子，禁不住“咯咯咯咯”地笑了起来。

“你这样地宝贝它！真有意思！”她抚摩着姚月琴的手背，笑着说。

姚月琴鼓着小嘴巴，喃喃地说：

“宝贝也没有用，军长只准我再玩三天，就得缴上去！”她拿回手枪，食指指头在袖珍手枪上点了两下说：

“小东西！我们还做三天朋友就要分别了。”

华静笑得简直止不住声，在听到对面房里有人鼾呼的声音以后，才遏止了她的绵长的笑声。

睡到炕上，熄了烛火，月光透照进来，小房间里还很明亮。姚月琴把华静当作了她的黎青黎大姐，她的身子紧贴着华静的身子，嘴巴在华静的耳边轻轻地问道：

“华大姐，你跟梁副军长认识有多久？”

“三四年了。”

“他们老干部不主张恋爱的时间过长。”

华静在姚月琴的背上轻轻地拍了一掌,同时发出轻轻的笑声。

“沈军长跟黎大姊恋爱了半年就结婚的。他们说,恋爱时间过长妨碍工作,是小资产阶级的情调。”

“不能那样说！时间长短,要看具体条件。”华静说到这里,又连忙声明道:“我跟梁副军长只是认识,我们只谈过几次话,都是谈的工作、战斗、学习。”

“黎大姐告诉我说,他们很懂得爱情,嘴上不谈,心里有数。”

华静没有阻止姚月琴在她耳边的絮絮叨叨,她把眼睛闭上,好像已经沉入了睡乡似的。但是她那颗很想探得关于梁波一点情形的心,却把姚月琴的每一句话都深深地录印下去了。

“我听人说,他说他要独身。”

华静的心猛地跳了一下,但随即又抑制下去,听姚月琴还有什么说的。

“我不信！独身,女的我见过,我的姑母就是。男的我没见过。……梁副军长不会的,老共产党员,不会那样古怪。我想,他定是说的笑话！……他这个人跟沈军长像是亲兄弟,沈军长有什么吃的,总是要送点给他,他有什么吃的,也要送点给沈军长。真像一本什么小说上写的那个英雄人物,他们两个,都有一种灵魂美、性格美。就是身材容貌,也很美。……他来了只有两个多月,我们都喜欢他、尊敬他。……昨天,沈军长说,这一回,仗打得好,他来了,有很大的关系。……”

姚月琴发现华静已经入睡,问了一声:“你已经睡着了?”华静没有反应,她也便闭上了还是不想闭上的眼睛。

华静暗暗地笑笑，更紧一些地搂抱着刚刚结识的、天真的却又似乎是早熟的朋友，脸挨着脸，眯上眼，进入睡乡里去。

三四

太阳刚刚露出半个橘红的脸蛋来的时候，华静走在回匡庄的路上。田野里拂着清凉的风，青青的麦叶上的露珠，发着晶亮的光，一片一片麦田，像是一块一块润滑的玉石。

姚月琴和华静一路上谈着笑着，把华静一直送到离匡庄只有二里来路的大石桥上，还是由于华静的一再推阻，才对华静道别说：

“我们快移动到别处去了，隔天把有空再来玩！”

“我们也要走！以后再见！”华静亲热地握着姚月琴的手说。

姚月琴转回头来，走到大石桥下面，用碧清的冰冷的溪水洗了手、脸，觉得非常清新、舒适。从高山上流下来的溪水里，映着她的红润的脸庞，溪流的声音，仿佛是特地为她奏着的清亮的曲子。她在溪边留恋了许久才走上归途。

迎着一轮红日和半天的朝霞，她一路跳着、唱着。

东南边小山丘上突然的一声枪响，使她吃了一惊。她走到山丘前面的时候，只见路口上坐着两个拿着猎枪的人，一个猎枪梢上挂着一只打死了的羽毛美丽的山鸡，一个手里提着一只灰色的死斑鸠。她定睛一认，一个是黄达，一个是胡克。

姚月琴立定下来，心里踌躇，望望两边，没有别的道路，一定得从他们两个人的面前走过。她想避开他们，主要是要避开胡克，可是胡克却坐着不动，而黄达倒拍拍胡克的肩膀走了。

她终于走上前去，在到了胡克面前的时候，突然放快脚步，低着头急穿过去。

胡克赶上去一把拉住了她，气愤地说：

“你为什么这个样子？”

姚月琴什么话没有说，眼睛瞄了胡克一下，微微地笑笑。

“我要跟你谈谈！”胡克还是很气愤地说。把姚月琴拉坐到一块石头上，自己在石头边给露水打湿了的草地上坐着。

“你谈吧！”姚月琴向四周瞥了一眼，也用气愤的声调说。

“为什么不理我？打仗的时候不理我，打了胜仗以后还是不理我！变了心？变得那样快？”胡克怨恨地说。

姚月琴低着头，手捻着身边的草叶子。

“你答复我！”胡克命令式地说。

“我不答复！”姚月琴强硬地说。她用力地扯下一把草叶子，揉在手心里，弄得手上沾了许多胶黏的草汁，还是一股劲地搓揉着。

“为什么？”

“你不相信人！”

“没有变心，怎么不理我？十多天不跟我打照面，看到我，故意绕弯子走到旁边去，招呼你，一腔不答，把我当成仇人！跟别人有说有笑，一碰到我，脸就冷下来。我得罪了你？”

姚月琴几乎忍耐不住地笑出声来。她摔掉揉碎了的一团青草，板着脸说：

“你有话说完！”

“我当然要说，不说，再闷在心里，就把我的心闷炸了！我的心要炸开来，准比一颗手榴弹的威力大得多，炸死我自己，也要把你炸死！……你发现我有什么缺点，还是我有什么对不起你的地方？

我有缺点，你批评，我保证改掉，有对不起你的地方，你说出来，我承认错误，向你道歉，不行吗？我又不是圣人、贤人，怎会没有缺点、错误？……”

“圣人、贤人、英雄豪杰也有缺点，也犯错误。”姚月琴在胡克的话打哽的地方，补上一句。

“既然这样，你又为什么不原谅我一点？”

“你没有缺点，也没有对不起我的地方！”

“那是为的什么？”

“是我有缺点，有对不起你的地方！”

“我对你没有任何一丝一毫的意见！”

“那你为什么对我这样凶里凶气？”

胡克闷声不响，觉得自己的态度确是粗暴，心情不够冷静，不禁有点懊悔起来，摸出一块手帕扔到姚月琴面前，赎过似的低声慢气地说：

“手弄得那样脏，擦擦吧！”

姚月琴没有用他的手帕擦手，她又扯下一把草叶子在手心里搓揉着。

因为和胡克恋爱，她几乎被分配到后方去工作的事，她原想和胡克谈谈，表明一下她现在对他们的关系所采取的态度。因为怕引起胡克的不安，便一直埋在心里。可是，胡克因为她没有表明态度就和他不接触、不来往，却更加不安，以至暴躁起来。经过一阵内心的感情冲击，她要求谅解地表白着说：

“你应当信任我，我这个人不是说话不算话的人，我爱你，就永远地真心地爱你。现在，在艰苦的战争里，我们都还是小青年，不必让同志们把我们当谈话资料。你知道吗？我几乎给送到后方去工作,真是那样,对我损失太大！我想,你也是很不愉快的！我不完全是因为这个缘故不搭理你,主要的是我自己想通了,这件事情警惕了我,我应该集中心思工作。我们两个人的感情,比作前面桥下的溪水,碧清,一点泥沙灰尘没有。把这条小溪当中暂时筑上一道堤坝吧。到时候,再把堤坝掘开,让溪水流过去。”

姚月琴说着,胡克的脸色一阵红,一阵白,心,强烈地跳荡着。

“到时候？到什么时候?”隔了许久,胡克苦着脸问道。

“战争结束!”

胡克陷入到迷雾里,眼前的光明世界忽然变得漆黑,他颓然地倒在地上,长叹了一声。

“最多不过是十年八年!”姚月琴站起身来,睁大眼睛,爽朗地说。

胡克坐起身来,拍拍自己的脑袋,看到姚月琴对等上“十年八年”全不在乎的神态,冷笑了一声。

“好吧！十年八年,比得过你!”他鼓着勇气,噘着嘴巴大声地说。

“以后,我们两个跟一般同志一样!”

“稍稍不同一点好不好呢?”

“不好,不必那样!”

“我要看看你这道堤坝是怎样筑法!”

姚月琴把胡克拉起来,拍去他背上的泥土,把手帕拾还给他,又理理自己被晨风吹乱了的头发,说道:

“你先走!”

胡克迟疑着,好像从此长别了似的,难舍地望着姚月琴。

“你不走,我就先走!”

姚月琴快步走去，始终没回一回头，眼睛直望着前方。

胡克揉揉湿漉漉的眼，在姚月琴快到村口的时候，他才背着吊着一只死山鸡的猎枪，缓慢地走向村子上去。

姚月琴回到她的小房间里，身子觉得很轻松，仿佛卸掉了一个沉重的包袱，嘴里"咿咿呀呀"地哼着什么歌曲。早饭以后，拿出她写给黎青的回信来，重新看了一遍，在信的边眉上加写了这么几句：

"大姊，告诉你，我下了决心，停止了我跟小胡的关系。今天早晨，一位新认识的朋友华静姐姐对我说：'对一个女同志，早婚是有害的，早恋也是有害的。'她的话是真理，坚定了我的决心！我已经把这个决心变成事实了！"

下晚，姚月琴走到梁波门口，想把招待华静的情形告诉梁波。一到门口，屋里坐满了人，几位军首长都在。他们围坐在桌子的四周，正玩着扑克牌，她张望了一下，正要退缩回来，朱参谋长喊住她，冷着脸郑重其事地问道：

"小姚，昨天半夜里，来了一个什么客人？"

姚月琴笑着，望望坐在朱斌旁边正在考虑出牌的梁波。

"你朝副军长看什么？你的客人跟副军长有什么关系？"

朱斌滑稽地笑着，沈振新、丁元善他们跟着笑了起来。

"会笑！当心把脸上的粉笑裂了！"梁波指着朱斌，抑制着内心的愉悦，装着若无其事，冷冷地说。

姚月琴回过身子，笑着跑了开去。

"这有什么秘密头？公开说说！牌，迟早总是要摊出来的！"

从来不说笑话的沈振新，破例地对梁波说。

"胡扯八扯！人家是地委的秘书，来谈谈玩玩的。你也听他的？出牌！”梁波红着脸带笑地说，从沈振新手里抽出一张牌来。

“我昨天晚上打你门口过，听到一个女同志的笑声，你们谈的什么，那样高兴？”沈振新问道。

“你到那个时候没睡觉，干的什么？”梁波反问道。

“我不秘密，写信！”

“你看人家多么正大光明！”丁元善望着梁波说。

梁波只得被迫地说：“才见过几面，八字还没见一撇！”

过了好一阵，屋子里才平静下来，停止了谈笑。

沈振新叫李尧拿来黎青带来的蒸咸菜，大家一起在梁波的屋子里吃了晚饭。

人们散去以后，姚月琴又走了来。

“什么时候走的？”梁波问道。

“一大早，太阳刚出就急着走。留她吃早饭，她说回去有事，地委机关也要移动。”姚月琴回答说。

“跟你谈得来？”

“人真好，哪一样都好！哎呀！读过的书才多哩！《母亲》、《战争与和平》、《钢铁是怎样炼成的》、《铁流》、《毁灭》……很多很多，还有些书名我还听也没听说过哩！”

“这都是些外国书吧？”

“我问她看过《红楼梦》没有，她说看过两遍，《西厢记》也看过。”

“是个书橱！”

“读书多不好吗？”

“当然好！什么时候能挨到我也有机会上上学、读读书？”

“打完了仗。”姚月琴说到这句话的时候，不禁联想到自己的事情，便向梁波问道：

“副军长，这次战争，真要打十年八年才结束吗?”

“也许不要。但是，我们要做更长期的打算!”梁波观察着姚月琴的脸色说。

姚月琴堕入默默地沉思。

“听说你跟小胡在谈恋爱?”梁波笑着问道。

姚月琴仿佛估计到梁波要向她发出这个问题，早已把回答准备好了似的，一点不碍口地说：

“不谈了！决心不谈了！我要好好工作，好好学习!”

“是吗?”

“唔!”

“对！对！青年人，眼睛要看得远些！社会主义社会要靠你们。我们破坏旧的，你们建设新的!”

听了梁波的话，姚月琴受到热烈的鼓舞，精神焕发地站在门边。她觉得自己的决心下对了，她的俊秀的脸上浮漾着青春的笑意。她那两只黑溜溜的眼睛高高抬起，仿佛是在眺望着美丽的远景，出神地望着月儿初上的银色的天际。

第九章

三五

那天傍晚，石东根醉酒纵马，挨了军长一顿严厉的批评回来，经过团部住的村子，因为头晕目眩，倒卧在村口的一个碾盘上。

团长刘胜也喝了几杯酒，这时候，也刚刚跑过几趟新换的乌骓马回到村子上来。他看到拴在碾梁上的一匹大洋马只是跺着蹄子，碾盘上睡着一个人，沉重地呻吟着，便下了马，近前看看。

“你怎么睡在这里？”刘胜看到是石东根，惊讶地问道。

石东根像患了重病似的，只是闭着眼睛哼着。

“醉了？醉到这个样子？赶快起来！回去！”刘胜用低沉的嗓音说，推了一下石东根。

石东根勉力地坐起来，两手抱着膝盖，身子倒在碾磙子上，嘴里喷出一口带着酸味的酒气。

“倒霉！”他半睡半醒，懊丧地说。

“怎么样？谁叫你喝得这么多？”刘胜关切地问道。

石东根抓起摔扁了的国民党军官帽子，摸摸身边的指挥刀，解着马缰绳。

“你装扮成这个样子？”刘胜这时候才注意到石东根的一身装束，好像要笑出来似的问道。

“不提了！不提了！‘排骨’吃够了！”石东根愤懑地说。

“陈政委说了你?”刘胜猜想着问道。

“碰到了沈军长!”石东根沮丧地回答说，牵着大洋马，茫然地朝村外走去。

“你到哪里去?”

石东根发觉走错了路，又回过头来向村子里面走。

“回去好好休息!”

“休息？要我写文章!”

“叫你写文章?”

“限我五天交卷!”

石东根愤然地走了。刘胜不明白沈军长怎么会叫这个识字不到一千个的连长写起文章来。他想到这是石东根的醉话，便没有再问下去。

走了不远，石东根手里的帽子掉了下来，接着马鞭子也掉落在地上。他的身子歪歪倒倒的，大洋马的头在他的后脑上猛猛地撞了一下，他回过头来，拼命地在大洋马的脸上、鼻子上打了好几拳，大洋马挣扎着跳蹦起来，他一面怒骂，一面不顾疼痛地拼力拉着马缰。

刘胜叫邓海赶忙上去，帮着石东根牵住大洋马，把皮鞭子拾给他，把帽子拾起，戴到他的头上。

石东根走了几步，忽然又抓下帽子，用力一抛，帽子在空中旋转了一阵，然后沉重地落到地上。

邓海看到石东根的醉态，哗然地大笑起来，拾起帽子问道：

“石连长，真喝醉了?”

“要我‘石头块子’喝醉，‘小凳子’！洋河、双沟、兰亭大曲，还得要它三瓶、四瓶！你去告诉团长，再聚餐，不要弄小米酒、山芋酒，真难吃！”石东根身子摇摇晃晃地说着。邓海又把帽子朝他的头上戴，他一把抓到手里，在面前拼命地扇动，接着就敞开他那长了一堆黑毛的热气蒸腾的胸口。

回到连里，他摔掉帽子、马鞭子、指挥刀、大皮靴和国民党军官服，直挺挺地躺在床上。那些东西混乱地躺在床前的地上。

文化教员、文书、通讯员、卫生员、值星的二排长林平，还有张华峰、秦守本他们，听说连长喝醉了酒，都跑来了。他们站在他的床面前，吃惊地看着他，喊问着：

“连长！怎么啦？”

“醉了？”

“给大洋马摔了？”

看他那个样子，嘴里吐着泡沫，敞着黑毛丛丛的胸口，眼睛紧紧地闭着，不住地挥动着两只手，大家的心里不免有些慌乱。

通讯员小鬼李全吓呆了，惊慌恐惧地望着他的连长。

石东根突然歪过身子，吐出了怪味难闻的一滩黏水和饭菜，像从盆子里倾倒下来似的，倒满了仰在地上的国民党军官的大檐帽子，溅满了国民党军官服、指挥刀和马鞭子。

“吐掉就好了！”林平把他的身子弄正，盖好被子，自言自语地说。

李全用毛巾揩去床边和石东根嘴边的脏水、黏沫，带着哭泣的声音喊道：

“连长！连长！”

石东根渐渐地清醒过来。他张开眼睛望望大家，对李全唉声叹气地说：

"唉！我没有死，你就哭啦！"

"我什么时候哭的？"李全揉揉眼睛，低声地说。

"对！哭就不是英雄！"石东根又吐了一口黏水说。

卫生员倒了一杯热水，和上一些药水，给他喝了下去。

过了一会儿，他的头脑清醒多了。他的眼睛却仍旧红得像冒火一样，向着黑洞洞的屋梁，一刻儿大大张开，一刻儿又紧紧合拢起来。

"要是指导员不上医院，跟他一起去，就不会吃人家的亏！"林平抱憾地说。

"指导员也不能吃酒！"文化教员田原接着说。

"是嘛，指导员去，可以拦住他，要他少吃几杯嘛！我算得到，定是给这个一杯、那个一杯硬灌灌醉的！凭他的酒量，一个拼一个，我看刘团长也拼不过他！"二排副排长丁仁友愤愤不平地说。

"我们连里聚餐，把他们那些酒壶、酒坛子找来！我跟他们干干看！"秦守本拍着胸口说。

"秦守本！我们两个明天先干几杯！"站在人群后面的五班长洪东才挑战地大声说。

"还在乎你吗？"

"现在就干怎么样？"

石东根猛然地坐起身来，两手抱在大腿上，闷闷地说：

"从今以后，我们连里不准吃酒！戒酒！从我开头！"

大家沉愣住了，他们从石东根的话音里闻到了酒的苦味似的，不由得蹙蹙鼻子。

"打了胜仗，吃两杯酒有什么不可以？"秦守本表示不大同意，低声地说。

“我说不吃就不吃！吃了有什么好处？挨骂！”石东根翻动着红眼睛，气鼓鼓地说。

大家体会到他挨了批评，秦守本、洪东才便悄悄地溜了出去。李全在扫去了脏物的地方，默默地铺撒着青灰，留在屋子里的人也不再有谁发出什么声音。

“文化教员！跟文书、二排长他们一起，赶快把胜利品清一清，没有缴的统统缴上去！一根鸡毛也不要留！”石东根命令道。取下腕上崭新的游泳表，递给文化教员。

“这个也缴？留一只表用用有什么关系？”文化教员接过表来说。

“缴上去！打败仗吃‘鱼翅’①，打胜仗吃‘排骨’！”石东根愤懑地说，低垂着脑袋。

“团长批评的？”林平坐到床边上，轻声问道。

石东根缓缓地摇摇头。

李全端来一盆热水，搁在小凳子上，放到床面前。隔了好久，石东根没有洗用。李全拧了个热气腾腾的手巾把子，送到他的面前，他才勉强地接过去揩了揩脸。

林平他们也都走了。

油灯里的油快烧完了，灯光渐渐地暗淡下去。因为李全的一再催促，低头闷坐的石东根，才发出一声长叹，和着衣服睡下去。

一个整夜，石东根没有睡好，他的胸口还有点发火，好像有一些沙土填塞在胃里，磨得难受。口里干渴，有点苦辣辣的。李全像一个不怕辛苦的护士一样，和文化教员两个人，一夜里，爬起来睡下去有七八次，给他烧水喝，削山芋片子吃。沈振新给他的批评和

① “吃鱼翅”，是部队中流行的利用“翅”“刺”同音的讪语，即受人讽刺的意思。

限期要他写战斗总结的事,也是沉重的心思,使他安眠不得。

天刚透亮,他就爬起身来。

早晨的空气清爽新鲜,一层薄薄的霜抹在屋瓦上、麦田里,大地的身躯仿佛披上了一块白纱。他信步地走到屋后刚探芽的小柳树行里,让习习的晨风拂去他的闷气。

起床号响过不久,战士们就集合到操场上,兜着圆圈,声音沓沓地跑起步来。

他转到操场边上,值星排长林平停止了队伍的跑步,响亮地喊了一声威严的口令:“立——定——!”跑到他的面前报告人数以后,又跑回到队伍的圆心里,喊着口令,吹着哨子,队伍又继续地运动起来。

连长石东根看到他的队伍精神饱满,步伐整齐,脚步的节奏轻快有力。他们肩上荷着乌光明亮的枪,枪梢上闪动着乌光明亮的刺刀,九挺崭新的轻机关枪像小老虎似的伏在机枪手的肩膀上,显出一种雄赳赳的气概。他的心里觉得很高兴。但当他近前仔细瞧瞧以后,他的兴奋的脸立即阴冷下来。他看到队伍里有三四十个战士戴的是国民党军队士兵的船形小帽,帽檐上还钉着国民党军队“青天白日”的帽徽,像是疮疤一样长在他们的脑袋上,便想起昨天下晚,在军长面前他摔掉那顶敌军军官大檐帽子的事。军长严肃的脸和声音给了他深刻透心的印象。他的确是醒了酒,他对这些解放战士穿着的大多是不合身材的、污垢了的土黄色衣服,戴着的船形小帽,帽子上疮疤一样的帽徽,一齐起了敌意和仇恨之心。他真想命令他们把它们全部脱下来,摔掉!可是,暂时还没有自己部队的浅灰色的服装给他们更换。他思索了一下,胸脯挺挺地走到队伍面前,脸上出现一种令人惶惧的威严的气色。

值星排长林平捏着一把汗，紧张地望着他。他以为连长的酒还没有全醒，担心他要暴怒起来，出现什么严重事情。

“连长，回去休息吧！”他把队伍排成两列横队，向连长敬礼以后，对连长轻声地说。

“我要讲话！”连长严正地说。

石东根站在队伍面前，发红的眼睛在阳光照耀着的战士们的脸上，从排头扫视到排尾。战士们严肃地期待着连长发出的声音。这是莱芜战役以后，在上晨操的时候连长第一次讲话，那些新编进来的解放战士，像学生们对付新任教师第一次上课堂一样，以一种新奇的、但又不大信任的态度观察着他。他们在连长的周身上下打量着，暗暗地和他们在国民党军队里的连长比较着，等候着听听这位连长训些什么话。他们甚至还想到也许要处罚什么人，是不是自己犯了什么条规之类的问题。就是说，在石东根严厉的目光面前，他们的心理是复杂的、不安的。

连长说话了，声音竟是那么威严，虽然略略有点嘶哑：

“我们是中国共产党领导的中国人民解放军！”

声音在早晨的清新的空气里播荡着，田野里响起明晰的回声。他停顿一下，眼里射出惊人的强烈的光辉。

战士们的身子不由得颤动了一下，以更正确更有精神的姿态站立着，特别是新解放的战士们大大地吃了一惊。

他走到一个解放战士面前，拿下战士头上的船形帽。

那个战士的身子抖动起来，脸都变白了。根据他在国民党军队里的经验，恐惧地望着连长，紧张地等候着灾祸的降临。

石东根举起船形帽，晃了一晃，然后使力摘下帽徽，用两个手指头捏着，吼叫一般地说：

“这是什么？这是反革命国民党的招牌！把这个帽徽一齐摘掉！”石东根命令着，把手里已经裂坏了半边的“青天白日”帽徽，使劲地扔到操场外边去。

这完全是没有料到的事情，新解放的战士们像木鸡一样呆愣着。

“摘下来！”他又吆喝了一声。

于是，几十个新解放战士一齐抓下头上的船形帽，摘下“青天白日”帽徽，一个一个地扔到远远的地方去。

石东根把帽子重重地戴回到那个战士的头上。

那些新解放战士的心情平定下来，“原来是这个！”他们扔掉了帽徽，仿佛也就扔掉了一个大包袱，身上感到轻松。有的互相望望帽徽摘去的帽檐上，显出圆圆的斑痕，还是像个疮疤，不由得笑了起来。

队伍动乱一下以后，恢复了原状。

石东根觉得这件事办得很畅快，便清清嗓子，挥着手势，向战士们说：

“我要你们摘掉国民党军队的帽徽，是什么意思？是要你们认识我们的敌人是国民党反动派！你们新解放战士都是劳动人民，都是受压迫、受剥削的阶级，你们要把屁股掉过来，心变过来！枪口对准国民党反动派、蒋介石！国民党反动派、蒋介石是我们的敌人！我们要消灭他们！”

他的话说得很流畅，很有力量。

讲话完毕以后，石东根的兴致更加勃发起来。他自己喊起了口令，并且跑到队伍的前头，和战士们一起跑起步来，在操场上兜着圈子。直到好些战士已经跑累了退出行列，他还领着头大步地跑着,喊着:“一!——二!——一!一!——二!三!——四!”

三六

刚吃完早饭,石东根身边的电话铃吵叫起来。在电话里和他说话的是团长刘胜。

“你怎么样了?能工作吗?”团长的声音低沉而亲切,仿佛向他的朋友问安似的。

“没有什么。莫说工作,就是打仗,拍拍屁股马上就干!”石东根回答着团长,声音和他的神情都很爽朗,使他的团长听来,觉得他到底是个英雄汉子。

在继续听着刘胜说话的时候,石东根的眉毛和眼睛、鼻子一齐动作,耳根子和颈项里、脸颊上立即红烫起来,火辣辣的。

仿佛团长在电话里给了他什么特殊的奖励,使他的情感十分兴奋,接着又仿佛重重地责备了他,他的左手不住地抓着脑瓜皮,好像有一个很难克服的严重困难压迫着他。他轻轻放下电话筒,手却又笨重地落在桌子上,吓得饭碗和筷子都发起抖来。

“喊二排长跟文化教员来!”石东根向正在收拾桌子的李全叫道。

敏感的小鬼李全,一边赶快抹着桌子,一边张大眼睛问道:“要行动吗?”

石东根摆摆手。李全急匆匆地奔了出去。

刘胜在电话里告诉石东根说,全军的战斗总结,以他们的团作为重点,全团又以石东根的八连作为重点。军部对这次总结重视得很,沈军长特别关照他,要把这次总结看作一个重要的战斗,这个战斗打得好坏，对今后和敌人的斗争有重要的关系。刘胜转述野战军首长和军首长的指示说："必须通过总结提高自己的战斗力，达到以战教战，打一仗进一步的目的。"

石东根原以为沈军长为了约束他，惩罚他吃醉了酒，故意出个难题要他写"文章"，没想到是真的要总结战斗经验。听了团长的话他感到兴奋而又骄傲的，是因为他的连队仗打得好，作为总结工作的"重点"和"典型"，足见领导上对他的连队很重视。可是，被作为"重点"和"典型"，就得把总结搞好，就得真的要拿出有条有理的经验来，这又不能不使他感到事情的严重。

林平和文化教员田原来了以后，他要林平迅速通知排里、班里放下别的工作，准备意见。要田原立即帮他把材料整理起来，他对田原说：

"这是将我的军！笔杆子拿在我的手里，比枪杆子还重！罗指导员不在，要靠你动笔。"

林平去布置准备工作了，田原却呆呆地站立着，惶惑地望着石东根说："我行吗？"

"行！我跟你两个人搞，我动嘴，你动笔。我的工作在腿上、嘴上！你的工作在手上、口上！"

田原脸上苦恼，心里在笑。他觉得连长这个人真是一个农民干部，简单、爽快，的确像块硬邦邦的石头。任何严重复杂的事情一碰到他，就变得很轻易、很单纯。譬如教战士们唱歌吧，他就常常问："一个歌子要教七八、十来次吗？不唱多、来、米不行吗？"跟他解释过多少回，告诉他先要教歌谱，歌谱还得一小节一小节教，再两小节三小节连起来教，谱子会了再教歌词，歌词也要一节一节教，还要讲讲歌词的意思和情绪等等，而石东根却总觉得这样做

"太麻烦!""太慢!"但是,田原又很奇怪,连长没有站到战士们一起去学唱,听那么几回,他居然也能哼得合上谱,唱得不走调。有时候,他也能挥动两个拳头,指挥战士们唱起来,拍子不准倒也差不多少。这种情形,田原虽然不大甘服,但又不能不表示敬佩,甚至对自己那样先教谱、后教词一眼一板的教唱法,到底正确不正确和有没有必要发生了怀疑。

田原沉静一下,皱皱眉头说:

"光有嘴有笔怎么行? 还要用脑子! 搞总结要分析问题,要有马列主义水平啦!"

石东根摸摸脑袋,说道:

"脑子有一个长在头上! 马列主义? 我没有!"

听他的声音,看他的举止,很会察言观色的田原感到连长有了烦躁的情绪。

"你没有,我更没有! 好吧,我们试试看!"田原鼓着勇气说。

"对! 有任务就得完成! 我对你最满意的就是你做工作很积极! 小田! 这一点很要紧! 革命,就是要有一股干劲! 要做条牛,不要做只猪! 猪是光吃食不干活的!"

石东根这几句话说得很畅快,又很恳切真诚,对他又有赞扬,田原听得很入耳,他那有些像女性一样的眉毛和水分很多的眼睛,愉快地舒展开来,白白的蛋形脸上,突然出现了霞彩。

田原是个二十一岁的青年,是去年七月里战争刚爆发的时候来到连里工作的。能演戏,会唱歌,又长于画画,本领不精,但是样样能来两手。罗光很喜欢他,战士们也跟他搞得来。打仗的时候,他照管炊事房,掌握小后方和担架等等,石东根也觉得他的工作做得还不坏。只有一点,大家有些意见,那就是他爱漂亮,喜欢打扮,他的衣袋里除去钢笔、小本子、手帕以外，还有两样东西永不离身：一把常州出产的小木梳和一个小鸭蛋镜子。他不允许他的头发蓬乱和脸上有黑灰，就是在最忙碌的时候也是这样。奇怪的，一方面有人对他这个习气有意见，一方面却又有人学他的样，连部的通讯员小鬼李全就是当中的一个。他不爱多说话，惯于用他的眼睛和眉毛表达他的感情。他到这里来，信奉这样一条道理——小资产阶级知识分子必须向工农学习。在八连，他满意地找到了他的家。他崇拜罗光，把罗光当作上级，又当作老师。对连长石东根开始合不上拍子，投不上口味。“摔掉你那个小月牙吧！几根毛有什么耙头？那块地上还能长出庄稼来？”石东根给他吃过这样的“鱼翅”。近来，特别是莱芜这一仗打下来，他对石东根生起了崇拜英雄的感情，他觉得这个人不简单，不仅是块硬石头，而且像一块在高热炉里炼过的钢铁，敲它会响，锤它不碎。

田原拿出一些纸张，钢笔里吸饱了墨水，坐到桌子边，说：“连长！你说，我写！”

“写什么？”石东根问道。

“总结！”

“你见过指导员是这样搞总结的？”

“指导员是自己写的，写好了，我替他誊清。”

“开会不开会？”

“开会。”

“对！要开会！刚才团长在电话里交代我要走群众路线，发扬军事民主！”

田原搔着自己的头发，不知为了什么，他今天竟是这样愚蠢起来，犯了过失似的，脸又立刻涨红起来。

“好吧！我说，你写！”连长又突然这样说。

田原惶惑地望着连长。

“先把战斗经过、俘虏、缴获、伤亡、消耗的情况写一写。别的等开会讨论！”石东根说着，打开他的小本子。

田原把笔杆子晃晃，等候着。

“战役从二月二十日晚上八点钟开始，我连在二十二日中午接受任务，下午六点钟进入阵地，接替兄弟部队的攻击任务。下午八点钟，信号弹飞上天空，发起攻击，黑地冒雨前进，一律配备轻火器‘汤姆’、‘卡宾’的突击队，展开小群动作，兵分两路，向敌人纵深阵地偷袭楔入。……”

石东根的总结工作，就这样开始了。他两腿交叉着盘坐在床上，一刻儿看看字迹不清的本子，一刻儿又摸着脑袋想想，然后一口气说上几句，等田原写好，歪过脸来向他要下面的内容的时候，他又一口气说上几句。看他眼要看本子，脑子要想，嘴里要讲的那等忙碌紧张的神情，简直是在受着痛苦的折磨。盘着的腿，忽然伸开来挂在床边上，忽然又蹲在床上，把两个膀肘子抵在膝盖上。说了几句，田原已经写得差不多，他又说：“这两句划掉！不算！”总之，他很认真，但是又很苦恼。

这样搞了一阵，石东根不耐烦了，摔了小本子说：

“这样！我从头说，你听住记住！说完了你去整理吧！”

这个办法，田原又感到困难，眉毛皱了一皱。但他出于一种对痛苦的人的同情心，同时也想不出其他更好的办法，便展开眉毛，点点头。

他搁下笔来，望着连长，斜着耳朵。

石东根滔滔地说下去，尽管有些重复、噜苏，但是挺有神气，又有味道。有时候，连枪声和炮声大、小、稀、密，都讲得很清楚，并且常常挥着手势，脸上现出各种表情：可怕的、兴奋的、滑稽可笑的……

田原听得入神极了，仿佛孩子听神话故事似的。

在战斗里，在战场上奔来跑去的小鬼李全，也被连长的声色所吸引，又回到战斗里面。他和田原坐在对面，很有兴味地听着。在石东根话语停顿的时候，他还轻声地或者摇手跺脚地在当中插上三句两句，仿佛是为了帮助连长说得更生动、更准确一些似的。

战斗以后，田原听到过很多战斗故事，但却没有听到连长像今天这样讲过一次，在他到这个连里工作的大半年的时间里，这还是连长认认真真地专门对他讲说战斗情形的头一遭。这在他的心里，确是新鲜有味的感觉。

三七

第二天上午，连长石东根的屋子里，突然变得光亮洁净，但却特别狭窄起来。许多人都来了，先来的坐到床上、凳子上，后来的，就垫着背包坐在墙边、墙角上。烟从他们的嘴里、鼻孔里吁出来，在人堆子里兜了一阵圈子，才从窗口和小门踏出去，仿佛这个屋子里再也没有它的容身之处了。

纷纷的谈论，和烟雾一样，在小屋里蒸腾起来。究竟谈的什么，谁也听不清楚，声音仿佛是从坛子里发出来的，又像是飞机马达的轰鸣。但是，从他们摩拳擦掌嘻嘻哈哈的种种神情看来，他们是快乐的，仿佛一幕最精彩的戏刚刚演完，在争抢着抒发观感和评论似的。

“请大家等一等！有首长要来参加我们的会议。”文化教员田原像指挥唱歌似的挥着手说。

屋子里二三十对眼睛不约而同地一齐朝门口张望，吵吵嚷嚷的声音好像留声机的发条突然折断，立刻停歇下来。

军司令部作战科长黄达、参谋胡克，军政治部、团政治处的报社编辑，来过好几次的两个新华社前线记者都来了。接着，团长刘胜和团政治处主任潘文藻，在黄弼负伤以后升任的营长王鼎也来了。

连长石东根在门口边向团长不安地说：

“我们是随便谈谈的，你们来这多人！”

“戏好，看的人当然多呀！就是随便谈得好。”刘胜随便地说。

会议开始。

石东根自己也很意外，昨天夜晚田原替他整理好的战斗经过情形的材料，只向他念过一遍，他现在竟然背得很熟，一口气讲完说尽，大约只用了十分钟时间。讲完以后，他望望田原和大家的脸色，确是表现出满意的样子。他便松弛下来，打了个小小胜仗似的，声调高扬起来说：

“我的开锣戏完啦！你们谈吧！昨天不是准备了吗？随你们谈，谈你们心里的话，对我有意见，尽管提！不要打埋伏！”田原手里握着笔，坐在墙根的背包上，一沓纸放在膝盖上垫的一本书上，默默地记录着。

一个报社的编辑在他的本子上，迅速地画着圆圈子，画着横的竖的、有粗有细的线条，低着头画一阵，又抬起头来望一眼，然后又低下头去画着，他的本子上发出“沙沙嚓嚓”的细微的连续的响声，仿佛蚕吃桑叶似的。

沉寂了一分钟以后,好几个人同时站起来发言。

站起来的张华峰、洪东才几个人坐下去,让秦守本第一个说话。秦守本的屁股已经靠上背包,看到张华峰他们坐了下去,便又重新站起来。他的两手把衣角紧紧地拉着,好像只有这样他才能够说出话来似的。

“我先讲就先讲!……我说,这个敌人比七十四师好打!七十四师大炮凶,敢冲锋,这个敌人的榴弹炮没有什么了不起!你看,一垮下来就像兔子碰到老鹰,有的一听我们枪响,屁股翘上天,像个鹌鹑,顾头不顾腚!”

人群里响起接连不断的笑声,有的笑得捧着肚子,有的笑得唾沫都喷了出来,团长刘胜也笑了,他的笑声一起,别人的笑声就一齐歇下去,让他一个人笑,同时看着他一个人笑。

秦守本的话给笑声卷走,他说了一句:“没有了,想起来再讲!”便涨红着脸坐了下去。

编辑、记者“叽叽喳喳”地问着他们身边的人:“他叫什么名字?”画画的人在秦守本脸上牢牢地看了一眼。

接着站起来的是身体矮小的洪东才,好像秦守本说话的姿态是个模范似的,他也把两只手拉着两个衣角,不过,他在拉过衣角以后,又捏捏衣服钮子才开始说话:

“我们没有碰到兔子、鹌鹑!我们碰到了一群苍蝇,拍了一个,旁的全飞掉了!倒霉!四班、六班抓了四五百个,我们只抓了不多不少八十个!顶大的官是个伙夫班长!”

所有的人都笑了,田原笑得忘记了记录,画画的连手里的铅笔也笑得滚到地上去了,不大爱笑的潘文藻也大声地笑了起来。

洪东才自己没有笑,他的黑黝黝的小团脸上,堆积着苦痛和悔恨，跟别人相反，他几乎要大声地哭出来。他阴沉着脸，继续地说：

“真倒霉！我们一个班，在吐丝口报销了一半，还有一个带轻花的。一个干馒头没啃了，就拉到公路后面小山包上。看到敌人垮下来，我心里真不是滋味，又难过，又高兴！我不怨别人，我这个班长没当好。比战果，我们是倒数第二名，比炊事班多捉了几个。”

他的眼泪滴落下来，仿佛他自己没有感觉到似的，任它挂在脸上。

“我有个意见：我们不该上敌人的当！敌人摇白毛巾，连长喝着‘向上冲！’凭心说，我不相信敌人是真投降！真投降怎么枪丢出来人不下来？我们班上六个同志报销，我看血淌得有点冤枉！我记得，去年打宋家桥——战争爆发以后的第二仗，我们吃过这种亏！……我的意见不对，大家批评！”

洪东才说完以后，默立了许久，才坐下去。

坐在他旁边的张华峰把毛巾掷到他的面前，他揩了眼泪，把毛巾掷还给张华峰，同时睁着红眼睛望着张华峰，仿佛是问：“我说错了没有？”张华峰的脸上没有表情，好似在想着什么问题。

石东根的心渐渐地摇荡起来，脸上一阵白一阵红，瞪着洪东才，洪东才受到威胁似的低着头，肚子抵在膝盖上，屏着气。

小屋子里沉闷起来，空气紧张得很，许多人拼命地把烟朝肚子里抽吸，发出“嗤嗤咝咝”的好像轮胎漏气一般的声音。

连长的脸上充满怒气，两手扭在背后。有人暗暗地估计到连长要发脾气，偷偷地望望洪东才，替洪东才担着心思。

“大炮、机关枪统统抬出来！”石东根瞪着洪东才，大声地说。

刘胜望了石东根一眼，和黄达耳语了两句什么，说道：

“大家继续发言！洪东才的意见很好！”

这两句话，复活了屋子里蓬勃的生气，许多人心上的石头搬了开去，洪东才的头也就缓缓地抬了起来。

“吃敌人假投降的亏，怪我，是我警惕性不高。洪东才的批评我接受！我是排长，没有把敌情判断清楚。连长指挥战斗，我看比宋家桥、涟水战斗都要细心一些，就是还有点‘火烧屁股’[①]，我也有这个毛病！”二排长林平言辞恳切地说。

他的勇于负过、自我批评的精神，把大家滚烫的头脑冷静下来。连长石东根坐了下来，点着一支烟衔在嘴上，看样子，他已经沉下气来，把一个记者的画本子拿过去看了看，还点了点头。

会议像一条疏浚过的河道，水流顺畅地淌过去，有时激起一些波涛和浪花，有时也很舒坦平静。不少的班排干部说了要说的话。在进行到两个小时的时候，石东根宣布休息十分钟。

人们拥出热腾腾的小屋，在广场上跳着、唱着，也有的还在争论着敌人假投降和“火烧屁股”等等问题。

留在小屋里的是刘胜、潘文藻、黄达和石东根。

“说我别的我接受！说我‘火烧屁股’我思想不通！打仗，不靠勇敢靠什么？说我‘火烧屁股’，就是他们怕死！不冲，慢掩掩的能解决战斗？老太婆作风我干不来！”石东根对刘胜他们气愤地说。他绷紧着脸，受了委屈似的。

“你要考虑考虑，不能说人家批评‘火烧屁股’就是怕死！我们是要讲究讲究战术。”黄达拍着石东根的肩膀，微笑着说。

“你不通！我通！批评我‘火烧屁股’战术，我就承认！不到万不得已，就是不应该‘火烧屁股’，瞎冲瞎撞！他们批评你，也就是批评我！”刘胜点着桌子说。

---

① “火烧屁股”是部队中的流行语，意思是指办事急躁，不作必要的准备和周密的考虑。

“这样让他们乱说，我这个连长干不了，让他们来指挥指挥看，我情愿拿步枪！”石东根气鼓鼓地说，脑袋歪偏到肩膀上。

“这个我们以后再说！”刘胜淡淡地说。他知道石东根是条有角的尖牛，在他性子上来的时候，最好的办法是不去顶撞他。

会议继续进行。王茂生第一个发言，他的话刚说了两三句，李全跳跳蹦蹦地跑进来，猛不防一头撞在坐在门口的团长身上，王茂生的话也给他撞断了。

“军长来了！”李全喘息着说。

石东根两手向上一举，大家一齐站起身来，眼睛望着门外。沈振新和陈坚走到门口，他抬起臂膀和大家招呼一下，然后手掌向下一压，要大家坐下去。

他们在几乎无处插足的屋子里，局促地坐下来，望着站在墙边的身材结实、双目有神的王茂生。团长告诉军长沈振新说：

“王茂生！神枪手！”

沈振新的尖锐的眼光凝聚到王茂生的身上。

昨天刚刚提升的副班长王茂生，第一次见到军长，而军长的眼光又那样尖锐地对着他，他感到发言困难。可是，站着已经好几分钟，军长和同志们都在等候着他。由于秦守本在他后面低声地激励了一句：“说吧！没关系！”他终于又开口说下去，大概是因为过分紧张，声调定得很低，话说得又快，开头几句使人听不见他说的什么，以后，才镇静下来，声音也就清亮明白起来：

“……打这大的仗，炮火那样猛，我是头一回，我的心跳得慌，枪也打不准了！我们班的张德来当时就吓昏了头。我看，这一仗打得真美！像我们海门的棉花球，洋种，白白净净的。我们从前打游击，捉到一个‘黑老鸦’就高兴得要命，回家杀鸡吃。这一仗，捉那样多！一个连捉一千七八！做梦也想不到！我本来有点想家，这一下我不想了，这样再打几仗，就打到我们家门口了。我有两个意见：头一个，联络不好，我们打游击一个不离一个，这一回，我们找排长找不到，找连长也找不到，我跟班长追敌人追下去一两里，跑回来就找不到队伍，幸亏看见五班长洪东才。第二个，我喜爱打步枪，汤姆枪打不来，要是我拿步枪，碉堡顶上几个敌人，就能把他们打得滚下来！我这一仗成绩很小很小，汤姆枪扫是扫掉了几个敌人，打死敌人师长骑的一匹马。"

"就是那匹马打得好！不打死那匹马，能捉到敌人师长？"刘胜击着手掌说。

"射人先射马，擒贼先擒王。知道不知道？记住！碰到骑马的敌人，就是先打马后打人！你的意见很好。"沈振新赞扬说。

他转脸对刘胜和石东根说：

"以后叫他专门拿步枪！发挥他的特长！"

一个记者在王茂生脸上现着笑容刚要坐下去的时候，照相机"嚓"地响了一下。画画的记者得意地把画好了的王茂生的素描像，给刘胜看了看。

秦守本的眼睛不时地望望军长，军长的眼睛也望见了他。

他在回忆着在铁路南边军长和他谈话给他烟吸的情景，脸上充满着梦笑般的神情。又有两个人发言以后，沈振新指着秦守本问说：

"你怎么不发言？"

秦守本站起身来，正想回答，石东根说：

"他打冲锋，头一个发过了！"

秦守本在沈振新来到不久，就悔恨自己发言过早，没有在军长的面前说说自己的意见。现在,军长似乎也觉得没有听到他的发言是个遗憾。秦守本的心里原还有些意见要补充说说,在这个当口,再发言的内心冲动便更加强烈起来,于是亮亮嗓子说:

“我再补充几句。刚才王茂生说,再打几仗就打到他们家乡海门去,我说,我们还要打到江南,打到我们天目山去。我跟张华峰前天接到我们杨班长的信,他说他的爸爸给反动派打死了,他妈妈给关在监牢里。我要求军长调杨班长回到前方来,他的伤口已经好了。要是他这一回在这里,还当我们班长,我说,我们班顶少顶少要多抓三百个俘虏,吐丝口那个敌人师长,身上长翅膀也飞不掉!我一讲话,就要提到我们仇人七十四师,我们现在有了大炮,一定要跟七十四师再干一下!把它干掉!我还有个意见,罗指导员头上受伤,不算重花,也不能算轻花,不该留在火线上!他要是当时就下来,我看,现在用不着住到医院里。还有,我这回两次跟王茂生去捉敌人师长,没有很好地掌握全班,是个人英雄主义。王茂生打死了敌人师长的马,敌人师长从马上栽下来,我当是他把敌人师长打死了,捉不到活的,我发了他的脾气。他是党员,涵养好,我要检讨,要向他学习。”

秦守本说话有些慌乱,但态度自然,表现了内心真实的感情。说到七十四师,他的牙齿不由得咬紧起来,提到杨军的来信,他就脸色阴沉,充满深刻的仇恨,批评到自己的时候也使人感到他的态度恳切。他这次的发言,在军长、团长、团政委和大家的心目中,都留下了鲜明深刻的印象。

沈振新保持着满意的沉默,注视着会场上情绪的变化和发展。他的锐利的眼光,照遍着整个屋子里的一切,在每个人的脸上捕捉着透露他们内心情感的表现,仿佛是一个最有经验、又最负责任的导演，在聚精会神地监督和观察演员们正在进行的戏剧表演似的。

秦守本刚坐下去，手像树林似的举起来，许多人站立起来，叫着争抢着要发言。这种情绪沸腾的情形，使主持会议的石东根感到惊异，又感到困难。他在站着的人们当中注视了许久，也没有能够指明让哪个人发言。不知是谁在人丛里叫了一声：

“让四班长发！”

于是，许多人坐了下去。

四班长张华峰是个坚定、稳重而又谦和的人，个子很高大，长方脸，有一对黄亮亮的眼珠和两个略向前招的大耳朵，嘴唇很厚，说话的声音低沉，但是干脆有力，身体的各个部分长得匀称，坐下来很端正，站着很有分量，像是一棵摇撼不动的粗壮的树干。他态度沉静地说：

“炊事班这一回搞得好，不误大家有饭吃，馒头送到火线上。他们拿手榴弹跟扁担捉了二十七个俘虏，消灭了敌人一个排！担架工作也比涟水战斗做得强，没丢一个伤员，抢得也快。文化教员、卫生员都有功劳。连部小鬼李全，给炸弹打得埋到土里，爬出来的时候，手里还捏住从营部带回的信，是个有种有胆的小家伙。没有这些同志做了这么好的工作，我们战斗班怎么也打不好仗。提到‘火烧屁股’，二排长的意见我同意，连长非常勇敢，遇到情况很果断，就是性子急，他一急，人家心里就发慌。提到打七十四师，不消灭七十四师我心不甘，死了我眼也不闭！我们班一个刚补进来的解放战士说：‘你们能打败三十六，打不败七十四！’听了他的话，我是个不好生气的人，心里也生了气！我跟他谈过两次话，他还是不服，恐怕把七十四消灭给他亲眼看见，他才会服帖。秦守本说这个敌人比七十四师好打，我也同意。要晓得，这回战斗跟涟水战斗不一样，这一回是我们攻，敌人守，那一回是敌人攻，我们守，两回不一样。要是七十四师守，我们攻，恐怕七十四比三十六强也强不到天上去！我说得过多了。还有一点，就是说敌人是苍蝇、兔子，我又同意又不同意。一个敌人跟我拼小插子，好容易才干掉他！那个家伙，不像狼，也像条疯狗！我还要说一句的，就是山东的老百姓不比苏中、江南差，小米给我们吃光了，草也烧光了，一句怨言没有。……我的缺点很多，只顾自己一个班，没有帮助五班，五班俘虏捉得少，因为我没有帮助他们，要把我们班拨两个战士给他们，他们战果就会大得多。……我讲的不对，大家批评。"

张华峰说得那么有条有理，不慌不忙，有分寸，又有感情。好像不是一个战士，而是个很有智慧、有见解的军事家兼政治家一样。沈振新和刘胜、陈坚以惊叹的眼光，互相对望了一下，情不自禁地和屋子里所有的人，一齐热烈地鼓起掌来。

摄影记者敏捷地把这个场面拍了下来。

到了这里，会议很自然地达到了高潮的结尾。

石东根也很兴奋地宣布散会，下午两点钟再继续开。

班排干部们拥出了会场，编辑、记者紧紧地跟踪在张华峰和秦守本、王茂生他们后面，拥挤在人群里。

留坐在小屋子里的沈振新对石东根说：

"没有干部没有人才？这些不是干部不是人才吗？你这个连不错呀！"

"脚不错，就是我这个头不行！"石东根摇摇头说。

沈振新笑笑，轻声地说：

"头也不错，就是有时候有点头昏眼花！"

"酒，我这辈子不吃了！"石东根以为军长是批评他吃醉了酒，宣誓般地说。

“你能不吃酒，头昏病就好了一半。”沈振新又笑着说。

石东根感到窘困，呆呆地站在那里。

沈振新转脸对刘胜、陈坚说：

“也怪你们，拼命灌他干什么？”

刘胜、陈坚认过地浅笑着。

沈振新他们满意地走了，留下黄达和胡克两个，要他们一定要帮助石东根把战斗总结写好。

石东根送走了首长们，朝床上一躺，两只手枕在头底下，吐出一口长气，对黄达、胡克寻求同情似的说：

“黄科长、胡参谋！在我们这个连，连长真难当呀！”

“怎么难当？”黄达问道。

“你看，排长、班长都有一套呀！能说会讲呀！就是我这个连长落后！”

“是你领导、教育得好呀！手、脚是听头脑指挥的呀！”

石东根坐起来又躺了下去，仿佛他从黄达的话里，嗅到了香气和甜味，黄达正是触到了他的痒处似的忍不住地笑了笑。简直和一个孩子一样，他忽然又苦恼起来，笑容在他的脸上停留了一眨眼的工夫就消失了。

“民主！下次打仗，叫我怎么指挥？”他搔搔头，嗟叹了一声，咕咕噜噜地说。

三八

十八岁的李全，看来还是个孩子，身体长得圆滚滚的，个子不高,小脸蛋像山东出产的花红果子,皮肤是枇杷色的。他打扮得整整齐齐、干干净净,背着一支自己缴到的崭新的卡宾枪,在阳光下的大路上行走。他的脚步很快,落脚很轻,几乎连他自己也听不出声音来。好像给美丽的大自然陶醉了似的,他不时地看看青山坡上的牛羊,望望天空的飞鸟、浮云。有时候,看到一只什么鸟雀对他毫无惧色地站立在附近的山坡上、麦田里,他就举起枪来,一边走路一边向它瞄准,他不去射击它,到鸟雀飞走,又放下枪来。他骄傲他有了一支新枪,也骄傲鸟雀们终于因为怕他而飞逃开去。

他按照连长石东根的吩咐,要把写好的战斗总结,一份一份地亲自送到营部、团部、师部一直到军部,而且要送给首长们“亲收”,打个收条拿回来。

“限期五天,今天是第六天。沈军长是记性最好的人,今天送到刚好,明天送到他的手里,他要批评的。送给首长亲收,不得有误!我已经吃了他一次‘排骨’,你晓得吗?”

连长交代的话,好像鼓槌子敲在他的脑盖上,连长说话的时候那种严肃的神情,螺丝钉一样钻牢在他的心里。他为着使连长不要再吃批评,便先送远的后送近的,路过营部和团长门口他没有进去,一直向军部的驻地走去。

到了军部的大庄子上,绕了两三个圈子,没有看到有岗哨的大门,正想找人问问,他看见了黄达。在他走到面前的时候,黄达问道,“来干什么,小鬼?”

“送总结文件来的。”

“我不是带一份回来了吗?”

“连长说那是草稿,不是正式的。”他从文件袋里,拿出送给军长的一份来,接着说:

“这是正式的，文化教员抄了一夜半天，到吃过中饭才抄好，连长在上面盖了图章。”

“连长又改动了没有？”

“我不晓得。”

“交给我吧。”

“连长说要交给军长亲收。”

黄达觉得石东根把事情看得太严重，哈哈地笑了笑。

李全照黄达的指点，走到军长门口。不知是认为在军长面前的特别需要，还是由于完成任务的心情迫切，他扬起嗓音大叫了一声：

“报告！”

李尧吃了一惊，从屋子里出来，一看是熟识的李全，便握握他的手，把他带了进去。

沈振新接过文件，眼睛在李全身上打量一下，把文件一页一页地翻了一遍。在他的眼里，本子里写的字迹清秀，行列整齐，大小均匀。他看看封面，“莱芜战役”四个大字是红墨水涂描的，大字下面“刘陈团三营八连战斗总结”几个粗体字，是蓝墨水涂描的，标题四周镶着紫藤花的边，底边两道绿色海水纹上写着年、月、日，并且盖着石东根的鸭蛋形仿宋字体的小图章。装订的线是发亮的黄色丝线，打着一个蝴蝶结。——这样精致漂亮的装饰，首先使沈振新产生了良好的美的感觉。他把这个经过装饰打扮的本子，很细心地放在面前的桌子上。

李全的小眼睛眨也不眨地盯望着军长的神情，对军长每一个细小的动作和表情都不放过。他看到军长的眉毛颤动一下，眼睛先睁大开来，后又眯成一线，仿佛玩赏一幅名画似的，看着本子的色彩鲜明的封面,脸上现出喜悦的笑容。李全的心里豁然大亮,替连长暗暗欢喜。“你看军长多高兴啊!”他心里笑着说。他刚进来的时候那种紧张的心情,也就变得轻松活泼起来。

“这样考究!是送给我的礼物?弄得这样花花绿绿的。”军长淡淡地说,微微地笑笑,瞟了李全一眼。

李全也笑了笑,仿佛是为了礼节上的需要似的。

“是文化教员一个人画的、写的,他忙了一夜半天。连长说:‘马马虎虎吧!’文化教员说:‘打胜仗,就是办喜事,应该弄得漂漂亮亮的!’文化教员心又灵,手又巧!”李全的声音像燕子似的呢呢喃喃地说。

沈振新把本子拿起来又看了看,吹去桌面上的浮灰,又放到桌子上,问道:“文化教员叫什么名字?”

“田原。”

“给你们上课吗?”

“上,上文化课,教唱歌,排戏,有时候读报,还帮指导员上政治课。”

沈振新眼睛朝上抬抬,回想着似乎见过的田原的模样。隔了一会儿,他转过脸问道:

“你们连长还常发脾气吗?训过你没有?”

聪明的李全见到这两天好几个人提连长的意见,说连长性急,“火烧屁股”,好训人,他觉得意见对,但又觉得连长有连长的苦处,连长常常唉声叹气,夜里觉也睡不好。从军长的问话里,他敏感到军长的心目里刻上了对连长不大好的印象。出于对连长的仿佛是小弟弟对于兄长的关切维护,他回答说:

“我们连长比从前好得多了,不大发脾气。我有时候工作做错了，他是首长，说我几句是教育我，那也应该！"

沈振新不禁笑出声来，说："你替他打掩护是不是？"

李全的心事被识破，虽然摇着头，但却找不出适当的话来进行解说。

"他这个人打仗会打，工作肯干，心肠直爽，就是好吃酒。有时候，对自己同志像个老虎，不大讲理，叫人害怕。你也该对他提提意见，批评批评他，叫他改掉。能够改掉，大家拥护他，又喜爱他，那多好呀！"

"连长不吃酒了，他说全连从今以后都不许吃酒。我们连长说一不二，说什么就做什么。他把连里缴到的胜利品：钢笔、手电筒、香烟盒子、照相机，还有戴了好几天的手表，说是不锈钢、不进水的，统统缴上去了。"

"那就很好！那你们下一回，一定能打更漂亮的胜仗！"

李全不由得吃了一惊，心里想："这一回一个连捉了近两千俘虏，下一回还能捉三千、四千吗？要真能这样的话，连长的脾气倒真的应当改掉！"

"你是哪里人？"沈振新走到李全面前，弯下身子望着李全发着光亮的小脸问道。

"如皋潮桥。"李全回答说。

"参军的？"

"打泰兴城那天来的，去年七月十三。"

"是党员吗？"

"打过两次要求入党的报告。去年十二月一号打过一次，前天又打过一次。"

沈振新拿起漂亮的总结小本子，站在门口边的阳光地里看着。

李全向李尧说："连长关照请军长写个收到条子。"军长听到了他的话，便在一个纸条上面签上名字交给了他。

李全向军长敬了礼，离开了军长的屋子。李尧留他歇一会儿，他说他还要到师部、团部去，李尧从袋子里摸了一把红枣给他，他抓了几个，便奔出了庄子。

小李全一路上哼着愉快的歌子，碰到小桥，他不走桥，双脚一蹦，跳了过去，仿佛在战斗里完成了一个最紧要的通讯任务似的，花红果儿似的枇杷色的脸蛋，在阳光下面，显出兴奋而又满意的神情。

他认为送到师部和团部的文件，都是无关重要的了，没有见到师长便把文件交给收发员，打了个公章收条回到团部。到团长门口，团长刘胜正和政治委员陈坚坐在太阳地里谈论什么，他便敬了礼，送上文件，等候着团长打回条。

团长和团政委接过文件，没有像军长那样地感到兴趣，没有翻它，也没有入神地看封面。

他失望地望着刘胜和陈坚的无表情的脸色，然后又伸过头去看看文件封面，原来这份文件的封面上，除去"莱芜战役"四个大字是红色的以外，没有像给军长的那一份美丽的装饰，没有绿色的海水纹，紫藤花的镶边，也没有黄丝线的蝴蝶结。"这也难怪！这一本不漂亮。"他在心里向自己解释着说。

"你从哪里来的？淋了一头一脸的雨？"刘胜问道。

"军部、师部。"李全抹着头上的汗珠，回答说。

"也是送这个的？"陈坚问道。

"唔！"

"几个字写得很秀气！"陈坚翻着小本子说。

“文化教员写了一夜半天。”李全又一次地把田原的功绩表了一表，他觉得这样表明一下，自己心里舒服，文化教员的辛苦劳动也才有了报酬。

“字写得好，不算数，要看里面写的东西怎么样。绣花枕头，外头漂亮，里面一肚子稻草，有什么好！”刘胜冷冷地说。

李全不知道里面到底写的什么东西，更不知道写得好是不好，他呆愣着，说不出什么话来。

他正想向团长索取收到条子，团长用戴着手表的左手，取下右腕上的一只表来。他一看，这只在团长手心里发着耀眼的光亮的表，正是连长缴上来的不锈钢的、不进水的游泳表。他的眼睛毫不转动地望着，他偏着一只耳朵，伸着脖子，屏着呼吸入神地竭力地倾听着，虽然他的身子离开那只表的位置还隔着两步来远，却似乎听到了表的“窸窸窣窣”的声音。多好的玩意！连长喜欢它，他也喜欢它，他认识它，他多次地听过它那清脆均匀的摆动的声音。

“这个表是谁的？”刘胜问李全道。

“我们连长的！”李全毫不犹豫地说。

“谁缴的？”

“六班安兆丰！在战场上的麦田里捡到的。”

“你认得？”

“认得。”

“就是你们连里会缴这样的表？全世界这样的表就只有一个？”

李全呆愣着，找不出适当的有力的言语来争辩。从他的盯在表上的眼神看来，他依然确信那是连长前几天缴上来的那只表。

“好吧，你认得就给你！”刘胜半真半假地说，把手里的表送到李全的面前。

李全向前走了一步,不知怎么,他却又胆怯起来,想伸出去的手止不住地发着颤抖,疑问的眼光射在团长和团政治委员的脸上:

“真的吗?”

“拿去! 说给你就是给你!”陈坚笑着说。

李全伸出手去,团长手里发着亮光的表到了他的手里。他把它握在手心里,在阳光里晒了一阵的表,润滑而又温暖,使他从手上到心坎里面都生起了一种舒适的快感。

“告诉你们连长,这只表是团党委批准给他用的。”

刘胜的话音刚了,李全的手就慌忙地举过帽檐,刘胜还没有来得及还礼,他就转过身子要走。

“站住!”刘胜喊住他,站起身来问道:

“这是谁教练的? 步兵操典上规定拿枪的兵士是举手敬礼的? 举手敬礼的时候,手举到头顶上,不等对方还礼就可以移动身体?”

李全竭力地压服着兴奋的情绪,稳定住颤动的两腿,涨红着脸,把手表装到衣袋里,向团长严肃地行着持枪敬礼。

团长仔细地观察了他的姿势,纠正一下他的过分张开的脚尖,把他装表的时候忘了扣上的钮子扣上,才向他做示范动作似的还了礼,然后在李全润滑的脸蛋上抚摸一下,嬉笑着说:

“滚回去吧!”

李全却又站着不走,伸出手对团长说:“文件收条!”

“要收条? 你收了我的表,也打个收条给我!”

李全呆愣着,不住地眨着眼睛。

“算了,你不打给我,我也不打给你!”

事实和他的兴奋情绪使他只好这样妥协了。

李全胜利地笑笑，走向庄子西边连部驻的小庄子。他的脚步越走越快，出了团部的庄子，脚下的沙土就扬了起来。

表在他的袋子里滚动着。他取出它来，把不锈钢的表带套上他的小膀子，几乎靠近膀肘子，它才合适地安下身来，他觉得有一条光滑的冰带缚在那个地方。

过营部门口，他把文件匆匆地交给通讯员，匆匆地说：

“以后送信去，把收条带给我！”

营部通讯员应了一声，他就跑回了连部的驻村。

屋子里没有人，他到处找寻连长，连长不在，文化教员也不在。又回到屋子里，还是什么人也没有。他洗了脸，扑去身上的沙灰，疲倦地躺在床上，把膀肘靠到耳朵边上，听着“窸窸窣窣”的节奏均匀明晰的手表走动的声音。

他似睡非睡地躺着，有一种朦胧的笑态，雾一样地浮泛在他那枇杷色的脸上。

连长和文化教员打野外回来。

他像说故事一样，指手画脚、眉目传神地把见了军长、团长、团政委的情形说了一番，有意把表的事情先不提起。

“文件搞得很漂亮，字写得很秀气。军长、团长、团政委都夸赞的。”他告诉田原说。

田原害羞似的笑了一笑。

他拿出军长和师部的收条，放到桌上。

“团长、营长的呢？”石东根查看以后问道。

“你听听！”李全把膀肘子靠到石东根的耳根上。石东根摇摇头，表示听不到什么，李全又把衣袖子拉起来，表的“窸窣”声便在石东根的耳朵里跳动了。

“拿回来啦?”田原惊喜地问道。

他把手表从小膀子上取下来,套到连长的手腕上,笑着说,“这就是团长的收条!”

石东根抚摸着光滑的给李全的体温烘热了的表,对李全说:“没吃饭吧?到炊事房吃饭去!我叫他们留了菜。”

李全爬起身来,跑向炊事房去。

黄昏时候彩霞的光辉,为了瞧探他们的喜色似的,兴奋地闯进屋来。

石东根看看表,表针正指着下午七时的时标,他扬起洪亮的嗓子,站在操场上,高声喊道:“司号员!吹号!点名!”

第十章

三九

大地欢笑了。

麦苗兴致勃勃地繁荣生长，遍野是绿油油的一片。草木吐出了青芽、绿叶，桃花接着杏花，在山谷间、田陌上盛开怒放，喷着扑鼻的香气。清清的溪水，潺潺地流着，像仙女身上美丽的飘带，从高崖上伸展到遥远的地方去。山崖上，半空中，林木间，莺、画眉、百灵、燕子、黄雀等等鸟雀，得意地飞翔着、鸣叫着，鸟鸣和着溪水的流声，在春风里轻轻地回荡。

青年战士杨军的年轻的妻子钱阿菊，坐在村外山脚根的小溪边，洗着杨军的和她自己的衣裳，春风吹动她的衣襟和垂在颊上的头发，春阳沐浴着她的青春的脸，她的影子倒映在清澈透明的溪水里，洁净的、柔和的而又健壮的身姿、面貌，在这个自然景色的画图里，显得分外俊美。她手里搓揉着衣裳，水花飞溅，嘴里哼唱着她的家乡的江南山歌：

河东阿郎忙采菱哟，
河西阿妹妹洗头巾。
头巾抛到河东沿，
阿郎给我一把菱哟！

头巾包着一把菱哟，
菱里包的阿妹的心。
阿妹妹的心比菱甜哟！
阿郎的情比水深哟！

杨军仿佛听到了歌声，轻脚细步地向溪边走来。待他走近的时候，阿菊还在唱着。她听到脚步声，心一跳，截断了歌声，猛一抬头，见是杨军。

“知道我在这里？”阿菊问道。

“我当你躲到老鼠洞里去了！”杨军微笑地说，看看附近没有人，便坐在桥边的石头上，接着说：

“再唱一个听听！”

阿菊把指头上的水珠，弹向杨军的脸上，冷下脸来说：“你唱，我陪你！”

她收拾了洗好的衣裳，顺便擦了擦脸，理顺了头发，坐到杨军的身边，把杨军拿来的布包解开来，问道：

“做鞋子要这多布？”

“做四双！”

“先做一双两双，以后，我两个月做一双，带给你，包你赤不了脚。”

“跟阿本、阿鹞也做一双！他们晓得你来了。”

“你告诉他们的？”

“我写的信不是给你看了的？定是黎青同志写信告诉军长，军长告诉阿鹞，阿鹞又告诉阿本的！”

“黎医生跟我说，把那张照片寄给军长去了。”

她把杨军赶早集买来的青色鞋面布和蓝条的鞋里布展放开

来，揸量了杨军的脚，又揸量一下布的长短和布口面的宽窄。

“刚好，够四双的。会买！布不错，蛮结实。”阿菊说着，对着阳光照看一下布的质料，用力地抖抖。

“快点做！”杨军说。

阿菊知道他天天吵着要到前方去，心里本就有点不安，现在，买来了鞋布，催着快做，像是就要动身的样子，心就更是往下沉坠。她把鞋布卷叠起来，沉默了一阵，细长浓黑的眉毛迅捷地动弹一下，说：

“来得及，半个月做一双，两个月一定做好四双鞋。”

“要两个月！”杨军瞪着眼惊讶地说。

“手笨，有什么法子？”阿菊含笑地说。

“跟我卖关子！不高兴做，拉倒！”杨军把鞋布拿回到自己手里，恼闷闷地说。

“要糊鞋骨子，要纳底，要做鞋帮，要一针一线地绱。靠的两只手，又不是用洋机！半个月一双，还算慢？”

“当我外行？老百姓做支前鞋子三天两双。”

“我要就不做，要做就得样子好看，穿得舒服，牢靠，结实，经得住爬山过岭。”阿菊想了一想，又抖动眉头，轻快流利地说。

杨军脱下脚上的一只鞋子，送到她的面前，说：

“你看看！人家做得不好？”

阿菊瞧着鞋子，杨军补充着说：

“是苏中①老百姓慰劳的，跑了几百里，打了四五仗，你看底没有通，帮子没有坏，线没有绽。”

“鞋子做得不算坏。三天两双，除非她是天工神手，我心钝手

① 苏中指江苏省中部地区，即长江北岸，淮阴、淮安以南，黄海以西，运河以东地区。

笨做不出来。"

"两天一双,总做得起来吧?"

"什么时候动身? 真的走啦?"阿菊在杨军的脚板上轻轻地拍了一掌,把鞋子套回到他的脚上,问道。

"说走就走!"他从衣袋里摸出张华峰、秦守本的来信,接着说:

"你看! 一个班捉四百多,一个班捉五百多,一个连总共捉了一两千。真倒霉! 这好的仗,没参加得上!"

阿菊看着信,低声地念着,杨军的头偎在她的肩膀,给她指认着她认不出的字。仿佛信上的什么东西刺激了她,看完了信,亮起嗓子来说:

"你走吧! 鞋子我赶工做就是!"从杨军手里拿过鞋布来。

杨军给他料想不到的伟大胜利所鼓舞、激动,同时,伟大的胜利也给他带来了恼恨和不安。他感到他负伤的最大不幸,不是自己的肌体受了摧残,遭到痛苦,而是失去了在莱芜大战里冲锋陷阵杀敌立功的战斗机会。同时,父母被难的仇恨,也激动着、催迫着他,使他不能够安心住在这个深山大谷的后方。

他的心飞向了前方,飞向了战斗。

但是,阿菊在他的面前、身边。仿佛明天就要起程动身和阿菊分别似的,他的心情显得沉重起来。他的理智告诉他,她在这里会得到组织上的照顾,会有工作做,同志们会关心她、帮助她。她能工作,她会生活,她肯吃苦,他可以离开她,她也可以离开他,但是他的情感却纠缠着她,使他放心不下,担着心思。

"我走了,你……"

阿菊是个自尊心很强的女子,不是乐于在别人怜悯之下过生活的人,他没有把替她担心的话明白地表露出来。

阿菊早就知道杨军要到前方去。莱芜大捷的消息传来之后，她看到杨军那种欢天喜地的情绪，和因为没有参加战斗，跺脚懊丧，怨这恨那的样子，她很同情他，乐于他很快就到前方去。她前几天就对杨军说过："你从前参军，我赞成，你当了英雄，很多很多人都称赞你、喜爱你，我也有光彩，我还能拖你的后腿？我来找你，就是为的要你上前线报仇杀敌！"她很爱惜杨军，不愿意杨军为了留恋她，在后方多留一天两日，落得人家说他给小媳妇拖住了后腿。她也爱惜自己，不愿意在杨军面前稍稍地表现出她有什么难处、痛苦、不安，影响到他的情绪，也不愿意给闲话人家说，承担拖丈夫尾巴的坏名声。但是，杨军负过伤，肩背上的疤痕，深刻地印在她的心眼里。杨军这两天只是催她缝呀洗的，今天又特地跑到五六里外的地方去赶集，买来了鞋料，叫她赶紧做鞋子，她的心又禁不住地慌乱起来，明亮的眸子便渐渐地模糊起来。

"我？你不要管！"她的话说得很响，但却抑制不住地带着颤声，眼里跟着渗出了泪水。

"有什么困难？在这里生活过得来？"杨军轻声问道。

"有吃、有穿、有活做。过得来，没困难。"她说得很爽快。间隔了一下，她揩去眼泪，接着说：

"不要担心我！好待多待几天，不好待少待几天。你走，我也走！"

"走？到哪里去？"杨军惊异地问道。

"回天目山去！"

"反动派不害你？"

"我不怕！我当游击队去！"

"游击队？我们的游击队？"

“说得活灵活现，一共八十三条好汉，里面有两个女的，双胞胎两姐妹，十八岁，都能双手开枪。”

“真的假的？”

“听说打过反动派的汽车，缴了一门小钢炮，捉了九个俘虏。”

“真想回去？”杨军沉思了一阵，问道。

阿菊点点头，微笑着说：

“真的！好不好？”

“真的也好，假的也好，我不管！”

“那我明天就走！”

“怎么走法？”

“我能来，就能去！冻不坏，饿不死！”

阿菊说的玩话，但却像是真的一样。像是撒娇，又像是逞性子，她在用心眼儿试探着杨军，是不是舍得让她走。杨军仿佛没有识破她的心眼儿，呆呆地看着她。在他的感觉里，她比过去坚强得多，她的身上增长了女丈夫的气概。

“布给你，鞋子你自己做吧！”她把鞋布掷到他的面前，冷着脸说。

杨军把鞋布又掷还给她。

她又把鞋布掷到杨军手里。

在杨军又拿起鞋布掷给她的时候，她抓住了鞋布。于是他抓着鞋布这一头，她抓着鞋布那一头，两个人互相拉扯推攘起来。

年轻的夫妻仿佛回到了初恋的时候，在山下竹林旁边打闹逗乐的生活情趣里。

“要走，我们一道走！”杨军板着脸说。

阿菊突然一惊，水湿的眼睛直望着杨军。

“你！你也回江南去?”她惊惧地问道。

“唔!”

“真的?”

“唔!”

“我……我没有……这个意思!”阿菊颤抖着身子,脸色皙白,哭泣般地说。

杨军却不动声色地坐在那里。见到阿菊神态不安的样子,起先惊异了一下,后又淡淡地笑了起来。

“你要走,我不走,怎么办?”杨军又沉下脸来说。

阿菊感到了温暖,定下心来,微笑着。

杨军告诉她,他在昨天晚上,把她要求参军的事跟留守处主任谈过,留守处主任已经批准她正式参军,她将和他一样,成为解放军的一个战士。

“是吗?”阿菊站起身来,兴奋地问道。

“是的！主任要当面跟你谈谈。”

阿菊用力地把杨军拉站起来,问道:

“也发军衣给我？也有这个?”她指着杨军胸前“中国人民解放军”的胸章问道。

“都要发的!”

阿菊乐得几乎跳了起来,身子挺得很直,骄傲地笑着,和杨军并立在一起。

时近中午,炊烟在山谷里向山顶攀缘而上,和乳白色的云渐渐地连结起来。

在温暖的阳光下面,他们走回村子。在路上,杨军说:

“隔两年,部队打到江南,我们两个不就一道回去了吗?”

阿菊端着一盆洗好了的衣裳，腋下挟着鞋布，脚步轻快地走着，默默地笑着。

“四双鞋子，包管在你动身以前做好！要多做，你再去买料子来！”在村子口头，正要分手各回自己住处的时候，阿菊大声地对杨军这样说。

四〇

“俞同志！把我的纪念品还我吧！”

当俞茜走到面前的时候，坐在床上的杨军突然地说。他伸过一条臂膀，拦住手里捧着药盘子的护士俞茜的去路。

“纪念品？”俞茜有点茫然，沉下脸来问道。

“是啊！你说替我保存的！”

俞茜昂起头来，锁着两叶浓黑的眉毛，竭力地回想着，药盘里的药瓶、玻璃杯，发着微微震响的“当当”声，仿佛在替她焦急似的。

“你忘了，我没有忘！在你那里休养四个多月了！”

“等我把药送给他们吃了再说吧！”

俞茜一边走着，嘴里一边喃喃着：“纪念品？”

俞茜送过了药，端着一盘空瓶、空杯子径直地走了出去。好像欠了账害怕讨还似的，她没有从杨军面前经过。

杨军的眼睛在病房里巡视了两三遍，没有看到俞茜的影子。于是，一面收拾东西，打着背包，一面自言自语着：

“弄丢了可不行！”

不知是谁在墙角上送过一句话来：

“不能比阿菊更宝贵吧？”

杨军低着头没有搭理。

“你出来当兵，怎么也把她丢了的呢？”有意挑衅的声音又从墙角上跳跃过来。

对待这些同志的戏谑讪笑，杨军已经有了经验。他的办法是“由你说去！”他知道：还一口，他们就不是一发一发地放步枪，而是要连发连放地打起机关枪来的。

他们都很喜爱杨军，也很喜爱阿菊，并不像对待别人那样放肆，说一些粗野难听的话。大概是因为杨军要走，再不逗弄几句，便没有机会了，便你一言、我一语地说笑起来。

“阿菊怎么丢得掉？人家不是怀抱琵琶寻得来了吗？”从另一个墙角上蹦出尖锐的声音说。

“我要讨个老婆像阿菊这样漂亮、贤惠、能干……”

他还没有说完，便有人接上去替他说：

“就不当兵了！”

他不同意这样的接替，他说：

“我在世上，只活上三天就够了！”

“那你幸亏讨的是个瓜子脸、蒜瓣脚、坐下就扫地的大姑娘！”[①]大家都明白，这是句骂人的趣话，跟着这句话，屋子里腾起了一阵长长短短的夹着咳嗽的笑声。

杨军也笑了，他比谁都笑得厉害。他觉得这些话好笑，他们为了这样的话而大笑大咳，更是好笑。

一个胖胖的断了一只脚的伤员，精神振奋地坐了起来。他叫梅福如，因为他会唱会说，人家给他送个艺名叫“腊梅花”。他是一个六〇炮炮手，因为六〇炮打炸了，他的一只左脚受了重伤，给锯

---

① 瓜子脸、蒜瓣脚、坐着用尾巴扫地，是狗的形象。

掉了。现在,伤口已经医好。他经常地唱唱说说,使人发笑,叫人喜欢,杨军跟他的感情很好。他的肚子里货色真多,读过很多武侠小说,为人又很是豪爽义气。在大家的嬉笑声里,他先咳嗽两声,亮亮嗓子,仿佛要登台表演似的。许多人预感到一番妙言妙语要从他的肚子里翻倒出来,都在出神地等候着,你一句他一句地吵嚷着:

"唱一段西皮还是二黄?"

"来一段武松打虎倒也不错!"

"还是'莱芜大捷军威壮'吧!"

"一个钱不花,还点戏唱?"

"别打岔!准是一段精彩的快板!"

"腊梅花"开放了,他的声音很低,但是全屋每一个人都听得清楚明白,有着浓郁的兴味。

他侃侃地似说似唱地开言道:

"话说江南天目山,西连黄山,北接莫干山,南傍富春江,东临杭州湾、玉盘洋。怪石奇峰,青松绿竹,百花斗艳,百鸟争鸣,海浪滔天,江流荡漾等等名山胜水,丽色美景,我且按下不表。单表天目山出了个小将杨军,身经百战,算得个英雄好汉。比武松,武松有愧,比子龙,子龙不如。只因今番他伤愈归队,重上前方,我等不免有惜别之情。爱妻阿菊,又怎不临别依依?杨小将军到得前方,定将大显神通,英勇上阵,杀得敌人片甲不留,马死人亡,屁滚尿流,呜呼哀哉。诸位看客听者!当此战友临别,各出一点钱钞,割上几斤大肉,沽来几瓶老酒,一来送英雄登程上路,二来让英雄美女,一对小夫妻,重吃一番交杯喜酒。你我大家,同乐同欢,诸位意下如何?"

他一口气的这番说唱，像高山流水似的奔泻而下。好几个人替他打的拍子，直到他说完以后，还在啪啪地响着。他那坚实的天生动人的嗓音，抑扬顿挫的音乐节奏，使人听得非常悦耳称心。而且说到上阵杀敌，便两眉倒竖，牙根咬得“格格”作响，说到“重吃一番交杯喜酒”的时候，便满面带笑，斜着眼睛望着心中暗喜的杨军，真是具有一种感人的魅力。

所有的人都鼓起掌来，同声大喊道：

“赞成！”

这一来，使杨军又欢喜又感到窘困。他默默地望着大家，大家的眼光，正一齐地射向他来。他的身子禁不住地颤动起来，心也“啪啪”地加急地跳着，耳根的热流迅速地奔到脸上，顿时，脸涨得通红。

巧的是阿菊偏偏在这个时候走了进来。

她看到他那不自然的窘迫的神态，又看到大家抿着嘴巴嗤嗤吃吃地笑着，茫然地问道：

“怎么的？”

杨军向她瞪了一眼，带笑地轻声说：

“你走吧！”

机灵的阿菊眨了一下机灵的眼睛，仿佛明白了是什么事情，便脸一红就走了出去。

阿菊走到门外，回过头来说道：

“黎医生叫我来喊你的！”

杨军没有立即出去，他觉得阿菊来了一下，就立即跟她出去，他们就又有话题了。

他故意在屋里留了好久，把打好的背包，反复地弄来弄去，等候大家那种微妙的心理感情慢慢地消失掉。

梅福如的说笑成了一致通过的决议。他扶着拐杖到大家床前收钱,一会儿工夫,他的手里抓满了红红绿绿的钞票。连伤口没有全好还不能起床的同志,也争着把钞票掷给他。

“谢谢你们好意！到前方去的,不是我一个!”

杨军走到梅福如跟前,拦阻他向同志们收钱。

“不管他们！我们这个病房里只是你一个!”梅福如说着,推开杨军的手,继续把别人给他的钞票朝手里塞。

“医院里不会同意的!”杨军说。

“我们大家同意！民主!”斜躺着的二排长陈连说。

“你的上级都同意了,你还不同意?”梅福如张大眼睛说。

杨军阻拦不了,便走了出去。

太阳站上西南角的时候,阿菊在余老大娘门口收拾晒干的衣裳,梅福如肩胛下撑着拐杖“咯哒咯哒”地走了过来。他朝阿菊望了一眼,问道:

“杨班长要走啦?”

“哪一天还没有定。”阿菊手里折着衣裳,低声地回答说。

“刚才听说明天就走呀?”梅福如皱着眉头,故作惊讶地说。

阿菊的脸色略略沉了一下,一抬头,察觉到梅福如是装模作样有意地挑逗她,便放开嗓子微笑着说:

“明天走就明天走吧!”

“大家想挽留他多待几天再走！你可赞成?”梅福如欲笑不笑地问道。

“不赞成!”阿菊低着头快声说道。

“你不赞成我赞成！要走,得请我们吃杯喜酒再走!”梅福如憨笑着说,用手势做着端酒杯喝酒的样子。

阿菊慌忙地收拾了衣裳,羞红着脸颊跑走开去。

梅福如走到余老大娘门口,在门限上坐下来。

余老大娘坐在门里,面朝太阳,切着山芋片子,钝了口的刀,显得很笨重,一片一片切得很慢,眼也花了,片子切得很厚,嘴里叨念着:

“快下土了! 连刀也拿不动了!”

“我给你切,大娘!”梅福如说着,从余老大娘手里拿过菜刀,在墙石上荡了两下,便切起山芋片子来。

“会吗?”余老大娘问道。

“会!”梅福如应着,刀在小桌子上“咯咯”地响着,山芋片子纷纷地仰倒下来。

余老大娘见到梅福如动作很快,摸摸片子切得很薄,张大脱光了牙的嘴巴笑着。她从暖壶里倒了一杯热茶,放到梅福如的手边。

“队伍上人个个能干,会打仗,会做活!”余老大娘称赞着说。

“要是阿菊来切,这几斤山芋,用不上一袋烟的工夫。”梅福如朝大娘望了一眼说道。

“是个能干人! 说是杨班长的媳妇?”

“是呀!”

“成过亲啦?”

“成过亲。大娘,听阿菊说,她婆婆跟你老人家同年同岁,今年也是六十八,属羊的。”

“啊! 也是个苦命人吗?”

“没听说吗? 给反动派关在牢里!”

“她公公呢!”

余老大娘的辛酸痛苦，梅福如知道得很清楚。她的丈夫在三年前是八路军来往敌占区的交通员，因为一个汉奸告密，在那年冬天的一个夜里，给日本鬼子捉了去，吊在树上打死，连尸体都没能收得回来。二十一岁的独养儿子，前年腊月初八到潍县城里贩年画，给国民党反动派抓壮丁抓了去，在解往烟台的路上，跟一大伙人一同割断绑在身上的绳子，打死两个押解兵逃跑，跑到路上，又给抓回去杀了。她儿子死的时候，离娶亲的日子只有二十来天。老大娘的这些伤心事，不止跟梅福如说过一次。她说一次就哭一次，哭得梅福如也止不住地落下泪来。他怕引起她伤心难过，关于阿菊公公被难惨死的事，便噤口未说。“大娘！你一个人起早睡晚，操心劳神，年纪老了，也没有个远亲近戚来帮帮你？”梅福如把话引岔开来说道。

“田有村上代耕队帮我种，收的时候，有人帮我收，旁的还能要人家帮我？没儿没女，老梅呀！……”余老大娘说着，又嗟叹起来。

“阿菊离了婆婆、亲娘，你也没个亲人，大娘，我替你老人家做个干媒！”

听了梅福如的话，大娘的脸色突然变了过来，眼皮不住地眨着，老眼放出亮光望着梅福如，唇边漾着微笑地说：

“我有那等福分？”

“你这大年纪，余大叔是老革命，怎么没有福分？大娘，我跟阿菊说去，叫她认给你做干闺女！”

余老大娘乐开了，赶忙收拾起山芋片子，抹净桌子，又给梅福如倒上一杯热茶，说：

“老梅，在我家吃晚饭，黄母鸡这几天连生了三个蛋，炒给你吃，不要走，我去打点酒来！”

她在鸡窝里摸出三个蛋来，给梅福如看看，又去摸酒壶。梅福如拦禁着说：

“大娘，等亲做成，再吃你的喜酒。”

“也好，等会儿找人选个好日子。”大娘眯着老眼笑着说。梅福如趁着余老大娘快乐的心境，跟她说妥就在今天晚上，叫杨军和阿菊搬住到大娘家里，成过亲的事照新成亲的事办，点红烛，贴红纸，盖红被，吃红枣。梅福如向大娘连连作揖地说：

“今天老历初六，逢双，日子好，太阳红通通的。大娘，恭喜你！”

梅福如给自己安排了一件紧张忙碌的工作，高兴得慌忙地走了。余老大娘比他更为紧张忙碌，像替儿子娶亲一样，把儿子准备娶亲用的大红被，趁着太阳还没有落山，赶紧挂到门口的绳上晒着，回到屋里，就忙着打扫，找红纸、红烛、红枣，等等。

阿菊站在黎青门口，一见梅福如走过来，回头就朝屋子里走。在梅福如喊她的时候，她已经跑到屋子里去。梅福如赶到门口，见屋里只是阿菊一个人，就坐到门口小凳子上，拿出一支烟来，对阿菊说：

“阿菊，请你找个火给我！”

这个人真有法门，你躲他也躲不掉。阿菊暗自地笑着，找了一盒洋火，擦着，替他点着了烟。

“这就对了，恭敬恭敬我这一条腿的神仙铁拐李，包管大吉大利，一团喜气！”

阿菊羞怯地笑笑，站在门外，喃喃地说：

“哪里学来的？这多顺口溜的笑话！”

梅福如吸了两口烟，回过脸来，态度正经地对阿菊说：

“不跟你说笑话。杨军是步兵班长，我是炮兵战士，不是上级，也是上级。我比他大五岁，不是他的兄长，也是他的兄长。如今，你从江南找到海北，千里迢迢地摸得来，他又要重上前线。我这个人，就是重情重义，爱做好事。”

他说得那么认真，亲切，恳挚，使阿菊不得不认真入神地听着。他看到阿菊肯听，也就说了下去：

“我跟余老大娘说妥，你跟杨班长搬到她家去住，夫妻团聚，旧事新办。别的不要你做什么，喊大娘一声干娘就行了。我断了一条腿，不说瞎话。阿菊，我这个人办事，穿钉鞋走泥路，步步落实，保险不出差错！”

阿菊的脸发起热来，从脸颊一直红到脖根子，她转脸朝向门里默默地站着，像呆了似的。

“吃了晚饭，就去收拾收拾！喜欢打扮，就打扮一下。”梅福如撑着拐杖走了。

阿菊平下心来以后，走到门口，望着颠颠抖抖的梅福如，颤声地喊道：

“老梅！”

梅福如回过头来，站在路上，阿菊却又呆愣住说不出话来。梅福如又一拐一拐地走回到门口来，问道：

“不要扭扭捏捏！怕什么，听我的！准不会错！”

“你的衣肘子坏了，棉花绽到外头，我给你缝两针。”阿菊把要说的话咽了下去，见到梅福如的衣服坏了，便灵机一动，对梅福如这样说。

“坏就坏了算了！不要缝！我还要去报告留守处主任，找指导员。”

“十针八针就缝起来了,不要你出手工钱。”阿菊从身上小布包里,拿出了针线。

梅福如知道她有话要说,便坐了下来,把膀肘抬起,让她缝着。

阿菊心里盘弄了许久,有话想说,却又羞于出口。针在手里运行得很慢,使得热心的梅福如着急起来,拐杖只是在地上敲打着说:

“好个机灵人,怎么一下子变成了傻大姐?随便穿两针算了!破衣破帽,红运高照!”

“你要跟他谈谈!”阿菊终于微笑着羞怯地说。

“你放心!我有法子。”

梅福如走了。阿菊眼里含着热泪,瞩望着他,喊道:

“有衣服拿来,我给你洗!”

梅福如没有听到,头也不回地走向留守处主任的门口去。阿菊回到屋里,觉得做这不是,做那也不是,正像一个要出嫁的姑娘似的,心情不安但又暗暗自喜地坐在床沿上。

四一

为了躲避在梅福如创作的一幕喜剧里扮演窘困的主角,杨军从病房里出来以后,便悄悄地溜到营长黄弼休养的小屋里来。黎青也在这里,她坐在黄弼床前的小凳子上,手里拿着红绿绒线,替她快要出世的娃娃结着小帽子。杨军进来的时候,营长黄弼正在跟黎青谈着他在鲁南看过的话剧《第五纵队》的内容,杨军觉得很有兴趣,便也坐下来静心地听着。黄弼的伤很重,头部绑着石膏,说话显得很艰难,但他的精神很好,慢慢地讲着,手还不时地做着剧中人的动作。这个故事说完，接着又说起尽是十多岁少年儿童组成的娃娃剧团演出京戏的情形，黎青和杨军都看过娃娃剧团的表演，黄弼谈着，他们也和着谈着。一直听到、谈到天近黄昏，在黄弼屋里吃了晚饭，杨军才和黎青一同离开黄弼的住处。

杨军以为梅福如创作的一场戏给他躲掉了，心情平静地回到病房里，打算把背包拿到出院伤员的住处去，可是背包不在床上。他问陈连，陈连说可能给谁送到出院伤员的住处去了。找梅福如，梅福如不在，他便到出院伤员的住处去查看，住处的屋子里一个人没有，大家都在外面场心里谈笑、做游戏。他把地铺上所有的背包仔细查看一下，始终没有见到他的背包，于是又走出屋子。转脸一看，隔壁余老大娘家门里门外挤着好些大人、孩子们，他刚走到门口，孩子们便跳着嚷叫起来：

"来了！来了！新郎来了！"

"不是的！新郎怎不穿件新衣裳？"

"是的！是杨班长！"

一个小男孩跑上来拉住他说：

"杨班长！做新郎，给点糖我们吃！"

余老大娘听到杨军来了，便连忙走到门口，但是杨军已经挣开孩子们的包围，红着脸跑走开去了。

这时候，天已经黑下来，村上人家点起了灯火。余老大娘家的灯火，显得特别明亮，大门敞开，光亮照得很远。

在黎青门前路边的一排枣树下面，杨军和梅福如走了对面，杨军正要开口，梅福如却敲着拐杖十分急躁地说：

"你躲到哪里去了？害得我一条腿东簸西颠，张家找，李家寻！存心叫我下不了台是不是？"

“你这个做法不对!”杨军责备着说。

“怎么不对?”梅福如倚在树上,伸着脖子,瞧着杨军恼愠的脸色问道。

“你是叫我犯错误!”杨军板着脸大声地说。

“犯什么错误?”梅福如反问道。

“前方打仗,我在后方……”

“打仗!打仗就夫不夫妻不妻啦?”

“总归不大好!”

“什么不大好?打的是胜仗,又不是败仗!就是打败仗,夫妻就该不团聚,就该冤家不碰头?”

“大家不议论?”

“议论什么?堂堂正正,名正言顺!正正式式的夫妻,一不是拐带民女,二不是私配情人!怎么议论?哪个胡言乱语,惹得我拐杖发痒,敲他的脑袋!我跟留守处主任、指导员报告过了,刚才又报告了黄营长,他们都同意。你怕天、怕地?怕神、怕鬼?你说我做的不对,首长,同志,都说我做得对得很!”

杨军沉默着,心里的波浪渐渐地平缓下来。他靠近到梅福如的身边,低声地感激地说:

“你回去吧!”

“我送你去!”梅福如推着杨军的身子说。

“你先回去!不要你送!”

“不是我摆老,你到底比我小几岁,脸嫩!”

“你走吧!”

梅福如实在有些疲累,吸着了烟,猛猛地喷了两口浓雾,便撑着拐杖,向病房慢慢地走去。在病房的转角处,他又不放心地回过头来，伸头瞪眼地望着枣树下面。枣树下面的杨军仿佛在扑打身上的尘土，理着衣裳。接着，他的影子移出了枣树荫，走向余老大娘的门口去。直到杨军走进余老大娘家的门里，梅福如才哈哈地放声笑着，回到病房里去。

杨军简直呆愣住了，余老大娘包着新的黑头巾，穿着一件带绣花边的古色古香的褂子，满脸是笑，亲热地拉着他的膀子。恍惚间，他仿佛看到了他的慈祥的母亲。房门上，贴着红纸方和一张胖娃娃年画，房门口挂上了大半新的门帘。把门帘一撩，一张大炕上摊着他的毯子和白被单，上面摆着一床大红棉被。这等情景，杨军完全没有想到，他感到气氛过于浓郁，有点受用不住，但同时又感到从来少有的温暖祥和。他看看自己身上，穿的是平常的军服，跟屋子里的情景很不协调，不像是剧中的主要人物，而只像是前来参观别人婚礼的人。

“大娘，这是干什么?”杨军红着脸问道。

余老大娘睁大着昏花的但是发亮的眼睛，像是第一次看到杨军，在杨军周身上下打量又打量，从头上看到脚下，然后露着脱了牙齿的红牙板笑着说：

“我招了个干女婿呀!”“我认给你做干儿子吧!”杨军像对母亲说话一样地说。

“嘿嘿！嘿嘿!”余老大娘只是不住声地笑着。

杨军真的感到窘困，再也找不出别的适当的话来说，只好大娘笑着，他也笑着。

老大娘点起了一支红烛。红烛的红光，调皮地在他的红红的脸上摇来晃去。

他几乎流下泪来。

“我们结过婚了!”他对老大娘说。

“我知道,老梅跟我说了。这是我们山东的风俗。”老大娘笑着说。

阿菊来了,打扮得很像个新娘子。从家乡来到这里以后一直没有穿过的鱼白色的褂子,一条浅蓝色的裤子,肥瘦适当地穿在各部分长得很是匀称的身上。鞋子是前几天穿过的鞋头上绣着小蝴蝶的那一双,显然是穿过没有几次,和新的一样,小蝴蝶像是要飞起来似的。头发修整得很好,是黎青给了她一个鸡蛋,教她用蛋清洗过了的,每一根发丝都清朗朗地发着亮光。她朝屋里一走,老大娘就抓住她的温热的结实的手,把她拉到烛光面前,像是初次见面,对她笑着,相着,称赞着:

“好长的眉毛哟!双眼皮,唔!五官长得多适称!乐意吗?做我的干闺女?”

阿菊红了脸,不住地笑。望望杨军,杨军点点头,她也就大声地笑着喊了一声:“干娘!”

余老大娘从袖子里拿出个红纸包儿,塞到阿菊手里,说道:“这是干娘给你的,几个长生果、红枣。”

干娘紧紧地抱着干女儿,干女儿也就倒在干娘的怀里“咯咯咯咯”地笑着。

好心的“腊梅花”办的这件事情,在短促的时间里,做得这样周到,余老大娘这等善良的心肠,使杨军突然地碰到了意想不到的局面。他惊奇、窘迫、惶惑不安,但又喜悦、愉快,感到幸福。

余老大娘到对房歇息去了,他和阿菊面对着坐了许久,没有说出一句话来。

山谷的春夜,静悄、安宁,像一湖无波的水。

夜空碧蓝无际，星光从窗孔窥探进来。

在去年四月，阿菊从家乡到部队驻地高邮城和杨军结婚，很是草率简单，没有今天这样的铺陈。结婚一个月以后，阿菊便回到江南去，杨军就上了前线。时隔一年的现在，竟在这里团聚，还张燃起红灯红烛来，真像是新婚似的。小夫妻俩的心里都有一种新鲜的欢乐的感觉。阿菊来了半个多月，由于种种原因，他们交谈心曲的真正时刻，可说只是今天上午溪边上的一次，不用说，在杨军，在阿菊，都是不满足的。现在，可以满足的机会来到了，两颗情深爱笃的心，便火一样地燃烧起来。

撩起门帘，进入卧房。一切音响都相约到遥远的地方去了，在无波的湖水上轻轻回荡着的，仿佛只是他们两人心坎里吐出来的男欢女喜的声音。

四二

过了一些时日，天气渐渐地暖热起来。

这是一个不大宁静的夜晚，村子里正在忙碌地磨面、碾米，路上又开始出现支前的队伍，牛车毂毂颠颠地走在山道上，吸烟的火光在纷纷的人流里闪烁着，像是藏在浮云后面的星星，一刻儿亮起来，一刻儿又暗下去。

黎青拴好了门，把闪动的灯光安定下来，在面前摊开信纸，她又在给沈振新写信。

杨军他们明天拂晓就要动身，电报今天上午九点钟刚到，要后方伤愈出院的伤员能到前方工作的立即赶到前方。她要在今天夜晚把信写好，交给杨军带走。她的生理变化，在最近个把月里显得很快,甚至使她发生了恐惧。走路是愈来愈觉得困难,坐上半个钟头就觉得肠胃和心脏一齐朝下坠,好像孩子就要落地似的。

阿菊坐在她的身边,手里拿着鞋底鞋帮,正在赶忙地锥针抽麻线。抽麻线的声音,“嗤——”“哒——”地像风吹窗口的破纸似的,在她的耳边烦絮着。

“大概新的大战又要爆发了!”

她写了这么一句,就搁下笔来,想着。

前几天,她接到沈振新的回信,信写得很简单,说:“信和咸菜收到了!”“战役胜利结束了!”“望你注意身体,不要挂念!”“听到小杨家里的事,心里很难过。”就这样完了,别的什么也没有。他的身体怎样,生活怎样,有什么特别高兴的事情等,统统没有提到。根据她的猜想,他定是快乐得很的,一个指挥员,他的部队打那大的胜仗,他怎能不兴高采烈?他的身体定然是很健康、很正常的,一个人在心情愉快的时候,总是不大生病的,这个她可以断定。

“写些什么呢?”她问着自己。上一封信的大半篇幅是写的小杨和阿菊,这一回?……她转头看看阿菊,阿菊也正好在望着她,手里却还在“嗤——哒——”地抽着麻线。

“黎同志,这一回,不要在信上写我们的事情!”阿菊似笑非笑地说。

“为什么?”黎青感觉奇怪地问道。

“阿本、阿鹞全知道我来了!”阿菊噘着嘴唇说。

“阿本?阿鹞?”

“杨军说阿本来信说的。阿本就是秦守本,阿鹞是军长的警卫员李尧,不晓得军长的信他们怎么看到的?”

“啊?”

“阿鹞是个机灵鬼,他家离我们家只有三里地。”

她看到阿菊忙着说话,又忙着锥针抽线,牙根咬紧,全身使劲的那种神情,禁不住地大笑起来。

阿菊莫名所以地跟着大笑,笑声充满了屋子,连灯光也笑得不住地点头晃脑。她们两个人的影子,在墙壁上跟着灯光同时晃动,比她们的嘴巴张得更大地笑了起来。

黎青在床上躺了一阵,坐起身来,一鼓作气地写完给沈振新的信。

她在信的末尾,用娃娃妈妈的口吻,向娃娃爸爸这样说:

“娃娃就要出世了,也许跟着下一次战役的胜利一同降生。那么,新,你就是爸爸了！我们就是双喜临门了!”

她把写好的信,重看了一遍。

纸上的字仿佛快乐得要跳跃起来似的,带着闪烁烁的光亮。

她一想到自己快做母亲,心里确是感到快乐和幸福,但当她看到信的末尾,说到娃娃快要出世,却又感到羞惭。她想把这些字句涂掉,或者重新写过,可是时候不早了,她也累了,便把信装进信封里去。

“明天一大早就走吗?”黎青问阿菊道。

“唔,四点半钟吃早饭。”阿菊开始绱第二只鞋子,埋着头回答说。

“鞋子赶得起来?”

“赶得起来!”

黎青拿起做好的一只鞋子瞧着。鞋底又硬又厚,又结实,麻线纳得那样密,像撒满了芝麻粒子似的,仿佛永远也穿不坏它,朝桌子上一放,平平稳稳,鞋头圆大,有点上翘,像只肥胖凶猛的小老虎。

“好！真好！”黎青满口地夸赞着。

阿菊从匾子底下又拿出三双来，样子和刚做好的一样，可是比了一比，却是大小不同。

“这是怎么搞的？有大有小？”黎青惊异地问道。

阿菊的手有些肿痛，停止了做活，两只手互相搓揉着，眉毛皱了皱。

“小杨的脚能大能小？”黎青取笑地问道。

阿菊指着刚拿出来的三双鞋子说：

“这一双是给阿本的，那一双是给阿鹞的！顶大的一双，他说是送给张华峰的，张华峰我不认得。”

黎青感动地长叫了一声：

“噢——！”

“我说就怕来不及，他说，来不及，他的不做，也得把他们三双做好！”停了一下，阿菊继续说：

“连今天八天，我赶出来了！手都肿了！鞋骨子是干娘帮我糊的。”

她把红肿的手指，放在灯光下面给黎青看了看。

“你跟小杨一样，好强好胜！不怪配成一对！”

“他说把送给人家的要先做，还不能做得比他的差。我要就不做，凭心也不能给他做得好，给他朋友的做得坏！”

阿菊手里的麻线又抽响起来。不知怎么，她突然抽得更快更有劲，用一种劳动者朴实的自豪的神态，露着一排洁白的米牙，望着黎青微笑着。不知怎么的，抽麻线的声音，在黎青的耳朵里，觉得好听起来，像什么虫子“嘘嘘唏唏”地鸣叫似的，又仿佛是合唱队女低音的尾声。

有人急迫地敲门，一听手心拍在门板上软松松的声音，就知道是俞茜。阿菊开了门，黎青生气似的迎头问道：

“什么事情这样急？吓得我心跳！”

兴冲冲的俞茜，歉然地笑着。

“护士应当是一个细心、耐性的人，只要她有一点粗心、急躁，她就违背职业对她的要求。”黎青像是大姊对于妹妹那样亲切，又像老师对于她的学生那样严肃地说。

“炮弹片找到了！”俞茜咕噜着说。

“这个东西找到找不到不重要，你把它忘掉放在什么地方，总是粗心大意的表现。”

黎青觉得俞茜是个淳朴的热情的青年，今年才十七岁，很聪明，谁的眉毛一动，她便知道是什么意思。会做事情，很尽职。可是伤病员对她有意见，说她有偏心：对立过功的，战斗英雄，她就和气、殷勤，对没有立功的，她就冷淡，对干部比战士好，对高级干部又比中下级干部好，有点儿不平等。前些日子阿菊还没有来，还有人说她对杨军有同志以外的感情。特别是做事粗心，使伤病员不安，曾经分错过一次药，幸亏两种药都没有毒性，没有发生恶果。和阿菊一比，俞茜的弱点就更加明显。但是，黎青还是喜欢她，觉得她还年轻，过去没有受过认真的教育和锻炼，便趁着这个时候说了她几句。

可是，俞茜却不在乎似的，歪着小脸说：

“我放在药橱抽屉里的，那天性子一急，就没有想得起来。”

杨军走了进来，行色很匆忙。

“信给我吧！”他对黎青说。

黎青把桌上的信交给杨军，和悦地关照说：

“麻烦你，最好你能自己交给他，有些人喜欢看人家的私信。”紧接着，她又笑着转口说：

“我的信上也没有什么，不怕人家看。”

“不怕？你上次写给军长的信，怎么不给我看？”俞茜吊着眉头，手指头点着黎青的酒窝子调皮地说。

“你还小！”黎青抓住俞茜的手，捏捏俞茜的小鼻子说。

“你当我不懂？小说上写的那些信，才有味哩！”俞茜毫无约束地大笑起来，她的笑声像一群鸭子过河似的，“嘎嘎”“呀呀”断断续续的。

杨军没有再向俞茜讨回炮弹片，可是看到俞茜总是有点不舒坦，便转过身子要走。

俞茜从床上跳下来，伸长着手，大声地说：

“给你纪念品！战斗英雄！”

炮弹片还在那个香烟盒子里，外面包上了原来没有的一层浅蓝色的布，真像是里面包着什么珍贵的纪念品似的。

阿菊拿过来解开一看，是齿爪狰狞的一片长长的铁块。她呆愣住了，仿佛在哪里看见过似的。她把披到脸上的头发向后一甩，想起了这个东西的形状，正像杨军背上的那个懒蚕样的伤疤。

“就是它？钻到这个地方？我的妈妈！”阿菊指着杨军的肩背，尖声地惊叫道。

杨军见到他的“纪念品”，被俞茜当作珍贵的东西，包上了一层布，便觉得那天对待俞茜的脸色是不应该的了，而且在全病房里她对他的看护是最尽职的，于是道歉地笑着说：

“俞同志，对你不起，我那天态度不好。我明天走了，谢谢你四五个月的照护。”

到了杨军面前，她就失去了抗拒的能力，仿佛杨军有一种魔力迷惑了她，或者有一种法宝降服了她，她竟然承认下自己的缺点，悔过似的说：

“是我粗心，是我不好，我对你的看护工作做得不好，你要原谅我！”

她好像孩子一样，小眼睛出神地看着杨军的发光的脸，像犯了过失期待饶恕似的。

“还是我不对！”

杨军说了以后，从阿菊手里拿过小布包来，塞进营长黄弼送给他的小皮包，皮包揣得饱饱的，里面尽是同志们托他带到前方去的信件。

杨军走出去以后，黎青问俞茜道：

“我说你粗心，你不承认，为什么对杨军当面检讨呢？”

俞茜毫不思索地像朗诵诗歌似的说：

“人家是英雄嘛！人家跟敌人拼刺刀！人家爬上一丈八尺高的城墙，冲锋杀敌！人家冰天雪地，游过一道大河，活捉鬼子兵！人家，人家比武松打虎还要勇敢，人家，……你呢？我呢？”

她的眼睛直望着黑漆漆的屋梁，嘴里还在不停地说，“人家！你呢？我呢？……”她简直是沉入在迷恋英雄的美妙的梦海里了。

俞茜的眼角上流下了泪水，流到红红的腮上，流到白白的颈项里，泪痕像滴下来的蜡烛油似的，发着光亮。

这使黎青非常吃惊，感到从来没有过的那样过分的吃惊。阿菊看到俞茜落泪，手里的麻线“嗤——嗞——”的响声停顿了许久、许久。

屋子里沉静了好一会儿。

心情惶惑的阿菊走到俞茜身边，劝慰着说：

“俞同志，他这个人的脾气不好，对我也常常这样。你别难过！”

俞茜还是躺在黎青的身旁，望着屋梁出神。

黎青笑笑，向阿菊摆摆手，手势的意思是：

“你弄错了，她不是怨恨杨军的。”

雄鸡叫过头遍，天不早了。

黎青又写了一封给姚月琴的信。

阿菊的鞋子赶成了，把八只小老虎在桌上排成了一队，得意地欣赏了一番，仿佛母亲端详她的娃娃似的。她开心地笑了一笑，然后把鞋子和黎青给姚月琴的信一齐放到针线盒里，回到她的干娘家里去。

夜风轻轻地拂着她的黑发，送给她一阵凉爽舒适的快感。

四三

这天正吃午饭的时候，杨军得到通知：伤愈归队人员明天早晨出发到前方去。杨军饭碗一放，便去告诉阿菊，叫她把鞋子赶做起来。

“真的？明天就走？”阿菊急忙问道。

“这还能跟你开玩笑？”杨军说了一句，便匆忙地跑出去。“这样急促！”阿菊皱皱眉头说。

杨军高兴极了，他日盼夜盼的一天终于来到。他跑到留守处领受了带队出发的任务，拿了行政上和党组织的介绍信，接着又跑到黎青那里、黄弼那里、病房里陈连、梅福如他们那里，告诉他们他明天准定走，有信赶快写好交给他带去。他从病房出来，迎头碰到俞茜。

“什么事，急急匆匆的？”俞茜问道。

“明天要走了！”杨军一边快步走着，一边回答说。

俞茜沉愣一下，手在衣袋里探探，紧接着便追赶着喊道：“杨同志！杨班长！”

杨军站定下来，回头望着俞茜。俞茜赶到他的面前，摸出一个花布面的小笔记本来，笑着急促地说：

“请你给我写几句话，签个名。”

这件事情，杨军没有做过。他感到很困难，一时想不出怎么写，写几句什么话。俞茜把没有用过的簇新的小本子打开，指着封面里的头一页，抓住杨军的手，恳求地说：

“就写在这里！随你写什么。”

杨军觉得很难推却，嘴里说：“我不会写，写不好！”手却又情不自禁地摸在胸口的钢笔上。在俞茜的催促、恳求和迫切期待的眼光下面，他为难了一阵，终于蹲下身子，在本子上写了“胜利”两个字，停下笔来。

“只写两个字呀？”俞茜噘着嘴唇哼声地说。

杨军自认只写两个字确是太少。可又真的想不出别的字句来写，便在“胜利”下面又写上两个“胜利”，并且在三个“胜利”后面都加上大大的惊叹号，看看俞茜，俞茜还是不满意，他擦擦额角上焦急的汗珠，皱起眉头想了一想，又写上“毛主席万岁！”“朱总司令万岁！”两排大字和大大的惊叹号，把本子还给俞茜。

“写上你自己的名字！”俞茜拉住他命令似的说。

他只得在纸角上又写上“杨军”两个字。

字很大，笔画很有力，俞茜认为像是英雄写的，连声地笑着说：

“谢谢！谢谢！”

在走向归队人员住处的路上，杨军匆忙的脚步渐渐地变慢起来，俞茜要他签名纪念的事，惹起了他的什么心事。仿佛发生了强烈的感触似的，胸口有些震荡，皱着眉，低着头。

到归队人员的住处布置了出发的准备工作以后，他走到村头上一家卖杂货的小店里。他想定要买点东西留给阿菊。

他在小店的货架子上瞧来看去，觉得没有合适的东西。店里的货物很少，大部分是香烟、黄烟、火柴、火刀、火石、红绿纸等。他想去赶集，太阳已经斜上西南，大集、小集都散了。他走出了小店，在店门口站了一阵，重又回到店里。店主人问道：“同志，想买点什么？”

杨军摇摇头，但却仍旧站在小柜台边，睁大眼睛在货架子上搜寻着。

“罐子里有麦芽糖，新做的。”店主人拿出一罐糖来，接着说：

“不买没事，吃点尝尝！”

店主人敲了一块麦芽糖放在他的面前。杨军说声“谢谢”，推开了糖。过了一会儿，他终于选定毛巾和肥皂，每样买了一联。

回到余老大娘屋里，阿菊不在。他把东西刚刚放下，忽听门口摇皮鼓的声音，走出来一看，一个货郎担子正向门口走来，走到门口，担子就放了下来，仿佛知道他要买点什么似的。好几个大嫂、大姐、大姑娘听到货郎鼓的声音，慌忙地跑来团团地围着货郎担子，这个要买这样，那个要买那样。杨军好奇地走近前去，站在她们后面，伸着头，瞧着担子的小玻璃橱里花花绿绿的货色。

“杨班长，给你女将买一点！”一位大嫂回过头来，笑着说。

杨军笑笑，眼睛还在注意地瞧着那些货色和大嫂、大姐们买的是些什么东西。

大嫂、大姐们买好东西走了，货郎担子正要上肩，杨军说："我买个小镜子。"

货郎打开担子的玻璃盖，他拣了个绿边的鸭蛋形的小镜子。

他在几种梳子里，拣选了一阵，又拿了个看来结实经用，但是样子蠢笨的枣木梳。

"买给女同志用的，这个样子好看。"货郎指着有色彩的化学梳子说。

于是，他改买了一把大红的化学梳子。

天黑以后，杨军身上带着这两件东西去找阿菊，阿菊正在黎青屋子里给他赶做鞋子，他觉得梳子、镜子不便拿出来，当俞茜把炮弹片给他以后，他便到病房里去跟同志们告别。

病房里围着一大团人在梅福如的床边，正在谈着关于杨军的事情。

一个伤员把手掌托着腮，膀肘垫在枕头上，笨嘻嘻地问梅福如道：

"那天杨军夫妻在老大娘家洞房花烛的事，你是怎么办的？老大娘怎会一下子就答应借屋借铺的呢？"

这件事情已经过去许多天了，梅福如一直没有公开，他怕引起一些闲言闲语使杨军不快活。现在杨军要走了，有些同志又问起这件事情的骨骨节节，梅福如觉得说说也无大关系，便有板有眼地说：

"说来也很简单。为人办事说话，首先要知心摸底。余老大娘你们都见过的，是个面和心善的人。我到她家拉过两回呱，晓得她孤苦伶仃,夫死儿亡,跟她说了十言八语,就提出把阿菊认给她做干女儿,一听之下她真是喜得眉笑颜开。……阿菊是个白蛇精转世的伶俐人,你想,她还会不愿意?杨军,跟他办这件事,只好牵马过桥,给我一说一哄,也就过桥上路了。……嘿!同志哥,人生在世,就要多做几件好事,我这个人,头一倒就呼呼大睡,什么缘故?我尽做好事,心在当中。"

梅福如那种豪爽、侠义的气概,充满着良心自慰的得意的神情,使得每个人不但觉得好笑,而且不能不衷心地钦佩他。

杨军走了进来,灯光给一堆人遮住了,屋子里黑洞洞的,大家没有看到他。

杨军坐到二排长陈连面前,问他还有什么话交代。陈连净剩了一些硬骨头的手,牢牢地抓住杨军的手腕,颤抖了几下,吃力地咳嗽一声,眨着有神无力的眼睛说:

"我这条腿没有用了!我还想打仗。我只有一句话,你告诉连长、指导员,我是个共产党员,我还要战斗。"

话很简单,杨军却深深地受到感动,紧紧地抱住他的排长,胸口猛烈地弹动着。

"别的我都会忘掉,对蒋介石,对七十四师的仇恨,我不会忘掉!永远的!一辈子!"

陈连的眼里迸出仇恨的火花,在黑黑的屋子里闪烁着它的光辉。

同志们见杨军前来告别,便回到自己的铺上去,他们想到自己还不能跟杨军一齐走,已经一个大战役没有参加得上,再一个战役,又是不能参加,心里便涌起恼恨和痛苦的波浪来。

杨军和许多同志握了手,每一只手都传递给他一种强烈的战友的感情，它们汇成一种热流，和着他的血液，在周身激动起来。

他坐到梅福如的身边。

梅福如用他那颀长有力的臂膀，像箍桶的铁环一样，紧紧地搂抱着杨军。

“你有什么话在信上没有写的，我再替你口传一下！”杨军紧握着梅福如的手说。

“小兄弟！我那个不要脸的妈妈，在我十三岁的时候，给蒋介石军队一个军官拐跑，我的老子，给他们两个用毒酒活活地害死！你们不是看到我很快活吗？是的！我快活！我是在共产党的队伍里才这样快活的，悲酸苦痛埋在我的心底下！我一只脚没有了，你要看见刘团长，能跟军长说一句更好，我希望能给我装一只假脚，我在上海看到大马路上有得卖的，天津也有。怕就怕办不到。我想装上这只脚，还是跟敌人干！我不打六〇炮、掷弹筒了。听说缴了榴弹炮，我去开榴弹炮，我发誓要百发百中，把敌人打得粉身碎骨，尸分八瓣！叫他们尝尝炮弹片的辣味！你不是要把炮弹片还给七十四师吗？我替你还，不用愁，总有那一天！”

梅福如的声音很低沉，但是爽朗有力，牙根咬得“格格”作响，使人感到有一股烈火燃烧在他的胸膛里面。

他是团部炮兵连小炮排的炮手，在这里，只有他是炮兵连的伤员，关于他的父亲、母亲的事，他从来没有跟谁提过。

杨军恍然地觉得这个人不但可爱、可敬，而且在他的身上潜藏着无限的远远没有用完的战斗力。他所特有的那等英雄气概，活跃的生命力和这些出自肺腑的充满仇恨、蔑视、鄙视敌人的言语，在杨军的心目里刻下了这样一个鲜明的塑像：他是永远不会被敌人屈服的钢一样坚强的人物。

听了梅福如的话，许多人都默默地坐起身来，都不禁在心里对自己感叹着说：

“他不只是个会说会笑的人啊！”

杨军带着愤激、沉痛的心情，辞别了战友们。

营长黄弼睡在一间小小的屋子里。

他的头部缠裹着层层纱布，纱布和肌肉当中，夹敷着硬骨骨的石膏。他的头安静地板板地放在枕头上。他的脸瘦得可怕，没有一点血色，黄惨惨的，几乎只剩下皮和骨头了，两只眼睛下陷得很深，好像就要沉下去似的。但是，它发着炯炯的顽强的光辉，仿佛是两颗永远不灭的亮星。

他的两只大手安静地摊在身边，蓝色的弯曲的筋络暴露得很明显，两条长腿稍稍崛起，盖在被子里面。

他安静平坦地卧着，嘴唇不住地微微抖动，舌头不时地探出来，舔着干燥的唇边。

杨军常到他的营长这里来，他觉得安慰安慰他的营长是他的责任。为了使他的营长高兴，连他和阿菊搬住到余老大娘家的事情都对黄弼谈了。他觉得让这位上级首长能够笑笑，心里舒服。但是，他又怕来，他一看到他的营长那样艰难地躺着，那样的瘦弱，就感到难受。

杨军在一会儿以前，从这里拿去营长送给他的皮包，要说的话，营长已经对他说过了。可是，在他从病房里出来以后，脚步不自主地又拐到营长的小屋里来。

他沉默地站在营长的床前。

“都准备好了？”黄弼喃喃地问道。

“准备好了！一共三十八个人，编成一个排，要我带队。”杨军用最低的声音说。

“也该当排长了！现在带一排人，以后要带一连人。”

“我还是当班长！”

“当班长的人多了，用不着你当了！”

“营长还有什么话交代吗？”

“把阿菊留在后方，放心吗？”

“跟黎青同志做点事情，她能管她自己！我才不挂念她！”

黄弼的唇边漾出了一丝笑容。

杨军仿佛感觉到营长在笑他说了违心话，咬着嘴唇笑了一笑，好像这样便赎回了不坦率的过失似的。

黄弼思索一下，把杨军的粗壮的手握在自己干枯的手掌里，用一个中指伸来缩去地摩着杨军的手背上丰满的肌肉，仿佛这个小动作使他感到愉快似的。

他的闪着顽强的光辉的眼睛望着屋顶，语调低沉地说：

“我们这个队伍，勇敢，这是革命军队的天性！要记住！光凭这个天性是不够的！要讲究战术！不讲究战术，自己吃亏！流血，牺牲，有什么了不得！一根鹅毛！一片树叶子！带着士兵吃亏，革命吃亏，那是罪过！……技术也很重要！到前方去，四大技术①要苦练！有炮、有枪打不中敌人，敌人就不怕我们！……”

“吐丝口战斗好险啦！差一点点就打不下来！……”

“不要怕人家说你怕死！……”

“我受了伤，想了多少天数，就是这几句话！”

他的话是一个字音一个字音吐出来的，他吐得很吃力，但是他吐了出来。像一粒一粒明亮的珠子，从他的心底下弹出来似的。

① 四大技术系指射击、投弹，刺杀、爆破四项军事技术。

珠子弹出来以后，就弹击着杨军的心壁，仿佛还激起了像指头猛地弹在钢琴键子上的那种声音，沉重、响亮，拖着绵长的余音。

“我把这些话，永远记住！告诉教导员去！”杨军把每一个珠子在心里点数了一遍，然后低沉地说。

黄弼的笨重的头，微微地颤动一下，像是一阵冷风侵袭了他，杨军急忙把他颈项上的被子塞好。

“程教导员！没人告诉你？”

杨军吃惊地睁大眼睛，摇摇头。

“唉！到苏团长那里去了！”

他的深陷的眼珠，突然冒出火来似的只是闪闪抖动，接着，两个眼井里就涌出碧清的泉水来。

“营长！”

杨军悲泣着低沉地喊了一声，伏在营长的身边。

营长的干枯的手抚摩着杨军的脖子，他感到青年的身上有一种足以使他消除一切悲酸苦痛的温热，立即地停止了呜咽和泪水的奔流。青年感到营长的手掌也是温热的，像是春天的阳光那样。

黄弼突然兴奋地说：

“希望下一仗能够消灭七十四师！好个强盗队伍！”

听了营长这许多话，杨军受到最深刻的感染，同时也感到最大的满足。营长的血的经验教训，像禾种一样，撒种到青年一代的心田里。

营长向杨军扬扬手，闭上眼睛，安详地睡了。

杨军在营长小屋的门外，徘徊了许久。

夜空缀满银色的光点，明天还将是一个晴天。

他回到住处，炕上躺着一个军人，定睛一看，见是阿菊，便高兴地问道：

“军装领来啦?”

听到杨军的脚步声,转脸朝里躺着的阿菊,高声大笑地跳下炕来。她站直身子,挺着胸脯,显露出“中国人民解放军”的胸章,兴奋得颤着嗓音说:

“下午领来的,胸章刚刚钉上。你看! 怎么样? 威武不威武?”

杨军笑着端详一阵,像教练新兵一样,教阿菊两脚并立成“人”字形,两手垂直,眼睛望着前方,新兵阿菊也就照样地做着。“很威武,就是有一个缺点。”杨军评量着说。

“什么缺点,袖子长了?”阿菊问道,在自己的周身寻看着。

“风纪扣没扣上!”

阿菊摸着领口,杨军靠近前去,替她扣上了风纪扣。

“我明天也走。”阿菊坐到炕沿上,拍拍胸口,说。

“又想回江南去?”杨军问道。

“跟你一齐上前线!”阿菊扬着手,做出一种英武的姿态说。

杨军放下皮包,阿菊把黎青给姚月琴的信交给他,笑着说:

“有空,你也写封信给我。”

“有话说就写。”

“没话说就不写?”

“嗯!”

“话在你肚里,我也不知真的有话无话!”说着,阿菊指着炕前小橱上的肥皂、毛巾问道:

“前方肥皂也买不到? 你的东西够重了,还带这个?”

“是留给你用的!”杨军说。

“好大的人情! 怕我脸上有灰,给我两块肥皂!”阿菊把肥皂、毛巾推到杨军面前,冷笑着说。

杨军摸出小镜子来,也冷笑着说:

“这个人情怎么样?”

阿菊连忙抓过小镜子去,说:

“这还不错!这里有卖洋货的!”她照着镜子,洋洋洒洒地笑了起来。

杨军又拿出大红梳子来。

阿菊想不到杨军能够买上这么两样东西,在分别的时候送给她。在她的记忆里,从她跟杨军六七年前定情相爱的时候起,到去年结婚,现在团聚,他送给她最合适的物件,就是这个鸭蛋镜子和大红梳子。她愉快极了,照照镜子,梳梳头,梳梳头,又照照镜子。她看到杨军的脸是红酣酣的,自己的脸也是红酣酣的,她真是从心里喜到脸上。使杨军欣喜的,是阿菊也准备了送给他的礼品:除去赶好了四双鞋子以外,还有上好了袜底的两双新袜子,一件背着他做好的夹背心。阿菊把这些东西真的当作礼品似的,一样一样轻拿慢取地放到杨军的面前,娇声地说:

“看看,做的怎么样?”

“哪来的布?”杨军拿起夹背心来,问道。

“是我把棉袄拆掉做的。”阿菊说,把夹背心的里子翻转过来,送到杨军的眼前。

杨军一看,背心里子的正中,用丝线绣着一朵金钱大的红菊花,不禁惊叹地说:

“绣上这个!你真想得出来!”

见到杨军感到满意,她便“格格”地轻声地笑着。

夜深了,杨军脱了军衣,准备睡觉,她就趁便把夹背心穿到他的身上。

“合适吧？正好护住这个地方！”阿菊端详着，抚摸着杨军肩背上的伤痕，微笑着说。

“不肥不瘦！在我身上量过的？”杨军笑着问道。

“量尺寸做衣服，还算本事？”阿菊自得地说。

小夫妻俩谈了一阵临别的话，杨军打了一个呵欠，阿菊便拉开被子让他休息。

“说走就走，不能多待一天？”阿菊喃喃地自言自语着。

“鸡叫三遍喊我！”他在睡下去的时候，拍拍她的肩膀说。

她在沉思着什么，仿佛没有听到他的话似的，眼睛出神地望着月光明亮的窗口。他抬起头来，又大声地说：

“听见吗？鸡叫三遍喊我！”

四四

余老大娘家的一只雄鸡，比谁家的鸡都要赶尖，过早地而且粗声粗气地在窗外的鸡栏里叫了起来。

仿佛二遍刚刚叫过，就叫三遍了。

阿菊用被子把杨军连头带脑地盖上，让催人的鸡鸣声不给他听见，然后轻手轻脚地开了门，向东方的天际望望，她觉得时间还早，一点亮影子没有。

可是鸡又叫了，远处近处的一齐叫了起来。

到前方去的同志们住的隔壁大屋里，点起了灯火，已经有人说话。

回到屋里，干娘正在灶上忙着，灶膛里的火，向灶门口伸着火舌头，映红了老人多皱的脸。

她轻轻地拍拍杨军，她既想把他叫醒，又不愿意他马上就醒。

“能多睡一分钟，就让他多睡一分钟吧！天大亮，太阳出来再走不好吗？这又不是打游击！”阿菊无声地自言自语着，手里在收拾什么东西。

余老大娘揭锅盖的声音触动了杨军的耳鼓，他突然一惊，把被子使劲一掀，跳起身来，使得阿菊的身子吃惊地晃了两晃。

“妈呀！好大的气力！”她惊叫着说。

“为什么不喊醒我？”杨军气粗粗地责问道。

为了掩饰，阿菊向房门外喊问道：

“干娘，鸡叫过三遍了吗？”

干娘和干女儿串通好了似的回答说：

“刚叫过。人家的鸡不还在叫吗？”

杨军的眼睛在黑暗里瞪着阿菊。

阿菊点亮了灯，拨着灯草说：

“临走还跟我发性子？”

她把杨军的鞋子顺了一下。杨军拔起鞋子，就慌慌张张地收拾着东西，找这样，这样不见，找那样，那样没有。

阿菊看他那股着急的劲儿，“扑哧”一声地笑起来。

“早就给你收拾好了！”阿菊坐到他身边说。把打好的一个青布包裹放到他的面前。

杨军一一做了检查，没有发现漏掉什么。

杨军急急忙忙地漱洗以后，就跑到隔壁的大屋子里去。

大屋子里的同志们正在“呼呼啦啦”地吃饭。杨军觉得时间的确还很早，心也就镇定下来。

阿菊到大屋子门口喊杨军回来吃饭。杨军出了大屋子，她伸长脖子向里面瞧了一瞧，准备到前方去的同志们穿的一色新军服，跟杨军的和她的一样，草绿色的。

“排长嫂嫂，吃饭！”不知是谁嚼着小菜叫道。

“不客气！”阿菊挺镇静地回答了一句。

阿菊走了以后，吃饭的人仿佛加了一样新鲜菜，津津有味地七嘴八舌地谈论开来：

“不该叫嫂子！”

“叫什么？”

“叫同志！人家参加了革命工作。”

“同志？她不是杨军的老婆？”

“叫老婆也不好听！”

“叫什么？叫太太，更难听！”

“叫夫人！”

“呸！又不是做大官的！”

“有一回，文化教员说的，顶好叫‘爱人’！”

“咦！我叫不来！”

“你叫什么？”

“叫孩子他娘！”

“没有孩子呢？”

吃饭吃菜的声音，碗筷碰击的“当当”声，和着哗笑声，加上门外鸡叫四遍的“喔喔”声，夹杂交响地腾了起来。

拂晓，空中迷蒙着一层轻纱似的薄雾，一些鸟雀在看不清楚的树木上、田野里“喳喳”地叫着。

杨军背着打得十分结实、但是显得肥大沉重的背包，在大屋子门口吹响了炸耳的哨子。

在队伍前面，他精神抖擞、声音洪亮地宣布道：

“我们都是身上有伤疤的人，为了赶到前方投入战斗，今天的路程是七十里，过一座山，不高，五百二十米。”

有一个同志伸伸舌头。

杨军大声问道：

“走得动走不动？”

所有的人一条腔地高声回答：

“走得动！”

声音冲破薄雾，太阳的橘红色的光辉从海底升上来，天际挂起了彩色缤纷的帷幕。

小小的队伍开始出发，后面跟着一百多个挑着重担的民工，他们挑的是修械所突击加班赶造出来的中型、大型的手榴弹和迫击炮弹等。

阿菊穿着她的新军服，鞋子还是绣着小蝴蝶的那双，没戴军帽，头发给大红梳子梳得很光，和俞茜、她的干娘她们站在队伍必经的路门，瞩望着队伍，瞩望着杨军。

在杨军快到身边的时候，阿菊的心加剧地跳动起来，她想起五年以前送杨军参军的情景：那是在自己的家乡，那时候，杨军和她都还是不大懂事的孩子。现在，是在远离家乡的山东，杨军长得那样壮，成了英雄；自己呢，也成了个革命军人。想到这些，她有些难过，但又很快乐，心头有一种说不出的又酸又甜的滋味。

杨军走到她的面前，脚步似乎放慢了一点。阿菊正想说句什么，队伍里和送行的人们的几百双眼睛，仿佛一齐向她投射着逼人的光箭，她想好的一句什么话，便在众人的眼光下面给逼得慌忙遁走。她的身子也就微微地震颤起来，像是大冷天喝了一口热汤，很舒服，但又有些经受不住似的。

这时候的杨军却朝着余老大娘、阿菊和俞茜她们这一堆人一边走,一边说了一声:

“大娘,打了胜仗,我写信给你啊!”

谁都明白,杨军的这句话是对余老大娘说的,也是对他的阿菊说的。

阿菊自己也很明白。她会心地笑了,像昨天夜晚在小镜子里笑的那样。

俞茜的小眼睛盯了阿菊一下,火速地跑走开去。

杨军,队伍,沐浴在红日的光海里,脚步走得那么有力,那么轻快,仿佛腿上装上了车轮子似的,只是向前,只是向前疾驶。

他们越过绿色的田野,走上山坡,隐入到远处的深谷里。

阿菊回到黎青的门口,黎青问道:

“我没有送送他们,走了吗?”

“走了!”阿菊喃喃地说。

“跟你说了什么?”黎青又问。

“什么也没有说,头都不回地走了!”阿菊装傻地笑着说。

俞茜拍着手跳跃着说:

“说的! 我听到的!”

“他是跟老大娘说的!”阿菊低沉着脸,轻声地说。

“是说给老大娘听的,也是说给你听的!”

听了黎青的话,阿菊把热辣辣的小圆脸,扭向门外,无声地痴笑着。

猛一抬头,阿菊的眼睛在远处青青的山脊上,发现了杨军他们一行队伍的影子。在她凝神定睛仔细看望一下以后,才认出在那青青的山脊上的,原来是一排挺拔的马尾松。

第十一章

四五

蒋介石在各个战场上连吃败仗。在三月里,虽然攻占了延安,但得到的不过是一座空城和几千个窑洞,而付出的代价却是损兵折将。在东北战场上,已经丧失了全部兵力的三分之一——七个美械师。在冀鲁豫战场,也不断地遭到惨重的失败。在这个碰得头破血流的当儿,又重新在华东战场上打起算盘来。他们在四月里,曾以汤恩伯、欧震、王敬久三个兵团计三十四个旅的兵力,向蒙阴、新泰地区进犯,结果,遭到了我军的猛烈反击。驻守泰安城的整编七十二师全部连同整编十一师(蒋军五大主力之一)的一个侦察营,共二万四千多人被我歼灭。

紧接着泰安战役之后,蒋介石又投下了一笔巨大的赌注。他的骄子、御林军七十四师,也是他的五大主力当中的主力,被当作必胜无疑的一张王牌摊了出来。

蒋介石以七十四师作为核心和中坚,再加上汤恩伯、欧震、王敬久这三个兵团和另外的一些人马,摆成一个龟形阵势,再一次地向华东人民解放军控制的战略要点——费县、新泰、蒙阴一带沂蒙山区[①]开始新的大举进攻。

---

① 沂蒙山区系毗连的沂山、蒙山的总称,在山东的东南部。

炮声又渐渐地稠密起来。山岳、平原，山上和地上的一切生物、无生物跟着颤动起来。战争，巨大规模的战争现象又显现在人们的眼前。

华东野战军各个部队，奉命在沂蒙山区和它的周围展开，制造和捕捉战机。

沈丁部队的两万多人，经过两个多月的战后休整，从淄川、博山地区，向沂蒙山区的西侧行进。

走在路上的队伍，因为连续八天山地行军，感到疲累得很。

他们的背包越背越重，虽然不断地精掉一些东西，腿脚的抬动还是越来越感到吃力，部队尾后的收容队的人数，一天比一天增多起来。许多人腿脚肿痛，脚趾上磨起了水泡。说故事、讲笑话的人越来越稀少，就是有人讲呀说的，也很少有人爱听爱笑了。

“到什么地方才宿营？”

“情况不明，就地宿营！”

“不是‘天亮庄’，就是‘日出村’！”

“天为什么老不亮啊？太阳躲起来啦？”

“这叫打仗吗？”

“是脚板跟石头块子战斗！”

战士们一边走着黑夜的山路，一边说着怪话。

连长石东根也忍耐不住。在一个山坡上休息的时候，他把身子倒躺在坡子上，让头部向下，两脚向上，竭力地使两条肿痛的腿上的血，向他的上身倒流，嘴里“咕噜咕噜”地说：

“再拖几天，不打死也拖死了！”

头部伤口刚好，第一天归队第二天就出发行军的指导员罗光，抚摸着脑袋，像是伤口发痛的样子。

“背包给我吧！”他望着石东根低声地说。

“要你这个伤号替我背背包？”石东根把背包垫在头底下，身子依旧倒挂在山坡上，两腿不住地摇动着说。

骑兵通讯员们纷纷地从面前跑过去，马蹄子踏着不平坦的山道，发出“格格叮叮”的响声。他们脸上流着汗水，枪托子在他们背后颠抖着，嘴里不住地吆喝着，驱使着马匹快跑。

有人羡慕地、但又嫉妒地说：

“当骑兵真是惬意！我们两条腿，他们六条腿！”

一个骑兵通讯员在团长刘胜的背后，高声叫道：

“团长！团长！”

刘胜在马上回头望望，骑兵通讯员跳下马来，递给他一个折皱了的纸片。他勒住马，看了看，旋即跳下他的乌骓，喊住在后面来的团政委陈坚。同时告诉作战参谋，通知部队马上停止前进。

蒋介石的包括七十四师在内的一个兵团深入了沂蒙山区，军部奉到野战军司令部的命令，通知所属部队就地停止前进，听候命令行动。

“七十四师真的来了！”这消息像战斗的捷报似的，在部队里传告着。

所有的指挥员、战斗员们立即欢腾起来，动荡起来，八天来连续行军的疲劳，一下子消退了一大半。山上、山下漾起了喜悦的笑声，展开了热烈的谈论：

“心里正在想他，他就来了！”秦守本搓着手掌说。

“嘴说曹操，曹操就到！”熟悉戏文的安兆丰接着说。

“七十四师是蒋介石亲生亲养的儿子，真舍得拿出来送死吗？”在黑暗中的远处，另一个班的一个战士问道。

“蒋纬国是他的真儿子,还给他赶上战场哩! 在鲁南,不是险险乎当了俘虏!”另一个班的又一个战士说。

听来是石东根的声音:

“告诉他们不要嚷! 赶快睡一觉! 留点精神赶路、打仗!”

李全像只小松鼠似的,跳到这个排,窜到那个班,急急忙忙地传达着命令。由于心情兴奋,他把连长的话加多了内容,也加重了语气说:

“连长命令你们不要嚷! 眼闭紧,腿伸直,就地睡觉! 七十四师要请你们吃红烧肉,露水少喝一点,留个肚子好多吃几块肥肉!”

“小鬼! 我听到连长的话不是这样说的!”秦守本抓住李全的膀子,用力地勒了一下说。

李全歪嘴蹙鼻子,故意过火地喊叫起来:

“哎哟! 哎哟! 疼死了!”

他挣脱了秦守本的手,跑走开去。

“杨班长这一仗又赶不上了! 伤口还没有好?”秦守本走到张华峰跟前,低声地说。

“连个信也没有。”张华峰头枕在背包上斜躺着,眼睛望着天空的星星,带着怀念和忧虑的神情说。

“给他的小娘子扯住腿了!”和张华峰头抵着头的洪东才,转过脸来,在张华峰耳边哼着鼻音说。

“他不是那种人!”张华峰摇摇手,断然地说。

“就怕伤口复发!”秦守本担心地说。他躺倒在张华峰身边,两条笨重的腿压在洪东才的肚子上。

洪东才用力地掀动秦守本的两条腿,秦守本的两条腿像木头杠子似的,更加沉重地压服着他。他掀它不动,便抡起拳头死命地捶了两下，而秦守本却愉快地叫道：

“对！捶得好！就是这个地方又酸又麻！捶两下舒服！”

洪东才把身子猛然地向旁边一滚，秦守本的两条腿便重重地掼在硬邦邦的石地上。

他吃了亏，连忙爬起身来，去追逐洪东才，洪东才哈哈地笑着跑到远处去了。

石东根正好走到他们身边，他的眼睛在黑暗中发着亮光，亮光炯炯地落在秦守本和洪东才的身上。秦守本跑回到自己班里，不声不响地躺下去，紧紧地闭上眼睛，装作睡着了。洪东才却走到连长身边，装作很正经的神气向连长问道：

“连长，七十四师到了哪里？我们打得上吗？”

洪东才这一着，果然有了效用。

石东根本想训他几句，给他这么一问，只得冷冷地说：

“我怎么知道？你去问团长去！”

说了，石东根瞪了洪东才一眼。

尽管连长要大家争取时间休息一阵，班、排干部和战士们还是“嘁嘁喳喳”地咬着耳朵边子谈论着。

渴望战斗已经好久，渴望打七十四师已经大半年了，涟水城外淤河滩上的战斗，在他们心胸里刻上了不能磨灭的痕印。许多人的肌体上有着七十四师炮弹、枪弹的伤疤；许多人记得他们的前任团长苏国英牺牲在七十四师的炮弹下面；许多人记得七十四师那股疯狂劲儿，那股蔑视一切的骄纵剽悍的气焰。他们早就有着这个心愿：给这个狂妄的、逞过一时威风的敌人，以最有力最坚强的报复性的打击。

“给打击者以双倍的打击！”

“叫七十四师在我们的面前消灭!”

这是在部队中自然发生的长久以来的战斗口号。

在涟水战役以后参军的和解放来的战士们,也在日常生活中受到干部们和老战士们的深刻感染,有着和干部们、老战士们同样的心理感情。就是张华峰班那个曾经替七十四师吹嘘过的名叫马步生的新解放战士吧,前两天也说过这样一句话:

“说不定七十四师要死在我们这个队伍手里!”

“说不定?我说,七十四师一定要死在我们手里!”不大说话的副班长金立忠,斩钉截铁地对马步生说。

马步生没有再说什么。马步生——有人叫他“马路灯”,因为字音顺口,又因为他是个瘦高个子,额头前迎得厉害,和他的鼻尖子几乎垂直,两片嘴唇特别厚,走路的样子也不好看,外八字脚。从这些地方看起来,他是个很蠢笨、但又令人可笑的一副模样。因为他常常鼓吹七十四师的威风,同时又不喜爱他这副可笑的蠢样子,曾经有人对张华峰说:“向连长建议调他出去吧!”张华峰不同意,他说这个人有不少好处:第一,他直爽,心里有话搁不住,总是说出来叫别人知道。他刚到班里来的时候,不少人担心他要逃跑,他拍着胸口对张华峰保证说:“我姓马的不会开小差,我要是开小差,就不是我妈妈养的!”两三个月来,从他的各种表现上看,他说的话是可靠的。第二,他力气大,跑得动,背得起。第三,他在广西军里当兵以前,在七十四师里干过,他懂得不少七十四师的部队情形。张华峰早有这个打算:迟早要跟七十四师交手,多一个了解敌情的人是有用处的。

这几天,部队里酝酿着打七十四师的事,他讲了不少关于七十四师内部的情况。据他自己前些日子的自白,他是自愿到七十四师当兵抗日的，后来因为每天三操两讲吃不消，便开小差开到广西军四十六军。他认为广西军也很重视军事教练，但是比不上七十四师。他形容七十四师部队的面貌说：

“有一回，美国顾问来检阅，在南京中山门里的大操场上，全师两万多人，戴的一律钢盔，穿的一律力士鞋，眉毛不动，眼皮不眨，排列得整整齐齐，队伍的行列像刀削似的，没有一个人错前一分，错后一厘。美国顾问检阅以后，不住地翘着大拇指，说着中国话，连口称赞：‘好！好！’广西军就吃不开，从来没有美国顾问去检阅过。”

刚才，队伍得到通知，在原地停止前进，大家又谈起打七十四师的时候，他说：

“要是真把七十四师消灭掉，蒋介石的天下就完了蛋！别的队伍就不用打了！”

“照你这么说，蒋介石有七十四师，就能坐牢南京的金銮宝殿，没有七十四师，他的金銮宝殿就坐不成？”洪东才这样问道。

“正是！正是！”他毫不含糊地回答说。

“好吧！这一回就叫他下台！”秦守本拍着手里的枪杆子说。

马步生的话不是完全可信，也不是完全没有根据。在蒋家军里，七十四师的确是有威名的一个队伍。蒋介石把最优良的装备给了它，发给它的给养是上等军米和洋面粉，别的部队的军饷，常常被克扣或者迟发十天半月，甚至更长的时日，对七十四师则从来没有扣发、迟发的情况。国民党蒋介石用许多的言语和文字来宣传他们这支部队，把这支部队说成是攻无不克、战无不胜的天将神兵，当成是他们整个军队的灵魂和胜利的象征。

正是这样，解放军的战士们对消灭七十四师就感到更大更浓郁的兴趣，仿佛只要是打七十四师，他们可以不吃饭，不睡觉，哪怕前面是汪洋大海也能越过，是重叠的刀山也能攀爬上去。如果一个钟头要赶三十里路，他们的两只脚就可以像《封神榜》上的哪吒，装上风火轮驾空飞走。又仿佛只要把七十四师消灭，他们就一切仇恨皆消，也才算得是革命英雄似的。

在连队里巡查了一遍的石东根，只是叫大家休息养神，自己回到休息的山坡上的时候，却怎么也合不上眼皮，心头总像有一排蚂蚁在爬似的，痒糯糯，热蒸蒸的。他的脑子里，像波涛滚滚似的，在翻腾着在涟水城外淤河滩上跟七十四师血战苦斗的影子。他突然地拍拍身边田原的大腿，大声地说：

“文化教员，编个打七十四师的歌子唱唱！”

“他已经编了好几句了！”李全告诉他说。

石东根当是田原睡着了，贴近田原的脸看看，田原的眼睛睁得挺圆，直望着前面的蓝空和紫褐色的山，嘴唇不住地弹动着，正在用心出神地想着、默念着。罗光和田原并头躺着，膀肘支撑在背包上，手掌托着下颏，眉头微微皱着，和田原同时地想着歌词。

天空像一片茫茫大海，碧澄澄的，繁星像银珠一般，在海水里荡漾着闪烁的亮光，仿佛是无数只的眼睛，向躺卧在山道上的战士们传送深情厚谊似的，和战士们眼光亲切地对望着。战士们睡不着，它们也就有心地陪伴着，共同地度着这个初夏的深夜。一些不知名的虫子，“唧唧”地细声地叫着，像是帮田原在哼着还没有想定的歌曲似的。

“这样好不好？”田原坐起身来精神奋发地说。

“念给我听听！”罗光轻声地说。

田原轻轻地亮亮嗓子，低声地念诵道：

同志们！勇敢前进！
同志们！顽强作战！
端起雪亮的刺刀，
刺进敌人的胸膛！
射出无情的子弹，
把敌人的脑袋打烂！
叫疯狂的敌人，
消灭在沂蒙山！

他念完以后补充说：

“最后两句唱的时候重复一遍。”

罗光把田原的歌词重念一遍，修正着说：

“‘无情的子弹’改成‘仇恨的子弹’，‘叫疯狂的敌人，消灭在沂蒙山！’改成‘叫蒋介石的御林军，消灭在沂蒙山！’你看好不好？”

“御林军？我不懂！什么叫御林军？”李全歪过头来问道。

石东根接过口来说：

“干脆改成‘叫七十四师，消灭在沂蒙山！’前面两句‘同志们勇敢呀，顽强啊’，哪个歌子上都有，不要！”

“那太短了！只有六句！”田原不同意地说。

“我说呀！所有的歌子都嫌过长，唱半个月二十天也记不住！六句，短而精，容易记又容易唱，我是老粗，没有文化，就是这个意见！”

“那就变成这样啦！”田原快速地念道：

端起雪亮的刺刀，
刺进敌人的胸膛！
射出仇恨的子弹，

把敌人的脑袋打烂！
叫七十四师，
消灭在沂蒙山！

“就这样！正合我的口味！嫌短，再唱一遍两遍！”石东根拍着田原的肩膀决断地说。

罗光表示同意石东根的见解，田原便在口边哼起曲谱子来。田原哼着，李全跟着哼着，两手各拿一个小石片敲着节拍。哼着，哼着，田原唱出声来，唱起歌词来，接着便坐在一块大石头上挥起了臂膀，像正在战士们面前进行教唱似的。星光下面的他的脸色，渐渐地涨红起来涌上了兴奋激越的神情。他的声音虽然低而轻，却很清澈地在夜空里播荡着，袭入到战士的耳朵里。

战士们也就自然地哼唱起自己爱唱的歌子来：

“前进！前进！
我们的队伍向太阳！
……”

“打得好来，
打得好来打得好！
四面八方传捷报！
……”

农历四月的山间的夜晚，含着香气的凉爽的风，从山峡口吹拂过来，在山谷里留恋地回旋着。山间的小松和野花野草摆动着强劲的身姿，发出“窸窸窣窣”的有节奏的声音，像是给战士们的歌唱配着和声似的。

战士们的心，像火一样的热烈。他们睡不着，他们在歌唱，他们在星光下面擦拭着枪、刀,等候着和蒋介石王朝的御林军七十四师接战的行动命令。

四六

队伍现在的位置在沂蒙山区的西北角上,炮声在队伍的东南方"轰轰隆隆"地吼着。

歇在山道上的队伍,在焦盼热望中得到了行动命令,急忙地爬起身来,背包和武器轻飘飘地飞到身上,精神焕发地向前行进。

在练赛跑的运动员,一旦解去腿上沉重的沙袋,两腿觉得非常轻快,缚在身上的疲劳,全部解除净尽。

大概走了七八里路,队伍下了山坡,踏上丘陵地的田野大路,不知是谁,望望上空的北斗星,突然地疑问道:"这不是向西走了吗?"这么一问,提醒了许多人。"对呀!敌人在东边,我们怎么向西走呀?"秦守本没有说出声来,心里暗自地疑问着。向西,向南,又向西,又向南,炮声确是越来越远了。队伍离开了沂蒙山区,进入到半丘陵半平原地带。"敌人又跑了?""回华中去吗?""到鲁西南跟第二野战军[①]会师?"

"许是叫我们去摸敌人屁股的!"

"十成八成是去攻临沂!"

有些干部和战士提出了自己和别人都无法回答的问题,也有的在作着自以为蛮有把握的估计和判断,像是诸葛亮似的。脚步越走越慢,仿佛腿上又缚上了沙袋,落下去很沉重,提起来很吃力。

---

① 第二野战军即冀鲁豫人民解放军。西北人民解放军为第一野战军,东北人民解放军为第四野战军,华东人民解放军为第三野战军。

又有人在开玩笑、说怪话了：

“当官的一张嘴，小兵癞子两条腿！”

出乎大家意外，走了约莫三十来里，天刚夜半，就进庄子宿营了。

“排长，解背包不解？”秦守本向二排长林平问道。

“不解！天一亮就出发！”站在连部门口的林平回答说。

秦守本察觉到林平的神情有些不愉快。林平在回了他一句以后，就走开了。

秦守本正要回转身子，忙着抱禾草打铺的田原从屋里出来，他迎上去说：

“文化教员，你做的新歌，打七十四师的，抄给我好不好？”

“新歌？打七十四师？”田原咕噜着说，忽而他觉得自己的语气神情不对，又连忙转过口来，强笑着说：

“还没有做好，隔两天教你们唱。”

说着，他匆匆地走到草堆边去。

从田原的话里，秦守本感觉到味道不对。“隔两天教你们唱。”难道不打七十四师了吗？他很想走到连部去问问连长、指导员，正犹疑着，抱着一大捆禾草的李全用惊吓的语气对他说：“秦班长，还不赶快去睡觉？明天的路程……”

李全截断下面的话，向屋里走去。秦守本赶上去拉住李全，亲热地低声哄问道：

“我们两个感情不错，告诉我，明天的路程怎么样？”

“我不能自由主义！”李全拒绝他的要求，板着脸说。

“等一会儿，我还能不知道？不说拉倒！”秦守本装作不乐意的样子说。

李全觉得这倒也对，他是班长，又是莱芜战役的一等功臣，明天走多少路，还能不让他知道？于是抬起手来，用拇指和食指在秦守本眼前晃了个“八”字。

“八十里？”秦守本吃惊地低声问道。

“唔！”

“向东向西？”

李全的手朝西南角上一指，便抱着禾草捆子跑进屋里去。

秦守本的眼睛朝西南角上黑洞洞的天空呆望了许久，心里很是惶惑不定。会上西南去吗？上那里干什么呢？他离开连部门口，默默地盘算着，默默地走回到班里去。

他摇摇脑袋，“这个小鬼！定是胡指乱画，弄不清东西南北！”他心里怀疑着说。

遇到问题，他总是去找张华峰，张华峰和他的全班的人都已经睡了。那个大长个子马步生的鼾声，像是从肚子底下抽吸出来似的，又长又响，使他吃了一惊，退了出来。

他自己班里的人也睡了，副班长王茂生用一条毛巾覆在脸上，遮着灯光，沉沉地睡着。只有一个张德来，在灯光底下抚摸着脚板上指头大的水泡。

张德来在吐丝口战斗里受了惊吓，当时有点精神失常，近来好了。可是，本来是个闷雷性子，不爱说话，这些天来却很爱说话了，仿佛心上的窍门给炮弹震开了似的。

“班长！你看！一门榴弹炮！打七十四师用得上吧？”张德来指着脚板上的大水泡，粗声粗气地说。

秦守本制止着他，叫他不要弄破了水泡。

“弄破了，走路痛得很！”秦守本瞧瞧张德来又阔又肥的脚掌上的水泡，摇摇手说。

“明天还要走？”张德来苦恼地问道。

“要走！”秦守本躺下身子回答说。

“多远？”

“多不到一百，少不下六七十！”

“走这多？”

“不要紧！走不动，背包给我！”

睡了，张德来吹熄了灯火。

秦守本睡不着。他心里的问题没有解决，上西南干什么呢？一下子就下去八十里！这个人的心里盛不住什么东西，有个问题，总是要求马上解决，不然，脑子里就日夜打架吵闹，弄得自己神魂不安。

王茂生翻了个身子，他当是王茂生醒了，想和王茂生聊聊，王茂生却还是舒坦自如地睡着。

外面起了大风，原就是隐隐约约的炮声，给风声完全压服下去了。

接着是猛然来到的一阵暴雨，院子里的瓦缶、瓦盆，给雨点打得发着“当当”的响声，像敲小镗锣似的。接着，屋后沟里的水，“哗哗”地响起来，随后，又突然响起“喀喳喀喳”的闪电摩擦声和震天动地的雷鸣。

整个的天仿佛要倒塌下来似的。

许多人给风雨雷电惊醒过来。

秦守本却反而睡着了。他的心思给风声、雨声、雷声卷走了。他根据长久以来的经验，认为这样的天气，没有紧急的战斗任务，是不会行军的。

可是，他没有算准。这一回，事情出乎寻常的，队伍不但要冒雨行军，而且出发八九天来一直不用的军号声，突然在潮湿阴暗的天空里抖荡起来。

前后左右的村庄上，紧接着响起号声，仿佛在部队休整的地区一样。

秦守本和许多人一致地做了这样肯定的判断：离敌人远了，七十四师是打不成了。

雨势减弱，但还没有放晴的意思，天空里一片暗乎乎的阴森气象，雨还在落着。

说情况紧张吧，吹军号，白天行军，不怕暴露部队的行动秘密；说仗打不成了，情况不紧吧，要冒雨行军。而且连长公开宣布："今天行程是八十里！"许多"诸葛亮"像秦守本、洪东才他们都默不作声，感到茫然。

队伍披着绿色油布雨衣，走在向西南去的路上。

这里的路，奇怪得有时候叫人高兴，有时候却又叫人苦恼。

忽而一段黄里发红的油泥地，一脚踩下去，就拔不起来，这只脚快拔起来的时候，那一只脚又深陷下去，必须两只脚在泥窟里歪转好久，把泥窟歪转大了，才能拔出脚来。正因为要用力摇晃歪转，泥窟也就越深，有的人就几乎连膝盖子都陷没到泥窟里去，这样，腿脚就像上了油漆似的，沾满着黄里带红的油泥。忽而又是一段稀松的黑土路，脚板简直不敢踩落上去，一踩上去，就陷得很深很深，一拔起来，腿脚就糊满了黑土，弄得腿不像腿，脚不像脚，粗肿得像个冬天的柳树干。忽而又是一段平平板板的黄沙土路，赤脚踩上去，像是踩着呢绒地毯，使人产生一种舒适的快感。可是，这样的路在这一带很少遇到，最多的是难走难行的黑土路和黄油泥路。

有人在咒骂,也有人在说笑。

因为雨还在落,手就不能不沾上雨水,同时也不免要沾上些泥土,脸上有了雨水,手便要去揩抹揩抹,因而,脸上就抹上了泥痕土迹。往往在休息的时候,大家心情舒散,便把脸上的泥痕土迹,用各种相似的形象比拟着互相嬉笑起来。你向他笑,笑他的腮上伏着一条黑毛毛虫,他又向我笑,笑我的嘴上长了黄胡髭,我又笑你的脑袋上化了妆,像戏台上的小丑。

"嘻嘻哈哈"的笑声,像沟里的水声似的迸发出来。

在一个小村子上,队伍休息下来搞午饭吃。

雨不落了,村口的水沟边坐着、站着一大排人在洗手摆脚。连长石东根坐在一家门口的小木椹子上,吃力地吸着浸湿了的香烟。

"团长来了!"有人叫了一声。

团长刘胜披着发着光亮的披风式黑漆布雨衣,雨衣上布满了许多泥水点子,像一颗一颗黄星似的。他的乌骓给泥水点子喷溅得变成了花斑鹿,四条马腿的下半截涂满了泥浆,仿佛是天生长成的黄毛腿。

这一段是沙土路,马的脚步走得很轻快,骑在马上的刘胜的身子和脑后的雨帽,微微地抖动着。

刘胜来到面前的时候,石东根立在路旁向他敬礼。

刘胜还了礼,勒住马缰,停在路上。

"你们怎么样?"刘胜骑在马上问道。

"情绪不好,怪话不少!"石东根用夸大的语调回答说。

刘胜下了马,向正在嬉笑吵闹的战士们看看,说道:

"不错嘛!有说有笑的呀!"

“歇下来说说笑笑，上了路愁上眉梢。”石东根像念快板似的，苦着脸说。

“有些什么意见？”

“为什么不开上去打七十四师？一股劲上西南，大家不明白！”

“政治工作不好做！行动意图、目的，战士不明白，我们也是糊里糊涂。”罗光接着石东根的话说。

“你们糊涂，我跟你们一样糊涂！”

刘胜苦笑着说。他徒步地向前走去，走了几步以后，忽又回过头来，向石东根和罗光招招手。

两个人赶到刘胜的身边。

“开到鲁南敌人屁股后面去，牵制敌人的兵力。我们这个团可能跟军部、师部分开，单独行动。行动意图、部署，明天到了那边，得到上级明确的指示以后，要跟你们谈的！”刘胜避着战士们，低声地对石东根和罗光说。

“正面没有我们打的？”石东根咕噜着问道。

“管它正面、侧面，坚决执行命令！”刘胜在石东根的肩膀上拍拍，也有几分感慨似的说。

从来都很乐观的罗光，这时候叹了一声，说：

“说上天，打七十四师没有我们的份，我也不舒服！”

“我们给七十四师打败过的，有什么资格配打七十四师？”石东根愤懑地鼓着嘴巴说。

“部队巩固好，别带头说怪话！”

刘胜交代两句，迈开步子走了。

石东根和罗光冷冰冰地回到小屋子门口，咽着炒高粱粉，嚼着又咸又苦的萝卜干子。

小屋的主人是个七十来岁的老大爷,端了一小盆腌辣椒给他们两个,感叹着说:

"你们真辛苦啊!"

仿佛知道这位老大爷是个聋子,石东根大声喊着说:"心不苦,命苦啊!"

不知老大爷真的是耳聋,还是听不懂石东根的外地话,扬扬毛尖直竖的白眉走了开去。

小鬼李全呆呆地坐在门口的路边,看着从面前经过的团部的队伍,同时留心听着屋子里两位连首长的谈话:

"有一次,还是在华中,铁路南,我听野战军组织部谢部长告诉我,他说粟司令跟沈军长说过:'以后,要么不打七十四师,打七十四师,总不会忘了叫你们参加!'"罗光告诉石东根说。

"一年以前说的一句话,现在还算数?"石东根抹着嘴上的炒高粱粉,愤懑地说。他认为这是完全无望的事。

"我们部队的战斗力,陈司令、粟司令都很了解。"

"你是聋子!有人说我们莱芜战役缴获大,是碰巧,是运气!"

"让他们碰碰巧看!"

"不要痴心妄想!到鲁南打游击去吧!"

"我想写封信给粟司令,他开的支票应当兑现!"

"赶你的信还没送到,仗都打过了!再说,他会为你一封信改变作战部署?没有我们参加,七十四师还消灭不掉?我们又不是神兵神将!"

本来怀着一线希望的罗光,给石东根这么一说,也表现无望了。他的脸色,因为是刚刚伤愈之后,血色本就不怎么旺盛,现在,就更显得阴沉抑郁。

他为了排遣心里的郁闷，走到门外，到战士们聚集的地方去参加谈笑了。

李全跟着他走到人群里去，拾起小石片子，在水沟里打着水撇撇。薄薄的石片子，在水面上跳跃着，发着"唧唧"的响声，喷着小小的水花。

秦守本走到李全身边，并肩地蹲着，一边向水里抛着石子，一边低声地问李全道：

"听到什么吗？"

"我又不是你的情报员！"李全笑着说。

"团长跟连长、指导员谈些什么，你没听说？"

"没有。"

"我看连长有点不高兴的样子。"

"我也不高兴！"

"怎么的？"

"七十四师打不成，要我们去打游击！"

秦守本的心突然地沉落下去，就像手里的石子沉落到水底下去一样。

他呆愣了一阵，把一个拳大的石块，使力地扔到水里，迈开步子跑回到班里去。"不要说是我说的！秦班长！"

李全赶忙追上去，低声地关照他说。

心情恼闷的石东根，嘴里在哼着什么小调，突然嗅到一股强烈的气味，转头一瞧，老大爷抓着一把小小的鸡形的黑瓦壶，从小房间里走出来，笑着说：

"同志，吃一杯！淋了雨，退退寒气！"

"不吃！"石东根闷声地说。

“我旁的不好，就好吃两杯酒。自家做的，来，我们同吃！”

老大爷把酒壶放到桌上，斟着酒，指着桌边的凳子说。

“不吃！不吃！”

石东根口说不吃，眼却瞟着杯里的烧酒。酒的香气寻衅似的向他的鼻孔袭来，他的嘴唇不禁嚅动起来。

他真想吃几杯解解恼闷。但是，他下过戒酒令，向军长、团长、团政委和连里的同志们发誓地宣布过“再也不吃酒了！”他站起身来，转脸朝向门外，打算出去。老大爷却好似故意地捉弄他，跟上两步，把一杯烧酒端到他的面前，笑呵呵地望着他，连声地说：

“吃了吧！吃了吧！”

“我不会吃，老大爷！”他推托着说。

“没事！一杯酒，醉不了！吃一杯，暖和。”老大爷亲切地说，还是端着杯子，笑着候着他。

石东根感到窘困，好像已经吃了酒似的，脸上发起烧来。仿佛为了老大爷的盛情难却，他把老大爷拥向屋子里边，回头朝外面瞥了一眼，终于皱皱眉头，接过杯子，把满杯烧酒一口呷进肚去。

“会吃呀！再吃一杯！”老大爷又斟了一个满杯，笑着说。

“不吃了！不吃了！”他连连地摆着手，回身走向门外。

小鬼李全一头闯了进来，看到连长口唇润湿，闻到酒味，迎头大声地说：

“连长！你又吃……”

石东根猛力抓住他的膀子，瞪起眼睛，吓唬着，但又带着笑意地说：

“不许你乱说乱嚷！”

他嚼着腌辣椒，急步地走到门外，对司号员大声地说：

"吹号！开路！"

队伍又开始行军，天色还是阴沉沉的，灰暗的云朵，缓缓无力地移动着，有时候现出一块蓝天，但立即又给云朵遮盖下去。

当张华峰和前后两个战士距离远了一些的时候，秦守本快步地赶到张华峰身边，神秘地告诉张华峰说：

"我们是开到西南上打游击的！"

张华峰一愣，惊讶地问道：

"谁说的？"

秦守本默不作声。他本想告诉张华峰，又怕说了，李全要吃批评，同时，他就再也不能从李全那里听到什么消息。

"你的消息真灵通！是你自己估计的，还是听来的谣言？谣言！谣言！"张华峰一面问着，一面否定着说。

"不是谣言！"秦守本肯定地说。

"你不要信这些话！不是谣言也是假'诸葛亮'的瞎估计！"

"是连部的人说的！"

"李全？是那个小家伙说的？"

秦守本没有承认，也没有否认，但在神情上表现着给张华峰猜中了，掩饰不住地笑了笑。

"领导上的决定，不会错的！"张华峰了解到秦守本的心情不安，沉思了一下，拍拍秦守本的肩头，严肃地继续说道：

"庆功祝捷大会上，军长、军政委的讲话，你没听到？我们是运动战，丢了涟水、郯城、临沂，换了莱芜大捷，敌人一家伙就报销了五六万。不要乱打听，服从命令听指挥！"

秦守本听了张华峰的话，心里混沌的波动的水，渐渐地澄清、平静下来。

他回到自己班里，把皮腰带束束紧，向前走着。看来他的脚步比饭后刚上路的时候，似乎轻快得多。

四七

第二天中午，队伍进入到沂蒙山区西南侧的鲁南白彦、城前一带地区。这里分布着敌军三个旅的兵力，构筑了大小十七个据点。许多村镇变成了无人区，树木给砍伐得精光，沟边、田坎、小山洼里，都是白惨惨的尺把高的树根，像是都市里桥边的水泥栏杆似的。除去穿梭不息的敌机以外，天空里连一只飞鸟也难得看到。麦子发黄了，穗子低垂着头，在风里战栗地摇摆着，"沙啦沙啦"的声音像是沉痛的悲诉。

麦子、小谷子长得很繁茂，可是谁也没有喜悦的感觉。

看不见什么人烟，看不见牛、羊、鸡、犬，令人感到寥落、荒凉。

团长刘胜和团政治委员陈坚沉闷地坐在军长沈振新的屋子里。那条长凳又瘦又矮，而且缺了一只腿，身体的重心只能偏放到凳子一边，担心地坐着。

他们是奉到师部的命令，直接到军部来领受任务的。

军政治委员坐在一个小矮凳上，军长站着，踱着平缓的脚步，副军长梁波倒坐在石门限上。只有梁波的脸上有点微微的笑容，从沈振新和丁元善的脸色上看不出什么表情来。

"是苦肉计？把我们放在这块鬼地方受苦打游击，转移敌人的目标，好让人家抓住敌人小辫子打大仗！吃肥肉！"刘胜愤然不满地猜测着说。

"可能是这样！"梁波冷冷地说，瞥了刘胜一眼。

“看我们在莱芜战役里吃了一点油水，一定要我们泻泻肚子！不怪队伍里说怪话！”

“说什么怪话?”梁波问道。

“说我们命苦呀！”

“这是你自己说的！”

梁波笑笑，安闲地抽起烟来。

他觉得这位团长有时候快乐得跳跳蹦蹦，有时候苦恼得愁眉皱脸，简直像个大孩子。

“你不去，我派别人去。”沈振新立定脚步，轻淡地说。

刘胜眨眨眼，没有作声，又有好几天没有修刮的黑胡腮，抖动了一下，转头看看沈振新的脸色。

“陈坚，你们两个人的意见一致吗？都不愿意接受这个任务?”丁元善带笑地问道，他的眼光望着屋外，仿佛随便说说似的。

“我没有说不接受任务！”刘胜沉愣了一下，看看陈坚，陈坚没有表示，也不开口，他便这样申明着说。

陈坚随即笑着说：

“我们是一致的，接受军首长给的任务！”

“七十四师上钩不上钩还不一定！上了钩，别的部队能把它钓上手，吃下去，还不是一样？依我想，蒋介石这张王牌到底摊不摊出来，还很难说！”沈振新的指头向空中点画着说。

“我是蒋介石，就不干这种蠢事！把两个主力部队拼光了，还有什么本钱做买卖？跟共产党打山地战，有什么好果子给他吃?”

梁波理会到沈振新的话意，竭力地把刘胜一心想打七十四师的兴头冲淡，有意地强调七十四师不一定能打得成。如果用强光透视镜透进他和沈振新、丁元善的内心里面，可以看到他们和刘胜的内心一样，热望能够打到七十四师，并且迫切地要求着自己的部队能够参加到和七十四师的正面作战。一个说："七十四师上钩不上钩还不一定。"一个说："我是蒋介石就不干这种蠢事！"两个人的话骨子里，都包含着一个共同的质素——担心和恐怕七十四师不上钩，担心和恐怕蒋介石忽然聪明起来。其实，他们从野战军首长命令他们冒雨插到鲁南敌后来的决策，已经料想到，蒋介石正在干着愚蠢的事情，七十四师正像一条贪食的鱼，张大着嘴巴，伸向尖利的鱼钩子。只是因为战机还没有成熟，又为的使刘胜他们不致过于懊恼，才做了这样的设想和估计。

"我看，七十四师是打不成了！"陈坚天真地判断着说。他看看刘胜，他的语气和眼光都希望刘胜放弃打七十四师的念头。

"好吧！那就走啊！"刘胜无奈地说。

"给你一部电台，跟我们同你们师部同时通报！"沈振新交代着说。

"注意跟地方党、政、地方武装、人民群众取得密切联系，积极展开活动！要灵活！要保持部队旺盛的士气！是要吃几天苦的！是锻炼、考验你们！不是叫你们泻肚子！知道这个意思吗？"军政治委员丁元善严肃而又恳切地说。他和沈振新、梁波同时地走到墙壁上临时挂着的地图前面，把刘胜、陈坚他们活动的地区，指给刘胜、陈坚看着，扬起淡淡的眉梢，加重语气继续地说：

"野战军前委①把我们放到这个地区，我估计是一着棋呀！我们军党委决定把你们放到沙河边上这条狭长地带，同志，这也是一着棋呀！"

刘胜似乎感到了事情的严重性质，不住地摸着胡髭，但对丁元善的话中话还是没有完全领会得到。他茫然地看看陈坚，用眼光

---

① "前委"是野战军党的前线委员会的简称，是野战军党的集体领导机构。

问着：

“一着棋！一着什么棋?”

陈坚没有明白他的意思，还在看着地图。

“下了几天雨。山东的河道就是这样，一下雨，就流大水深，晴上几天，就干得河底朝天！估计这条沙河现在有水。”梁波指着图上的沙河说。

沈振新接着指点着说：

“控制这条河，在河西岸活动。控制三十里长的河面，不让敌人越到河东。这里有敌人，这里也有敌人，这个据点是敌人的团部带两个营，旅部住在这里。这个地带，敌人全部兵力是一个旅，把他的牛鼻子牵住!”

“背水作战!”刘胜哼声地说。

“这个，我们算计到的！包管不叫你下河喝水就是!”梁波拍着刘胜的肩膀说。

刘胜咋咋嘴舌，辨味着梁波的话的含意。

“好吧！当一名不过河的小卒!”

刘胜下了决心，承担起想来是个艰苦而又严重的任务。但从他的语意和神情上看，他的内心对这个任务落到身上，依然是不痛快的。

“小卒有时候也有大用!”梁波笑着说。

刘胜知道这位副军长的性格和风趣，在吐丝口的师指挥所里，他领受过梁波的教导。他没有再说什么，只是用眼光在梁波的脸上闪动了一下，接着就抽起烟来。

黄达走进来说，电台已经准备妥当，政治部派了一个新闻记者和一个宣传科长跟着到团里去帮助工作。

“这个地方买几个鸡蛋也买不到，没有招待你呀！‘胡子’！”沈振新笑着说。

“到沙河摸鱼吃去！”

刘胜憨笑着，说了，便和陈坚辞别了军首长。

他们骑在马上，缓缓地走了一段路。

“军部为什么叫我们担负这个任务呢？”刘胜回头问陈坚道。

“是看重我们啦！”陈坚笑着回答说。

这样的话，使刘胜感到快慰，但他并不同意这样的看法。他摇摇手里的马鞭子说：

“因为我们老实！老实人总是干吃亏的事。”

“爱讨便宜的调皮鬼，常常讨到的是小便宜，吃的是大亏！我看，还是老实一点好！”陈坚带笑地说。

“我不好还价，你也不还口！”

“不是你先说‘没有说不接受任务’的吗，我怎么好再还口呢？”

“我看看你，等你开口，你呀！一言不发！我不承担下来怎么办？还能真的拒绝任务、违抗命令吗？”

陈坚放声地大笑起来，说道：

“你是老实人？原来想叫我犯错误！你不能拒绝任务、违抗命令，我就能拒绝任务、违抗命令吗？好个老实人！”

刘胜的话柄给陈坚抓住了，找不出什么话来反辩，只好跟着陈坚大声地“哈哈哈哈”地笑着。

跟随在他们后面的宣传科长和新闻记者，听了他们有趣的谈话和笑声，也不禁“嘁嘁嗤嗤”地笑了起来。

沙河边上的深夜，黑漆漆的，星星全给乌云吞没了。本是农历月半，却好几天看不到月亮。

第十二章

四八

上游接连地落雨，河水急奔直下，像射箭似的。

狂流拍打着河岸，沙土和石块纷纷地跌到水里，被狂涛挟持而去。河水澎湃的声响，像深山虎啸一般，使人惊心动魄。

敌人据点里的探照灯，交叉地放射出惨白的蛇形的光带，在田野，在沙河两岸，贪婪地寻啮着什么，给人一种可怖的感觉。

炮声、枪声、榴弹声，在这个狭长的地带，从傍晚响到天明，仿佛正在进行着战线广阔的激烈战斗。

其实，这里并没有进行像样的真正的战斗。正是因为没有战斗而又枪炮声不停，战士们才感到格外难受。

队伍刚刚照例地行军二十多里，在小村子上休息下来。

安兆丰背靠在草铺上，仿着京戏的道白说：

“正是，只听炮声响，不见鬼出来！”

因为他打着京戏须生的手势，很有点京戏味儿，脸部的表情却又有点滑稽，大家便“嘻嘻哈哈”地哄笑起来。

“来一段，我赞成！”有人叫喊着说。

安兆丰在卷着烟末子吸烟。

“安兆丰，你说到底有鬼没有？”张德来蓦然地问道。

“怎么没有？当然有！”安兆丰装着怕鬼的脸相回答说。

大家都知道张德来怕鬼，互相挤眉弄眼地故意吓唬他：

“有！”

“我见过！”

“有披头散发的！”

“有血盆大口的！”

“有搽胭脂抹粉的！”

“有……！”

“不要乱说好不好？”秦守本见到受过惊吓的张德来给大家说得睁大着眼睛，脸上现出恐怖的神情，制止了大家的谈鬼，并转脸对张德来说：

“不要听他们的！没有鬼！封建迷信！谁见过鬼，谁就找个鬼来给我看看！”

安兆丰觉得话说得不好，一来班长生了气，二来张德来的精神失常刚好不久，不该再吓唬他，便歉悔地说：

“没有鬼，我是说着玩的！”

副班长王茂生是很少说话的人，大家觉得他每日每时都在想着瞄准射击的事，他的每一个动作都和瞄准分不开，就是吃饭的时候，他拿起筷子夹菜以前，总得把筷子放在眼前瞄瞄，大家的谈笑议论，他向来很少参加。这一回，他却出乎大家意外地谈起鬼来：

“我说有鬼！”

许多人正在洗脚的、正在抽烟的、正在扫地的，一齐停止动作，瞪着眼睛望着他。

秦守本也呆呆地站立着，出神地望着他。

王茂生慢声慢语地说：

“有三种鬼，一是日本鬼子，二是美国鬼子，三是二黄，叫二鬼子！”

大家轻松下来，又一面接着互相谈论，一面各干各的事了。

“还有蒋鬼子！”张德来马上补充着大声地说。

“对！这里老百姓喊蒋介石的队伍叫蒋鬼子！”周凤山接上去说。

二排副排长丁仁友匆匆走来，站在门口低声喊道：

“集合出发！”

“什么事？打蒋鬼子去？”安兆丰跳起来问道。

“保卫夏收，帮老百姓抢收麦子去！”

渴想战斗而没有战斗的时候，得到这样一个行动命令，大家感到兴奋。

队伍迅速地集合起来，在黑夜里无声地挺进到敌人据点附近，向敌人的据点警戒着，掩护群众收割田里的麦子。

田里的大麦、莜麦都还没有全熟，有的还是半青半黄的，为的不给敌人吃到一粒粮食，人们忍痛地提早收割。人们从四面八方涌出来，不分你家我家的，蜂拥到田里抢割着。

老大爷、老大娘们，大嫂子、姑娘们，民兵们，挥动着手里的镰刀，“喀喳喀喳”地割起来，麦子一片一片地倒了下去。

有的用剪刀刈着麦穗子。

他们手里割着麦子，眼里滴着泪珠子，嘴里咒骂着蒋鬼子。

敌人的炮弹跟着探照灯的蛇光，向田野里轰击着。

“打吧！打死我，也不留一个麦粒子给你！”

炮声、枪声加快着抢收的速度，使人们手里的刀剪动作得更有劲，刀锋剪口更加锐利。

大约有一个排的敌人，从胡家沟据点里探头探脑地晃出来，连人影子也没有看见，就胡乱地放着机关枪。

麦田里的人们像撕扯朽布一样，把一块一块麦田撕裂开来，麦捆子像队伍似的排列起来，迅速地集合成一堆，有的用扁担挑走，有的给牲口驮走。

枪声打得靠近起来，有些人伏在田里，有的避到沟边去，一个十四五岁的小姑娘哇的一声哭叫起来：

“娘！还割吗？蒋鬼子来了！”

娘在女儿的背上拍了一掌，压低嗓子责骂道：

“嚎啥？有主力部队在那边！”

小姑娘咽下哭声，又张开剪刀口刈着一把一把麦穗子，麦穗子像网住了的小鱼似的，拥挤着落进她身上背着的柳篾筐里。

扼守在一座桥口的秦守本班，在敌人靠近到面前三十米的时候，向敌人开始了射击，一挺机枪和十几条步枪的子弹，像飞蝗一样地向敌人猛扑过去。

王茂生借着敌人探照灯的光亮，向一个回头逃窜的敌人射出他的尖利的枪弹，那个敌人立即栽倒下去。

四班、五班冲了上去，一直把没有打死的几个敌人追回到据点里面去。

张华峰班的大个子马步生，腿脚又长又快，擒住了一个跌在沟边的敌人，像老鹰抓小鸡似的，他把那个敌人拎了回来。

收割直到天快明的时候才停止。

据点附近留下一大片空地和无头的麦秆子。

像是看到一个奇景似的，在回向驻地的路上，战士们纷纷地说着、笑着：

“这倒也有味道,杀了一片麦子,捉住一个俘虏!”

“我方无一伤亡!”

“老子一根汗毛没有少!”

“跟莱芜大捷比一比,真是九牛一毛!”

“‘马路灯’! 有种!”

洪东才向走在他前头的马步生赞扬着说。

马步生回过头来,牛鸣似的哼道:

“打七十四师不行,打这种杂牌队伍,真是不费吹灰之力!”

“打七十四师你怎么知道不行?”有人反问道。

马步生捉了俘虏,心情兴奋,顾不得是什么人问的话,毫无避忌地回答说:

“打得过七十四师,会开到这个地方帮老百姓割麦子!”

“你替七十四师吹牛!”有人大声斥责地说。

走在前头的班长张华峰退到后面来,在马步生的肩膀上轻轻地拍拍,正要继续争辩的马步生才把要说的话截住。

回到驻地以后,秦守本带哨到村后的沙河边上,看到河边上有六个人扛着六根电线杆子,拿着一大捆电话线,便走上去问他们是什么人,哪里来的,干什么的。

六个人当中的一个四十来岁的中等身材的人,告诉他说:

“我们是河东的民兵,过来帮助夏收的。”

“电线跟电线杆子缴的敌人的?”秦守本问道。

“是! 砍的敌人的!”

说着,他们把六根电线杆子顺排一起,用电线紧紧地捆成一个木排,推到水里。那个四十来岁的民兵向他告别说:

“同志,什么时候到河东,到我们家喝碗茶去!”

河水的洪流，迅速地奔泻着，浪花直扑到岸上。

在沙河的洪流面前，善于游水的秦守本，惊讶地、担心地望着准备渡过河去的民兵们。

两个民兵跳上电线杆扎成的木筏子，身子伏在木筏子上，紧抱着电杆木，顺着急流滑了下去。

另外的四个民兵跟着投入了洪水。

他们在波浪里沉下去，冒上来，像鸭子似的。

银色的浪花在水面上飞舞。

朝阳升了起来。沙河汹涌奔腾的水面，发着耀眼的光亮。

有一些羽毛雪白的水鸥，飞掠在水面上，"呀呀"地叫着，仿佛为泛在金波银浪里的民兵们唱着赞歌似的。

六个民兵安全地到达沙河东岸，拆掉木筏子，每人扛着一根电线杆，得意地唱着什么，向站在西岸望着他们的秦守本和哨兵张德来不住地招着手。

秦守本和张德来跃起身来，向东岸的民兵们扬扬手，用欣喜的敬佩的眼光眺望着他们。

四九

火，燃烧着无穗的半青半黄的麦秆，燃烧着村庄上的房屋、草堆，燃烧着牛栏、羊栏、猪窝、鸡鸭窝。

像疯狗一样的敌人，把附近的地方烧成了一片焦土。

熊熊的火龙狂舔着灰白色的云块，浓黑的烟雾愤怒地喷向苍穹。沙河西岸一大块禾谷茂盛吐着香气的地区，变成了火山烟海。

三个据点的一千多敌人，在上午九点多钟倾出他们的巢穴，在田野里奔窜，没有目标地胡乱打着空炮，放着瞎枪。

连沙河的水也给震怒得激起了大浪，发着狂吼。

三架红头敌机凶恶地奔袭而来，尾巴掠着树梢，肚子几乎摩擦到屋顶子，指头粗大的子弹，带着恐怖的嘶叫声倾泻下来，像蚱蜢似的在土地上、屋顶上、小山丘上颤抖、跳蹦着，闪动着火星子。

庄子北面的土坡上，有一个十四五岁的孩子，牵着两头牛——一头花白的和一头黄的，向土坡背后奔跑着。

红头飞机发现了他和他的两头牛，像魔鸟一般伸着它的血染的红头，从高空猛栽下来，仿佛要钻入到地层里似的，同时把肚里的子弹暴雨般地泻出来。

花白牛迈起四蹄，仓皇地狂奔急跑。那只黄牛从土坡上滚跌下来，一直滚到坡下的麦田里。它死了，两只愤恨的大眼却不屈地张开。那个十四五岁的孩子跟着它滚下了土坡，伏到牛的身上，撕破了嗓子悲惨地嚎叫着。

红头敌机又一次地栽下来，向嚎叫着的孩子和死了的黄牛又扫射了一梭残忍的子弹。

守望在河边的张德来，咬着牙根，气愤得全身发抖，他端起手里的步枪，对着敌机射击着。

敌机在沙河的水里投了两颗炸弹，匆匆地遁去。

牵牛的孩子晕厥在死牛的身旁。

在接哨的安兆丰还不曾走到他身边的时候，张德来便奔向孩子和黄牛那里去。

他吓呆了。

孩子的一只手给开花子弹炸飞了，断了手的手腕插入在泥土里，泥土和血胶在一起。孩子的头靠在弯弯的牛角上，一条腿拖挂在牛背上,一条腿弯曲着支撑在麦田里。他的小眼睛半睁半闭,嘴唇不住地抖动,吐着泡沫。

张德来用牙齿把白毛巾撕成两半,结长起来包扎了孩子的血腕,把孩子平捧在胸前,回向村子里。

他的眼泪,滴落在沾着泥土和血迹的孩子的脸上和身上。

在连部旁边的一个丝瓜棚子下面,孩子痛苦地躺在门板上,换裹了纱布的手腕像一个粗大的拳头,曲放在他的砰砰跳动着的胸口,两只小眼睛直瞪着上空,放射着仇恨的光芒。

他苏醒过来,脸色像一张纸样的惨白。

他的妈妈陶二嫂,坐在他的身旁,放声地哭泣着。她的哭声像刀子一样刺割着战士们愤怒的心。

一大群战士和居民们围在孩子的周遭,默默无声。

悲伤和愤恨的行色,表露在每个人的脸上。

哭哑了嗓子的陶二嫂,无意中瞥见了昨天夜晚马步生捉来的那个俘虏兵。他的衣服、帽子跟自己的队伍不一样,衣服是土黄色的,帽檐上有个"青天白日"帽徽。她从他的装扮上认得出他是敌人。他的头发长得有寸把多长,正蹲在墙边抓痒。陶二嫂认定之后,心里一狠,突然爬起身来,奔到他的身边,紧咬牙根,一把揪住他的衣领,拳头死命地捶打他的脑袋、胸口,眼里冒火,嘴里骂着:

"你们这些蒋鬼子!该千刀万剐的!该尸分八瓣的!……"

俘虏兵遭到突如其来的痛打、痛骂,不明白是怎么回事,一面躲让、招架,一面喊叫着:

"我坐在这里,没得罪你,你怎么打我?"

陶二嫂撕扯着他的衣裳,更加愤怒地打着他的嘴脸,跺着脚骂道:

“还没得罪我？打死我的牛，打伤我的儿子！你们这班恶狗！”

俘虏兵的鼻子给打出了血，衣服给扯坏了，他竭力挣脱，挣脱不开，连连求饶，陶二嫂还是拳打脚踢，破口怒骂。三四个孩子也扑了上去，挥着拳头，动起手来。俘虏兵急了，便抬起手来要向陶二嫂还手。

“不准动！”张德来和好几个人一齐走近去，大声地喝住了俘虏兵。

从连部奔来的罗光和张华峰走上去，拉住了陶二嫂，陶二嫂还是抓住俘虏兵的衣领不放，挣扎着乱打乱踢。罗光的膀子挨她打了一拳，张华峰的脸也险乎给她打到。又上去两个大嫂，连拉带劝，才把陶二嫂拉了开去。

“俘虏兵不能打的！”罗光对陶二嫂和众人叫喊着说。

“不能打？我还要打！”陶二嫂哭叫着，又朝俘虏兵跟前奔去。

罗光叫人把俘虏兵带到远处的屋里去。

陶二嫂和受伤的孩子给送走以后，罗光对战士们责备说：

“你们拉也不拉，看着她打！”

“她气死了，看还没看到，她就打起来了！”秦守本咕噜着说。

“哪个拉，她打哪个！”安兆丰低声地说。

罗光摸摸自己挨打的膀子，瞪着秦守本和安兆丰说：

“你们是故意让她打的！”

“唉！人家孩子给飞机打得那个样子，也该给她出出气！”周凤山含着小烟袋，叹息着说。

连长石东根不知出了什么事，连忙赶到这里，罗光迎头告诉他说：

“你看，昨晚抓来的那个俘虏兵给打了一顿！”

“谁打的？是秦守本?”石东根问道。

“我打过几回俘虏兵?”秦守本鼓着嘴反问道。

“老百姓，一位大嫂子！儿子给飞机炸掉一只手。”张华峰告诉他说。

“那还不是活该！老百姓，打就打几下！还能去处罚老百姓?”石东根抬抬眉毛，拂着手说。

“连长！昨天晚上干得不过劲，为什么不跟敌人大干一下?”一直在悲伤愤恨的张德来，气愤地问道。

“要干的!”石东根吼了一声，走了开去。

张德来气冲冲地跟在连长后面，喊叫着：

“连长！就干吗?”

石东根停住脚步，回过头来望着他。

“我是不怕死的!”张德来气呼呼地大叫着，拍击着胸口。

王茂生把过分激动的张德来拉回到班里，他又像有点精神失常的样子。

火，还在田野里、村庄上焚烧着。红头飞机还在冲上翻下地打着机枪，扔着炸弹。

枪声、炮声还在不远的地方嘶叫着、轰响着。

沙河岸下的沙滩上，有许多老老小小、男男女女惶惧地避着敌机溜跑着，有的牵着驮着沉重的筐篓的驴子，有的背着行囊和哭叫着的幼儿，有的挑着担子，有的提着黑锅，……他们咒骂着，在沙滩上紧贴着岸边磕磕颠颠地从南面走向北面。其中有些人见到这里有自己的队伍，便不再走了，伏在岸边或者拥挤到住着队伍的屋子里来，也有些人抱着木桶或者门板游到河东岸去。

“不要跑!”

“不能过去！水急！”

“爹——！”

“娘——！”

惶急的、恐惧的、凄惨的逃难者的喊叫声和滚滚的波涛声、炮声、枪声交杂在一起，使人感到心酸难受。

队伍，拉了出去。

他们在村子外面占据着有利的地形，挖掘着工事，一面掩护逃难的群众，一面准备迎击敌人。

五〇

共产党沙河区委员会书记是华静。

她向往火热的斗争，欣羡英雄的斗争事迹，她的心被解放战争的晶光所吸引，她热爱着的梁波的英雄气质感染了她，莱芜大捷的胜利鼓舞了她。国民党匪帮两个月前占领党中央所在地的延安，深刻地激愤了她。

地委书记龙泽抱着咳血的重病，为支援前线、辛劳过度而牺牲了。这个忠诚的有十八年党龄的共产党员的精灵，也给她以很大的影响。

由于这些，她恳切地要求投入到火热斗争里来，把自己的青春献给党和人民的神圣事业。

她的请求得到批准以后，便来到这个斗争尖锐的沙河地区。在她来到不过半个月的昨天的夜晚，她和区委的同志们一起，组织了一次抢收夏麦的斗争，因为得到主力部队的援助，取得了她自己和人民群众都很振奋的胜利。

她觉得她的新生活开始了。

她一夜没有睡着，疲劳的身子躺在床上，眼睛却并不困倦，几乎一直睁着。她感到身上和心上都很暖热。群众们手里拿着镰刀、剪子“喀喳喀喳”地割麦子的声音，老老小小、男男女女抢割麦子，抢运麦捆，在田野里奔来跑去的情形，紧张欢快的神情、面貌，像影片一样在她的眼前映动……

天刚拂晓，她便爬起身来，草草地漱洗一下，就走到住在隔壁人家的区长耿忠那里，和他研究今天夜晚继续抢收的事。耿忠是农民出身的本地干部，像一个威武的军人，生就一副浑厚耿直的大方脸，两只突出肥大的耳朵守卫在脑袋的两旁，像两扇屏风似的。他夜里也没有睡着，他在想着今天白天怎么对付敌人的问题。

“蒋鬼子怕要出来捣乱的。”耿忠坐在床边，根据他的经验，估计着对她说。

她点点头，站在门边问道：

“准备了吧？”

“准备了。我派三个民兵小组到据点边上去了。”

“他们可能不敢出来，主力部队在这里。等一会儿，我们再到刘团长、陈政委那里去一趟，今天晚上继续抢收，把马家桥附近的麦子抢下来！……”

华静正说着，一个民兵小组从敌人据点小朱村那边跑了回来，报告说敌人已经出动，在周家洼烧房子、抓人、抢东西。

华静和耿忠连忙走出屋子，抬头一看，西南上四五里路远的周家洼，烟火腾腾，拉着牛、背着包裹的人群，在田野里磕磕颠颠地奔跑着。接着，响起了枪声，守卫在那边的民兵队，已经跟敌人打了起来。

耿忠紧紧腰带，提着驳壳枪，对华静说：

“我上去！你留在这里。”

“不！我也去！”华静把驳壳枪提到手里，边迈开脚步边对耿忠说。

民兵队抵挡不住，从南边撤退下来，敌人的炮弹落到了庄子前面，耿忠急步奔了开去，站到一个小坡上，指挥着民兵队就地伏倒，抗击敌人，掩护撤离的群众。

华静的心激烈地跳动起来，她有些发慌，脸色显得紧张激动。看到纷纷奔跑的男男女女，他们牵着牛羊，挑着担子，抱着孩子，有的哭着叫着，有的跌倒在田里，爬起来又跑，她心里感到难过。她见到耿忠在小坡上挥着臂膀，大声叫喊着指挥民兵，民兵们占据了一条田埂，向迎面来的敌人射击着，有一批敌人冲到民兵阵地前面，给打倒了几个，余下的慌乱地逃了回去。她心里一亮，赶紧扣紧鞋带，跑了出去。她的脚步从来没有今天这样轻快，踏着高低不平的野地，跳过小沟，像骑在马上似的，一口气奔到耿忠身边，伏在小坡上，和耿忠一样，手里抓着子弹早已装上枪膛的驳壳枪，拉下保险机，准备向敌人射击。

在这里，她第一次看到敌人向她和她身边的耿忠、民兵队员们扑了过来。她的血液在全身急速奔流，她的手和手里的枪，微微地发着颤抖，她也是第一次感觉到自己是置身在真正的战斗里。

子弹在她的头顶上、耳朵边狂飞乱舞，凄厉的嘶叫声撕裂了原野上空恬静的气氛，直袭到她的心上。她的心惶惶地但又激愤地跳动着。不知是什么东西驱使和召唤着她，她的出汗的手，紧紧地握着驳壳枪，两只眼睛的黑闪闪的光芒，狠狠地逼视着当前的敌人，像雄鹰搜寻失魄的鸟雀似的。

敌人逼近了，民兵们手里的步枪子弹向敌人射击起来。

耿忠的枪弹出了膛，她生平以来和敌人战斗的第一颗枪弹，也跟着射向了敌人群里。

她兴奋极了，竟然忘掉自己处在紧张的战斗里，挺直身子站起来，望着在弹雨下面畏怯地不敢冒进的敌人。

耿忠要她离开火线，到安全的地方去。

“不！”她决然地说。

她没有想到什么，也没有惧怕，她只是感到奇异，感到这种战斗景象有一种强烈的光彩和魅力，牢牢地吸引着诱惑着她。

敌人又一次地冲击上来，一颗小炮弹轰然地在她的背后炸响，尘土飞扬起来，她的颈项里和头上侵入了一些细小的沙粒，她不在意地在颈项里摸了一摸，眼睛仍旧注视着前面。小炮弹连续打来，敌人的机关枪朝着小坡上喷泉般地射击着，左近的几棵小榆树给打断了枝干，绿叶乱飞，一块小石子打落到她的左手上，手背给擦去了一块蚕豆粒大的表皮，渗出了血珠。

“政委①！到后边去吧！”耿忠觉得她很有胆气，像经过战斗似的，但总有点担心，又一次劝告说。

她没有听到似的，仍旧伏在那里，把一排子弹用力地压到枪膛里去。

“你的手！”耿忠偏过头来说。

她看看自己的手，才知道出了血。

“不要紧！”她摇摇头回答说。

一道细细的血流，在她的手背上爬着，她没有管它。

战斗打得正猛，左右两面的敌人配合正面的攻击，朝小坡附近

① 区委书记通称区政委。

的阵地展开攻击，炮弹、步枪弹和机枪弹更猛烈更集中地射击过来。面前的阵地陷入了敌人的三面包围。耿忠焦急起来，恳求地又像命令似的对华静重声说道：

“华政委！下去吧！情况不好！”

看到敌人逼近到百把米近的地方，看到耿忠严肃地替她担心的神情，华静这才感觉到情况的严重和自己的危险。她沉愣着，眉毛皱了一皱，眼睛紧盯着耿忠坚定的带着焦急不安的脸色。她不愿意离开，她觉得，开始的时候没有离开，现在战斗打得正紧，危险来到身边的时候，就更不能离开。共产党员的光荣感，区委书记的身份，到斗争里经受考验的信念，都不允许她这样做。这是她刚到这里工作的第一次战斗，她认为她不能表现出丝毫的怯弱。她早就想定，她应该和每个英雄人物一样，在尖锐的生死斗争里，创造自己的英雄故事。

她见到两个民兵被敌人的枪弹击中，一个受了伤，爬到小沟里去，抱着枪杆躺着。一个牺牲了，倒在田埂下面。……这时候，战斗给她的感受，达到了最强烈的程度，她的胸口跳荡得厉害，眼里禁不住渗出了心情激动的泪珠。

一阵密集的枪声突起，敌人忽然慌乱地回头奔窜。她和耿忠同时站起身子，向四周一望，主力部队散开在田野上，分成好几路朝着敌人奔跑着攻击上去。田野上震抖着喊杀声，战士们像野马样地奔驰冲击，炮火在敌人群里炸裂、轰响。她远远地看到团长刘胜的身影：站立在左边村庄一个最高的屋顶上，手里举着望远镜，仿佛嘴里在呼喊什么，臂膀不住地大挥大动。华静高兴极了，她简直跳了起来，兴奋地笑着对耿忠说：

“刘团长！站在屋顶上！”

仿佛在这个时候，她才发觉手上受了微伤，从容地拿出白色的小手帕，把血液已经干了的伤处包裹起来。

离开战斗以后，她倒有点惶惧了，许久没有说出话来。

她更多的感觉是新奇和振奋，仿佛嘴里嚼着一种奇异的果实似的，她觉得战斗确是很有味道的东西。

五一

这天夜晚，没有抢收马家桥附近的麦子。

华静和耿忠把区委会和区政府、民兵大队部移到离刘胜、陈坚他们团部三里多路的陶峪，决定举行一次区委会议，研究一下两天来的斗争情况和当前的工作问题。

黄昏的时候，她走进这个二十来户人家的村子。她刚刚坐定，就听到号啕哭泣的声音，问问居民，说是陶二嫂的十四岁的男孩，给敌人飞机打断了一只手，因为伤重，出血过多，死了。

“啊！”

她惊叹了一声，找一个小姑娘领着，走到陶二嫂家里去。

死了的孩子，挺睡在门板上，孩子头前点着一盏油灯。一位老大爷滴着眼泪，替死孩子换穿干净衣服，陶二嫂哭晕在孩子身边，两眼红肿，满脸泪水。有几个人在门口砍锯木材，替孩子做棺木。华静看到这种情形，心里很是悲痛，不禁滴下泪来。

有人对陶二嫂说：

“华政委来了！”

陶二嫂抬起头来，见到背着驳壳枪的华静，便张着泪眼，哀哀惨惨地向她哭诉起来：

"可怜我家小栓儿,活活给飞机打死啦!……刚能替换手脚,做点生活。……叫我靠谁呀?他爹到莱芜支前啦,也是给蒋鬼子飞机打伤的呀!在队伍上的医院里,两三个月还没回来呀!……同志!为啥不打呀?……为啥不把这些恶狗蒋鬼子斩光杀绝呀?……我不能活啦!……我要跟他们拼啦!……"

陶二嫂咬牙切齿地悲伤哭诉的声音,越来越大,越来越凄怆、愤恨,她站起身来,倚在墙边,只是摇着华静的膀子。华静的衣袖上滴上了陶二嫂的泪水,湿了一大块。她低沉着头,不敢瞧看陶二嫂惨白凄惶的脸。她的头脑渐渐晕眩起来,陶二嫂哭泣的声音,尖针一样刺入到她的心里。陶二嫂哭诉一阵,又晕厥了,躺倒在孩子的尸体旁边。

这个凄苦悲伤的情感的袭击,华静经受不住,眼泪又一次急速地流出来。她竭力地镇静着颤动的身子,忍禁着悲痛,带着伤痛的颤音对陶二嫂大声地说:

"要替你报仇的!二嫂!你的生活,我们帮助你!"

华静回到住处,就伏在桌子上,两手紧抱着头脸。睡在门板上的死孩子和满脸泪水的陶二嫂的形象,在她的脑子里闪动了好久好久,才淡失掉。

区委会议开始以前,同志们挤坐在她的屋里,兴致勃勃地谈说着白天的战斗情景。

"这一仗,嘿!敌人死伤少在两百多,多在三百出头!"耿忠的大方脸上发着油光,得意地高声说。

"这一下,群众情绪可高咧,都吵着要求拔据点!"一个区委委员紧接着说。

"不愧是主力部队!"另一个委员竖起大拇指说了一句,站起身

来,笑嘻嘻地接着说:

“他们一上去,蒋鬼子就撅起腚来回头死跑!活像老鼠见了猫,魂都吓掉了!”

“我们民兵也打得很好,很勇敢。”华静微笑着说。

“华政委,你是打过仗的?”耿忠断定着对华静说。

华静摇摇头,笑着:

“没有!”

“不像是头一回参加战斗!”耿忠看看她,觉得她确是有些战斗经验的人,又断定着说。

“你怎么看得出来?”华静笑着轻声问道。

“挺沉着!”

“我还沉着?”

“好多人,头一回打仗,总是慌慌张张的。”耿忠拍着身边的一个同志,哈哈大笑地继续说道:

“他上过一次战场,弹壳退不下,子弹装不上,夹住眼皮打枪!”

大家看着耿忠拍着的那个同志,一齐笑出声来。

华静的笑声很轻,并且迅速地敛了笑容,脸色稍稍显出不自然的神情,仿佛耿忠是说了她似的。

“是第一次,我心里也发慌,手破了还不知道。”她看看手帕包住的手背,接下去说:

“因为跟你在一起,我慌了一下,就镇定下来了。”

耿忠不相信华静的表白,仍然坚信自己的眼力和判断。他的浑厚的脸上,漾着和悦的笑容,摆动着粗大的手掌说:

“我怎么看,你也是打过仗的。再不,你就是在部队里工作过,上过火线。”

华静大声笑了，惊异地看着耿忠的脸色。她喝了一口茶，挺镇静地说：

“老耿，你的眼力这样厉害！不怪你是打死土匪头子张黑三的英雄。我还没有跟你们介绍过我的历史，我在部队工作过一两年，喜欢弄弄枪，火线上，——”她回想了一下，羞怯地说：

“算是上过一次，是当新闻记者，在一个营里，临时碰到情况，发生了遭遇战。”

“是哩！我说呢，你怎么也不像是初次上阵！”耿忠觉得华静的话，证明了自己的眼力准确，自得地大声地说。

华静觉得她到这里来第一次参加战斗，给大家的印象是不坏的，仿佛受了一次表扬，心里很高兴。区长耿忠和其他的区委委员们也很高兴，他们认为这位新来的女区委书记很是精明强干，样子是读书人，却很能吃苦，又有胆量，这几天日夜不息地领导抢收夏麦的斗争，上火线参加战斗等，都使他们有信心在她的领导下面，坚持沙河区的艰苦斗争。

会议进行得很顺利，也很活泼。华静耐心地听取着大家的发言，她不时地笑笑，或者看看发言人的神情，笔在小本子上不停地记着。听不明白的，领会不到的，她就轻声发问，要求大家把话说完，把意见明确地提出来。灯油加过了好几次，开水喝了四壶，直到过了午夜，才结束会议，作出了决定。会议结尾的时候，华静概括大家的意见说：

“我到这里没有几天，情况不熟悉，也没有经验，希望同志们多帮助我。……根据大家意见，眼前要做好这几件工作：第一，在十天以内一定把麦子大部分抢收下来。第二，对被难的群众，发动群众互济互助。第三，慰问民兵受伤人员，牺牲的，给他们家庭抚恤慰问。第四，对主力部队粮草供应工作，要加紧做，保证他们有吃有烧。第五，要求主力拔掉两个据点的问题，提到县委去，请县委向刘团长、陈政委提出来。这里，我有一个意见：我们要靠主力部队帮助、支持，可不能完全倚赖他们，他们说走就走，斗争要靠我们自己坚持。……”说到这里，她站起身来，笑着说：

“大家的意见很好，说的情况很仔细，我学到不少东西。我到这里不几天，觉得这里的干部跟群众非常好，很顽强，有办法。……我心里很满意。县委书记说这个区是个模范区，生产好，对敌斗争好，干部、党员跟群众的关系好。……我希望我们还要更好更好。……”

她的话音很响亮，话的意味很亲切，脸上充满着有信心的愉快的色调、神情。

华静的话说完以后，大家又谈笑了一阵，吃了村长做来的小米圆子，才心情欢快地回到自己的住处去。

“真行！定是延安抗大毕过业的。……”

华静在门边送望大家回去的时候，听到同志们一边走，一边谈论着她。

这几天丰富多彩的紧张生活，在华静的生活历史上，是红日初升，花荣叶茂的篇章，她觉得她从来不曾有过这等亲身经历的感受强烈的遭遇。前天夜晚，在敌我对战的枪声下面抢收麦子，她在麦田里走来跑去，看到男女老少们把麦子一片一片割倒，那是多么使她兴奋啊！今天上午，身在火线，自己第一次向敌人射出子弹，又是多么值得自豪啊！只是这么几天，便和这里的干部打成一片，呼吸一气，工作得很顺利，……她觉得一切都很新鲜，有味、有生气。她认为她已经在开始创造着自己的故事，而故事的开头就是精彩生动的场面。她很激动,她很想把她这几天的感受,故事的第一章和什么人倾谈一番。她把油灯里的灯草向高处拨动一下,仿佛是在寻觅一个知心恳谈的人似的,悄然地环顾着自己的周围。屋子里什么人也没有,有的只是她一个人和映在壁上的自己的影子。恍惚里,她想到了梁波。"如果他在这里,跟他谈谈该多有味呀,他定是喜欢听的!"她这样想象着。那天深夜里说故事,吃烤馒头、凤尾鱼的景象,姚月琴睡在炕上对她讲的那番话,相伴地来到了她的眼前、耳畔。她在这几天里,想到梁波已经不是这一次,前两天一和刘胜、陈坚他们碰到,她就想到过。她到这里工作不上一个星期,刘胜、陈坚他们这个主力团就来到这里,又正好住在她工作的沙河区,给她以工作上强有力的支持,仿佛是梁波有意派了这支队伍来支援她似的。自然她不相信会有这样的事,但她确是这样联想到过。她真想和梁波谈谈,但他不在这里。她手不自禁地拔下了胸前的绿杆钢笔,从放着衣物和簿子、纸张、墨水等的蓝布袋里,拿出几页纸来,展放到自己面前。接着,像是有人催促和鼓动着她,她咬咬口唇,皱皱眉尖,便果断地给梁波写起信来。(她早就有给他写信的念头啊!)

她在淡黄色的灯光下面,默默地写着,写着,仿佛早就打好了腹稿似的,写得很顺畅、很快,不到半个钟头的时间,就写成了一封不长不短的、不是情书却又是情书的信。她自己看看,点点头,笑笑,感到很是满意。她在信上没有写出一个触目的不得体的字眼,她没有写上一个"爱"字或者"想念你""你想念我吗"一类的字句,但在字里行间却又隐约地含蕴着"爱"和"想念你"的意思。她告诉他到了这里的工作和生活情形,她说她高兴、愉快得很,但又使梁波不会感觉到她有丝毫骄傲自满的情绪。她觉得她只能这样写,一来，这是初次写信，梁波到底对她怎样看法和想法，还摸不着底细。二来，信是打算给陈坚转的，陈坚不拆看，怎保别人不拆看？她在布袋里找了许久，没有找到信封，便随手做了一个，把信封好。

灯油耗尽，鸡啼声噪起，她才把信放到衣袋里，进入睡乡。

这个夜晚，她睡得很酣、很熟，是她来到沙河区睡得最好的一次。

五二

根据地方党委提供的材料，敌军逃兵的供述，以及部队侦察得到的情况，证实沙河边上的马家桥（距离刘胜、陈坚团团部驻地是三十二里）驻有国民党匪军一个营部和五个连的兵力，其中有一个迫击炮连和一个重机枪连（这两个连都是临时配属给这个营的）。马家桥据点在沙河西岸，离河岸一里半路，是沙河区最南端的一个据点。河面上有一道大石板桥，连接东西两岸。白天，敌人在这座桥上拦劫行人，有时还到河东烧、杀、抢、绑。夜晚，经常有一个班左右的兵力，在大桥附近游动。经过当地民兵的两次打击，最近几天，他们天一黑就关起马家桥村口的铁丝网大门，不再出来了。

这个敌人据点恰像一根钉子，钉在这片解放区的动脉上，隔绝了沙河两岸的交通联系，把沙河两岸的地区分割成两块。据点里的敌人，把马家桥周围五里方圆的地带，变成了无人区。在五天以前，他们一个上午就在马家桥附近杀戮了四十三个老人和妇女、儿童，把他们埋葬在一个大土坑里。除去集体屠杀以外，他们还绑架肉票，限期家属用银洋去赎身。群众对这个据点的敌人真是恨入了骨髓，都说马家桥是阴曹地府的“奈何桥”，马家桥据点是活地狱“恶狗村”①。经过与地委、县委负责人研究计议以后，团党委书记陈坚召开了团委会，决定拔除这个据点，消灭据点里五个连的敌人。

向军部请求批准的电报，火速地发了出去。

部队里展开了战前准备工作。

地方上支援前线的热潮，火一样地迅速地燃烧起来。

天空有些昏暗，丘陵地带的夏风，扬起阵阵的风沙，像战斗已经到来的样子。

道路上走着匆匆忙忙的人们。

走在人群里的区委书记华静，尖斗笠挂在背后，赤着的脚上穿着一双麻绳和杂色布条编打成的草鞋。草鞋的尖端翘起，像个象鼻子，鼻尖上抖动着小小的红绒球。老是飘飘忽忽碍眼打脸的头发，给蓝布条儿管束在脑后。脖子里系着本地出产的一条青布面巾。显得乌光发亮的驳壳枪，斜插在围扎着黑布带的腰间。大紫色的丝线枪链子，在她的肩上发光，像是一串亮珠。长长的枪练穗子，拖挂在腰眼下面，飘荡着。

她的步子小，但是走得轻快。乌黑透明的眼珠，闪动着光辉，向前方正视着。

从她的神态看来，战斗胜利的预感，已经在她的心头敷上了欢乐的光彩。

她的温存而又倔强的白果脸上，带着掩藏在深处的笑容，仿佛眼前的一切景象，都不屑注意似的向前走着。

跟在她身后的，是一队熟悉道路的向导员和四百多人组成的

---

① 迷信传说人在死了以后，他的鬼魂必须走过“奈何桥”和“恶狗村”。

救护伤员的担架队。

在团部驻地的土坡前面，队伍休息下来。

华静的英雄般的身影，映入到站在土坡上面的陈坚的眼帘里。

“哎呀！你们的动作真快呀！”陈坚举着手赞扬说。

华静向土坡上面走，陈坚走向土坡下面来，两个人在坡腰上相遇，并排地站立着。

陈坚像检阅似的看着向导队和担架队。

许多担架是门板做的，许多是新伐的树干做的，有些是结着绳网的老担架。担架员们的腰眼里，有的挂着小水壶，有的挂着水瓢，每人肩上挂着饱饱鼓鼓的粮袋子，其中有几个人的身上还背着枪。

“他们还带枪？”陈坚指着背枪的问华静道。

“那是河东来的，他们喜爱打猎，背的是土炮。可以打禽打兽，遇到敌人也能打！那个身材矮的，去年一个冬天打了四十一只野鸡、九十只兔子，大家称他是‘鸟兽阎王’！”

“叫这个外号？”陈坚觉得奇怪，哈哈地大笑着。

“他们总是喜欢给人起外号。”华静随口地应着说。

“听说打仗，他们都很高兴吗？”

“高兴极了！很多人听说打马家桥，饭碗一推就来了。他们高兴，我也高兴！”

陈坚笑着，看到华静那股兴高采烈的神情和又朴实又漂亮的装束，心里不禁暗暗地赞叹道：“好个英气勃勃的女人！”他叫人点收了支前队伍，对华静说：

“你也高兴得没吃饱饭就出来工作的吧？到里面歇一歇！”

感到有些疲劳的华静，随着陈坚走到院子里，坐到葡萄架子下面的凳子上，吃着茶，随便地谈着关于战斗动员方面的事情。

架子上的葡萄刚刚开始结实，叶子长得很繁密，像篷帐一样，绿荫深浓地笼罩着半个院子。她来过这里，在这里和陈坚、刘胜他们谈过话，她那封给梁波的信，就是昨天上午在这个葡萄架子下面，交到陈坚手里的。

陈坚到屋里打电话的时候，不知是什么缘故，华静的心头受了突然的触动，眉梢轻轻地皱了两皱，脸上微微地发起热来，惶惑地沉思着，神情上显得有些不安。

陈坚从屋子里出来，她站起来要走，说还有事情，得赶快回去，但又像还有什么话要说似的，嘴角上漾着一点羞涩的微笑。“我那封信?”她轻声问道。

“打过仗，解送俘虏到军部去，替你带去。”陈坚回答说。“还给我吧!”

“不会失落的，请你放心。”

华静的脸给红晕罩住了，虽然陈坚说话的时候，没有露出丝毫取笑的意思和表情。

她咬着嘴唇，脸色又变白过来，喃喃地说：

“我想重写过，前天写得很匆促。”

陈坚犹豫着，他不想把信还她。他不明白华静跟梁波到底是怎样的关系，是朋友，还是爱人。但不管是两种关系的哪一种，他觉得都是可喜的事。他怕华静发生什么心理变化，动摇她对梁波的友谊或者爱情。

“一定替你带到。”陈坚诚挚地说。

“我重写以后，还是请你给我转去。”华静表示对他的信任，又喃喃地说。

和她见面不过两三次的陈坚，只得到屋里拿出那封信来，交还给她。

华静走了，脚步走得很乱，身子也有些歪歪斜斜的。

陈坚把她送到村口，实在由于生疏，没有深话好说，但总觉得这是个不小的遗憾。要是这封信真对梁波与华静的关系有促进增强的作用，到了他的手里又从他的手里被收了回去，他岂不要深深地负疚在心？

"我是你的同志，是团政治委员，转送一封信，是可靠的！"陈坚拿出他的政治身份含笑地说。

"我从各个方面都是信任你的！"

"那，信还是交给我吧！"

"重写过，再交给你，请你不要误会！"

华静伸出她信任陈坚的手来，实实在在地握了一握。

陈坚又站上土坡。

华静隐没到麦浪里去了。

灰暗的顶空陡然发起亮来，而沙河上游——东北方的天空，却高悬着黑洞洞的长龙般的雨柱。

他看看表，是下午四点半钟。

是雷声还是炮声，他听辨不出，隐隐约约的，好像是来自东北方的，又好像来自东南或正东方向，再听一听，又好像是在西面和南面。

这些征候，使他有些疑虑，又加上华静从他的手里讨回了那封信去，他的思绪便不能不纷乱起来。

他在土坡上面坐下来，搔着头发，望着天空。

机要员走到他的身边，给了他一份军部的复电。

他看过电报，吃了一惊，把电文重看一遍，眉头顿然地锁了起来，在电报上草率地签了名，把电报还给了机要员。

他立即回到屋里，屋里一个人也没有，抓起电话筒要作战股，接电话的是个运输员，说人都到前方去了。

电话摇到与敌人最近的一营营部，铃响了许久，才有人来接电话。

"你是谁?"陈坚问道。

"你是谁?"对方反问道。

"我问你的!"

"我问你的!"

陈坚心里有急事，这个接电话的人，偏偏又在电话里跟他磨牙斗舌。

"我是团政委!"他气怒地大声喊道。

电话里没有了声音，接电话的人溜掉了。

隔了许久，他拿着电话筒的手都发酸了，才有个人在话筒里说：

"陈政委吗？我是文书张萍。"

"刚才接电话的是什么人呀?"陈坚问道。

"我们在隔壁开会，是一个傻瓜炊事员。"张萍回答说。

"是个傻瓜，那就算了！营长、教导员都不在吗?"

"都不在，营长跟团长在前面看地形，教导员到连里去了!"

"你马上跑步到前面，说我的电话，要团长马上回来，地形不要看了！听明白了吗?"

"要团长马上回团部去！地形不要看了！要我跑步去！说是你的电话!"

“对！你的记性不错！”

“仗不打了？”张萍急切地问道。

“快去！”陈坚命令说。

原定的作战计划落空了。军部的回电说：

“攻击马家桥的战斗行动立即停止。”

十四个字，电报头上注明是十万火急，什么原因、理由，一句没有讲。

陈坚在屋子里打了一阵圈子，苦思沉想了许久许久，没有得到明朗的解释。

天空又暗淡下来，东北方向的雨阵向面前推涌而来，风势跟着增大，田里的麦子猛地向东一倒，又猛地向西一倾，像是空中翻卷着的云波似的。

“要是不请示一下，就犯了错误！”

陈坚想道，心情平静了一些。

“是一着棋！”

军首长交代任务的时候，丁元善说的这句话，像云缝里透出来的阳光，在他的脑子里闪了一下。

是一着什么棋呢？他曾经想过，但想不出，现在还是想不出。他的脸色又阴沉下来。他觉得自己很笨拙，脑筋不够用，猛猛地在脑袋上拍了一掌。

他站在电话机旁边，接着刘胜来的电话：

“是什么道理？你动摇啦？”刘胜一开口就责问式地大声说。

“军部来了回电，不同意！”陈坚回答说。

“是什么道理？”

“十四个字：‘攻击马家桥的战斗行动立即停止。’道理是一定有的,电报上没有讲。”

刘胜把电话筒重重地放下去,沉重的响声,陈坚听得很清楚。

石东根和另外一些干部像皮球漏了气似的,只是长吁短叹,冷言冷语地说:

“敌人的工事跟鸡毛帚子差不多,一根洋火就叫它报销!不消两个钟头,包解决战斗!偏偏巧果子又不让吃!”

“不是苦命是什么?消灭五个连的敌人,这么一个瓜子大的仗,也不让我们打!”

“叫我们活守寡!”

满胸懊恼气闷的刘胜像是斥责,又像是同情地高声大叫地说:

“不要说怪话给我听!要说到军部去说!”

“回去怎么解释呢?刚刚动员过!”石东根咕噜着。

“不打就是不打!怎么解释?”刘胜摆着手臂说。

刘胜坐在他的乌骓背上,慢慢悠悠地走着。乌骓仿佛深知主人的心情似的,四蹄小心翼翼地落在地上,几乎连一点尘土也没有惊动,缓慢得像头老牛。

在路边的小树林子里,集合着约莫两百多个民兵,他们一团一簇地拥聚在那里,他们肩旁的枪,也像个小树林子似的。刘胜停下马来,眯着眼睛向树林里面瞧着,他一眼就看到,华静站在人群中央的一块石头上,一只手摸着大紫色的漂亮的枪链子,一只手挥动着,用她那嘹亮但又柔和的声音,鼓动着民兵们:

“……这个主力部队,是最出色的英雄部队,是新四军,是新四军的一个主力团,出名得很。莱芜大战,他们一个班就捉到五百多个俘虏!……我们沙河区的民兵,是英雄的民兵,有光荣的斗争历史!明天晚上,要配合主力、老大哥,打下马家桥!多捉俘虏多缴枪！不让敌人跑掉一个！……”

懊恼气闷的刘胜，更加懊恼气闷，自言自语地咕噜着说：

“主力团！老大哥！嘿！她还在鼓动民兵捉俘虏！……部队里解释不解释不要紧，看对地方干部、对老百姓怎么解释？”他在马身上狠狠地抽了一鞭，向驻地奔跑回来。

刘胜回来以后，陈坚不在。问问门口的哨兵，哨兵说，骑了马向西南上那个庄子去了。

刘胜喊来了机要员，伸着手冷冷地说：

“电报拿来我看！”

看过了电报，电报上确是那十四个字。下面的署名是“沈丁”，收报人是“刘陈”。

他把电报纸掷到桌子上。他的衣袖子带起的一阵风，又把电报纸吹跌到地上去。机要员随即拾它起来，又送到他的面前。

“我不是看过了吗？那几个字还要看上三遍五遍？”刘胜瞪着机要员说。

“签字！”机要员说。

“笔里没有水了！”

机要员拔下自己的笔来，取下笔套子，把笔杆子送到他的面前。

刘胜沉愣了许久，才在“刘”字上画了个花生米一样的小圈圈。

五三

刘胜看过电报，天色傍近黄昏。他觉得屋里和他的心里都有一股闷气，便信步地踱到沙河边上。

沙河的水滔滔滚滚地奔流着，河边一棵歪斜要倒的树上，有两只不知名的灰色羽毛的鸟，不住地朝着他叫着“咯咯呀呀”的难听的声音。在他的感觉里，这两只鸟和它们的叫声很是可厌，仿佛是在嘲笑他的战斗愿望没有实现似的。

“‘小凳子’！枪给我！”

他从邓海手里拿过卡宾枪来，推上子弹，向前走了几步，对准树梢上的鸟，“叭”地射出一粒子弹。跟着枪声，树梢上飞起了几根鸟的羽毛。

“打到了！”邓海惊喜地叫起来。

“拾得来！回去烧了吃！”刘胜得意地大声说。

两只鸟都飞走了。赶到树边去的邓海，失望地走回来，手里捏着两根细小的鸟毛，惋惜地说：

“差一点点！”

“倒了霉，鸟也打不到！嘿！鸟肉吃不上，落到两根鸟毛！”

刘胜怅然地说，把枪掷给邓海。

本想出去散散心的刘胜回到屋里，懊恼、气闷反而增加了，看到墙上挂的马家桥敌军据点兵力分布图，头脸立即扭向门外。

“弄点酒来吃！”他对邓海粗声粗气地说。

邓海知道首长心里懊恼，想借酒解闷，脑子转动一下，说：

“到哪里去搞酒？连卖草纸的小店也没有！”

“不能想想办法？”

邓海坐着不动，没有回话。

“程拐子家里问问！有曲饼泡茶吃，就一定有酒。”

他懊恼得晚饭没有吃，再不给他搞点酒来，他就更要懊恼。由于这个想法的支配，邓海便去找房主程拐子搞酒了。

点着灯火以后，他正在嚼着腌香椿头，吃着烧酒，政治处主任潘文藻匆匆地走进来，问道：

“真不打啦？”

“不打啦。”刘胜应了一句。

“你看，多被动！刚动员过，又不打，对战士怎么说？”

“坐下来，吃杯酒吧！”

潘文藻坐了下来，叫邓海喊来机要员，看了军部来的电报。他想了一想，喃喃地说：

“不知东边情况怎么样？”

刘胜把一小壶酒吃到壶底朝天，一点滴不出来，才推开酒壶。他的脸红了，显出微醉的样子。在潘文藻的话说过许久以后，他才冷冷地说：

“不管情况怎样，跟我们没有缘分！”

“可不可能要给我们别的任务？”

“不要痴心妄想吧！交代任务的时候，说得清清楚楚，叫我们牵住敌人的鼻子，不许过河。什么别的任务？消灭敌人杂牌队伍五个连的仗都不准打！”

潘文藻想不出什么话来说服他，自己心里也有一些懊恼。

“休息一会儿吧！酒少吃一点，等陈政委回来研究一下。”

他说了两句，便回到自己的住处去。

一小壶烧酒不但没把刘胜的恼闷消除，反而勾起了他的沉重的心思。他在屋里徘徊一阵，走到院子里，在院子里看看黑洞洞的天空，又回到屋里。他不住地吸着烟，一只手插在裤袋里，一只手卡在皮腰带上，像莱芜战役开始那一天，他的团没有分配到攻击任务的那个样子，浑身感到不舒服。

陈坚从县委驻地回来，一进门就问他：

“刚回来?”

他还是徘徊着，勉强地应了一声：

“唔!”

“怎么的？仗没打成不高兴?”陈坚坐下来，笑着问道。

“你高兴?”刘胜反问道。

“本来我就没有多大兴趣。这一回打不成，下回再打呀!”

陈坚察觉到刘胜的情绪很不愉快，说了两句，便吃了一杯茶，斜躺到床上去。

刘胜踱了一阵，一连猛口地喝了两碗茶。

“真不明白！叫牵制敌人，又不许打仗，不打仗，能把敌人牵制住？……唉！说千句，说万句，命不好!”

陈坚笑笑，淡淡地说：

“莱芜战役，你说你的命不好，结果，发了一笔大财!”

刘胜走到门边，把衔在嘴上的烟蒂，一口啐得老远，仿佛烟蒂得罪了他似的。他在门边倚立许久以后，突然走到陈坚身边，放低声音问道：

“你来了快半年了，觉得我们这个部队怎样?”

躺在床上的陈坚，一直在思考着怎样和刘胜谈谈。这一仗打不成，他的情绪波动，在电话里已经表现出来，现在，就看得更明白。“趁这个机会跟他谈谈吧!”陈坚想定之后，便坐到桌子边来，带上门，以认真的恳切的态度说：

“部队是很不错的！干部、战士都很有生气，我很喜爱。”

刘胜也想谈谈，许多话在肚子里闷着，他觉得难受。

“我想不通，这一回把我们弄到敌人屁股后面来！我们不是长子!”刘胜把大拇指竖起来摇摇,叹息着说着后面一句。

陈坚知道他说的是什么意思,接着他的话说:

“我弟兄三个,我是老大、长子,我父亲、母亲最欢喜的是老三,其次是老二,我是他们最不喜欢的!你说,有几个长子是受宠的?”

陈坚望着刘胜笑着。

“父母欢喜小的,依靠的还是大的,还是长子!”

“这不一定。在旧社会里,看哪个能赚钱,本领大,能依靠,他们就依靠哪个。像我是长子,出来十来年了,连家信也不写一封,他们依靠我什么?”

想不到这个说话,给刘胜找到了和他争辩的论据。

“是呀!我们不能赚钱,本领小,就不喜欢不依靠了!”刘胜自以为说得有理有力,拍着桌子大声地说。

“你说得明白一点吧!”陈坚微笑地说。

刘胜站起身来,喝了一满口茶,把一口烟吞压下去,大声地说:

“我的思想不怕暴露,就说得明白一点吧!”

陈坚颇有兴味地期待着他,入神地望着他的堆满黑胡髭的脸。

“野战军首长把我们这个军放到敌后,就是看我们本钱少,力气小,不顶用!”

“莱芜打了大胜仗,捉了两万多俘虏,发了大财,本钱还小?还不顶用?”陈坚立即反驳着说。

“有人说我们碰到了好运气,是人家赶出来的鸭子给我们拦到的。如皋南面的宋家桥,我们没有攻得下,涟水城没有守得住,部队损失很大。那时候,你还没有来,你不明了。闲话,才听得多哩!说我们是重伤员,是残废,是掉队落伍的!还有……一大串!我跟你说吧!大半年,不是我一个捏着鼻子、塞住耳门过日子的!你看！人家打正面，我们在这个鬼地方，连敌人的屁股也摸不上！你心里不难过，我可不好受！”

陈坚沉入在深深的思虑里。部队里像刘胜这样的思想情绪，在莱芜战役以前，是很普遍的，他已经嗅觉到了。莱芜大捷以后，这种情绪隐没下去，仿佛是消除了。转到鲁南敌后来的这几天，他发觉刘胜总是不大愉快，但是没有分辨清楚，现在看出来了，老疮疤逢到阴雨天，又隐隐地发痛起来。

陈坚在屋里踱了几步，看看表，还不到九点钟，便对金东说，“再去烧壶水来！”

金东拿着热水瓶走出去。

陈坚的神态显得跟平常不同，仿佛在最知己的老友面前倾吐心事似的。他的两个膀肘担在桌边，左手压在右手下面，平放在桌面上，颈项微微前伸，凝聚起善于传神的眼光，望着神情不很自如、一腔积郁的刘胜，以低沉的、清晰而又恳笃的声音说：

“我们这个军，在华中的时候，是一个纵队，三个主力纵队之一，参加了七战七捷中的五战五捷，这是谁都知道的。讲我们这个团，在抗日战争初期，粉碎过日本鬼子的十一路围攻的大扫荡，江南人、连日本鬼子都称它是‘老虎团’，团长就是我们现在的沈军长。‘老虎团’的威名，传遍江南。前任团长苏国英，在‘老虎团’初建的时候，当连长兼指导员。你跟他不在一个连，当副连长。‘老虎团’的前身是南方红色游击队的两个连发展起来的。……”

“你都清楚？”刘胜插问了一句。

“我听人讲过，临到这里来工作的时候，粟司令也对我谈起过。”

陈坚应了两句，又继续地说：

“如果说，别人不了解这个部队的历史、战斗力，许是可能的。要说陈司令、粟司令不了解，我就绝不相信。这个团是抗日初期新四军江南三个支队六个主力团中的一个，后来属一师，一直在陈、粟的领导指挥之下。陈、粟恐怕真像母亲熟悉她的孩子一样，几月几日寅时还是卯时生的，几个月开始长牙，什么时候会爬，什么时候会走，她比任何人都要记得清楚。我们这个军，这个团，是半斤还是七两九钱，他们还不是称得比天平还准？用父母和儿女的关系比方指挥员同部属的关系，是不恰当的。我们部队里，没有什么长子、次子、儿子、女儿的分别。假如可以打比一下，就应当说：都是亲生骨肉，都是一样心疼。不会有什么歧视，偏爱，厚一个，薄一个。……这一次，叫我们这个军挺进到鲁南敌后来，我不知道真实原因，找不出什么使你信服的理由说明这个决定的用意。但是，我敢这样说，绝对不会是轻视我们的‘本钱少’‘力量小’‘不顶用’，因而把我们‘贬’到这个地方‘受苦’，我们不能骄傲，也不应该自卑。……说是‘残废’‘重伤’，那是一派胡言。我就听粟司令说过这样的话：‘打过败仗的队伍才可能是最坚强的队伍，天下没有不打败仗的军队。’同时我也相信：前委、陈、粟在作战用兵方面，绝不会草率行事。”

“你说的当然有些道理。”刘胜并不十分折服，哼声地说。

“‘有些’道理？我的话什么地方不对，你可以纠正呀！”陈坚笑着说。

“事实是这样！打七十四师不要我们参加！”

“是不是每个部队都得参加每次战役？莱芜战役，不也有好些很强的部队放在外线打阻击的吗？”

刘胜无话反辩，沉默着，手掌托在腮上，手指头连连地在脑袋上弹了几下。

邓海端来一盘面饼，说道：

“晚饭没有吃，肚子该饿了。”

“你这个人！哈哈！仗打不成，饭都不吃！跟谁赌气？赶快吃点东西再谈！”陈坚大笑着说。

刘胜的肚子确实饿了，闷声不响，大口吃着面饼。

“呃，你看我这个人怎么样？”他突然向陈坚问道。

这使得陈坚一下子回答不出，他可以说出这位团长的优点和缺点，但他不知道在这个时候怎么说法才算合适，他夹了一块饼在嘴里嚼着，走了开去。

“批评几句，没关系！”刘胜情意恳切地说。

“你批评批评我吧！”陈坚望着他说。

刘胜吃饱了面饼，酒气似乎消掉了不少。见陈坚含笑不说，便自言自语起来：

“我这个人有三笨：一是嘴笨，不会说话；二是手笨，不会写字；三是脑子笨，不会用心机。”

陈坚大笑起来，望着他那身子粗壮、满脸胡髭、却又不是蠢笨的样子，说道：

“你还笨？是说我的？还是你谦虚过分？”

“我说的不对？”

陈坚坐到桌边，正经地说：

“我看你有三直，第一是嘴直，有话就说，不打埋伏。……”

“第二？”

“第二是心直，对人直爽，不虚伪，不做作。”

“说缺点！我不怕戴帽子！”

“第三是脑子直，不会转弯子。”

“主观主义？思想方法错误？”

“不管是什么主义吧。考虑问题总得各个方面都考虑考虑，不能钻到牛角尖里去。”

谈到这里，因为陈坚说得轻松、恳切，刘胜确是受到了感染。

他喝了几口热茶，喷出了一团蒸气，仿佛胸中的闷气随着一齐吐了出去。灯火几乎给冲灭了，不住地晃荡着。

邓海和金东睡着了，两个人倒在一张铺上，邓海的两条腿压着金东的肚子，金东的手又搭在邓海的腿上。

“这个家伙！睡着的时候还欺负人！”

刘胜说着，把邓海的两条笨重的大腿搬了下来。

“我们也睡吧！”刘胜踱了两步，向陈坚说。

陈坚点点头。他仿佛还在想着什么，脑袋上伏着两道浅浅的发着光亮的皱纹。

五四

昨天夜里睡得很晚的刘胜，今天起得很早。一吃过早饭，就把墙上触目的马家桥敌军据点兵力分布图收掉。他和邓海、运输员三个人一齐动手，把屋里屋外打扫了一番，堵死了墙角上的老鼠洞，清洗了门前污秽的水沟。因为昨夜发现蚊子，手给咬了好几个红点子，把帐子也挂了起来。这些工作做完，他叫邓海烧了一大锅水，借了居民一口大缸，抬到朝阳的墙角上，挡上高粱秸子，洗了个澡，又喊来理发员，剪了发，刮了丛簇满腮的黑胡髭。他觉得自己身上和周围环境都比原来清爽得多，朝着太阳深深地吸了几口清新的空气。

仿佛他的脑子果然转了弯子，昨天那些懊恼、烦躁的情绪，已经跟着灰尘、污垢一同扫净。他打开铁皮箱子，拿出好几本书和一些文件来，端端正正地放到桌上，并且随即拿过一本厚厚的书，躺在院子里葡萄架下面看着。那种入神的样子，几乎是他从来不曾有过的，烟烧到指头的时候，目光仍旧不离开书本，一面弹掉烟灰，吸一口烟，一面还在看着书上的文字。时近中午的当儿，一架敌机在高空里飞过，引起了他的疑问和猜想：这两天，飞机怎么突然不大活动？怎么比前几天少得多？七十四师上了钩子，东边打起来了？这个猜想出现了一闪眼的光景，又给他连忙赶走。“不要痴心妄想！让人家打去！就在这里帮老百姓抢收麦子！长期打算！”他心里对自己这样劝说着，眼光又回到书本上去。

正在吃午饭的时候，邓海突然向他问道：

“什么东西都摆出来，就在这里长住下来啦？”

“不长住下来，到哪里去？在这里吃葡萄！”他抬抬眼皮说。

“要住两个月？”

“三个月也说不定！”

“七十四师真的没有我们打的？”

“你想去打？”

“怎么不想？”

刘胜的眼睛睁大起来，瞪着邓海。邓海也瞪了他一眼，低沉着黑黑胖胖的长方脸，像跟他斗气似的。

“嘿嘿！我思想通了，你还没有通！”刘胜大声地说。

“我就是不通！”邓海噘着嘴，咕噜着说。

“不通？不通也得通呀！”神情像是责备，语气却又像是哄劝，他还是瞪着邓海，高声慢语地说。

邓海收拾了碗筷，扭过头走了出去。

刘胜不禁苦笑了一声，望着邓海的背影说：

“嘿！七十四师是美人精，把我们这些人的心窍迷住了！”

他走到葡萄架子下面踱了几步，对坐在门边编草鞋的运输员嬉笑着问道：

“你的思想通不通？”

运输员不明白首长问话的意思，茫然地望望他，又埋头编着草鞋。

“你也不通？”

运输员又茫然地望望他，疑愣了一下，懵懂地笑着回答说：“首长，我通！”

“对！你通！通的好，不通不好！”他衔着烟，哼声地说。

五月天的中午使人困倦，昨夜又没有睡足，刘胜便走到屋里，掩上一扇门，放下墨绿色的纱帐子，遮住阳光，睡到床上。

“对！在这里吃葡萄！叫我走，我也不走啦！”他躺在帐子里，自言自语地说。

他睡了，一睡就酣沉沉的，屋子里响着他的粗重的鼾声。

他睡下不久，门外突然响起笨重的急促的脚步声。

机要员急迫地奔到他的门口，没有看到他在什么地方，就大声地喊道：

“团长！团长！”

运输员没有来得及拦阻，机要员猛地推开门来，继续地高声大叫着闯到屋里，一把撩开罩着刘胜酣沉大睡的帐子。

刘胜熟睡受惊，骨碌地跳起来。他没有看清大声叫喊的是什么人，就瞪着红红的眼睛呵斥道：

“什么事？这样慌张？敌人打到门口来啦？”

机要员喘息未定地说：

“电报！好消息！”

“你发神经！哪来什么好消息？”刘胜恼怒地说。

“是好消息！七十四师……”

“七十四师给消灭啦？”

“快看吧！”

刘胜带着余怒接过电报，乍醒过来，光线又暗，字又写得潦草，看不清楚，便一边说着：“写的什么字？都是黑团团！”一边走到门边的亮处。

电报上的黑字和刘胜的黑眼珠，给一根看不见的线紧密地连接起来。

看着，看着，他的眼睛亮了，放光了，睁大了，黑团团把他的眼睛和心完全吸引住了，征服了。他的手止不住地抖起来，电报纸给抖得跳起舞来，发出“嗦嗦”的纤细的响声。

“这几个是什么字？看不清！”刘胜指着几个笔迹不清的字问道。

“孟良崮！孟，孔子、孟子的孟！”机要员看着他手指的地方回答说。

这份一百来字的电报，具有一种强大的魅力：激动人心，清醒头脑，使五分钟以前的刘胜和五分钟以后的刘胜，成了两个截然不同的人。他浑身蒸腾起热力来，他的眼前现出了彩虹，他的心里也笑了，亮了，他进入了新的美梦一样的境界。

真是吓坏了人啊!

刘胜举起了臂膀,勒紧拳头,猛力一击,桌子上的茶壶、茶碗、墨水瓶、纸张、书籍、文件一齐飞了起来,叫了起来。

“‘小凳子’!‘小凳子’!赶快收拾东西!”他站在院子里高声地喊叫着。

邓海慌慌张张地跑来,问道:

“什么事?有情况?”

“什么事?收拾东西,马上出发!”刘胜厉声地命令道。

“打扫大半天,刚摆弄好,又要收起来!”邓海懊恼地咕噜着。

“不要废话!”刘胜一面斥责邓海,一面在电报上的空白处,签上小鸡蛋大的一个“刘”字。

他抓起电话筒,不停歇地打着一个接一个的电话,在电话里,他的声音显得突出的洪亮和昂奋:

“……马上,立刻到我这里来!军部来电报,有顶顶紧急的任务!……打七十四师去!”

几分钟以后,潘文藻、冯超跑来了,接着许多人都跑来了。一个骑兵通讯员飞奔到西南方的庄子上去。

陈坚正和县委书记在谈着关于继续抢收麦子的事情,通讯员满头大汗高声大叫着:

“报告!团长请你马上回去!”

“什么事?”陈坚惊问道。

“队伍马上出发!”

通讯员的声音像对团政治委员发命令似的,使陈坚只得和县委的同志们草草地握手道别,骑上马,飞快地跑回来。

好几匹马从几个方向飞起四蹄,卷起灰沙,和陈坚同时地向团部住的庄子上飞驰疾走。

待陈坚回到庄口，团部的人马已经集合在场地上准备出发，他们在场地上忙乱地、兴奋地叫嚷着。待他进了屋子，桌子移到了墙角上，行李杂物已经全部打扎停当，墙上的地图全都拿了下来，刘胜、冯超、潘文藻，还有营、连的干部们，蹲在地上，围着摊满一地的、没有标过的尽是黑压压的螺丝圈儿的地图。

陈坚挤进人堆，挨到刘胜身边。

刘胜把电报掷给陈坚，使劲地摇摇陈坚的膀子，用他那在最得意的时候才有的尖声说道：

"要我们长翅膀飞哟！"

"哎呀！一百二十里！足足的！"潘文藻在地图上揸量以后，惊讶地说。

"赶得上！"石东根和好几个人齐声地说。

刘胜手掌按着膝盖，腰身一挺站了起来。他正要说话，县委书记、县长、区委书记华静、区长耿忠带着粗重的脚步声走了进来。陈坚和他们笑着打招呼，刘胜却仿佛没有看见他们，向干部们庄严地兴奋地宣布道：

"七十四师，这个敌人，给我们兄弟部队钳住了！压缩在沂蒙山区的孟良崮一带。"他从陈坚手里拿过电报来，瞟了一眼，提高嗓子，接着说下去：

"野战军首长陈司令、粟副司令、谭副政委①的命令，叫我们这个军飞兵前进！飞！懂吗？叫我们长翅膀飞！叫我们变成老鹰！我们团的位置在军的最前面，离孟良崮最近，是鹰头鹰嘴！"说到这里，他把两个臂膀抬起，抖动一下，头向前面伸着，做成飞鹰的形

① 谭副政委即第三野战军副政治委员谭震林同志。

状。他看看腕上的表,又接下去说:

“一百二十里,在夜里十二点钟以前赶到,不是!是飞到垛庄一线,卡住敌人的喉咙,完成对七十四师的包围。连渡河在内,还有十个钟头不到,时间急迫,没多话说,立刻出发!能游水的游过去,不能游水的乘木排子过去!”

他说完话,望望陈坚,陈坚紧接着说:

“就这样,大家比赛一下,看谁的翅膀硬,飞得快!天不好,要是下雨,就是下锥子,也要准时飞到目的地!”

跟着是县委书记的响亮的声音:

“打马家桥的担架队全部跟你们去!木排不够用,我们立刻动员赶做!”

干部们争着挤出门去。

不愉快的,是三营的干部,又被参谋长冯超高声大叫地喊了回来。

行军的部署本来是要冯超宣布的,因为他在看地图,陈坚的话刚完,大家就急着往外走,使得他没有来得及执行他的任务。“喊我们回来,干什么?”

在营长王鼎、教导员李泊和石东根、罗光他们惊问之下,冯超告诉他们说:

“军部随后就到,决定把三营留下来控制渡河点,监视敌人,军部一到,你们立即赶上去。”

“又叫我们当落后分子!”石东根愤懑地说。

“什么时候叫你当过落后分子?”刘胜反问道。

石东根张大眼睛回答说:

“打吐丝口。一个团都是预备队!”

“说什么怪话！像那样的预备队、落后分子，叫我当一辈子我也心甘情愿！”陈坚笑笑，随即又严峻地说。

石东根绷紧着脸，站在门边，一声不响。

“去！仗有你们打的！告诉你！先走后走一样！现在还是行军赶路抢占阵地，真正的战斗，在后头！”刘胜挥着手说。什么都不甘落后的石东根，鼓着嘴，跟王鼎他们走了出去。

事情变化得这样快，这样突然，使人觉得如同在飘忽的梦境里，又像是置身在朦朦胧胧的云端里。

特别是华静有这样的感觉。

“战争的日子，竟是这样瞬息万变啊！”她这样想道。头，觉得晕眩得厉害。

“我也跟他们飞去吧！”她望着县委书记，几乎把这句话说出口来。

被战斗煽惑着的她的火热的心，正在不停地旋荡，漾动着彩云般的幻想，而刘胜、陈坚已经匆忙地伸出手来和她告别了。

仿佛多停留一秒钟的时间，多说一句话，就误了天大的事。

他们跳上马，头也不回地向沙河边飞驰而去。

不用说，陈坚没有向她问起带信的事来，而她想要重写的信，也还没有动笔。就是仍旧把原来的信从袋子里拿出来交给陈坚，竟也来不及了。事实上，在这种紧急的气氛下面，她根本就没有想到这件事情。

站在村边上，她惶惑地自言自语地说：

“是军令大如山！这样急！”

“他们再打个莱芜大捷，我们的日子就好过了。”县委书记望着队伍纷纷结集的沙河边，对华静她们许多人说。

“得快一点帮助他们再搞些木排！大队人马还在后边！”华静对耿忠说。“没有问题！我负责！”耿忠说。

在村前停留一小会儿，华静和耿忠、县委书记他们，也像长了翅膀似的，迈开大步，奔向激流滚滚的沙河边去。

第十三章

五五

天色开始放晴,太阳却依然躲藏在灰色的云的背后。

因为上游落了滂沱大雨,这里的河水奔流,更加湍急,也像是迫不及待一样,居高临下地倾注下来,飞泻着。

在两里来长一百五十米宽的河面上,展开了飞渡沙河的一幅动人的图景。

乘在木排上的战士们,有的坐着,有的蹲着、伏着。枪在手里高高擎起,枪梢上安着刺刀,吊着榴弹袋,一个拉着一个的手或者腰皮带,紧紧地团结着,生命联系着生命,心连着心,像在雪橇上从高山上穿滑下来一般,随着水势,向对岸斜翅飞将过去,仿佛在战场上向敌人冲锋陷阵一样,呼叫着口号:

"好呀!"

"冲呀!"

"飞呀!"

巨大洪亮的声浪,在河面上,在两岸震荡着、沸腾着。波浪冲击河岸,冲击河里凸起的小岛似的大石块,激起银柱样的浪峰和洪大的声响。人的呼喊声,波涛冲击声,融成一片。

会游水的战士们,把枪、弹、背包给乘木排的人运带过去,自身跃到水里,向对岸游渡。

他们在波浪里浮沉上下,在急流里翻滚起伏,两手和两腿扑打着水波,和洪水冲击、搏斗。水,卷袭着他们,他们抗拒着、征服着水的卷袭,水浸入到他们口里,他们又把它喷吐出来,有的就索性躺在水面上,睡眠似的把水面当作床铺,自得其乐地徜徉过去。

会游水的秦守本,见到先头部队开始游渡,身上、心上一齐发起痒来。他跑到排长林平身边,解着衣钮子说:

“我下去游两趟看看!”

“不要喝水!”林平挥挥手说。

秦守本脱了衣服,光着上身,抓两把水拍拍脑袋和胸口,两臂向前一伸,扑到水里。他钻进水里许久许久没有上来,王茂生担心地望着河水说:

“哎呀!”

大概在水底潜游了四十米光景,他才冒上头来。他的姿势很别致,全身都在水里,只把头部露在水面上,像一个皮球似的,在波浪里飞滚直转。岸上的张华峰、王茂生他们拍着手掌喊叫着,称赞着他:

“有本事!会踩水!”

“不容易!看不出他还有这一手!”

漂在水上的这些战士们是多么自豪啊!他们像是沙鸥、海马,又像是飞鱼、游龙,在沙河的急流上飞驰,浪花在他们的身边激起,淹没了他们,他们又跃出浪花,攀越着浪峰。

会游一手好水的华静,从来没有见到过这等壮观的景象。

开始,她感到惊奇、恐惧,后来又大大地狂喜起来,不住地鼓着手掌,睁大眼睛望着,张大嘴巴笑着,赞叹着眼前这些战士们乘风破浪的英雄气概。

洪水奔流的沙河驯服了！

战士们像战胜了强大敌人一样的兴奋，到达了彼岸。

华静的眼里滴下了激动的泪珠。

刘胜伏在乌骓马上，两手紧提着马缰，马头擦着水面，喷着浪花，在游到中流的时候，人马一齐沉了下去，一眨眼，又冒出水面，加速地踏水奔驰，他一直骑在马上，驾驭着马征服了急流，飞渡到沙河东岸。

他骑在水湿的毛色显得格外乌光透亮的马上，傲然地望着水面上飞游竞渡的景象。在他的眼里，陈坚和战士们一起，在这个天然的游泳池里，表演着快速度的自由式俯泳。

在陈坚喘息着上岸的时候，刘胜惊叹地说：

"政委，一手水很不错呀！"

"好？谈不上！淹不死就是。"陈坚赤着脚，踏着垫脚的碎石块，跑到河沿上，抹着头上的水，笑着说。

"哎呀！都过去了！都过去了！"华静望着对岸，击着手掌说。

"一个没有淹死！"一个孩子在岸上观看的人群里叫着。他的老祖母在他的头上拍了一下，瞪着他说：

"不要死呀活的！说吉利的！"

留在西岸的三营的干部、战士们，和渡到对岸的团部、一营、二营的同志们隔岸高呼起来：

"过来——！"东岸的洪大的声音。

"慢点走——！等等我们——！"西岸的举着手喊叫着。

过了河，刘胜看看表，已经是四点钟了。渡河，花去了一个小时带一刻钟的时间。

东岸的先头队伍张开了翅膀，在顷刻之间就飞逸不见了。

留在西岸的队伍感到孤寂，默默地望着河水，望着在岸边摇动着的木排，望着空中暗淡的浮云。

队伍放开轻快矫健的脚步，在前进的道路上飞奔着。骑在马上的刘胜，回过头对陈坚说：

“现在我才明白，原来是这么一着棋！”

“你不是说过，当一名不过河的小卒的吗？嘿！过了河的小卒，说不定还能闯到帅府里，来个一卒坐中心咧！”陈坚笑着幽默地说。

“说千言，说万语，还是脑子笨！……你说得也对，脑子直，不会转弯子！”

说着，刘胜扬起马鞭，猛地在马身上打了一下，他的乌骓便飞起四蹄狂奔开去。

向刘胜、陈坚他们注目远望了一阵的华静，离开河岸，走上回向陶峪的大路。远处大路的尽端，突然地扬起了蔽天的尘土，像是大火燃烧时候的黄褐色的烟雾。

尘障越来越近，直向她的面前猛扑而来。哨兵安兆丰从她的面前奔过，大声地喊叫着：

“班长——！骑兵——！”

连长石东根带着一个班，从河边奔到路口，站上高坡，举起望远镜一望，立即命令身旁的李全道：

“军部到啦！告诉指导员，准备马上渡河！”

李全疾步慌忙地奔回河边去。

烟尘袭到眼前，像突然而来的一股大旋风，使华静赶忙地避开到一棵老树下面去。

她惊喜得几乎跳了起来。带着飞扬的尘土来的，是十八个骑马的人。在她一个一个挨次点数到当中的一匹花斑马的时候，她认出骑在花斑马上的，身子上下弹动，手里拿着一根小树条儿当马鞭的，正是她所想念的梁波。

"哎呀！他来了！"她不禁说出声来。

"谁呀？"身旁的县委书记问她。

她畏怯似的颤声回答说：

"梁副军长！"她不由自主地移动了脚步，走向花斑马和下了花斑马的梁波身边。

梁波也很眼尖，他看到一个背驳壳枪的，肩上挂着大紫色发光的练带的人，仿佛是个女同志，一边走向河边，一边问石东根说：

"那是什么人？"

"这里的区委书记！女同志，样子很神气。"石东根说不出姓名来，随口回答说。

华静见到梁波没有回顾她，匆忙地直向沙河边走去，便又回转身来。

梁波走到河边，站定下来，拂去满身的尘土，看着浩浩荡荡的河水。王鼎、李洎他们和许多干部、战士围拢到他的身边。

"刘团长他们过去多久了？"梁波问三营营长王鼎道。

"下去十来里了！半个多钟头！"王鼎回答说。

梁波歇坐在岸边的地上。

"木排一趟可以过几个人？"梁波用手巾擦着手，问道。

"大的两个班，小的十五六个人。"坐在他身边的王鼎回答道。

"一个没淹死？"

"没有！"

“木排是现搞的？”

“有两个是老百姓原来有的，有几个是我们刚搞的！”

说着，不远的地方，一群人正推着一个新做成的大木排下水，“杭唷杭唷”地喊着号子。

“那是这里的民兵！”王鼎指着推木排的人群说。

“这里的民兵不错呀！”

“区长姓耿，大高汉子，会打仗。区委书记是女同志。”

“姓什么？”

王鼎答不出，问教导员李泊，李泊也不知道。

“你们就是这样！区长会打仗，就知道姓耿！区委书记是女的，不会打仗，就名不知姓不晓！是轻视妇女哟！”梁波带着笑地批评着说。

“也会打仗，昨天还上了火线哩！”王鼎赞叹着说。

“啊？去请她来！这几个木排够用？两万多人马，靠这几个木排，过三天三夜也过不完！请他们再给我们多搞几个！”梁波惊奇了一下，命令道。

王鼎站起身来，向四周一瞥，见到华静站在那棵老树下面，指着她对挤在身边的李全说：

“小鬼，你去请那个女同志来！”

“就是那个背驳壳枪的？”李全望着老树下面，问道。

“对！你说首长请她！”王鼎推拥着李全的身子说。

李全放开步子，向华静跟前奔去。

华静站在老树下面人群旁边的高处，向岸边被围着的梁波看望许久了，她想来看看他，还想和他谈谈。他来得那么突然，像乘着一阵大风从云端降临下来似的。她和他分别以后，已经两个多月，很怀念他，近几天更加怀念得厉害。在深深的怀念里梁波来了，她怎么不高兴得心跳呢？可是，在她走近他的时候，他却又转过头去和别人谈话，径直地走向河边。她看见他向她看了一眼，她和他的眼光已经接触在一条线上，而他竟由于匆忙没有认出她的面貌来。她和居民群众看望着刚刚奔驰而来的骑兵们，和居民群众有着相同的好奇心，但又有她特有的喜悦、惶惑、羞怯等等混杂的情绪。她望了一阵，觉得心跳得越来越激烈，脸部充满了血，连耳根子都发起热来。由于县委书记和她道别，谈了几句关于继续动员做木排的问题，她才镇静过来，恢复她的自然行色。

她的心催促她再一次地走到梁波的身边去，"作为一个地方工作者，也应该和军队的负责长官接谈一下呀！"可是，梁波的身边围着一大群人，怎么好挨挤进去呢？她正在犹疑，一个年轻的小战士向她的面前大步奔来，她猛然一惊，身子向后退了一步，朝旁边移让一下，这个年轻的小战士却直闯到她的跟前，气吁吁地大声叫喊道：

"同志，我们首长请你！"

华静的身子摇晃了一下，脸又红了。为着镇静自己，便随口问道：

"首长？"

"我们军部的首长！"李全大声地回答说。

应话的时候，脚步已经不由自主地移动起来，她跟着李全向河边急促地走着，李全走得很快，她也走得很快，一种难以言说的情感激动在她的心里，使她的脚步轻捷却又有些零乱。

到了梁波面前，惊喜过分的梁波也慌乱了手脚，一面连忙地站起身子向她伸出手来，一面大笑着说：

"是你呀！小华！"

梁波的热情洋溢的仪态、笑声和亲切的语言，使她忘了周围站满着不相识的干部和战士。她的手紧紧地抓住了他的手，机灵敏锐的眼光投射在他的精神焕发的脸上。

她也情不自禁地笑了，亮起她那发音清亮而又柔和的嗓子，似乎有点急迫地说：

"想不到是你！身体好吗？"

"身体总是好的，你呢？什么时候到了这里？"他笑哈哈地说，在她的身上打量着。

"我也好！来了半个月了。"她微笑着说。

人这么多，几十对眼睛望着她，谈些什么呢？她感到困难。她不怕他，她认为这个人没有丝毫引起别人畏惧、顾忌的地方，周围这些干部、战士的眼睛却威胁着她，使她不能谈笑自如。

"哟！神气得很啦！小华，武装起来干我们这一行啦！"梁波在她身上从头到脚地又打量一番，夸扬着高声地说。

"跟你们当学徒呀！"她羞怯地但是竭力大声地说。

"又打大仗啦！"

"听说了！"

"这一仗打下来，蒋介石就走下坡路啦！"

"我们一定支援你们！"

不远的地方忽然骚动起来，那边又来了一支队伍，面前的人群一窝蜂似的飞跑到那边去。

梁波和华静被抛在河岸上，这也恰好，他们——特别是华静感觉要有一个只是两个人对谈的机会。

"就走吗？"华静低声问道。

“就走！我要赶上前头的部队！”梁波回答说。

“这样急？”

“战争的胜负，常常决定于一个钟头，半个钟头，甚至是几分钟的时间。”他望望沙河的流水，皱一下眉梢，带着忧虑的神情继续说道：

“这条河！就怕事情误在这条河上！”

“会水吗？”

梁波摇摇头，拾起一块石子扔到水里，抖抖拳头说：

“拼命也得拼过去呀！乘木排子！”

刚刚到达的侦察营营长洪锋，跑到面前问道：

“就过吗？”

“就过！”

洪锋跑走开去，梁波紧跟着走向渡河点的木排子那边去，华静跟在他的身后。他走得很急，她跟得很紧，脚下的沙石，“嚓嚓”地响着、跳跃着。

“再想法子给我们多搞几个木排！后头的队伍还多得很咧！”梁波回过头来说。

华静赶上一步，走在梁波的并肩，气喘着说：

“县委书记、区长去搞了，伐树来不及，也没有什么树好伐，只好去动员下门板、拆房子！”

“对！山东人牺牲自己的精神，是没话说的！”

“刘团长、陈政委他们在这里，给我们帮助很大！”

“马家桥不打，你们不高兴吧？”

“有一点！”

“不要紧！这一仗打好，回来收拾这几个敌人！”

“真的那样，这里的群众就给你们烧香磕头了！”

“用不着！请我们吃几个小枣儿就行了！”

“打完仗，到这里来吃葡萄吧！”

“好啊！再会吧！”

说着，梁波已经走到渡河点，转过头来，仓促地向她告别。

梁波伸着手，华静却没有伸出手去，她的脸色忽地阴沉下来，眼睛望着脚下，踏着滩边的小石子，两只手扭在背后。

她的神态，立刻地感应到他的心里。他惶惑起来，仿佛做了一件对不起她的事情，他感到不安，他把一只脚搭在木排上，一只脚踏着沙滩，斜着身子，张大着眼睛，微皱着眉梢，呆呆地盯望着她。

有一副鹰一样眼睛的洪锋，看到他们两个人的这等神情，对身边的战士连连地摆摆手，低声地说：

“绳子拉好！等等！”

“松绳！”

梁波愣了一下，旋即下了命令，跳上了木排。

华静突然跳到水边，两脚站到水里，伸出她的手去，在梁波的手给她握着的时候，她趁劲跳上了木排。

“你上来干什么？”梁波问道。

“我也过去！”华静微笑着说。

“你还是……”

梁波的话还未说完，木排已经离开了河岸，颠簸着、摇晃着，顺着激流向对岸斜驶过去。

“大家坐好！”洪锋喊叫着说。

华静坐在梁波的身边，梁波紧拉着她的膀子，担心着她，她紧拉着梁波身上的皮带，担心着梁波歪到水里去。

木排破浪前进，木排两边有一二十个战士在水里沉下浮上地游着，保护着木排上的梁波和其他不会游水的人。

木排上的官兵们，下半身全在水里，伏着的，全身埋在水里，只把头露在上面。华静把枪上的练带系紧，枪，挂在胸前，脸色有些紧张，但又充满兴奋快乐的神情，漾着傻气的笑，迎着银色浪花的飞溅。

“当心啦！歪下去就喂鱼了！”梁波说道。是逗笑，又是对她的关切。

“这个河里没有鱼。”华静望着奔游着的那些马匹，微笑着说。

一堆浪花猛扑上来，水，漫过许多人的头顶。梁波和华静的头脸淋满了水，水珠在脸上、身上川流着。

有些人，连梁波也是一样，吃了一惊，沉下脸来。

华静却“咯咯咯咯”地笑着。

木排颠簸着越过了中流，它的前端搁上东岸的沙滩。

华静和梁波站在柔软的沙滩上。

“就跟这个木排再回去吧！”梁波轻声地说，又向她伸出告别的手。

华静的手又没有伸向梁波，它探进内衣胸前的衣袋里，摸出了那封信来(她很庆幸没有沾湿)，不知怎么的，探取那封信的时候，她很沉着、镇定，待拿到手里以后，却现出了惊慌，立刻涨红了脸，手也微微地发抖起来。

“是什么?”梁波轻声问道。

她正在想着什么，答不出话来。她现在的心里是怎样的一种情味，他是不理解的，只是茫然地望着她。

华静的身子沉重起来，两只脚深陷到虚沙里去。信，紧紧地捏在手里。抬头看看他，又低下头去，低下头去，又抬起头来看看他，她的心和手都在颤抖着。

梁波的马牵了过来，警卫员冯德桂牵着马，站在岸上呆望着他们。梁波正要转过身去，华静猛地把手里的信掷给了他。

“再见吧！”华静突然高声地说。

茫然的梁波感到一种突然的袭击，他的眼前闪耀着一道金光。他把那封信小心地塞进了还没有湿透的胸口上的衣袋里。

仿佛他已经洞悉到信里的秘密，感受到幸福似的，他的脸上出现了从未有过的含蕴着笑意的红晕。

“我走了！”梁波握着她的手，感情激动地大声地说。

“再会！”华静也大声地说，像那天深夜写好了这封信以后那样轻轻地笑着。

“听说你上了火线，那很好。可不能太莽撞呀！区委书记要掌握全面工作，带兵打仗不是区委书记的具体任务！……”梁波带笑地说。他的语气、神情，像上级首长对下级干部，又像兄长对待弟妹，也像爱人对待爱人似的，严肃、恳挚而又亲切。

华静笑笑，放开了梁波的手，跟着他走到岸上。

“上马吧！”华静扬着手说。

梁波走了几步，回头望望她，才跳上湿淋淋的马背。

走了，他扬起小树条儿，鞭策着他的花斑马，奔上了陡斜的蜿蜒的山道。

尘土高扬起来，直向东北角上隐隐的山岳地带卷去。

她独自地站在河岸上，向梁波的去向呆呆地望着，重叠的山阻隔了她的视线。不知是什么缘故，她的手又一次地探入到衣袋子里。“哎呀！”她发觉袋子里的信不在了，不禁微微地惊悸了一下。

“啊！是给了他了！”她心里又这样自言自语地说。

回到河西岸的时候，木排还没有靠拢岸边，她就纵脚跳上水滑的沙滩，径直地向区委的驻地陶峪走去。她的脚步走得异常轻快有力，她那昂扬的神情，和那天在火线上向敌人射出生平以来的第一颗枪弹的样子相仿佛。就要到来的巨大战役的胜利召唤着她，从梁波那里得来的一股热力，也强烈地激动着她。

她一走进村子，便立即投入到加紧赶做大量木排的工作热潮里面。

五六

沙河边上的天色傍近黄昏，灰黑的云突然遁去，西天边烧起一片彩霞。鱼白色的，淡青色的，橘红色的，紫色的，一层一层重叠着、环结着。其中有一条像是银色的带子，在缤纷的彩云里面显出耀眼的光辉。几只飞鸟翱翔在彩霞前面，得意地鸣叫着。

一心想立即渡河的石东根和战士们，又没有能够渡过去。

梁波要他们仍旧留守下来，等候军部到来的时候再过。

石东根心急气闷，把面前河岸边的碎石块，接连不断地朝水里扔，李全也跟着他扔着，仿佛要把沙河填平似的。

“什么飞兵前进？人家飞走了！我们爬还没爬一步！”

他气愤地说着，手里还是扔着碎石块，先是扔小的，后来连大块的也搬起来往河里扔。

军部、师部和其他的战斗部队，终于陆续地涌来。

队伍密密层层地拥塞在河边上。

河边又骚动、鼓噪起来。

许多人奔跑着，发狂似的把从刚到的队伍里走出来的、一个背着大背包挎着小皮包的战士，紧紧地围住，像是突然发生了惊奇的事件似的。

被围的战士简直动弹不得，他的两只手、膀子、头，以至全身，都不属于他自己了。这个拉手，那个扯衣服，还有的摸头牵耳朵，也有的把刚在水里洗过的冰冷的手，伸到他的热烫烫的脖子里去。他只是笑，在人群里打转。许多许多问话，他没法子从容地挨次回答，他的回答就是忍禁不住笑出来的眼泪。

他的身材不高，长得本就结实健壮，现在显得更是结实健壮，有一副刚毅顽强、但又敦厚的黑黑的脸，两只炯炯逼人的黑而大的眼珠。这时候，晚霞的光辉似乎特意地照耀着他，使他的脸上以至全身，都显得光彩焕发，精神饱满。

他是杨军。

“杨班长回来了——！”

“啊——！啊——！”

秦守本、张华峰、洪东才、李全，还有文化教员田原等等，高声地大叫起来。老战士们围上来，抱着、拉着他，不认识他的新战士们，也都拥聚到一起来。

人群像流水一般追逐着他，他挣扎般地挤出人群，走到他的连首长石东根和罗光跟前，把手掌举到额角上，端端正正、精神抖擞地敬着礼。

“好极了！给你赶上啦！”石东根使着全身的气力，握着杨军的手，喊口号似的叫着、跳着。

接着，他一把抱着杨军的脖子，把杨军紧紧地拥在自己的怀里，像是在吻着他的脸颊似的。

罗光从石东根的怀里，把杨军抢夺过去，他的两只手同时地拉住杨军的两只手，面对面，眼光对着眼光，笑声对着笑声，延续了好久好久。

“轮到我们过河了！”二排长林平跑来报告说，同时和杨军亲热地握着手。

石东根举起臂膀，大声地说：

“好！马上过去！”他转脸向围着的人群吆喝着：

“看新郎的！还是一个鼻子、两个眼睛，有什么好看？赶快去过河！当心不要喝水！”

“回到我们排里去吧！”林平把杨军拉到自己身边，向石东根要求着说。

“跟连部走！”石东根摆着手说。

“到那边再说！”罗光接着说。

连长、指导员走向渡河点去，杨军却给秦守本、张华峰拉走了。

这时候，他们什么话也来不及说，也想不出什么适当的话来说。

“伤口好了？”秦守本、张华峰只得同声地问着这句无须询问的话。

杨军点点头，说道：

“早好了！”

直到这个时候，杨军才有可能把他的背包从背上取下来。

背包一放到地上，他就急急忙忙地解着背包带子。

“马上过河，解它干什么？”张华峰问道。

杨军还是解开了背包，从里面拿出了两双新做的青布鞋子，一双大的放到张华峰面前，一双小些的给了秦守本。

“给了李尧一双，这两双给你们！没有好东西送你们！不晓得合不合脚？”杨军说着，重新捆着背包。

张华峰拿起鞋端详着，在脚底上比验着，秦守本却已经把鞋子套上了自己的脚，并且在地面上走了两步。

“这样合适！阿菊做的？”秦守本高兴得跳了起来，哈哈大笑地狂叫着。

“这还要问吗？”张华峰说，把鞋子压扁插到背包上。

“真想死我了！”秦守本抓住杨军的手，抖动着说。

“我早就想来，医院里不许可！你们都好？”杨军同时抱住他们两个，亲热地说。

“我们都好，你看，小秦长胖了！”张华峰说。

他们三个像亲兄亲弟一样，扭抱了一阵，然后就一股劲地跑到连队集合的地方。

晚霞还在吐着它的最后的光芒，河面上一片光彩，一片雷动的欢叫声在河面上和河的两岸荡漾着。

更大规模的飞行竞赛开始了。

秦守本的全身脱得精光，只穿一条短裤头，把枪、弹和一切东西交给了班里乘木排的同志们，就一头钻到水里去。

杨军正解着衣服，罗光拦禁了他，严厉地说：

“你不行！伤口刚好，跟我一起上木排！”

“伤口早好了，不碍事！”他拍着肩背说，歪过脱了衣服的肩背，把伤痕给罗光看着。

“我也不下去！这样的河，我要游还游不过去！”

罗光硬把杨军拉上了木排。

石东根跳了下去，林平跳了下去，王茂生跳了下去，张华峰早在水面上漂着了。

会水善游的杨军，却被罗光好意地剥夺了下水的权利，他望着波浪里滔滔滚滚的群鸥一样的同志们，羡慕极了，心里真是痒得难受。好像又是一个伟大的战斗没有参加得上似的，苦恼着脸，用不愉快的、但又感激的眼色望着罗光。

木排离开沙滩，先在水边的浅滩晃了几晃，然后就进入深水，踏上急流，像一只飞艇在空中疾驶，又像一只山鹰从山崖上斜翅猛扑下来。

大批木排，大群战马，大浪大浪的人，黑压压地奔腾在急泻狂流的浑浊的水面上。

“木排子翻掉了——！军部的木排子沉下去了——！”

突然，两岸有人惶急地呼唤起来，其他的木排上也有人撕裂着喉咙呼喊着。紧接着，就有不少的人从岸上、木排上慌乱地跳到水里，朝在中流沉没下去的官兵身边飞游急泳。

一个最大的木排，驶到中流的时候，触上了河心的礁石，木排翻转了身子，木排上的二十多个人，全部卷没到水里。他们大多是不会游水的人，不能自主地在波涛里冒上、沉下，遭受着波涛的冲打袭击。

其中的一个人是军长沈振新。

他不会游水，水，打击他、欺侮他。他的生命在波浪里挣扎着。

在这危急的一刹那间，杨军甩掉身上的背包和小皮包，像一只勇猛的海豹，不顾一切地跳入到狂涛里面。他迎着巨浪，在下游的地方逆流上扑，两只敏锐的眼睛，在水面上猎视着在水波里失去自主的人们。他的两手如同两把船桨，急速地划动着，两条腿使着所有的力气，把水波向后拍击。在一个浪头卷裹着一个人的身躯向他摔掼过来的时候,他认出那是军长沈振新。于是他奋力地钻入到浪头下面,张开两臂,使足了气力,接住了被摔掼过来的沈振新的沉重的身躯。他立即托起沈振新的沉重的头来,背负着沈振新的沉重的身子,像一匹马载荷着骑士一样,踏着大步向前疾驰。他终于喘哮着游到东岸,把沉重的身躯驮上沙滩,让被救的沈振新在沙滩上头低脚高地俯卧着,排挤着腹中的河水。

沈振新的脊背上给杨军轻轻地捶击了一阵以后,吐出几口沙河浑浊的黄水。过了一会儿,他平定了喘息,转过身来,睁开水湿胀痛的眼睛来一看,便一把抓住了杨军的臂膀,像在水里得救的时候那样抓住他一样,紧紧地,用力地。

“是你! 小杨!”他吃力地叫道。

“是我,军长!”杨军说,扶着沈振新缓缓地坐起来。

“你伤好回来了!”

“好了! 回来了!”

沈振新渐渐地恢复了常态,但是脸色苍白,心胸里还很难过,不住地打嗝,胃里也不住地泛漾出一口半口浑浊的水来。

“我来了好几天了,没有见到军长。信,交给李尧了。”杨军一边扶着军长缓缓地走着,一边说道。

“看到了。”

“黎医生她很好?”

“唔!”

军长的警卫员汤成给洪水吞没,另一个警卫员李尧保全了自己的生命和身上背着的望远镜、皮包。他浑身沾遍泥水,惶急地奔来。

乘另一个木排过来的黄达、胡克、姚月琴他们,也都奔到沈振新的身边来。

“是你？杨军！”李尧感激地惊叫了一声。他和杨军共同地扶着沈振新发着颤抖的身子。

“去找衣服来！”杨军对李尧说，像命令似的。

过了一会儿，沈振新换了衣服，睡上担架，身上盖着毯子。

“小汤呢？”沈振新躺在担架上问李尧道。

“我没有抓得住他，好几个人也没有救得起来！”李尧悲痛地低声说。

沈振新惊讶地望着李尧，从担架上下来，大声问道：

“淹死了？”

“唔！”李尧流着眼泪，应了一声。

沈振新站在岸边，向河面上望了许久，懊丧地问黄达道：

“就是小汤一个？”

“别的全都救上来了！”黄达回答说。

沈振新悲伤地叹息着，又接连吐了两口黄水。

“你躺下来吧！”姚月琴拉住他的膀子说，又把他拉着躺到担架上去。

“见鬼！多少年没有睡过这个东西！叫人抬着走！”沈振新苦恼地说。

杨军水湿的身子，还是站在他的旁边，卫护着他。

“回连里去！打七十四师！消灭这个敌人！报仇！”

沈振新对杨军激励着说，他又一次地抓住杨军的臂膀。

队伍纷纷攘攘地走上了征途。

天黑了，高空悬着无数的星灯。大队大队的人马在苍茫的夜色里飞奔前进。

后面还在渡河的叫嚷声，响荡在初夏的夜空里。

杨军回到连里，随在连长和指导员的后面，疾步劲走地向着死敌七十四师被围攻的地方，迎接他所渴望的新的战斗。

使他快慰的，是他一到前方，就立即打了一个胜利的水上的战斗。

“真是一手好水！像一条水龙！”

“不是他，军长还危险哩！”

“你们晓得他是什么人啦？”

“嘿嘿！出名的战斗英雄杨军！”

杨军从纷纷称赞他的人的身边擦了过去。

“就是他！”有人指着他的背影大声地说。

五七

队伍比沙河的激流还要汹涌，在这个星光灿烂的夜晚，进入了山峦重叠、奇峰高耸的沂蒙山区。

山，越走越深，越走越高越陡。脚下，全是陡险的羊肠狭道，而战士们的步伐，却越走越快。

真是飞的一般，两条腿像轮子一样向前急滚，上山滚得快，下山滚得更快，两只臂膀只是前后拨动，不是翅膀是什么呢？谁也不知道什么叫做疲倦，谁也不甘落后一步。像最怕走山路的张德来吧，枪、子弹、干粮袋、米袋、背包，还有手榴弹和洋瓷碗、水壶等等，统统背在自己的身上，不但不用班长秦守本或者别的同志给他负担，而且还倒转过来争着分担班长秦守本身上的东西。

班长秦守本下了两次水，肚子痛，一连吃了两包“人丹”还没有止住。但他还是自己背负着所有的东西，拒绝了张德来和别的同志的帮助。

“不要紧！走走，出身汗就好了！”

他把已经给张德来夺去的步枪，又夺回到自己的肩上，一边快走，一边说道。

一切牢骚、怪话顿然绝迹。

叽叽喳喳的，谈谈说说的，是即将到来的战斗。

“文化教员，七十四师给围在什么崮？红娘崮？《西厢记》里的红娘到过这个山头上？”安兆丰有意说笑着问道。

好些人“格格嘿嘿”地笑起来，笑声和脚下碎石块滚动的声音相仿佛。

“叫孟良崮！”田原说了一句，又立即回过头去，仍旧和背着照相机的新闻记者夏方并肩走着，低声地谈着歌曲的事情。

“这个名字好！梦娘崮！张灵甫梦见他的爹娘亡故了！”秦守本按着肚腹大叫着说。

这一下，笑声更多了，连走在他们后面的别的连队的同志们也哄笑起来。

田原在哼着歌曲，没有纠正他的误解。罗光一边向前走，一边高声地叫着：

“不是梦见爹呀娘的‘梦娘’！是《辕门斩子》里焦赞、孟良的‘孟良’！真是瞎三话四！”最后一句，他是用上海话说的。

安兆丰一开口就是戏文，他在黑暗里扮作鬼脸，前句用青衣嗓子，后句用老生嗓子，仿照京戏道白的腔调，但又夹杂滑稽的味道说：

“指导员在虎头崮演的是《宇宙锋》里的青衣，到孟良崮么，又反串老生,演起《辕门斩子》里怕儿媳妇的杨六郎来了!……"

笑啊!有的笑得几乎给石块绊倒,有的笑得身子无力,抓住前面同志的背包,有的笑得走不动路,背包撞到后面同志的脸上,有的笑得嘴里的小烟袋掉落到山坡下面,在去拾起它来的时候,还是笑着。秦守本则是拼命地捧着他的隐隐作痛的肚子笑着。

待大家笑了一阵以后,罗光咳了一声,打起京戏里武生嗓子,响亮地喊叫着:

"不是《辕门斩子》,是孟良崮刀斩张灵甫!"

跟着这句话,路上讨论会开始了:

"打死的好,还是活捉的好?"

"活捉的好!"

"不!打死的好!留他那条狗命干什么?"

"活捉的好!捉到以后问问他:'为什么打内战?为什么进攻解放区?'还要问……"

"这要问蒋介石!"

"那就问问张灵甫,你还神气不神气?还威风不威风?"

"捉了以后放不放回去?"

"诸葛亮七擒孟获。放他回去!再来,再捉住他!"

"我不同意,绝对不同意,别的人都好放,张灵甫绝对不能放!他在涟水打死、打伤我们多少人!苏团长就是给他们打死的!杨班长身上的伤疤,也是七十四师的炮弹打的!"

"对!不放!一千个不放!一万个不放!"

路上的讨论很热烈,争先恐后地抢着发言,洋溢的情绪像面前的山峰似的越来越高,话语里充满着仇恨和愤怒。坚决主张不放的有张华峰、秦守本等等一些人。

“赞成捉住张灵甫不放的，举手！”秦守本狂喊了一声。

除去一个人以外，凡是听到他的声音的，有的举起手来，有的举起枪来，连石东根、罗光、杨军、李全都举起了手，正在交谈着的田原和夏方，嘴里还在说话，也跟着大伙高高地举着手。

一个没举手的是张德来。

“你不举手，主张放了他？”周凤山不满意地问道。

张德来阴沉着脸，气愤愤地吼叫着：

“谁说我主张放的？”

“那你为什么不举手？”

“我主张打死的！”张德来挥着粗大的拳头，气狠狠地说。

张德来的愤怒的声音，压盖了所有的声音，一路谈话不停的田原和夏方也不谈了，许多人伸头探颈吃惊地望着他。他的一对大眼，在朦胧的夜色里发着紫光。

“连个放牛的小孩子都给他们飞机打死，我们不打死他们？我们煎饼小米吃不了？”

张德来激动的怒火燃烧的语言，感染着所有的人。谁也不再说话。人们听到的声音，只是越来越快的脚步声和越来越响的脚下碎石块彼此碰击、摩擦的“喀喳喀喳”声。

离开部队半年多的杨军，在刚刚回来的这个夜晚，见到熟识的和不熟识的同志们一路上这么快乐和这等激愤，听到这些诙谐的和豪放的语言，他的心里生起了十分惊奇的感觉，获得了深刻入骨的印象。半年来后方医院的生活，使他养成了善于感触和言语稀少、喜欢沉思的习惯。他觉得张华峰不同了，比过去坚强、老练得多。秦守本有了更多更明显的变化，他活跃得很，看来班长当得挺能胜任，战士们服他，也爱他，他和同志们的感情是很融洽的。许多新战士，杨军连他们的脸还没有认清，姓名一个也不知道，他们那股欢快的情绪，强烈的战斗要求，对敌人的仇恨，都使他觉得部队的生气勃勃，有一种英雄豪迈的气概。他觉得自己落后了，生疏了，他开始感到不安、惶恐，以至悔恨自己负了伤，和部队脱离的时间过久。连队的人数多了，山上山下一长串子像一个小营似的，比涟水战役的时候，似乎要多上一倍。

他一走到队列里来就留心地数点过，机枪是九挺，比过去多了三挺。他的眼睛早就留神在武器上，全连队的枪，一律一式，鲜明透亮。班长、排长身上全是汤姆式枪，指导员、连长的驳壳枪，显然是调换过了。罗光在木排上察看自己的枪是不是浸了水的时候，杨军就留心地看到，那是二十发连放的快慢机，乌亮得像一块簇新的深蓝色的缎子。连长的，那就不用说了。通讯员李全身上背的，不是从前那支满是烂斑的小马枪了，而是一支新的卡宾枪。就是炊事班吧，过去只有一个担子、两个破箩筐，一出发，一个破箩筐里是一只“”响的油桶，一个破箩筐里是刀呀、勺子之类杂七杂八的东西。现在，有了两只大行军锅，住到哪里，用不着像从前那样，往往要找上三四个人家，在这家烧饭，在那家烧菜，又在另一家烧汤、烧水了。虽然是在夜晚的星光下面，他仍然可以明显地看得出来，队伍比过去整齐雄壮得多。半年以前，同志们的背包是五颜六色奇形怪状的，有的横背，有的竖背，还有的挂在肩膀上。现在是一色的灰毯子，打的样式一样，大小相仿：长方形，背包带子扎成“井”字形，全是竖背，全是紧紧地贴在脊背上。服装不是灰布的了，一律是草绿色的，和春天田野的色彩一样娇嫩美观。说到今晚的行军吧！走得这么快，简直是脚板不沾地似的。杨军本是个最能走长路，惯于山地急行军的人，想不到，在他背后的小鬼李全，半小时以前，却竟然对他说道："杨班长！走不动，背包给我！"

杨军从入伍的那一天起，就从来没有在行军的时候，让他的背包和一切负荷离开过自己的身子，他自然不会让李全替他负担什么。可是李全的这句话，却比一个背包要沉重得多地压到了他的身上。他感到不但是李全一个人，而是全连的人，都比过去也比他杨军更加壮实了。

他爱他所在的这个连队，现在是更心爱了。

杨军的兴奋的脸上，同时挂着忧虑。这个一向是自信心极其坚强的英雄战士，在行军途中的这个时刻，竟然对自己发生了怀疑："我还能不能再当好一个班长呢？我能在新的战斗里跟得上别的同志吗？"

走了好几个钟头的路，他没有说什么话，除去连长和指导员问到后方的情形，问到营长黄弼的情形，他回答了几句以外。

他默默地走着，默默地思虑着。

"连长，我们队伍跟从前不一样了。"在途中休息的时候，他挨在石东根的身边，轻声地说。

"对！新兵多，老兵少，模范不多'麻烦'[1]不少！"石东根滚瓜似的顺口地说。

"比从前强了！"

"还没有下过炉，是钢是铁，是泥是土，要看这一仗打得怎么样。"

"行军很快，情绪真高！"

"休整了两个多月，吃得又肥又胖，情绪当然高！"

听了石东根这几句顺口说笑的话，杨军笑着说：

---

① "麻烦"是"模范"的谐音名词，是戏语。

“连长,你也变了!”

“我变成了什么?”石东根问道。

“变成了乌龟!”罗光在一旁冷着脸说。

石东根猛地扑向罗光,罗光身子一闪,滑走了。

杨军接下去说:

“连长你比从前爱说笑话了!”

“小杨,听说你老婆生得很漂亮! 名字叫什么? 叫甜米粥?”

杨军说他爱说笑话,他就把笑话说到杨军的身上来。

“叫钱阿菊!”秦守本在很远的地方递过话来,大声地笑着。

“不开玩笑吧! 连长!”杨军抓住石东根的膀子,窘迫地说。

“杨嫂子舍得放你上前方来吗?”李全龇着白牙讪笑着说。

杨军一把勒住李全的手腕,李全皱着眉毛歪着嘴巴,不要命地狂叫着:“哎哟——! 吃不消! 吃不消!”

杨军松了手,笑着说:“小鬼,也比从前调皮了!”

指导员罗光把杨军拉到身边,紧握着杨军的手,低声地亲切地说:“杨军,你怎么有点不大快活? 你家里的事情,我听说了。不要难过! 要快活起来! 我们在莱芜战役里打了大胜仗,军首长命名我们四班、六班为‘英雄班’,这一回,再把七十四师揪倒,立个大功,嘿! 那就功上加功,封上加封! 同志哥呀! 说不定还弄到个‘英雄排’、‘英雄连’的称号哩!”

“我那支枪呢?”杨军问道。

“还想拿步枪?”石东根递过话来。

“嗯! 号码是八七三七七三。”杨军字字清楚地说。

“好记性! 在六班副班长王茂生手里,他是神枪手! 你用不着拿步枪了!”石东根说。

“连长，指导员，我落后了！”

“不说这种话，小杨！”石东根抓住杨军的手，在杨军的手心拍了一掌，继续地说：

“你是我们连里的老骨干！回来带着大家干！打张灵甫，你是英雄！不要泄气！”

“对！杨军！拿出劲头来！”罗光又拍拍他的肩膀说。

队伍又前进了。炮声清晰地从东南方向迎面传来，像是强烈的兴奋剂，使大家的脚步更加矫健、更加轻松了。

杨军的呼吸和大家的呼吸连接起来，跟着大家哼着文化教员刚刚编好的歌曲：

端起愤怒的刺刀，
刀刀血染红！
射出仇恨的子弹，
打进敌胸！
人民战士个个是英雄，
飞跨沂蒙山万重。
打上孟良崮，活捉张灵甫，
消灭七十四师立奇功！
红旗插上最高峰！
红旗插上最高峰！

田原哼一句，大家跟着哼一句。战士们在今天晚上显出了异样的音乐才能，不久以后，大家便能够齐声地哼唱起来。低唱的歌声竟是那么雄壮、有力！那么悲愤、激昂！这支歌显示着英雄的气概，充满着无限的胜利信心，发自战士们长久以来的心愿，也体现了战士们迫切的战斗要求。

歌声，深深地激动着杨军，他感到自己是身在前方，身在战场上了。他觉得替苏国英团长，替许多同志，替他的惨遭杀害的父亲和不知是死是活的母亲，杀敌报仇的日子是真的到来了。

他暗暗地揉揉泪湿的眼睛，突然地冲前两步，对石东根和罗光急迫地说："快点分配我的工作吧！"

连长、指导员正要说话，一阵越来越近的滚鼓似的炮声，奔袭过来，紧接着，是急水奔泻一般的枪声，在不远的山谷里爆响起来。

"跑步！一个跟一个！"

队伍，像上阵冲锋似的加速飞奔，向着前面，向着敌人！

第十四章

五八

经过六个半小时的长途山地急行军，刘胜、陈坚率领的两个营，在十点半钟到达了垛庄。庄上驻的敌军七十四师一个辎重连，在十五分钟的时间内，被赶到前头的军的侦察营歼灭了。在副军长梁波的直接指挥下，部队在占领这个要点，补上了我军合围的缺口以后，刘胜、陈坚团的队伍又一口气前进五公里，击溃了敌人的两个连，抢占了二四〇高地。恰巧部队刚刚占领了二四〇高地，脚步还没有站稳，就碰上敌人试探性地突围部队闯了过来。“什么人?”我军战士一声吆喝，随即展开了猛烈的火力射击，出于敌人的意外，他们“此路不通”了，他们试探性地突围部队，遭到迎头痛击，跌跌爬爬地逃了回去。

如果这支从鲁南敌后插翅飞来的队伍，不是十点多钟占领垛庄，并且接着攻占二四〇高地，而是在十二点钟或者更迟一些完成这个战斗任务，这个敌人——七十四师，就完全可能逃出人民解放军的包围，那么，我军就丧失了这一次聚歼敌人的战机。现在的形势是这样:蒋介石的整编七十四师，从敌人第一线主力八个师的整体上，被人民解放军锋利的刀子剜割出来，装进了袋子，原来可以透气冒头的袋口，给紧紧地封扎住了。

就是说，敌人从此失去了他们唯一的突围逃生的道路。

后续部队在夜半以后到拂晓之前洪水一样地涌到垛庄地区，和楔入在敌人夹缝里的南北桃墟一线的友邻部队，结成了坚强的滴水不漏的包围线。

围歼七十四师的激烈的战斗，就在眼前。

这个敌人，不同于莱芜战役里的新编三十六师、四十六军和七十三军，那些是蒋介石的一等二等的精锐部队，这是七十四师，这是蒋介石的特等精锐部队，这是“天之骄子”，最大的一张王牌，是五大主力的头一个。据说，这个七十四师从来没有打过败仗。师长张灵甫，也不同于李仙洲他们，他是蒋介石的心腹、嫡系，是蒋介石手下最出色的一个“常胜将军”。

深夜的枪声没有能够侵入张灵甫的梦境，他睡得很酣沉。沂蒙山的初夏之夜，吹拂着沁凉的山风，他的身上盖着美国出产的青灰色的羊毛毯子，两只手交叉着，按着平静的胸口，打着均匀的重重的鼾声。

参谋长董耀宗是个细心谨慎的人，接到垛庄和二四〇高地失守的告急电话以后，曾经感到一点惊慌，但他没有去惊动他的主管长官。在轻轻摇晃着的烛光下面，他看到师长张灵甫的脸色是安详的，仍旧呈现着这些日子以来的那种自得自豪的神态。

“不要大惊小怪的！明天再说吧！”

他用抑制着的最低的声音，回了五十一旅旅长的电话。他在张灵甫的屋里缓缓地徘徊几步，就回到自己的住处入睡了。

清晨，天气晴朗，恬静无云的高空，飞机成群结队地展翅飞来，在张灵甫听来，飞机的“嗡嗡嗒嗒”声，比爵士音乐还更优美，一听到它，他的脚步就要起舞。他起得身来，走出屋子，深深地吸进了两口沂蒙山的朝气，便信步地向山头上走去。他的左腿是受过伤的，走起来有些吃力，但他还是撑持着他的象牙抓手的乌木手杖，喘息着向上爬着。他和这里的山发生了感情，昨天早晨和傍晚，他接连地上过两个山头，面前的孟良崮，他已经上去过一次，现在，他还要再上一次。他觉得这个山峰的长相很怪，怪得像一个莫大的碾盘。对整个的山来说，这个碾盘一样的崮是山峰，矗立在云端里，崮的本身却又是一块平原，有些地方生长着一些浅草，西北角上的一处，很像他的南京公馆里的那个草坪。自然，它不及公馆草坪那么平坦，上面有些凸起的石块。依他设想，孟良崮顶上，可以排上一个团的步兵，同时设置上八门到十二门榴弹炮，可以俯瞰射击敌人，敌人即使生了翅膀，也极难攻得上来。这个想法，在他的脑子里闪动过，但它没有停留到一分钟就迅速消逝了。他认为这样的打算是完全不必要的，实际上，战争绝不会发展到这个地步。还使他感到有趣的，是孟良崮的山势陡险，两面是悬崖绝壁，悬崖绝壁的隙缝里竟伸出几棵小小的马尾松来，像伞似的。另外两面，一面是个陡坡，陡坡下面是一条屋脊似的山岭；一面是比较平坦的斜坡，坡上有一条隐隐的极少有人走过的小路，路两边是犬牙交错的石块，石块和石块中间，生长着一些野草杂木。

他的勤务兵，牵着他最喜爱的四匹马当中的那匹酱黄色的一号马，跟在他的后面，在看到他走得吃力的时候问道：

“骑马吗？”

他没有回答，撑着手杖，沿着斜坡走了上去，并且拒绝随从副官和勤务兵的搀扶，登上了孟良崮。

不久，董耀宗骑着马缓缓走来。因为师长没有骑马登上崮顶，他也就在坡腰下了马，一步一步喘息着向上爬行。到底是比师长大了几岁，由于两个勤务兵的扶架，他才上得崮顶，走到张灵甫的身边。

“甫公！你的身体真是健康！”董耀宗气吁吁地说。

张灵甫点点头，眼睛向四周环视着。

他的身材魁梧，生一副大长方脸，嘴巴阔大，肌肤呈着紫檀色。因为没有蓄发，脑袋显得特别大，眼珠发着绿里带黄的颜色，放射着使他的部属不寒而栗的凶光。从他的全身、全相综合起来看，使人觉得他有些蠢笨而又阴险可怕，是一个国民党军队有气派的典型军官。

他傲然地俯瞰环视了一阵以后，用手杖指画着说：

“这是个很好的战场！你看！你看！”

他的声音粗哑，肩膀张得很阔，参谋长和他身边所有的人的眼睛，紧跟着他的手杖头子旋转着。

“唔！是好！多好的战场呀！”董耀宗摇头晃脑地连声地说。

一阵晨风袭来，张灵甫的身子微微地抖了一下，随从副官从勤务兵手里拿过一件绿色的美国的茄克来，披到他的身上。

“风大，下去吧！”随从副官的声音听来像哭似的，在风里颤动着。

张灵甫右眼角下面的一块肥肉，和随从副官的声音同时地颤动一下，仍旧站在原处。风，把他身上的绿茄克吹落下来，随从副官随又拾起来，抖抖（其实，它并没有沾上泥土），又披到他的背上。

“立马沂蒙第一峰，立马沂蒙第一峰……”

董耀宗咬文嚼字地沉吟着，眯缝着他那鼠样的眼睛，斜视着张灵甫，仿佛是说：

“甫公，我这个诗句怎样？”

张灵甫点点肥硕发光的脑袋，笑笑，大声说道：

“好！仗打完以后，把你这句诗刻到下面的陡壁上！”

“那要由你挥毫题名。”董耀宗说着，谄媚地笑了起来，笑容在两个眼角上停留了好久好久。

飞机越来越多，凶猛地向山谷里俯冲下去，打着机枪，漫山遍野地扔着炸弹，紧接着，响起了密集的雷样的炮声。

张灵甫举起特大的望远镜，瞭望着。

烟柱迅速腾起，有一两处村庄现出熊熊的火光。

“不消灭他们，也要驱逐他们！让陈毅、粟裕知道厉害！”董耀宗吸着雪茄烟，张目倒眉地说。

“绝不是驱逐他们！驱逐他们到胶东三角地区，迫使他们过黄河，是第二、第三个方案，是中策、下策，是最不得已的方案。要实现第一个方案，彻底地毁灭他们！解决山东战局！让共产党知道我的厉害！让杜鲁门[①]相信我们的力量强大！”

张灵甫的手杖在孟良崮的黑石块上敲击着，手杖的铜头和石块发出“哒哒哒哒”的响声。他的说话声几乎是嘶喊着的，像是对他的部属颁发战令，又像是对坐在南京的蒋介石效忠的宣誓，同时，又像是对山下的解放军发出警告似的。

过了几分钟，张灵甫眼里的凶光向群山又瞥了一下，再一次地显露了他那俯瞰尘寰的自豪的气概以后，下了崮顶，带着满怀兴奋的心情，回到坡腰下面的屋子里。

喘息稍稍平定以后，董耀宗沉思了好久，终于怯怯地说：“昨天夜里，你睡着了，五十一旅陈旅长……”

“怎么样？”张灵甫不介意地问道。

“垛庄一线，敌人来了增援部队。”

张灵甫的脸色稍稍沉了一下，旋即又恢复了正常。

---

① 杜鲁门系当时的美国总统。

“也没有什么，不沉着，辎重连的骡马丢了几匹。”董耀宗又补充说。

张灵甫突然站起身来，看着壁上的地图说：

“好！好！这一仗打成了！我担心的是他们不敢应战，他们来了，那就正中下怀！他们只当我是条好吃的鱼，可不知道鱼刺会卡住他们的喉咙！”他越说越是得意，越想越是兴致勃勃，接下去，他提高了声调说：

“耀宗兄！胡宗南拿了个延安，那有什么味道？空城一座！战争，最重要的是消灭敌人的实力！我们跟共产党打了二十年，不明智之处，就是得城得地的观念太重，不注意扑灭敌人的力量。共产党的战法是实力战，我们也要以实力对付实力，以强大的实力扑灭他们弱小的实力。”

董耀宗仰望着对方精神振奋的神态，喷着青烟赞叹着说：“甫公的眼光是锐利的！见地卓绝！”

“再不改变方针、战法，是危险的！这一番，我要创造一个惊人的奇迹。我们是第一号主力，我不做榜样，谁做榜样？谁又配做榜样？谁又有资格创造奇迹？”

“这当然是责无旁贷、义不容辞。不过，……”

董耀宗的话被张灵甫的手势打断。

“不过什么呢？我的部队，是钢铁的队伍！是打不烂、斩不断的。平原战，打过，山地战，也打过！兵强马壮，火力充足，怕什么？”张灵甫的眉毛直竖起来，高声地嚷叫着。

稍稍停顿一下以后，他走到参谋长身边，声调转低，拍着参谋长的肩头说：

“你的为人，忠心保国，对我，情深意厚，是我常常跟你说的。

可是你忧虑多于乐观，深思但是缺乏果断！”

“我忧虑的是——”

“是什么？”

“我们的外线部队二兵团、三兵团，特别是我们一兵团的三纵队七师、四十八师，他们桂系的部队，是不是真心诚意地与我们密切合作。”董耀宗又走到地图边去，顺手拿过张灵甫的手杖指画着说：

“现在的形势是：我们这个师，以孟良崮为核心，拉住了敌人的手脚，敌人在我们的四周，敌人的外围又是我们的友军，形势是非常非常好的。问题的关键在于我们的友军，不在我们。他们能跟我们同心协力，从外向里攻，我们再从里朝外攻，敌人就处在夹攻当中，奇迹就必然出现，战局就大可乐观。否则，我们的处境，……前途……就……”

关于“否则”的下文，他已经想到，但他避讳了它，没有表达在语言上，只用他的低沉的声音作了透露。他深知他的主管官张灵甫是忌讳一切不祥不吉的字眼的。

“立刻报告兵团汤司令！不！立刻报告南京国防部！”

张灵甫的厚嘴唇抖动着命令道。

董耀宗立刻提起两条瘦长腿，急匆匆地跑到隔壁的屋子里，站到报话机的旁边，对报话员说：

“立刻！立刻要南京国防部！”

五九

张灵甫抓着手杖，在屋子里缓缓地徘徊着。

殷勤的随从副官给他冲了一杯糖分很重的牛奶，拿了一些饼干和蛋糕,放在墙边一张不大洁净的桌子上。

他喝了一口温热的牛奶,手向随从副官摆了摆。随从副官和勤务兵们轻脚快步地走了出去。

他拿过刚刚送来的昨夜的作战记录,瞧着,然后,眯缝着眼睛坐到床沿上。

又喝了一口牛奶,仿佛觉得有些苦味似的,咋咋舌头,放一块饼干到嘴里,缓缓地嚼着。饼干不脆了,粘牙,于是,又喝了一口牛奶,漱了漱,把粘在牙上的饼屑冲涮到喉咙里去。——这样吃食的动作,张灵甫是很少有的,和他那大嚼大咽的习惯正相违反。他自己知道,他有了心事。

在任何人面前,在任何时候和任何场合,他都显示着他有着饱满的乐观情绪,有着豪迈的气度和坚强的自信;就是当着他的妻子、儿女的面前,也是这样。这是他这位中将师长受到同僚和部属赞佩、信服、崇仰的特质。他的同僚们、部属们常常这样说:

“我们师长的气色、风度,就是七十四师的灵魂,就是天下无敌的标志。”

这种说法,没有谁反对过和怀疑过,张灵甫也自当无愧。为了保持这个灵魂和标志的尊严,他的脸色从来就严峻得像一片青石一样,他的眼光总是仰视或者平视,走路,哪怕是坐在吉普车里,也是挺直宽阔的胸脯,昂起光秃的脑袋,显出威严的令人畏惧的神态。就是那根手杖吧,在别人手里,常常是拖着或是用力地撑持着地面,他则总是把它当作指挥棍或者当作帮助他的语言表达思想的工具,绝不使人感到他是因为走路的艰难才需要它的。

只有在他单身独处四旁无人的时候,他才会稍稍地表现出内心的某些忧虑和苦恼来。——这几乎是一个秘密,不但他的参谋长、随从副官没有察觉得到，就是他家里所有的人也没有看出来过。

现在，参谋长站在隔壁屋里的报话机旁边，和他们的国防部长陈诚通着无线电话，随从副官和勤务兵出去了，屋子里只有他一个人。

他沉思着。

阳光在门外显现出来，屋子里发着光亮。张灵甫面容上的愁丝，在光亮下面渐渐地明显起来。孟良崮高峰上的晨风向他扑来的时候，他的身子也不过微微地抖了一下，现在，坐在阳光照耀的屋子里，反而不由得抖索起来，有着寒冷的感觉。

他想到他和他的七十四师的当前处境，是在沂蒙山的重重环抱之中，周围是他的对手——共产党的第三野战军的主力部队。他的心头突然惊悸地跳了一阵，仿佛是单身进入深山遇到猛虎似的。他又想到，在共产党军队的外围，是李宗仁、白崇禧的广西军，杂牌的四川军、东北军。他们的心，他们的战斗勇气，……他轻轻地摇了摇肥大而沉重的脑袋。越想，他越是拦禁不住地想到了令人懊恼的莱芜战役，想到了李仙洲的七个师突围被歼的不幸遭遇。突围，他觉得是最可怕的，也是最愚蠢的举动。昨夜，他已经作了试探，参谋长和作战记录已经明白地告诉他，作为后门的垛庄已被堵死，二四〇高地已被敌人占领。他的眼睛向墙壁上的地图瞟了一下，那正是不能失掉而现在已经失掉的一条通路的关口。其他几个方向，他的部队早已和敌人面对面，开始了激战。眼前的命运怎样呢？你死我活，还是我死你活，是非拼不可了。他把他的肥黑的大手连连地翻了几次，一会儿手心向上，一会儿又手心朝下，仿佛是看看指纹筋脉瞧相算命似的。

“怎么会想到这些的呢?”他心里向自己发问道。

他从床沿上站起来,大步地走到门外,把不久以前抛开的“立马沂蒙第一峰”的憧憬追了回来,仰起头来,望着崇高阔大的孟良崮,心里起誓一般地说:

“好吧！拼战一场吧!”

董耀宗从隔壁的屋里走出来,神情紧张地告诉他说,国防部长陈诚要和他亲自说话,他便急步地走到隔壁屋里,站到报话机旁边去。

他向对方报名问好以后,就一直地站立着,以一种越来越振奋的姿态,听着对方的声音。

屋子里所有人的眼睛,都集中到他的脸色上。他的脸色支配着所有人的心情,吸引着所有人的目光,使所有的人都进入了胜利在握的、喜悦的、乐观的、兴奋的境界里。

他用连续的鼻音、不住地点头和淡淡的笑声,应诺着对方的说话,在他的感觉里,对方吐出的每一个字音都是有力量的,有坚强的胜利信念的,是信任他、鼓舞他的。

“开花！我这朵花是要大开特开的!”在听完了陈诚口授的机宜以后,张灵甫高声地喊叫道。

他的声音发出强大的煽动力,使参谋长惊讶得目瞪口呆,使副官张大了嘴巴,发出无声的大笑,使屋子里所有的人,向他投射了尊敬的兴奋的眼色。

陈诚所说的和张灵甫的见地完全一样。张灵甫回到自己的屋子里以后,善观气色的董耀宗跟着进来,嘴角上现着笑容,露出黑牙根子说:

“好吧！来一次惊人大举！消灭陈毅、粟裕所部,就有了东南半壁！”

刚才的带有悲观意味的想头，从脑子里驱除出去了。张灵甫把手杖抓在手里，不停地摇荡着，重声地咳了两下，把冷了的牛奶一口气喝了下去，大嚼大咽地吃起早点来。

陈诚用坚定的声音，明白地告诉张灵甫说：

“这一战役的结果只有一个，那就是我们的辉煌胜利！……陈毅、粟裕所部已经落入预设的圈套，注定了灭亡的命运。……一个多月以前，我们的胜利在西北，攻下了共产党的首府延安。一个多月以后的现在，我们的胜利在东南，在你们的脚下。……总裁、委座对这个战役抱有无限的希望。……我已经下了最最严格的命令，命令外线部队不顾一切地同你们密切呼应，你们也要不顾一切地同他们密切配合，来一个内外夹攻，尽歼顽敌！……你们，要中心开花！实行开花战术！你们，七十四师，是总裁、委座最亲信最卓越的铁军。灵甫！奇迹，由你双手创造！……祝贺你！一定成功！一定胜利！”

几分钟以后，张灵甫精神焕发地向他所属的各个旅长，颁发了坚守现有阵地、待令总攻的命令。

不久，徐州前线指挥所发来的一份电报，使他分外地惊喜起来。他把看过的电报朝桌子上一扔，几乎是吼啸一般地说：

“是我手下的残兵败将！”

参谋长拿过电报来，慌忙得连老花眼镜也来不及戴上，就把电报远伸到膝盖上，抖抖索索地看着。

“好！不是仇人不见面，不是冤家不碰头！”董耀宗大声地说。

电报告诉张灵甫说，据鲁南某部可靠的情报，沈振新部一个军，昨晚渡过沙河，星夜向沂蒙山区猛进。

“情报怕是可靠的。嘿，就是来得慢了一点。昨晚到垛庄一线，占二四〇高地的，可能就是这个部队。”董耀宗看过电报，走到地图跟前，哼着鼻音说。

“那就好极了！好极了！”张灵甫张起稀疏的黄眉，击着手掌，像刚才一样地吼叫道。

参谋长跟着他击着手掌，烟黄色的脸上也出现了兴奋的表情。但是，他的做作显得很不自然，使善于掩饰内心活动的张灵甫，一眼就看得出来。从今天早晨起，直到现在的两三个小时以内，他的语调总是低沉、微弱、带着颤音，现在的笑颜，分明是外加上去的。

“你有什么心事放不开吗？”张灵甫突然问道。

“没有！没有！”董耀宗急忙地回答说。

“你的早点还没有吃？”

“我太兴奋了！太兴奋了！一兴奋，我就废寝忘餐！这，甫公，你是知道的！”

“唔！你是忠于党国的人！”

“我有心事，是不会避讳你的！”

“战争的胜负，决定于不拔不移的最高的自信！”

“这，我绝无疑问！”为了掩饰，也为了使张灵甫绝无疑问，董耀宗改用他的悲音接着说：

“半个月前，我接到我的儿子从华盛顿来信，说他病得很沉重。”

“是吗？我看得出，你有心事。”张灵甫冷冷地说。

“绝不是关于战争、关于局势方面的！”

“我绝对信任你！你去查问一下，打个电话给仁杰①，他在五十

---

① “仁杰”即蔡仁杰，是七十四师副师长，在这次战役中为我军击毙。

一旅，昨夜占二四〇高地，到达垛庄一线的，是什么部队？是不是在涟水给我们消灭过的那个部队？军长可叫沈振新？”

董耀宗走了出去。

张灵甫又给自己制造了一个独自沉思、展开内心活动的机会。

大半年以前，在涟水城外淤河滩作战的影子，渐渐地在他的脑子里明显起来。

那是深秋时节，他记得，他的部队集结在淮阴、王营一线。

第一次向涟水进攻，他没有得手，伤亡了三千五百个官兵，受到了多年来少有的一次挫折。半个多月以后，又举行了第二次进攻，夺得了涟水城，敌人被击败，他宣告胜利。但是，他的官兵又伤亡了四千多个。两次交锋的主要敌手，都是沈振新的那个军。——那个敌人，是勇猛的，经得起打的。他深深知道，他的敌人叫他付出了重大的代价，才获得一座空无所有的涟水城。

他想起了他的儿子一般的营长张小甫，他因为负重伤被俘。

他在四个多月以前，接到过张小甫化名写的一封信，张小甫发誓地告诉他说：“我的心是不会变的。”这时候，张小甫的影子，在他的眼前晃动了一下，他刚从沉思里抬起头来，张小甫的影子却又立即消逝了。

他的身子不禁微微地哆嗦起来，仿佛又有一阵寒风侵袭了他。

他的思潮又回转到眼前的形势方面来。

“第三次交手吧！”他默默地自语着。

他在屋子里咬着牙根走动着。当日头掀开一片灰云大放光芒的时候，他却忽然觉得眼前有些昏黑，心跳得厉害，有一片恐惧的黑影，蒙到了心上。

他感到简直是从来没有过的慌乱和不安。

幸而董耀宗的脚步走得很重，使他来得及恢复他的脸色，把慌乱、不安和恐惧驱除开去，换上他那坚定、乐观、自信的神情。

“要他们查去了！蔡副师长、陈旅长都在阵地上，电话没有接通。”董耀宗告诉他说。

“要他们把捉到的俘虏送来！”张灵甫命令道。

董耀宗稍稍愣了一下，扬扬瘦骨嶙峋的手，走近一步说：

“要捉到俘虏那得在战斗展开以后。昨天夜里，只是小接触。”

张灵甫把手杖在地上敲着，突然又兴奋地说道：

“这个敌人是不可怕的！”

“唔！是的！其他的敌人同样是不可怕的！”董耀宗应和着，语调昂扬地说。

六〇

下晚，张灵甫骑着他的三号马——浅灰色的蒙古马，视察了几个阵地，满意地回到师指挥部所在地以后，作战处的一个参谋向他报告说，前方部队在二四〇高地附近捉到了一个俘虏。

张灵甫的身子很是疲劳，想休息一下。听到这个报告，他又振奋起来，两条眉毛竖立到脑角上，挥着手杖，大声地说：

“马上带来！马上！”

“在路上，马上就押到！”参谋回答说。

参谋去了，在参谋的背后，张灵甫的手杖继续地挥动着，继续地响荡着他那有些嗄哑的声音：

“这才是我的部队！这才是七十四师！”

半个小时以后，一个俘虏被押到张灵甫的面前。

这个俘虏，长长的身材，长方脸，三十四五岁的年纪，嘴巴长得很尖，上唇上翘，有两个微微发绿的眼珠，发着闪闪的亮光，面部的血色是充溢的。不胖，但也不算过瘦。脑盖上有个铜圆大的伤疤，左眼眉缺了半截，那里也有个疤。他站在张灵甫面前，两只长手下垂着，低着头，看着地面。在张灵甫的铁青的脸色前面，他的身子打着战抖，站不稳当的腿脚，不住地缓缓移动。张灵甫是以一种骄傲的兴奋的心情迎接这个俘虏的。现在，俘虏到了他的眼前，他却呆愣住了，他却哑口无言地坐在一张破椅子上，连手里的手杖也不知道挥动了，仿佛服了烈性的麻醉剂，失去了知觉似的。

“是共产党放你回来的？是你，自己逃回来的？”

站在一旁的董耀宗低声地问道，终于打破了屋子里沉郁、重浊、僵死的气氛。

俘虏的眼睛朝董耀宗怯怯地瞥了一眼，以更低的声音回答说：

“我……我自己……逃回来的！”

这个俘虏，现在不是俘虏，六七个月以前，他做过人民解放军的俘虏。他曾经是七十四师的少校营长，他就是在涟水被俘的那个张灵甫的部属张小甫。

张灵甫喜爱这个对他崇拜的人，也想念着这个人，但现在这个人来到面前站立了五分钟之久，他竟没有说出一句话来。在这个时候，张小甫竟然说是逃回来的，他不相信。

“谁叫你们把这个畜生带到这里来的？”张灵甫朝着随从副官、勤务兵他们暴怒地责骂道。

“不是师长命令带来的？”随从副官嗫嚅地说。

“我命令你们把俘虏带来，他是什么俘虏？他是共产党的俘虏！他是在火线上向共产党投降的！”张灵甫在屋子里咆哮着，凶焰逼人的眼睛,气怒得顿时涨红起来,手杖敲击着桌子,桌上的茶壶、茶杯翻倒了,残余的茶和牛奶从桌缝里滴流下来。

随从副官见到师长这等少有的暴怒,慌忙地把张小甫带向外面去。

"把他身上搜查一下!"张灵甫命令道。

"他不是那等人!身上还会有武器?"随从副官回过头来,苦着脸说,带着张小甫走了出去。

"你知道!你知道!你知道他的心是红的是白的?你知道他没有赤化?"张灵甫跟在后面喊叫道。

张灵甫在屋里恼怒气闷了一阵,身子感到很不舒服,躺在床铺上懊恨地长吁了一声。

随从副官轻轻地走到他的跟前,颤声地问道:

"做几个水波蛋来吃?"

张灵甫轻轻地摇摇脑袋。

"小甫想见见你,说有话想跟师长谈谈。"随从副官靠在他的耳边低声地说。

张灵甫没有表示什么,眼睛微微地闭上。机灵的随从副官随即走了出去。他熟悉地知道师长的习惯:当你向他提出要求他不表示不同意的时候,就是同意的表示。

"还是跟他谈谈,从他那里也许能知道一些敌人的情况。"董耀宗走到张灵甫的面前说。

"他不会是逃出来的,定是共产党的诡计。"张灵甫肯定地说。

董耀宗沉愣一下,点点头,说道:

"我看,小甫这个人不至于信仰共产党的主张。"

"很难说,知人知面不知心!李仙洲还不是发了通电反对内战？海竞强还不是要共产党的电台广播了他的家信?”

张灵甫说着又站起身来,怒气又渐渐地浮到他的紫檀色的脸上。

董耀宗见到师长又恼怒起来,便没再说话,默默地站在门边,向远处茫然地望着。

张小甫又被带了进来,站立在师长张灵甫的面前。

“你做了俘虏,还有脸见我?”张灵甫抑制着恼怒斥责道。手杖在张小甫看着的地面上,连连地敲击着。

“我受了重伤,不得已。”张小甫自觉无愧地说。

“是共产党派你回来策反的!”张灵甫断定不疑地说。

董耀宗、随从副官和张小甫一齐惊讶地望着他。

“是共产党要你回来进行活动的！你可以再回到他们那里去！你告诉他们,我是打不败的！他们想打败我,是做梦！我不是李仙洲,我不是李华堂、谢文东①！我的队伍是铁打的！钢铸的！想把我打败,把七十四师打败,是蚂蚁想搬动泰山!”

张小甫有些震动、恐惧,身子不住地摇晃,他竭力地保持着镇定,张灵甫的这种姿态,他是熟悉的,要大怒大骂一场,他是估计到的。他倚到墙壁上,头还是低垂着。

“我效忠师长,我效忠七十四师,心是不变的!”隔了好一会儿,张小甫才抬起头来,平缓地恳切地表白说。

“我不要你效忠！我要打死你!”

张灵甫举起手杖,满脸怒气地叫着。由于董耀宗的拦阻,手杖打上了墙壁。张小甫没有闪避,仍旧低着头站在那里。

---

① 李华堂是蒋匪军第一集团军上将总司令,谢文东是第五集团军上将总司令。二人均在东北战场为人民解放军所俘。

“来人！带走！关起他来！”

勤务兵把张小甫带了出去。

“他受伤被俘，有情可原。”董耀宗轻声地说。

张灵甫怒气未消，紫色的脸变得铁青。

一个小时以后，张灵甫的随从副官来到张小甫被囚禁的小屋子里。他带来两包香烟，一盒火柴，四个罐头和一些糕饼，放到张小甫面前，拉住张小甫的手说：

“师长的为人，你是知道的。你，忠心耿耿，师长也是知道的。他发你的脾气，是一个长官的威严，是教训你，也是教训部下。你不要难过，不要误解师长的好心！”

“这个，我知道。师长叫我活，我不敢死，师长叫我死，我不敢活！这些东西，你带回去吧！”张小甫喃喃地说，把香烟、罐头等等推送到随从副官的身边。

“师长面上气你，心里欢喜你。许多许多人被俘变了心，连李仙洲那样的副司令长官都投降了共产党，你，还是自己跑回来，师长心里能不高兴？这两包烟，是我送你的，罐头，是……”

随从副官朝门外望望，有个卫兵站着，便压低声音说：

“罐头、饼干，是师长要我送给你的。他把部下的每个人都看成是自己的儿子一样，这，你也是知道的。”

张小甫揉揉泪湿的眼，紧紧地握着随从副官的手。

“我担心，形势不好！”

“我也担心！陷在共产党几十万人的包围圈里！这一回战事，唉！”随从副官叹息着说。

“你告诉师长，他要我怎样我就怎样。”

“真是他们放你回来的？”

张小甫微微地点点脑袋，接着又惶惧地把脑袋摇了摇。

“你告诉我！你我是把兄把弟，什么话不好说？我还会害你？”

“我想跟师长详细谈谈，他简直不容我开口！”

“昨天夜里，我听到他说梦话。”

“梦话？说的什么？”

“没听清楚。总之，他这两天心情不好。你知道的，他这个人没有心事不发怒。今天，他骂了你，发了一顿脾气，昨天，平白无故地骂我，也发了好大的一顿脾气。他是长官，骂一顿，打一场，还不就挨挨算了！长官对下级还有不打不骂的？”

“唉——！”

“我真担心！也许不至于怎么样。老头子[①]这一回下了最大的决心，也许会把共产党消灭了的。”

张小甫沉闷了好久，没有作声。随从副官吸着烟，同时替张小甫燃着了烟。烟雾在闭塞的小石头屋子里回绕着。

张小甫犹疑了好一大阵，终于把他回来的实情——得到华东解放军负责人的同意，回来劝说张灵甫放下武器，和平解决战事，一一告诉了师长的随从副官。说后，他恐惧地问随从副官道：

“师长不会杀我吧？”

“我不告诉他，现在还不能跟他说，他在气头上。放下武器，他不会肯的！”随从副官低沉地说。

“要我死，我就死吧！”

“不会！他要杀你，我陪你死！”

说着，天黑下来。

炮声突然地爆响起来，有几颗炮弹落在庄子附近和面前的山

---

① 国民党里的人们，照青洪帮的习惯，称呼蒋介石叫“老头子”。

坡上，浓烟烈焰立刻升腾起来。

这是张灵甫指挥部门前第一次出现的现象。

村庄里外骚动起来，很多人叫嚷着、奔跑着。有两匹马挣脱了缰绳，跑进田野，跑到山坡上、山沟里，马夫们跟在后面追逐着、喊叫着。

张灵甫拿着手杖，站在门里向炮烟突起的地方张望着，一个不祥的灰色的形状古怪的影子，在他的脑子里晃动起来，他脸上的肌肉禁不住地抖动一下，为了驱除古怪的影子，他把帽檐用力地朝下拉拉，并且重重地咳嗽一声。

“不要难过，小甫！在这里休息休息！”

随从副官说了，又握握张小甫的手。在又一颗炮弹在村口爆炸以后，他便慌张地离开了囚禁张小甫的小石屋子。

六一

这天夜半以后，张灵甫从五十八旅的阵地先罗山、王山庄、铁窝一线视察回来，精神的振奋，达到了几天以来、也是长久以来所没有过的程度。他卸下肩上的茄克，解开衣扣，抓起桌上的一本活页簿子，当作扇子在脸前急速地摇动着，把随从副官调给他的一杯牛奶咖啡，一口气喝了下去。

“再来一杯！”他把杯子掷到随从副官手里。

“早点休息吧！吃多了……”随从副官望着摊好毯子、被单的床铺对他说。

“不睡了！太兴奋！”他大声地说。

他认为今天一天和夜晚的战斗，打得十分满意。五十一旅占

领的水塘崮、杨家寨一线，五十七旅占领的艾山和艾山以东的高地，重山和重山以南的高地，经过整天半夜的战斗，只失去两个不重要的小高地和一个村庄，五十八旅占领的马牧池、先罗山、盘山一线阵地，屹然未动。八十三师占领的万泉山下面的两个村庄失落敌手，主阵地万泉山还在自己手里。这使他特别感到高兴，不能打的八十三师，编到他的作战纵队里来，在他的指挥下面，就变得坚强起来。他觉得战斗打得越来越对他有利，敌人靠近到身边来，给他牢牢地吸引住了。他确信：到一定时机，来一个总攻击，便可以全部地击灭敌人。参谋长和他所担忧的第二、三、四三个纵队，七师、四十八师、二十五师、二十八师、五十七师、六十五师他们，据刚接到的电话说，在昨今两天，也都有不小的进展。从越来越近的炮声判明，他们的动作还是积极的。

他在屋里走了几步，用手指头弹去烧焦了的烛芯，使烛光更明亮地照在他的精神焕发的脸上。以孟良崮为中心歼灭华东共产党军队的时机，已经迫在眉睫。——他这样想着、断定着。

他兴冲冲地走到隔壁通话室里，连续地向第一兵团汤恩伯总司令、南京国防部陈诚部长，愉快地报告了今天的战况。最后，他在无线电话里向汤恩伯、陈诚高声地说：

“请转陈总裁、委座，请放心，灵甫绝对不辱使命！战局完全乐观！”

他回到自己屋里，又喝了一杯浓稠的牛奶咖啡。

“参谋长呢？”他舔舔嘴唇问道。

“睡了。”随从副官回答说。

他走到参谋长董耀宗门口，从门缝里看到屋里有亮，便推门进去，没有睡熟的董耀宗，给他沉重的脚步声惊醒，立刻爬起身来，形色有些慌张地问道：

“还没休息？有什么事吗？”

“刚回来。没有什么。”

张灵甫站定下来，豪放地继续说：

“我打算明天中午发起全面攻击，时机成熟了。”

董耀宗觉得张灵甫下定这个决心有些突然，借着穿衣着鞋的动作，低头想了一想，然后语调低沉地缓慢地说：

“明天中午……汤总司令的意图怎么样？”

“已经报告他了。他还不是看我的决心行事？我们应当主动，掌握局势，控制战机！依我看，敌人刚刚在泰安打过一仗，兵力疲惫，今天一天一夜没有大动，两次攻击万泉山都没有得手。据八十三师李师长报告，敌人至少伤亡三千之众。五十八旅的阵地前沿，敌人整天没有动作。卢信报告，敌人有撤退的趋势。……”张灵甫说到这里，拍拍董耀宗的肩膀，嗓音提高起来，把手杖在桌腿上重重地敲打几下，继续说道：

“用兵贵在不失时机，二次世界大战，日本人袭击珍珠港，就是不失时机，美国在诺曼底登陆，也是不失时机，……我们也要不失时机，一鼓而下，发起全线总攻击！”

他仿佛进入了美妙的梦境一般，脸上现出了少有的笑容，骄傲、欢乐、胜利的预感从他的内心深处迸发出来，使得参谋长董耀宗抑制不住地跟着他发出了笑声。

“那得把李师长和三个旅长找来，严密地部署一下。”董耀宗踱了两步说。

“对！要他们拂晓以前到达这里！”张灵甫点着脑袋说。

董耀宗立即走出去，叫参谋处向八十三师师长和三个旅长发出举行紧急会议的通知。

留在屋里的张灵甫,发现董耀宗枕边放着一封写好没有发出的信,随手拾起看看,是董耀宗写给他妻子亲拆的分量很重的家书。

“他真的是挂念家事!”

张灵甫哼声地说了一句,把信放回到枕边去。

他走回到自己屋里,刚坐下来,电话铃就急迫地响起来。随从副官问明对方是五十八旅旅长卢信,把话筒递给他。

从电话里,他听到令他惊愕的消息:八十三师的主要阵地万泉山失守了。

“真的吗?我不信!”张灵甫向对方说。

“乱得很!队伍纷纷地朝我的阵地撤退,跟我的部队发生误会,互相打起来。我们一个营长给他们打死,他们一个团长被我们捉来了!”

“捉得好,我要枪毙他!”张灵甫气怒地叫着。接着,他低声问道:“你们那里怎么样?敌人还是没有动静?”

“我们没问题!小接触!把八十三师调开去吧!在这里碍手碍脚!下面吵着要消灭他们!”

“你找到他们师长,说是我的命令,要他们马上打回去,给我把万泉山拿回来!不拿回来,我就按军法军纪处置!把那个团长教训一下,放回去!要他戴罪立功!……怎么?……解到我这里?……好吧!马上解得来!”

张灵甫重重地放下话筒,脸像一块紫猪肝那样难看。肥大的身体忽地瘫软下来,光秃的脑袋蒸出了发亮的汗珠,两道眉毛颤动着,眼里喷着火星似的,直瞪着满是龟纹的石块墙。

“还是七十四师！只有七十四师！别的，一切队伍都是豆腐渣！都是草包！”

他手指弹着膝盖，自豪地说着，禁不住地“嘿嘿”地笑了两声。

随从副官打了个热腾腾的手巾把儿递给他，跟着他气恼地说：

“那些美国武器给八十三师他们用，多可惜！”

董耀宗急匆匆地走进来，摊开手掌说：

“糟啦！糟啦！”

张灵甫没有作声，只把眉头轻轻地抬一抬，瞥了董耀宗一眼。董耀宗见到师长声色不动，镇静如常，声音放低下来说：

“八十三师叫不通，有线电话、无线电话都喊不应！”

“叫不应等一会再叫！”张灵甫坦然地说。

“就怕万泉山……”董耀宗忧虑地说。

“我就打算他们守不住的！叫他们跟敌人拼拼斗斗，双方对消对消也好。”张灵甫冷笑着说，喝了一口温开水，抖动着交叠起来的两条粗腿。

董耀宗领悟到师长的意思：不牺牲别人，自己怎么会强大起来？别的队伍不打败仗，怎能显得自己的队伍是常胜之师？想到这一点，董耀宗便冷静下来，他的嘴角上很自然地现出来一丝会心的微笑。

“明天的攻势……？”过了一会儿，他轻声问道。

“你去睡吧！万泉山，我已经严令八十三师马上收复回来！”

张灵甫沉静地说。

董耀宗抑制着惊讶的神情问道：

“万泉山失掉了？”

“不关重要的阵地！”他说着，向董耀宗摇摇手。

惶惑的董耀宗沉愣了一阵,才轻脚慢步地走出了屋子。

张灵甫的心情难禁地沉重起来,明天发动总攻击的计划,像一盏明亮的灯火给万泉山失守的一阵风扑灭了。但他没有绝望,他想再擦着一根火柴,把明灯重新燃起。他确实有这样的想法:丢了万泉山未必就是恶兆。敌人越靠近身边,就越方便把敌人击灭。战争这个玩意,本来就是一种特别的赌博。跟共产党军队作战,就更加要有重本求利大注猛掷的勇气。二十年来,不就是这么一部战史么?自然,他也无法避免地这样想到:这一注掷下去,必须赢个满彩,“只许胜利,不许失败!”蒋介石早就告诫过他。想到这一点,他又不能不有点心惊肉跳、惶惶惑惑了。

他看看表,时间已到三点半钟,离天明不远了。他想睡睡,两杯咖啡兴奋着他,万泉山失守的事件烦恼着他,猛然而起的炮声、枪声更加惊扰着他。他走到屋后的山脚下面,逆着风向听着火线上送来的“轰轰隆隆”、“格格嗒嗒”的密集的声音。他听辨得出,枪炮声最猛烈的地方,正是万泉山方向。“是他们在夺回万泉山”,他判断着。他仰脸望望上空,上空黑漆漆的,像要落雨似的,他暗暗地笑起来,他希望落一场大雨,暴雨倾盆的气候下面,敌人的攻击就困难得多。占据高地的他的部队缺乏饮水的问题,也可以得到解决。这样,他就能够争取到较多的时间,让外线部队靠紧一些,更有把握地击灭敌人。他看到在黑空里的孟良崮高峰巍峨地屹立在万山丛里,信心便又加强起来,因为他很自然地联想到他的七十四师,正和孟良崮高峰一样,巍峨屹立,气概雄伟,任何力量永远也打它不倒。他信步地绕道走到村边转角的地方,聚神一看,一个小小的石屋子门口,倒卧着一个把枪杆抱在怀里的哨兵。

“这是什么人住的?”他向身边的随从副官问道。

"小甫。"随从副官告诉他说。

他踢踢那个哨兵，哨兵把头朝衣领里面缩缩，还是沉沉地睡着。

"叫他起来！"他对勤务兵说。

勤务兵猛地一脚下去，哨兵突然惊醒，急忙跳起身来，懵懵懂懂地凶狠地吆喝道：

"什么人？"

哨兵一面吆喝，一面拉动枪机，把子弹顶上枪膛，做出准备射击的姿势。

"不要乱动！是师长！"勤务兵冲上去抓住哨兵的臂膀说。

哨兵慌忙地持好枪，打起精神来，站在小屋门口，两只眼睛在黑暗里恐惧地望着张灵甫。张灵甫有些恼怒，很想把这个不尽职的哨兵责训一顿.在他看来，在哨位上睡觉的现象，对他的军威是一种亵渎。但他正在想着别的什么，只把手杖扬了一下喝令道：

"走开！不要站在这里！"

心机灵快的随从副官认为师长解除了张小甫的囚禁，随即对呆如木鸡的哨兵说：

"回去！这里的哨撤掉！"

哨兵像犯罪得到恩赦似的，大步地跑了开去。

在勤务兵用电棒照亮下面，张灵甫伸头向屋里望了一眼，他的目光，恰好和刚被门外说话声惊醒的张小甫的目光，交接在一条线上。他看到张小甫的眼边仿佛在流着眼泪，回过头来，又听到张小甫一声沉重的叹息。

"把他带到我那里来！"

他向随从副官低声地说，走回自己的屋子。

张小甫来到他的屋子里，靠着墙壁站着，正像从前当营长的时候见到师长的那个样子，严肃、但又有些拘谨。

张灵甫轻轻地挥挥手杖，随从副官带好门，和勤务兵走了出去。

他比上午端详得仔细，看到了张小甫头上和眼角上的伤疤，微微地惊动一下，同时，他又发现张小甫比过去胖了一点，脸上气色正常，肌肉丰腴，不像是当了大半年俘虏遭受苦难的样子。

他沉默了许久，才指着张小甫身边的凳子，要张小甫坐下来，张小甫解除了紧张的心情，但还是正直地坐在师长面前，等候师长说些什么。

“你的伤是他们给你医好的?”张灵甫问道。

“是的。”张小甫回答说。

“你应当自杀！不应当要共产党给你医治!”张灵甫半闭着眼睛说。

张小甫没有羞辱的感觉，坦率地说：

“我想到过自杀。”

“又为什么不自杀?”

“死，我不怕！死了，我就回不到师长身边!”

“我要你回来做什么？我缺少你这样的一个人，就当不成将军，打不败共产党?”

“师长栽培我，提拔我，恩情不能不报。死了，恩情未报我良心不安。”

“你有良心，就不该降顺共产党!”

“我是重伤被俘。”

“你的心给共产党染红了。你参加了共产党!”

“没有！我从来没有想到过，共产党也绝不会要我。”

“他们不会要你，那倒是真的！你没想到过参加共产党，怕不一定！……你想回来提我的首级去报效共产党！”

“我绝不是忘恩负义的人！”

“他们对你很好！给你医治伤口，让你吃得肥肥胖胖的！”

“共产党对我……”

“共产党对你比我对你的恩情重，救了你的命是不是？……你信仰共产主义是不是？你还说你的心没有变？”

张小甫沉默着。在张灵甫连续诘问之下，他感到难于开口辩解。

张灵甫的态度跟上半天不同，话说得那么尖刻，阴险凶狠，神态却很冷静、沉着，一直没有动怒，仿佛戏讪似的，不时地在话语的间隙里夹杂着不冷不热的笑声。大概是越来越猛的炮声激动了他，他突然站起身来，因为发现面前有人坐着，又立刻坐了下去，做出比先前更为沉静的神态，用更和缓的语调说：

“我没有什么地方需要你！就是共产党派你回来搞阴谋活动，我也不在乎。你能把我的部队拉走，你就拉走吧！你既然是我的旧部，我这个人施恩不图报效，对人但求仁至义尽，在我这里，有饭给你吃。你想回到共产党那里吃高粱煎饼，吞山芋叶子，啃树皮，我也不留你！”

他扬扬手，叫张小甫出去。张小甫感到受了过分的委屈，脸色阴沉，眼角上滴着泪珠，张着泪眼望着张灵甫，依旧坐在那里。

电话铃吵叫起来，张灵甫走到电话机前面。

电话里的声音急迫慌乱，他的眉头禁不住地锁皱起来，背向着张小甫连声问道：

“啊？啊？什么？……东孤峰，……水塘崮，杨家寨放弃？……啊？”听完五十一旅旅长的报告以后，他又放低声音，神色泰然地向对方说：

“不要慌张！让敌人深入！丢掉的山头赶快给我拿回来！兵力集中，不要过于分散！……我在孟良崮！”

他喝了一杯热茶，在屋里踱了两步，又向张小甫问道：

“他们的计划怎么样？想下海，想过黄河？”

张小甫摇摇头。

“真打算跟我决战？……想在我身上发横财？把我当李仙洲？”

张小甫又摇摇头。

“我不知道。”他眨眨眼睛说。

“连他们的意图、计划你都替他们瞒住我？你回来干什么？是真的回来对付我的？”

张小甫觉得说话的时机到了。他从张灵甫对电话筒说的话，惊愕的神情，故作镇静的姿态，对他说话的全部内容，透视到这位将军的内心，掩藏着对于当前局势，对于七十四师以及将军自己的命运的惊惶、恐惧。他自己倒了一杯茶，喝下去，从容地恳切地说：

“我是自己要求得到他们同意才回来的，我不隐瞒师长。我认为内战不应该再打下去。八年抗日战争刚刚结束，现在，又打内战！为内战牺牲人命，百姓受苦。我没有死，为打内战而死，不值得。……我担心师长，担心七十四师两万多人！……莱芜战役，五六万人被俘的被俘，死的死，伤的伤，泰安二战，七十二师全部给人家消灭掉。……眼前这一仗，不知又是什么结果！路上，山沟里，麦田里，尽是死尸，有的受了伤没人问，倒在山沟里。战争！我害怕！厌恶！这样的战争有什么意义！对民族有什么好处！我没有别的话说，师长的前途，七十四师的前途，请师长想想，考虑考虑！”

张小甫哭了起来，泪像泉水样地滴落下来，低着头，两手蒙着脸，他的悲惨伤痛的声音，充塞在小屋子里。张灵甫仿佛受到了感染似的，叹息了一声，许久没有说话，呆呆地斜坐在破椅子上。这种行色，是他近来不曾有过的。在他的感觉里，张小甫确是忠实于他的，在这一点上，张小甫的心确是没有变。但在另一方面，张小甫的心变了，变得使他感到可怕。张小甫跟几个月前完全不同，变成了悲观的厌战反战的人，变成了对他和七十四师的这支王牌军队完全失去信心的人。他觉得头晕眼花，活生生的张小甫，竟然在一转眼间，幻化成一个黑洞洞的鬼影，在他的眼前跳跃起来。张小甫痛哭流涕的声音，像无数的针刺一般，扎到他的肌肉里，他的身子感到麻木，禁不住地哆嗦了一下。万泉山、东孤峰、五十一旅的几个山头相继失去，敌人的攻击贴近到身边来，……这些征候，确实使他感到逐渐明显的威胁和恐惧，他的心头上也就跟着蒙上了一层暗影。但是，他的本能、幻想、骄傲感、顽固的自信等等，像炉底的燃料一样在他的心底继续燃烧，还在给他热力，支持着他，又像命运的魔王似的，怂恿着支配着他不甘在现实面前低头屈服。于是他又震怒起来，他感到受了不可容忍的羞辱，满脸火辣猩红，突然地敲击着手杖，喊叫着：

“滚出去！我不怕牺牲！我要战到底！我不要你去替我求和！我不会死！我要征服共产党！”

他举起手杖，咬着牙根，猛力地朝张小甫的身上打去。不知是由于他的气力已经衰竭，还是对张小甫存有什么希望，或是别的什么缘故，他的手杖举得很高，用力很猛，落下去却是很轻，而张小甫仿佛看透了张灵甫内心的种种隐秘似的，还像今天早晨一样，没有怎么躲让，身子倚在墙上，任他打着。

随从副官、勤务兵奔了进来，把肩上挨了不轻不重的两杖的张小甫拉开，带了出去。

“唉！——”张小甫怨愤地沉重地叹息一声。

屋里的烛光给张灵甫掀起的风威扑灭，茶杯、水瓶等等跌碎在地上，纸片飞满一地，破椅子翻倒在墙角上。

“关他起来！把他铐起来！”他嘶喊着命令道。

像故意激怒他，跟他作对似的，电话铃又急迫地响起来。

炮弹连续地落到门前的山沟里，腾起冲天的烟雾，爆起雷样的轰响。

他的力气仿佛已经用尽，沉重地躺倒在床铺上，扪着喘息未定的胸口，闭上两只充血的隐隐刺痛的眼睛。

他没有接听电话，任它“当当当当”地吵叫着。

第十五章

六二

太阳刚刚落下西山的谷口，炮声又“隆隆”地轰响起来。人民解放军的铁锤，向被缚在袋囊里的七十四师开始了猛烈的打击。

炮弹张起翅膀，从四面八方的阵地上飞向高空，又从高空扑向各个山头、崮顶、谷里、崖边的七十四师的据守点。它们首先发出战马嘶鸣般的、深山虎啸般的嗥叫，然后炸裂开来，再发出山摇地动的怒吼，矗起腾空的烟柱，吐出嫣红的火舌。

敌人的地堡群跳舞了，毁灭了。石块、泥土、铁丝网、鹿寨被炸得粉碎、狂飞。

敌人们在弥漫的黑烟里、熊熊的火光里，四处奔窜，有的和石块、泥土同时粉碎，有的摔跌到陡峭的山崖下面。

“好啊——！”

“我们的大炮发脾气了——！”

“我们的大炮呀——！”

“打得好准啦——！”

攻击部队的阵地上、山头上、村庄上爆发出欢呼的声浪。

太阳的残辉给惊天动地的爆响吓退了，天空的星星给吓得不住地打着颤抖，惊惶地眨着眼睛。

敌人举行了还击。

双方的炮弹在空中交流对射，撕裂着沂蒙山夜晚的大气，散播着浓重的火药味。

战斗的前奏曲——炮战在激烈地进行着。

这正是步兵准备出击的时候。

二排副排长丁仁友被调到另一个连当排长，接替他职务的杨军，率领着秦守本班和洪东才班，隐伏在敌人据守的三八五高地下面的一条峡沟里和排长林平率领的张华峰班所在的左翼的斜坡，形成一把老虎钳子。准备向三八五高地上的敌人实行夹击，夺取这个高地，消灭这股敌人。

“你还怕炮吗？”杨军想起涟水战役的时候，秦守本听到敌人的炮响，蜷缩在掩蔽部里的神情，笑着问秦守本道。

“不怕了！早就不怕了！”

“现在，挨到敌人怕我们的炮了！”杨军狠狠地说。他不由得摸摸自己背上的伤疤。

“什么时候，我们有飞机，就更好了！”张德来自言自语地说。

“迟早我们也会有的！”秦守本拍拍张德来，说。

“飞机有什么用？总不能到地下来跟我拼刺刀！”安兆丰递过一句话来。

又是两颗连发的炮弹击中三八五高地上的大地堡，一些碎石块像飞沙一样地撒落下去，打到敌人身边，石块碰着石块，炸起一簇火花，飞舞在敌人的眼前。

“你们看！你们看！”周凤山低声地叫着。

所有人的眼睛，仰看着两百多米前面的高地。

高地上的鹿寨着了火，敌人在火光里像丧魂失魄的一群老鼠，乱奔乱窜,发出隐隐约约可以听到的嚎叫声。

李全提着卡宾枪,躬着腰,提轻脚步,从背后急迫地跑来,向林平和杨军传达连长石东根的命令说:

“连长命令,马上出击!”

于是,在又有两颗炮弹从顶空飞向三八五高地的时候,这个排的三个突击班就一齐冲了出去,直逼面前的高地。他们在炮弹炸响的声浪里,接近到高地的咽喉——一个小山包子底下。敌人发觉了,机关枪、步枪的子弹密集地扫射下来,在他们的耳边、头顶上面、脊背上面穿擦过去,像惶急的流星似的。秦守本带着机枪射手周凤山冲到最前面。周凤山把机枪架在小山包的尖端上,和敌人对击着。秦守本自己则紧紧地伏在一块大石头后面,弯曲着身子,打着步枪。

这时候,杨军带着洪东才班,绕到小山包右边的一个缺口里,占据了一个给炮火摧毁了的敌人的破地堡,逼近到敌人的身边,向攻击秦守本班的敌人展开火力攻击。敌人的火力又立即掉过身来,集中地射向破地堡旁边的洪东才班。这样,秦守本和周凤山便在敌人火力转移的当口,冲上三八五高地的边沿。跟着,王茂生带着班里的人接了上去。

大概有七八个敌人从另一个破地堡里跳出来,扑向秦守本和周凤山占领的阵地,扔掷着手榴弹,汤姆枪的子弹喷泉一般地泼射出来。

王茂生稳定了身子,对准着黑隐隐的戴钢盔的一群敌人,射出了子弹,敌人倒下一个,又倒下一个。他在黑暗里隐约地看到再一个敌人倒下去的时候,手榴弹在那个敌人的手里轰然爆炸,炸死了那个敌人自己,也炸倒了那个敌人身边的其他的敌人。

林平带的张华峰班，乘着这里打得激烈的时机，悄悄地一鼓作气地冲到了高地的边沿，接着就爬上高地的顶端，向躲在地堡里的和暴露在高地上的敌人，横扫直扑，展开狂风暴雨似的攻击。

"冲上去！"

杨军一声呐喊，所有的战士就一个个狂奔野跑，冒着弹雨，登上了山头。

于是，在三八五高地狭小的顶端上，展开了激烈的面对面的拼战，子弹在眼前炸响，刺刀在眼前闪着亮光，手榴弹在眼前爆裂，火、血、烟，敌人的耳、目、口、鼻，他们的叫喊、奔窜，都成了眼前耳边的清晰的现象。

变得凶猛如虎的张德来，在悬崖边上擒住了跟他身体同样粗大的一个敌人，两个人手里的枪都摔到远处去了。他气粗粗地镇压在那个敌人的身上，膝盖压跪在敌人的肚子上，一只手抓住敌人一只膀子，他的另一只手却又给敌人的手牢牢抓住；他没法子，只得用他的脑袋碰击着敌人的脑袋，用他的膝盖拼命地压着敌人的肚子，死命挣扎的敌人两只脚不住地摔掼着，踢打着他的屁股，颠动着他，企图翻转过来，再把他压倒。他想喊叫别人，谁知越是气急却越是喊不出声来。他愤怒极了，便张开嘴巴，用他那尖利的大牙齿，猛力地撕咬着敌人的脸肉，这样，敌人便痛急得惨叫起来。敌人这一声惨叫，给了张德来一股新的力量，他的一只手从敌人的掌握里挣脱出来，喘出一口粗气，把膝盖抬高起来，随又用力一压，两手狠狠地卡住了敌人的脖子，敌人便再也不动了。隔了一会儿，他爬起身来，甩起一脚，那个敌人便滚到崖下去了。

他向崖边狠狠地啐了一口，吐出了一摊胶黏的那个敌人脸上的鲜血。

“做你娘的大梦去吧!”

他骂了一句,拾起自己的和敌人的枪,气喘吁吁地坐到山崖边的一块石头下面,把疲乏极了的身子倚靠在石头上。

他的心里又高兴,但又感到惊惧,他暗暗地对自己说:

“这是我这一辈子头一回打死人!”

这时候,他把着石块,向山崖下面看了一眼。他没有看见那个死了的敌人,山崖下面黑洞洞的。

“我不打死你,你会打死我的!不是我狠,是你们的心太狠了!”他听见有人喊叫他,便一边心里说着,一边走向队伍集结的地方去。

一小群敌人躲进到一个地堡里,进行着顽强的抵抗,两挺机关枪的子弹,从地堡的洞口里向外喷射着。因为地堡是巨大的石块砌成的,像一座小山,对它,子弹的攻击无效,手榴弹也显不出威力来。于是进行了喊话,要敌人们缴枪投降,敌人们不但不甘屈服,枪弹反而打得更加猛烈,而且不知死到临头地叫着:

“七十四师是不投降的!”

“要缴枪到跟前来拿!”

这使得所有的人都气怒得握紧拳头,咬牙切齿,愤慨地喊着:

“消灭他们!全把他们打死!”

秦守本、王茂生、洪东才、张德来他们大怒大骂是不用说了,连张华峰班的大个子马步生也怒气冲天地叫骂起来:

“老子非叫你投降不可!山头都拿下来了,一个乌龟壳还能保住那几条狗命啦?”

大批的榴弹扔掷过去,在地堡顶上和地堡的周围爆炸着,愤怒的战士们,一个猛扑,冲到了地堡跟前。

“停止!”杨军大喊了一声。

战士们没有听清,怒火燃烧着他们的心和全身,仍然猛烈地攻击着。

“停止! 停止!”林平接着喝令道。

战士们有的退了回来,有的伏在地上,停止了攻击。

“秦守本,把队伍带下来!”杨军厉声地喝令着。

伏在地堡跟前手里抓着榴弹的秦守本,贴着地面滚了下来,别的战士们也滚着、匍匐着离开了敌人的火力射击。

洪东才班也退了下来。他班里的一个战士,在向地堡冲击的时候,腰部中了敌人的枪弹,倒在地堡前面的鹿寨旁边。

“不打啦?”秦守本气呼呼地问道。

“为什么不打? 硬拼是不行的!”杨军瞪着秦守本说。

“不硬拼怎么办?”秦守本咕噜着。

“动动脑筋!”杨军抑制着恼怒,说。

林平接受了杨军的建议,把几个班的班长、副班长找到面前,举行短促的火线上的“诸葛亮会”[①]。

林平的眼光在黑暗中向每个人的脸上扫视一下,低声地说:

“杨副排长的意见,我同意。我们要想想办法把这个地堡解决,山头已经拿到手,不要为消灭几个残余的敌人死拼硬打!”

“大家想想办法,有意见提出来!”杨军接着说。

会议在最紧张的气氛里进行,三个班的正副班长争抢发言。山头的一角上,发生着激烈的低声的争论,低沉的但是急迫有力的声音,像打机关枪似的。每个人的眼睛在黑暗中发着亮光,互相对望着。大家的脸都绷得很紧,聚精会神,浑身热烫烫的。

---

① “诸葛亮会”是部队中的军事民主会议,它的任务是大家出主意,想办法。

约摸有十来分钟光景，会议结束，各自返回到原来的位置上去。

洪东才带着一个战士，急匆匆地奔下山去。

土山头上，集中了洋锹，挖掘着通向敌人地堡的壕沟。泥土和石块在洋锹底下“咯咯咋咋”地响着、跳动着。

三挺机枪安放到直对敌人地堡的枪口，不时地点放着一两发子弹。王茂生的一支步枪对准敌人地堡的一个枪口，打着冷枪。

已经捉到的二十多个俘虏里的两个，被带到敌人地堡附近，掩蔽在一个打坏了的地堡后面，向敌人据守的地堡哀号般地喊叫着：

“排长！缴枪算了！我们都缴了！”

“排长！他们不杀我们！我受了伤，他们还给我包扎伤口！缴就缴了吧！”

两道半人深的壕沟接近了敌人的地堡，敌人发觉了，但是他们的枪口已被严密封锁，设置在壕沟前面的障碍物，使他们不能得到火力射击的效果。

地堡里的敌人恐慌、动摇起来，“叽叽哇哇”的受了伤的哭声和争吵声，从地堡里传出来。

洪东才和一个战士背着两个带长杆的炸药包，从山下跑了回来。

“排长！缴枪吧！他们要用炸药炸了！”一个俘虏高声地颤抖着喉咙喊道。

“不缴！”地堡里敌人排长的声音，从枪洞口传送出来。

两挺机枪对着地堡洞口，暴雨一般地猛射起来。安兆丰和洪东才班的一个爆破手，从沟里爬到敌人的地堡近边，推上了炸药包。

杨军厉声地命令道：

“同志们！卧倒！炸死敌人！”

两包炸药的导火索急速抖动，腾起了紫红色的火焰。

像大炮一样，不，像急风暴雨里的巨雷一样，吼声猛烈爆响，全山摇动，地堡的石块炸得粉碎，碎石块在黑烟弥漫和紫火沸腾里飞跳起来。地堡炸毁了，地堡里的敌人毁灭了，那个口喊不缴枪的排长和另外两个士兵却没有丧命，他们三个从烟火堆里爬了出来，惨叫着举起两只沾满了血污的发抖的手臂。

“看你投降不投降！”

“看你那个狗熊样子！”

张德来、马步生和其他的战士们纷纷地怒骂着。

三八五高地战斗胜利结束。

邻近的山头上的争夺战，还在激烈地进行着。

林平、杨军一面把捉到的二十多个俘虏和缴到的枪支弹药，派人解送到后面去，一面带着队伍，从三八五高地向南面四五〇高地——虎山左侧的东孤峰前进。

东孤峰上的敌人一个连，正向一排、三排做着最后的抵抗。二排赶到，立即接受连长石东根的命令，投入了战斗。绕到敌人的背后，肃清了山腰上敌人的一个班，抢上了东孤峰的峰顶。

敌人的一个连被歼灭。在午夜十二点半钟，石东根连完成了夺取两个高地的艰苦的激烈的战斗任务。

这是杨军回到前方来第一个战斗的夜晚。

他为这个夜晚的战斗生活所深深激动，他的心里滋生起极大的、长久以来所没有过的真实的喜悦。他在东孤峰峰腰上的洼子里，斜躺在排长林平的身边，听着四面交响的战斗的声音，望着各个山头上火花的闪跳，他觉得自己像是置身在热浪滚滚的海洋里。身子有点儿颠簸，心也跳得厉害，他眼前的重重叠叠的峰、峦、崮、岱，确像是海水的波浪一样，波浪接着波浪，一望无际。

“小杨，疲劳了吧？”林平轻声地问他。

“唔，好久不打仗了！”

他感到疲劳，觉得腰酸，头也有点晕眩，山、天上的星星和黑空，不住地在他的眼前旋动着。

“明天，你到后面休息休息去！”林平拍拍他，说。

他突然坐起身来，两手向前伸起，对空中使劲地打了两拳，说：

“不用！你休息去！”

“连长对我说了，要我们两个轮班。不要把两个都打累了，到紧要关头使不出力气来。”

“那你先休息！”

“你刚从后方回来，体力不行。”

“大半年不打仗，只干一个晚上就下火线，那还行？我的体力，没问题！”

说着，杨军在山头上跳蹦起来，抖抖身子，做出非常轻松、毫不疲劳的姿态。

“你看，你捏捏看，我的身体养得多结实！”他一面说，一面把膀子伸到林平身边，要求林平捏捏看。

林平在他的臂膀上捏了一捏，觉得他的肌肉确很结实，便点着头，“唔”了一声。

“我跟连长说去，我不休息，要轮班先轮你！”杨军拍着林平的肩膀，孩子似的鼓着嘴巴说。

下半夜，队伍在东孤峰上度过。他们枕着枪杆，身上覆着繁星，饮着初夏之夜的凉风和洁露，挨挤着躺在一起。

六三

第二天的黎明时分，张灵甫下了最严厉的命令，对人民解放军实行最猛烈的反击。

疯狂的敌人用最集中的炮火和最强大的兵力展开攻击，企图夺回昨夜失去的万泉山和三八五、水塘崮、杨家寨、东孤峰等几个高地。炮弹、子弹漫天遍野地飞舞狂啸，上百架的飞机障蔽天空，炸弹成串地锥楔到石层里和泥土里，仿佛要把整个的沂蒙山毁灭似的。

杨军终于接受了上级指挥员的决定，在四五〇高地背后的山洞里首先轮班休息，和他同时留在这里休息的，有指导员罗光、四班班长张华峰、六班副班长王茂生和其他五六个人。

炮弹和炸弹连续地落到洞口外面，黄烟向洞口里飞蹿，阵地上的呐喊声，隐约地可以听得到。

有几个同志呼呼地睡着了。兼任党支部书记罗光的眼睛半睁半闭，看着手里小本子上的党员名单，嘴里喃喃地念着一个一个的姓名。张华峰到隔壁山洞里的炊事房去帮助杀猪了。王茂生坐在洞口，手里抱着过去是杨军用的那支步枪，向天空里张望着，不时地把枪举起来，朝天空的敌机瞄准。

战斗进行得十分激烈，杨军很是焦灼不安。

“指导员，不要派人到阵地上看看吗?”杨军低声问道。

“不要!”罗光随便地应一句，还在看着他的小本子。

“我去看看吧!”

“不要去！”

“我还是上去换林排长下来吧？”

“晚上就挨到你上去！他会下来换你的！”

杨军渴望战斗，为战斗所诱惑，一颗充满仇恨的心越来越不安起来。这时候，多种多样的感觉绞绕在他的心里。他觉得昨天夜晚打得不过瘾，没有歼灭到大量的敌人，他觉得只打了一个夜晚就轮到休息，仿佛是一种羞辱。他觉得秦守本比过去胆大，但是有些鲁莽，他有点不放心。他觉得在昨天晚上的战斗里，为了要掌握两个班，他没有能够冲在战士们的前头，像在过去的许多战斗里那样，用自己的枪弹和刺刀痛快地杀伤敌人。可是，连长、指导员明白地交代他：“你的任务是帮助林平掌握和指挥一排人进行战斗，不同过去那样，是一个班长，只要带好十来个人就行。”

“秦守本表现怎么样呀？”沉默了一阵，杨军问罗光道。

“好的！够条件！他打了报告。”罗光点着小本子上秦守本的名字说。

“到现在还没有入党！这个人，不油条了吧？”

“好得多了！还有一个毛病，喜欢向李全打听消息，小广播。”

“他告诉我了，张华峰批评了他。”

这时候，三架敌机在低空里扫射着机关枪，山底下有两个人给打得伏在一条小水沟里，王茂生正举起枪来准备向敌机射击。杨军见到王茂生要打飞机，急忙跳到洞口，蹲在王茂生的身边。

“指导员，打它一架下来！”王茂生对罗光要求着说。

“你打吧，能打几架就打几架！”罗光回答说。

可是，飞机飞走了。

沟里的两个人沾满了一身泥水，小心地爬起来，快步地走到洞口边来。

杨军把手掌遮住阳光一看，来的是团政治处主任潘文藻和他的警卫员。他转身告诉罗光，罗光便走到洞口外面来迎接潘文藻。

“好难找！”潘文藻气吁吁地说。

罗光引他到山洞里歇下来。

“你们打得怎么样？这一仗打下来，又解决个大问题呀！”潘文藻说。

“是呀！大家一句怪话没有！刚才打得很猛，听枪声，这一阵子松了一些。”罗光回答说。

顶空的飞机突然又打起机枪来，潘文藻看到王茂生手里拿着枪举向天空，问道：

“你把枪拿在手里干什么？有本事就打它一架下来！没有本事，就不要乱放枪，浪费子弹。”

王茂生回头望望潘文藻，提着枪跑了开去。

“我们也在建设空军，上面有通知，还要再挑选一些身体好、文化水平高的干部、战士去训练。”潘文藻伸头望着天空说。

“够条件的，我们连里还有几个！”罗光说。

王茂生奔到一个小山尖子上，隐蔽在几棵小白杨树底下，把枪口瞄向晴朗的天空，等候着射击敌机的机会。

王茂生的射击技术，在昨天夜晚的战斗里表现了明显的效果以后，他就进入了兴奋、欣喜、难以入睡的状态里。他的心里只有一个想头，就是击中他所射击的目标。最初，他只想击中固定的死目标，在莱芜战役里，他击中了敌人师长的飞跑着的一匹马以后，便滋生起射击运动中的目的物的念头。昨天夜晚，他这样做到了。现在，他想击中空中急速飞行的敌机。潘文藻的话：“有本事没有？

有本事就打它一架下来!”罗光的话:“能打几架就打几架!”给了他双重的刺激,也是加倍的鼓舞。他的脑子里有了击落敌机的念头的同时,又漾起击落敌机的有趣的想象——敌机冒着青烟,燃烧起来,栽跌在他的眼前,连飞机上的驾驶员和射击手一齐粉身碎骨。……

小鬼李全背着短短的卡宾枪,从四五〇高地上走下来,走到山中腰,敌机发现了他,他拼命地奔跑着,伪装着的小小的身体,像一棵小树给大风吹断了根似的,直向山下面飘落下来。敌机嗥叫着追逐着他,他见到情势不好,便伏倒在光秃秃的无可隐蔽的山坡上。一架红头尖嘴的敌机一头猛冲下来,泼洒着大量的暴雨般的子弹。李全的四周,跳起连续的闪亮的火花,飞机的翅膀和尾巴几乎扫擦到他的身上,带着一股疾风在他的顶空掠过,仿佛要把他吞下肚去,或者要抓住他把他带到天空去似的。

早就按在枪机上的王茂生的食指,闪速地扣动一下,子弹在枪口吐了一小团青烟,嘶叫着穿过阳光,拦头射向李全顶空的敌机。敌机的扫射突然中断,最初还昂着红鼻子向上空跃起,但随着就转身向下,接着又翻倒过身子,像断了线的风筝一样,在空中颠簸摇摆,忽而左倾,忽而右斜,不到几秒钟,肚子下面便泄出灰黑色的、像一把大扫帚似的烟带。再接着,就燃烧起来,冒出紫红色的火光。

“飞机起火了——!”伏在山坡上的小鬼李全,站起身来,撕裂着喉咙喊叫着,然后,从山坡上斜跑过去,急步飞奔地追踪着摇摇下坠的敌机。

在三四公里开外的山谷里,敌机坠落、焚毁了,敌机的驾驶员兼射击手,连跳伞保命也没来得及。正如王茂生想象的,他的生命和那架敌机同时葬送在山脚下面。

两个山洞门口站满了人，叫嚷着看着敌机被击中以后的毁灭的景象。又有敌机“呜呜”飞来，但是没有人躲避它，许多人七嘴八舌地指着飞入云霄的敌机，嚷叫道：

“飞低些！不敢了吧？”

“来吧！想吃花生米，叫王茂生给你一颗！”

杨军跑上小山尖子，紧紧地搂住王茂生的脖子，把王茂生抱了起来，笑着连声地说：

“打得好！打得好！”

“这支枪好！”王茂生说。他的脸在晌午的阳光下面，显得又红又亮，激动得连说话的声音都发着颤抖。

杨军拿过王茂生手里的枪，翻来掉去地看着，用手指头点着枪托子，笑着说：

“你这个家伙，遇到神枪手使唤你了！好福气！”

潘文藻现出惊奇、快慰的神情，问罗光道：

“打飞机的那个战士，叫什么名字？”

“王茂生！”罗光告诉他说。

“奖励他！我马上报告师部、军部发嘉奖令！”

他立即拿起电话筒，直接地要到军政治部主任徐昆，把王茂生击落敌机的情形，大声地报告一遍，要求军部立即给战士王茂生传令嘉奖。

他打过电话，向罗光说：

“可以发展他入党！”

“他是参军来的，在地方上就……”

“参军来的，成分好，更要发展！”

“在地方上就入了党，是我们连的支部委员。”

“啊！那好！一个革命战士，要思想好，还要战斗技术好。野战军政治部、军政治部指示，要在火线上发展党员，举行火线上入党宣誓。挑选一些勇敢的、诚实的、肯学习的，吸收到党内来！我来，就是要跟你们谈这个问题的。”潘文藻对罗光说。

“我们打算这样做！”罗光说着，把党员的情况和发展对象的情况，向潘文藻叙述了一下。

“不要打算不打算的！在火线上考察干部、战士对党的忠心，在火线上发展优秀分子入党！要提高战斗力，保证胜利，这是重要的环节！过去，我们对这一点认识不足！”

罗光点着头，应诺着。

潘文藻带着喜悦，匆匆地走了。

敌机跌落的地方过远，李全在山头上看到它已经烧掉了，便折转回来。

他过度兴奋，满头大汗地奔跑而来，几次跌倒在没有路的山坎子上，一只手给荆棘刺破，流着血。鞋子磨坏了底，脚掌摩擦着坚硬的石块，发着难忍的疼痛，他的脚步却仍然是飞快的。

他不知道飞机是什么人打中的，当是它自己起了火。一到洞口就叫骂着：

“活该！没打死我，它自己倒开了花！你们看到吧？一个‘小流氓’①炸掉了！掉到东边山洼里！”

罗光抓住他的胳膊，说道：

“你的手出血，赶快去包包好！谁救了你一命，你还不知道？”

有人从洞里边拿出红药水和纱布给他，他一边裹着伤处，一边

---

① 战士们称敌人的侦察机叫“小流氓”。

张大眼睛问道：

“谁打下来的？指导员，是你打的？”

“我有那个本事就好了！”罗光笑着说。

“赶快去跟王茂生跪着磕个头！不是他，你准给飞机抓去做俘虏了！”洞口里的黑处有人冷冷地说。

李全的眼睛在洞里洞外搜寻着王茂生。有三架敌机从远远的地方斜飞过来，王茂生正在山尖上小白杨树底下，准备再一次地射击敌机，李全看到了他，便跑向那里去。

“小鬼！”罗光喊住李全，问道：

“你回来干什么的？山上打的怎么样？”

李全这才想起自己回来的任务，于是又跑转回来，站到罗光面前，喘息着报告说：

“敌人攻了两次，都给打垮下去了。林排长带了轻花，不要紧。山头下面躺了二三十个敌人的死尸、伤兵。连长说，估计敌人还要攻，中饭不要送上去，就送点开水、大葱、萝卜干子，啃干馒头算了，肉留晚上吃。”

“还有吗？”罗光觉得他说说想想，恐怕他忘了什么，问道。

“没有了！……啊！连长说‘没问题’，要你放心，……啊，他还说：‘敌人再来，叫他们来一个死一个，来两个死一双！’没有了！”

说后，李全便一溜烟地跑到小山尖子那边，搂住王茂生，把他的脸磨着王茂生的脖子，嗲声地说：

“海门老乡，仗打完了，我请你的客！跟你庆功！”

“请客吃什么？”杨军接话问道。

李全笑笑，说：

“什么好吃，吃什么，请你做陪客！”

东孤峰上的枪声又剧烈地炸响起来。

李全的嘴吻着王茂生腰间挂着的水壶嘴，“咕噜咕噜”地喝了几大口水，又急忙地跑回阵地上去。

杨军回到山洞里，脸色又显出激动不安的神情。

“小鬼说林排长带了轻花。”他望着罗光说。

“你又想上去换他？留点力气慢慢使！”罗光笑着说，拍拍他的肩膀。

杨军的嘴巴一张，罗光就看见了他的心。他只得默默地坐到一边去。

“昨天下午，你还告诉我黄营长跟你谈的那番话。黄营长的话，是战斗的经验教训，我觉得非常对！你受过伤，我也受过伤，受伤、牺牲都不算什么！革命，还能不流血？应当把仇恨化成力量，化成无敌的力量，爱惜它，宝贵它。我们的生命，是自己的，又不全是自己的，又是属于党的！”

罗光的声音很清脆，同时又很沉痛、亲切。他的这一段话，使杨军默默无言，不禁回想起他从后方动身以前的深夜里，黄弼流着泪珠向他说着那一番话的情景。他的心里，为自己没有能够深刻理解和接受黄弼的教育而感到痛苦难过。

枪炮声越来越猛烈。罗光急速地走出洞口，侧着耳朵向高处听着。杨军跟着走出去，紧紧地贴到罗光身边，仰望着硝烟弥漫的东孤峰。

六四

在李全跑回到山头上的时候，山头上只有一挺机枪悬在崖边朝着崖下喷吐着火花，不停歇地射击着。队伍在敌人第三次进攻被阻滞的当儿，已经反击到山下去，在山腰上的小树丛里、草窝里，和敌人展开了白刃战。敌人，有的拼命回窜；有的把枪摔掉，躲藏到狭窄的崖沟里；有的在悲惨地嚎叫着，有的还在挣扎抵抗，和解放军的战士扭成一团——在站不住脚的陡坡上翻上滚下，抱着腿的，扭着腰的，互相角力、拳击、摔跤。这是昨晚到现在的十几个钟头以来最激烈的一场血战了。

连长石东根手里的快慢机的枪口上，冒着青烟。他伏在一块大岩石后面，朝着三个向他冲来的敌人轮转地射击着。三个敌人中的一个，头埋在一堆草里，枪举在头上向石东根开火。两个从石东根的左右两边包上来，端着刺刀闪亮的美国步枪，枪弹从刺刀旁边穿射出来。他们距离石东根只有三十多米光景。

石东根的怒火烧到脸上，满脸通红，冒着豆大的汗珠，子弹连续地射出去，却总是打不中敌人。那两个向他奔来的敌人，一个是矮小细瘦的家伙，一个又高又大，像个泥菩萨。他们一股劲向前窜，挺胸凸肚，摇头晃脑，仿佛喝醉了酒。那个高大的，给石块绊了一跤，跌得很重，像下跪似的，两个膝盖一齐弯曲下去，垫在坚硬的石头上。他咬咬牙，骂了一声，又爬起来向前气喘吁吁地颠扑着。那个矮小的瘦家伙奔跑得很快，像癞蛤蟆似的跳跳蹦蹦，张大嘴巴，汗水拌和着黑灰、鲜血、污泥，把他那张瘦脸弄得已经不像人脸，只有两个小眼球还显得出来，一眼望去，活像一只肮脏的猴子。

石东根非常愤怒，但也有些慌乱。这是手榴弹最有效用的时候，他却忘了使用这个武器。在慌乱中，他又安上一夹子弹在枪膛里，对着那个矮小的猴子射击着。

形势显得很危急，他不能后退，他没有想到后退，而后面正是

一个悬崖，也无处好退。他决心等候敌人来到身边，和敌人肉搏一番。

匆匆奔来的小鬼李全，在五十米开外，一眼看到连长处在三个敌人的围击之下，不要命地跑了过来，牙根紧紧一咬，就一纵身从两丈来高的崖壁上跳下来。真是凑巧，他的身子正好跌落到那个头部埋在草里的敌人身上。敌人给他跌撞得哇地叫了一声，撞到石头上的脑袋几乎完全粉碎，立刻出了大量的血，不再动弹了。李全的眼睛红得像烧着了火，卡宾枪的子弹"格格叭叭"地飞向那个泥菩萨般的大高个子，大高个子在离石东根十几步远的地方栽倒在陡坡上，两腿朝上，头朝下，像一条晒蛋的瘟狗。石东根得到了救兵，从岩石后面跳出来，猛扑向矮小的猴子。猴子慌忙回窜，迎面又碰上李全，在李全凶猛的枪击之下，矮小的猴子还想死里逃生，摔掉手里的步枪，一转身就朝好几丈高的悬崖下面跳去。他在还没有跌到崖下的半空里，吃了石东根连发的三颗子弹。

石东根把李全死命地搂抱到自己的怀里，像是要把李全一下子揉碎似的。他的汗珠像檐水一样地川流着，滴到李全的头上。

"连长，我来晚了！"李全气喘喘地说。

"不晚！刚好！"石东根抹着李全头上的汗水，感奋地说。

队伍趁势追击敌人，一直追到山脚底下。

石东根和李全呐喊着冲到山底下去。

在山底下，歇了半个钟头光景，营指挥所来了命令，队伍仍旧回到原来的阵地集合。

这一个战斗，只捉到一个俘虏，攻击东孤峰的一个营的敌人，大半逃了回去，约莫有两百个敌人被击倒在山上、山下，死尸和伤兵躺了一大片。

捉住一个俘虏兵的是安兆丰。

安兆丰没有打死这个敌人的原因,一来是这个敌人双膝跪在他的面前,连连地求饶哀叫,二来是听口音,这个人很像是他的家乡一带的人。

可是,张德来对他却大为不满。

“你的饭省给他吃！我们打死的,你要捉活的!”张德来气愤地叫着。

“他是苏北家乡人,……”安兆丰解释着说。

“在火线上还管他家乡人外乡人？你们东台人就是家乡观念深,对敌人也讲家乡人不家乡人的!”张德来的眼睛睁得又圆又大,发着红火,更大声地嚷着。

“你们阜宁人没有家乡观念？他缴了枪!”

“你看！统统打死了,就是你留个活的!”

“张德来,是你不对！只要敌人投降,就不能再打死他!”周凤山对张德来批评说。

“周凤山说的对!”夏春生说。

“我不同意!”张德来气汹汹地走向俘虏的身边去。

俘虏浑身发抖,连忙跪到张德来面前,连连磕头作揖,长满疥疮的两手合拢一起,像求仙拜佛似的。

“我是在路上给他们抓去的,我是……我是……”他悲伤而又惶急地叫着。

张德来看到俘虏的那副样子,又哭又叫,面黄肌瘦,满脸皱纹,两眼下陷,心就有点软了。仔细看了一眼以后,忽地吃了一惊,他觉得有些面熟,再入神定睛一看,他愕然地愣住了:

“啊！你是孙福三?”张德来惊叫着问道。

俘虏的头低下去，更大声地号哭起来，叫着：

“饶我一条命吧！……饶……饶我……一条……命吧！”

听说是孙福三，安兆丰、周凤山他们赶快走近到俘虏跟前，蹙着眉头认看着。他们越看越像刚到陇海路北的那天夜晚开小差逃走的孙福三。

“不是孙福三是谁呀？”安兆丰叫了起来。

歇在一旁的秦守本和许多人一齐奔过来。

“看你！看你糟蹋成这个样子！只是半年工夫，就叫人认不得你了！二十七八岁的人，变成了四五十岁的干瘪鬼！嘿！活现形！替我们阜宁人丢脸！”张德来慨叹着说。

“好呀！开小差跑到反动派那里打我们！”

秦守本暴怒起来，甩起脚来，就朝孙福三的身上踢去。孙福三连忙躲让开去，匍匐在地上哭泣号啕着说：

“是给他们抓去的，我不肯干，他们严刑拷打，打得我浑身是伤呀！叫我坐老虎凳，逼我干啦！我宁死不屈呀！想跑跑不掉呀！……”

“你还宁死不屈？你胡扯瞎吹！不要鼻子！你拿枪打我们！我当班长的第二天，你来参军，第七天你就跑掉！”秦守本气抖抖地怒骂着。

“我一枪没有放呀！……我错啦！我该死呀！……我再不跑啦！……我要拿枪跟他们拼啦！……”孙福三跪在秦守本跟前，哆嗦着说。

“把他带下去！不要在这里哭呀嚎的！”石东根气愤地命令道。

逃跑以后给敌人捉去强迫当兵的孙福三低声哀求道：

“班长，不杀我吧！”

“谁是你的班长!”秦守本狠狠地瞪着孙福三吼道。

孙福三带走以后,山头上的战士们好一大阵没有作声。张德来气愤得歪扭着头,只是不住地吸烟,安兆丰连声叹气,秦守本则抱着膝盖,气得两眼通红。

“真倒霉！捉到一个俘虏,又是个开小差的逃兵!”周凤山冷冷地说。

“什么逃兵？是敌人!”洪东才说。

“唉！许是给敌人抓去逼住干的。”张德来咕噜着说,叹息着。

“你又可怜他了？你不是说要打死他的么?”安兆丰朝张德来瞟一眼,点着指头说。

张德来瞪瞪安兆丰,把头歪扭过去。

“不要说了！不要说了！留点精神打仗!”带轻花的排长林平说。

受了重创的敌人,没有再举行反击。大家躺的躺,坐的坐,歇息在东孤峰上和暖的阳光里。

“王茂生不在,要是他在,这一回,他至少打倒十个八个!”坐在破地堡旁边的秦守本惋惜地说。

提起王茂生,引起疲累不堪的李全谈起了王茂生打下飞机的事情。像连长和指导员在队前讲话似的,他站到人群中间,把红鼻子敌机怎样追他、打他,王茂生怎样打下那架飞机,那架飞机又是怎样烧起来、跌下去的情形,神情活现地讲说了一番。

“真的?”秦守本问道。

“骗你干什么？班长同志!”李全伸头竖眼,大声地说。

“我看到一架飞机肚子底下冒烟的!”

“我也看到栽到那边山底下去的!”

“能打下飞机,那不简单!”

许多人你争我抢地谈论起来,赞不绝口。

“是打下了一架?”石东根还有点不大相信,问李全道。

“是的!不是,我怎么回来晚了?”李全为的竭力证实确有其事,语调响亮地回答说。

这时候,两个意气相投的人——新闻记者夏方和文化教员田原,出现到山峰上来。两个人的脸,给太阳晒得红红的,像是涂上一层油似的发着亮光。

李全见到他们跑来,便对大家说:

“你们不信问新闻记者!”接着,他转脸向夏方问道:

“新闻记者同志,你拍了死飞机的照片没有?”

“拍好了!是侦察机F26U. S. A.,打得准!真是神枪手!”

夏方用手掌抹着满脸的汗水,拍拍身上的照相机,赞叹着高声说。

“班长,什么油?碍事?”张德来转动着眼珠,问秦守本道。

秦守本答对不出。田原解释着说:

“U. S. A.就是美国!这架飞机是美国造的。”

“国民党、蒋介石的什么东西不是美国造的?枪、炮、子弹、飞机,样样都是!”洪东才说。

“连他们的心也是美国造的!”秦守本说。

“美国就是蒋介石的老子!”安兆丰接着说。

“叫副班长再干他几架下来!”张德来拍着大腿,狠狠地说。

伏在山崖边和林平他们向山下观察的石东根,向背后高声谈笑的战士们急忙地摆摆手,大家停止了谈论。夏方和田原躬着腰溜到石东根的身边去。

山下的敌人仿佛要发动第四次攻击的样子，一条山坎子里挤满了敌人，对面山头上也有敌人活动。石东根隐隐地看到敌人用绳子把大炮向山头上吊。山头上有些人下来，下面又有些人向山头上爬。石东根判断，那是敌人的炮兵移动阵地，计划用大炮居高临下地轰击东孤峰，支援步兵的攻击。

他把李全喊到身边，把他看到的情况告诉李全，叫李全赶忙到营指挥所去报告，并且把刚才的战斗经过报告营长王鼎和教导员李泊。

李全颠起两腿，急匆匆地跑到左边的山下去。

队伍进入了准备战斗的位置。

石东根叫田原、夏方回到山下去。

田原和夏方都不肯下去，要求留在山上参加战斗。

“下去！把后方照管好！准备担架！敌人马上还要向这里进攻。”石东根对田原说。

“我不怕！我要参加！”田原摇晃着身子说。

“没人说你怕！”

“那我在这里看看！”

“赶快下去！叫几个民工来，把缴到的武器弹药运下去，带五箱手榴弹来！”

“我留在这里吧，连长！我要拍几张照片，也给你拍一张。”夏方微笑着说。

“我这个笨相，不要你拍。要看，给你们看看！”石东根把望远镜掷给夏方。

夏方和田原伏下身子，两个人轮换着看了一阵山下和对面山头上敌人活动的情形，夏方拍了几张照片。

两个人只得闷闷不乐地背了几条缴到的步枪，回到山后面去。

等了许久，一直到太阳偏西，敌人还是没有动静。

山下送了晚餐来。两大桶小米粉和小麦粉掺和做的热馒头，两大桶豆角子烧肉，两大桶开水，放在经过了辛苦战斗的战士们面前。

“冲锋！消灭它！”有人叫着。

战士们围成一团一团，大吃大咽起来。

“同志们！多捉俘虏，多缴枪！明天还有肉吃！”

大家饱餐以后，一个矮胖子炊事员大喊了一声，炊事员们便挑着六只空桶和缴到的一些枪支，摇摇荡荡地走下山去。

“好的！这一回缴几把菜刀、饭勺子给你们！”秦守本在炊事员们的背后喊叫着说。

六五

敌人处在恐慌、危急和饥饿的状态里。

七十四师被分割出来装入到解放军的袋子里以后，后路和交通运输线就被切断了。几天几夜以来，他们的枪、炮只是拼命地倾肠吐泻，得不到一点补给。他们的马还可以啃啃青草、树皮，他们的军官还可以克扣军粮，他们的兵士就只得挨饥受饿。

他们所到的集镇、村庄，都是一无所有、一无可吃的了。可吃的，已经给他们抢空吃尽。更困难的，是水井早被人们填塞封死，而沂蒙山的溪水又极少极少，特别是在孟良崮的周围。大自然的建造者仿佛在千年万代以前，就预计到要在这个时候使他们陷于困境似的。他们盼望落雨，从天上掉下水来，这几日却一直是晴天，只见浮云、迷雾，不见落下一滴雨水。

他们唯一的救命之源，就是从南京、徐州来的空运空投。

在解放军阵地上，指挥员、战斗员们却比平时吃得更好。在他们饱餐一顿以后，天色接近黄昏的时候，二十五架深灰色的运输机，拖着笨重臃肿的身子，惶恐地而又懒洋洋地为饥饿的敌人们送晚餐来了。

这种运输机（解放军的战士们把它叫做“大呆瓜”）呆头呆脑地在二千米以上的高空里东张西望了一阵，才掷下一个一个降落伞来。伞里裹着一箱一箱弹药，或者一袋一袋馒头、面包、罐头和盛满了水的橡皮囊、水壶等等东西。

降落伞在飞机肚子里落下来以后，像是白色的大棉花球，在空中悠悠地飘游，随着风势向下徐徐降落。有的因为没有打开，便不住地翻着跟斗，在半空里急速旋转。下面是青山、绿野，上面是霞辉照映的苍穹，苍穹和青山、绿野之间，飘荡着这么一些大棉花球，使本是烟火弥漫的战场，暂时地改换了一番景象。

新战士们和居民们觉得惊奇，有人甚至有一种美的感觉。

但是，许多人则是见过多次了，像石东根、罗光、杨军他们，早在去年七月里，就在宋家桥见到过。他们知道这是战争景象的一种，这种景象到来的时候，就是敌人接近死亡的时候。那些白色的降落伞，不是什么救命的神丹仙宝，而不过是敌人的裹尸布和招魂袋罢了！

由于敌人被压缩到不到十公里方圆的狭小地区，空投区域过小，加上晚风拂荡，空投的技术又是那么拙劣，在解放军对空射击的火力之下，飞行员不免恐惧慌张等等缘故，降落伞带下来的弹药和食物，只能有一小部分落到敌人自己的阵地上。

为着争攘抢夺这一小部分弹药和食物，敌人的阵地上出现着混乱、纷扰的现象。一个降落伞还没有落到地面，便有大群的官兵奔抢上去，一旦落到地面，就把伞布撕扯成无数碎片，伞里裹着的那些东西——特别是吃的东西，就立即被抢尽夺光。有的甚至为了饥极夺食而开枪动刀，互相厮打起来。

有一部分坠落到解放军阵地上的时候，使得战士们极乐狂喜，爆发起一阵一阵的欢呼。

“再丢几个来吧！”

“送礼吗？越多越好！”

“连收条都不要打！”

大家望着眼前摊成一片的人造丝的降落伞，望着“大呆瓜”，嘻嘻哈哈地笑着、跳跃着、叫喊着。

还有一部分坠落在敌我对峙的两军阵地中间。

东孤峰下面的山沟里、山坡上，对面敌人占据的高地的坡崖上，就有十二三个。有的拖挂在马尾松、白杨树上，有的悬吊在崖壁上，有的铺展在青草地上、麦田里，其中有两个正好盖在敌人的尸体上。它们像一堆一堆积雪，在斜辉里发着刺目的亮光。

对面高地上的敌人们，鬼鬼祟祟地窜下山来，用向解放军阵地进攻的姿态，企图把两个阵地中间的降落伞抢夺回去。

沉寂了半天的战斗又发生了。

所有的机关枪、步枪一齐瞄准敌人，等候射击。

杨军率领他的二排三个班，从山侧的一个弯曲的峡沟里，躲避着敌人的眼睛，悄悄地滑绕到山下面去，向敌人背后包抄过去。

约莫有四十来个敌人左顾右盼地缓缓前进，进了几步又伏下身子，过一会儿，又向前爬几步，仿佛蛙跳似的，用机枪的猛射，掩护着前面的兵士爬进。天色渐渐黑下来，只见一个一个黑点在地上跳下冒上，子弹跳出枪口的火花，开始看得明显了。似乎敌人还离得很远，有两个摊在那里的降落伞，却在蠕蠕移动，伞布摩擦在石头上和钩挂在树枝上被拉扯撕裂的声音，位置在最前面的战士可以隐约地听见。

东孤峰上和山腰上，好像一个人没有似的那样肃静，敌人的枪弹只是乱飞，袭上山头，奔向上空，撞击着岩石。没有遭到一枪的还击，敌人心里得意得很。

许多降落伞纷纷地蠕动起来，白光在苍茫的夜色里抖动。

从他们背后，突然飞起了鲜红的三颗曳光弹。

紧接着，罗光手里的驳壳枪炸响起来，一阵瀑布奔腾一般的枪声咆哮了。几十个敌人全部钉在山沟里、坡崖上，在猛烈的火力攻击下面动弹不得，有的就吓得裹藏到降落伞里去。

杨军命令三个班占据了三个要点。两个班截住敌人的归路，配合山上的攻击，他自己则带着张华峰班，扑向敌人的两挺机枪的阵地。不久，那两挺掩护前进抢伞的敌人机枪，成了哑巴。两个射击手，一个丧了命，一个给张华峰和马步生擒住，做了俘虏。

东孤峰上的战士们下了山峰，扑灭着进退无路的敌人。

敌人的大炮悲吼轰鸣，炮弹连续地落下来，但那已经无济于事了。

经过二十分钟的战斗，四十多个敌人，有三十五个被俘虏，其余的都被打伤、击毙，横倒在沟里、崖边。

俘虏们按照战胜者的命令，倒背着下了机柄的枪，三个一起，四个一块儿地把降落伞抬上了东孤峰，东孤峰上宛如铺了一片白银。有一些伞上沾了血迹，有一些给枪弹穿了洞。伞里面裹着的弹药和食物，却都还原封未动。

因为民工抬运不了，有些降落伞和降落伞里的东西，还是给俘虏们背着、抬着，一齐押下山去。

到了山下，降落伞带来的食物，到底还是给这些被俘的兵士们吃了。他们确是饿晕了头，疲困地瘫倒在地上，啃着干面包。坐在山头上的张德来，掩着火光抽着烟，像是恼闷惆怅的样子。

“这个打法好！”安兆丰在他的身边说。

“好是好！就是打死的没有几个！”张德来烟袋衔在嘴里，愤然地说。

大多数战士们却都感到意外的满足。

“买的没有饶的多！上半天打得那样吃力，只捉到一个干瘪鬼，还是个开小差的，这一下捉了三十多，又搞到二十多个降落伞！”秦守本斜躺在一块光滑的石头上，右腿搁到左膝盖上，哼着鼻音，得意扬扬地说。

“降落伞装的什么好吃的东西呀？指导员！我们也得弄点尝尝吧？”洪东才向罗光问道。

“对呀！我同意！”不知是谁接着说。

不久，押俘虏下山的张华峰班和李全回到山上。他们带回两个沉重的面粉袋子，放到罗光身边。

“同志们！慰劳品来了！”李全亮着嗓子叫道。

坐着的站了起来，睡着的跳了起来，不少人同声问道：“什么慰劳品？”

“蒋介石慰劳的！蒋介石说你们大家打仗辛苦，把他的七十四师消灭得差不多了，特地从南京用飞机运来这一点慰劳品。千里送鹅毛，礼轻情意重！大家不要客气，吃一点！”罗光装着一本正经的样子，对战士们说。

大家知道是降落伞里好吃的东西拿来了，听了罗光这一番话，都不禁大笑起来。

面包和牛肉干子在战士们的嘴里大嚼起来。

吃了东西以后，大个子马步生在这一天里第一次发起议论来：

“这一回，七十四师死路一条，怕不行了！”

“‘马路灯’，你也说七十四师不行了？”有人问他。

“怕不行了！”

“‘怕’不行了？”

“唔，怕不行了！”

“不行就是不行！‘怕’什么？”

马步生没有再说什么。和他说话的周凤山，为的鼓励他，把没吃完的半个面包掷给他，他又接过去大口吃了。

杨军觉得这个战斗打得很巧妙，又很有味道，浑身的力气还没有使出一半，战斗便胜利结束了。缴获大，俘虏多，他的排只负伤了一个人。他躺着默想了一阵，不禁对自己暗暗地问道：

“七十四师就这样不经打了吗？”他摇摇头，坐起身来，仰脸望望星光灿烂的天空。仿佛什么人在他的肩臂上拍了一掌，他突然地站起来，走到罗光的身边去。罗光在假寐着，他又转回身来。

战士们还在“嘁嘁喳喳”地、精神抖擞地谈笑着，他走到他们跟前，低声地说：

“同志们，好好休息一下！等一会还有战斗！”

第十六章

六六

军长沈振新发了胃病，床前的桌子上摆着好几个药瓶子，医生每天要来看他两次到三次。姚月琴来看他的次数更多，她像是军长的护士一样，替他冲药、倒水、量体温，帮助李尧烧点合适的饭菜给他吃。军长的面容比前几天消瘦一些，脸色有些苍白，精神却并不显得怎么衰颓，几天来，一直保持着兴奋的神态。他不时地到作战室去走走，也常常找参谋长朱斌和黄达他们到他的屋子里来，问问战况。所有指挥上的重大问题，丁元善和梁波都还在取得他的同意之后，才做出决定。

战斗进行了三天三夜，发展比较顺利。几个兄弟军的队伍已经逼到七十四师的中心阵地孟良崮附近。沈振新、丁元善军的前锋部队刘胜、陈坚团的两个营，也在今天的中午，夺取了孟良崮西北方最后仅剩的六〇〇高地。到这个当儿，孟良崮已经完全暴露在人民解放军的攻击火力之下。

绝大部分的敌人，像大群的鸭子，被驱赶到孟良崮的崮顶上和它的左右前后来。敌人像细菌一样绞集在这个地带，人、马匹、一切辎重、伤兵都堆塞在山下、山上，使孟良崮突然显得臃肿膨胀起来。青色的山，几乎变成了黄色的高大的土堆。山坡上、山脚下到处掘了洞窟，挤满着敌人。山沟、山洼都给敌人填得满满，笨重的榴弹炮也吊到孟良崮的顶上。人民解放军的每一发炮弹，只要落到这里，就可以炸倒许多敌人。几乎不必个别瞄准，每一颗子弹都可以射杀到敌人，只要是在火力射程之内。

敌人已经挨靠着死亡的边缘。也正因为这个缘故，敌人的挣扎，对人民解放军的攻击所做的抵抗，就更其是拼死拼活、如疯如狂一般。

在另一方面，敌人的外围后援部队，在蒋介石的压逼下面和张灵甫惶急求救的叫喊声中，对人民解放军的阻击部队的攻击，也越加凶猛。他们用排山倒海的大炮，日夜不息地连续不断地轰击着，把士兵当作炮灰，强迫着用集团冲锋的方法，向我阻击部队的阵地冒死冲撞，向七十四师被困的孟良崮山麓突进，企图替陷于绝境的七十四师解围。到眼下，他们的前锋部队离孟良崮只有二十五公里的路程，我军阻击部队的防线，只有两道还没有被突破。

战役到达了高峰、顶点，战役胜败的命运，取决在最短时间里的最后决斗。

病体虚弱的沈振新的额角上冒着汗珠，手心里捏着一大把汗，心脏的跳动加剧，当前的紧急情况使他非常不安。他是个沉着坚定的人，这时候，竟不禁显得有些焦急、暴躁起来。姚月琴递给他的半杯药水，给他沉重地摔到桌子上去，杯子翻倒，药水淌满了一桌子。姚月琴给他这个突然的举动吓了一跳，颤声地惶惑地问道：

“怎么啦？军长！”

军长没有搭理，脸色显得阴沉。

仿佛病魔被赶走了，他脚步急速地走到指挥所的作战室里。

丁元善的手里正拿着电话筒，面容紧张入神地听着对方的说话，嘴里不时地“嗯嗯”地应诺着。

梁波把自己躺着的铺着一条毯子的躺椅让给沈振新，并且轻声地告诉他说：

“‘五〇二’①！”

沈振新坐在躺椅上，望着丁元善的脸色。

五分钟以后，丁元善放下电话筒，回过身来，脸上现出严重的神情，低沉地、但是声音清亮地说：

“粟司令是从来不急不忙的人，也发急啦！……一连好几个‘无论如何’！要求无论如何明天天黑以前解决战斗！说陈诚、白崇禧坐飞机到了临沂，压住七师、四十八师、二十五师等等部队拼死进攻。枪毙了一个旅长、一个团长，扣押了一个师长，限定明天中午突破我们的外围阻击部队的防线，跟张灵甫会师。鲁南敌人两个旅已经出动来增援，到了玉皇顶西面，要我们赶紧抽出一个师堵击住。粟司令说，要是明天晚上不打下孟良崮，战局就很不利，就要处于被动。他说前委已经下了决心，今天晚上七点半发起全线总攻击！无论如何，要不惜工本，消灭这个敌人！”

沈振新望望参谋长朱斌，朱斌走到地图跟前，看了看地势，想了一下，说：

“有什么话说？那就把西边一个师掉过脸去堵！这边的攻击任务，交给另外两个师分担。”

“好吧！告诉他们非堵住不可！马上动作！”沈振新决断地说。

参谋长朱斌立即抓起电话筒，下命令调动队伍。沈振新站起身来，展开两道浓眉，挥了一下臂膀，说：

“丁政委留在指挥所，我到前面去！梁副军长再到炮兵团去，

---

① “五〇二”是华东野战军粟裕副司令员的代号。

这个时候，我们的炮兵，要发挥更大的威力！”

“还是你留下来吧！你的身体……我到前面去！”丁元善走到沈振新面前，拦禁着说。

“不要紧！这点病算什么？”沈振新摆摆手，说。他转脸对李尧命令道：

“备马去！”

李尧呆愣着，默默地望着他。

“没听见吗？备马去！”沈振新严厉地大声说。

李尧走了出去。

电话铃紧急地响起来。

“‘五〇一’！”黄达拿着电话筒，面向首长们说。

沈振新大步抢先地走到电话机前面，对着电话筒说：

“我，沈振新啦！”

黄达在他的后面放了一张凳子，但他仍旧站着。

“五〇一”在电话里首先问了一声：

“过沙河，喝了几口水，病好了？”

“没有什么。”沈振新大声地回话说。

“五〇一”接着用他那爽朗洪亮的声音说：

“……打赢这一仗，我们两只脚在山东的石头上就站得住！就走上坡路，上高山，坐北朝南！蒋介石就得走下坡路，下井、下泥坑！打不赢，嘿！我们就得屁股朝南，过黄河！你们这几天打得不坏，我们很满意！阻击部队打得很苦，打得比这里更好！他们抵住了二十多万人的进攻！要想留在山东吃苞谷[①]、小米，就在二十四小时以内歼灭这个敌人！你们不是发过电报、上过书，要决心保卫

① “苞谷”就是玉米，又称玉蜀黍。

党中央、保卫毛主席的吗？那就要坚决歼灭当前的七十四师！用实际行动来表示决心！……当时把你们放到鲁南去，就是把你们当一支奇兵用的！就是给你们出奇制胜建立战功的机会！……看到你们部队的一首歌，写得很好！‘歼灭七十四师立奇功，红旗插上最高峰！’那你们就得唱到做到！”

“完成任务，消灭这个敌人，我们的决心是坚强的！信心是充分的！根据我们阵地上的情况来看，七十四师这个敌人这一回逃不掉！”沈振新用沉着坚毅的声调回答说。

“你们有把握？”

“这个时候还说空话？”

“那就不占你们的时间，照‘五〇二’刚才的命令坚决执行！”

“已经调了一个师到西边去！我们对党负责，非把七十四师消灭不行！”

沈振新回答了最后一句话，回坐到躺椅上，把陈毅司令员的话向大家传达了一遍，便立即离开了作战室。

“你到前面去呀？”在沈振新的屋子里，姚月琴知道沈振新要出发，担心地问道。

“唔！”沈振新应了一声。

“带点药吧？”

“不要！”

姚月琴把一些药片包好，交给李尧，对李尧轻声地说：

“一定要他吃！你说是医生关照的，不吃不行！”

沈振新吃力地骑上马，黄达跟着骑上马，走在他的前头。

心里不安的姚月琴，送别似的跟着他望了一阵，自言自语地怨恨地说：

“鬼七十四师！这么难打！还不早点缴枪！”

冒着敌机的轰炸扫射，沈振新到了师指挥所。天色傍近黄昏，海拔七二〇米的孟良崮高大的山峰，在他的眼里，呈着紫红色，在紫红色里，又间杂着暗淡的黄色的纷乱的兽形鬼影，整个那座山，正像波浪滚滚的大海洋里的孤岛一般。

沈振新把野战军首长的决心和指示传达给师、团干部，询问了一番阵地上的具体情况，问道：

“有问题没有？”

师长曹国柱沉愣一下，回答说：

“问题不大！”

“这个时候，有话说清楚！要干脆！不要吞吞吐吐！”沈振新的眼光正视着曹国柱说。

“我担心东南角上的友邻部队，昨天晚上，他们动作过慢，要是总攻击再吃牛皮糖，可就弄得我们上不上、下不下！”

“还有什么问题？有，都提出来！”沈振新又向别的干部们问道。

“不要再耽误时间了！还有一个多钟头！我们没有问题！”

刘胜从草地上站起来，拍拍身上的草叶子，焦急地说。

别的没有人说话，大家等待着急速地回到阵地上去。

“不要担心别人！我倒担心我们自己！人家是人家，我们是我们！我们只管我们，不要管人家！各自完成任务，就是最好的协同配合！东南方向，人家的任务比我们重。我们迟到一天，人家比我们多打了一天半，人家夺下的山头比我们多得多，消耗也比我们大。打七十四师，我们应该比别的部队多吃苦、多出力！”沈振新说到这里，脸色突然起了变化，血液从颈项里冲上脸来，牙齿紧咬着

颤抖的口唇,眼光明锐地逼视着所有的人,同时也逼视着黑隐隐的孟良崮的山头。他继续说:

“把所有的炮火集中!猛打!抢占山头下面那两个陡崖,站住脚,一股劲朝上攻。不许敌人还手!炮不停,枪不歇,人也不停、不歇!不要留家底子!统统统统投上去!这个敌人不消灭,我们还吃得下饭,喝得下水去?对党,对老百姓,就交代不过去!”看他那说话的神情,完全不像是病人。他的话语就是“火力集中!”“猛打!”“炮不停!”的那股澎湃奔腾的气势。

他的声音就像是炮弹、子弹打击在岩石上一般,坚实而又响亮,干部们一股热浪般地奔涌而去,刘胜和陈坚是浪头,走在人们最前面。

沈振新检查了曹国柱对三个团的战斗部署以后,走到山腰后面曹国柱指挥所所在的一个大掩蔽部里。师的干部们大都在阵地上,只留下一个值班参谋在这里。沈振新感到疲乏,身子瘫软无力,后背倚靠在掩蔽部的石壁上,眼睛半闭着,嘴巴微微张开,在微弱的烛光下面假寐着,他是在利用这个短促的空隙时间,休息一下,养蓄精神,以便应付战斗紧急关头的需要。

李尧从皮包里摸出药片,倒了一杯热水,送到他的面前,他轻轻地摇摇头。

“是退热的,医生关照的:‘一定要吃!不吃不行!’吃了吧!”

李尧照着姚月琴的话说。

姚月琴的话果然有效。沈振新勉强地吃了药,喝了半杯水,仍旧倚靠在石壁上假寐着。

丁元善来的电话惊动了他。丁元善告诉他,粟裕副司令员来电话说,刚刚得到的消息,张灵甫还有突围逃窜的意图,准备在今夜突破我军阵地的一个缺口。野战军司令部要求全军“百折不挠，誓死歼灭这个敌人，不许敌人逃掉一兵一卒”！丁元善同时告诉他，野战军司令部送来了一千个榴弹炮炮弹和八百个九二步兵炮炮弹，加强他们这个方向的攻击火力。沈振新思索一下，感到有些不安，看看手表，离总攻击开始的时间只有二十五分钟，便站起身来，出了掩蔽部，向山头上匆匆走去。山路陡滑，齿石交错，长有针刺的野花野草，裹碍腿脚。夜幕已经张开，无星无月，天空一片灰暗。他手掌按着膝盖，一口气爬到曹国柱他们野外指挥阵地所在的山头上。

一到山头上，喘息还没有平定，向敌人最后的、也是最强大的堡垒——孟良崮的总攻击的炮声就轰响起来。

从各个方向的各个角落飞奔出来的炮弹，发出震空的怒吼狂啸，扑向孟良崮的山头和它的周身。孟良崮这座大山，在顷刻间成了火洋烟海，整个的山在打着痉挛，发着颤抖。敌人全被淹没在火洋烟海里面，哀号惨叫的声浪从火洋烟海里迸发出来，和炮弹的呼啸爆炸声搅在一起。

沈振新的精神突然振奋起来，他站立着，凝神地注视着战场上的这般景象，他两手卡住腰眼，两道浓眉高高扬起，圆睁着的两只大眼，在火洋烟海前面发射着顽强的晶亮的光辉。

他看得明白，他的部队跟着硝烟炮火，长龙巨蟒一般卷袭到孟良崮的山麓去。

这是他几天以来，目击自己的部属骁勇奋战的第一次，也是他二十年从戎杀敌参与人民革命战争以来，看到战争景况最为猛烈、士气最为豪壮、使他感到空前昂扬的一次。

“攻上去了!”曹国柱站在他的身边，判断着说。

“进一步巩固一步！不要后退一步!”他咬着牙根大声地说。

两颗红色信号弹射向沈振新的顶空，信号弹的光芒在黑空里得意地飞驰着。

“这是刘胡子那里攻击得手，占领第一步阵地的信号。”曹国柱告诉军长说。

炮声不息，枪声大作，手榴弹不断地炸响，炸药跟着轰鸣起来。战斗达到了白热化的程度。

沈振新悬着的心稍稍放下一些，他坐到一块石头上，两手交叠，搂着膝盖，目光仍旧对着前面的山上、山下，凝视着火洋烟海。

一个参谋跑回来报告说，刘胜、陈坚团的一个排，突入敌人阵地的纵深，占领了山腰上一个大地堡，俘虏了八十几个敌人。

“是哪一个连的？”沈振新问道。

“还没查问清楚。乱纷纷的，敌人跟我们扭在一起，分都分不清楚，到处打炮、打枪，一下子怎么查问得出？有的说是三营八连，有的说是一营一连，又有人说是那个连的一个排……总之，敌人垮了，一定无疑！”参谋口齿忙乱地回答说。

“去查问一下！”曹国柱对参谋说。

参谋又急匆匆地跑走了。他一边跑一边自言自语地说：“这一回，看你七十四师往哪里逃！”

山头上洋溢着欢快的气氛，纷纷地谈论着：

“这一回，我们能头一个突上山头才妙哩！”

“哪个班先突上去，我给他们起个名字！”

“什么名字？”

“叫人民英雄第一班！”

“不好，叫孟良崮班！”

沈振新想起了杨军。他问李尧道：

“小杨在哪个连？干什么？”

“当副排长，还在八连。”

“打下飞机的，是他那个排的？”

“是秦守本班的副班长，叫王茂生，今早出的《火线报》[①]上有他的画像。”

“秦守本？”沈振新回忆着说。

“杨军、他、我三个人一天参军的。那次从涟水下来，失掉联络，你还跟他谈过话的。”

“这个人行吗？”

“干得不错！从前有点落后，现在好了。”

沈振新点点头，表示想起了秦守本的形象。

这个夜晚，沈振新一直在山头上留到十点多钟，等知道占领孟良崮山腰上一块阵地的是石东根、罗光他们那个连，这个连最先突上山腰阵地的，是杨军当副排长的那个排的秦守本班，才心情欢快地回到山后的掩蔽部去。

六七

数百个锋利的箭头穿射进拼死抵抗的敌人营阵，把大群密集的敌人撕裂成无数的碎片。在总攻击开始两个多小时以后，孟良崮山麓的敌人就被完全肃清，大批大批的敌人放下了武器，孟良崮山体的偏枝骈爪都被斩断砍尽。但是，战斗激烈的程度不仅没有减退，而且在继续增长。

气氛闷热、干燥、浑浊，填塞着人们的胸口，使人们感到呼吸

---

① 《火线报》是军政治部出版的一种油印报。

困难。

刘胜、陈坚团的队伍，在扫清山麓敌人以后，袭上了山腰，在山腰上和敌人进行着恶战苦斗。

在仰头上攻的时候，连长石东根一脚悬空，一脚踏在悬崖的石齿上，左手紧攀着生根在石缝里的一棵小柏树，右手抓住驳壳枪，向居高临下的敌人射击。他的高头的敌人，正在和刚刚袭上悬崖的林平、杨军他们进行着血肉的搏斗。

“占领那个山洞！”石东根喊叫着发出命令。

一颗硫黄弹在他的身边爆裂，茅草燃烧起来，小柏树跟着燃烧起来，但他还是死命地抓住燃烧着的小柏树，跃上了悬崖上面的平石。他的帽子着了火，头发烧焦了半边，他摔去着了火的帽子，火在他的周身蛇一样地盘绕着，吐着青烟，他扑着火，撕裂着衣裳，抛弃了正在燃烧着的破碎的布片。他的上身几乎是赤膊了，短袖衬衫敞开了胸口，裸露着两只粗黑的臂膀和黑毛茸茸的胸脯，更顽强地继续战斗着。

战斗在山洞门口激烈展开，刺刀和刺刀交刺对杀，发着“吭吭嚓嚓”的响声。二排长林平手里的汤姆枪正在扫射的当儿，敌人的一把刺刀从他的侧面刺来，林平的右臂擦着了敌人的刺刀口，汤姆枪跌落到石头上。跟着，他的身子也就跌倒下去，他还清醒如常，继续用他的左手抓起压在自己身下的枪来，把枪托抵在胸口，向敌人射出枪膛里剩余的三颗子弹。石东根的怒火猛烈地燃烧起来，从林平手里拿下了汤姆枪，随手抓起一个弹夹，塞进枪膛，向他左右两边的敌人狠命地横扫猛击，子弹像火龙一般卷袭着敌人。杨军眼尖手快，向敌人丛里扔了一个榴弹，弹片四飞，敌人纷纷地应声倒下，只是胡滚乱撞，大哭大叫。急忙接应上来的战士们，在石东根的喝令之下，潮水一样地涌向山洞口去。黑暗中的战斗，在几分钟的血肉搏战以后胜利解决，距离孟良崮山峰一百五十米的山洞和一片平崖，给石东根连夺取下来。

在这个战斗里，林平在山洞门口英勇牺牲，石东根命令杨军接替二排排长的职务。

“同志们，要给二排长报仇！一口气攻上去！”杨军激愤地大声喊叫着。

“对！一直攻上山头！”石东根大声叫道。

“不！等一等！站稳脚再说！”罗光拦禁着说。

“那就先把附近两边的敌人肃清！”石东根接受了罗光的意见。

一排的两个班立即出动，向山洞两边搜索着附近的敌人。

石东根坐在山洞里面，头部和身子感到疼痛。他的头上、臂膀上、胸口布满火伤的痕迹，裤子撕得稀烂，伤痕所在的肌肉不住地打抖。

“你下去吧！”罗光对石东根说。

“不到孟良崮顶上不下去！除非他们把我打死！”石东根咬着牙根说。

李全脱下自己的上衣，披到石东根身上。石东根随即摔还给他。

“不要！”石东根余怒未息地说。

“我马上解俘虏下去，给你拿衣服来，你先披一披！”

“不要！不要！光身子打仗，漓爽！”石东根把李全二次给他披上的衣服，又摔给李全，高声地嚷叫着。

文化教员田原领着担架赶到洞门口，把牺牲了的林平和其他四个伤员安置到担架上，让民工们抬到山下去。他走到山洞里面，在黑暗里找认到石东根面前。

“连长,有什么话交代?”田原问道。

“有水吗?”石东根问田原道。

“有!”田原取下身上的水壶,递给石东根。

石东根大口地喝光了满壶的冷开水。

“告诉营长、教导员,我们占了山洞,要后面部队赶快上来,攻上面大山头!”

田原看到连长光着两臂,袒着胸口,头发少了一半,裤子破烂不堪,伤痕好几处,一面应诺,一面脱下自己的上衣和裤子,递给连长。

“我不要!”石东根推开衣服说。

“你穿着吧!”罗光命令式地劝说道。

短衫短裤的田原,又把衣服掷给连长,闪电似的出了山洞,带领着几个战士,押着二十多个俘虏走下山去。

团长刘胜得到石东根连攻占距孟良崮山峰一百五十米的阵地的消息以后,立刻向全团下了连续进攻的命令,以石东根连现在的位置为中心,夺取石洞两翼的敌人阵地。

各处的战斗仍在热火朝天地进行着。

灰暗的云给炮火吓退,月牙儿和星星出现在高空里,向酣战在沂蒙山的战士们洒出了洁白的光亮,仿佛为了给战士们照明攻击道路,更便于歼击敌人似的。

团长刘胜站在石东根他们所在的山洞对面的斜坡上,精神振奋地望了一阵,然后冒着纷飞的炮火走下山坡,在三营营部指挥阵地上,迎头碰见营长王鼎。

“赶快!趁热吃!赶快攻上去!”刘胜站在山沟旁边对王鼎说。

“已经攻出去了!”

王鼎答了一句,急忙地向前奔去。

恰在这个时候,一批敌人的炮弹跌落下来,弹片、烟火,在刘胜前面队伍前进的道路上飞舞、爆响、燃烧。

队伍冒着敌人的炮火,仍然像潮水般地仰头进攻。

敌人的枪弹从山头上泼洒下来,并且夹杂着扔掷下大大小小的石块。

一股敌人从侧翼俯冲过来,进攻的队伍在半山腰上和敌人展开了刀光闪闪、火花灼灼的白刃战。

同是这个时候,占领山洞的石东根连,遭受着敌人的凶猛反击。榴弹在那里迸出密集的轰响,枪声像翻滚的粥锅似的,敌我对战的喊杀声在那里沸腾着、震抖着。

李全把着那棵小柏树跳下山崖,顶着弹雨奔驰下来,在黑暗中的人群里东冲西撞,喊叫着:

“营长! 营长!”

刘胜听得出那是李全的叫声,叫邓海跟着李全的叫声把李全找到跟前,急迫地问道:

“你们那里怎么样?”

“敌人两个连攻我们,连长说,要赶快派部队上去!”李全火急地回答说。

“山洞丢掉了?”

“没有! 正在山洞门口拼刺刀! 再不加强力量,就靠不住!”

刘胜仰头看看,那里打得确是激烈,枪声短促密集,榴弹接连不断地爆响着。

听了李全的话,刘胜觉得形势危急,石东根连的阵地如果不能巩固坚持，就要增加攻击孟良崮山峰的严重困难，他感到肩上突然沉重起来。他的全身滚热，心急如火，汗珠雨点一般向下滴落，手里抓住的驳壳枪枪柄，像是浸在水里一样，又湿又滑。他来不及抹去汗水，更来不及再加细问，便大步向前疾走，在烟火弥漫中叫着王鼎的名字，同时向面前纷纷奔跑着的向敌人攻击的战士们不住地喝令着：

“打上去！不让敌人喘气！不让敌人还手！打！打上去！”

他在一个洼地上找到王鼎，王鼎正在焦急万分当中。按照刘胜的指令，王鼎立刻派了一个排插入到敌人的侧后，夹击从侧翼俯冲下来的敌人。一部分火力接应着石东根连的山洞两侧的战斗。

“赶快回去！告诉连长、指导员，没有问题！我在这里！拼到最后一个人，一条枪，也要把山洞阵地守住！去吧！”

李全听了团长的命令，大步狂奔地回到山洞口的阵地上去。

紧跟在李全后面，两个排的一律汤姆枪配备的短促火力的突击队，攀上了山洞口边的阵地，投入到粉碎敌人反击的战斗里。

眼前的战斗情况，艰巨、紧张、激烈而又复杂，呈现着敌我死纠活缠，互相扭打厮杀的白热状态。这样的山地夜战，在打了十五年仗的刘胜的经验里不曾有过。把握眼前的战斗的脉搏，控制它的跳动，他感到吃力，但又觉得在这个艰险危急的局面之下，正是他英雄用武的时候。他坐在草坡上稍稍歇息一下，思量一阵，便抓起刚刚迁移到面前来的电话机的话筒，要通陈坚，向陈坚说：

“把你手里的一个营，拿两个连给我！”

“他们钉在火线上，怎么拉得下来？”陈坚回答说，表示很难执行他的决定。

“这边形势危急得很，小牛山那边攻击停止！”刘胜决断地大声说。

“那边怎么样?”

“三营两面受夹,石东根连占的山洞,敌人攻得很紧。山洞阵地保不住,孟良崮就没法攻!赶快吧!留一个连在小牛山那边佯攻,要他们在三十分钟以内赶到我这里!”

“好吧!”

刘胜认定巩固石东根连现有的阵地,是决定当前战斗发展的关键,一切战斗力量都要集中地使用到这一点上来。他叫参谋喊来了团部警卫连连长,向警卫连连长问道:

“想打仗不想?”

“想打有什么用!还挨得到我们?”警卫连连长埋怨似的说。

“喊你来,就是要用到你!不要噘嘴歪鼻子!马上把队伍拉过来!”

求战心切的、很少得到参战机会的警卫连连长,转过头跑了回去。只是几分钟工夫,他就把一个连的队伍,除去骑兵通讯班而外,全都拉了过来。刘胜把他们交给王鼎指挥,参加到山洞口的战斗行列里去。

陈坚指挥的二营两个连,撤出小牛山战斗,不到三十分钟就跑步来到了这里。

“你们累不累?”刘胜向集拢在他面前的队伍大声问道。

“不累!”战士们齐声洪亮地回答说。

“累,就休息一下,再上去!”

“不要休息!”

“身上带馒头没有?”

“带了!”

刘胜转脸向各处望望，山洞口边的枪声比刚才稀疏了一些，半山腰上的白刃战还在僵持的状态里，西南方敌人侧后的枪声、榴弹声正响得猛烈。他觉得手里这两个连，是他仅有的没有拿到火线上去的力量，而他们又刚从小牛山火线上拉到这里，他又不禁有些犹豫起来。他想把这两个连保留一些时候，到实在不得已的时机再使用上去。就在这个当儿，李全又向他的面前急促奔来，李全还没到面前，他就大声喊问道：

"小鬼，又来干什么？"

李全气喘吁吁地跑到他的面前，急迫地说：

"敌人放催泪弹、毒气弹！……连长、指导员要首长想办法！"

刘胜的怒火冲上脸来，向李全吼叫着问道：

"山洞丢掉没有？"

"没有，敌人垮了一次，现在又在攻。"

"龟孙子！真坏呀！"刘胜咬着牙根咒骂着敌人。他转脸向战士们说：

"坐下！每人吃两个馒头，喝几口水，马上出动！"

队伍坐下去。

他们确是饥饿了，赶忙拿出干粮、水壶，吃着、喝着。

刘胜把营、连、排长喊到面前，交代了攻击任务，又走到队伍跟前，用他那充满仇恨的洪大的声音说：

"同志们！上头就是孟良崮，打下这个大山头，七十四师就完结了！打下孟良崮！活捉张灵甫！不是今天夜里，就是明天早晨！你们的子弹登膛没有？"

"登膛了！"战士们昂奋地齐声回答。

"刺刀擦亮没有？"

“擦亮了！”

刘胜和战士们雄壮的吼声，在山谷里回荡着，激起了巨大的声波。

“马上出动！走上风头，从敌人的屁股后面打上去！”

队伍在刘胜的激励和信心坚强的命令下面，拉了出去，沿着陡坡，向石东根连山洞阵地的右侧，绕道斜插上去，朝敌人的背后攻击前进。

刘胜拍拍李全，说：

“坐下歇歇，小家伙！”

李全揉着眼睛，坐在他的身边。

“催泪弹怕什么？”刘胜用袖口遮拢着香烟，一边吸着，一边说道。

“睁不开眼，怎么打仗？”李全咕噜着说。

“不要紧！揩干眼泪，眼珠更明亮，看得更清楚！”

紧张忙碌的李全，听到枪声很紧，又跑回阵地上去。

“告诉‘石头块子’！不要发慌！狠狠地收拾这个敌人！”刘胜对跑着的李全喊叫着。

刘胜斜躺在洼地边上，望着战场的各个方面。弹火在孟良崮周围穿射奔驰，夜空里抖荡着战斗的音响，整个的山体在颤抖、跳动，孟良崮山峰仿佛就要倾倒下来似的。枪炮声又在各处猛烈地爆发出来，山腰上的枪声远了，夹击侧翼敌人的一个排，好像是攻击得手，枪声在敌人的背后炸响。小牛山那边的山头上，闪着红色的电光，他认为当前的形势已经扭转过来。于是，他爬起身来，向前面的山腰上走去。走了没有几步，两个连的生力军在山洞右侧敌人的背后，打响了汤姆枪和手榴弹，火光在那里腾起。他疾步赶上山腰,两手卡着腰眼,站立在一块岩石上聚神地凝视着、观察着战场上的种种动静。

一阵猛烈的弹雨,突然在他的左侧山崖边炸响。他转头定眼一看,是一小股敌人在我军战士们的追击之下,向他的面前奔来。在他连忙抓起枪来的时候,有十多个敌人已经窜到他跟前十多米的地方,一面奔窜一面向他射击,子弹在他的身旁纷纷穿过,发着尖锐的啸声。邓海手里的驳壳枪向敌人射出了子弹,同时大声叫着:

“团长! 赶快下去!”

团长手里的快慢机也开了火,一口气打光了一夹子弹,有几个敌人在他和邓海的凶猛射击之下,倒掼在他的眼前。在他安装第二夹子弹的时候,敌人的汤姆枪子弹向他飞射过来,邓海连忙跑向他的身边,而他却已经中了枪弹,摔跌在岩石下面。

就在这个当儿,这一小股二十来个敌人给追击上来的战士们完全歼灭了。

腹部受了重伤的刘胜,躺在担架上。他的眼睛仍然放射着强烈的晶亮的光辉,仰望着山洞口和山洞右侧敌人背后战斗激烈的地方。他向邓海喃喃地问道:

“打得怎么样?”

“听枪声,攻上去了!”邓海扶着担架,大声地回答说。

两颗绿色曳光弹在他仰望着的高空升起,他急促地说:

“停下来!”

担架停下来,他定睛凝神地望着高空,高空里又升起两颗鲜红色的曳光弹,和刚才两颗绿色的循着一个线路,奔向一个目标——孟良崮高峰。他点点头,手按着胸口,平静地躺在担架上。他知道,这四颗彩色曳光弹是胜利的信号——两个连的英勇的战士们,夺取了山洞侧后的敌人的阵地，那里的敌人已经被歼灭了。

六八

刘胜躺在团指挥所旁边的一间小屋里，医务人员给他进行了止血、止痛和包扎的急救工作。他的伤势沉重，一颗汤姆枪的子弹进入到他的肚子里。他流血过多，心脏的跳动渐渐地微弱下来。呼吸缓慢、艰难，体温急速降低，脸色惨白。

潘文藻站在他的身旁，一再地在他的头部和手上探摸着，脸上现出悲伤难禁的神情，连连地向医生用低沉的颤声问道："要紧吧？"

医生轻轻地摇摇头。

陈坚听到消息，赶忙从火线上回来。他一见到刘胜，几乎一下子扑到刘胜的身上去。继而，他镇静了激动的心情，探探刘胜的微弱的脉搏，擎着烛光在刘胜的脸上和包扎起来的伤处细看了一番。

刘胜抓住陈坚的手。陈坚感觉到他的手虽然很凉，但却有力而又亲切。

"前面……怎……样？"刘胜喉咙哽塞地问道，两颗黑闪闪的眼睛，盯牢在陈坚的脸上。

"你这一着决定得好！几处敌人都消灭啦！小牛山的敌人逃走的时候，给消灭了一部分，山洞口的阵地完全巩固了！"陈坚用兴奋的神情回答说。

"政委！把队伍……整理一下……攻到……孟良崮顶上去！"刘胜说到这里，紧咬着下唇，更用力地抓住陈坚的手，接着说道：

"捉住张灵甫……带给我看看！……我要看看……这条

疯狗!”

刘胜简短的语言,坚定的眼神,庄严乐观的脸色,使陈坚得到明朗的深刻的感受。在这个时候的陈坚的感觉里,眼前的刘胜还是平时的刘胜,他甚至比没有受伤的时候还清醒。他是那么刚毅、坚决、果敢、顽强,在自己身负重伤、生命垂危的时候,还是那么蔑视、仇视敌人的英雄气魄,深深地激动着陈坚的心。

陈坚向他连连地点点头,就着他的耳边噙着欲滴的眼泪说:“到野战医院去休息吧! 老刘,这里你放心!”

刘胜用他那特有的乌光闪闪的饱含着胜利信念的眼睛,和陈坚、潘文藻以及屋子里所有的人告了别。

刘胜被运送到野战医院的时候,已经夜半。在一间幽静的屋子里,他安详地躺着,眯缝着眼睛,眉头稍稍皱起,仿佛还在想着什么。

在医生们检查诊断以后,刘胜便和常人一样,合上眼皮安睡了。

在邓海眼里,他保卫和侍从了两年的团长,几乎没有身负重伤的痛苦的感觉。“他不会死的!”他心里这样肯定地说。但是,医生们检查诊断以后没有表情的脸色,背着刘胜也背着他的低声耳语,走出门去的惶急的步态,又在他的心里投下了一个可怕的暗影。

“请你在这里照护一下,我马上就来!”

心情不宁的邓海,低声地向护士说了一句,提轻脚步急促地走出去。他奔到医生那里,医生不在,又奔到院长的住处。院长和医生们正在紧急地商谈着刘胜的伤势和治疗的方法,他们的脸色都很焦急而又忧伤。

“输血行不行?”

“只有输血，没有别的办法！”

“希望不大！”

“尽一切可能抢救，决定赶快输血！”

在他们商谈未了的时候，邓海惶急地插上去说：

“把我的血输给他！”

院长和医生们吃惊地转过头来，院长紧望着邓海问道：

“你是刘团长的警卫员？”

“是的！要输就快点！”邓海回答说，拉起衣袖，露出他的粗壮的臂膀来。

院长感动地望着邓海挂着眼泪的充满激情的脸，捏捏他的血液旺盛的臂膀，对医生们说：

“他的体质很好，赶快验验血型！”

验过刘胜和邓海的血型，确定邓海的血可以用，邓海便赶紧地回到刘胜身边，等候着把自己的血输入到团长的血管里去。

院长、医生、医生的助手走到病房里的时候，刘胜的眼睛忽然睁开，呆呆地望着他们。他的胸口起伏抖动，呼吸艰难、急促，一只手使力地抓住床边，一只手勒紧拳头，仿佛在和敌人进行搏斗似的。

邓海蹲在他的身边，按住他的臂膀，轻轻地叫着：

“团长！团长！”

团长没有作声，呼吸更加急促，眼睛却格外发亮。

医生探探他的脉搏，走到院长身边，耳语道：

“不行了！”

濒于弥留的刘胜，突然镇静下来。他缓缓地弯过手臂，在他的手腕上摸索着，取下那只不锈钢的手表，接着又在胸口摸索着取下粗大的金星钢笔，再接着，又把一只手探进怀里，摸索了许久，取出一个小皮夹，从小皮夹里取出一个小纸包，再从小纸包里取出了一张第二次国内革命战争时期苏维埃银行的一元票券。他把这三样东西握在一只手里，哆嗦着掷给邓海，声音微弱但是清晰明朗地说：

“交到组织部去！这张票子，……是我……参加红军那一天，事务长……发给我的。……十五年了，……是个纪念品。……”邓海的眼泪川流下来，握着表、钢笔和苏维埃银行票券的手，剧烈地颤抖着，头埋在刘胜的怀里，叫着：

“团长！团长！”

“打得……怎么样？孟良崮……打下来没有？”刘胜低沉缓慢地问道。

“打下来了！张灵甫捉到了！”邓海为着宽慰他的团长，脸挨着团长的脸，颤声地回答说。

“‘小凳子’！……好好干！……听党的话！……革命到底！”

他抚着邓海的脸，声音竭力提高，但却仍然低沉缓慢地说。

刘胜的眼珠放射出两盏明灯般的亮光，在屋子里闪烁着。

“不要……告诉……我的老妈妈！……免得她……难过！”

刘胜说了这样最后两句感情的话，呼吸遽然停止，脉搏停止了跳动。

他闭上眼睛，安静地平坦地躺着。

邓海带着沉重的悲痛，在回向团部的山道上奔走。他从民工担架的队伍里穿过，推撞开碍路的俘虏，涉过溪水，越过山峡，不顾脚痛，忘了疲劳，奔回到孟良崮山麓。他像是到了生疏的山野，迷失了方向似的，在山麓找寻、询问了好一大阵，没有找到团指挥所。

他站在山口边呆愣着，抹着脸上的汗水，一转头，瞥见一个大地堡里透出一点灯火，便跑了过去。在地堡门外，有人迎面喊了一声：

“邓海！”

邓海近前一看，喊他的是李尧。

“你怎么？从哪里来的？”李尧走上来惊异地问道。

“医院里。”邓海回答说。

“刘团长怎么样？”

邓海没有回答，哇地哭出声来。

听到刘胜身负重伤、心情悲痛的军长沈振新，听到哭声，立即走出地堡，微怒地惊问道：

“什么人在这里哭？”

“邓海！”李尧颤声地告诉他说。

“你怎么跑到这里？”沈振新向邓海问道。

邓海还在呜咽着。

“哭什么？怎么不跟团长在一起？团长怎么样了？”沈振新有了刘胜牺牲的预感，紧迫地问道。

邓海揉揉泪眼，说：

“牺牲了！”

“到医院里没有？”

“到了！”

“到了医院才牺牲的？”

“唔！”

“动了手术？”

“决定把我的血输给他，没来得及！”

沈振新的心头遭受到沉重的突然的袭击，战抖着，脸色立刻阴沉下来。只是一转眼的工夫,他又转而冲动起来。他跳下地堡,抓起电话筒,接连地和政治委员丁元善、师长曹国柱说了话,告诉他们刘胜牺牲的事,决定由陈坚兼代团长的职务。接着,他在电话里用沉痛的激愤的声音向陈坚说:

"陈坚同志!刘胜同志已经牺牲。现在,军党委决定由你以团政治委员的身份兼代理团长的职务!不要因为刘胜同志的牺牲,影响到战斗的发展!刚才,我向你说过,你们要把战斗打得更好!要告诉全团,我们的血不会、也不该是白流的!"

沈振新的话,说得响亮、明确,简单的语言里,含蕴着无限的沉痛和使陈坚深受感动的力量。

"接受军首长的决定!我们一定配合全军,消灭这个敌人!"

陈坚激愤地毫不犹疑地向沈振新说。

陈坚苦痛地沉思着,倚傍在门口边。他感到从未有过的伤痛,眼眶里滚动着泪珠。他把潘文藻和面前的几个干部立即分派到各个营的阵地上去,传达军首长的命令。要求各个部队迅即进行火线上的鼓动工作。他镇静下来,向大家瞥了一眼,用坚定不移的神态对潘文藻他们说:

"刘团长是我们的榜样!他挽救了战斗的危险局面。他的牺牲流血是光荣的!号召每一个指挥员、战斗员学习他,学习苏国英团长和刘胜团长忠诚于党的精神!用最顽强的斗争意志,消灭当前的敌人!把血染的红旗插到孟良崮的高峰上去!"这是庄严的宣誓,也是庄严的战斗命令。

潘文藻他们奔向火线上去。

陈坚冷静下来,走到地图跟前,用红铅笔在孟良崮山头下面已经夺得的几个要点上,画上大大的圆圈。然后,从红圈引申出红色的箭头，指向已经陷于最后孤立的孟良崮山峰。

邓海回到团指挥所，把刘胜在医院里牺牲的情形，牺牲以前说的话，一一地告诉了陈坚，拿出刘胜的遗物，放在桌上。

钢笔静静地躺着，表的心脏还在“嗦嗦”地不停地跳动，完好如新的苏维埃银行票券中央的斧头镰刀和五角红星，在灯火下面闪耀着光亮。

刘胜的魁伟的英雄影像，活现在陈坚的眼前。邓海含泪回述的刘胜和他永别以前的关怀战斗、关怀他的母亲的话语，在陈坚的耳边轻轻地明朗地回荡着。

屋子里肃穆无声，人们浸沉在长久的悲愤里面。

枪声突起，猛烈的战斗重新开始。

从战友的流血获得力量的陈坚，身任团政治委员兼代理团长职务的陈坚，以他素有的以及现在显得更其明朗的英雄姿态，用矫健轻捷的步伐，跨出小屋，重又走向热火朝天的前沿阵地上去，开始他的下一阶段的战斗指挥工作。

六九

夜深，月牙儿沉落到地平线的边缘上。它那晰白的溪水般的光华，正好穿过两个陡峰的峡谷，透射到孟良崮高峰下面的山洞里来，使经过大半夜苦战恶斗的战士们的脸上，发着朦胧的光亮，感到一阵狂热以后的凉爽。

团长刘胜身负重伤，终于不幸牺牲的消息来到山洞里的时候，石东根因为过度的疲劳和战斗的告一段落，正躺在山洞口边小睡。首先得到消息的罗光，觉得应当告诉他，但又不想立即告诉他。同样的，他认为应当告诉连里的全体人员，但又不想、甚至惧怕告诉他们。他甘愿让他一个人代替全体同志以及连长石东根来忍受强烈的痛苦。他默不作声地坐在山洞口的月光里，不安、愤恨、激怒，在他的血管里，在他的心胸里振荡着。他把刚从营部来的李全拉到一边，低声问道：

“营首长怎么说的？一定要向大家宣布？”

“是的！说要号召大家报仇！”李全揉着泪湿的眼睛说。

他想到营部去一趟，但是石东根在睡着，他要掌握阵地上的情况，应付敌人可能的再度反击。他想喊醒石东根，但又想到喊醒了他，就没有理由再瞒住他。这时候，从崖边走来的杨军，发觉指导员有些焦灼不安，只是在山洞口踱着零乱的脚步，并且吁了带着怨愤似的一口长气。

“指导员，你休息一会吧！”杨军说。

指导员没有答话，摇摇头，脚步显得更加零乱。

杨军又看到李全在揉眼睛，走近前去，把李全的脸扳过来看看，李全慌忙地掩住自己的眼睛，避过脸去。杨军在惊异之下，感觉到自己的指头沾上了李全的泪水，于是大声地问道：

“你哭！为什么哭？”

“没有……什么。”李全望望罗光，无法掩藏地带着悲音吞吞吐吐地说。

“告诉我！出了什么事情？”杨军抓住李全的手，严厉地追问道。

石东根醒来，许多战士也都醒来。

“啊？出了事情？”石东根走到洞外面，惊讶地问道。

“小鬼在淌眼泪！”杨军告诉他说。

“没有！没有！”李全惶急地否认道，手又不由自主地在眼睛上揉擦一下。

罗光不能再隐瞒了，他把李全带来的消息，低声地告诉了石东根和杨军。

石东根和杨军立即沉默下来。

“营长说，什么时候攻大山头？”静默了一刻儿以后，石东根突然地向李全问道。

“说陈政委通知听候命令行动。”李全回答说。

“一口气攻上去多好！等！等什么？不知道！”石东根气愤地说。

“我下去一趟！”罗光对石东根说。

“好！跟营长、教导员说说，要攻快攻！我不高兴再等！报仇！报仇！他们不攻我们攻！”

罗光带着李全跑下山去。

石东根难过了一阵，想到气要出到敌人头上，便拉着杨军在月光已经逝去的黑黝黝的山洞附近，再次地观察和寻觅向孟良崮山峰攻击的道路。他们两个并着头在滑得把不住手脚的山石上缓缓地爬行着、摸索着，睁大眼睛，上下左右地瞟来瞧去。敌人仿佛死光了似的，一点声息没有，除去天空飞机的哀鸣和不时地扔下一两颗惨白的照明弹以外。在山洞左上角二十米左右的地方，杨军发现敌人的一具尸体，尸体旁边横着一支带着刺刀的日本造“三八”式步枪，他捡起了它，从尸体上跨越过去。接着，他又隐隐地看到三个敌人从一块大石头后面慌张地伸出头来。

他拍拍石东根，用手指把石东根的眼光引向那三个敌人。石东根瞟见了敌人，便和杨军在尸体前面匍匐下来，端着枪，对准着敌人准备射击。敌人越走越近,像是发现了他们两个似的,直向他们两个面前连滚带爬地摸索过来。杨军忍耐不住,正想扣动枪机,石东根制止了他。石东根看到三个敌人的手里都没有枪,其中一个人的手里好像拖着一根绳子或是什么带子似的。他咬着杨军的耳朵边子,告诉杨军他看到的情形,杨军点点头,表示他也看到敌人的手里确实没有武器。待敌人接近到面前只有十来步的时候,石东根挺起身来,低声吆喝起来:

“站住!”

三个敌人蓦地吃了一惊,便滚跌在他们面前,连忙举起双手,其中一个恐惧地说:

“不要开枪! 我们是来投降的!”

石东根和杨军就在这个滑坡上,盘问了三个投降的敌人士兵从山头上逃下来的情形,其中拖着一根吊炮上山的粗绳子的一个回答说:

“用这个吊下来的,四个人,跌死一个,还有我们三个。”

回到山洞口,石东根和杨军都很得意,带回三个投降的敌人,又找到了向山峰攻击的比较合适的道路。团长刘胜不幸牺牲的消息带给他们的悲痛,似乎由此消失了不少。石东根和杨军都是硬汉子,任何最大的痛苦,他们都能经受得住,不管是肉体上的,或是心灵上的。两个比较起来,杨军自然比石东根要稚嫩和脆弱一点,悲哀和愁苦的感情容易感染到他,但他又比石东根善于把感情回转在自己的心里。杨军把三个投降的敌人交给一个战士带下去以后,独自默默地坐在山洞外边的黑暗里。

他想到团长刘胜的形影,刘胜当营长的时候,曾经表现出非凡的勇敢。在三年多以前袭击沪宁铁路上新丰车站的战斗里,一个营的队伍，在刘胜的指挥下面，在大雪纷飞里面歼灭了敌人的一个小队，打死了二十八个日本鬼子，有三个日本鬼子被活捉。在那个战斗里，六个鬼子从左右两面扑到刘胜的身边，刘胜用手里的驳壳枪连续地结果了左面三个鬼子的性命，然后又转身对着右面的三个鬼子。当时，杨军正在他的身旁，给紧张的战斗吓呆，手榴弹的火索没有拉断就扔了出去。由于刘胜的大吼一声和他那临危不乱的坚定勇猛的行动的影响，杨军才和其他的战士们冲了上去，捉住那三个拼死挣扎的敌人。无可避免地，杨军又想到他所敬仰难忘的苏国英团长，他在医院里做过的那一段梦境，这时候，又一次地浮现到他的脑海里来。不同的，这一回杨军没有伤感落泪，因为这时候的他，是身在战场，因为他确信给两位为党和人民事业牺牲的团长复仇的时机已经到来。敌人，七十四师被歼灭，已经在不可逃脱的掌握之中。

拂晓以前，天空显得特别黑暗，山洞里黑得像一个水潭，使人感到无底的深沉。这里，挤满干部和战士，一双双眼睛，就和山洞外面天空里的星星一样，在黑暗里闪动着明澈的光辉。大概正是因为黑得过分深沉的缘故，挂在洞壁上的一面绣着斧头镰刀的绸布大红旗，就显得特别壮丽、辉煌。

现在，在战斗最前线的最接近孟良崮最高峰的石洞里，同时举行着两个庄严肃穆的仪式——追悼团长刘胜和加入中国共产党的新党员火线宣誓。

现任团政治委员兼代理团长职务的陈坚、政治处主任潘文藻、营长王鼎、教导员李泊，在山洞附近视察了阵地以后，都留在这里，和战士们紧紧地挨坐在一起。八连的全体人员（共产党员和非共产党员），除开在警戒线上执行任务的少数人以外，全都参加了这两个同时举行的仪式。

为先烈们和忠诚勇敢的有十五年军龄、十二年党龄的共产党员刘胜同志默哀以后，无产阶级的战歌——《国际歌》的歌声，便在这个用鲜血换取下来的黑沉沉的山洞里回荡起来。

歌声低沉到几米以外的地方听不到它，但却好像煽动了整个沂蒙山似的，雄浑的音浪像海涛的奔腾汹涌，有一种无穷的不可抗拒的宏大力量。歌声悲痛，悲痛到使人泪珠欲滴，但是谁也没有滴下泪来。因为歌声里更多的感情成分是激昂慷慨，是最高最强的战斗胜利的信心，是对于未来的光明远大的希望。

……团结起来，
到明天，
英特纳雄耐尔……
就一定要实现！……

悲痛的、愤怒的、充满信心的、力量宏伟的、低沉雄浑的歌声，在这个黑沉沉的山洞里回旋萦绕了许久许久，才渐渐地奔流到洞外面去，奔流向整个沂蒙山的各个高峰大谷去。

参加入党宣誓的有秦守本、李全、金立忠、张德来、安兆丰、夏春生、田原、周凤山等十二个人。

他们举起握紧拳头的臂膀，在红旗的光辉照耀下面，用他们内心的无限忠诚宣誓道：

“我们将永远地献身给中国无产阶级的革命事业，献身给全人类的共产主义伟大事业，不惜牺牲我们的一切以至生命，为党和无产阶级的利益，流尽我们最后一滴血！”

他们的语言也是低沉的，但它是发自他们的灵魂深处，它庄严、豪壮而又坚定。

在仪式进行的过程里，谁也没有讲话，从陈坚到每一个人都保持着激愤和静默。用不着歌声和入党宣誓以外的其他任何声音来增添他们内心的感受。所有的共产党员和革命军人的心坎里面，已经积满了对敌人的深仇大恨和最高度的战斗要求。热血奔腾在他们的周身，愤怒之火在他们的胸脯里强烈燃烧。如果谁在这个时候喊一句“冲出去！”他们就会立即跟着喊声不顾一切地一直冲到孟良崮的高峰上去，任何样的矢流弹雨都不可能阻挡住他们英勇无畏的攻击。

天色傍近拂晓，东方现出曙光。

陈坚走出到山洞口边，深深地吸了一口清新的朝气，用他那敏锐的饱含着胜利信念的眼光，向八连的干部和战士们扫视了一下，他的眼光仿佛是这样说：

“同志们！胜利是我们的！”

他向石东根、罗光和战士们高扬着手臂，和团、营干部们披着曙光晓色走下山去。

石东根、罗光和全连的战士们目送陈坚他们走下山坡以后，像一阵飓风一样，迅速地飞旋到各自的战斗位置上，迎接着今天的战斗。

七〇

一九四七年五月十六日的黎明时分。

红日在渤海海底还没有露出脸来，朦胧的曙光刚刚透过轻薄的朝雾，披挂到沂蒙山的躯体上，不知比前几天猛烈到多少倍的炮火轰鸣了。

对国民党匪军七十四师的残余力量，和他们占据的最后一个高峰——孟良崮的最后攻击宣告开始。

“用最大的勇敢，最有效的手段，攻下孟良崮，活捉张灵甫！置敌人于死命，争取完满的胜利！”

这是在检阅了当前的战况和经受了刘胜之死给予的一阵悲痛以后，军长沈振新发出的豪壮的语言。

他的简明劲拔的语言，是愤怒、仇恨、钢铁般坚强的意志、无限高度的胜利信念所糅合而成的强大的声音。它，通过电流，传布到阵地上，传布到每个指挥员、战斗员的耳里，震荡在每个指挥员、战斗员激愤的心弦上。

它是火种，迅速地燃烧起来，喷起赤红的汹涌的烈焰。

无数的炮弹从各个角落飞奔出来，像飞蝗一般，朝着一个方向，向着一个目标——孟良崮。它们在孟良崮肥大的盘形的顶端，在孟良崮的宽阔脊背上和胸脯上，在孟良崮粗壮的臂膀上爆炸开来。敌人设备在那些部位的地堡群，蜂窝样的藏身窟，密密层层的鹿寨工事，孟良崮的紫黑色的山石等等碎成了粉末，和着灰乎乎的炮烟飞扬腾起。

顷刻之间，孟良崮——这个敌人的最后巢穴和堡垒，便被掩埋在浓密的硝烟里面。

军长沈振新和军政治委员丁元善，站在孟良崮对面的一个陡险的怪石嶙峋的山峰上，观察着空前未有的战斗景象。

在他们明亮的眼里，他们的部属，兄弟友邻部队，对敌人展开了猛不可挡的攻击像大海的狂澜似的，涌向孟良崮高峰。他们仰脸上攻，却如同顺流而下，真是气势雄伟，如入无人之境一般。

沈振新身边的电话机，不断地震响着，火线上的捷报，滔滔滚滚地涌来：

“离孟良崮山头还有一百米！”

“扑灭了敌人一个加强连！”

“歼灭敌人一个旅指挥部！”

“两个连的敌人投降！”

“东南方的友邻部队解决了敌人一个团！”

“已经接近到孟良崮下面的陡崖！”

“敌人慌乱了，在破坏武器！”

“……”

沈振新的耳朵，从来没有在哪一次战斗里这么忙碌地享受过这样连续飞来的捷音。他是善于在最紧张的氛围里保持冷静的人，现在竟也忙乱起来。电话已经听完，话筒却还抓在手里，忘记放回到电话机上去。一面侧耳听着电话，一面顾盼着对面山头上的景象。他的眼睛从来没有这样贪馋过，用望远镜看看，又用肉眼望一阵，他不知道疲倦，许久许久，眼皮没有眨动一下。他的胃痛病并没有痊愈，身子疲乏、酸累，但他一直站立着，没有稍稍地移动过。

丁元善在昨天夜里，从指挥所奔到师、团阵地上，又从师、团阵地上奔回指挥所，全是在崎岖的荆棘丛生的山道上奔走。在夜半以后两点多钟的时候，又奔驰到野战军司令部去报告作战情况，领受作战指示，在一个多小时以前才赶回来。他整天忙碌，成夜不眠。由于沈振新的身体有病，许多指挥工作，他代替沈振新担负到自己身上，他的身体，他的脑子，都不曾得到最低限度的休息。但是，他现在同样地站在这个陡险的山峰上，坚持地伴着沈振新，执行指挥作战的任务。

部队掀起了红旗运动，进行战斗竞赛，沈振新和丁元善这两个军的最高指挥员和领导人，仿佛也在进行着争取最先把红旗插上孟良崮高峰的竞赛似的。

这是战斗最高潮汹涌澎湃的时候，连山石、草木、空气、溪流、飞禽、走兽、昆虫等等都卷入到这个高潮里来。休息？这时候的一切生物和无生物，都不甘寂寞，不能休息，更何况是掌握战斗契机的将军们。

副军长梁波从炮兵阵地上打来电话，用他那坚实响亮的声音，兴奋地说：

“榴弹炮的命中率，已经从昨天的百分之七十五，提高到百分之九十，炮兵观察员跟前线步兵部队的报告，孟良崮顶上最大的一个地堡给摧毁了！”

“鼓励他们！再提高！提高到百发百中！”沈振新在电话里大声地说。

一匹快马在山下的陡路上奔驰而来，马蹄踏着山石，发出“格格嗒嗒”的声响，马上的人像个勇敢的骑士，身子紧伏在马背上，缰绳拉紧得像是弓弦，两腿紧夹着马腹，马的四蹄仿佛是急滚的车轮一般。

“是徐主任！”李尧叫道。

说着，徐昆到了面前，李尧上去接过马缰。

徐昆满头大汗，汗珠滚滚地滴落下来，他的衣衫完全湿透，脊背上像是浇了一盆水似的。他气喘着，身子不住地摇晃，头，晕眩得很。他扶着崖石站立着，急促地说：

“电话怎么老打不通？”

“这一阵电话没有断过。”胡克告诉他说。

“我问了好几个俘虏，他们都说，张灵甫的指挥部在孟良崮后面的一个小山洞里，离山头一百多米，洞口有一棵小马尾松、两个地堡。我看，要集中力量攻他的指挥部！”

“可靠吗？”丁元善问道。

“可靠！俘虏这样说，几个投降来的也这样说。”徐昆挥着手势回答说。

“马上打电话告诉他们！”沈振新对胡克说。

电话摇手在胡克手里急速地旋转着。

“总机！快！哪个师接得通就先接哪个师！”胡克急忙地说。

第一个接电话的是师长曹国柱。

沈振新叫喊着命令道：

“孟良崮山头背后，就是山南面，离山头一百多米光景，有个小山洞，洞口有两个地堡、一棵马尾松。那是个蛇窟、老鼠洞，张灵甫躲在里面。派最强的部队去攻！这是敌人的要害！打蛇先打头，擒贼先擒王！……山头要抢！这个老鼠窟也要攻！……不管什么作战分界线，最后解决战斗的时候，只管消灭敌人！不管你的地区我的地区！哪里得手往哪里攻！哪里好打朝哪里打！”

沈振新的洪亮的带着幽默味的声音，在山谷里回荡着、震抖着。

仿佛是沈振新未曾料想到似的，西边阻击线上的战况，在他和丁元善兴奋、愉快的心情里，渗入了不安。鲁南增援过来的两个旅的敌人，正在猛烈地攻击他的部队所扼守的险要的阵地玉皇顶。玉皇顶前面的狗头崖，在昨天夜里激战了六个钟点以后，被敌人攻占。如果玉皇顶守不住，就是说，不能在玉皇顶下面粉碎敌人的攻击，让敌人越过玉皇顶，我军在这一线就无险可守了。玉皇顶距离孟良崮不过二十公里，玉皇顶一落敌手，孟良崮高峰的争夺战，歼灭七十四师的最后的战斗，就难于进行下去，我军就必然陷于欲罢不得、而又不得不罢的被动的地位，将是明显的无可避免的局面。阻击阵地上师指挥员来的电话，急迫地警号一般地告诉沈振新说：

“敌人攻击很猛，两次攻到玉皇顶山头下面，都被打退下去，现在又攻第三次！敌人放烟幕弹掩护冲锋，死伤一大片，还是拼死强攻！”

“敌人拼死强攻，我们就拼死硬守！拼光了，也得守住玉皇顶！”沈振新的心头感到沉重，向对方咬着牙根激动地说。

“现在是九点钟，部队还没有吃早饭。钉在火线上，没法子吃饭，干粮、开水送不上去！”对方语音沉重地说。

沈振新望着丁元善，脸上挂着不常出现的忧虑，低声地说：

“怕那边要出毛病！”

“这边处在最后关头，还能再抽出力量去？”丁元善感到为难，皱着眉头说。

“把侦察营拿过去！”沈振新说，抖动着眼角上几道浅浅的皱纹。

“侦察营大部分是短火器，打阵地阻击战，……”丁元善注望着他，考虑着说。

“奔袭到敌人后面去，把司令部、政治部两个警卫连也拿过去！打敌人的屁股！牵制敌人的正面攻击，能多拖几个钟头就行了！”沈振新当机立断，决然地说。

丁元善紧接着决断地说：

“只好这样！好呀！把全部家财都拿出去！”

沈振新转口到话筒上，语音沉重而又果断地说：

“我马上派五个连支援你们，归你们指挥，来个闪击战，奔袭敌人的后方指挥机关！正面，你们要坚决堵住，不准敌人前进一寸！不得到我们同意，玉皇顶阵地不准放弃！吃到饭要守住，饿肚子也要守住！过金沙江，打腊子口，还不是饿肚子打仗的？继承红军的传统精神！跟你们说明白，这是死命令！不能改变一丝一毫！”

沈振新放下话筒，对丁元善说：

“要老梁赶到西边去！”

丁元善点头表示同意，沈振新随即打通梁波的电话，通知梁波立即按照他的决定率领军部侦察营和军司令部、军政治部两个警卫连，以最快的速度赶到玉皇顶那边去。他对梁波说：

“……你辛苦一点！西边由你去掌握、指挥！归你负责！用一切办法粉碎敌人的攻击，把玉皇顶作为我们的孟良崮，我们打下东边的孟良崮！你们守住西边的孟良崮！”

“好！在这个炮兵阵地上也闷得慌！我马上动身！”

沈振新在电话里听到梁波嘴巴没有离开对他说话的话筒，对身边的什么人说道：“在那个机子上赶紧打电话，叫洪锋把侦察营跟司令部、政治部两个警卫连集合好，在他们庄子口上等我！”接着梁波又转口对沈振新大声说：

“你在这边安心打吧！我照你的意图办事！还有什么话说？”

“一切由你去部署！你马上走吧！”

沈振新感觉到他这一阵精神状态的紧张，像一条航行在汪洋大海里的船突然遇到狂风大浪似的，头上不住地滴着汗珠。

他喝了两口开水，隔了好一会儿，心情才稍稍平静一些，坐在给阳光晒热了的石头上，吸着烟。

玉皇顶那边的炮声，在他的听觉里猛烈地轰响着，东边、南边、东北边、东南边敌人增援部队向我军外线阻击阵地攻击的炮声,也越来越猛烈起来。他仰脸望望高空,敌机成群结队,川流不息,在孟良崮周围,在我军扇形的阻击线上不停地轰炸、扫射。

在他的感觉里,敌人正在竭尽全力做着最后几分钟的拼斗、挣扎,当前的战斗,正在胜利的边缘上旋动:干脆歼灭七十四师的完满的胜利和给敌人逃掉一部分的两个不同的结局,恰像两个摔跤角力的人,在他的眼前紧张地扭抱在一起,互相摔掼着,这个跌倒,那个爬起,这个爬起,那个又跌倒下去。他明确地认定,给七十四师逃掉一部分——即使是极小的一部分,不是失败也是重大的缺陷。无论如何,必须拿出全力争取到全歼七十四师的全胜的结局,决不能够出现这个结局以外的其他的任何结局。

“这一仗,蒋介石倒真的下了本钱!”沈振新深感到应付这次战役比以往的任何战役吃力得多,自言自语地说。

他正想打个电话问问前面的战况,电话铃响了起来。

在一个师的指挥阵地上督促和指挥作战的参谋长朱斌,在电话里报告说:

“刚抓到的俘虏——一个副团长说,张灵甫打算突围。”

“他能突就让他突吧! 密密层层的天罗地网,我看他插翅难逃!”沈振新用对敌人轻蔑的口吻,泰然自若地说。

“说准备今天黄昏的时候突!”朱斌又说。

“等不到黄昏,他就会完蛋的!”沈振新哼声地笑笑。

“他下了命令,说守到黄昏,每人发五块银洋!”

“嘿嘿! 让他睁眼做瞎梦吧! 发鬼钱冥洋还差不多!”

沈振新说完话,把朱斌报告的情况告诉丁元善、徐昆,三个人不禁同声地笑了起来。

在望远镜里，孟良崮山头争夺战正在山头的悬崖边上展开。

那里烟火腾腾，枪声稠密急迫，乱纷纷的队伍来去穿梭，彼此冲击。山头上显得人马混乱、慌张，有人爬上山头，又滚跌下来。好些飞机正在山头附近扔下炸弹，打着机枪，有一架飞机像是给对空射击的枪弹击中，尾巴上拖着一股白烟，仓皇遁走。冲锋号的嘹亮的尖声，在那里激烈地抖荡着。

沈振新放下望远镜，抬起臂膀在空中挥动一下，向丁元善说：

“我到曹国柱那里去！部队接近到山头上了！要督住他们，不能松劲！”

他急迫地奔下山去，徐昆望望丁元善，随即跟踪在沈振新的后面，迈开急促的脚步。

他们的脚步走得那么轻快，身子像是骑在滑梯上似的。一面急步飞奔，一面还仰脸望着孟良崮山头那边，仿佛他们是要赶到那里，亲身投入到山头争夺战里去似的。

胡克的心也飞向了孟良崮，懊恼地望着丁元善，心里暗暗地埋怨道：

“莱芜战役最后解决战斗的时候，轮到我值班，守电话机！这一回，又轮到我值班，守电话机！”

他转过头去，一眼看到一个戴着用青枝绿叶伪装起来的大斗笠、手里举着一把树枝的人，背着油亮亮的小皮包，跟在背着步枪的通讯员后面，急急忙忙地从后山头上奔下山来。他定神一看，竟是姚月琴。

姚月琴汗湿淋淋地奔到丁元善和胡克身边，脚步没有站稳，就喘息着急忙问道：

“孟良崮打下来啦？”

“打下来？有那么容易？”胡克冷冷地说。

姚月琴用不悦的、但又似乎含笑的眼光瞥了胡克一眼，转脸向丁元善说：

“人家都说打下来了，还说张灵甫也捉到了！”

丁元善正要答话，胡克张大眼睛抢先地说：

“是你捉到的？”他的话音里，像是含蕴着长久以来的不愉快的情绪，他的眼光仿佛也很严厉，但却使姚月琴并不感觉到难堪和不满，她不但没有反感，相反的，她倒觉得他对她有一种以往所没有过的温和与亲切。

她想笑，但又压制了它。

“丁政委！来了几份电报。好消息！捷报！”

她从小皮包里拿出一沓电报，交给丁元善。丁元善的眼光也暗暗地带着笑色，从胡克的脸上扫掠到姚月琴的脸上，使得他们两个相背地同时扭过头去。

丁元善翻阅着电报，姚月琴从胡克手里默默地拿过望远镜来，看望着孟良崮高峰。

“哎呀！我们的大炮打得多准啦！哎呀！山头上还有不少大洋马！还有大炮！……”

姚月琴一面看着，一面惊叫着。

胡克很想把闷在心里的许多话，一下子开放出来，对姚月琴说个痛快，但是，他又觉得眼前不是适当的时间和地点，便把要说的话，要出的气又压制下去。只在姚月琴还给他望远镜的那一刹那，在姚月琴的手背上，不轻不重地拍了一掌。姚月琴仿佛也有这种心情，闪电似的向胡克眨动了一下粗长的睫毛。

西线阻击阵地上又来了电话，丁元善入神地听着，“……玉皇顶还在我们手里,还在死纠活缠,…… 五个连还没有到,……敌人改变了打法,用小群突击,……孟良崮那边怎么样? ……”

“……玉皇顶是你们最后的防线! ……你们不要人在西边,心在东边! 我相信你们能够完成任务,你们辛苦,我们知道。……孟良崮,今天不到太阳下山,估计可以解决!”丁元善用他那素来是亲切恳挚的声音,向对方平缓地说。

“我们没有什么,东边也是打,西边也是打! 问题是下面有意见!”

“什么下面有意见? 同志! 是上面有意见! 是你们有情绪! 当了多年医生,我还能连伤风感冒的小毛病也断不出来?”丁元善一边翻着电报,一边扬起嗓音接下去说:

“我告诉你们几个好消息,有的是你们已经知道的:晋冀鲁豫太岳野战军五月四号结束了晋西南攻势,歼灭敌人一万四千八百名,晋察冀野战军五月八号结束了正太战役,歼灭敌人三万五千多名,延安东北蟠龙战役五月五号胜利结束,西北野战军歼灭敌人一个旅部、两个团,共计六千七百多名,在我们孟良崮战役发起的同一天,五月十三号,东北野战军发起了强大的夏季攻势,在沈(阳)吉(林)线上展开了全线出击! 全国各个战场,都有很大的战绩,我们华东这一仗,有全国各个兄弟战场的配合,跟全国战局有密切的关系,……你听到吗?”

“听到!”

“听到就好! 你不嫌我嗦吧? 你们要把眼光看远一点! 这一仗打赢,把七十四师消灭,意义大得很啦! 蒋介石说他这一仗是破釜沉舟、生死关头呀! ……我们军部连箱底都清光了,连我们司令部、政治部的警卫连都给了你们! ……梁副军长马上到你们那里来,听他指挥,打垮敌人的增援!”

丁元善放下话筒,笑着对姚月琴、胡克说:

“把这个敌人消灭,好不容易呀!”

“张灵甫还真比别的队伍难打!”姚月琴气愤地说。

“不然,还称得起蒋介石手上的黑桃爱司(A)?你回去,小姚!”丁元善一面望着激战着的孟良崮山头,一面对姚月琴说。

“我要在这里!”姚月琴接过丁元善给她的电报,坐下来说。

“你在这里干什么?”

“我要看看,打下孟良崮,我要上去看看!”她又从胡克手里拿过望远镜,靠在丁元善身边,望着孟良崮高峰。

“还是回去吧!”丁元善转过脸来微笑着说。

姚月琴的眼珠急速地转动一下,顿时想出了一条理由,笑着说:

“电报,沈军长还没有看!”

“走!移到前面山头上,靠到孟良崮身边去!”丁元善对胡克说,同时望了姚月琴一眼。

姚月琴觉得丁元善的眼光是慈爱的眼光,是不再坚持要她回去的眼光,便得意地笑笑,仿佛她和胡克之间的那条堤坝,已经冲破了一道缺口似的。她和胡克一起,紧紧地跟在丁元善后面,兴冲冲地走向前去。

七一

掷弹筒弹、六〇炮弹、迫击炮弹纷纷地击落在张灵甫的小山洞的洞口。两个小地堡中的一个已经炸翻,好几具敌军士兵的尸体,躺倒在支离破碎的石块一起，折断了的小马尾松的枝干，拖挂在山洞口，惊恐地颤抖着。硝烟、沙土和碎石块，直向小山洞里面钻进去。本就阴暗的张灵甫的这个藏身之所，现在变成了烟窟。

张灵甫、他的参谋长董耀宗和他的随从副官，正挤塞在这个烟窟里，遭受着硝烟、沙土和碎石块的袭击。

这样的逼到面前的突然袭击，使张灵甫不能不感到严重的威胁，不能不感到灾星已经降落到他的头上。这个善于装腔作势，用虚假的外形以掩饰内心活动的将军，丑恶的原形终于暴露出来。他恐惧了，他慌乱了。

“难道我跟我的七十四师就这样完结了?”他从来不曾想到、也从来不愿意想到的问题，终于在这个时候，楔进了他的脑子。恐惧，阻挡不住地浮现到他的紫檀色的脸上来。他的脸更像是一块猪肝了，血，淤积着，脸部的肌肉打着痉挛。死亡，死亡来到了他的眼前。

“还是突围出去!”他挣扎着说。

“突围，就是虎离山、龙出水！李仙洲的教训太深！太惨！突围，总裁绝不许可！也太迟了!”董耀宗悲叹着，绝望地说。

“这不是我的错误！是增援部队太不中用!”张灵甫暴戾地叫喊着，吞了一口硝烟，他的肿大的眼睛受了硝烟的刺痛，流出来的泪水，从他的眼角一直拖挂到他的腮底。

张灵甫濒于绝望的叫嚣，使参谋长董耀宗反而从死的恐怖里稍稍冷静下来。他低沉地痛苦地说：

“是你错了！也是国防部错了!”

“我错在哪里?”张灵甫急迫地厉声问道。

“莱芜一战，李仙洲被围，我们中央系统的部队，也有我们七十四师在内，要保全自己，救援不力，使他们陷于毁灭。这番，我们被围，他们桂系的七师、四十八师，会为了救援我们拼死卖命？我们错就错在没有算计到这一点！还有……”董耀宗见到张灵甫的脸色阴森可怖，腮边的紫肉不住地打着战抖，顿然停止了他的说话。

“还有？还有什么？你说吧！”张灵甫像是受审的罪犯，同时又像是审问罪犯的法官，从眯着的眼缝里透出一线邪光，斜睨着董耀宗，装作很冷静的神态说。

董耀宗和他一样，像是法官又像是罪犯。

“还有……”

“说下去！生死存亡的关头，有话说尽的好！”

董耀宗终于鼓起勇气说：

“还有，师长！你一生打对了九十九仗，这一仗打错了！”

“又错在哪里？”

“错在孤军突出，过分自信！”

“我过分自信？一个将官能没有自信？”

“将骄必败！”

“你说，我这就失败了？”

“大局已定！甫公，我们完结了！”

“你过分悲观！”

“事已至此，我无从乐观！”

“我绝不相信我们就从此完结！”

“不但我们七十四师完结了，我们整个的天下，江山也难于保全！”

“你荒唐！你糊涂！”

“我是死到临头的良心话，我觉得我这个时候，是我一生最清醒的几分钟。要党国江山可保,除非彻底改变!停止彼此钩心斗角、互相倾轧、各怀鬼胎的局面!共产党内部一心一德,我们是离心离德,尔虞我诈!唉!"

董耀宗痛哭起来,眼泪在脸上急速滚动,身子瘫倒在地上,枯瘦的脏污的两只手,紧抱着光秃的脑袋,正像一个被宣判了死刑的罪犯,快要临场处决的那种晕乎欲绝的样子。

张灵甫给他哭得心里发慌,难禁地受了他的感染,泪水又止不住地爬到腮边。但他毕竟是个趾高气扬的自命英雄的人,他冷笑着说:

"到今天,我才真正地认识你是这样一个软弱无能的人!"

董耀宗觉得受了侮辱,转过泪湿模糊的脸来。他没有还口,他用从未出现的凶恶的眼光盯着张灵甫,在他的心里痛忿地说:

"我是软弱无能,你是骄悍无用!"

张灵甫避开了董耀宗不服的对抗的眼光,抓过几乎已被忘却的电话筒来,叫道:

"找五十八旅旅长卢信说话!"他转口对董耀宗,像是哀求苦告、又像是怒斥一般地说:

"不要这样!哭有什么用?挽救当前的局面!"

卢信正在孟良崮山头上遭受到强烈的攻击,炮弹纷纷地落在他的身边。他在电话里嘶哑地喊叫着:

"师长!我卢信!"

"怎么样?……山头还在手里?"张灵甫问道。

"还在手里,……暂时不要紧!五十一旅脚下的五二〇、五四〇高地,五十七旅的石山、六〇〇高地统统丢了,局势危急!我这里,……师长!你赶快考虑……"

“抽得出兵吗？……我的门口，……敌人攻到我的门口！”

炮弹、子弹的炸裂声，震断了他的说话，停顿一下，他暴起脸上的青筋喊叫道：

“抽不出兵来？下不来？什么？……卢信！你是将才！你是我的人！孟良崮山头交给你！……喂！喂！……你说话呀……喂！喂！喂！……”

电话线断了，他再也喊不应卢信了。但他还是拼力地喊叫着，说完了对方听不到的这几句非说不可的话：

“不要管我！就是我死掉，你也不要放弃阵地！还有希望！我在这里！我在这里！……我们会胜利的！七十四师不会失败！”他摔下了断了线的电话筒，话筒跌撞到石头上，碎成了三四截。

董耀宗又清醒过来，爬到张灵甫的身边，连声地哀叫道：

“甫公！不行的！事已至此，祸患临头，赶快考虑我们的善后吧！”

子弹飞到门口，另一个地堡又炸毁了，喊杀声越来越近，打散了的马匹，在洞口外面狂奔乱跑，发出悲恐的嘶啸。

“山头还在我的手里！坚持到底！”张灵甫认为局势还没有到完全绝望的地步，用他那没有耗竭的自信撑持着说。

但是，和他共事十年之久的董耀宗，却早已绝望。他看到了他的主管长官从未有过的那种狼狈的神情：心神不宁，身子瘫痪，由于过分慌乱，摇晃着的脑袋，猛然地碰击到石头上，手枪从颤抖着的手里跌落到地上。

“赶快把小甫带来！”董耀宗对张灵甫的随从副官突然地命令道。

“带他来做什么？”张灵甫问道，拾起地上的手枪。

“带就带来吧!”随从副官颤声地说。

张灵甫思索着,没有作声。

随从副官趁着枪弹稀疏的时刻,爬出了山洞。

董耀宗觉得刚才和张灵甫的言语冲撞,冒犯了长官,心里有些懊悔。一种平素所有的意识,在他的脑子里活跃起来,那就是张灵甫对他还是有着深厚的情谊,他的少将参谋长的职位,是张灵甫一手擢升起来的。他觉得在这个危难的时候,应当以德报德,于是,他想到他应该尽到最后的忠义之心,保全他的长官张灵甫的生命。他认为:人,总应该活着。死,在任何时候都应该避免。死,病死,战死,自杀而死,都是不幸的。

“不是为了辅佐你,我不会在这个时代从事戎马生涯!我已经年近知命,甫公!人生的真谛是活,不是别的,不是死!这是最危险的时候,是死到临头的时候,我冒胆地对你说了这几句话。也许你不以为然,但我是出之肺腑。你用手枪打死我也未尝不可,我的心,真是忠于你的。我有家小,你有妻室儿女,我们不能叫他们悲痛终生!你知道,我不是贪生的人,我知道,你也不是怕死者,但是,我们不应该枉作牺牲!我劝你宁可做李仙洲、周毓英,不做蒋修仁,也不做戴子奇。[①] 只要不死,就还有可为。”

枪声又在附近猛烈炸响起来,一颗子弹打落了折断了的拖挂在洞口的小马尾松的枝干。

“事情迫在眉睫,甫公!请你三思!”董耀宗一阵惊恐之后,补充说。

---

① 周毓英是蒋介石匪军整编五十一师中将师长,在峄枣战役中被我华东野战军俘虏。蒋修仁是蒋介石匪军整编二十六师四十四旅少将旅长,在鱼台战役中被我冀鲁豫野战军击毙。戴子奇是蒋介石匪军整编六十九师中将师长,在华东宿北战役中,畏罪自杀而死。

随从副官在弹雨纷飞里，带着张小甫爬回到山洞里来。“小甫，你是师长的忠臣心腹，这是千钧一发、万分危急的时候，你应当为师长立功报效！”董耀宗对张小甫说。

张小甫在想着什么，眼皮不住地眨动着。他很镇静，用他的冷眼，在张灵甫和董耀宗的脸上猎取着神色的内在因素。他发现张灵甫似乎在懊恼悲伤，但又像是暴怒将发似的。张灵甫瘫倒在石墙上，脸色在急遽地变化，眼睛的凶光在小洞里闪烁着，手枪紧握在手里，那条受过伤的左腿，在微微地抖动，伸直又曲起，曲起又伸直。张小甫看得很明显，张灵甫的心正在激烈的痛苦的震荡之中。

“师长！你枪毙我吧！”张小甫毫无畏惧地轻声地说。

张灵甫没有任何表示，只是轻轻地嗟叹了一声。

“别说这些！情势紧急！”董耀宗说。

“师长要处罚你，早处罚你了！”随从副官挨坐到张小甫的身边，有意冲淡师长的怒气，同时又维护着张小甫，低声说。张灵甫稍稍沉静下来，外面的枪声却越来越逼近了，在不远的地方，声音嘈杂喧嚷，仿佛正在进行着肉搏战。

“要他们抵抗！把敌人统统打死！”张灵甫命令着，眼睛瞪着董耀宗。

董耀宗战栗着，几乎已经动弹不得，他惊恐得面无人色，像僵了似的。

“你们不去，我去！”

张灵甫怒冲冲地站起身来，端着手枪，要向洞口奔去。

董耀宗被迫着爬到洞口，伸头缩颈地四顾一番，终于贴着地面冒着弹雨爬了出去。他觉得再也回不来了，在洞外面，他向张灵甫留下了悲苦的永别的一瞥。

“调一个营到这边来！队伍都死光了吗?”跟在董耀宗后面，张灵甫又狂喊了一声。

张灵甫把手枪放在身边，颓然地叹了一口长气以后，对张小甫低声问道：

“你看到过陈毅?”

“看到过。”张小甫回答说。

“粟裕?”

“看到过。”

“沈振新?”

“看到过。”

“涟水那一仗，我还没有把他们打垮?”

张小甫摇摇头，说：

“李琰、甘成城、海竞强都是落在他们部队手里的。”

“这一仗，他们也来参战了?”

“唔!”

“你看到过李仙洲？关在监牢里?”

“看到过。不在监牢里，每天读书、写字、下棋。”

张灵甫沉默着，眼睛里的凶焰突然暗淡下来，眉毛低垂，一只手按着手枪，一只手按在激烈抖跳的胸口上。

“李副长官谈起过你。”

张小甫的话他没有听到，他的额头上蹙满了褶皱，一个幻想在他的脑子里盘旋着。他觉得他的生命力还没有完全枯竭，他还想活，他还想挣扎，他还想获得侥幸的机遇，他还这样自信：他的命运不会是失败和死亡，不至于在眼前的这个时刻，就宣告他这一生的最后完结。

“是他们放你回来叫我投降的?”他突然地问道。

“我恨战争！我希望和平！”

“跟共产党和平，就是向共产党投降！”

“我在那边，七八个月，开始我恨他们，怕他们。后来，我不恨、不怕他们了。事实叫我相信他们是实行王道、人道，主张和平的。”

“我们是王道！他们是霸道！”

“他们得人心！我们不得人心！”

一个受了伤的勤务兵爬进洞里来，哭泣着惶急地叫着：

“师长！不行了！赶快走！共军到了面前！”

机枪子弹、步枪子弹、手榴弹连续地打到洞口的石头上。石头崩裂下来，跳出纷乱的火花，又一阵烟雾堵塞了洞口，勤务兵又中了一枪，他的尸体埋在烟雾里，横在洞口。

随从副官慌乱地拉住张小甫，哭泣着连忙向洞里的弯曲处逃窜躲避。

“小甫！快想法子吧！你去叫他们不要打！和平就和平吧！”

随从副官搂抱着张小甫号叫着。

张小甫望着张灵甫，张灵甫也正在望着张小甫。两对眼睛在烟雾里对望了一阵，张灵甫终于意识到死到临头，向洞口外边挥了一下臂膀。

张小甫躬着身腰，走向洞口。

“叫他们撤退，停战，到天黑，我跟他们和平解决！”已经下了决心保全不死的张灵甫，没有放弃他的幻想，他还想用诈骗逃避他的败亡的命运，朝着洞口对张小甫说。

“不行的！师长！突围是突不出去的！他们打到了门口！”

随从副官着急地挥着手，两只鼠样的眼睛瞅着张小甫叫道：

“快出去吧！快出去吧！师长同意和平！要他们停止射击，保全师长的生命要紧！”

张灵甫疯了似的扯着衣襟，抓着沙土和石块，瘫倒在地上叹息着、呻吟着。

张小甫从勤务兵的尸体上爬出去，他一抬头，解放军的战士们蜂拥地冲了上来，闪晃晃的刺刀冲向他的胸口，他惶惧地让过刀锋，在战士们的吼声之下，举起了两只手，哆嗦地喊道：

“我是你们放回来的！放回来的！和平！和平解决！”

紧张战斗的战士们听不清他说的什么，没有理他，把他推送到有董耀宗在内的俘虏群里去。

战士们的汤姆枪向小山洞里扫射着连串的子弹。

“张灵甫！出来！”

小山洞里，除去枪声和战士们怒吼的回音以外，没有别的反应。

战士们进入了小山洞。

一个身材巨大的、肤色发紫的、身着黄布士兵服的躯体，倒在石地上，他的肥硕的头淹在血泊里。

在诘问之下，受了伤的呻吟着的随从副官，声音微弱、战栗地说道：

“他……是我们……张师长！”

张灵甫，这个狡诈的野蛮的曾经逞过威风的罪恶的匪徒，中了解放军战士的枪弹，死了！他终于在孟良崮山背的小山洞里，找到了他的坟墓。

七二

在张灵甫的蛇窟被扑灭的同时，孟良崮高峰争夺战达到了钢铁的熔点。

团政治委员兼代理团长陈坚，在小窟洞口停脚了一会儿，看了一眼张灵甫的尸体，就赶到正在攀缘孟良崮绝壁的石东根连的阵地上。他站立在一个陡峭的山嘴上，挥舞着臂膀，张大喉咙，用无限兴奋的坚实洪亮的声音喊叫着：

"同志们，张灵甫给我们打死了！把红旗插到孟良崮的顶上去！"

他的声音像是冲锋号的长鸣急啸，震荡在山岳的上空，激动着战士们的战斗情绪，燃烧着战士们的心胸，使得战士们顿时地觉得全身有劲。

山头上的敌人还在绝望中做着最后的顽抗，他们用机枪、汤姆枪、卡宾枪、步枪、手枪、榴弹以及石块，向攀缘悬崖绝壁的勇士们慌乱地射击、投掷。

勇士们像爬山虎[①]一样，钉满了盘形的崮顶周围的崖壁，像炼钢炉里赤红的铁水一般，向上奔腾、冲击、翻滚。

在石东根连的这个方面，勇士们在悬崖绝壁上站住了脚。

身体壮实、臂力过人的张德来，一只脚踏着一个石齿，一只脚抵在石壁上，两只手像两个铁钩子一样，牢牢地楔在绝壁的裂缝里，他的头抵在坚硬的崖石上，摆平着宽阔的肩背。他把自己的身体变成了和山石一样坚固的云梯，让其他的勇士们踩踏着他的身体向上攀缘攻击。两脚支在他的肩膀和脊背上的，是高大的汉子马步生，马步生两脚站在张德来的身上，两手死抱住面前一个支伸出来的石爪，在他的头部一米以上的地方，就是孟良崮高峰的崖边，一跳上崖边，就是孟良崮的顶端，就是耸入云霄的孟良崮的最高峰，也就是我军所要夺取的敌人的最后一块阵地。

---

① 爬山虎是一种攀缘生长的植物。

神枪手王茂生的步枪，隐伏在一块岩石后面，对准着马步生顶空山头上的敌人，射击着每发必中的冷弹。九挺机关枪组成的交叉火网，镇压着山头上正面和左右两侧的敌人，六〇小炮的炮弹从张德来、马步生的头顶端飞上高峰，在高峰上的敌兵群里爆裂。这些火力，迫使着山头上的敌人不敢抬头，为登山的勇士们控制立足点，使张德来、马步生的肉体所铸成的云梯得以坚持在绝壁上面。第一个爬上张德来的后背，抓住马步生的腰皮带，纵上马步生的肩膀，接近到孟良崮顶端的崖边的是秦守本。他站在马步生的头顶上，向敌人扫射了一阵汤姆枪弹，便两手撑在崖边上，身子猛力向上翻越。由于他的过分激动和崖边山石的陡滑，他的两手没有把牢。他滑跌下来，头额给山石擦出了血。在跌落下来的时候，因为张华峰和夏春生他们紧接在他的后面，恰好把他接住。他不顾疼痛，又继续地朝张德来的身上攀爬，排长杨军阻止了他，要他休息一下，扎好伤处。接着上去的是安兆丰，但他也没有成功，因为张德来的一只抵在山石上的脚板站得不稳，在他上到张德来腰部的时候，马步生和张德来的身子都抖动了，使他在一开始的时候，便滑了下来。夏春生见到势头不对，便把自己的肩膀抵住张德来那只站立不稳的脚，同时用两只手掌紧托着张德来的后腰。

“上吧！这下行啦！”张德来喊叫着。

在安兆丰再要上去的时候，张华峰抢先一步，像一只野猫似的，轻手轻脚地蹿上张德来的肩背，爬上马步生的头顶。马步生脖子一硬，张华峰两手在崖边的石头上用力一按，两腿同时飞起，像撑竿跳高似的纵上了山崖，并且立即向阻击他的敌人展开了射击。不幸，他的腿部中了敌人一颗子弹。他不能向前冲击，只得伏在崖边和敌人对战着。

好几个敌人扑向张华峰，张华峰陷入在山上山下对击的火力网里，子弹在他的身前身后叫着、跳着。秦守本再一次地爬上了马步生的头顶，由于敌人一颗榴弹的爆炸，使他再一次地跌了下来。安兆丰的二次攀爬，同样地没有得手。接着，好几个人的连续强上，也都没有成功。有的且在攀到崖边的时候，中了敌人的枪弹，负了伤，或者牺牲了生命。

马步生、张德来的身上，沾染了勇士们的血迹。

崖边的石头上，沾染了勇士们的血迹。

连长石东根扯破了喉咙喊叫道：

“上去——！为团长复仇——！”

“同志们！立大功！上高峰！共产党员带头冲——！”罗光接着高声喊叫着。

杨军的全身暴起了青筋，血在他的周身急滚奔流，他的眼睛里喷着怒火。他急步地跑到罗光身边，说：

“指导员！小插子给我！”

罗光把张华峰从前缴到的七寸小插刀，从挂在腰上的小皮囊里拔出来，给了他，他把它朝绑腿布里一插，便像榴弹爆炸似的喊叫着：

“我上去！让我先上！”

在猛烈的弹雨和纷飞的炮火下面，杨军以最迅速最轻捷的动作，正像在往日的战斗里攀越云梯那样，攀上了马步生的头顶，两腿飞旋起来，使足了全身的力气，像一只长了翅膀的小老虎，轻捷而又勇猛地跃上了崖边，立即卧倒在张华峰身边，和张华峰一起，向敌人猛烈地射击着汤姆枪弹。在敌人接近他的时候，榴弹从他的手里抛掷出去。由于用力过度，榴弹远落到敌人背后去了。他正在懊恼，敌人却感到他们的背后打了起来，受到威胁，便慌忙乱窜。杨军趁势追了上去，接连地准确地扔出了两个榴弹。

几个敌人倒了下去，几个敌人窜了回去。杨军正在得意，又用牙齿咬掉一个榴弹柄上的小铁盖，准备向敌人投掷的当儿，对面一块大石头后面的敌人的一挺机枪，猛烈地向他扫射起来，子弹在他的脚下、头上、身旁穿梭飞舞。他仿佛是身穿铠甲、刀枪不入似的，全不在乎地挺挺直直地站在那里。因为三个敌人从炸坏了的地堡里跳出来，端着卡宾枪朝他面前冲来，他才伏到地上，把一个榴弹抛掷出去。

单身深入敌阵的杨军，在枪膛里新上了一夹子弹，沉着地等候着敌人来到身边。那三个敌人像三个蚂蚱一样，分成三面向他的面前伸头撅腚地跳跃而来。战场上常有这种情形：敌人离得越近，射击却越不准确。他连续射击的子弹，竟然没有一颗发生它的应有的作用。敌人也是这样，三支卡宾枪的交叉射击，也都没有击中杨军。有一个敌人弓着身子，朝他的跟前跳蹦，他正想冲奔上去，那个敌人突然地仰倒在地上像一条死猪一样，是负了伤的张华峰的子弹取得了射击效果。杨军转头一瞥，下面的人还没有上来，于是向左边的一个敌人扔出了身上仅有的一个榴弹，跟着弹烟，他冲奔上去。那个敌人没有炸死，在弹烟里爬起来，直向陡崖边口奔逃，杨军猛追上去，那个敌人走投无路，立即又转身回头，杨军不顾他的射击，冲到他的身边，在连打两枪无效的时候，突然急中生智，把汤姆枪枪杆猛地朝敌人胸口一撞，同时，大声地吼叫道：

“回老家去吧！”

那个敌人便摔到崖下去了。

在杨军回过头来的时候，另一个敌人接近到了他的身边，他举枪一击，敌人便应声倒了下去。紧接着，敌人的一颗无柄的小手榴弹，从二十米开外的破地堡旁边，飞过来落在他的面前，像陀螺似的在石地上急速地旋转着。杨军来不及闪避，眼看手榴弹就要爆炸，在这个紧张的一刹那间，像踢皮球似的，他的右脚快速而又轻巧地那么一挑，手榴弹便飞回到敌人的顶空炸裂开来，一团灰色的烟雾，卷着弹片，反在敌人那边飞舞着了。

经过这一阵紧张险恶的战斗，杨军在山头上站稳了脚跟，他的眼睛有些昏眩，觉得脚下的孟良崮山峰在颠簸着、旋动着。就在这个当儿，两个敌人扑到张华峰身边，和张华峰厮打起来。张华峰支撑着伤痛的腿，跟敌人拼刺着，在一个敌人给他刺倒以后，他又中了敌人一颗枪弹躺倒下去。杨军一边扫射着枪弹，一边猛扑过来。那个敌人仿佛知道杨军枪膛里的子弹已经打光似的，便冲上来紧抱住杨军，拼力地把杨军压倒在地，用拳头捶打着杨军的胸口，杨军两次挺身摔打，都没有能够翻转身来。

当敌人摸起石块，向他的头上猛击的时候，他一手擒住敌人拿着石块的手腕，一手悄悄地从腿上拔出了锋利的小插子，猛地一下，刺入了敌人的后腰，敌人疼痛地狂叫了一声，他就趁势掀开了敌人的身子，接着，对着敌人胸口又是猛力一戳，敌人便昏死过去。

杨军咬着牙根，把带血的小插子从敌人的胸口拔了出来。

杨军转头看到秦守本、安兆丰、洪东才、金立忠、周凤山他们许多人接续地、顺利地登上了孟良崮高峰，来到了他的身边。

胜利的冲锋号，抖荡着使敌人心惊胆战的嘹亮的声音。

秦守本领着他的班的战士们，向孟良崮顶上的中心地带奔去，杀入了敌阵。

“王茂生！回来！”

杨军喊住王茂生，指着站在山顶最高处的一个敌人的指挥官，对王茂生命令道：

“消灭他！”

王茂生在破地堡旁边伏下身子，准备射击那个敌人的指挥官。

那三个投降的敌人带来的粗绳，拴上了崖边的石块。

拉扯着绳子的，踏着夏春生、张德来、马步生身体的，杨军全排的勇士们和连长石东根、指导员罗光，接续地登上了孟良崮高峰。

杨军从牺牲了的张华峰的手里，拿起了红旗，秦守本、洪东才从自己腰里扯出了红旗。

红旗在孟良崮高峰上飘扬起来。

红旗说话了。红旗，召唤着高峰下面的战士们奔涌上来。

红旗，宣告着人民解放军的英雄战士们登上了最高峰，正在消灭着最后的敌人。

弹烟弥漫了山头，刺刀在高峰上闪动着亮光。

喊杀声震荡在高峰的上空。

战斗的尾声和最后一股热浪，在高峰上翻腾奔涌。

和杨军他们攀上孟良崮高峰的同时，在孟良崮的东南角上，另一个军的英雄班突了上来，和杨军他们形成了一把铁钳，夹击着敌人。再接着，高峰背后斜坡上的敌人被肃清，大浪的队伍，陈坚、王鼎、李洎他们和大浪的队伍一起，从斜坡的小路上，相继地涌到高峰上来。

在这个盘形的孤绝无援的阵地上，敌人迅速地瓦解溃灭了。

敌人们，有的胡奔乱窜，哇哇地嚎叫；有的摔掼到山崖下面去，有的在山头上结果了他们的生命。

站在山头高处的敌军五十八旅少将旅长卢信，被王茂生一枪击毙。残余的敌人终于丧失了斗志，在走投无路的绝望中，颤抖着举起他们的双手，投降了。

鲜艳的红旗，高擎在登上孟良崮高峰的英雄战士们的手上，在夏天的山风里招展飘荡，在红日的万丈光芒的照耀下面，焕发着骄傲的炫目的光辉。

胜利的军号声，在孟良崮的高峰上，嘹亮地长啸起来，响彻了绵延的山野和一片晴空。

军长沈振新、军政治委员丁元善他们，望见了高峰上的红旗，听见了高峰上胜利的号音，离开了他们的指挥阵地，和浪涛一般的队伍一起，走过张灵甫死处的小山洞，登上了孟良崮高峰。

枪声平息。雄伟险峻的孟良崮的高峰上，不是战场了，它是一片欢乐的海洋。

摇着帽子的、手巾的，高举着枪和刺刀的，跳跃着的，呼喊着的，歌唱着的，……奔来涌去的战士们、民兵们，还有附近的居民们，全都陶醉在伟大胜利的怀抱里。

英雄军长沈振新和英雄指挥员们、战斗员们，获得了最大的战斗胜利的愉快，获得了最大的战斗胜利的满足。沈振新在涟水战役以后的一个深夜里，审问俘虏张小甫的时候所说的话：

“我们要你们把喝下去的血，连你们自己的血，从肚子里全都吐出来！”在半年以后的今天的这个时分——一九四七年五月十六日正午，已经成了活生生的事实。疯狂一时的整编七十四师——蒋介石匪军最大的一张王牌，已经彻底毁灭了。军首长们，许多指挥员们，红旗排，红旗一班的英雄战士们，屹立在巍然独立的沂蒙山孟良崮峰巅的最高处，睁大着他们鹰一样的光亮炯炯的眼睛，俯瞰着群山四野，构成了一个伟大的、崇高的、集体的英雄形象。

“新中国70年70部长篇小说典藏”书目

书　名	作　者	书　名	作　者
风云初记	孙　犁	白鹿原	陈忠实
铁道游击队	知　侠	长恨歌	王安忆
保卫延安	杜鹏程	马桥词典	韩少功
三里湾	赵树理	抉　择	张　平
红　日	吴　强	草房子	曹文轩
红旗谱	梁　斌	中国制造	周梅森
我们播种爱情	徐怀中	尘埃落定	阿　来
山乡巨变	周立波	突出重围	柳建伟
林海雪原	曲　波	李自成	姚雪垠
青春之歌	杨　沫	历史的天空	徐贵祥
苦菜花	冯德英	亮　剑	都　梁
野火春风斗古城	李英儒	茶人三部曲	王旭烽
上海的早晨	周而复	东藏记	宗　璞
三家巷	欧阳山	雍正皇帝	二月河
创业史	柳　青	日出东方	黄亚洲
红　岩	罗广斌　杨益言	省委书记	陆天明
艳阳天	浩　然	水乳大地	范　稳
大刀记	郭澄清	狼图腾	姜　戎
万山红遍	黎汝清	秦　腔	贾平凹
东　方	魏　巍	额尔古纳河右岸	迟子建
青春万岁	王　蒙	藏　獒	杨志军
许茂和他的女儿们	周克芹	暗　算	麦　家
冬天里的春天	李国文	笨　花	铁　凝
沉重的翅膀	张　洁	我的丁一之旅	史铁生
黄河东流去	李　準	我是我的神	邓一光
蹉跎岁月	叶　辛	三　体	刘慈欣
新　星	柯云路	推　拿	毕飞宇
钟鼓楼	刘心武	湖光山色	周大新
平凡的世界	路　遥	大江东去	阿　耐
第二个太阳	刘白羽	天行者	刘醒龙
红高粱家族	莫　言	焦裕禄	何香久
雪　城	梁晓声	生命册	李佩甫
浴血罗霄	萧　克	繁　花	金宇澄
穆斯林的葬礼	霍　达	黄雀记	苏　童
九月寓言	张　炜	装　台	陈　彦